# LA FAMILLE HAN

Titre original : *Free Food for Millionaires*

Traduit de l'anglais (États-Unis) par Laura Bourgeois


10, place des Cinq-Martyrs-du-Lycée-Buffon
75015 Paris – France
www.editionscharleston.fr

ISBN : 978-2-36812-947-0
Maquette : Patrick Leleux PAO

Min Jin Lee

# LA FAMILLE HAN

*Roman*

Traduit de l'anglais (États-Unis)
par Laura Bourgeois

CHARLESTON

*À Umma, Ahpa, Myung et Sang*

## *Avant-propos :*
## *Mon apprentissage de la fiction*

J'avais déjà échoué à publier deux romans. Le premier avait été refusé par les maisons d'édition, et j'avais moi-même écarté le deuxième, parce qu'il n'était pas assez bon pour leur être soumis. À trente-deux ans, je me suis lancée dans l'écriture du troisième.

Je m'obstinais à écrire depuis 1995, l'année où j'avais renoncé à ma carrière d'avocate. Les longs horaires d'un cabinet d'avocat de Manhattan n'étant pas compatibles avec la maladie hépatique chronique dont je souffrais depuis le lycée, j'avais décidé de me reconvertir dans l'écriture de fiction. Christopher, mon mari, avait un poste stable et une très bonne mutuelle, mais c'était avec deux revenus que nous avions souscrit un prêt bancaire pour l'achat de notre appartement. Le budget était serré. Après une fausse couche, puis une grossesse difficile, Sam, notre fils, est né. Cette même année, nous avons appris la situation financière catastrophique de proches parents, et soudain nous avons dû subvenir aux besoins d'un deuxième ménage en plus du nôtre.

Ce n'est jamais une stratégie financière prudente que de devenir écrivaine. Pour autant, je n'avais pas imaginé que j'épuiserais mes économies en un an et que je me retrouverais dans une situation si précaire : incapable de gagner un modeste salaire, de payer la crèche ne serait-ce qu'à mi-temps pour pouvoir écrire, handicapée au quotidien par ma maladie, et endossant les dettes de ceux que j'aime.

J'avais honte. Au bout de six ans, je n'avais toujours rien publié et mes choix avaient plongé nos comptes dans le rouge. J'ignorais comment nous allions pouvoir régler les factures, envoyer Sam à l'université et épargner pour la retraite. Lorsque mes amis m'invitaient à déjeuner, j'inventais des excuses parce que je ne pouvais pas me permettre le luxe de sortir au restaurant. Je n'avais pas de réponse à leur donner quand ils me demandaient avec toutes les meilleures intentions du monde la date à laquelle ils verraient mon livre en librairie. Je cachais mon échec en me cloîtrant chez moi.

Dès l'instant où j'ai renoncé à ma carrière d'avocate, je me suis efforcée à apprendre à écrire correctement. J'avais publié des articles dans le journal du lycée. Bien qu'originairement étudiante en histoire, je m'étais inscrite pour mon propre plaisir à trois cours dans le département de littérature. À ma grande surprise, j'avais remporté un prix dans la catégorie fiction, et un dans la catégorie essai. Il est possible que ces récompenses scolaires m'aient poussée à croire, à tort, qu'il me suffisait d'arrêter le droit pour publier un livre. Or plus je m'intéressais à la fiction, plus je me rendais compte que l'écriture de roman nécessite une rigueur et une maîtrise qui n'a rien à envier à l'étude de l'ingénierie ou de la sculpture. Il me fallait une formation digne de ce nom. Néanmoins, après des études de droit déjà très onéreuses, je ne pouvais pas me permettre d'investir dans un nouveau cursus universitaire. Alors je me suis débrouillée pour concocter ma propre formation en écriture.

Depuis toujours lectrice avide des classiques du XIXe siècle, je m'y suis plongée plus encore. J'ai dévoré tous les bons romans et nouvelles que j'ai pu trouver, et j'ai analysé en profondeur les meilleurs. Si je tombais sur un paragraphe merveilleusement bien forgé, disons, extrait de *Jours de juin*, de Julia Glass, je le recopiais aussitôt dans mon cahier d'écolière. Puis, je lisais attentivement ses phrases élégantes, épinglées sur les pages trop fines comme un papillon rare sur une mousseline bas de gamme. La technique renforce les émotions et la réflexion de l'écrivain. En lisant et relisant les nouvelles de Junot Díaz dans *Comment sortir une latina, une black, une blonde, ou une métisse*, j'ai été frappée par sa bravoure et son génie. Sa voix narrative correspondait parfaitement à la délicatesse et à la puissance de l'architecture de l'intrigue. La grande littérature n'a pas besoin de jolis mots ou de bons sentiments, elle requiert de l'émotion, de la structure, des idéaux et du courage. Les plus belles œuvres de fiction me remplissent de joie, comme peut le faire la contemplation d'un tableau de maître, d'un coucher de soleil sur l'océan, ou du visage d'un enfant.

À New York, il est possible d'étudier l'écriture avec les plus prestigieux auteurs pour une somme dérisoire. Quiconque a les moyens de vivre ici dispose d'une pléthore de trésors culturels à portée de main, au point que les artistes travaillent pour trois fois rien. Une fois par semaine, quand Christopher quittait son travail plus tôt et pouvait garder Sam le soir, je me préparais un sandwich à la dinde ou un peu de houmous à emporter et j'allais assister à des conférences ou rejoindre mon groupe d'écriture. Pour moins de deux cents dollars, j'ai pu étudier pendant plusieurs semaines auprès de Lan Samantha Chang, Rahna Reiko Rizzuto et Jhumpa Lahiri, au sein de l'Asian American Writer's Workshop, alors que leur immense carrière dans la littérature débutait à peine. J'ai suivi des cours au Gotham Writers Workshop avec Wesley Gibson. Pour le même montant et pendant tout un trimestre, j'ai reçu l'enseignement de Jonathan Levi, Joyce Johnson, Joseph Caldwell, Joan Silber, Shirley Hazzard et Nahid Rachlin au centre culturel 92$^{nd}$ Street Y. « The Y », comme on le surnomme, accueille entre autres une école maternelle, le jour. Le soir, dans les salles de classe des tout-petits aux odeurs de gouache et de jus de pomme, des adultes se rassemblent avec pour unique but de savoir si les histoires qu'ils écrivent ont un sens. Les enseignants m'encourageaient avec bienveillance à poursuivre sur ma lancée, mais en mon for intérieur, je me demandais s'il ne valait pas mieux renoncer. Je commençais à vieillir et j'avais peur que, passé un certain âge, il me soit plus difficile de retrouver un poste stable dans le monde de l'entreprise.

L'année qui a suivi la naissance de Sam, sur un coup de tête, j'ai monté un dossier de candidature pour assister à la Sewanee Writers' Conference et j'ai été acceptée. Les frais d'inscription étaient hors budget pour moi, quelque chose comme mille dollars. Mais je savais combien il était difficile d'obtenir une place pour ce prestigieux séminaire, et je me disais que ce serait un cadeau bien mérité après avoir sacrifié mon corps – ou du moins c'était ainsi que je le percevais – aux grossesses, à la maladie et à l'allaitement. Christopher a posé des congés pour garder Sam et je suis partie dans le Tennessee. Pendant neuf jours, j'ai étudié la fiction auprès d'Alice McDermott et de Rick Moody. Chaque soir, après les cours, je fondais en larmes dans ma chambre tant mon bébé me manquait.

À Sewanee, j'avais l'impression que tout le monde avait suivi ces fameux cursus d'écriture créative des grandes universités américaines comme l'Iowa Writer's Workshop, et qu'ils avaient déjà tous un contrat avec une maison d'édition. À l'époque, les participants au séminaire devaient porter un badge, et sur le mien on ne pouvait lire que mon nom – ce qui indiquait que je n'avais pas été défrayée au mérite pour être là. Un jour, au déjeuner, j'ai rencontré une jeune femme dont le badge stipulait sous son nom celui de la bourse qui la sponsorisait. Légitimée par ses publications passées, elle n'avait rien dépensé pour être ici. Autour de la table, plusieurs étaient là grâce au financement d'un organisme extérieur, et la jeune femme s'est joyeusement moquée de ces femmes au foyer qui paient plein pot pour assister à un séminaire. Il m'a fallu un instant pour comprendre que j'étais la cible de sa pique. Cet été-là, j'avais trente ans, je venais de devenir maman, et je découvrais qu'il existait des jeunes artistes méprisant les aspirantes autrices avec enfant. Mon appétit ainsi coupé, j'ai regagné ma chambre. J'ai évité cette femme pendant le reste du séjour, persuadée qu'elle avait raison, que c'était une erreur de voyager si loin pour assister à des conférences. Mais, à la fin du séminaire, Alice McDermott a sélectionné l'histoire que j'avais rédigée au sein de son atelier pour la proposer à un recueil de nouvelles de jeunes écrivains prometteurs, le *Best New American Voices 2000.* Mon texte n'a pas été choisi par les éditeurs, mais je me suis tout de même autorisée à penser que, peut-être, pouvais-je poursuivre dans cette voie.

Un nouvel élément encourageant est arrivé, quelques mois plus tard. J'ai reçu une bourse à la création de la New York Foundation for the Arts dans la catégorie fiction. Elle s'élevait à sept mille dollars. Je me suis servie d'une partie de la somme pour financer un séminaire de cinq jours auprès du célèbre éditeur et écrivain Tom Jenks, et de la romancière Carol Edgarian. Pour améliorer mon phrasé, j'ai lu de la poésie. J'ai suivi un cours de prosodie au Y avec David Yezzi, qui a changé ma manière d'envisager chaque mot. Chaque fois que la critique Helen Vendler donnait une conférence au Y, je faisais des pieds et des mains pour y assister.

Il y avait tant à apprendre, une telle matière à s'entraîner. J'ai commencé à voir la poésie dans la prose, et la prose dans la poésie. La structure m'apparaissait dans les poèmes, les histoires, les pièces de théâtre. Les phrases et les paragraphes avaient pour moi une musicalité nouvelle. J'entendais les silences entre les mots. Toute cette initiation était comme acquérir une vision aux rayons X et une ouïe bionique. Je n'avais aucun moyen de quantifier objectivement les connaissances que j'absorbais, et je ne saurais pas dire pourquoi j'ai songé que mon programme éducatif autodidacte était le bon, mais j'ai suivi les étapes qui m'étaient accessibles, avec la certitude mystérieuse que je finirais bien par apprendre comment écrire correctement.

Une fois mes fonds épuisés, au lieu de participer à des cours payants, je suis allée à des lectures publiques où j'achetais des livres grand format beaucoup trop chers pour mon budget. Si, à la fin de la rencontre en librairie, l'écrivain proposait de répondre aux questions du public, j'en avais une dizaine sur le bout de la langue. Mais j'étais incapable de prononcer le moindre mot. J'ai assisté à des séances de lecture d'Herman Wouk, Marilynne Robinson, Junot Díaz, Joyce Carol Oates, Gary Shteyngart, Julian Barnes, Richard Ford, Jay McInerney, Chang-rae Lee, Veronica Chambers, Ian McEwan, Joan Didion, Susanna Moore, Shirley Hazzard, James Salter, Kazuo Ishiguro, Toni Morrison, Rick Moody, Susan Minot, et tant d'autres. Il fallait absolument que je sache : *Comment avez-vous fait ça ? Comment m'avez-vous plongée dans cet univers alternatif de votre création ? Comment avez-vous provoqué en moi ces émotions nouvelles et anciennes ? Où avez-vous puisé la foi nécessaire pour continuer à tout prix ?* Et pourtant je parvenais à peine à articuler une phrase audible en leur présence. Mais je suppose que je ne m'en sentais pas obligée, car leur œuvre me parlait et m'accompagnait intimement sans que ni eux ni moi n'ayons besoin de nous faire valoir.

J'ai pour habitude de lire dans le métro. Un jour, alors que je terminais *Une maison pour Monsieur Biswas* de V. S. Naipaul sur la ligne 2, j'ai éclaté en sanglots, bouleversée par sa prouesse littéraire. J'étais consciente de ses opinions politiques controversées (notamment son mépris pour les écrivaines), toutefois je comprenais que cet homme avait accompli quelque chose de miraculeux avec le roman. Grâce au mécanisme de l'empathie, Naipaul avait réussi à provoquer chez moi un attachement profond pour un personnage humble et curieux qui luttait si maladroitement et pourtant de manière vitale pour ses rêves. Plus tard, j'ai appris qu'Arwacas, le décor fictif de l'intrigue, était inspiré de Chaguanas, une ville indo-trinidadienne peuplée d'immigrés où Naipaul a grandi. C'est Naipaul qui m'a donné l'autorisation d'écrire sur Elmhurst, mon propre quartier du Queens.

Après les cours, les lectures, les brouillons jetés, j'ai commencé à aborder mon roman à la manière d'une journaliste : par les recherches. Quand j'ai voulu en savoir plus sur le personnage de Ted Kim, le banquier d'investissement, j'ai discuté avec plusieurs hommes diplômés de Harvard Business School. L'un d'eux m'a suggéré de feindre d'y postuler moi-même, parce qu'il fallait mettre les pieds dans une telle école pour y croire. C'est ce que j'ai fait. Je me suis connectée à leur site internet et j'ai rempli une demande de visite du campus, ce qui m'a permis d'y passer une journée.

J'ai assisté à un cours. Il y avait peut-être vingt-cinq étudiants, et chaque personne avait son nom devant elle. Impossible de se cacher dans cette salle ; et personne ne semblait essayer. Ce cours n'avait rien à voir avec ceux que j'avais pu suivre au lycée ou à l'université. Je ne savais pas si tous les étudiants avaient fait leurs devoirs ou même comprenaient le tableur complexe projeté sur le fond blanc, mais j'ai appris une chose essentielle au sujet de ces jeunes personnes. Mon hypothèse est la suivante : ce qui distingue un élève de Harvard Business School des autres, c'est sa confiance inébranlable en ses capacités. Je ne m'étais jamais retrouvée entourée d'une jeunesse si certaine de pouvoir conquérir le monde et résolue à le faire. Au bout de quelques heures, j'ai moi-même envisagé de candidater sérieusement en école de commerce, tant l'énergie y était stimulante. Ici, il n'y avait pas de place pour la déprime, l'anxiété, ou le doute. Finalement, je n'ai pas tenté d'intégrer HBS. Mais cette journée m'a changée pour de bon. Parce que j'ai alors commencé à accorder beaucoup plus de crédit aux recherches sur le terrain, non pas pour le réalisme des détails ou des bribes de dialogue, mais pour les émotions que procure un tel afflux d'informations nouvelles. J'ai gagné en assurance par la seule proximité de ces personnes hautement dynamiques. J'ai imaginé l'impact de deux années entières dans cette atmosphère si en simple visiteuse et écrivaine sans roman, je pouvais en ressentir les effets positifs après seulement quelques heures. J'ai canalisé cette sensation et je l'ai attribuée à Ted, un personnage dont la certitude d'avoir raison ne vacille ni face au conflit ni face à la peur. C'est sa force de conviction qui propulse Ted vers un grand succès financier. Pourtant elle se retrouve ébranlée par le désir et l'amour clandestin. Ted n'a pas un bon fond, mais mes recherches m'ont permis de prendre conscience de sa vulnérabilité, et c'est ainsi que j'ai appris à l'aimer pour ce qu'il est.

Puis, un miracle s'est produit. Le magazine littéraire *The Missouri Review* a publié un de mes textes, que j'avais réécrit dix-sept ou dix-huit fois. J'avais une boîte d'archives pleine des brouillons de cette seule histoire. Dix-huit réécritures : peut-être était-ce la clé du succès.

Peu de temps après cela, j'ai commencé à avoir mal aux poignets au point de peiner à soulever un mug de café. Sam était alors en maternelle et pour l'y déposer et aller le chercher je n'avais que quelques rues à parcourir, mais la marche m'était douloureuse tant mes chevilles étaient enflées. Tenir la main de mon fils pour traverser au passage piéton relevait de l'effort. Je ne pouvais plus tourner les poignées des portes ni monter facilement un escalier. Après quelque temps d'errance diagnostique, on a fini par me diriger vers un rhumatologue qui a compris que mon insuffisance hépatique chronique était responsable de mon affaiblissement. J'avais développé une cirrhose – moi qui n'avais jamais bu ne serait-ce qu'une goutte de vin.

Beaucoup de médecins ont correspondu entre eux à mon sujet. Un gastro-entérologue voulait essayer l'interféron, parce que j'étais très jeune et que la liste d'attente est longue pour les transplantations de foie. Pendant trois mois, je me suis injecté ce médicament dans la cuisse quotidiennement. Mes cheveux tombaient par poignées sous la douche. Il me suffisait de me courber en passant le balai pour que des vaisseaux sanguins éclatent sur mon visage, créant des hématomes. Des crises de diarrhée ou de vomissement m'empêchaient de quitter la maison. Chaque jour, je n'avais que quelques heures d'énergie et je les réservais à mon fils de trois ans. Je voulais qu'il me croie en forme.

Quand le traitement a pris fin, mes examens du foie ont témoigné d'une sensible amélioration. Par prudence, mon médecin en a prescrit de nouveaux. J'ai continué à travailler sur mon roman *La Famille Han*, résolue à en terminer le premier jet. Un an après le traitement, le médecin m'a confirmé que j'étais guérie de ma maladie chronique. *Une chance sur un million*, s'est-il émerveillé. Je suis rentrée à la maison cet après-midi-là et je me suis allongée sur mon lit pour savourer l'heureuse nouvelle. Cette vie n'avait pas fini de me surprendre. Je me suis juré de ne plus laisser la peur du jugement me ralentir. À ce jour, je continue de tenir cette promesse.

Quand j'ai vendu le manuscrit de *La Famille Han* à l'été 2006, je totalisais onze ans d'apprentissage de l'écriture. J'avais trente-sept ans.

M.J.L.
Août 2016

*« Le prix de nos couronnes est déjà acquitté –*
*il ne nous reste plus qu'à les porter. »*
*James Baldwin*

# LIVRE I

## Une histoire de finances

# 1

## LES OPTIONS

L'EXCELLENCE N'EST PAS TOUJOURS UN CADEAU. Réputée pour la sienne, Casey Han se sentait contrainte de choisir la voie de la respectabilité et du succès. Pourtant, seules la beauté et la connaissance la faisaient vibrer. Immigrée coréenne élevée dans un sombre quartier ouvrier du Queens, à New York, elle entretenait des espoirs d'une destinée flamboyante loin des peines du quotidien laborieux de ses parents, gérants d'un pressing à Manhattan.

Casey était particulièrement grande pour une Coréenne – un peu plus d'un mètre soixante-dix – mince, et très méticuleuse en matière de vêtements. Ses cheveux noirs étaient coupés aux épaules, elle se poudrait soigneusement le nez et on ne la voyait jamais sans son impeccable rouge à lèvres bordeaux. Par souci d'économie, elle gardait ses lunettes à la maison, et à l'extérieur portait des lentilles pour compenser sa myopie. Sans se trouver jolie, Casey savait qu'elle n'était pas dénuée de charme – un brin de sensualité dont elle pouvait tirer parti. Elle admirait la pudeur et méprisait celles qui déployaient trop d'efforts pour se donner l'air sexy. Pour une jeune femme de seulement vingt-deux ans, Casey Han collectionnait un nombre impressionnant de théories sur la beauté et la sexualité, mais pour l'essentiel, sa philosophie reposait sur un principe simple : l'élégance prévaut sur le faste. Elle avait lu quelque part que Jackie Kennedy conseillait pour se vêtir de s'inspirer d'une colonne de marbre, et Casey suivait ce précepte à la lettre.

Dans la spacieuse cuisine au sol de lino du trois pièces à loyer encadré de ses parents à Elmhurst, Casey détonnait avec sa chemise en lin et son pantalon en coton – toute de blanc vêtue comme si elle s'apprêtait à commander un gin tonic sur un plateau d'argent. Assis à côté d'elle à la table en Formica, Joseph Han, son père, aurait facilement pu passer pour son grand-père. Il remplissait un verre de glaçons pour son premier whisky de la soirée. Il était rentré une heure plus tôt, après avoir consacré son samedi à trier du linge sale au pressing de Sutton Place qu'il gérait pour le compte de Mr Kang, un Coréen aisé propriétaire d'une douzaine de succursales. Joseph et sa fille Casey ne se parlaient pas. Il lui préférait sa cadette, Tina. Finaliste au concours national du Westinghouse Science Talent Search dans son lycée matheux du Bronx – une écurie à futurs Nobel – et désormais vice-présidente des Jeunesses chrétiennes de la prestigieuse université du MIT, Tina était en premier cycle d'études de médecine. Beauté coréenne traditionnelle, elle était le portrait craché de leur mère.

Leah, justement, s'affairait aux fourneaux pour leur premier repas en famille depuis des mois, tout en fredonnant des hymnes religieux pendant que Tina émincait les oignons verts. À tout juste quarante ans, les cheveux qui tombaient en frange sur son front pâle et lisse grisonnaient déjà. À dix-sept ans, on l'avait mariée à Joseph, un ami proche de son frère aîné, alors âgé de trente-six ans. Casey avait été conçue pendant leur nuit de noces, et Tina était née deux ans plus tard.

C'était un samedi soir de juin. Une semaine s'était écoulée depuis la remise des diplômes de premier cycle universitaire de Casey. Elle revenait de ses quatre ans à Princeton avec une diction raffinée, un handicap enviable au golf, des copains fortunés, un petit ami populaire et on ne peut plus américain, une passion secrète d'agnostique pour la lecture de la Bible, et une mention bien en économie. Mais elle rentrait à la maison sans promesse d'embauche et avec un certain nombre de mauvaises habitudes.

Virginia Craft, la colocataire de Casey pendant ces quatre ans, avait tenté de la convaincre de renoncer à la pire de ses manies, celle qui la consumait alors qu'elle tapotait nerveusement le sol de ses pieds nus pour supporter les ruminations silencieuses de son père : en cet instant, Casey aurait pu monnayer son corps contre une cigarette. La perspective de s'en griller une sur le toit de l'immeuble après dîner était tout ce qui la maintenait sur cette chaise de cuisine. Mais la jeune diplômée avait d'autres soucis que la nicotine ne résoudrait pas. Puisqu'à l'issue de son premier cycle universitaire, elle n'avait pas trouvé de travail, elle était de retour dans le trois pièces de ses darons sur Van Kleeck Street. Dix-sept ans plus tôt, en 1976 – l'année du bicentenaire de la création des États-Unis d'Amérique –, le couple Han et ses deux filles avaient émigré à New York pour s'installer dans cet immeuble du Queens. Depuis, la peur panique du changement dont était pétrie Leah les empêchait de le quitter. Toute cette histoire avait quelque chose de pathétique.

La cigarette, entre autres petites choses, venait éroder la perception qu'avait Casey de sa propre honnêteté. Elle qui d'ordinaire s'enorgueillissait d'être une personne franche – tout en éludant les questions de ses parents – dissimulait certains secrets, dont le plus grand était Jay Currie : son petit ami américain, et blanc. Quelques jours plus tôt, à l'issue d'une très agréable partie de jambes en l'air, Jay avait suggéré, coude sur son coussin et tête appuyée sur sa main : « Emménage avec moi. Imaginez un peu, Miss Han : du sexe à volonté. » Ses parents ne se doutaient pas qu'elle n'était plus vierge et qu'elle prenait la pilule depuis ses quinze ans. Chez eux, Casey se sentait nerveuse et elle ne cessait de palper ses poches en quête d'allumettes. Elle regrettait déjà l'université – et même les plats chargés en féculents du réfectoire privé du club d'étudiants qu'elle fréquentait à Princeton. Mais la nostalgie ne lui serait d'aucune utilité. Ce qu'il lui fallait, c'était un plan pour s'échapper d'Elmhurst.

Au printemps dernier, faisant fi des conseils de Jay, Casey n'avait postulé que pour un seul programme de formation en entreprise. Elle avait découvert, une fois tous les papiers remplis, que Kearn Davis était la banque d'investissement que tous les diplômés de premier cycle en économie convoitaient pour leur apprentissage en cette année 1993. Mais elle s'était rassurée avec le fait qu'elle avait de meilleures notes que Jay, et qu'elle était capable de vendre n'importe quoi. Lors de l'entretien chez Kearn Davis mené par deux femmes, Casey avait débarqué en jupe et veste de soie jaune et avait tenté une blague sur Nancy Reagan, espérant créer entre elles une connivence féministe. Les deux banquières – aux tailleurs en laine bleu marine et anthracite – avaient laissé quinze minutes top chrono à Casey pour se plomber. En lui indiquant la sortie, elles n'avaient même pas pris la peine de lui serrer la main.

Restait l'école de droit. Elle avait obtenu une place à Columbia. Mais les pères avocats de ses amis se noyaient sous le boulot, et leur quotidien lui paraissait peu attrayant. Les avocates qui fréquentaient Sabine's, le grand magasin de luxe où Casey travaillait les week-ends, lui avaient conseillé : « Si c'est l'argent qui t'intéresse, va en business school. Pour sauver des vies, médecine. » La Sainte-Trinité droit, commerce et médecine semblait être la seule religion à New York. Il était arrogant et peut-être imprudent, pour une jeune fille issue de l'immigration et sortie de sa banlieue, de prétendre à choisir sa propre voie. Néanmoins, Casey n'était pas prête à renoncer à ses rêves, aussi flous soient-ils, pour se rabattre sur une carrière « raisonnable ». Dans le dos de son père, elle avait écrit à Columbia pour reporter son admission d'un an.

Tout en versant des louches de sauce aux oignons verts sur la daurade rôtie, sa mère chantait un cantique de sa voix remarquable. Des trémolos accompagnèrent la fin du verset « *Waking or sleeping, thy presence my light* », puis avec une discrète inspiration, elle entonna, « *Be thou my wisdom, and thou my true word…* ». Leah avait quitté le pressing tôt ce matin-là pour faire les courses et cuisiner les plats préférés de ses filles. Tina, son bébé, était rentrée jeudi soir. À présent, les deux étaient à la maison. Le cœur rempli de joie, elle priait pour que Joseph soit dans de bonnes dispositions. Elle estima d'un rapide coup d'œil le volume de whisky dans la bouteille de Dewar's. Le niveau n'avait guère baissé depuis la veille. En vingt-deux ans de mariage, Leah avait eu le temps de comprendre qu'il valait mieux que Joseph boive un verre ou deux au dîner plutôt qu'aucun. Son époux n'était pas un alcoolique – du moins pas de ceux qui fréquentent les bars, traînent on ne sait où et dilapident en une nuit le salaire de la semaine. Joseph travaillait dur. Mais sans son whisky, il ne parvenait pas à s'endormir.

Une de ses belles-sœurs avait transmis à Leah la recette du bonheur conjugal : « Ne jamais refuser à son homme un bon bol de *bap*, du sexe, et du sommeil. »

Son tablier bleu toujours noué par-dessus sa robe d'intérieur couleur prune, Leah apporta le poisson à table. En voyant Casey se servir un deuxième verre d'eau, elle pinça les lèvres, donnant à l'ovale doux de son visage une apparence sévère. Mr Jun, le directeur de la chorale de l'église, avait attiré son attention sur ce tic qui trahissait son trac avant les solos, en lui criant : « Montrez-nous votre joie ! C'est pour Dieu que vous chantez ! »

Tina, à qui aucun détail n'échappait jamais, trouvait que Casey cherchait les ennuis. Son propre esprit était accaparé par d'agréables rêvasseries liées à Chul, son petit ami qu'elle avait promis d'appeler ce soir-là, et pourtant elle percevait quand même l'agitation de Casey. Si seulement sa sœur pouvait se rendre compte des efforts colossaux déployés par leur mère pour concocter ce dîner.

C'était sa consommation d'eau, le problème – une petite chose en apparence inoffensive. Depuis toujours, Joseph croyait dur comme fer que les filles se devaient d'avoir un bon coup de fourchette et d'être reconnaissantes pour la nourriture qui leur était donnée et pour le soin apporté à la préparation des plats. Sauf qu'en général, Casey touchait à peine à son dîner, ce que Joseph mettait sur le compte de sa consommation excessive d'eau. Casey avait beau réfuter l'accusation, son père visait juste. Au lycée, elle avait lu dans un magazine de mode que boire trois verres d'eau avant un repas permettait de diminuer l'appétit. Il lui fallait déjà se priver pour rentrer dans un 38 ; après tout, elle avait une plutôt grande carrure. Son poids variait aussi de plus ou moins deux kilos en fonction de son ratio journalier de cigarettes. Sa mère restait menue grâce à son activité perpétuelle, et sa sœur, petite à l'instar de leur père, avait une morphologie normale et réprouvait toute forme de régime. Légitimée par ses résultats brillants en médecine comme en philosophie, Tina avait déjà rabroué Casey en la surprenant à suivre la méthode Weight Watchers : « Avec tous les enfants qui meurent de faim dans le monde, comment peux-tu choisir de t'affamer ? »

Les multiples verres d'eau de Casey au dîner n'échappaient pas à l'œil de son père. Malgré son mètre soixante trapu, Joseph avait une voix profonde et tonitruante qui lui donnait la prestance d'un homme bien plus imposant. Il était chauve, à l'exception d'un petit duvet mousseux à l'arrière du crâne. Cette calvitie ne semblait pas le chagriner, elle l'incommodait tout au plus quand en hiver il devait porter un fedora en feutre gris pour protéger du froid sa tête et ses oreilles aux grands lobes. À cinquante-huit ans, il faisait plus que son âge – on le prenait plutôt pour un septuagénaire en bonne santé, surtout à côté de sa jeune épouse. Leah était sa deuxième femme. La première, qu'il avait profondément aimée, avait succombé à la tuberculose au bout d'un an d'union, avant d'avoir pu lui assurer une descendance. Joseph aimait sa deuxième épouse, et la chérissait d'autant plus qu'il connaissait la douleur de la perte. Il savait apprécier la valeur de la bonne santé de Leah, sa nature docile et chrétienne, et il demeurait attiré par son joli visage et sa silhouette délicate – trompeuse par sa robustesse. Il lui faisait l'amour tous les vendredis soir. Elle lui avait donné deux filles, même si l'aînée n'avait rien hérité des qualités de sa mère.

Casey vida son verre d'eau et le posa sur la table. Puis elle tendit le bras vers la carafe.

— Je ne suis pas un Rockefeller, tu sais, déclara soudain Joseph.

Il avait parlé sans regarder Casey, mais c'était bien à elle qu'il s'adressait. Personne d'autre dans la pièce n'avait besoin de rappel sur leur fortune inexistante. Aussitôt, Leah et Tina quittèrent le plan de travail pour s'installer à table dans l'espoir de dissiper la tension. Leah ouvrit la bouche, hésitant à prendre la parole.

Casey remplit son verre d'eau.

— Je ne vais pas pouvoir t'entretenir éternellement, continua-t-il. Ton père n'est pas millionnaire.

*Et à qui la faute ?* songea immédiatement Casey.

Tina savait tenir sa langue. Elle déplia sa serviette en papier très fin et la déploya sur ses genoux. Mentalement, elle récita les Dix Commandements – une habitude quand elle était nerveuse ; en cas de grande anxiété, elle passait au *Credo* et enchaînait sur le *Notre Père*.

— À ton âge, je vendais du *gimbap* à la criée. Je ne pouvais pas me permettre de manger une seule bouchée des rouleaux que je vendais. Pas une bouchée, insista Joseph en haussant le ton avec emphase.

Il se perdit dans le souvenir du coin poussiéreux du marché ouvert de Pusan, où il attendait les clients tout en repoussant les gamins des rues aussi affamés que lui.

À l'aide de deux cuillères à soupe, Leah débarrassa le filet de daurade de ses arêtes, puis servit Joseph en premier. Casey se demandait pourquoi sa mère n'interrompait jamais ces rêveries nostalgiques d'un homme qui s'écoutait trop parler. Elle avait grandi avec les monologues de son père sur les privations de sa jeunesse. Elle connaissait l'histoire par cœur : en 1950, on avait organisé un passage temporaire côté sud de la Corée pour le Joseph de seize ans – petit dernier choyé d'une riche famille de marchands – afin de lui épargner la mobilisation au sein de l'armée Rouge. Mais quelques semaines après la fuite du jeune Joseph à Pusan, ville côtière à l'extrême sud du pays, la guerre avait divisé la nation en deux, et jamais plus il n'avait revu sa mère, ses six frères aînés, ses deux sœurs, et le domaine familial près de Pyongyang. Désormais réfugié, l'adolescent autrefois tant gâté avait été contraint de se nourrir dans les poubelles, de dormir sur des plages glaciales et de se terrer dans des campements répugnants où il représentait une proie facile pour les vagabonds plus rodés qui n'avaient déjà plus toute leur tête ni leur conscience morale. Puis, en 1955, deux ans après la fin de la guerre, sa jeune épouse avait succombé à la tuberculose. Sans argent, sans famille, il avait abandonné tout espoir de devenir médecin. N'ayant jamais pu faire d'études, il récoltait quelques piécettes en effectuant des courses pour les soldats américains, ignorait ses cauchemars persistants, gagnait sa croûte en travaillant comme vendeur à la criée, et apprenait l'anglais grâce à son seul dictionnaire. Avant d'émigrer aux États-Unis avec sa nouvelle femme et ses deux filles en bas âge, Joseph avait œuvré vingt ans comme contremaître dans une usine d'ampoules en bordure de Séoul. Hoon, le frère aîné de Leah et premier ami que s'était fait Joseph en arrivant au Sud, avait financé leur immigration à New York et leur avait donné leurs prénoms américains. Puis, deux ans plus tard, Hoon était mort d'un cancer du pancréas. Tout semblait voué à s'éteindre autour de Joseph. Il était le dernier descendant vivant de son clan et n'avait pas d'héritier mâle.

Casey n'était pas complètement insensible à la douleur de son père. Mais elle avait décidé qu'elle ne voulait plus en entendre parler. Ses pertes ne lui appartenaient pas, et elle refusait le fardeau de ce chagrin. Elle habitait dans le Queens, en 1993. Malheureusement, à table, on restait coincé en 1953 et la guerre de Corée n'en finissait pas.

Joseph s'apprêtait à raconter l'histoire de la broche en jade blanc de sa mère, la dernière possession qui l'avait lié à elle. Évidemment, il avait été contraint de la vendre afin d'acheter des médicaments pour sa première épouse, qui était morte de toute façon. *Oui, oui,* songeait Casey, *la guerre est violente et la pauvreté cruelle, mais ras le bol de ces histoires.* Elle ne souffrirait jamais autant que lui, certes. N'était-ce pas tout l'intérêt de leur venue aux États-Unis ?

Leah aurait préféré que Casey ne lève pas les yeux au ciel comme ça. Elle-même ne voyait pas le problème avec ces récits. Leah se représentait la première épouse de Joseph en sainte alitée. Il n'existait pas de portrait d'elle, mais elle l'imaginait très belle – toutes les héroïnes romantiques le sont. Une femme morte si jeune (seulement vingt ans) était forcément bonne, douce et belle, pensait Leah. Et les histoires de Joseph étaient sa manière de chérir son souvenir. Il avait perdu toute sa famille, et elle savait à son sommeil agité que l'occupation japonaise et la guerre le rattrapaient, la nuit. Sa mère et sa première épouse étaient les êtres qu'il avait le plus aimés avec son cœur de jeune homme. Leah aussi connaissait le deuil ; elle avait perdu sa propre mère à l'âge de huit ans. Le parfum de sa peau lui avait manqué, le tissu rêche de sa *chima* contre sa joue quand elle posait sa tête sur son giron ; longtemps elle s'était couchée le soir en fermant les paupières de toutes ses forces, priant pour revoir sa mère assise au bord de sa paillasse au matin. La tuberculose l'avait emportée, ce qui, dans l'imaginaire de Leah, la liait à la première épouse de Joseph.

Joseph adressa un sourire triste à Tina.

— La veille de mon embarquement sur le bateau, ma mère a cousu de ses propres mains vingt anneaux d'or dans la doublure de mon manteau. Ses doigts étaient paralysés par les rhumatismes si bien que les servantes s'occupaient généralement des ouvrages d'aiguille, mais...

Il leva sa main droite en l'air comme s'il pouvait faire apparaître celle de sa mère à la place, puis la saisit de sa main gauche.

— Elle a emballé chaque bague dans du coton à rembourrer pour qu'elles ne fassent pas de bruit en s'entrechoquant à chacun de mes pas.

Joseph s'émerveilla de l'ingéniosité de sa mère, puis se remémora douloureusement chaque moment où il avait dû détacher le fil de laine blanche d'un anneau que sa mère avait cousu de son épaisse aiguille dans l'étoffe du manteau.

— Elle m'a dit : « Jun-oh-*ah*, vends-les si tu as besoin d'argent. Mange un bon repas chaud. Quand tu reviendras, mon garçon, nous t'accueillerons avec un festin. »

Dans le blanc jaunissant des yeux de Joseph, les larmes s'accumulèrent.

— Elle a décroché la broche de son *jeogori*, puis me l'a donnée. Je n'ai pas compris tout de suite, voyez-vous. Je pensais que j'étais censé rentrer à la maison quelques jours plus tard. Trois ou quatre, tout au plus.

Sa voix s'adoucit.

— Elle n'imaginait pas qu'il me faudrait aussi vendre la broche. Les bagues, oui, mais pas…

Casey inspira, expira. C'était probablement la trentième fois qu'elle entendait cette histoire. Elle fit la grimace.

— Je sais. Mais pas la broche.

Outrée, Tina donna un léger coup de genou dans celui de sa sœur.

Joseph plissa ses petits yeux dignes. Son expression mélancolique se fit glaciale.

— Qu'est-ce que tu dis ?

— Rien, répondit Casey. Je n'ai rien dit.

Leah lança un regard suppliant à sa fille, que cette dernière ignora.

Joseph récupéra son verre pour se servir un whisky. Il voulait choyer encore le souvenir de sa mère, la soie verte de sa veste, la froideur des pierres blanches de la broche. Il n'oublierait jamais le jour où il était sorti de la bijouterie avec le maigre pécule qu'on lui avait remis en échange ni son pas pressé pour se rendre chez l'herboriste dont les brindilles et les feuilles malodorantes n'avaient jamais guéri son épouse.

En quête de diversion, Leah ôta son tablier et le plia méticuleusement.

— Tina, veux-tu bien dire le bénédicité pour nous ? demanda-t-elle.

Prête à tout pour que Casey se tienne à carreau, Tina rassembla sa lourde chevelure noire sur une épaule et inclina la tête.

— Notre Père qui êtes aux cieux, nous vous rendons grâce pour ce repas, ainsi que pour tous vos bienfaits. Menez-nous, Seigneur, sur le chemin de la foi. Montrez-nous votre volonté, guidez-y notre cœur et notre esprit. Nous prions au nom du Christ rédempteur, notre Seigneur et notre Sauveur. Ainsi soit-il.

En son for intérieur, Tina aurait bien voulu que Dieu lui dise quoi faire de Chul – comment garder son intérêt éveillé tout en restant chaste, ou alors comment savoir s'il était celui auquel elle était censée faire don de sa virginité ? Tina avait besoin d'un signe ; elle priait pour qu'Il lui indique la voie depuis plusieurs mois, mais elle ne discernait pas d'autre réponse que l'urgence de son propre désir pour ce garçon.

Leah sourit à Tina, puis à Casey. Dans son cœur, elle aussi priait, *Mon Dieu, puisse-t-il y avoir action de grâces, car enfin notre famille est réunie.*

Avant que quiconque ait le temps de commencer à manger, Joseph prit la parole.

— Alors, qu'est-ce que tu comptes faire ?

Casey regarda fixement la vapeur qui s'échappait de son bol de riz.

— Je me disais que j'allais y réfléchir cet été. Personne n'embauche en ce moment, mais lundi, je vais aller à la bibliothèque et rédiger mes lettres de motivation pour les postes qui débutent à la rentrée. Sabine m'a promis des heures en semaine si une vendeuse démissionne. Peut-être que je pourrais travailler dans un autre grand magasin en complément, si elle...

— Le choix est simple, dit-il.

Casey hocha la tête.

— Un vrai travail ou l'école de droit, trancha son père. Vendre des chapeaux n'est pas un vrai métier. Être payée huit dollars de l'heure après quatre ans dans une université à quatre-vingt mille dollars est la chose la plus ridicule dont j'ai jamais entendu parler. À quoi bon faire Princeton si c'est pour vendre des épingles à chignon ?

Livide, Casey hocha à nouveau la tête, cette fois en se mordant la lèvre.

Leah sonda discrètement l'expression de Joseph. Était-ce le moment d'intervenir ? Il détestait quand elle prenait le parti de sa fille.

— L'année scolaire s'est terminée la semaine dernière, tenta-t-elle. Elle pourrait se reposer un peu à la maison. Lire ou regarder la *terebi*.

Sa voix s'affaiblissait. Elle sourit à sa fille.

— Casey a travaillé dur pour ses examens cette année, ajouta-t-elle.

Elle essaya de prendre une intonation plus affirmée, comme si c'était tout naturel au sein de cette famille de sortir diplômée de Princeton, puis de se donner le temps de réfléchir à la suite. Casey regardait toujours son bol de riz, sans toucher à sa cuillère.

— Pourquoi tu ne la laisses pas manger d'abord ? reprit doucement Leah. Elle doit être fatiguée.

— Fatiguée ? Par le country club ? railla Joseph devant cette absurdité.

Leah se tut. Il était inutile de discuter. Elle voyait à son visage qu'il ne l'écouterait pas, pas plus qu'il ne lui permettrait de le contredire devant les filles. Peut-être que Tina trouverait quelque chose à dire pour détourner la conversation. Mais celle-ci semblait complètement ailleurs et mâchonnait son riz bouche fermée. Même enfant, Tina avait toujours mangé docilement.

Casey entreprit de scruter les murs blancs. Tous les samedis soir, sa mère avait pour rituel de les astiquer au détergent.

— Fatiguée ? Fatiguée de quoi ? demanda Joseph à Casey, furieux qu'elle l'ignore. Je te parle.

Elle lui lança un regard noir. *Ça suffit,* songea-t-elle.

— Le travail scolaire reste du travail. J'ai toujours travaillé très dur dans mes études… autant que toi au pressing. Peut-être davantage. Tu as une idée de ce que c'est pour moi que de fréquenter une université comme celle-là ? D'être entourée de gosses de riches qui ont fait leur scolarité à Exeter et Hotchkiss, dont les parents sont membres d'un country club, et pour qui il suffit d'un coup de fil de Papa pour leur sauver la peau ? Tu sais ce que ça coûte d'exceller en cours tout en essayant de te faire des amis et de les garder alors qu'ils pensent que tu n'es rien ni personne parce que tu sors de nulle part ? Certains me fuyaient comme une malpropre quand ils apprenaient que mon père gérait un pressing. Est-ce que tu imagines ce que ça fait, d'être à la fois invisible et méprisable aux yeux de ceux qui sont censés être tes égaux ? Est-ce que tu en as la moindre idée ?

Casey criait à présent. Elle leva la main droite comme pour le frapper, puis la retira, elle-même surprise par son geste. Elle serra le poing contre son cœur, incapable de contrôler ses tremblements.

— Alors quoi ? Qu'est-ce que tu veux de plus ? demanda-t-elle enfin.

— Ce que je veux de plus ? répéta Joseph, confus.

Il marmonna à nouveau, pour lui-même.

— Ce que, moi, je veux de plus ?

Il se tourna vers Leah.

— Tu entends comme elle me parle ?

Puis il maugréa :

— Je devrais la tuer et moi avec, ce serait réglé.

Il regarda autour de lui, comme en quête d'une arme. Puis il se mit à hurler :

— Qu'est-ce que je veux de plus ?

Des deux mains, il repoussa la table. Les verres tintèrent contre les assiettes. La soupe déborda des bols. Joseph n'en revenait pas du toupet de sa fille.

— Ce que, moi, je veux de plus ?

— Ça va, je me suis mal exprimée.

Casey essayait d'empêcher sa voix de trembler et de ne pas fondre en larmes. *N'aie pas peur*, se dit-elle, *n'aie pas peur.*

Leah intervint en coréen :

— Casey, tais-toi. Tais-toi.

Comment cette enfant pouvait-elle être si stupide ? Quel intérêt d'avoir les meilleures notes à l'école si elle était incapable de comprendre qu'il y a un bon et un mauvais moment pour tout, et qu'il faut s'adapter aux personnalités difficiles ? Son aînée était comme un animal enragé, et Leah se demandait pourquoi sa fille ressemblait tant à Joseph sur ce point, ce qu'elle n'avait pas réussi dans son éducation. Pour un homme, il était acceptable de nourrir autant de colère, mais pas pour une femme. Non, une femme ne peut pas vivre avec cette rage – c'est ainsi que va le monde. Comment Casey allait-elle survivre ?

Joseph se redressa.

— Lève-toi, ordonna-t-il à Casey.

Leah tenta de le faire rasseoir avec des mots doux.

— *Yobo...*

Elle le supplia, et ses doigts s'agrippèrent à la ceinture de son pantalon, mais il la repoussa.

Casey se leva, et coinça derrière son oreille la mèche qui lui était tombée sur le visage.

— Imbécile, rassieds-toi, cria Leah en espérant que, des deux, Casey se montrerait plus raisonnable. *Yobo*, chéri..., plaida-t-elle en direction de Joseph. Le dîner...

Elle se mit à pleurer.

— Viens ici, dit-il calmement.

Ses yeux brillants ne cillaient pas.

— Alors comme ça, tu penses en savoir plus long que moi sur la vie et sur ce que tu dois faire de ton avenir ?

S'il avait toujours craint qu'une fois passées par les plus grandes universités, ses filles se sentent supérieures à lui, jamais il n'aurait entravé leur ascension. Pourtant, il n'avait pas anticipé la cruauté du mépris de cette gamine qui se considérait son égale en expériences et en souffrances, après tout ce qu'il avait vécu. En entendant son propre anglais embourbé d'accent coréen, il regrettait d'avoir forcé ses filles à parler anglais, même à la maison. Il avait fait ça pour elles – pour qu'elles n'aient jamais l'air ridicule devant les Américains, contrairement à lui. Joseph avait tant de regrets.

Casey secoua timidement la tête, incrédule devant cette injustice. Quel scandale.

Tina enfouit son visage aux traits si délicats dans ses mains. De sa chaise, elle sentait la chaleur émanant du corps de Casey qui avançait vers leur père. Depuis le lycée, Casey se disputait avec Joseph une ou deux fois par an. Et chaque année, sa colère à l'égard de leur père grandissait, au point de se compacter en une boule dure et implacable. En troisième, Tina était partie en classe de découverte à Boston et, dans un musée, elle avait vu un véritable boulet de canon. Elle imaginait une chose identique logée dans le ventre de Casey, abritée sous ses côtes. Malgré tout, Tina adorait sa sœur. Même maintenant, alors que Casey attendait la douloureuse punition paternelle, Tina lui trouvait une grâce indiscutable. Toute sa vie, Tina avait minutieusement observé Casey, et ce moment ne faisait pas exception. La chemise en lin blanc de Casey tombait avec naturel sur sa silhouette élancée, et ses manches, retroussées comme si elle s'apprêtait à saisir un pinceau pour peindre une toile, révélaient ses minces poignets ornés d'une paire de lourds bracelets manchettes en argent qu'elle ne quittait jamais depuis le lycée – un cadeau luxueux de son employeuse, Sabine.

Tina chuchota :

— Casey, rassieds-toi, d'accord ?

Son père fit la sourde oreille, tout comme Casey.

Joseph baissa la voix.

— Tu ignores ce que c'est de n'avoir nulle part où dormir. Tu ne connais pas la faim dévorante qui pousse à voler. Tu n'as jamais travaillé de ta vie à part dans le magasin de ta Sook-ja Kennedy.

— Arrête de l'appeler comme ça. Son nom est Sabine Jun Gottesman.

Elle cracha chaque syllabe comme un clou, mais se retint d'ajouter « Comment peux-tu te montrer ingrat à ce point ? ». Sabine avait donné à sa fille un job aux horaires flexibles et de généreuses primes qui l'avaient aidée à acheter ses livres, ses vêtements – et tout ça uniquement parce qu'elle avait fréquenté la même école primaire que Leah en Corée. Les deux femmes n'étaient pas amies à l'époque – rien que deux Coréennes venues de la même école dans la même ville et qui par hasard s'étaient recroisées à l'autre bout du monde dans un lieu aussi incongru que le comptoir Elizabeth Arden au Macy's de Herald Square. C'était Sabine qui avait proposé d'embaucher la fille de Leah. Au fil des années, Sabine, qui n'avait pas d'enfant, avait pris Casey sous son aile – comme elle le faisait avec beaucoup de ses plus jeunes employées. Elle lui offrait des cadeaux magnifiques et précieux, dont les lunettes en écaille italiennes qu'elle portait en ce moment même. La monture et les verres avaient coûté quatre cents dollars. Personne n'avait fait preuve d'autant de générosité que Sabine envers elle, et Casey en voulait à son père de ne pas le voir.

— J'étais obligée de travailler pour Sabine. Je n'avais pas le choix, si ?

Joseph leva les yeux vers les dalles du faux plafond de la cuisine. Il souffla fort, stupéfait par la cruauté de sa fille.

Soudain, Casey sentit une pointe de culpabilité, parce que, aussi longtemps qu'elle s'en souvienne, sa famille n'avait jamais eu d'argent – ce dont son père avait toujours eu honte. Son grand-père paternel était très riche, d'après la légende familiale, mais il était mort avant que son père puisse vraiment le connaître. Joseph croyait que si son père avait pu lui expliquer comment un homme s'enrichit, son destin aurait été tout autre. À vrai dire, Casey n'en avait jamais voulu à ses parents de ne pas être plus aisés, car ils travaillaient très dur. Il y a ceux qui ont de l'argent, et ceux qui n'en ont pas. Au bout du compte, les choses avaient plutôt bien marché pour elle, côté scolarité : Princeton avait pris en charge la presque totalité des frais d'inscription ; ses parents n'avaient eu qu'à régler une petite contribution, si bien qu'elle n'avait même pas de prêt étudiant à rembourser. L'université l'avait dotée d'une mutuelle pour la première fois de sa vie, rendant accessible une contraception à bas coût. Pour les livres, les vêtements et les sorties, elle était rentrée à New York chaque week-end et avait travaillé au magasin de Sabine.

— Je... je...

Casey cherchait un moyen de revenir sur ses mots, sans y parvenir.

Joseph la regarda franchement, jaugeant son insolence.

— Enlève tes lunettes, ordonna-t-il.

Casey retira la monture en écaille et plissa les yeux. De là où elle se tenait, à peine un mètre de lui, elle voyait nettement son visage : les rides ondulées creusées dans son front jaunissant, les grandes et belles oreilles mouchetées de taches brunes et la bouche marquée – seul trait dont elle avait hérité. Casey posa ses lunettes sur la table. Sa peau avait pris la teinte d'un parchemin délavé, et la seule couleur sur sa figure était celle de son rouge à lèvres. Elle ne semblait pas inquiète, simplement résignée.

Joseph leva le bras et la gifla au niveau de la mâchoire, paume grande ouverte.

Elle s'y attendait. L'arrivée du coup fut presque un soulagement. *Maintenant, c'est passé,* songea-t-elle. Casey effleura sa joue et détourna les yeux, sans savoir quoi faire à présent. Un silence gênant suivait toujours les coups. Elle ne ressentit pas vraiment la douleur, même s'il n'y était pas allé de main morte. Casey était sortie de son corps, elle s'observait de haut, et attendait que son esprit et son corps fusionnent à nouveau pour prendre une décision. *Que faire ?* se demanda-t-elle.

— Tu crois que travailler, c'est avoir des bonnes notes à l'école et vendre des chapeaux ? Tu te crois capable de survivre plus d'une heure à la rue ? Je t'ai envoyée à l'université. Chaque midi, ta mère et moi achetons un seul sandwich pour deux au deli, afin que Tina et toi ayez un peu plus d'argent pour vos études. Et tout ce que tu ramènes de là-bas, ce sont des mauvaises manières. Comment oses-tu ? Comment oses-tu parler à ton père sur ce ton ?

Désireuse de mettre un terme à la dispute, Leah se leva, mais d'un geste, Joseph la repoussa sur sa chaise.

Il frappa à nouveau Casey. Cette fois, elle flancha légèrement. Un bruit sourd résonna dans ses oreilles. Elle retrouva son équilibre en serrant les dents et les poings. C'était injuste. D'accord, il ne voulait pas qu'elle soit insolente avec lui. En tant que père de famille, elle lui devait respect et obéissance – ces conneries héritées de

Confucius étaient inscrites dans ses gènes. Mais cette manie de la remettre à sa place avait eu lieu tant de fois, et c'était toujours la même chose : il la frappait, et elle le laissait faire. Elle ne parvenait pas à tenir sa langue, alors que la logique le lui dictait ; Tina, elle, ne lui répondait jamais, et elle n'avait jamais reçu la moindre claque. Puis, comme un interrupteur que l'on enclenche, Casey décida de ne plus prendre en compte le point de vue de son père dans cette dispute. Les intentions qui le poussaient à agir ainsi n'étaient plus pertinentes. Elle ne tolérerait plus d'être frappée. Elle avait vingt-deux ans, un diplôme de Princeton en poche. C'en était fini, de ces conneries.

— Dis-lui que tu es désolée, intervint Leah, qui retenait son souffle.

Elle l'encouragea d'un signe de tête, comme on demanderait à un bébé d'avaler une autre cuillerée de bouillie.

Casey pinça les lèvres, et sa rancœur envers sa mère ne fit que croître.

Joseph se calma, alors Leah pria pour que tout ceci se termine très vite.

— Ta fille ne me respecte pas, dit-il à Leah sans quitter des yeux le visage rougi de Casey. Elle ne vaut rien.

— Elle est désolée, s'excusa Leah pour sa fille. Je sais qu'elle l'est. Casey est une fille bien élevée, elle ne pense pas toutes ces choses. Elle est juste fatiguée de son année à l'école.

Leah se tourna vers elle.

— Allez, file. Dépêche-toi d'aller dans ta chambre. Vite.

— Tu les as trop gâtées. C'est à cause de toi, tout ça. Pas étonnant que maintenant elles parlent à leur père sur ce ton.

Tina se leva et posa doucement ses mains sur les fines épaules de sa sœur, tentant de l'éloigner, mais Casey refusa de la suivre. Leur mère pleurait ; elle qui avait passé l'après-midi à cuisiner. Personne n'avait encore touché aux plats. Tina aurait voulu remonter le temps, revenir à table et recommencer.

Tina murmura :

— Casey, Casey, allez viens... s'il te plaît.

Casey regarda son père.

— Je ne suis pas gâtée, et elle non plus, dit-elle en désignant Tina. J'en ai marre d'entendre que je suis une fille indigne, alors que c'est faux. Tu as gagné le gros lot avec des enfants comme nous. Pourquoi ce n'est pas assez pour toi ? Merde, alors ! Pourquoi est-ce que, quoi qu'on fasse, ce n'est jamais assez pour toi ? J'en ai marre, voilà. J'en ai marre et je t'emmerde.

Elle avait prononcé ces derniers mots en douceur.

Sidéré, Joseph croisa les bras sur son ventre, incapable d'appréhender ses propos.

— Pourquoi je ne te suffis pas telle que je suis ? Sans avoir à me plier en quatre et à en faire toujours plus ?

La voix de Casey s'éteignit, engloutie par ses sanglots. Non pas parce qu'il l'avait frappée, mais parce qu'elle comprenait maintenant qu'elle s'était toujours sentie traitée injustement. Tous ces efforts pour obtenir son approbation, sans rien recevoir en retour.

Joseph inspira et balança son poing, la cognant si fort en plein visage qu'elle en bascula. Ses lunettes ricochèrent de la table au sol. Tina se précipita pour les ramasser. Un verre était cassé et une des branches avait manqué d'être arrachée. Casey s'agrippa à la table en Formica dont les maigres pieds en métal vacillèrent, puis elle dérapa et tomba au milieu des bols et des assiettes fracassées. Une tache rouge vif s'étala rapidement sur l'œil droit de Casey, assortie aux traces de doigts imprimées sur sa joue gauche.

— Lève-toi, dit-il.

Les mains à plat sur le lino vert, Casey s'efforça de se relever sur le seul coin sec du sol. Et elle se retrouva à nouveau debout devant lui. Du sang dégoulinait de sa lèvre fendue et tapissait sa langue d'un goût métallique.

— Tu vas encore me frapper ? demanda-t-elle avant de passer sa langue sur ses dents.

Joseph secoua la tête.

— Dehors. Prends tes affaires et sors de chez moi. Tu n'es plus ma fille, décréta-t-il d'un ton formel, les bras ballants.

Cogner ne servait plus à rien. Il avait échoué en tant que père et, à ses yeux, elle était morte. Il quitta la pièce, écrasant les débris de la carafe d'eau en céramique blanche. Depuis le salon, il se tourna vers la cuisine, mais refusa de poser le regard sur Casey.

— Je t'ai envoyée à l'école. J'ai fait tout ce que j'ai pu. J'en ai fini maintenant, et demain matin tu n'as plus rien à faire sous mon toit. Tu me donnes envie de vomir.

Leah et les filles le virent se replier dans sa chambre et fermer la porte. Casey s'assit à la place vide de son père, les yeux levés vers le faux plafond pour en compter les dalles machinalement comme elle avait l'habitude de le faire pendant les repas. Tina lissait ses cheveux dans une tentative de se rassurer et de contrôler sa respiration. Leah demeurait immobile, les mains agrippées aux plis de sa robe. Joseph avait quitté la pièce ; c'était une première. Elle songea qu'il aurait été de meilleur augure qu'il reste, quitte à frapper Casey de nouveau.

# 2

# LA DETTE

LA CHAMBRE QUE PARTAGEAIENT LES DEUX SŒURS était bien plus étroite que toutes celles des résidences étudiantes de Mathey College ou de Cuyler Hall que Casey avait habitées par la suite. Les deux lits superposés occupaient tout un mur et bloquaient la fenêtre à la vitre sale faute de pouvoir être lavée de l'extérieur. Au-dessus de la tête de lit en mélaminé de l'étage supérieur – celui de Casey – était accrochée une affiche décolorée de Lynda Carter en Wonder Woman, les mains sur les hanches. Sur le petit espace de mur disponible au niveau inférieur, Tina avait placardé un poster des Yankees récupéré chez Burger King quand elle était en primaire. À peine cinquante centimètres séparaient le lit de deux bureaux en contreplaqué dépareillés sur lesquels étaient posées deux lampes à bras flexibles blanches de chez Ohrbach's. Au-dessus des bureaux, au fil des ans, les filles avaient tapissé le mur de leurs certificats d'excellence : parmi ses nombreux diplômes, Casey avait reçu les honneurs en photographie, musique, histoire et géographie ; Tina en géométrie, religion, physique et algèbre.

Casey ne voyait même plus les diplômes maintenus par des scotchs jaunis. Pas plus qu'elle ne remarquait l'étroitesse étouffante de la pièce ou son absence de lumière naturelle. Les premières années, quand elle rentrait de l'université pour les vacances, elle avait comparé les somptueuses cheminées de sa suite à la résidence étudiante de Mathey, les boiseries des salles de classe et les vitraux des fenêtres de Princeton avec le bleu électrique de la moquette de sa chambre d'enfant et les vitres pare-balles de l'entrée de l'immeuble. Elle avait alors décidé qu'elle ne pouvait pas se permettre de regarder le lieu d'où elle venait avec son œil critique. Cela aurait été trop douloureux.

Après la dispute avec son père, Casey fila tout droit dans sa chambre avec pour unique objectif de récupérer ses Marlboros et une boîte d'allumettes. Une fois les deux en main, elle s'échappa.

Elle grimpa les trois étages restants à pied, parce qu'il n'y avait pas d'autre moyen d'accéder au toit goudronné. De mémoire, elle composa le code de la lourde porte en fer – 1474, la date de naissance d'Etelda, la fille du gardien de l'immeuble. Pendant des années, Casey avait aidé Etelda à faire ses devoirs, puis lui avait donné des cours pour passer les examens d'entrée à l'université. Pour la remercier, Sandro avait laissé à Casey le libre accès au toit. Quand Etelda avait décroché une bourse d'études à Bates College, Sandro avait acheté avec ses propres deniers une petite table de jardin en fer et deux chaises pliantes dans un magasin de bricolage du New Jersey, et avait déposé le cadeau sur le toit sans un mot, mais accompagné d'un cendrier en verre à destination de son unique utilisatrice.

Ce soir-là, Casey ne déplia pas sa chaise. Elle s'assit sur le parapet qui bordait le toit côté nord face à la rue, les jambes ballantes dans le vide, sans se soucier de salir son pantalon blanc sur la façade en briques brunes. La brise du soir, imperceptible dans la cuisine mal aérée de sa mère, caressa son visage meurtri. Il y avait peu de lumière dans le ciel, aucun signe de la lune. Quant aux étoiles, Casey n'en avait jamais vu dans le Queens. La première fois qu'elle avait pu observer un ciel noir percé de ce qui lui sembla être un nombre infini de minuscules trous blancs, c'était lors d'une virée dans la très chic ville de Newport avec sa colocataire. La grand-mère de Virginia y possédait une luxueuse demeure, et les deux amies lui avaient rendu visite pendant leurs vacances scolaires. La vue lui avait littéralement coupé le souffle. Casey avait basculé la tête en arrière pour contempler les volutes de la Voie lactée, et son amie avait eu du mal à la persuader de rentrer dans l'immense maison malgré les moustiques qui lui dévoraient les jambes. Ainsi Mrs Craft avait-elle surnommé Casey « la demoiselle aux étoiles dans les yeux ». Le lendemain, quand ses piqûres avaient enflé et rougi sur ses chevilles et ses orteils, formant leur propre constellation, Casey n'avait pas eu le moindre regret. À l'âge de dix-neuf ans, elle avait enfin vu les étoiles.

Casey rêvait d'arracher le voile gris sombre qui plombait le ciel de New York et ses rubans crépusculaires roses pour en révéler les constellations. Il n'y avait aucun moyen de les apercevoir. *Très bien*, songea-t-elle, frustrée. De là où elle était assise, les immeubles identiques s'alignaient à perte de vue, leurs fenêtres éclairées par des appliques carrées en verre fixées au plafond. Des deux côtés de Van Kleeck Street, les bâtiments dataient des années 1960. Ils avaient été conçus par le même promoteur, et donc sur le même plan, tous meublés pour la location de frigidaires Whirlpool et de placards étroits.

À l'intérieur, les ampoules vacillaient joyeusement. Les immeubles lui évoquaient des ruches percées de poches symétriques d'air, de bruit et de lumière. Casey voulait croire que le bonheur y était possible, que les gens ne faisaient pas qu'y fourmiller.

Alors Casey se lança dans son jeu préféré sur le toit. Les règles restaient floues, mais l'objectif simple : choisir une fenêtre et en passer l'intérieur au crible. Elle avait pour idée que les possessions en disaient long sur une personne : un vieux fauteuil au tissu écossais rafistolé au scotch gris trahissait les fêlures d'un homme ; un miroir chargé de dorures reflétait l'âme impériale d'une femme qui n'avait pas encore perdu de sa lumière ; un tube en carton d'une sous-marque de flocons d'avoine abandonné sur le plan de travail de la cuisine témoignait de la légèreté du porte-monnaie d'un retraité.

De l'autre côté de la rue, sans trop avoir à se pencher, Casey repéra un garçon et une fille, probablement originaires d'Asie du Sud, qui regardaient la télévision dans un petit salon. Ils avaient entre sept et dix ans. Casey aurait voulu s'installer à côté d'eux, en silence, invisible, et retenir son souffle tant leurs beaux visages sereins semblaient émerveillés par les images qui défilaient devant eux. La lueur de sa cigarette lui tenait compagnie, mais elle aurait préféré une lampe et un livre ou, vu son humeur, une rediffusion d'une sitcom des années 1970 – *Mary Tyler Moore* ou *The Bob Newhart Show*. Casey avait toujours été une lectrice et une téléspectatrice avide. Elle trouvait absurde le mépris de certains pour la télévision tant des feuilletons comme *La croisière s'amuse*, *L'Île fantastique*, *La Petite Maison dans la prairie*, et bien sûr *Wonder Woman*, avaient servi de guides aux sœurs Han pour comprendre l'Amérique. Les classiques de la littérature empruntés à la bibliothèque municipale d'Elmhurst leur avaient tout appris des Américains et des Européens d'un autre temps, mais pour la vie moderne, leur source avait été le petit écran. Joseph et Leah ne les en avaient jamais privées. Avec leurs bulletins irréprochables, la télévision était une récompense que même les Han pouvaient se permettre de donner.

Casey entendit les mules en bois de Tina claquer sur le béton.

— Ne saute pas, lança Tina avec une pointe de malice.

— Ah, si seulement c'était aussi simple.

Casey jeta un coup d'œil au trottoir goudronné dix étages plus bas. Sur sa diagonale, en face de la borne d'incendie rouge, des gamins du quartier étaient agglutinés sur les marches de l'entrée d'un immeuble où ils dévoraient des pizzas siciliennes à même le carton. Casey enviait leur appétit.

Tina essuya ses mains sur son jean déjà humide d'avoir lavé le sol à genou avec une grande éponge. En bas, leur mère faisait encore la vaisselle. C'était l'idée de Leah, d'envoyer la cadette trouver sa sœur.

— Alors, qu'est-ce que tu vas faire ? demanda Tina.

Casey haussa les épaules sans rien dire. Son rond de fumée perdit sa forme.

— Je m'attendais à ce que ça explose vers la fin août. Mais pas dès notre première semaine à Casa Han, reprit Tina.

— Quel sens de l'humour, ce soir.

Casey tira sur sa deuxième cigarette.

— Tu vas dormir chez Jay ?

— On dirait bien que c'est ce qui se profile. Virginia est à Newport pour un mois, ensuite elle décolle pour l'Italie. Ça doit être sympa, d'avoir une tonne de fric… et du temps pour le dilapider.

— L'Italie, ça a l'air chouette.

Aucune des deux n'avait jamais mis les pieds en Europe.

— J'ai souscrit à une carte de crédit la semaine dernière. Si je peux retirer assez pour un billet d'avion,

Virginia m'invitera dans sa villa sans problème, mais une fois là-bas, je ne saurais pas comment trouver un job d'été et...

Cette première carte avait une limite d'emprunt de cinq mille dollars. Combien coûtait un billet d'avion ? L'idée de partir en Italie paraissait incroyable et palpitante, mais il était ridicule pour une fille comme elle d'y songer.

Tina suivit le regard de sa sœur pour tenter de deviner sur quelle fenêtre elle avait jeté son dévolu. La cadette ne voyait pas d'intérêt particulier à ce jeu ; pour elle, la forme ronde d'une table à manger et le short en jean qu'une femme choisissait de porter chez elle ne lui semblaient pas révélateurs. Mais il fallait dire que Tina était constamment surprise de l'attitude de ses pairs au MIT – la différence si marquée de leurs apparences et de leurs goûts – tandis que rien n'étonnait jamais Casey. Chul, son petit ami, ressemblait plus à Casey sur cet aspect ; il avait une curiosité naturelle pour les autres. Tina se souvint soudain qu'elle était censée appeler Chul ce soir-là. Il était probablement déjà trop tard pour faire sonner le téléphone de ses parents dans leur résidence secondaire du Maryland où il passait l'été.

— Tu veux partir en Italie ? interrogea Tina.

— Pas dans ces circonstances.

— Alors, ce sera chez Jay ?

— Oui.

Tina ne savait jamais quoi dire au sujet des gifles. Après ce genre de dispute, Casey haïssait leur famille. Et comment Tina aurait-elle pu le lui reprocher ? Personne n'avait jamais réussi à apaiser la fureur de leur père.

— J'ai deux cents dollars. Plus vingt en petite monnaie. Je te les donne.

— Je te dois déjà de l'argent, lui rappela Casey.

Quatre ans plus tôt, Tina avait remis toutes ses économies à Casey pour l'aider à payer son avortement. Avant de rencontrer Jay, Casey était tombée enceinte, un coup d'un soir dont elle avait jeté le nom et le numéro. Depuis, même quand elle avait eu de quoi rembourser sa sœur, l'achat d'un pull-over, d'un chapeau ou d'une paire de bottes avait toujours semblé plus urgent. Casey regrettait à présent son piètre historique en matière de crédit.

— Je m'en fiche, de l'argent. Si tu n'avais pas enduré cette…

Tina serra les dents avant de continuer :

— … procédure… ta vie aurait été gâchée.

Casey écrasa sa cigarette à moitié consommée – fumer n'était pas si différent de brûler directement des billets de banque, mais elle savourait cette prodigalité. Aussitôt, elle en alluma une troisième.

Tina commenta :

— J'ai vu des radios de poumons…

— Pas ce soir, s'il te plaît. Épargne-moi ton laïus.

— Tu aurais pu nous épargner ce soir, toi aussi, marmonna Tina.

— C'est lui qui a été un connard, Tina.

— Je sais, dit-elle en la regardant sévèrement. Et alors ? Ce n'est pas comme si c'était une première.

— Et j'imagine que tu aurais géré la situation différemment ? Oui, bien sûr, la parfaite docteure Han et sa patience exemplaire.

Casey la surnommait ainsi depuis l'enfance.

— Je n'ai pas prétendu que c'était juste.

Tina en voulait à Casey de toujours exiger qu'elle prenne parti.

— Ni que j'exagérais, et pourtant c'est ce que tu penses. Va te faire voir.

— Pourquoi ? Pourquoi je m'obstine à essayer de te comprendre ?

— Oui, pourquoi, dis ? Je ne t'ai rien demandé.

Tina baissa d'un ton. Quand il était question de la famille, elle avait toujours eu l'impression d'être la plus mûre des deux.

— Arrête, Casey. Parle-moi.

Casey expira. Elle se sentait bête et terriblement seule. Du bout de l'index, elle tapota sa tempe.

— Hé, je viens d'établir une nouvelle règle. Tu veux savoir laquelle ?

— Oui.

Tina lui adressa son sourire attendrissant de petite sœur qui disait : « Apprends-moi des choses de la vie. Laisse-moi t'idéaliser à nouveau. »

— Pas plus d'une dispute par jour, annonça fièrement Casey. J'ai déjà eu ma dispute pour aujourd'hui. Alors je ne peux pas m'embrouiller avec toi. Peut-être que demain, je pourrai te trouver un créneau.

— Vas-y, je t'en prie. Mets-moi sur liste d'attente, répliqua Tina avec un sourire.

Elles se turent. Tina déglutit en tendant la main vers le visage de Casey partiellement caché dans la pénombre.

— Laisse-moi regarder.

— Non.

Casey tressaillit et souffla de la fumée dans sa direction.

— Prends mon argent.

— C'est moi qui fais des vagues, c'est normal que je m'en aille, décréta Casey avec logique comme si elle récitait un théorème de géométrie.

Puis elle marmonna :

— De toute façon, j'étouffe ici.

— Vous allez vous entre-tuer, si tu restes, confirma Tina. Accepte les sous que je peux te donner.

Casey hocha la tête en tentant de réprimer son dégoût.

— Je te rembourserai. La totalité.

— Je me fiche de l'argent, Casey.

Enfant, il suffisait d'un regard de Casey pour rendre Tina heureuse.

— Je pars dès qu'ils seront couchés, déclara Casey avec un visage impassible. Hors de question qu'ils sachent où je suis. Compris ? S'il te plaît, fais ça pour moi.

Il ne servait à rien de discuter. En observant les erreurs de Casey, Tina avait évité de les reproduire. Si elle se sentait un devoir de s'améliorer constamment, c'était parce qu'elle avait vu un déroulé de la vie en avant-première. Elle éprouvait… qu'était-ce donc ? Une loyauté viscérale ? Certainement pas de la gratitude. Un sens de la responsabilité ? Quoi qu'il en soit, ce n'était pas agréable.

En bas, la rue sombre était déserte. Deux rats surgirent des sacs-poubelle noirs au virage.

Ce n'était pas comme ça que la soirée aurait dû se dérouler. Dans le train du retour du MIT, Tina avait mentalement passé en revue sa liste de questions pour Casey – les inquiétudes de tout un semestre. Elles échangeaient rarement durant l'année scolaire. Les appels longue distance étaient onéreux, leurs emplois du temps chargés et désynchronisés. Casey ne facilitait pas les choses non plus. Sa vie semblait si effrénée et dépourvue d'objectif. Insaisissable.

La nuit s'assombrit encore. Sans lune ni réverbères, Tina parvenait à peine à discerner le contour du visage de sa sœur – ses larges paupières plates, sa bouche frappante héritée de leur père, ses pommettes hautes, son nez au bout légèrement arrondi. Son aînée avait la peau plus claire qu'elle tandis que ses cheveux raides et noirs prenaient une teinte châtain l'été. Ceux de Tina, noirs également, avaient des reflets bleus, et en hiver étaient noir de jais. Si elles se tenaient côte à côte, personne ne pouvait se douter qu'elles étaient de la même famille. Mais Tina tenait à revendiquer leur lien de sœurs ; elles n'étaient pas les meilleures amies du monde, mais elles seraient toujours là l'une pour l'autre.

Tina inspira. Il leur restait si peu de temps.

— Je peux te poser une question ?

— Hmm ?

Casey fut presque surprise d'entendre une voix, ayant fait le vœu silencieux que sa sœur la laisse tranquille.

— Qu'est-ce que ça fait ?

— De quoi ? demanda Casey, perplexe.

— Le sexe. C'est comment ?

Casey écarquilla les yeux, d'abord d'étonnement, puis d'amusement.

— Y aurait-il un garçon dans la vie de ma sœur ?

— Oh, chut.

— À ta guise ! rétorqua Casey en faisant mine d'être vexée.

— Il y a bien un garçon, admit Tina avec une pointe d'inquiétude.

— Son nom ?

— Chul.

— Un Coréen ? vérifia Casey, estomaquée.

— Oui.

— Ah ouais.

— Je sais, souffla Tina.

C'était la règle : si l'une ou l'autre devait un jour ramener un garçon blanc à la maison, elle serait immédiatement reniée. Les sœurs Han étaient censées épouser chacune un Coréen. Mais les probabilités avaient toujours semblé approcher de zéro, dans la mesure où aucun ne les avait jamais invitées à sortir.

— Raconte, l'encouragea Casey en se penchant vers elle.

C'était plus facile de parler de lui dans le noir. Chul avait un an d'avance sur elle au MIT, il préparait également médecine, il était grand – un joueur de volley. Harvey, le président des Jeunesses chrétiennes du campus, l'avait amené à une soirée en décembre, et l'avait présenté à Tina. L'air plus sérieux et adulte que les autres garçons qui lui tournaient autour à l'université, il avait de beaux yeux coréens, un large front et un nez viril. Lorsqu'il l'avait invitée au cinéma au printemps, elle n'y avait pas cru. Mais il était venu la chercher, comme promis, avec une douzaine de roses couleur abricot emballées dans un papier de soie blanc. Au troisième rendez-vous, ils s'étaient embrassés dans sa Honda Accord bleue. Quand elle lui avait confié qu'elle était encore vierge, il n'avait pas cherché à aller plus loin. « Je trouve ça mignon », avait-il dit. Lui-même n'avait qu'une seule expérience en la matière – un rapport maladroit après le bal du lycée. Ils s'étaient mis d'accord pour méditer à ce sujet dans leurs prières. Très vite, Chul lui avait déclaré sa flamme. « Ça ne dépend plus que de toi, Tina. » Après cinq mois de soutiens-gorge dégrafés, d'érections qui désormais ne l'effrayaient plus et de caresses haletantes, elle craignait à présent qu'il ne trouve plus rien de charmant à son abstinence. Elle avait envie de faire l'amour, mais elle avait peur de l'acte, de lui, de Dieu, et de toutes les zones grises de la vie en général. La fellation était-elle un péché aussi ? Les frontières de sa morale ne cessaient de reculer. Ils avaient franchi toutes les étapes, sauf la dernière.

— Je… je ne crois pas au sexe avant le mariage, tu le sais. La Bible…

— Je sais, dit Casey en acquiesçant avec emphase. Le sexe, c'est non, mais les avortements, ça passe.

Elle n'avait pas pu s'empêcher de lancer cette petite pique – et celle-ci était surtout dirigée contre elle-même, d'ailleurs.

— Dis donc, tu n'avais pas mis en place une nouvelle règle pour te limiter à une dispute par jour ? rétorqua Tina en plissant les yeux.

— Ah oui c'est vrai. J'avais oublié, s'esclaffa Casey.

— Alors ? relança Tina.

Casey chercha les bons mots.

— Je crois que… Je crois que ta foi est… sincère. Je ne sais pas comment tu fais, mais…

Tina sonda intensément le visage de sa sœur. Casey s'y connaissait en matière de sexe, et Tina lui enviait son expérience.

— Personnellement, je n'arrive pas à concevoir la vie sans sexe. J'aime trop ça. Et j'espère que ça te plaira aussi. C'est tellement… ça me transporte. Tu comprends ?

Casey se tourna vers elle sans parvenir à discerner clairement son expression. Elle voulait que sa sœur puisse vivre son propre désir sans la contrainte d'idées conservatrices.

— Ça fait du bien de sortir de sa tête. De s'oublier. De ne plus penser qu'à l'autre.

Tina expira. L'audace de Casey l'impressionnait.

— Peut-être que j'aime un peu trop ça, tempéra Casey, soudain honteuse de sa franchise.

Elle n'était pas sûre qu'il faille détourner sa cadette du droit chemin. Si peu de personnes avaient encore foi en quelque chose.

— Je ne suis probablement pas un bon exemple à suivre.

Si Casey interprétait son expérience en matière de sexe par le prisme moral de sa sœur, cela faisait d'elle une salope – elle avait couché avec huit hommes, pas forcément dans le cadre d'une relation sentimentale, dont sept avant ses dix-neuf ans. À Princeton, elle avait des copines ayant collectionné jusqu'à trente ou quarante conquêtes (répertoriées dans leurs journaux intimes et classées par des systèmes de notation) et d'autres qui n'avaient connu qu'un seul grand amour. Et puis il y avait Tina : une des dernières résistantes.

Tina voulait des détails, des informations, des conseils. Au MIT, université à l'écrasante majorité masculine, rares étaient les filles qui demeuraient vierges. Le vivier de partenaires potentiels était infini. À présent que Tina avait un petit ami, elle commençait à comprendre ce que les autres étudiantes lui répétaient depuis le début : il y avait toujours eu des garçons partants pour compiler ses chansons romantiques préférées sur cassette, lui écrire de mauvais poèmes, l'inviter au restaurant – à condition d'entrevoir la possibilité de la déshabiller. Ses amies, surtout les plus jolies, mais même les plus banales de son groupe de prière du mercredi, n'arrivaient pas à croire que Tina était encore vierge.

— Pourquoi tu dis que ça te transporte ?

— Parce que les sensations sont si puissantes. C'est tellement merveilleux d'être nue avec quelqu'un qui te plaît – toucher sa peau, sentir sa chaleur, son souffle, ses os, être proche, si proche, et se sentir désirée, ardemment – et après, il y a cet apaisement ; tout le reste semble si secondaire. Et... et...

C'était la première fois que Casey décrivait sa vision du sexe ; personne ne lui avait jamais posé cette question. Les images se bousculaient dans sa tête. Elle se sentit soudain si vivante.

— C'est follement excitant d'éprouver le désir de l'autre. Et quand tu es amoureuse, c'est encore plus puissant parce qu'alors tu lui fais confiance, et tu peux lâcher prise. Complètement. Je crois que si tu aimes Chul et qu'il t'aime... eh bien...

Casey s'interrompit. Elle avait l'impression d'endosser le rôle d'une militante en faveur de la débauche, ce qui n'était pas son intention.

— Eh bien, quoi ?

— Tu vois ce moment, juste avant un premier baiser ?

Tina hocha la tête.

— C'est ce genre de frisson... mais suspendu et qui dure plus longtemps, jusqu'à... culminer.

Casey s'était entichée de Jay Currie dès l'instant où elle l'avait repéré sous l'arche gothique de la magistrale entrée de Princeton. Il se tenait au milieu d'un groupe de garçons à qui il racontait une anecdote, et lui aussi l'avait remarquée. Ses grands yeux bleu-vert mouchetés de gris et de noir étincelant s'étaient illuminés en la voyant et l'avaient perturbée. Quelques jours après, pendant la semaine d'intégration, il s'était assis à côté d'elle à la réunion d'orientation. Il s'avéra qu'il était en troisième année, membre du Terrace Club. Plus tard, il lui avouerait qu'il l'avait suivie et avait assisté à la réunion dans le but de faire sa connaissance. Elle avait accepté un rencart, et quand le générique de fin de *Pauline à la plage* avait défilé (elle aurait été incapable d'en résumer l'histoire), il s'était penché sur elle et avait posé ses lèvres sur les siennes. Son menton était légèrement râpeux, ses cheveux ondulés et couleur miel.

En reculant, il avait commenté, comme surpris :

— Tu es si douce.

Elle s'était esclaffée.

— Vraiment ?

Puis elle s'était mordu la lèvre, ravie. Immédiatement, il avait recommencé.

— Alors, tu crois que Jay est ton grand amour ? s'enquit Tina.

Casey fit la grimace, dérangée par ce terme qu'elle n'utilisait pas.

— Tu veux dire, le grand amour de ma vie ? Le seul et l'unique ? ricana-t-elle. C'est mignon.

— Arrête avec ton sarcasme. Je me demandais... enfin... ce n'est pas pour rationaliser...

— Allez-y, rationalisez, Docteure Han.

Tina ignora la pique.

— Je me disais, si Chul était effectivement le grand amour de ma vie, et que je voulais être avec lui pour toujours, et que je pouvais jurer de ne jamais désirer que lui... alors...

Elle avait du mal à sortir les mots. Ce qu'elle essayait de dire, c'était que, peut-être, dans ces circonstances, elle pouvait se permettre de coucher avec lui avant le mariage.

— Tu es encore à l'université. C'est comme si tu me disais... non, mais je rêve... Enfin, c'est comme si tu me disais que tu comptes te marier avec celui qui t'a invitée à ton premier bal de lycée, ou je ne sais quelle bêtise. J'hallucine !

Casey n'avait pas l'intention de se montrer condescendante, mais l'argument de Tina était vraiment ridicule. Il relevait du conte de fées, ou pire, du conservatisme religieux.

— Mais tu dis que le sexe était meilleur quand on est amoureuse…

— Oui, bien sûr… mais… il y a une différence entre être amoureuse et se jurer fidélité à jamais.

— C'est pourtant ce que je veux. Et je crois qu'au fond, c'est ce que nous voulons tous, du moins au début.

— Oui, oui. Il n'empêche que je suis contente de ne pas avoir épousé Sean Crowley.

C'était le garçon avec qui elle avait perdu sa virginité à quinze ans.

— Et tu ne regrettes pas d'avoir… couché avec Sean ?

La réponse était un *si*, tranché, définitif. Mais Casey n'avait certainement pas envie de l'avouer.

— Je suis contente d'avoir vécu cette expérience, nuança-t-elle avec une réticence manifeste.

Ravie par cette modeste victoire, Tina poursuivit :

— Je sais ce que je veux. Je veux qu'il me jure que je serai la seule pour lui. Il doit bien exister une sorte de… promesse qui…

— Tu veux dire un contrat ? rétorqua Casey avec un bond en arrière, comme littéralement repoussée par la suggestion. Oh, allons, Tina. Soyons sérieuses. Tu as vingt ans. Tu ne peux pas te marier. Et qu'est-ce que tu vas faire s'il se révèle nul au lit ? C'est absurde. Tu pourrais rester coincée avec lui pendant cinquante ans ! Pire, attends, avec les progrès de la science de nos jours, ça pourrait devenir soixante-dix ans. Et ensuite ?

— Mais on est censés aimer… et tu disais que si les deux personnes s'aiment… c'est encore mieux. Dans ce cas, si je m'appuie sur ton argument, comment le sexe pourrait-il être mauvais ? J'y ai bien réfléchi...

— Oui, je vois ça, confirma Casey en riant.

— Je me dis que ça me ferait tellement mal si moi, je voulais, mais que lui ne me voulait pas... pour... pour toujours. Tu vois ce que je veux dire ? Et *vice versa.*

— Oui, ce serait vexant, reconnut Casey avec une pointe d'exaspération. D'accord, bien sûr que ça ferait mal. Mais enfin, Tina, l'amour c'est...

Elle s'interrompit.

— C'est comme cette histoire de nudité. Il y a toujours un risque de se faire avoir... mais...

Casey sentit son argumentaire s'essouffler car sa conviction en ses propres théories était ébranlée. Son visage piquait. Il était de plus en plus enflé. Elle effleura sa peau, craignant de découvrir l'ampleur des dégâts.

— Ça va ? Attends, laisse-moi regarder.

Tina écarta les mèches du front de Casey.

— C'est bon, ça va, répliqua sèchement Casey avec un mouvement d'épaule.

Puis elle remarqua l'expression blessée de Tina.

— Désolée. Ce que je voulais dire, c'est qu'en amour, il faut accepter la possibilité de la perte.

Tina acquiesça. Ce que disait Casey avait du sens.

— Oublie, reprit Casey. N'essaie pas de m'imiter, mais fais ce que tu crois juste, pour toi. Quoi que tu décides, tu seras forcément blessée un jour, c'est inévitable. Tu ne peux pas protéger ton cœur du chagrin, ce n'est pas comme ça que ça marche. Moi je veux aimer, Tina. Je le sais. Et je suis prête à en payer le prix.

À cet instant, les réverbères de la rue s'allumèrent, illuminant la figure de Casey. Tina poussa un petit cri devant l'étendue des hématomes.

— Ton visage...

Tina ferma les yeux, puis les ouvrit, et une vague de compassion s'empara d'elle.

— C'est grave, Docteure Han ? demanda ironiquement Casey, refusant de s'émouvoir de l'inquiétude de sa sœur.

Elle se mordit l'intérieur de la joue, devinant à son regard qu'elle devait avoir piètre allure.

— Il faut qu'on nettoie ça, décréta Tina en tâchant de rester calme et de retenir ses larmes. Allez, on y va.

# 3

## BRUT

LEAH ET JOSEPH S'ÉTAIENT REPLIÉS DANS LEUR CHAMBRE, porte close. Sur la table de la cuisine il ne restait qu'un porte-serviette en plastique et un petit pot de cure-dents en bois. Toutes les autres surfaces avaient été astiquées et ne gardaient plus la moindre trace du repas qui avait été projeté au sol. Le séjour, qui donnait sur l'arrière de l'immeuble, était plongé dans un silence à peine perturbé par le crissement des pneus d'une voiture au loin. Dans la salle de bains où gargouillait le robinet ouvert, Tina nettoyait les plaies de Casey. Par crainte de réveiller leur père, aucune des deux ne parlait. Quand Tina eut terminé, Casey appliqua ses lentilles de contact. En l'état, ses lunettes ne pouvaient plus être portées. Elle prépara rapidement un sac en toile et une besace.

Tina l'accompagna sur le palier, où elle lui remit ses économies et lui fit promettre de l'appeler dans la semaine. Les sœurs se séparèrent sans étreinte ni baisers

– ces gestes familiers qui venaient si naturellement aux Américains. Les portes colorées de l'ascenseur se refermèrent sur Casey, et Tina rentra à l'appartement.

Casey marcha en direction de Queens Boulevard pour emprunter ensuite la ligne N ou la R sur Grand Avenue. Elle portait un chapeau de plage en toile à larges bords et une paire de lunettes de soleil de ski effet miroir récupérées dans la boîte des objets trouvés chez Sabine's. Les mouchetures de sang sur son col étaient imperceptibles, aussi n'avait-elle pas pris la peine de changer de chemise. Elle était trop épuisée pour s'en soucier. Tout ce dont elle rêvait, c'était de s'effondrer sur le lit de Jay. Elle ne voulait pas parler ; il serait probablement encore au boulot de toute façon. Il travaillait presque tous les samedis soir et les dimanches.

Sur le quai du métro, Casey posa ses sacs sur un banc. Celui en toile, dont la forme évoquait un boudin, était plein à craquer de vêtements d'été et de chaussures. Dans la besace qu'elle portait en bandoulière, elle avait rangé ses livres : *Middlemarch* et *Les Hauts de Hurlevent*, qu'elle lisait et relisait comme on cajole un doudou ; un recueil de nouvelles de V. S. Pritchett emprunté depuis longtemps à Virginia et qu'elle n'avait pas encore ouvert ; la Bible de sa confirmation qu'elle lisait chaque matin en secret et un cahier marbré acheté quatre-vingt-dix-neuf cents dans lequel elle recopiait son verset du jour. Également dans la besace, emballée dans un foulard en coton, se trouvait une première édition en parfait état de la biographie de Lilly Daché que Sabine et son mari Isaac lui avaient offert pour son diplôme. Lilly Daché était une chapelière de renom des années 1940-1950 dont la carrière avait inspiré celle de Sabine. En lui faisant ce cadeau, cette dernière avait expliqué à Casey qu'elle l'avait acheté cinq cents dollars. Commerçante avant tout, Sabine ne pouvait s'empêcher de parler du prix des choses.

Dans son sac à main en raphia, Casey avait fourré ses cosmétiques et son portefeuille Vuitton (un autre cadeau de Sabine) contenant deux cent soixante-douze dollars en liquide et sa première Visa activée depuis l'appartement de ses parents ce soir-là. Le fond du sac était lesté par deux rouleaux de pièces de vingt-cinq cents.

Par miracle, la cabine téléphonique fonctionnait, mais quand la ligne sonna chez Jay, la rame arriva en gare, alors elle raccrocha et sauta dans un wagon. À la station de Lexington Avenue, elle prit la correspondance pour la 6. Avant minuit, Casey se retrouva devant l'immeuble de Jay sur York Avenue.

Avec son propre jeu de clés, elle entra dans le hall étroit aux murs peints dans un rose Schiaparelli. Il y avait juste assez de surface au sol pour caser un haut tabouret tapissé en face de l'ascenseur et laisser un passage exigu jusqu'aux six boîtes aux lettres derrière l'escalier. Celle de Jay – elle s'en doutait – était pleine à craquer, notamment à cause de la volumineuse revue des anciens élèves du lycée privé de Lawrenceville où il avait été externe. Casey parcourut l'épaisse liasse d'enveloppes. Ils avaient un arrangement : Jay lui confiait son carnet de chèques signés en blanc et elle réglait ses factures à sa place. Au quotidien, il avait à peine le temps de dormir, et encore moins de dilapider son salaire ; ses grosses dépenses se résumaient au ski en hiver, au golf en été, et au remboursement de son prêt étudiant. En janvier, sa prime avait été de cent pour cent, lui permettant d'atteindre un revenu annuel total de cent soixante mille dollars. Leur politique en matière d'argent était la même : celui qui gagnait le plus en faisait profiter l'autre. À l'université, quand elle avait de l'argent de poche grâce à son job étudiant, elle avait couvert leurs sorties. Et maintenant qu'il touchait bien plus, il réglait l'addition.

En retour, quand elle passait le week-end et les vacances chez lui alors que ses parents la croyaient chez Virginia, Casey gérait l'intendance du foyer pour Jay – elle allait chercher son linge au pressing, rangeait l'appartement, récurait la baignoire, réapprovisionnait le réfrigérateur en jus d'orange, lait, céréales et café. Elle l'aidait à choisir ses costumes, ses chemises et ses cravates – il préférait Paul Stuart à Brooks –, et les soirs où elle l'avait au téléphone pendant que ses parents dormaient, elle lui rappelait de prendre ses vitamines avant de lui souhaiter bonne nuit. Elle aurait pu cuisiner davantage, mais pour cela il aurait fallu qu'elle développe un intérêt plus sincère pour les arts domestiques – son répertoire culinaire se limitait à un gratin de ziti à la bolognaise et au fromage vendu en sachet plastique, ainsi qu'un pain de viande avec un mélange de soupe instantanée en guise de sauce. Néanmoins, Jay lui en était reconnaissant. Pour Casey, c'était un plaisir de prendre soin de lui tant il avait de bonnes manières – elle devait tirer son chapeau à sa mère, Mary Ellen.

Casey avait le visage endolori. À la lumière tamisée du lustre en verre rose, elle ouvrit son poudrier pour évaluer les dégâts. La marque avait désormais moins la forme d'une main. Elle rangea son miroir. Jay ignorait tout de la violence de son père. Il savait que ses parents étaient sévères ; il avait conscience qu'elle n'était pas censée sortir avec un Blanc. Mais Casey n'avait jamais mentionné les coups. Très tôt, sa mère les avait mises en garde : en Amérique, le gouvernement envoie les petits enfants à l'orphelinat si la maîtresse se rend compte que leurs parents les punissent. Par conséquent, Casey et Tina n'avaient jamais rien dit à personne. En grandissant, elles avaient constaté que, malgré leur dur labeur, il était impossible pour leurs parents d'épargner quoi que ce soit. Leah semblait perpétuellement apeurée dans la rue, et les clients du pressing les prenaient, Joseph et elle, pour des imbéciles. Il ne leur venait pas à l'esprit que ces commerçants travailleurs parlaient couramment une autre langue dans laquelle ils étaient parfaitement instruits. Casey et Tina avaient été témoins des difficultés de leurs parents et croyaient en leurs bonnes intentions. Aussi craignaient-elles que leurs actions soient mal interprétées. Comme pour confirmer cette peur, Jay jugeait ses parents sectaires : « Le fait que tu leur caches mon existence est une forme d'adhésion à leur racisme. »

Aux yeux de Casey, il était insensé de traiter une personne issue d'une minorité ethnique de raciste, une femme de sexiste, un juif d'antisémite, ou d'accuser une personne âgée de discrimination liée à l'âge. Toutes ces étiquettes, comme interchangeables, étaient employées avec insouciance à la fac. Elle reconnaissait toutefois qu'il était possible de développer une haine de soi et une haine des autres à force d'en avoir fait l'objet. La haine a sa propre logique. Son père, par exemple, refusait d'acheter une voiture japonaise, et au lieu de ça conduisait une Oldsmobile Delta 88. Casey trouvait ça absurde, mais elle n'avait jamais vu son frère fusillé par un soldat japonais ni fait l'expérience de la colonisation de son pays par une autre nation. Elle lisait dans la posture de Joseph une piètre tentative de reconquérir un brin de dignité. Casey voulait croire qu'elle pouvait s'élever au-dessus de la petitesse de son père. Le comble dans cette histoire était qu'il s'estimait sûrement ouvert d'esprit et juste. Exactement ce que Casey pensait d'elle-même.

Elle n'était plus la bienvenue sous son toit ; elle n'était plus sa fille. C'était ce qu'il avait dit. Peut-être n'avait-il pas tort ; elle ignorait ce que c'était que de tout perdre. Avait-elle tout perdu ? La vie semblait trop vaste, il y avait tant de paramètres à prendre en compte, et elle était dépassée par les événements. Comment allait-elle expliquer à Jay ce qui s'était passé ? En voyant ses bleus, il allait croire que son père était un monstre. Le propre père de Jay était parti quand il avait trois ans. Casey espéra que Jay ne serait pas à la maison. Demain, après une nuit de sommeil et du café, elle lui parlerait.

À l'intérieur de l'appartement, Casey entendit la radio de la salle de bains que Jay n'éteignait jamais. Mais, pour une fois, ce n'étaient pas les infos. Jay préférait la station qui passait le journal en boucle car elle rediffusait le bulletin météo toutes les cinq minutes, mais aussi pour l'absurdité de son contenu éditorial. Il la surnommait « radio bang bang » parce qu'à l'écouter, on pouvait croire qu'il n'y avait rien d'autre à New York que le chaos, le crime et la violence.

Casey laissa tomber ses sacs sur le canapé-lit du séjour, ôta son chapeau et peigna ses cheveux en arrière avec ses doigts. Puis elle s'effondra sur le fauteuil de la grand-mère de Jay – le seul meuble correct de l'appartement. Casey avait l'intention de le faire retapisser pour lui un jour ; la grand-mère maternelle de Jay, décédée récemment, avait longtemps gardé les deux frères après l'école quand leur mère travaillait comme bibliothécaire à la Trenton Public Library. Aux yeux de Jay, elle était une sainte. Casey s'enfonça dans le dossier, calmée, presque heureuse d'être enfin arrivée. Puis la voix de Jay lui parvint depuis la chambre d'amis qui lui faisait office de bureau. Il était probablement au téléphone. Ses managers n'avaient aucun scrupule à l'appeler à n'importe quelle heure. Casey se leva d'un bond et courut le rejoindre.

Ce furent les filles qu'elle vit en premier. Jay était allongé sur le tapis en laine beige avec deux filles nues – l'une, emboîtée sur lui, chevauchait ses hanches, et l'autre perchée au niveau de son visage, l'entrejambe collé à sa bouche. Une rousse séduisante aux yeux dorés ; une jolie blonde. Elles avaient tout l'air de nanas d'une sororité que Casey et Jay auraient pu croiser à la fac, mais Princeton ne comptait pas d'étudiantes aussi sexy. Casey les dévisagea. Elles semblaient épanouies, les joues rouges. Une bouteille de vin à moitié vide traînait sur le bureau blanc de chez Ikea. Un an plus tôt, Jay et elle avaient emprunté la voiture de Mary Ellen pour conduire jusqu'à Elizabeth, dans le New Jersey, et acheter le bureau et une paire d'étagères blanches. Ils avaient mangé des boulettes de viande à la cafétéria suédoise. Casey et Jay n'avaient jamais couché ensemble dans cette pièce, et ne l'avaient pas non plus fait par terre depuis un bon moment. Sa chaîne hi-fi était réglée sur une station du top 40, de celles qu'il n'écoutait jamais, et Casey se sentit soulagée que ce ne soit pas « radio bang bang », parce que c'était leur blague à eux. Les enceintes diffusaient *Lady in Red,* et Casey se concentra sur les paroles larmoyantes et le vrombissement de la climatisation dont le châssis dépassait de la fenêtre. Ils n'avaient pas encore remarqué sa présence.

Casey resta figée, volontairement muette – ou incapable de parler. Dans sa tête, elle ne cessait de se répéter : *C'est pas vrai. C'est pas vrai. C'est pas vrai.* Il lui semblait presque dommage de les interrompre ; ils prenaient tant de plaisir, à trois, avec cette insouciance joyeuse et juvénile. Ils étaient jeunes, beaux, et leur rapport s'apparentait plus à un sport qu'à autre chose.

Jay ouvrit les yeux après tous ces efforts et releva la tête, bousculant la blonde aux seins spectaculaires qui était perchée sur ses épaules. Il se demandait comment contenter les deux nanas en même temps pour ne pas écoper d'une évaluation médiocre dans le tableau de chasse d'une sororité d'une fac lambda de Louisiane. Le fantasme qu'il avait entretenu pendant des années ne se révélait pas si satisfaisant. Néanmoins, il se félicita, car il n'aurait jamais pu le savoir à moins d'essayer. Quoi qu'il en soit, en revanche, il n'arrivait pas à jouir – *il faut maintenir le cap,* s'intima-t-il.

La fille dont les jambes interminables encadraient le cou de Jay continuait de balancer ses hanches vers son visage. L'espace d'un instant, elle se réveilla de sa transe et s'écarta, ajusta sa position, puis reprit son mouvement.

Casey s'éteignait de l'intérieur, comme un brasier consumé dont les flammes disparaissaient et les braises devenaient cendres. Elle se demanda si elle allait survivre à ce moment. Son corps refusait de bouger. Elle se sentait plus idiote que furieuse, et son orgueil la poussa à rester digne devant ces jolies filles délurées qui se tapaient son petit ami. Elle inspira profondément et regarda ses pieds. En partant de chez ses parents, elle avait enfilé des espadrilles noires. Elle se trouvait maintenant ridicule, parce qu'elle était la seule dans la pièce à porter des chaussures.

Pourtant, elle n'arrivait pas à détacher les yeux des trois corps, de la vision de leur peau blanche luisant à la douce lumière de la lampe de bureau. Plus elle regardait, moins ils lui semblaient humains, comme s'ils se transformaient en une espèce plus primitive.

Jay pivota la tête de quelques degrés.

— Merde. Casey. Qu'est-ce qui s'est passé ? Qu'est-ce que tu as au visage ? Ça va ?

Il se libéra brusquement de l'étreinte des filles en s'excusant auprès d'elles et enfila un caleçon bleu par-dessus le préservatif déroulé sur son érection. Il paraissait si perturbé par l'état de Casey qu'il ne songea même pas à expliquer ses ébats.

Casey le dévisagea comme si elle le voyait pour la première fois, puis se détourna. C'était trop douloureux. Elle aurait voulu que les filles se rhabillent, mais ces dernières n'avaient pas l'air pressées. Elles n'avaient aucune idée de qui était cette nana qui les interrompait, alors pourquoi se dépêcheraient-elles de ramasser leurs affaires ?

Jay passa une main dans ses cheveux ébouriffés.

— Voici Brenda, dit-il en désignant la rousse.

La blonde s'appelait Sheila. Les deux lui sourirent innocemment, sans se douter que la fille asiatique qui venait de débarquer était la petite amie de Jay. Quand elles lui avaient demandé s'il était en couple, il avait répondu non.

Fraîchement sorties de leur troisième année à l'université de Louisiane, elles avaient atterri dans un bar branché de l'Upper East Side au cours du voyage traditionnel de fin d'année organisé par leur sororité. Après quelques tournées de margaritas, la bande de copines avait joué à Action ou Vérité. Jay était l'Action de Sheila, et quand on avait également lancé à Brenda le défi de choper un coup d'un soir, les deux amies avaient décidé qu'il serait moins risqué de faire un plan à trois que de partir chacune séparément chez un inconnu. Elles s'étaient mises d'accord sur Jay. Brenda lui trouvait de jolis yeux et une tenue élégante. Sheila estimait qu'il n'avait pas une tête à leur transmettre des MST.

Saisissant la main de Brenda, Sheila avait abordé Jay pour lui demander s'il voulait bien rendre un service à deux touristes un peu perdues. Au début, Jay n'avait pas percuté. Puis elles lui avaient demandé s'il connaissait la « teq paf ». Un plateau de shots de tequila s'était matérialisé.

— Attends, je te montre, avait proposé Brenda.

Elle avait frotté un quartier de citron sur le cou de Jay, puis avait tapoté du gros sel par-dessus. Brenda avait léché sa peau à cet endroit avant de siffler un verre de tequila d'une main experte.

— À ton tour, avaient gazouillé les deux filles en chœur.

Sheila avait appliqué le jus de citron et le sel sur le cou de Brenda, et avait tendu un shot à Jay. Jay, qui se vantait d'être beau joueur, avait parfaitement réussi du premier coup.

— Alors, Jay, qu'est-ce qu'on fait ? avait demandé Sheila, fière de sa rime.

— Je peux appeler des amis.

Les collègues de Jay, qui l'avaient traîné au bar pour fêter une grosse affaire, n'en revenaient pas de la chance du jeune homme.

— Putain, le salaud, s'était écrié un des plus vieux. J'arrive !

Brenda lui avait adressé un clin d'œil en déclarant :

— Non merci, chéri, un seul suffira.

Un autre avait lancé :

— Mon petit Currie, ne fais pas le *schmuck*. C'est bien mieux que de palper un million à l'année. Tu ne tomberas peut-être jamais plus sur une...

Il avait détaillé Sheila des pieds à la tête avant d'inspirer un bon coup et de poursuivre, dépité :

— Occasion pareille... *Carpe diem*, pigé ?

Jay avait quitté le bar, une fille à chaque bras, porté par les sifflets et les acclamations de ses collègues. À l'appartement, Sheila avait allumé la chaîne hi-fi et Brenda avait fait une petite danse en effeuillant ses vêtements. Moins de dix minutes après le début de l'action, Casey avait débarqué.

— Coucou, lança Brenda à Casey d'une voix amicale.

Elle se dit qu'elle était peut-être la colocataire de Jay, sa petite amie, ou même juste une simple amie. Elle aurait aussi pu être sa sœur adoptive. La situation n'était pas très claire, et Brenda commençait à dégriser. La meilleure amie de sa cousine Lola avait une sœur adoptive chinoise qui ressemblait vaguement à cette fille, mais en moins grande.

Sheila agrafa son soutien-gorge. Elle lui adressa un grand sourire, avec une pointe d'inquiétude tout de même, car cette nana semblait avoir été agressée ou quelque chose du genre. C'était un peu flippant qu'elle ne parle pas.

Casey tenta de sourire, mais son visage était trop endolori. Il suffisait de faire comme si elle rencontrait des camarades de fac ou des collègues de Jay, pourtant elle n'y parvint pas. Elle fit volte-face et alla s'enfermer dans l'immense salle de bains de la chambre de Jay.

Elle régurgita un liquide âcre au goût de cigarette, puis se rinça la bouche au robinet et se redressa. Dans le miroir triptyque, elle découvrit son visage. Le côté droit était violacé, et elle avait une entaille au dessus dc l'hématome bleu-vert de l'œil gauche. Jay frappa à la porte, et Casey ouvrit pour foncer hors de la salle de bains sans l'écouter. Elle cria – peut-être, elle n'en était pas sûre. C'était comme s'il lui parlait sous l'eau, alors qu'elle restait sur la rive. Elle atteignit le séjour, enfonça son chapeau sur sa tête, chaussa ses lunettes de soleil et récupéra ses sacs. Elle passa la porte à toute allure et dévala l'escalier, inspirant bruyamment pour calmer son cœur battant.

# 4

## À DÉCOUVERT

Casey prit la direction de l'ouest vers Madison Avenue – qu'elle adorait pour les vitrines rutilantes de ses boutiques de luxe. À minuit passé, elle y était plus en sécurité que sur n'importe quelle autre rue du monde, car ici les articles hors de prix étaient sous une protection rapprochée et, par extension, Casey aussi.

Virginia Craft habitait un peu plus loin, sur Park Avenue, mais il n'y avait personne chez elle cet été, et même si les parents de son amie avaient été présents, Casey n'aurait jamais osé débarquer à une heure pareille. Par gentillesse, les Craft lui auraient proposé de rester, mais Casey ne voulait pas imaginer leur réaction devant son état – ou, pire, ce qu'ils tairaient. Eux ne haussaient jamais le ton avec leur fille adoptive, née d'une adolescente mexicaine et d'un *gringo* bon à rien incapable d'assumer ses responsabilités. Les Craft étaient allés récupérer Virginia dans le

Texas quand elle n'était âgée que de deux jours. Virginia disait de ses parents adoptifs : « J'entretiens à l'égard de Jane et Fritzy des sentiments neutres, voire positifs. Ils m'ont épargné la pauvreté et la médiocrité, mais il me reste l'impression de n'avoir pas été à la hauteur de leurs attentes. » Avec leur silhouette dégingandée et leur allure qui indiquait l'aisance financière, les parents de Virginia avaient une manière détachée de s'exprimer qui invitait leurs interlocuteurs à imiter leur réserve. À leurs yeux, le père de Casey apparaîtrait comme un criminel. À cinq rues des Craft vivait Sabine, sa boss, mais celle-ci aurait dénoncé Joseph à la police.

Casey s'arrêta au niveau du Carlyle Hotel. Le portier n'était pas devant la porte-tambour. C'était ici qu'Eugenie Vita Craft, la grand-mère de Virginia, séjournait lorsqu'elle voyageait à New York. Mrs Craft première du nom était un régal. Ses cheveux blancs coupés court flamboyaient comme le plumage d'un oiseau tropical, elle ceinturait son ventre plat et ses hanches étroites de multiples foulards, et où qu'elle aille, les hommes cherchaient à capter son attention. À ses doigts tachetés scintillait une collection de joyaux colorés. C'était une femme passionnante, mais son fils unique, le père de Virginia, se révélait une déception. Après des années de thérapie, Virginia analysait les choses ainsi : « La nature indomptable de Bonne-Maman a empêché Fritzy de développer une personnalité. Il n'y a pas assez de place pour lui dans le monde. Pauvre petit. » Virginia supputait que, pour éviter de reproduire la dynamique mère-fils, Fritzy avait jeté son dévolu sur Jane – une femme qui ne nourrissait aucun intérêt pour les livres, le sport, l'art, le cinéma, la mode, le sexe ou la politique. Naturellement, Virginia et Casey snobaient le couple Craft et vénéraient la grand-mère.

Casey poussa la porte du Carlyle, et offrit au réceptionniste sa meilleure imitation de Mrs Craft première du nom.

— Je me suis décidée de manière tout à fait impromptue à passer la nuit en ville. Ce serait merveilleux si vous pouviez me trouver une chambre au calme.

L'employé s'efforça de ne pas regarder son visage. Il était originaire de Glasgow, et il y a fort longtemps, à son arrivée à New York, il s'était pris une sale raclée après avoir tenté de draguer un hétéro dans le Lower East Side. Ce chapeau ridicule, les lunettes de ski et l'accent snob que cette jeune femme essayait d'imiter lui attirèrent plus encore sa pitié. Il hésita à lui demander s'il fallait appeler un médecin, mais au lieu de ça, lui proposa une excellente chambre au tarif réservé aux employés.

Le lendemain matin, Casey se réveilla dans la fraîcheur des draps blancs repassés. Sa chambre était spacieuse, décorée d'un charmant papier peint à rayures et d'un fauteuil vert en mohair judicieusement placé sous une lampe de lecture. Sous la fenêtre à store bateau se tenait un secrétaire dont le tiroir recelait du papier à lettres à en-tête gaufré. Elle rédigea quelques mots à l'intention de Virginia : « Mise à la porte de la Casa Han. Je joue à Lady Eugenie pour une nuit au Carlyle jusqu'à ce que le destin décide de ma prochaine étape. Explication(s) à suivre. Je t'enverrai une adresse où répondre. » Elle la posterait plus tard, quand elle trouverait un timbre.

Après ça, Casey se rendit compte qu'elle n'avait rien avalé depuis presque vingt-quatre heures. À partir du menu dans sa chambre, elle commanda du porridge à l'irlandaise, des pancakes moelleux à la ricotta citronnée, du bacon, du jus d'orange pressé, et un demi-litre de café filtre. Ne pas regarder à la dépense. Quand le petit déjeuner arriva, elle donna un pourboire au serveur. Casey s'assit et savoura son repas. Tout était si délicieux.

Dans le miroir de la salle de bains, elle constata que son visage avait encore enflé par endroits, et que la couleur de ses bleus était plus intense. Elle aurait mieux fait d'appliquer de la glace la veille. Maintenant, elle ne pouvait plus y faire grand-chose. *Ça guérira*, se dit-elle en s'installant dans la profonde baignoire blanche pour tester toutes les bouteilles de gel douche, shampoing et après-shampoing à disposition. Par caprice, elle utilisa les quatre épaisses serviettes-éponges et vida le flacon entier de lait pour le corps. C'était la première fois qu'elle passait la nuit dans un hôtel de luxe, et elle décréta qu'elle refuserait désormais de séjourner ailleurs. Pourtant, dans un coin de sa tête, Casey imaginait un compteur, comme celui des taxis, dont les chiffres défilaient, encore, toujours plus vite.

Elle enfila un pantalon en lin à la couleur passée, un polo blanc qui avait connu de meilleurs jours et des tennis blanches sans chaussettes. C'était sa tenue par défaut lorsqu'elle était conviée dans une maison de vacances. Au fil des ans, grâce à la famille de Virginia et aux amis fortunés de Jay, Casey avait été invitée dans des endroits aussi chics que Newport, South Hampton, Nantucket, Palm Beach, Block Island, Bar Harbor, Martha's Vineyard et Cape Cod. Ces séjours lui en avaient appris long sur les bonnes manières et le style.

Casey s'assit devant le secrétaire pour lire son chapitre du jour de la Bible et en recopier un verset. Elle avait pris cette habitude en première année à l'université, après un entretien avec Willyum Butler, professeur de théologie émérite et athée converti au catholicisme à l'approche de la quarantaine. Il lui avait fait un retour sur sa médiocre dissertation sur Kant et Huxley, puis, percevant le mélange d'admiration et de peur qui paralysait l'étudiante face au sujet, il lui avait demandé de but en blanc :

— Casey, que pensez-vous vraiment que ces auteurs nous disent ?

Casey avait dégluti et avoué son agnosticisme. L'existence de Dieu, avait balbutié la jeune fille, ne pouvait être ni démontrée ni réfutée. Il lui était plus facile d'adhérer aux théories d'Huxley qu'à l'orthodoxie presbytérienne – la croyance fervente qui rendait sinistre la vie de ses parents.

Willyum avait opiné avec un air encourageant.

— Vous prenez donc le parti de ne pas avoir d'avis sur la question.

— Voilà, enfin... je crois ?

Le professeur avait éclaté d'un rire communicatif.

Willyum avait été attendri par la sincérité de la jeune fille et il admirait son ouverture sur le sujet de la foi. Son sérieux lui rappelait ses propres premières années à l'université. Il s'était senti obligé de lui donner quelque chose en retour, de partager avec elle un peu de son passé. Mais il ne voulait pas qu'elle le pense prosélyte, car il n'avait aucune intention de convertir qui que ce soit – ce qui aurait été contraire à la déontologie de l'enseignant. Il méprisait les missionnaires autant que les fumeurs repentis. Mais s'il existait un remède contre le cancer, comment pouvait-il s'empêcher de le transmettre ?

— Je crois que... s'il en a la capacité... l'esprit doit passer par le doute avant de déclarer victoire. Un doute réel, difficile. Une lutte. Vous comprenez ? avait demandé Willyum, l'air soucieux.

Casey avait hoché la tête sans savoir quoi répondre.

— C'est pour votre âme que vous luttez.

Elle voulait connaître son avis sur l'âme – à l'évidence, il était convaincu de son existence. Mais elle ne se sentait pas en droit de l'interroger davantage. D'autres étudiants attendaient leur tour derrière la porte fermée du bureau. Dans des moments comme celui-ci, Casey avait l'impression d'être une idiote, aussi la bienveillance et l'humilité de son professeur la touchèrent-elle profondément. Il lui avait alors rédigé à la main une courte liste de lecture. Cet après-midi-là, elle allait se rendre à la librairie pour acheter Kierkegaard, Nietzche, G. K. Chesterton, C. S. Lewis, Beauvoir et Mary Daly – dilapidant l'essentiel de son salaire du week-end chez Sabine's. En rassemblant ses affaires pour partir, elle n'avait pu s'empêcher de poser une dernière question :

— Est-ce que vous doutez encore ? Enfin… est-ce que vous luttez ?

— Tous les jours, je lis un chapitre de la Bible.

Elle avait hoché la tête – son père et sa mère faisaient la même chose.

— Et tous les jours, je tombe sur un verset que je ne peux pas tolérer, accepter ou comprendre. Alors je l'inscris dans mon agenda.

Willyum avait ouvert un carnet à la couverture en cuir pour lui montrer les phrases qui y étaient griffonnées. Ce matin-là, il avait lu l'Ecclésiaste.

— Je prie pour trouver la clarté, avait-il dit.

Mais il n'était pas question de génuflexion, de mains jointes ou de tête baissée.

Casey s'était levée de sa chaise et lui avait serré la main distraitement. Mentalement, elle était déjà occupée à forger un écrin pour y conserver cette confession intime.

Puis, au second semestre de sa deuxième année, le professeur Butler avait péri dans un accident de la route avec son fils de quatorze ans. Casey avait assisté à la messe commémorative avec des centaines d'autres endeuillés. Assise sur un banc au fond de l'église, entourée d'inconnus, elle n'avait pu s'empêcher de pleurer. Des poètes de renom étaient venus du monde entier pour lui rendre hommage. Le président de l'université et le gardien qui faisait le ménage dans son bureau avaient tous deux prononcé une oraison funèbre. Casey regrettait de ne pas lui avoir dit que, chaque matin depuis leur discussion, elle consacrait dix minutes à la lecture d'un chapitre de la Bible, et une de plus pour noter son verset du jour. Ce n'était pas encore une lutte, plutôt un pas en direction de l'arène. Après sa mort, elle avait commencé à fréquenter l'église tous les dimanches, en secret. Elle ne se sentait toujours pas à l'aise en présence des fidèles chrétiens, mais elle avait découvert un bénéfice inattendu à cette pratique nouvelle : son anxiété s'était apaisée pour un temps, et de ça, elle était reconnaissante.

Dans son petit cahier, Casey nota le verset du jour tiré du livre de Josué : « J'ai vu dans le butin un beau manteau de Babylone, deux cents sicles d'argent et un lingot d'or d'un poids de cinquante sicles ; je les ai convoités et je les ai pris. » Que valait un sicle de nos jours ? se demanda-t-elle. Elle ferma sa Bible et son cahier, et les rangea dans sa besace. Puis elle jeta un coup d'œil à son visage. Il n'y avait pas grand-chose à faire, à part rabattre le bord de son chapeau de plage et porter des lunettes de soleil. Le rouge à lèvres semblait vain, mais elle en appliqua tout de même. En plein mois de juin dans l'Upper East Side, les employés de l'hôtel attribueraient son apparence à une rhinoplastie, se leurra-t-elle. Puis elle décida d'aller faire les boutiques.

Les vêtements recèlent des vertus magiques. En cela, Casey croyait fermement. Jamais elle ne l'aurait admis auprès de ses camarades en cours d'histoire du féminisme, mais elle était persuadée qu'une garde-robe détient le pouvoir de changer une personne, de l'ensorceler. La moindre jupe, blouse, le moindre collier ou soulier dit quelque chose de sa propriétaire – certains accessoires hurlent, d'autres susurrent, mais qu'importe le message, elle savourait ardemment l'expression de chaque article et vouait un amour profond à l'univers de la mode. Chaque pièce évoquait une image, un style de vie, un style de femme, et l'appelait. Les mauvais jours – et l'on faisait difficilement pire que celui-là –, Casey allait s'acheter une nouvelle tenue. Même avec un budget extrêmement restreint, la simple acquisition d'une paire de collants noirs, ou d'un tube de rouge à lèvres de supermarché, l'aidait à dépasser un moment de déprime.

Casey et ses amies de l'université avaient honte de faire les boutiques. Les intellos ne sont pas censées être matérialistes (ses camarades en cursus d'économie taxaient les consommateurs de moutons décérébrés, et quant à la religion, elles citaient Marx et son « opium du peuple »). Il arrivait aux grands esprits féminins de débattre de la sensualité et du toucher dans l'art, en revanche, l'on attendait des femmes instruites qu'elles ne prennent pas de plaisir à accumuler des robes. Mais pour s'être retrouvée des deux côtés du comptoir, Casey avait pu constater que les intellos aussi aimaient secrètement faire les boutiques et pouvaient s'enthousiasmer devant une jupe en tweed rouge ou un chapeau cloche noir. Les intellectuelles rêvent d'être belles, les jolies filles aspirent au savoir. Le plaisir du vêtement reste le même, pour les rats de bibliothèque taille 44 comme pour les riches héritières qui achètent leurs fringues en taille 32 pour tuer le temps. Tout le monde est en quête de son identité propre et la définit par des objets.

Si son budget aurait dû l'orienter vers les rayons dégriffés de chez Lucky's, c'est chez Bayard Toll que Casey se rendit ce matin-là. Elle voulait invoquer la vision d'une tenue idéale pour un entretien d'embauche, et l'idée de fouiller les portants surchargés de Lucky's la déprimait – même s'il lui était déjà arrivé de savourer le défi de déterrer des trésors parmi les rebuts de la saison passée. Aujourd'hui, elle avait envie de luxe. Elle avait besoin d'être une autre.

Le troisième étage de Bayard était entièrement consacré aux collections des créateurs du moment. Casey était une acheteuse efficace. En moins d'une demi-heure, elle sélectionna un pantalon noir – cigarette, dans une laine d'été –, une jupe grise avec deux plis creux parallèles sur les côtés, un chemisier blanc en coton Sea Island à poignets mousquetaires, et une veste bleu marine légère qui s'accordait aussi bien avec le pantalon qu'avec la jupe. Uniquement des tenues professionnelles, précisément ce qu'il lui fallait.

Une vendeuse menue répondant au prénom de Maud la débarrassa des articles accumulés sur son avant-bras. Elle jeta un coup d'œil au visage de Casey, à son chapeau en toile et à ses lunettes effet miroir, puis lui adressa un bref hochement de tête que Casey lui rendit. L'attitude détachée de Maud était admirable. Elle-même vendeuse, Casey reconnut la perfection de la réaction de Maud. Celle-ci parlait d'un ton neutre, sans fausse intimité. La cinquantaine, elle était vêtue d'un pull gris à la coupe moderne et d'un pantalon anthracite ajusté. Les boucles élégamment relevées de ses cheveux gris étaient méchées d'un blanc pur et régulier. Le style inspiré de l'épure d'une colonne, dans toute sa splendeur. Autour du cou, elle portait des lunettes de vue attachées par une cordelette qui lui conférait une autorité d'intellectuelle que Casey trouvait irrésistible.

D'ordinaire, Casey fuyait les vendeurs. Dans un magasin comme Bayard, on répartissait les clientes en deux catégories : celles qui voulaient une meilleure copine, et celles qui voulaient un larbin silencieux pour encaisser et faire livrer les achats à la bonne adresse. Casey prétendit appartenir à la seconde catégorie, par peur d'être démasquée. Tout au plus, elle avait de quoi s'offrir un porte-jarretelles en solde.

Maud la conduisit dans une cabine d'essayage et suspendit sa sélection sur un portant en fer forgé. Elle les passa en revue.

— Vous avez fait de bons choix.

Le ton de Maud était pesé, sans obséquiosité, et Casey l'apprécia – même si c'était le genre de platitudes qu'on lui disait souvent. Elle avait un goût sûr pour quelqu'un de si jeune – c'était les mots exacts et légèrement cassants de Sabine –, mais ça ne suffisait pas à consoler Casey de son manque de beauté. Elle revit Jay en compagnie des deux filles et regretta de ne pas être plus jolie, de ne pas avoir la taille plus fine, les seins plus gros, le teint plus lumineux. Puis elle eut honte de ses pensées.

Songeuse, Maud avait le petit doigt posé sur sa lèvre inférieure.

— J'ai quelque chose pour vous.

Casey hocha la tête, contente de l'attention qu'on lui prêtait, et en un rien de temps Maud lui apporta un tailleur signé d'un créateur allemand, couleur chocolat amer – une longue veste et une jupe lui arrivant aux genoux. Le tout était en laine, le genre dont sont faits les costumes des hommes. La veste avait une ouverture croisée ; l'étiquette, un prix à quatre chiffres. Taille 36.

— Je ne l'ai pas vu en rayon, fit remarquer Casey.

— C'est normal, il n'y était pas, répondit Maud avec un sourire. Essayez-le.

Les appliques en cristal diffusaient une lumière flatteuse dans la cabine d'essayage tapissée de pêche. Casey se débarrassa de sa tenue décontractée et laissa le tailleur envelopper sa silhouette pâle.

Une paire d'escarpins dans une grande pointure était mise à disposition des clientes pour aller avec tous les vêtements. Sans son chapeau, mais toujours avec ses lunettes de soleil, Casey vit dans la glace une jeune femme impénétrable et blindée contre le monde. Les poings serrés, elle croisa ses poignets parés des manchettes en argent sur sa poitrine, prenant la pose de Wonder Woman qui faisait rire Tina. Mais Casey n'était pas d'humeur à sourire.

Les autres articles lui allaient parfaitement. En temps normal, elle abandonnait en tas ce qui ne convenait pas. Cette fois, rien ne traînait sur le sol de la cabine d'essayage. Chaque vêtement lui semblait essentiel à sa nouvelle vie, quelle qu'elle soit. Le moins cher était le chemisier, à trois cents dollars.

Avec un soin extrême, Casey suspendit à nouveau chaque pièce sur son cintre, s'attardant sur le tailleur brun, tout en faisant les comptes dans sa tête. Hors taxes : quatre mille dollars. Les vendeuses de grands magasins (dont Casey se revendiquait fièrement) se faisaient un point d'honneur à ne jamais payer le plein tarif – c'était pour les clientes. Chez Sabine's, on surnommait ces dernières les « Wilmas », contraction de *willing mamas*, riches femmes au foyer dociles et évidemment méprisables. On leur prodiguait les meilleurs conseils, on empochait la commission, tout en songeant qu'à leur place, on ne serait pas si bête. Mais pas une seule parmi toutes les employées n'aurait dit non à ces fortunes qu'elles dépensaient sans sourciller.

Casey s'assit sur l'ottomane tuftée et moelleuse. Elle ne pouvait pas imaginer commencer sa nouvelle vie sans ces fabuleux habits – ils étaient faits pour elle. Par le passé, il lui était arrivé de mettre des articles de côté et de ne jamais venir les récupérer car en quittant le magasin, elle s'était vue telle qu'elle était – fille de ceux qui gagnent leur vie en lavant le linge sale des autres. Elle n'avait pas sa place chez Bayard. Maud frappa doucement à la porte. Casey remit son bob et sortit de la cabine d'essayage.

— Vous voulez bien mettre ça de côté pour moi ? demanda-t-elle.

Maud ne trahit aucune expression, sachant parfaitement ce qui se tramait.

— Un nom et un numéro de téléphone ? s'enquit-elle avec un sourire courtois.

Casey lui donna son nom et balbutia :

— Au… Carlyle Hotel.

Elle fouillait dans son sac en quête de la clé de sa chambre – songeant qu'un numéro de téléphone y figurait sûrement – quand on lui tapota l'épaule. C'était Ella Shim.

Ella et Casey se connaissaient de loin depuis toujours. Leurs parents fréquentaient la même église. Elles avaient presque un an d'écart, mais étaient entrées à l'école ensemble. Le père d'Ella, le docteur Shim, était ophtalmologue dans un complexe hospitalier de l'Upper East Side, et il était également membre fondateur de l'Église protestante coréenne de Woodside. Une fois par mois, le docteur Shim et Joseph Han, tous les deux anciens du conseil presbytéral, ce qui leur valait le titre de doyen, et Leah, qui portait celui de diaconesse, participaient au comité caritatif chargé de rendre visite aux alités de la congrégation. Ella et son père, veuf, vivaient dans une immense maison Tudor sur Dartmouth Avenue dans le quartier de Forest Hills. Ils jouaient au tennis le samedi matin au Westside Tennis Club, dont le docteur Shim était le premier membre coréen. Ella avait fréquenté l'école privée pour filles Brearley, comme Virginia Craft, qui estimait que la fadeur d'Ella était proportionnelle à sa beauté extraordinaire. Casey n'aimait pas Ella, sans aucune raison valable, et détestait particulièrement sa manie de toujours apparaître au mauvais moment. Enfant, au catéchisme, Casey passait son temps à observer ses longs doigts fuselés. Ella avait un teint ivoire parfait, des petites oreilles non percées, des yeux asiatiques à la paupière double qu'on lui enviait souvent, des cils noirs recourbés et une bouche charnue et rose. Une charmante fossette sur sa joue gauche lui conférait l'innocence d'un chérubin. Avec ses cheveux noir de jais, on la comparait souvent à l'actrice chinoise Gong Li.

À l'église, les femmes avaient pris Ella en pitié car sa mère était morte en lui donnant la vie, et elles admiraient le docteur Shim, qui ne s'était jamais remarié – à leurs yeux, il incarnait un idéal romantique. Au sein de la congrégation, les mères de jeunes hommes s'étaient frotté les mains au moment où Ella était sortie diplômée de l'université privée pour filles de Wellesley – chacune espérant la marier à son fils. Mais les garçons en question n'étaient jamais à l'aise en présence de cette beauté mutique ; d'ailleurs, peu de gens recherchaient sa compagnie. Sa beauté était de celles qui mettent à distance – sans être froide, elle ne dégageait aucune chaleur rassurante. Une aura de solitude étrange l'enveloppait.

— Salut, lui dit Casey.

— Virée shopping ? demanda Ella d'une voix étranglée.

De près, le visage de Casey était en bien pire état qu'elle ne l'avait cru.

— Oui, répondit Casey.

Elle prit une courte inspiration. Dans un bar, elle aurait allumé une cigarette.

— Qu'est-ce que tu fais là ? s'enquit-elle sèchement.

— Je...

Ella hésita. Qu'était-elle censée dire à Casey, la fille dont elle avait toujours rêvé devenir l'amie à l'église ?

— Je viens de commander ma robe de mariée.

Elle baissa les yeux, appréhendant la réaction de Casey. Son fiancé, Ted, l'avait convaincue de l'épouser juste après l'université, et elle s'était laissé emporter par sa vision enthousiaste de leur avenir. Ted savait se montrer très persuasif, et Ella était amoureuse. Elle n'avait jamais aimé personne d'autre. Son père ne s'opposait pas à l'idée, mais semblait agacé – rien qu'une ombre qui voilait son regard – chaque fois que Ted lui faisait part de son ambition et lui exposait ses plans pour le futur. Ted avait déjà rédigé un brouillon de l'annonce de leurs noces à faire paraître dans le *New York Times* et dans la revue des anciens d'Exeter et de Harvard.

Casey soupira.

— Tu te maries ? Et qui est l'heureux élu, si je puis me permettre ? demanda-t-elle avec le sourire qu'elle réservait à ses clientes.

— Ted Kim. Ça m'étonnerait que tu le connaisses. Il est originaire de l'Alaska.

— De l'Alaska ? répéta Casey.

— Oui, oui.

— Qu'est-ce qu'il a fait comme études ?

C'était une question indiscrète et vulgaire, mais Casey n'avait pas pu s'en empêcher.

— Harvard, répondit nerveusement Ella. Enfin, pas en même temps que nous. Il n'a pas notre âge. Ça fait quelques années qu'il est diplômé de la business school.

— Laquelle ?

— Harvard, toujours. Il y a fait son premier et deuxième cycle.

— Je vois. Quel âge... ?

— Trente ans.

— Oui, bien sûr.

Ce n'était vraiment pas une attitude appropriée et digne d'elle, qui se félicitait d'ordinaire de ses bonnes manières.

Ella baissa les yeux sur ses sandales.

— Tout le monde est le bienvenu. Tes parents, toi... enfin... si ça t'intéresse. On va faire ça à l'église, la nôtre. Comme n'importe quel mariage.

— Doux Jésus. Vous faites ça à l'église. Tu es incroyable, Ella.

Casey s'était juré de ne jamais, au grand jamais, endurer la cérémonie traditionnelle à l'église coréenne, où cinq cents fidèles débarquent sans avoir été invités pour se ruer en râlant sur un buffet d'immenses plats coréens servis à la louche par une petite armée de femmes volontaires, le tout dans le sous-sol de l'église et sans la moindre goutte d'alcool en vue.

Percevant le mépris de Casey, Ella s'efforça de cacher son ego froissé. Elle descendait l'escalator quand elle avait repéré le visage tuméfié de Casey sous le bob beige et avait interprété cette rencontre comme un signe du destin. Elle s'était forcée à venir voir Casey, pour lui proposer son aide. Ella se mordit la lèvre, essayant de trouver un moyen poli de prendre congé, puisque c'était à l'évidence ce que souhaitait Casey.

Voyant qu'elle l'avait blessée, Casey se sentit minable. Elle sourit.

— Ella, je suis juste de sale humeur. Ce n'est pas contre toi. Désolée si j'ai eu l'air d'une connasse. Félicitations pour ton mariage, vraiment.

— Non, non, c'est moi qui suis désolée. Tu n'as rien fait de mal.

— Bon..., dit Casey en consultant la Timex de supermarché à son poignet. Je suis sûre que c'est un type super. Ted, c'est ça ? Le veinard. Il faudra qu'on fête ça à l'occasion. Un déjeuner, ou un truc.

Ses propres mots la dégoûtaient. Casey méprisait le mensonge.

Maud attendait patiemment que se termine ce curieux échange entre les deux femmes asiatiques. Elle profita d'un blanc dans la conversation pour demander à Casey d'épeler son nom pour la réservation.

— Ce ne sera pas la peine, décréta Casey.

Maud ne comprit pas.

— Je vais tout prendre. Dès maintenant.

Casey ouvrit son portefeuille et tendit sa carte de crédit.

Maud saisit le numéro SKU de référence des articles, puis fit glisser la carte dans le lecteur.

Le total s'élevait à quatre mille trois cents dollars et des poussières. Il fallait compter environ quatre cents dollars pour la chambre d'hôtel. Casey s'était débrouillée pour atteindre le plafond d'emprunt sur sa toute première carte de crédit en un jour. Maud lui tendit le reçu pour signature. Casey était devenue une Wilma.

Ella ne fit pas mine de s'en aller. Durant toutes ces années, elles ne s'étaient jamais retrouvées seules ainsi. Elle sonda l'air perdu de Casey.

— Tu es libre maintenant ? proposa Ella. Pour ce déjeuner ?

Casey revint sur terre, sidérée par la persévérance d'Ella. Elle lui adressa un bref signe de tête peu aimable et, saisissant cette opportunité, Ella lui posa la question que lui réservait son père chaque fois qu'elle le rejoignait à son cabinet après le travail :

— Dis-moi, qu'est-ce qui te ferait plaisir ?

Leurs steaks et épinards à la crème arrivèrent en un rien de temps, et les deux filles mangèrent en silence. Casey n'avait pas faim, mais l'idée de se terrer dans l'ambiance sombre d'un restaurant-grill lui était venue d'instinct. Fort heureusement, Ella ne lui avait pas posé de questions sur l'état de son visage. Elle se contentait de sourire, et Casey culpabilisait toujours plus de se montrer si vache avec elle. Elle interrogea Ella sur son travail.

Ella était directrice adjointe du développement dans une école privée pour garçons de l'Upper East Side, quartier huppé de Manhattan dans lequel elle vivait également.

— Je crois fondamentalement aux vertus de l'instruction. Alors c'est facile pour moi de lever des fonds à ces fins. Pour les bourses et les dotations, expliqua Ella en répétant les mots de son jeune directeur, David Greene. C'est ce qui permet de venir en aide à des enfants qui, sans ça…

Elle s'interrompit, se sentant bête tout d'un coup. Il ne faisait aucun doute que Casey avait fait sa scolarité grâce aux bourses. David, lui, aurait eu la présence d'esprit de ne rien dire. Il avait un don pour engager la conversation avec toutes sortes de gens et était toujours soucieux de leur parcours personnel.

— Bref, j'aime beaucoup mon travail, et aller au bureau. Mon directeur est génial. C'est devenu un bon ami, vraiment.

Casey observa le revirement d'Ella. Elle ne se serait pas offusquée des commentaires d'une philanthrope friquée. Après tout, elle-même était bien contente d'avoir bénéficié de la générosité de Princeton, ce qui impliquait qu'une employée porteuse de ces nobles idéaux ait fait la quête pour elle. Casey et Jay étaient l'équivalent de paysans divertissants et tolérables dont l'inscription reflétait la mansuétude de l'université. Elle interrogea Ella sur son mariage. L'idée de se marier à vingt et un ans semblait stratosphérique à Casey.

— Je ne comprends pas. Pourquoi si vite ?

Ella récita la rengaine de Ted :

— Quand on aime une personne, on s'engage auprès d'elle.

— Pour toujours ? releva Casey avec scepticisme.

— Oui.

Ted avait imposé ce qui ressemblait à un doux ultimatum : « Si tu m'aimes vraiment, tu dois m'épouser. » Il avait usé de la même tactique en matière de sexe. « Je t'aime et je veux me sentir plus proche de toi. Si on fait l'amour, on se connaîtra encore mieux. Je veux te connaître tout entière, Ella. N'est-ce pas ce que tu veux aussi ? Ne veux-tu pas apprendre à me connaître ? » Que pouvait-elle répondre à ça ? Ce qu'il réclamait, Ella le lui donnait.

— J'imagine qu'il te rend heureuse, alors, dit Casey en opinant comme pour avoir l'air de croire que toute cette histoire pouvait être enviable.

— Oui, avança prudemment Ella.

Ella sonda le visage de Casey, se demandant pourquoi elle était si cynique vis-à-vis de l'amour.

Casey lut la question dans son regard et expliqua :

— Je viens de surprendre mon petit ami au lit avec deux nanas.

— Quoi ?

Rien que le choc que provoquait une telle déclaration valait presque le coût de l'humiliation.

— Elles étaient super jolies, concéda Casey.

Parce qu'elles l'étaient vraiment. Elle n'arrivait pas à se remettre de leur plastique.

— Enfin, bref.

D'un coup, ça n'avait plus rien de cocasse.

Ella se retint d'ajouter quelque chose, mais resta bouche bée. Elle n'en revenait pas qu'une chose pareille puisse réellement se produire.

— Tu fais une fixette sur mes bleus, dit Casey.

— Ça doit faire mal.

— Petite confrontation avec mon père, expliqua Casey avec un rire. Tu devrais voir sa tête à lui.

Ella eut un sourire peiné. Il lui était impensable d'imaginer son propre père la frapper.

— Est-ce que tu dors vraiment au Carlyle ?

— Ça t'étonne ? Parce que mes parents gèrent un pressing ?

— Non, non. Ce n'est pas du tout ce que je voulais dire. Tu le sais très bien.

— Oui. C'est juste ma connasse intérieure qui a décidé de s'en donner à cœur joie avec toi.

Le liquide marron autour du steak d'aloyau commençait à gélifier – des traînées de graisse blanche marbraient l'assiette.

— Tu m'as croisée au pire moment, Ella. Et, pour être honnête, tu es la dernière personne à qui je voulais montrer ma tête pathétique aujourd'hui.

— Pourquoi ?

— Parce que. Laisse tomber.

Casey récupéra ses couverts et coupa la viande. Elle avait une furieuse envie de Tabasco.

— Je suis certaine que tu as beaucoup d'argent et…, commença Ella avec une pointe d'exaspération devant l'hostilité perpétuelle de Casey.

— Eh bien, non, en fait. Je n'ai pas un rond. Je viens même d'atteindre le plafond d'emprunt de ma carte de crédit tellement j'étais énervée contre toi.

— Contre moi ?

— Non. Pas contre toi. Contre moi-même.

La confusion d'Ella était manifeste.

— Je suis une ratée. Et toi, tu es l'incarnation du succès. Putain. Je me déteste.

Casey se mit à pleurer et ajouta :

— Désolée. Comme tu peux le voir, je ne suis pas de très bonne compagnie. Je ferais mieux de te laisser.

Elle consulta sa montre et ramassa ses affaires.

— Merci pour le déjeuner, conclut Casey.

— Tu vas où ? Tu ne peux pas rentrer chez toi. Enfin…

Ella ne savait pas comment le dire de la bonne manière. Elle ne savait même pas si Casey pouvait retourner chez elle ou non.

Casey soupira et leva la tête vers le plafond vert-de-gris en étain estampé. Comment en était-elle arrivée là ? La réponse était évidente : c'était elle qui avait provoqué tout ça. Elle était la seule responsable.

— Et tu n'as pas d'argent, fit remarquer Ella. Tu veux de l'argent ? Je peux t'en donner. Tu as un autre endroit où aller ? Est-ce que je peux… je ne sais pas, appeler quelqu'un pour toi ? Tu veux…

— Arrête avec tes questions. Je vais me débrouiller. Ce n'est pas ton problème. Je n'ai pas besoin de ton aide.

— Mais qu'est-ce que je t'ai fait, bon sang ?

— Rien. Tu n'as rien fait de mal. Je suis juste l'incarnation de la bassesse… coincée dans une très haute carrure, dit Casey avec humour.

— Tu pourrais venir chez moi, si tu veux. J'ai une chambre d'amis. Le temps de régler cette histoire.

— Tu as une chambre d'amis ?

— Oui, pour te donner une raison de plus de me détester, lança Ella en riant. On fait comme ça ?

*Ella Shim a fait une blague*, songea Casey. Ella Shim pouvait être sarcastique. Qui l'eût cru ? Elle sourit, puis la couleur s'intensifia sur son visage et ses yeux se mirent à picoter.

— N'essaie pas d'être gentille avec moi. C'est vraiment…

Elle prit une profonde inspiration.

— Je n'attends rien en retour, Casey. Je veux simplement t'aider.

Ella chercha une autre manière d'expliquer ça à Casey, qui de toute évidence ne faisait confiance à personne. Ted était pareil. Il était persuadé que les gens avaient toujours une arrière-pensée – que le pur altruisme n'existe pas.

— Peut-être que si la situation était inversée, j'aimerais que tu fasses ça pour moi, poursuivit Ella.

Elle se disait que si Casey fonctionnait comme Ted, un argument fondé sur un principe de réciprocité avait des chances de prendre.

— Tu ne te retrouverais jamais dans ma situation, Ella.

Ella plissa les yeux, déconcertée.

— Descends de tes grands chevaux, Casey. Ta situation n'a rien d'exceptionnel, rétorqua-t-elle avec calme. Ça peut arriver à tout le monde.

Casey observa les traits d'une finesse rare d'Ella. Ils dénotaient aussi d'une force qu'elle n'avait jamais remarquée. C'était dans son port altier, sa manière de se tenir comme si elle avait des yeux derrière la tête pour regarder droit jusqu'à l'autre bout du restaurant. Casey s'était trompée à son sujet. Elle jalousait une personne foncièrement gentille qui ne lui voulait que du bien.

— Après le déjeuner, suggéra Ella, on pourra aller chercher tes affaires à l'hôtel. Tu peux t'installer chez moi. Ça me ferait plaisir.

Ella emprunta à Ted son assurance et l'irrévocabilité de ses propositions – en pratique, un mélange de charisme et de phrases sans équivoque.

Casey acquiesça docilement. Ce jour-là, elle aurait même suivi Maud la vendeuse si celle-ci l'y avait invitée.

Ella demanda l'addition et la régla.

# 5

# LA RÉCESSION

UNE DIZAINE D'ANNÉES DE DANSE CLASSIQUE avaient servi à forger la posture parfaite d'Ella Shim. Assise sur le canapé envahi de coussins de son séjour lumineux, le dos bien droit et la tête légèrement inclinée, elle feuilletait un livre de recettes posé sur ses genoux. Quatre autres, marqués aux pages du carré d'agneau, attendaient sur la table basse. Les trente et un ans de Ted approchaient, et elle voulait recréer ce plat qu'il avait tant aimé chez Bouley.

Fervente lectrice d'ouvrages et de magazines culinaires, Ella était une cuisinière accomplie. Au lycée déjà, elle s'amusait à élaborer des menus entiers pour son père, qui avait encouragé cette passion en lui offrant une batterie de casseroles en cuivre et en installant au mur un support de séchage en bois pour ses pâtes fraîches découpées à la main. Quand les Shim recevaient des paroissiens dans leur maison de Forest

Hills, Ella leur servait son quatre-quarts à l'orange, ses scones à la rhubarbe confite avec du beurre irlandais qu'elle achetait à l'épicerie haut de gamme Dean & DeLuca, ou bien le péché mignon du docteur Shim : les choux à la crème parfumés au thé noir hong cha. Ella avait beaucoup regretté sa cuisine aux immenses fenêtres pendant ses études à l'université de Wellesley, près de Boston. Son trois pièces actuel dans l'Upper East Side – un cadeau de son père pour son diplôme, où elle avait intention de vivre avec Ted après leur mariage – était doté d'une cuisine raisonnablement spacieuse et d'un plan de travail assez large pour rouler sa propre pâte à tarte et faire fermenter des bocaux de kimchi.

La jeune femme était absorbée par le souvenir de l'agneau dégusté avec Ted dans ce restaurant français de Duane Street. Dans la bergère en tapisserie, Ted consultait les horaires des séances de cinéma dans le *Times*, agacé d'avoir accepté de voir ce film étranger recommandé par l'hôte d'Ella. Depuis le salon, on entendait l'eau couler dans la salle de bains des invités. On était vendredi soir et Casey se préparait pour fêter au Princeton Club le départ de Virginia en Italie.

Dans une calligraphie pleine de boucles typique des pensionnats de filles, Ella recopiait maintenant une liste d'ingrédients et d'instructions. En son for intérieur, elle réfléchissait également à la bonne manière de convaincre Ted d'aider Casey à trouver du travail. Ses copains d'HBS se rendaient service tout le temps.

— Ted, il n'y a rien que tu puisses faire pour elle ? lança Ella sans quitter des yeux son cahier à carreaux orange et blanc.

Ted ferma sèchement son journal. Mais la vision de sa jolie fiancée penchée sur ses livres de recettes lui rendit le sourire. Sa délicatesse avait quelque chose d'attendrissant.

— Ella chérie, dit-il en prenant une expression sérieuse. Ton amie...

Il s'interrompit. Ella n'avait jamais ne serait-ce que mentionné Casey avant que celle-ci ne débarque. Et voilà que cette soi-disant amie – à la sacrée grande gueule – squattait l'appartement d'Ella depuis quatre semaines.

— Casey n'a pas le moindre intérêt pour la finance, poursuivit Ted. Je doute même qu'elle connaisse la différence entre une action et une obligation.

— Mais... Ted, toi non plus, tu ne l'as pas toujours su, objecta Ella avec candeur. Il faut bien apprendre quelque part, non ?

— Ton amie a déjà passé un entretien d'embauche pour l'Investment Banking Program de Kearn Davis au printemps dernier.

— Et ?

— Et elle s'est fait recaler, expliqua Ted sur un ton exaspéré. Qu'est-ce qu'elle s'imaginait ? Ta copine n'a postulé qu'auprès d'une seule banque. Ce culot.

Lui-même avait candidaté auprès de huit banques d'investissement à l'issue de son premier cycle universitaire à Harvard, et avait été accepté dans le programme d'apprentissage de sept d'entre elles. Après quatre ans chez Pearson Crowell – une banque d'investissement du Bulge Bracket leader sur le marché mondial –, d'abord en tant qu'analyste, puis au rang de *senior associate,* il avait intégré la plus prestigieuse des écoles de commerce : Harvard Business School (HBS pour les initiés), dont il était sorti diplômé au bout de deux ans avec la distinction de *Baker Scholar* – soit parmi les meilleurs au classement final, la crème de la crème. Il avait ensuite choisi de travailler chez Kearn Davis, la seule société de placement en valeurs mobilières qui avait rejeté sa candidature au terme de son premier cycle d'études. En quatre ans, Ted était passé *executive director,* et il était pressenti pour un poste de *managing director* en janvier. Il avait deux ans d'avance sur son propre plan de carrière.

Ella leva les yeux vers lui et inspira profondément avant de déclarer :

— Tu ne l'aimes pas.

— Ce n'est pas que je ne l'aime pas. Je suis simplement rationnel, Ella. Ne candidater qu'à un seul programme, c'est tellement gonflé. Ces nanas de l'Ivy League, elles pensent que tout leur est dû, pesta-t-il. C'est la preuve d'un cruel manque de sérieux.

Il plia le journal en deux puis la toisa avec un petit sourire, impressionné par sa persévérance. D'ordinaire, elle baissait les bras facilement, alors que lui avait le goût du défi.

— Écoute, ma chérie...

Sa voix s'adoucit d'un ton, et il eut l'air sincère.

— Je comprends que tu veuilles l'aider. Mais, tu sais, j'ai travaillé dur pour me forger une réputation. Je ne peux pas me permettre de la risquer en me portant garant pour une fille que je connais à peine et qui me semble prodigieusement incapable de persévérance.

Ella inclina la tête et souffla fort par ses délicates narines. Ted n'était pas du genre à céder du terrain, à moins d'y être contraint. Deux ans plus tôt, il l'avait repérée chez Au Bon Pain, près du Citigroup Center au cœur de Midtown, le quartier des affaires de Manhattan, et l'avait courtisée obstinément. Ses collègues et ses copains d'HBS traitaient Ella comme un trophée convoité, et elle avait peur de leur adresser la parole.

Ce que Ted ne comprenait pas, c'était qu'Ella avait l'habitude qu'on la désire et qu'on la flatte. Si elle l'aimait lui et pas un autre, c'était parce qu'elle voyait derrière la façade le petit garçon anxieux et assoiffé de rêves fuyant son Alaska natal. Ses parents, immigrés coréens, travaillaient dans une usine de conserves. Son frère aîné était facteur à Anchorage et sa sœur était une ancienne championne de culturisme qui enseignait maintenant l'aérobic et s'occupait seule de ses deux fils. Ella serait tombée amoureuse de Ted même s'il n'avait pour lui que son ambition. Certes, sa volonté et son calme imperturbable l'attiraient. Mais elle voyait ses doutes inavouables et secrets – plus que l'aspiration, c'était la peur qui l'animait. Et elle aimait ça chez lui, aussi.

Ted et Ella entendirent les canalisations se fermer, signalant la fin de la douche de Casey, et Ella baissa la voix pour plaider à nouveau parce qu'elle sentait que lui plus que quiconque était à même de comprendre la situation de Casey.

— Ça fait un mois qu'elle envoie des CV et elle n'a pas reçu une seule réponse.

— La récession, Ella. Je sais que tu as pitié de ton amie...

— Son père est violent. Elle ne peut pas rentrer chez elle. Tu dois l'aider. Elle n'a pas d'argent et elle refuse que je lui en donne.

— Tu lui as proposé de l'argent ? demanda Ted, stupéfait. Mais qu'est-ce que tu t'imagines, princesse ? Que les billets poussent sur les arbres ?

Elle ferma son livre de recettes d'un coup sec.

— Ted...

— Dis-lui de prendre le premier job qui viendra.

— C'est ce qu'elle essaie de faire !

— N'importe quel job. Vendeuse de rouges à lèvres, de gants, ou je ne sais quoi – ce qu'elle faisait à la fac.

— C'est une de ses pistes. Mais il y a une différence entre travailler comme vendeuse pendant tes études et l'être à temps plein après le diplôme. Ses parents n'ont pas d'argent, et sa sœur veut faire médecine l'an prochain. Et son copain l'a trompée.

— C'est ce qui se passe quand on sort avec un Blanc, railla Ted.

Ella l'ignora.

— Sa famille ne peut rien pour elle. Et quel intérêt d'arriver où tu en es, Ted, si tu ne te sers pas de ton influence pour aider les autres ?

— J'assiste déjà assez de monde comme ça.

Ted envoyait chaque mois de l'argent à ses parents. L'an passé, grâce à sa prime exorbitante, il avait acheté un appartement à son frère et un autre à sa sœur dans leur ville natale d'Anchorage.

— Je n'ai pas dit que tu n'aidais personne.

— Casey et sa famille ne sont pas mon problème, Ella. D'ailleurs, ce n'est pas le tien non plus. Sa sœur ne peut pas contracter un prêt ?

De l'index, il pointa son propre cœur. Lui-même venait de terminer de rembourser son crédit étudiant et mettait maintenant de l'argent de côté en prévision des études de ses neveux.

— Tout le monde n'est pas comme toi.

Elle rassembla les livres, les empila par ordre alphabétique, et les rangea sur l'étagère, coupée de toute envie de se décarcasser pour un carré d'agneau. Ils n'auraient qu'à sortir au restaurant pour son anniversaire.

À cet instant, Casey entra dans le salon vêtue d'une jupe noire étroite et d'un chemisier blanc fraîchement repassé. Ses hématomes n'étaient plus visibles, et elle était jolie avec ses cheveux mouillés peignés en arrière et son rouge à lèvres bordeaux. Elle n'avait pas encore enfilé ses chaussures et Ted avisa ses pieds nus. Pour une fille mince, elle avait des chevilles et des mollets un peu épais. *Moo-dari*, jugea-t-il. Des jambes potelées comme des radis daïkon.

Consciente d'être observée, Casey croisa immédiatement les pieds.

— Bonsoir, lança-t-elle sur un ton joyeusement moqueur.

Ce qu'elle avait surpris de la conversation lui suffisait pour décider de feindre l'ignorance. Ted Kim n'était pas du genre à rendre service. Comment la pauvre Ella pouvait-elle ne pas le voir ?

— Salut, Casey, répondit Ted qui ne se souciait guère qu'on l'entende.

Se tournant vers Ella, il lui signala qu'il était l'heure de partir.

— On prendra les places directement au guichet. Ça m'étonnerait qu'il y ait foule pour regarder ce truc.

Il pointa l'annonce obscure de la séance d'*Adieu ma concubine* dans le *Times.*

Casey lui sourit.

— C'est un très bon film, Ted.

Ted était un connard autodidacte de première – un triple A en la matière – mais il était beau. Un mètre quatre-vingts, silhouette de coureur avec de longues jambes musclées. Ses cheveux noirs étaient coupés court et le gel dont il les tapotait soigneusement leur donnait un effet mouillé. Le premier bouton de sa chemise élégante était ouvert, dévoilant une pomme d'Adam proéminente. Son air impérieux ne la laissait pas indifférente. Si Casey avait eu un faible pour les connards, il aurait été une cible idéale.

— Ça pourrait même te plaire, continua Casey. Un type intelligent comme toi… j'aurais cru que tu apprécierais un peu de culture de temps en temps. Un *yuppie* digne de ce nom ne peut pas se cantonner à l'œnologie et aux hôtels de luxe. Non pas que tu aies besoin de conseils en matière d'art ou de loisir… ni dans aucun domaine, d'ailleurs.

Fière de sa douce taquinerie, elle sourit en attendant la riposte.

Il se rembrunit, et Ella s'esclaffa.

— Sinon, comment ça va, les recherches d'emploi, Casey ? demanda-t-il en retrouvant son sourire narquois.

— Sabine m'a proposé de reprendre le comptoir des accessoires les dimanches à partir du mois prochain, mais elle n'a rien pour moi en semaine. Elle m'a remplacée tout de suite quand j'ai rendu mon tablier après le diplôme. Et le marché des accessoires tourne au ralenti. Tu vois de quoi je parle, Ted. La récession.

Ted sourit et leva le menton.

— Ella est si gentille de m'avoir accueillie, mais son hospitalité ne peut pas durer éternellement. Je vais trouver un job. J'espère.

Avant qu'Ella n'ait le temps d'ouvrir la bouche pour rassurer Casey sur la durée de son séjour, Ted intervint :

— Après la récession, la relance. Les cycles, tout ça...

Entre anciens étudiants en économie, il savait qu'elle comprendrait.

Ted récupéra le journal pour le laisser tomber sur son fauteuil. Puis il jeta un coup d'œil à Ella, qui aussitôt se leva pour aller chercher son sac à main. Elle lui accordait toujours une attention sans faille – c'était ce qu'il attendait d'elle, et ça ne lui coûtait pas grand-chose.

Après le cinéma et le restaurant, ils ne reparlèrent pas de Casey. Mais tôt le lundi matin, Ted téléphona au *asian sales desk*, où un ami lui avait dit qu'on recrutait une assistante. Walter Chin commença par décourager Ted.

— Salaire de misère, harcèlement garanti, le prévint-il. Et le responsable a des problèmes d'agressivité.

— T'inquiète, répondit Ted. C'est pas pour une amie proche.

L'entretien d'embauche de Casey fut fixé pour la semaine suivante. Ted n'avait plus qu'à l'amener au bureau.

***

Quand le père de Virginia passa au club pour régler l'addition, sa femme et lui restèrent le temps de boire une flûte de champagne. Ils s'apprêtaient à se rendre à un dîner entre adultes, laissant derrière eux deux douzaines de jeunes diplômés au Tiger Bar.

— Vous n'avez plus besoin de chaperons maintenant, les jeunes, dit Fritzy à Chuck Raines, un joueur de lacrosse qui venait d'être embauché comme juriste en droit des sociétés chez Skadden.

Fritzy tapa joyeusement l'épaule du garçon avec son poing, dans une tentative de se sentir jeune à nouveau. Jadis, Fritzy avait connu ce sentiment d'appartenance. C'était l'époque de l'Ivy Club, le plus prestigieux des clubs étudiants de Princeton, qu'il avait intégré comme son père avant lui – le séduisant et volubile sénateur du Delaware, prédécesseur illustre dont tout le monde s'accordait à dire qu'il ne lui ressemblait en rien, et qui était décédé quand il avait douze ans. Fritzy et Jane Craft étaient plantés à côté de leur fille. Lui, en veste de costume J. Press pour camoufler ses épaules voûtées et elle, du haut de son mètre quatre-vingt-trois – deux centimètres de moins que son mari – dans sa robe taille 42 à col Claudine en dentelle. L'imprimé à minuscules fleurs lavande sur fond noir du tissu en coton cachait un peu sa taille épaisse. Jane avait une plus forte carrure que Fritzy – dont l'ossature était fine, comme celle d'Eugenie, sa mère. À part ça, les Craft, mariés depuis vingt-six ans, avaient un physique assorti – cheveux clairs, yeux bleus, teint laiteux avec des joues qui rougissaient facilement, un contraste d'autant plus frappant avec la peau mate et les boucles brunes de Virginia. La première chose que l'on remarquait du visage de Virginia, c'était ce qu'elle appelait ses « cils à la mexicaine » – leur longueur incroyable et leur noirceur. Seule, Virginia se distinguait par ses traits exotiques, mais elle passait pour blanche. À côté de ses parents, en revanche, on trouvait tout de suite qu'elle n'était pas « d'ici ». On lui avait déjà attribué une nationalité espagnole, italienne, française, portugaise, et une fois, à Londres, on l'avait prise pour une *black Irish*, du surnom des Irlandaises très brunes, lointaines descendantes supposées de l'Armada espagnole du XVIe siècle. Très vite, elle avait appris à balancer ses origines – mi-mexicaine, mi-blanche – pour voir l'interlocuteur indiscret couvert d'embarras devant les détails de son adoption.

Avant de quitter le club, Fritzy déposa un baiser sur la tête de Virginia et lança au barman :

— N'hésitez pas à allonger leurs verres à l'eau.

Chuck, qui en était à sa troisième bière, éclata de rire et leva sa pinte en direction du père de Virginia. Des petits groupes de trois ou quatre s'étaient formés autour du bar – dont les murs étaient couverts de photos de classe et de souvenirs de Princeton. Certains profitaient des burgers et du poulet que Mrs Craft avait pensé à commander pour eux. Casey connaissait tout le monde, sauf quelques filles de Brearley venues saluer leur camarade de lycée. Elles ressemblaient à toutes les étudiantes de l'Ivy League – blanches, riches sur plusieurs générations, avec une aisance en toutes circonstances. Une coupe de cheveux hors de prix, mais pas trop apprêtée. Un talent fou pour le bavardage mondain. Impossible d'imaginer cette clique se mêler à Ella, qui avait pourtant fréquenté la même école pour filles.

Après le départ des Craft, Virginia et Casey s'installèrent à une table à l'écart sous la vieille photographie d'une équipe d'aviron. Casey savourait son premier gimlet à la vodka de la soirée.

— Alors, ça fait quoi, de cohabiter avec Ella Shim ? demanda Virginia avec une moue tirant sur la gauche – signe d'agacement chez elle.

— C'est supportable.

Sentant une pointe de déloyauté envers Ella, Casey s'empressa d'ajouter :

— Elle est gentille.

— Et Jay ? Tu as des nouvelles de lui ?

Virginia avait toujours apprécié le prétendant de Casey et n'était pas prête à renoncer à leur histoire. Jay Currie s'était comporté comme un goujat, mais dans l'esprit de Virginia, il était indubitablement amoureux de sa meilleure amie. Elle n'aurait pas été surprise de les voir se remettre ensemble.

— Ou plutôt devrais-je demander, combien de fois t'a-t-il appelée ?

— Il a téléphoné à Tina, mais elle a interdiction de lui révéler où je suis. Toi aussi, d'ailleurs.

— C'est noté.

Virginia ne comprenait toujours pas la décision de sa meilleure amie d'aller vivre chez Ella.

— Tu aurais pu rester avec moi, lui reprocha-t-elle. Dans la maison de Newport.

— Tu rendais visite à ta grand-mère…

— Lady Eugenie aurait été ravie de t'accueillir.

— Je sais, et c'est très gentil de votre part à toutes les deux.

Casey n'aurait pas pu. Si elle avait parlé de l'altercation avec son père à son amie, elle n'avait rien mentionné des bleus.

— Et si tu tiens absolument à rester à Manhattan, tu peux t'installer chez Jane et Fritzy. Ils t'adorent ! Mais Ella Shim ?

En six ans d'école privée pour filles, Virginia ne se souvenait pas avoir entendu Ella prononcer le moindre mot. À croire que cette fille était muette.

— Elle n'est pas si horrible.

La voix d'Ella résonna dans la tête de Casey, la façon dont elle avait supplié Ted de lui trouver du travail, et elle se sentit obligée de préciser :

— Elle a une chambre d'amis. Et puis, tu sais bien que je ne peux pas rester chez tes parents…, dit Casey avec une grimace. Ils sont géniaux, mais…

— Ouais, moi non plus, concéda Virginia.

Jane et Fritzy étaient un peu spéciaux. Ils n'étaient plus tout jeunes – tous les deux avaient la soixantaine. Et leur politesse excessive pouvait être interprétée comme du détachement ou, pire, de la froideur. Ce n'était pas intentionnel de leur part ; ils ne savaient simplement pas comment se montrer chaleureux ou communiquer à la manière des gens normaux. Un autre élément avait contribué à diviser les générations : Virginia était à peine en âge de parler quand ils l'avaient envoyée chez une psy, donnant ainsi les clés à leur fille pour être capable d'exprimer ses émotions, alors qu'eux semblaient n'en éprouver aucune.

— Ils ne sont pas méchants, tempéra Virginia, mais il faut les supporter. Je suis sûre que mes parents biologiques étaient des individus profondément perturbés et très émotifs. Et extravertis. Je parie que ma mère passait son temps à crier.

Elle sourit avec une forme de satisfaction.

— Hmm..., fit Casey en jouant avec les glaçons dans son verre.

Au fil des ans, Virginia avait dressé un million de portraits hypothétiques de sa mère, allant de celui de prostituée à celui de nonne.

— Et sinon, comment tu vas ? demanda Virginia.

— Bien. Il faut juste que je trouve du boulot.

— Tu vas y arriver.

Virginia tenait absolument à comprendre ce qui se passait dans l'esprit obstiné de son amie. Elle n'avait jamais rencontré personne d'aussi fier.

— Ce que je voulais dire, c'est : ça va ? Ça te plaît, la coloc avec Ella ?

— Elle n'a rien à voir avec toi, c'est sûr.

Entre copines, il y avait toujours une rivalité et un désir d'être préférée.

— Dès que j'aurais réglé mes finances personnelles, je m'en irai. Il me suffira de dégoter un appartement à un loyer abordable à Manhattan. Facile.

— Tu pourrais venir en Italie, suggéra Virginia avec enthousiasme. Imagine comme ce serait cool.

— Je pourrais aussi aller sur la Lune, si la NASA voulait bien me rappeler.

Virginia sourit.

— Je suis sérieuse, tu n'as qu'à vivre avec moi.

— Ce n'est malheureusement pas à l'ordre du jour pour moi.

— Et pourquoi pas ? Aux dernières nouvelles, les Coréens ont le droit de passer la frontière italienne.

— Les Mexicains aussi ?

— Touchée.

C'était ce que Virginia aimait chez Casey, sa repartie sans pincettes.

— Il faut au moins que tu viennes me voir en vacances. Je ne vais pas revenir à New York avant une éternité. Mon diplôme se prépare en deux ans minimum. Fritzy et Jane ont déjà prévu de me rendre visite. Tu sais comme j'ai horreur de l'avion.

— Et du téléphone.

Virginia soupira.

— À ma décharge, j'écris beaucoup.

— C'est vrai.

Casey adorait les lettres de son amie qui lui donnaient l'impression de recevoir des pages du journal intime d'un génie littéraire. Sa correspondance empruntait ses tournures fleuries à celle d'une autre époque. Avec sa prose sans filtre, Virginia rapportait ses observations et ses envies, sans jamais taire ses échecs ou ses doutes. Dans ses lettres, elle orientait ses pensées comme l'on sort d'un labyrinthe, suivant le virage des événements et des idées. Casey admirait l'intelligence de Virginia et n'en avait mesuré l'ampleur que lorsqu'elle avait commencé à recevoir son courrier. Virginia ne dissimulait rien – c'était ce que Casey préférait chez elle.

Si, comparée à Tina, Casey avait l'impression d'incarner la colère et l'impétuosité, elle se sentait en revanche discrète et modérée à côté de Virginia, qui débordait de vie et de curiosité. Même lorsque son amie buvait trop, couchait avec une ribambelle d'hommes, et perdait ses clés (ce qui arrivait souvent), Casey ne pouvait s'empêcher d'admirer celle que ni la honte ni l'échec n'arrêtait. Virginia n'avait pas peur du jugement des autres – et ça, songeait Casey, c'était un cadeau extraordinaire.

— Tu viendras me voir, pas vrai ?

Virginia souriait avec optimisme, pourtant Casey ressentit un pincement au cœur. Elle se retrouvait à la traîne. Leurs vies avaient toujours été différentes, mais après le diplôme, la fracture s'était élargie entre elles comme les douves d'un château fort. De l'autre côté du pont-levis, Casey allait devoir se débrouiller seule.

— C'est toi qui t'en vas, pourquoi serait-ce à moi de faire le trajet ? rétorqua froidement Casey.

Devant l'expression blessée de son amie, Casey regretta aussitôt ses paroles. Virginia était sa plus proche amie à l'université – et ce depuis la deuxième semaine – et elle partait pour l'Italie le lendemain. Casey connaissait les peines intimes de son amie – qui cherchait sa mère biologique depuis ses onze ans, en vain. C'était le grand drame de la vie de Virginia : la fille récompensée de prix littéraires pour ses essais à la fac, qui venait d'intégrer un master à Bologne tant son italien était parfait, et qui parlait couramment français, était incapable d'apprendre un traître mot d'espagnol. La seule langue romane qui lui échappait était celle de sa mère biologique. Chaque fois qu'elle tentait de suivre des cours, Virginia fondait en larmes.

Virginia tendit le bras par-dessus la table pour prendre la main de Casey.

— Tu vas me manquer.

— N'importe quoi. Tu seras tellement occupée à courir après les garçons que tu auras à peine le temps de me gribouiller trois mots.

Casey avait envie de pleurer.

— Mon historique dément ces accusations infondées.

Casey ne pouvait rien répondre à cela. Des étés passés, elle gardait chez ses parents huit ou neuf paquets de lettres de Virginia attachés avec des rubans.

— Viens me voir, Casey. Il y a des Italiens en Italie.

Casey s'esclaffa.

— Et du *gelato*. Aux marrons glacés. Tu y crois, toi, qu'il existe une glace parfum…

Virginia se pâmait à cette pensée, le visage extatique, quand Chuck approcha pour lui apporter une bière. Casey l'invita à s'installer à leur table. En deuxième année, Chuck et Virginia s'étaient brièvement fréquentés – l'affaire d'un semestre. Virginia affirmait qu'ils étaient restés bons amis et ils continuaient à se voir pour un strip poker annuel et un cinéma de temps en temps. Après tout, songea Casey, elle ne pouvait pas monopoliser la reine de la soirée. Elle était tentée de lui confier la nature de la dispute avec son père et la véritable raison qui l'avait empêchée de montrer sa tête à Newport. Mais à quoi bon ? On ne pouvait pas rectifier le passé avec des explications. Exactement comme pour Virginia qui attendait désespérément une réponse de sa mère biologique à sa question existentielle – *pourquoi m'as-tu abandonnée ?* Casey doutait que les mots réparent quoi que ce soit. Les Craft étaient de bons parents, surtout en comparaison de ceux de Casey – avec qui elle partageait pourtant son ADN. Alors, à quoi bon parler de tout ça ? L'arrivée de Chuck Raines tombait à point nommé. Il avait une mâchoire carrée et un cou fin. Et il en pinçait encore pour Virginia.

— As-tu déjà goûté du *gelato*, Chuck ? demanda Virginia.

— Oh, oui. Les Italiens font de ces glaces… Tu comptes me filer tes bons plans ?

— *Naturalmente.*

Virginia ferma les yeux et haussa les épaules, imitant sa tante milanaise Patrizia, qui avait épousé le jeune frère de sa mère, marchand d'art.

Casey sourit devant leur joie de se découvrir un goût commun. Elle n'avait jamais mangé de glace aux marrons glacés. Comment disait-on « marrons » en italien ? Le monde était si vaste, et il y restait tant de choses qu'elle ignorait.

# 6

## MANDATAIRE

Pour atteindre la rangée d'ascenseurs chez Bayard, Ella passa devant les vitrines de bijoux exquis et les comptoirs de parfumerie les plus fastueux de New York. Mais ni l'éclat de la joaillerie ni les fragrances divines ne parvinrent à détourner ses pensées de l'expression étrange de David Greene lorsqu'elle lui avait annoncé qu'elle devait quitter leur réunion annuelle de levée de fonds quinze minutes plus tôt que prévu à cause de sa robe. David affichait rarement sa contrariété en sa présence. Et pourtant, chaque fois qu'elle mentionnait son mariage, il avait tendance à changer de sujet ou à couper court à la conversation en prétextant du travail. Ses yeux bleu marine, d'ordinaire rieurs et curieux, s'assombrissaient quand elle lui parlait de Ted.

Évidemment, ce sujet lui attirait les railleries de Ted, d'après qui le « petit intello blanc » qui lui faisait office de patron était un fétichiste des Asiatiques. Elle avait farouchement protesté. David n'était pas comme ça. Il respectait tout le monde et n'était pas du genre à réduire une personne à un stéréotype. Plus elle prenait la défense de David, plus Ted insistait. Alors elle n'allait certainement pas confier à son fiancé que, chaque matin, elle s'en allait travailler le cœur léger à l'idée d'écouter David lui parler des alumni, de l'association des parents d'élèves et du progrès de la campagne de financement. Le vendredi, ils mangeaient leur sandwich ensemble au parc s'il faisait doux, ou au bureau si le temps ne s'y prêtait pas. Il lui racontait les anecdotes des détenus auprès de qui il dispensait bénévolement des cours d'écriture tous les week-ends en prison. Parfois, il apportait les paroles de chansons de rap de ses élèves, truffées de fautes d'orthographe, et les lui lisait à voix haute avec le même sérieux et la même délectation que lorsqu'il déclamait du Philip Larkin, son poète préféré. Deux semaines plus tôt, avec un mélange de timidité et de fierté, il lui avait montré deux poèmes de sa propre plume publiés dans le magazine littéraire *The Kenyon Review.* Le premier parlait d'un petit garçon assis pendant des heures dans la salle d'attente du cabinet de son père. Pendant les jours qui avaient suivi, elle n'avait cessé de repenser à cette description de la lourde pile de *National Geographics* que le petit garçon finit par feuilleter tandis que son père reçoit ses patients un par un – les pages jaunies écornées, les photographies de femmes au nez droit portant des foulards orange sur la tête, les montagnes blanches du Japon.

Comme promis, Casey l'attendait près des quatre ascenseurs alignés au fond du grand magasin. Une fois dans la cabine, Casey appuya sur le six pour l'espace mariage. Elles étaient seules.

— Alors, dis-moi. À quoi ressemble ta robe, déjà ?

Perplexe devant cette question, Ella se contenta de froncer les sourcils.

— Ella ? insista Casey. Ta robe ?

— Elle est longue.

Avec ses mains, Ella fit un drôle de geste balayant son corps des épaules aux hanches.

— Blanc cassé ? ajouta-t-elle tout en se sachant incapable de discerner les multiples nuances de blanc vues ce jour-là. C'est une robe de mariage normale. Le truc du genre qu'on voit partout.

— Le truc du genre ? releva Casey en feignant la désapprobation. C'était bien la peine d'étudier à l'université de Wellesley pour jeunes filles bien élevées si c'est pour parler comme ça.

Ses taquineries firent plaisir à Ella. À la maison, surtout quand Ted était dans les parages, Casey disparaissait de plus en plus derrière une sorte de décorum, des manières formelles qui érigeaient une barrière infranchissable entre elles. Mais ici, chez Bayard, elle semblait redevenir la fille impertinente qu'Ella avait connue à l'église – pleine de sous-entendus et portant un regard amusé sur tout ce qui l'entourait. Même son pas sautillant et élégant était revenu.

L'air interrogateur, Casey attendait sa réponse, légèrement agacée par ce flou mystérieux. Il fallait qu'elle comprenne ce que voulait Ella. C'était de sa robe de mariée qu'il s'agissait, quand même.

Le problème, c'était qu'Ella se souvenait à peine de son choix. Il y avait eu tant d'essais avec ou sans dentelle, froufrous, manches, bretelles, ceintures, fleurs… C'était Sharlene, la secrétaire de son père, qui avait pris rendez-vous pour eux deux chez Bayard. Mais en arrivant à son cabinet, Ella avait appris qu'un patient avait contracté une infection virale postopératoire et que son père avait dû retourner à l'hôpital en urgence. Il avait gribouillé un mot pour elle sur le bloc-notes rose près du téléphone : « Casse la tirelire. » Sharlene, avec un soupçon de pitié pour la jeune femme, avait précisé : « Votre père a insisté pour que vous ne regardiez pas à la dépense. » Ella avait courageusement souri à cette dame bienveillante qui ne lui apprenait rien, et elle était partie affronter la tempête de taffetas blanc, seule. Ce n'était qu'après avoir acheté la plus onéreuse des robes qu'elle avait repéré Casey depuis l'escalator, devant le tas de vêtements qu'elle avait l'intention de faire mettre de côté.

L'ascenseur s'immobilisa au niveau trois. Deux belles femmes entrèrent, en pleine conversation morose sur les difficultés professionnelles que rencontraient leurs maris respectifs.

Casey les ignora et, regardant fixement son amie, l'interrogea sur le type de manches. Ella tenta à nouveau d'en mimer le style.

Dans sa tête, Casey comblait les trous avec des termes qu'elle avait entendus au fil des ans à force de travailler dans la vente, ainsi que durant les cours d'été qu'elle avait suivis au Fashion Institute of Technology : robe évasée en satin de soie ivoire, épaules tombantes, bustier avec découpes princesse, manches ajustées, sans traîne, ourlets brodés de perles baroques. Le tout semblait correct. Mais pas époustouflant. Casey prêta attention au ton d'Ella qui trahissait sa peur d'être grondée.

Après un mois à vivre avec Ella, Casey connaissait l'essentiel de sa garde-robe : des vêtements confortables, pratiques, de bonne qualité, à coût raisonnable. Ella s'habillait avec une inspiration mi-nonne, mi-écolière. Chemisiers à col Claudine, jupes évasées sombres ou pantalons à pinces, bas en voile chair, cardigan en laine shetland, mocassins à glands sur petits talons carrés. Miss Zéro Sens de la Mode avait pris son courage à deux mains pour demander son aide à Casey parce qu'elle était terrifiée à l'idée que Ted, dandy suprême, n'approuve pas le choix de sa robe. Pour les grandes occasions et les soirées cocktails, c'était lui qui achetait ses tenues à sa place. Mais il aurait été bizarre qu'il fasse de même avec sa robe de mariée.

Les deux femmes séduisantes descendirent au niveau cinq, et Casey sentit dans leur sillage des effluves d'Eau de Camille, une de ses fragrances préférées.

C'est alors qu'elle eut une idée. Il y avait d'autres moyens de cerner les goûts d'une cliente timide.

— Tu ne portes pas de parfum, n'est-ce pas ?

— Non, Ted n'aime pas le parfum ni le maquillage.

— Ah bon ? releva Casey, sceptique. Mais toi ?

Ella haussa les épaules.

— D'accord. Dans ce cas, pense à des odeurs que tu apprécies.

Ella fronça les sourcils. Casey tendit la main pour lisser délicatement le pli formé sur son front.

— Arrête ça.

C'était Sabine qui lui avait appris à faire attention à cette manie – afin d'éviter les rides.

Ella se mit à réfléchir.

— L'orange. Et la cannelle.

Casey sourit et résuma :

— La cuisine. Les couleurs.

— Qu'est-ce que ça signifie ?

— Des odeurs qui évoquent le réconfort, le plaisir, une atmosphère chaleureuse. Ça te parle ?

Casey tentait d'avoir l'air patiente.

— Ce n'est pas une science exacte, d'accord ? J'essaie juste d'associer des idées avec ce que tu me donnes. Ensuite, je me demanderai si c'est comme ça que tu aimerais que les autres te perçoivent. Ou bien si ça correspond à l'image que tu te fais de toi. Enfin, dernière étape, comment traduire ça en vêtements que tu aurais envie de porter. Tu vois où je veux en venir ?

Tout cela n'avait guère de sens pour Ella, mais elle était intriguée.

— Peut-être que tu pourrais m'aider à en choisir un. De parfum.

— Ma chérie, c'est une robe qu'on vient chercher.

Casey lui adressa un de ses sourires bien rodés de vendeuse – empreint de courtoisie et d'innocence. Elle avait envie d'abandonner. Dans sa tête elle pouvait presque entendre Ella la supplier de lui dire qui elle était à sa place. Comment était-elle censée le savoir ? Qui pourrait répondre à cette question, si ce n'est elle-même ? L'ascenseur s'arrêta au niveau six.

— Et toi, tu aimes quels parfums ? lui demanda Ella en sortant de la cabine.

— Tubéreuse, gardénia, lys.

— Et qu'est-ce que ça signifie ?

— Connaître mes préférences ne t'aidera pas à déterminer les tiennes, répliqua Casey sans cacher son agacement.

L'espace mariage était à moins de dix mètres de l'ascenseur. Casey glissa sa main au creux du bras d'Ella pour l'encourager à avancer. Elle la dirigea vers la banquette inspiration Napoléon III en face de l'espace lingerie.

— Assieds-toi là, ordonna Casey. Fais-moi voir le reçu.

Ella obtempéra et sortit un papier de son sac à main pour le lui tendre, puis contempla les surfaces en miroir des ascenseurs, craignant le verdict de Casey. La robe avait coûté huit mille dollars.

Casey hocha la tête sans rien laisser paraître, immunisée par des années de fréquentation d'étudiants riches. Elle n'aurait jamais eu l'indiscrétion de demander le prix s'il n'avait pas fallu qu'elle prenne la mesure du budget d'Ella. À l'évidence, illimité.

Casey lut le dos de la facture avec attention.

— Tu permets ? dit-elle avant de la glisser dans la poche de sa jupe.

Elle inspira profondément, et insista :

— Maintenant, pour la dernière fois. Quelle allure veux-tu avoir à ton mariage ?

— Je ne me suis jamais vraiment posé la question, tu sais ?

— Encore les réponses vagues et les « je ne sais pas ». Tu fais un bien piètre plaidoyer en faveur des universités pour femmes.

Ella s'esclaffa.

— Et toi, Casey, quel genre de robe tu porterais ?

— Ce n'est pas moi qui me marie.

— Mais tu veux te marier ?

Casey fronça les sourcils, agacée par l'incapacité d'Ella à rester concentrée. Virginia lui faisait souvent la remarque qu'elle pensait comme un homme. D'après sa théorie de l'arborescence, les femmes pensaient en branches, et les hommes en tronc. À côté de la nature distraite d'Ella, Casey se sentait effectivement très masculine.

— Non. Je n'ai pas envie de me marier. J'ai vingt-deux ans.

— Et moi vingt et un, rétorqua Ella.

Casey siffla.

— Je sais.

Ella entortilla autour de son doigt la chaîne dorée de son sac à main Chanel – cadeau d'anniversaire de Ted – et en caressa le cuir matelassé, comme pour se rassurer. Casey pesait ses mots. Ella avait déjà tout. Absolument tout. Pourtant elle voulait que Casey la conforte dans sa décision de se marier. Et malgré sa générosité extrême, son amie cherchait désespérément son approbation. Mais Casey était clairement mal placée pour ça. Comment la fille en situation d'échec pouvait-elle accorder sa validation à celle à qui tout réussissait ? C'était absurde.

— Revenons-en à la robe.

— Je m'en souviens à peine, Casey. J'étais tellement dépassée.

Ella courba la nuque comme sous le poids d'un joug.

Casey songea alors à toutes ces femmes qui traînaient une ribambelle de copines pour essayer un simple chapeau de pluie – un article à cinquante dollars chez Sabine's. Ella avait acheté sa robe seule, et même si Casey aurait préféré faire de même si l'occasion se présentait un jour, il lui vint à l'esprit qu'Ella n'avait peut-être pas eu d'autre choix. Ella n'avait ni mère ni sœur. Elle était très proche de son père et de Ted, mais ces deux hommes ne lui étaient d'aucune utilité dans cette situation. Casey avait beaucoup de copines, mais très peu avec qui elle était intime. D'un point de vue extérieur, Casey la sociable et Ella la réservée semblaient à l'opposé, pourtant elles se ressemblaient sur le cercle très restreint des personnes qui partageaient leur vie.

— Tu trouves que je suis trop jeune pour me marier ? interrogea Ella.

David avait un jour plaisanté sur le fait qu'elle devait battre un record de jeunesse parmi les mariées.

— Non.

C'était la réponse attendue. Et après tout, elle-même s'était projetée dans le mariage avec Jay quelques semaines plus tôt, alors qu'elle voyait maintenant combien cette décision aurait été stupide.

Ella tripotait le rabat de son sac à main, clipsant et déclipsant le fermoir en évitant soigneusement de regarder Casey en face. Ella manquait d'assurance de manière générale, mais en ce qui concernait son mariage, elle doutait plus encore que d'habitude. Son père n'était pas du genre à s'opposer à sa volonté – non pas qu'il en ait jamais eu besoin –, mais il avait pourtant évoqué l'idée raisonnable de longues fiançailles. Que ferait-elle, si Casey décrétait à voix haute ce que son père se refusait à avouer ?

Il était impossible pour Casey de ne pas remarquer l'inquiétude profonde dans les jolis yeux noirs d'Ella.

— Ted est un type bien. Un très bon parti. Sérieusement, il est même coréen ! Comment tu t'es débrouillée pour en trouver un ?

La voix de Casey était partie dans les aigus, parce que c'était ce qui la stupéfiait plus que tout. Presque toutes les Américano-Coréennes de sa connaissance étaient en couple avec des Blancs. Sauf Tina, qui avait fini par dégoter un Coréen à fréquenter. D'ailleurs, elle était curieuse de savoir si sa sœur avait perdu sa virginité.

— Alors, tu l'aimes bien ? demanda Ella, un peu rassurée.

— Il a fait toutes ses études à Harvard, donc il y a peu de chances pour qu'il soit idiot. Son boulot lui rapporte une fortune indécente. Et il est mignon.

Casey ne mentionna pas la question de l'amour, de peur que la niaiserie ne vienne discréditer les quelques arguments sincères qu'elle avait trouvés. Chaque mot en faveur de Ted lui coûtait, mais elle sentait qu'une dette devait être acquittée.

Ella sourit.

— Merci, vraiment.

— C'est normal.

— Non, je veux dire, de m'avoir accompagnée aujourd'hui. Je suis toujours mal à l'aise dans les magasins. Je crois que les vendeuses me font peur. Ta présence, ici, ça compte tellement pour…

— Oh, arrête, l'interrompit Casey sur un ton délibérément léger. Tu m'héberges gratuitement, tu me prêtes tes chaussures… j'ignore ce que j'aurais fait si on n'avait pas mesuré la même pointure.

Casey n'avait presque plus un dollar en poche, pas de possibilité de creuser son crédit, et si elle n'obtenait pas ce poste de vendeuse, elle était à court d'idées. Les bleus s'étaient résorbés, alors elle pouvait enfin aller voir Sabine pour lui demander du travail ; jusque-là elles ne s'étaient parlé qu'au téléphone. Cette dépendance accrue vis-à-vis de Sabine ne plairait pas à ses parents. À leurs yeux, travailler pour elle les week-ends et les vacances pendant quatre ans était déjà trop. La honte était au cœur de tout chez les Coréens, songea Casey. Sa vie était un désastre. Et Jay lui manquait en permanence. Tous les matins, elle envisageait de se ligoter les mains pour s'empêcher de décrocher le combiné et l'appeler.

— Ce n'est rien, je t'assure.

— Tu sais, j'ai toujours rêvé d'être ton amie, confia Ella avec un sourire enfantin. À l'église, depuis toute petite, je voulais que tu m'aimes bien, mais je ne savais pas quoi faire pour que tu me remarques.

Ella rosit.

— Merci, répondit simplement Casey, embarrassée par cette sincérité.

Elle se leva du canapé et Ella la suivit.

Une vendeuse aux cheveux roux leur apporta le modèle de présentation de la robe qu'Ella avait commandée. Il était fréquent que les futures mariées reviennent pour la montrer à leurs amies.

— Quel plaisir de vous revoir, Ella. Comment allez-vous ?

La vendeuse eut un sourire aimable pour Casey. Elle s'appelait Joan. Joan Kenar, avec l'accent sur la deuxième syllabe, sans doute pour se donner un air français. Deux rangs de perles grosses comme des billes habillaient son cou à la peau tachetée.

En un rien de temps, Ella sortit de la cabine d'essayage. Casey s'était installée sur le canapé en cuir blanc réservé aux amies de la mariée, les chevilles croisées, le dos droit. Elle semblait complètement ailleurs. Ella devina que Casey détestait la robe. Mais après tout, quelle importance ? songea Ella. Capitale, en vérité. L'avis de Casey était d'ailleurs le seul qui comptait. Car alors Ella comprit que la robe ne plairait pas non plus à Ted.

Casey restait muette car elle tentait de trouver un moyen de se débarrasser de Joan, qui applaudissait Ella comme on encourage un caniche à passer dans un cerceau. Il n'y avait rien de véritablement problématique avec la robe en soi ; mais Ella avait l'air de l'avoir empruntée à quelqu'un d'autre. Le style la vieillissait et faisait perdre toute fraîcheur à son visage. C'était un modèle classique, d'une élégance traditionnelle – un déguisement de luxe pour une fille rêvant d'incarner Grace Kelly. Cette robe aurait été parfaite sur une blonde un peu plus âgée, songea Casey. Elle inclina la tête. Elle n'y avait jamais réfléchi avant, mais estimait maintenant qu'une femme se devait d'aborder son mariage avec espoir, noyée sous les félicitations. Et symboliser une forme de pureté – pas forcément chaste (les grognements de Ted lui parvenaient de la chambre d'Ella tous les jeudis, vendredis, samedis et dimanches), mais au moins romantique. Le visage d'Ella avait la délicatesse d'une rose blanche. Elle méritait de se démarquer parmi toutes les autres femmes en ce jour… et en même temps avoir l'air d'une mariée. En somme, il fallait incarner un idéal qui lui était propre, et la robe jouait un rôle capital dans ce rituel, n'est-ce pas ? Casey n'exposa rien de toutes ses réflexions. Elle ferma les yeux pour que lui vienne la vision de la robe parfaite ; parfois, cette technique fonctionnait avec les clientes de chez Sabine's. L'image lui apparut très vite, mais elle ne ressemblait en rien à ce que portait son amie.

Ella attendait le verdict de Casey.

Casey lui fit non de la tête.

Ella se tourna vers Joan.

— Est-ce trop tard pour changer d'avis ?

La vendeuse acquiesça. Elle redressa les épaules, et avec un sourire figé confirma :

— C'est trop tard pour annuler la commande.

Joan évitait soigneusement le regard de Casey – une erreur qui n'échappa pas à cette dernière. Parmi les sacro-saintes règles des grands magasins, l'une était de ne jamais négliger l'époux et les amies présents pour conseiller la cliente dans ses achats. Joan péchait par excès d'arrogance si elle croyait que cette vente était pliée.

— La commande a été passée il y a un mois, fit remarquer Joan avec une autorité implacable.

Ella était sans défense face à elle.

Casey admirait presque l'attitude dominatrice de la vendeuse – la méthode semblait efficace. Alors Casey soupira, amusée et ravie de ce défi. De son ton le plus acerbe, elle répliqua :

— Mais ça ne fera pas l'affaire. La robe ne lui va pas.

— Ella est magnifique dans cette robe, n'importe qui vous le dira, répondit Joan, surprise de se voir opposer une résistance.

Son ton était plus sec que voulu, et la vendeuse le regretta aussitôt. Mais annuler cette commande serait un véritable casse-tête qui impliquerait de supplier à tant de niveaux pour qu'on lui fasse une fleur, et Joan ne voyait pas l'intérêt de risquer de froisser le couturier pour un caprice de l'amie de la mariée – sans nul doute motivé par la jalousie.

*Tiens donc, tu veux jouer à ce petit jeu ?* songea Casey sans cesser de regarder Joan dans les yeux.

— Ella serait magnifique dans n'importe laquelle de ces robes, objecta Casey en désignant la rangée de mannequins affublés de taffetas de soie, de shantung et de brocard.

Elle garda toutefois son sourire.

Joan ajusta son collier de perles. Le fermoir boule à strass s'était décalé près de sa clavicule.

— Joan, prononça lentement Casey en insistant sur la deuxième voyelle.

La vendeuse leva les yeux au ciel, puis se ressaisit. Elle n'avait pas l'habitude qu'on lui tienne tête. Peut-être était-ce finalement une erreur d'avoir poussé l'achat de la robe la plus chère. Pourtant, le prix ne semblait pas être à l'origine de ce revirement.

— Ce n'est pas la bonne, affirma Casey.

— Comment ça ? s'insurgea Joan.

— Vous savez très bien ce que je veux dire.

La voix de Casey se faisait de plus en plus mielleuse à mesure que l'aigreur perçait dans celle de la vendeuse.

— Regardez comme elle a l'air malheureuse avec.

La future mariée s'affaissa sur le fauteuil à côté de la cabine, persuadée que les deux femmes lui reprochaient sa bêtise. Tout était sa faute. Puis, aussitôt, comme si l'on pouvait dissimuler sa honte avec une posture, Ella redressa le dos et joignit les mains sagement sur ses genoux. Elle aurait mille fois préféré rester dans son bureau à l'école St Christopher.

Joan reconnut que l'argument était irréfutable. Elle se tut et sourit, les lèvres pincées sur ses dents blanches et régulières. Elle observa Casey de pied en cap. L'amie de la mariée portait des pièces de la saison en cours, qu'elle avait vues au troisième étage. La jupe grise seule, de chez ce couturier hollandais dont le nom lui échappait, ne devait pas coûter moins de sept cents dollars. Parfois, Joan détestait les riches. Elles avaient déjà tout et ça ne les empêchait jamais de se plaindre. Joan croyait à l'enfer. En honnête travailleuse de classe moyenne, l'idée qu'il existe une justice quelque part la réconfortait.

Ce matin-là, Casey avait anticipé ce jugement de valeur. La possibilité d'une situation conflictuelle avait fait surface dès qu'Ella lui avait demandé de venir voir la robe. Les vendeuses étaient les plus grandes snobs de l'univers. Virginia se moquait souvent de l'importance que Casey accordait à sa tenue pour faire du shopping. Mais Casey avait fini par lui répondre un jour, main sur la hanche : « Tu es bien mignonne, bichette, mais toi, personne ne te confond jamais avec une touriste japonaise, une nounou, une épouse sur catalogue, ou la fille qui fait les manucures, pas vrai ? Alors, c'est facile de critiquer quand on ne sait pas. » Virginia, qui, malgré ses origines métisses, aurait pu passer pour une magnifique Suédoise brune, n'avait plus jamais fait de remarques sur le sujet.

Casey jeta un coup d'œil à l'expression vaincue d'Ella et releva le menton. C'était lui accorder si peu de crédit. Elle se tourna alors vers Joan avec un sourire.

— Pardonnez-moi, je n'ai pas retenu l'intitulé de votre poste.

— Chargée de vente principale, répondit-elle avec détachement.

Casey hocha la tête, puis resta sans rien dire pendant un temps. Le silence avait tendance à perturber ses interlocuteurs.

— Peut-être préféreriez-vous vous entretenir avec ma responsable ? Je serais heureuse de l'appeler pour vous, proposa Joan.

Dans ce genre de situation, mieux valait déserter avant la tempête. Joan n'avait pas peur de l'amie de la mariée.

— Non, ce n'est pas nécessaire, je crois. Du moins pour l'instant.

Casey se demanda si elle était énervée au point de vouloir humilier Joan. Si la vendeuse faisait marche arrière, elle décida qu'elle aussi reculerait.

Ella regardait Casey sans rien dire – la tête droite comme suspendue par un fil au plafond. Elle n'avait aucune envie d'attirer des ennuis à Joan à cause de son propre manque de goût.

Casey sortit la facture de sa poche et jeta un coup d'œil rapide au dos, sachant déjà très bien ce qui y était inscrit.

— Il n'y a pas de conditions de retour pour les commandes sur mesure et les robes de mariée chez Bayard. Avec toutes vos années d'expérience, je ne vous apprends rien. Nous, clientes si capricieuses, nous venons chez Bayard et acceptons de débourser ces sommes précisément pour la liberté de rapporter des articles, de changer d'avis, et de repartir toujours satisfaites de nos achats. Joan, ne pensez-vous pas que c'est un privilège, d'être témoin de l'évolution du sens de l'esthétisme d'une cliente ? Surtout en un mois ? Alors pourquoi perdre notre temps à prétendre que cette vente est gravée dans le marbre ? Même les statues peuvent être déboulonnées. L'alternative, bien sûr, serait d'annuler complètement la commande et de chercher une robe ailleurs. Mais vous vous êtes montrée si aimable avec nous. Ça m'ennuierait beaucoup d'avoir à faire ça.

Casey sourit. Nul besoin de mentionner la commission qui lui passerait sous le nez, tant la menace pesait dans chacune de ses phrases.

— C'était il y a quatre semaines, dit Joan calmement.

Elle en faisait maintenant une affaire personnelle.

— Joan. Soyons raisonnables. Une femme doit se sentir la reine du monde dans sa robe, le jour de son mariage. Vous le savez aussi bien que moi.

Casey reporta son attention vers le mur et commença à pointer des modèles du doigt.

— Ella, veux-tu bien être un ange et essayer ces robes, là-bas.

Casey croisa les jambes et lança en direction de Joan :

— Qu'en dites-vous ?

Joan souffla doucement, par à-coups, tout son mépris par ses narines dilatées. Elle décrocha les modèles d'exposition que l'amie avait choisis et les suspendit dans la cabine d'essayage.

# 7

## PRODUIT DÉRIVÉ

LEURS RETROUVAILLES ÉTAIENT LE FRUIT DU HASARD. Mary Ellen Currie avait pris sa journée pour travailler sur son manuscrit à la grande bibliothèque de la 42e rue. Mary Ellen n'arrivait jamais à écrire chez elle ni à la Trenton Public Library, où elle était responsable bibliothécaire depuis neuf ans. À treize heures, elle traversait la rue, perdue dans des pensées entièrement dévouées à Emily Dickinson – qu'elle appelait affectueusement par ses initiales « E.D. » – pour aller s'acheter un sandwich sur la Cinquième Avenue. Et voilà que, dans la boutique, assise sur un tabouret haut, l'amie de son fils était plongée dans la lecture des petites annonces. Elle avait les traits plus tirés que d'habitude, et les épaules plus frêles.

— Casey ! Bonjour, bonjour ! s'écria Mary Ellen en accourant à bras ouverts vers la jeune fille. Ma puce, ça fait des mois que je ne t'ai pas vue.

Casey leva la tête et se laissa engloutir par l'étreinte de Mary Ellen.

— Où étais-tu passée depuis tout ce temps ?

Elle lui prit la main et déposa un baiser sur le front de Casey.

— Enfin, maintenant te voilà. Je voulais venir à ta remise de diplôme, mais Jay m'a dit que lui-même n'avait pas eu l'autorisation d'y assister.

Mary Ellen pouffa.

— Pourtant j'aurais pu rester discrète, faire coucou de loin.

Elle était si heureuse de croiser Casey par hasard qu'elle l'embrassa à nouveau, les deux mains sur ses bras.

Casey fondit en larmes. Cela faisait des semaines que personne ne l'avait touchée. Ce contact avec une personne qu'elle aimait était presque insupportable.

— Quoi ? Qu'est-ce que j'ai dit ? Mon Dieu, quelle idiote je fais, pesta Mary Ellen en se frappant le front comme si elle avait oublié quelque chose. Je sais bien que tu aurais voulu que je vienne. Ce n'est pas ta faute. Je comprends. Vraiment. Ta famille… c'était leur journée.

Mary Ellen releva le menton de Casey et prit son visage en coupe entre ses mains. Elle faisait ça avec ses fils quand ils étaient petits. Jamais ils ne la laisseraient faire à présent.

Casey se dégagea de son étreinte aussi délicatement que possible. Elle était si contente de voir le visage de Mary Ellen avec ses douces rides, ses jolis yeux noisette et ses sourcils clairs. Ce visage qui l'avait adoptée dès le tout début de sa relation avec Jay, trois ans plus tôt. La rupture avait été d'autant plus difficile qu'elle y avait également perdu une belle-mère.

Mary Ellen caressa les cheveux de Casey sans prêter attention aux clients de la sandwicherie qui levaient la tête de leur déjeuner pour observer la jeune femme en larmes. Elle posa une main à plat sur le dos de Casey, faisant le constat qu'elle n'avait plus que la peau sur les os. Sa stature semblait étrangement diminuée par sa maigreur. La jeune fille lui paraissait maintenant si menue.

— Tout va bien, ma petite. Tout va bien.

Elle avait déjà flairé que quelque chose clochait entre son fils et Casey, sans réussir à mettre le doigt dessus. Jay était un très bon fils ; contrairement à Ethan, l'aîné, Jay avait toujours eu de bonnes notes à l'école, avait décroché un travail rémunérateur et l'avait rendue fière. Grâce à lui, tous ses sacrifices de mère et son dur labeur étaient récompensés. Mais Jay ne se confiait pas à elle. Pas plus qu'Ethan, d'ailleurs. Mary Ellen enviait les mères qui avaient des filles. Avec les filles, il semblait possible de rester impliquée dans leur vie d'adulte. Même quand les garçons étaient petits et qu'elle leur demandait comment s'était passée l'école, ils lui répondaient simplement « ça va ». Une des merveilleuses conséquences de la relation de Jay avec Casey était qu'elle avait appris à mieux connaître son fils, car Casey lui parlait, elle. En tant que mère de deux garçons adultes, Mary Ellen s'accrochait à la moindre information qu'elle pouvait grappiller. Depuis qu'ils avaient quitté le lycée, les réunions parents-profs et les bulletins lui manquaient, car les nouvelles de ses garçons étaient devenues de plus en plus sporadiques jusqu'à se réduire comme peau de chagrin.

— Respire, dit Mary Ellen, montrant l'exemple avec emphase comme si elle était en train de lire *Le Grand Méchant Loup* aux enfants du quartier.

Casey obtempéra, inspirant une grande bouffée d'air. Elle avala son reste de café au lait froid, de ce même gobelet qu'elle gardait depuis des heures – piètre justification de son occupation du tabouret.

— Comment vas-tu ? J'ai demandé de tes nouvelles à Jay la semaine dernière, mais il a dû raccrocher à cause du travail. En tout cas, c'est ce qu'il m'a dit. Et je n'ai pas réussi à le joindre depuis.

Casey hocha la tête, sachant très bien comment Jay utilisait le boulot comme excuse pour éviter certaines discussions. Il y avait toujours une urgence à régler, non ? Lui avait une véritable carrière, pas un job temporaire chez Sabine's. Elle, en revanche, pouvait laisser sa vie professionnelle derrière elle dès l'instant où elle franchissait les portes du magasin le soir, et ce jusqu'au lendemain.

Casey jeta un coup d'œil autour d'elle. Plus personne ne leur prêtait attention.

— Tu es rentrée pour passer l'été chez tes parents ?

Elle secoua la tête.

— Alors où est-ce que tu vis maintenant ?

— Chez une amie dans l'Upper East Side.

— Pourquoi tu ne vas pas chez Jay ? demanda Mary Ellen avec des pincettes. Vous vous êtes disputés ?

Casey brandit les pages des petites annonces, pour changer de sujet.

— Je cherche du travail, en ce moment.

La voisine de tabouret de Casey, qui avait terminé sa soupe et ses crackers, se leva. Mary Ellen prit sa place.

— D'accord. Et comment ça avance ?

— J'ai un entretien demain.

Casey ne mentionna pas que ledit entretien avait lieu chez Kearn Davis, précisément là où travaillait Jay. Elle n'avait toujours pas reçu de réponse à ses nombreuses candidatures spontanées. Dans son portefeuille, il lui restait exactement huit dollars, et sa limite de crédit était atteinte. Le matin même, elle avait envisagé d'appeler sa sœur pour lui demander plus d'argent.

— Tu as une petite mine, ma puce. Est-ce que ça va ?

Casey n'avait pas pris la peine d'appliquer de l'anticernes. Elle contempla le fond de son gobelet – une dernière goutte de café dessinait un cercle dans le pli du carton.

— Oh, Casey, qu'est-ce que je peux faire pour t'aider ? Qu'est-ce que vous me cachez, tous les deux ?

— On a rompu. Il n'y a pas grand-chose de plus à dire.

Casey sentit les larmes monter à nouveau.

— Quoi ? s'écria Mary Ellen, stupéfaite. Pourquoi ? Il t'aime tant, j'en suis certaine.

Casey se moucha dans sa serviette en papier tachée de lait.

Mary Ellen fit la grimace, puis comprit.

— Qu'est-ce qu'il a fait ?

Casey demeura silencieuse. Connaissant Mary Ellen, elle se sentirait responsable des frasques de son fils.

— Je ne peux pas vous le dire.

— Mais vous vous parlez toujours, n'est-ce pas ?

Casey secoua la tête.

Mary Ellen soupira. Elle n'avait jamais vu la jeune fille dans un tel état, complètement démunie.

— J'ai l'impression qu'on m'a amputé des bras et des jambes. Je ne peux plus rien faire.

Aussitôt, Casey regretta cette confession. Ce n'était pas une chose à dire à la mère de Jay.

La lèvre inférieure de Mary Ellen trembla légèrement. C'était exactement l'impuissance qu'elle avait ressentie quand Carl l'avait quittée.

— Mais toi et moi, on est amies, Casey.

Mary Ellen planta son regard dans celui de la jeune fille, pour s'assurer d'avoir toute son attention.

— Tu es comme une fille pour moi. Nous serons toujours dans la vie l'une de l'autre. Nous avons notre propre lien.

Elle tira un bloc-notes de sa besace.

— Donne-moi ton adresse.

Casey se sentit honteuse – d'avoir pleuré, de s'être confiée à Mary Ellen avant que Jay ne lui ait annoncé leur rupture, de son incapacité à s'exprimer. Elle repensa à cette nuit fatidique. Qu'aurait-elle pu faire ? Existait-il un moyen d'empêcher un amant de désirer quelqu'un d'autre ? Toutes les réponses qui lui étaient venues n'avaient pas fait disparaître cette question.

— Tu as le cœur brisé, constata Mary Ellen.

Elle en voulait à son fils. Même s'il n'avait pas fait de remous pendant toutes ces années, elle sentait que Casey le protégeait. Si Casey avait été à blâmer pour la rupture, elle l'aurait simplement avoué.

— Tu as maigri. Est-ce que tu as déjeuné ? J'espère que tu ne t'es pas encore lancée dans un régime.

— Non, je ne suis pas au régime.

Elle s'esclaffa à cette idée et essuya ses larmes.

— J'ai tout le temps envie de manger, ces derniers temps.

À vrai dire, elle était affamée.

— Je peux te prendre quelque chose ? proposa Mary Ellen qui n'avait elle-même plus d'appétit.

— Non, merci. J'ai déjà déjeuné, mentit Casey.

À l'instant où Mary Ellen était entrée dans la sandwicherie, Casey était en plein dilemme : fallait-il ou non dépenser les quelques dollars qui lui restaient pour un sandwich au rosbif et un paquet de chips artisanales. Derrière le comptoir en verre, ces deux articles lui donnaient l'eau à la bouche.

— Il faut que j'y aille, prétexta Casey.

Elle griffonna le numéro de téléphone d'Ella sur le bloc-notes.

— Promettez-moi que vous ne le transmettrez pas à Jay.

Mary Ellen hocha la tête et posa une main sur l'avant-bras de Casey. Celle-ci resta immobile, les yeux baissés sur le carrelage.

— J'aimerais comprendre, insista Mary Ellen.

L'inquiétude la faisait paraître plus âgée que ses cinquante et un ans.

— Je sais que je ne devrais pas, que ce serait plutôt à moi de te réconforter, mais je ne peux pas m'empêcher d'être triste.

Elle parlait sans connaître toute l'histoire. C'était justement cette ignorance qui la rendait folle. Qu'est-ce qui pouvait valoir ce gâchis ? Jay et Casey n'avaient pas conscience que l'amour est une chose rare. Mary Ellen s'était émerveillée de leur manière de rire, de bavarder, de se réserver leurs meilleures anecdotes. Un tel lien entre deux personnes n'était pas à prendre à la légère. *Vous ne pouvez pas en parler ?* voulait-elle lui dire. Mary Ellen était certaine qu'une douleur si vive était bien la preuve d'un amour réel. Elle avait envie de secouer Jay. Et Casey, aussi.

— Je vous imaginais vieillir ensemble, dit-elle. Tu le sais, ça ? Je t'aime très fort, Casey.

Casey déglutit, incapable de prononcer le moindre mot. Ses propres parents ne lui avaient jamais rien dit de tel de toute sa vie. Les Coréens ne parlaient pas d'amour ni de sentiments – en tout cas, c'était ainsi que Casey et Tina justifiaient l'absence de ces mots qu'elles désespéraient d'entendre un jour.

— Tu lui laisserais une deuxième chance ? demanda Mary Ellen, le cœur rempli d'espoir.

Casey jeta un coup d'œil par-dessus l'épaule de Mary Ellen et se concentra sur la lecture des étiquettes des thermos de lait sur le comptoir près de la porte : entier, demi-écrémé, cru, 2 %, écrémé. Pourquoi existait-il autant d'options ? Toutes ces possibilités n'enrichissent pas la vie. Au contraire, elles empêchent de savourer pleinement ce que l'on a. Casey ne pouvait pas imaginer reparler un jour à Jay, et pourtant sa présence lui manquait, ses bras, le battement de son cœur – c'en était pathétique. Pourquoi voulait-elle désespérément que l'homme qui l'avait si négligemment humiliée la prenne dans ses bras ? Ça n'avait aucun sens. Elle voulait que les choses reviennent comme avant – retrouver cet amour et cette confiance infinis. Oui, elle l'avait aimé de tout son cœur. Mais à en juger par sa douleur présente, elle décida qu'elle ne pouvait plus se permettre d'aimer à nouveau avec cette intensité, pas même lui. Surtout pas lui.

— Il est allé voir ailleurs ? interrogea Mary Ellen.

Casey hocha la tête spontanément.

Mary Ellen l'imita d'un air triste. Il ne s'écoulait pas un jour sans qu'elle ne pense à Carl, à leur mariage, au moment où il était parti et où il lui avait semblé que sa vie était finie. Elle s'était retrouvée sans argent, sans emploi, et avec deux garçons trop petits pour comprendre ce qui leur arrivait ; pourtant, d'une certaine manière, la rupture avait été un soulagement, car il n'y avait rien eu de pire que de penser qu'elle n'était pas assez femme pour éveiller le désir de son mari. « Mary Ellen, ça ne m'intéresse plus », lui avait dit Carl un soir, au lit, au bout de cinq ans de vie conjugale. « Je n'ai plus envie. » Quelques semaines plus tard, il avait pris la voiture et n'était jamais revenu. Il restait neuf cents dollars sur le compte commun. C'était ses beaux-parents qui lui avaient appris que Carl avait emménagé dans l'Oregon avec un cousin dont il était amoureux depuis l'enfance.

Après le départ de Carl, l'aîné, Ethan, s'était laissé ronger par la colère. Jay avait réagi différemment. Il avait déployé des efforts colossaux pour plaire à tout le monde, y compris à elle, et elle ne l'en avait pas empêché parce que ça lui rendait la vie beaucoup plus simple.

— Je suis désolée, Casey.

— Je sais.

Elles sortirent de la sandwicherie ensemble. Mary Ellen, les joues pâles et humides, alluma une cigarette dans la rue. Casey ne put se retenir de lui en demander une, même si elle n'avait jamais fumé devant elle – suivant l'injonction coréenne bien ancrée de ne pas fumer devant ses aînés. Mary Ellen lui tendit le paquet, et Casey alluma sa cigarette. La première bouffée était euphorisante ; le brouillard dans sa tête se dissipa instantanément et Casey retrouva une forme de clarté qui lui manquait depuis quelque temps.

Elles s'étreignirent une dernière fois avant de se séparer. Mary Ellen regarda Casey remonter l'avenue, puis fit demi-tour et retourna à la bibliothèque. En arrivant à son poste, elle se rendit compte qu'elle avait oublié de manger. Puis elle fouilla dans la poche de sa jupe et constata que Casey avait gardé son paquet de cigarettes. Alors Mary Ellen rassembla ses notes pour la biographie d'E.D. sur laquelle elle travaillait depuis huit ans. Elle n'était pas à un jour près. Aspirante biographe et pourtant pas fichue de comprendre la vie de ses propres enfants. Un comble. Preuve que, même lorsque l'on en est témoin, la vie des autres n'est que suppositions. Mary chercha machinalement ses cigarettes, puis décida d'en racheter en chemin vers la gare de Penn Station. Elle passa ses bras nus dans les bretelles de son sac à dos et sortit de la bibliothèque.

# 8

# LE COÛT

IL FAISAIT ENCORE ASSEZ FRAIS EN CETTE DERNIÈRE SEMAINE de juillet pour que Casey puisse porter son tailleur marron avec des escarpins assortis empruntés à Ella. En l'enfilant, Casey songea qu'elle en amortissait le coût à chaque usage – ce qui lui évitait de penser aux mensualités de sa carte de crédit qu'elle ne pouvait pas rembourser. Elle calcula également les chances de croiser Jay ce jour-là. Quatre mille employés travaillaient dans la tour de Kearn Davis à l'angle de la 50ᵉ rue et de Park Avenue. Les bureaux de Jay et Ted se trouvaient au sixième, l'étage de la branche d'investissement, et Casey devait passer son entretien au deuxième, au secteur des activités de vente et trading.

Depuis le téléphone du hall d'accueil, elle appela Ted. Son assistante l'informa qu'il l'attendait au sixième. Agacée, elle entra dans une cabine d'ascenseur vide. Au moins, elle était seule à entendre les gargouillements de son ventre.

Casey était affamée. Ce matin-là, Ella était partie à la hâte sans terminer son petit déjeuner et Casey en avait profité pour engloutir la moitié de bagel au beurre abandonnée. Mais le morceau de pain brioché n'avait fait que raviver son appétit. D'après la balance de la salle de bains d'Ella, elle avait perdu cinq kilos depuis son départ de chez ses parents, en cinq semaines. Sa jupe désormais trop lâche pivotait autour de sa taille et pour la première fois de sa vie, Casey n'était pas heureuse d'avoir maigri – c'était un scandale d'avoir si faim en permanence dans un pays d'abondance. Et maintenant qu'elle n'avait plus de quoi s'acheter des cigarettes (elle en avait déjà fumé deux du paquet de Mary Ellen et rationnait le reste en cas d'urgence), sa faim devenait insupportable. Moins elle fumait, plus elle avait envie de manger, et jamais la nourriture n'avait eu meilleur goût.

Tous les jours, elle se rendait dans une bibliothèque publique de Midtown pour continuer ses recherches d'emploi, et elle ne pouvait s'empêcher de rêver de pain, de spaghettis et de hamburgers. Tous les soirs, avant qu'Ella ne rentre à l'appartement, elle se préparait des nouilles instantanées à un dollar le lot de trois paquets, s'autorisant parfois à piquer un œuf dans le réfrigérateur pour compléter. Le bouillon salé, dilué dans le plus grand volume d'eau possible, apaisait son estomac pour quelques heures. Difficile de s'endormir lorsquc l'on a faim. De temps en temps, malgré sa résolution de ne pas piocher dans le garde-manger d'Ella, elle craquait. Une nuit, elle avait englouti un pot entier de confiture de fraises *Bonne Maman* à la petite cuillère. Quand Ella commandait chinois, Casey ne prenait jamais rien. En revanche, elle récupérait le rouleau de printemps ou la soupe piquante et les nouilles sautées offerts en accompagnement auquel Ella ne touchait jamais. Si Ella préparait un plat pour Ted, Casey prétendait dîner dehors. Mais n'ayant nulle part où aller puisque la moindre sortie à Manhattan impliquait une consommation et un taxi – même le budget pour retrouver une amie de fac devant une bière et une pizza s'élevait tout de suite à cinquante dollars –, Casey se rendait à pied jusqu'au Metropolitan Museum les soirs de nocturne, car le tarif d'entrée était à discrétion du visiteur, ou bien errait dans des librairies encore ouvertes. Puis, lorsque venait l'heure de se coucher, elle rentrait chez Ella.

Le carillon aigu de l'ascenseur retentit dans le silence feutré du sixième étage. Aussitôt, Casey reconnut les moquettes bleues épaisses et les moulures en bois sombre autour des montants des fenêtres et des portes. Le reste de l'entreprise était conçu comme un temple de marbre dédié à la finance. Mais le pôle investissement ressemblait à un club privé masculin, très anglais – boiseries d'acajou, photographies en noir et blanc des premiers gratte-ciel de New York dans des cadres argent et bergères en cuir capitonné. Une réceptionniste dynamique l'accompagna jusqu'au bureau de Ted – pas si loin de l'open-space où Jay faisait son apprentissage d'analyste junior avec dix-neuf autres jeunes diplômés de l'Ivy League enchaînés à leurs bureaux cylindres.

La porte était grande ouverte. Au téléphone, Ted lui tournait le dos. Tout en parlant dans le micro de son casque, il passa une main dans ses cheveux noirs. Ted portait une chemise à poignets mousquetaires du bleu pâle des hortensias, une cravate en soie tissée d'un bleu plus sombre, des bretelles en soie marine, et des boutons de manchette nœuds en or – cadeau d'Ella pour Noël.

Ted était parfaitement conscient que Casey se trouvait sur le seuil. Il voyait son reflet dans le verre de protection d'une gravure horizontale du Brooklyn Bridge. Sans prendre la peine de se retourner, il lui fit signe d'entrer. Puis, d'un geste, il lui fit comprendre que l'appel serait bientôt terminé.

Casey maintint une distance respectable avec son bureau. Ce n'est que lorsqu'il jeta un coup d'œil aux deux sièges vides qu'elle s'y assit. Ted aimait l'obéissance et ce n'était pas le moment de le priver de ce plaisir.

Enfin il coupa la communication.

— Alors, te voilà.

Dans son tailleur, elle avait l'allure de n'importe quelle fille de business school – *B school* pour les initiés. Ses bleus avaient disparu, du moins s'était-elle arrangée pour les cacher. Elle portait du rouge à lèvres – une teinte entre le cannelle et le bordeaux. Joli. À l'usine de conserves, les hommes avaient une expression pour désigner les nanas que l'on baisait mais qu'on n'épousait pas : « bonne pour s'échauffer ».

Casey ignora l'inspection dont elle faisait l'objet et lui demanda timidement :

— On ne devrait pas y aller ?

— Un café ? proposa-t-il.

— Merci, mais je croyais qu'il fallait descendre pour l'entretien.

— C'est dans quinze minutes. Je t'ai donné rendez-vous à dix heures parce que je ne savais pas si tu étais du genre ponctuel. Je ne peux pas me permettre de ternir ma réputation avec ton retard.

Il sourit. Ted avait des dents droites et régulières, mais la nicotine en avait légèrement jauni la rangée inférieure.

— Merci. Vraiment.

— Tu veux aller faire un saut chez ton copain ?

Elle fit mine de ne pas comprendre.

Ted tendit le bras gauche.

— Son bureau est juste au bout du couloir.

— Hmm.

Elle hocha la tête. Sur la table, un magnifique portrait d'Ella était glissé dans un cadre en argent rond. Son amie y arborait une expression sage et maternelle, même si elle ne devait pas avoir plus de dix-neuf ou vingt ans à l'époque. À côté se trouvait un cadre photo noir et, sous verre, une enveloppe blanche sur laquelle était inscrit « Teddy » au crayon à papier épais dans une écriture enfantine.

Remarquant qu'elle observait l'enveloppe de son paternel, Ted fit pivoter le cadre.

— Va juste lui faire un coucou rapide, dit Ted avec un mouvement négligent de la main. Vas-y, je t'assure que ça ne me dérange pas.

— Je suis très bien ici.

— Sûre ? Tu pourrais lui faire la surprise. Ou bien je pourrais décrocher mon téléphone et lui demander de passer dans mon bureau. Je peux faire ça.

— Oh, oui, je suis certaine que tu peux.

— Tu penses que je suis un connard.

— Ou que tu saisis la moindre occasion de l'être, oui, absolument.

Ted s'esclaffa. Il commençait à l'apprécier.

— Jay Currie n'est pas là aujourd'hui. On avait besoin de renforts sur un fonds spéculatif à Austin.

— Je croyais que tu ne travaillais pas avec Jay.

Prononcer son prénom lui était douloureux. Toutefois, en apprenant son absence, Casey se sentit à la fois soulagée et déçue.

— Je n'ai pas encore eu ce plaisir. Mais je me suis renseigné.

— Tu me vois flattée de ton intérêt, dit Casey d'une voix parfaitement indifférente. C'est bon, tu as fini ?

— C'est drôle. Je ne l'avais jamais remarqué, alors que je suis allé des dizaines de fois dans cette salle. Va savoir pourquoi.

Casey souffla par les narines, puis attendit son verdict.

— Typique du Blanc qui ne couche qu'avec des Asiatiques. Peau claire, cheveux clairs, yeux clairs : banal. Pas beaucoup de personnalité. Hmm. Il paraît qu'il s'est fait une réputation de tombeur en se tapant des jumelles.

Ted toussota, content de lui.

— Je t'avoue que tu me déçois un peu, Casey. Je te voyais plutôt avec un mâle alpha.

Casey consulta sa montre et se leva.

— C'est pour ça que je m'entends si bien avec Ella. Elle aussi préfère les bêtas.

— Je suis clairement un alpha.

— T'en tires les conclusions que tu veux.

Ted éclata de rire. Il s'amusait bien.

— Bon, tu as fini, maintenant ? demanda-t-elle.

Ses commentaires l'avaient piquée, mais elle voyait ces moqueries comme une rétribution pour le service qu'il lui rendait. Typique d'un Coréen, de reprocher aux Coréennes de fréquenter des Blancs. Elle aurait pu lui répondre : « Ce n'est pas comme si toi ou tes potes m'aviez déjà invitée à sortir. Qu'est-ce que j'aurais dû faire ? Attendre éternellement que l'un de vous se manifeste ? » Pour un mec comme Ted, elle était trop grande, trop banale, et avait une trop grande gueule. Sa famille n'avait pas d'argent. Il avait été très clair : il estimait qu'elle méritait sa situation actuelle.

Ted se délecta de son agacement. Elle était plutôt sexy avec cette moue. Il eut un peu pitié d'elle.

Choisissant d'être bonne joueuse, elle lui sourit.

— Bon, allez, je me suis assez amusé.

— Ravie de t'avoir été utile.

— Alors, Casey, c'est parti, reprit-il avec un ton encore capricieux. Même si tu dois être déçue de ne pas croiser Mr Currie aujourd'hui, toi qui avais sorti ton tailleur chicos.

Il examina sa veste marron.

— Tu n'as pas chaud là-dessous ? Qu'est-ce que c'est ? De la laine ? Ça a l'air épais.

— Il fait plutôt frisquet. Dans ce bureau.

En s'habillant ce matin-là, elle avait pensé à Jay. Au cas où, elle avait soigneusement vérifié son maquillage dans l'ascenseur. Elle brûlait de l'appeler depuis qu'elle avait croisé Mary Ellen. C'était un sale con ; fait indiscutable. Un sale con qui lui manquait beaucoup. Il avait déjà essayé d'obtenir son numéro via Tina mais, suivant les ordres de Casey, celle-ci n'avait pas cédé à ses supplications. Si bien que Jay n'avait aucune idée de l'endroit où elle se trouvait. Des deux, c'était lui qui s'en tirait le mieux dans la mesure où Casey pouvait le contacter et devait faire l'effort de s'en empêcher – alors que la retenue était son talon d'Achille.

Ted sortit de son bureau, Casey le suivit. Elle aurait voulu parler à Jay. Il aurait trouvé amusant qu'elle postule à un job de *sales assistant* – c'est-à-dire le travail d'une *office manager* avec le salaire d'une secrétaire – parce que c'était tellement absurde, la connaissant. Et Casey aurait aimé en rire avec lui. Rire lui manquait. Ils avaient toujours été doués pour l'autodérision.

C'était la première fois que Casey mettait les pieds dans la salle des marchés. Celle-ci vibrait de l'effervescence étrangement enivrante de tous ces hommes en chemises blanches impeccables et cravates. Par contraste, Ted avait l'air ridicule avec ses boutons de manchette de chez Tiffany et ses bretelles en soie croisées dans le dos comme un X sur une cible. L'étage était peuplé de rangées sans fin de traders devant leurs postes d'ordinateur qui parlaient, criaient, se levaient et se rasseyaient avec une expression intense.

La salle des marchés n'avait rien à voir avec une salle de classe, une bibliothèque, un magasin de vêtements de luxe, ou même l'arrière-boutique d'un pressing – ces endroits qui composaient l'ADN de Casey. Ici, il n'y avait pas de place pour la réflexion ou l'organisation. L'énergie rebondissait sur chaque surface : les lumières clignotaient sur les écrans, les doigts pianotaient sur des claviers de téléphones et d'ordinateurs. De temps en temps, elle repérait une femme. Mais la vaste majorité des employés qui remplissaient cet étage de la taille d'un stade de foot avec un espace sous plafond digne d'une salle de concert était composée d'hommes : Blancs, Asiatiques, et quelques Noirs – tous moins de quarante ans et en costume. Ils étaient assis côte à côte en longues rangées parallèles – une chaîne de production de cols blancs sur des sièges Aeron. Difficile de ne pas se sentir enivrée par ce tourbillon d'énergie masculine. Pour la première fois, Casey désira ce poste. Soudain, ce n'était plus un problème que le titre de *sales assistant* ne soit ni prestigieux, ni rémunérateur, ni intéressant. De toute façon, elle intégrerait sûrement l'école de droit de Columbia à la rentrée suivante. Jusqu'à cet instant, elle s'était dit que si elle décrochait le job, elle continuerait à en chercher un autre, un vrai, puis démissionnerait (elle trouvait insultante l'idée même de devoir quelque chose à Ted et d'être sa subordonnée), mais à présent elle ne voulait plus envisager l'étape d'après, et chercher un autre poste lui semblait absurde. Il lui suffisait de rester ici pendant un an, puis d'aller à Columbia.

Ted demeura quelques secondes à côté de Casey, près de l'ascenseur, pour observer la salle en quête de Walter Chin, son ami d'HBS. Par réflexe, il croisa les bras, dérangé par le bruit et l'ambiance de vestiaire de la salle des marchés. Il s'arrangeait toujours pour ne jamais descendre ici à moins d'y être contraint. Même les odeurs le révulsaient – les effluves écœurants du café en gobelet et de l'après-rasage des traders, dont la manière de parler lui rappelait les ouvriers de l'usine de conserves. Les types ici portaient rarement leur veste de costume. Ted méprisait ces pans de chemise qui dépassaient, ces cravates tachées, et ces coupes de cheveux au rabais. Il tolérait que des analystes juniors ne ressemblent à rien, puisqu'ils avaient à peine le temps de prendre une douche. Mais pour ce qui était des commerciaux et des traders, la ligne de front de la boîte, ils auraient quand même pu faire un effort, songeait Ted, lui qui était toujours si soucieux de son apparence.

Ted ne bougeait pas de son bout de moquette et Casey était curieuse de savoir pourquoi. Il paraissait absorber l'ambiance, lui aussi, mais elle lisait plus de dédain que d'émerveillement sur ses traits. Au milieu du brouhaha, personne n'avait remarqué leur arrivée. En observant le profil de Ted, sa mâchoire carrée fièrement levée, son visage rasé de près, son air d'homme qui dépasse ses peurs au quotidien, Casey se sentit humiliée d'avoir à attendre qu'il initie le mouvement.

Dans la vie, il semblait que tout réussissait à ceux qui parlaient peu, mangeaient peu, et dormaient peu. Elle était tombée un jour sur une brève qui lui avait appris que les requins ne dorment jamais. Fallait-il pour être un winner avoir moins de besoins vitaux que la moyenne, ou simplement plus d'appétit que les losers ? L'air dominant de Ted sur cette salle entière lui rappela ce qu'elle avait entendu une fois en assistant à un match de foot interuniversités : Princeton perd toujours face à Harvard parce que, en croyant leurs adversaires imbattables, les joueurs ne se donnent pas les moyens de gagner. Elle constata que le même mécanisme s'appliquait ici aussi. C'était encore Harvard qui gagnait.

Elle avait besoin de ce job, et personne ne comprenait ça mieux que Ted. Il se doutait qu'en fin de compte, vu son parcours, elle aurait fini par décrocher un meilleur poste que celui d'assistante. Mais peu d'entreprises recrutaient sur la base d'un simple CV et la fin juillet approchait – un temps mort pour l'embauche. Cette fille n'avait plus de cash et aucun plan de secours. Le plus drôle, c'était qu'elle était beaucoup trop orgueilleuse pour solliciter les rares pistons auxquels elle aurait pu avoir accès. Son arrogance le stupéfiait – il l'admirait presque. Elle était de ces Coréennes qui croient évoluer dans un monde juste où elles seraient à égalité avec les Blanches, et ça l'amusait de la voir réduite à ça : quémander un bout de moquette où dormir à un membre de la même communauté d'immigrés, et supplier un autre de la pistonner. « Ils sont où, tous tes petits amis blancs, maintenant ? » se retenait-il de lui dire. Elle se comportait comme une petite Blanche friquée, et Ted savait que la vie ne laisse pas le luxe de se leurrer éternellement. En ce sens, il fallait bien admettre qu'il y avait une justice quelque part.

Ted se tourna vers elle.

— Excitée ? Ou nerveuse ? ajouta-t-il avec un sourire.

— Je te suis.

Ted Kim prenait un malin plaisir à lui montrer que, si elle avait Princeton inscrit sur son CV, il ne l'était pas sur son front. Comme si elle ne l'avait pas déjà compris depuis longtemps. Elle avait exactement quatre dollars en poche, et après cette expérience démoralisante, chaussée des escarpins d'une autre, elle allait devoir remonter Manhattan à pied sur trente rues pour rejoindre un appartement qui n'était pas non plus le sien. Ce n'était pas avec son diplôme de l'Ivy League qu'elle allait pouvoir se payer un ticket de métro. Casey essaya de ne pas penser à Virginia, qui suivait des cours par-ci par-là pour son master d'histoire de l'art à Bologne et occupait ses après-midi en flirtant avec les riches clients de la galerie de son oncle, à deux pas de l'université.

Ted ne fit aucun cas de la moue de Casey. Il repéra Walter au loin, à une distance qui couvrait l'équivalent d'une rue depuis l'ascenseur, et ordonna à Casey de ne pas bouger. Casey se tint le dos droit, les épaules droites comme une athlète. Ce jour n'était pas si différent de toutes les fois où elle avait feint de ne pas être une touriste, mais une invitée de marque. « Bébé, quand tu as peur, comporte-toi comme si tu étais la plus riche de tous », lui avait conseillé Jay. C'était le banlieusard du New Jersey qui parlait, pas l'étudiant à Princeton. Qu'était-il allé faire dans le Texas ? En vérité, elle désespérait surtout de savoir s'il pensait encore à elle. Elle s'agaça de se sentir si bête. Et seule.

Malgré sa démarche assurée et détachée, Casey décelait chez Ted une détermination et une peur de l'avenir qu'elle connaissait bien. Au fond, elle ressemblait davantage à Ted qu'à Ella. Il donnait tout dans son ambition, et elle aussi ; la différence étant que lui savait déjà ce qu'il attendait de la vie – de l'argent, un statut social, et du pouvoir – tandis qu'elle n'était pas certaine de ce qu'elle voulait, préférant la fierté, la maîtrise et l'influence. Pourtant, chacune de ces quêtes étaient liées, comme des cousines au premier degré.

Ted salua son ami d'une tape dans le dos. Ce dernier parut heureux de le voir. Quand il affichait un grand sourire, les petits yeux de Walter semblaient presque clos. Ted s'appuya contre un bureau libre et les deux anciens camarades d'HBS bavardèrent amicalement ; puis, au bout de quelques minutes, Walter informa les commerciaux que Ted avait amené une candidate au poste d'assistante. Leur manière de parler était théâtrale, presque comique, et Ted leva la tête, l'œil toujours vif, pour observer Casey. Il pointa dans sa direction, et Casey sourit en réponse à sa demande implicite. Il n'avait pas donné d'autre instruction, alors elle resta à sa place. Puis Walter lui fit signe à son tour et elle lut sur ses lèvres « Viens ». Reconnaissante pour cette invitation, elle rejoignit les deux hommes, tête baissée, regard fuyant. Puis, comme une bénédiction, elle se souvint du conseil de Jay de se comporter comme si elle était ici chez elle. Alors elle redressa son cou, regarda droit devant elle, et se composa un air de propriétaire.

# 9

# LA VALEUR

KEVIN JENNINGS, LE RESPONSABLE DE l'*Asian equities sales desk*, avait un visage rectangulaire et la carrure d'un ancien joueur de basket-ball. Catholique irlandais du Bronx, il avait fait Georgetown, s'était marié à une marathonienne blonde, et avait maintenant une maison à New Canaan, dans le Connecticut, et trois enfants aux cheveux filasses.

Ses yeux vert clair étaient restés rivés sur l'écran de l'ordinateur, refusant de saluer le départ de Ted Kim. Par principe, il détestait les banquiers d'investissement. En ce qui le concernait, Ted n'était qu'un dandy qui avait traîné à HBS avec Walter Chin. Kevin ne cachait pas son avis sur la question : tous les types qui sortaient d'école de commerce étaient des connards, et plus encore s'ils venaient de Harvard Business School. Walter, le broker d'origine chinoise qui bossait pour lui, était un bon gars – l'exception à la règle de Kevin sur les business schools en général, et sur HBS en particulier.

On désigna à Casey la chaise vide entre Kevin Jennings et Walter Chin. Après de brèves présentations, Ted s'était éclipsé, prétextant une réunion à l'autre bout de la ville. Kevin avait snobé Ted tout du long – Casey l'avait remarqué, et fut d'abord rassurée par cette animosité envers Ted, mais s'inquiéta bientôt de ce qu'on penserait alors d'elle par association. Après le départ de Ted, Walter expliqua qu'il était une pointure à HBS – celui sur lequel tout le monde pariait. Casey hocha la tête poliment devant cet élément biographique, à la fois agacée et impressionnée, tout en observant Kevin qui jouait avec le bouchon de son stylo. Ses longs doigts osseux et pâles étaient parsemés de taches de rousseur. Celui-ci continua de scruter son écran, jusqu'à soudain prendre la parole.

— Quand êtes-vous disponible ?

— Aujourd'hui, s'il le faut, répondit-elle du tac au tac.

L'impatience du responsable du *desk* était palpable, et elle adapta son attitude pour coller à la sienne. C'était une stratégie qu'elle employait souvent avec les clientes hostiles chez Sabine's ; d'expérience, elle savait que toute flatterie ou tentative d'apaisement était inutile avec les impatientes. La seule chose susceptible de faire bonne impression sur les personnalités aussi irritables était de les convaincre de son efficacité et de ses compétences.

Il prit son CV et siffla en parcourant son cursus.

— Hmm, fit-il avec dédain. Une intello. Je vois.

Kevin laissa tomber son dossier à côté de l'agrafeuse, puis reporta son attention sur la conclusion du rapport qu'il étudiait sur son écran. Il n'était pas d'accord avec les recommandations d'achat du *research analyst* sur le fabricant taiwanais de puces électroniques. Finalement, il reprit le CV et le relut plus minutieusement.

Cette nana lui semblait trop bien habillée pour un poste d'assistante. Une fille à papa, sans doute. Une princesse qui ne prendrait pas son rôle au sérieux. Ça sentait les appels personnels sur le temps de travail et les arrêts maladie à la pelle – on lui avait déjà fait le coup. Les gens voyaient le poste d'assistante comme un job à la con, et il fallait reconnaître que si on ne comptabilisait pas les heures sup', le salaire allait dans ce sens. Mais la moindre erreur administrative pouvait entuber beaucoup de monde et coûter une fortune à la boîte. Rien que cette année, il avait viré trois personnes en six mois. Son boss, le responsable de tous les *desks* pour le marché international, l'avait prévenu que ces licenciements successifs commençaient à ternir la réputation de Kevin en tant que manager. Après le dernier limogeage, il l'avait pris à part : « Dis donc, la prochaine a intérêt à être la bonne. Compris ? Tes gars ont besoin de stabilité. »

Le recrutement le faisait sacrément chier. L'an passé, quand il avait été promu responsable du *desk*, il ne se doutait pas de toute la paperasse de merde dont il allait hériter avec le job. À l'époque où il n'était qu'un broker parmi les autres, il ne s'était pas rendu compte de tout ce qui incombait à Owen – qu'il avait remplacé. On surnommait d'ailleurs Owen « TP », pour temps partiel, parce qu'il bossait souvent depuis chez lui (sa splendide femme n'était pas capable de faire tremper un sachet de thé dans de l'eau bouillante, et encore moins d'élever leurs jumeaux). Owen avait été promu, libérant la place pour Kevin, et il vivait maintenant à Hong Kong avec une tripotée d'employés de maison pour s'occuper de sa famille. Kevin était un broker exceptionnel – un des meilleurs commerciaux auprès des clients institutionnels de tout le pays –, mais en tant que responsable du *desk*, il avait dû renoncer à ses plus gros clients afin d'assister à des réunions de management interminables. De son point de vue, ces meetings ne rapportaient pas un rond à l'entreprise. Il était passé de machine à générer du cash à fardeau budgétaire. Au lieu de satisfaire ses clients, il devait maintenant se concentrer sur les comptes officiels, les comptes parallèles, et sauver sa peau au milieu des requins du grand bassin du management.

— Bon, qu'est-ce que vous cherchez ici ? *Sales assistant* ça vous intéresse vraiment ?

Ses yeux verts s'illuminèrent sans chaleur.

— Il faut bien payer ses factures, répondit Casey avec un demi-sourire.

Elle avait pris un risque. Kevin s'en amusa sans rien en laisser paraître.

— Je veux bien, mais avec des notes et un diplôme pareil, vous pourriez travailler n'importe où.

— Sauf que c'est ici que je veux être.

Il la fixa longuement. Sans un mot, il lui demandait pourquoi.

— J'ai déjà un premier diplôme d'économie. Ce serait une bonne expérience professionnelle à faire valoir dans mon dossier pour les écoles de commerce.

Casey se surprenait à mentir de plus en plus aisément depuis qu'elle avait été mise à la porte de chez ses parents – l'adversité est mère de l'imagination.

— École de commerce, alors ?

Kevin fronça les sourcils, puis se retourna vers son ordinateur.

Percevant sa désapprobation, elle nuança :

— Peut-être.

— Vous savez ce que j'ai toujours pensé ? lança-t-il d'une voix forte à l'intention de Walter. Que le C de commerce c'est surtout pour école de Connards.

— Quelle originalité, commenta l'homme aux cheveux acajou assis en face de Kevin.

Hugh Underhill, le vendeur senior du *desk*, adressa un clin d'œil complice à Casey. Elle cilla, surprise. En boîte ou au restaurant, elle aurait peut-être soutenu son regard. Il avait quelque chose de familier. Son profil, sa peau, ses cheveux lui faisaient penser à Ethan, le frère de Jay. Sauf que le commercial était bien plus séduisant – ce qui était agaçant. Casey mettait un point d'honneur à ignorer les hommes de son genre, estimant d'instinct qu'on ne devrait pas accorder autant d'attention à leur beauté.

Walter sourit à Kevin. Ses yeux se fondirent dans son visage doux et lunaire.

— Dis donc, il serait pas l'heure de manger ? Kevin est tout ronchon quand il a faim. Ta maman t'a préparé ton sandwich pour ce midi ?

Walter se tourna vers Casey.

— La qualité et l'expérience de ton entretien s'en verront grandement améliorées dans quelques minutes, promis.

Kevin ricana. Walter n'avait pas tort. Il jeta un coup d'œil vers les portes closes de la salle de conférences.

À nouveau, Casey éprouva de la reconnaissance envers Walter pour sa bienveillance. Tout ce qu'elle avait entendu dire sur HBS, ou les préjugés qu'elle s'était forgés en écoutant Ted, étaient remis en question par Walter, qui semblait prévenant et humble en comparaison. Son humour avait désarmé Kevin de manière efficace. Casey n'avait pas l'habitude qu'on prenne sa défense, aussi Walter lui fit-il une très favorable impression.

Elle regretta toutefois de ne pas le trouver attirant. Quand elle songeait à l'amour et au sexe, Casey visualisait un éclair jaune façon dessin animé la foudroyant – *CRAAAC !* – pour lui indiquer que cet homme était le bon. Malheureusement, ou heureusement, ce n'était quasiment jamais ainsi que ça se passait. Aussi étrange que ça paraisse, la plupart des garçons avec qui elle était sortie ou avec qui elle avait couché avaient plus envie d'elle que l'inverse, et l'ardeur de leur désir seule avait suffi à combler la faiblesse du sien. Se sentir désirée la ravissait pendant un temps. Avec Jay, il y avait eu une sorte d'étincelle, de reconnaissance foudroyante. Walter ne portait pas d'alliance (il devait avoir la trentaine) et il n'y avait pas de photo de petite copine encadrée sur son bureau. Ted l'avait prévenue que Walter était chinois, mais Casey ne parvenait pas toujours à faire la différence avec les Coréens sur le physique. Walter était grand comme Kevin – plus que Ted – et avait un visage aux rondeurs enfantines et à l'air perpétuellement perplexe. Son costume en belle laine grise avait une coupe classique, et contrairement aux autres, il avait gardé sa veste à deux boutons. Sa chemise semblait taillée sur mesure, avec trois boutons par manchette, et une encoche à l'ourlet.

— Vois-tu, Casey, expliqua Walter en haussant exagérément un sourcil, dans quelques minutes, va avoir lieu la ruée vers la salle de réunion.

Il pointa du doigt les portes vers lesquelles Kevin avait regardé plus tôt, et continua :

— Kevin Jennings, roi de la bouffe gratuite, ira remplir son assiette, ce qui le rendra magiquement plus tendre envers l'humanité – potentielles futures assistantes comprises.

En chœur, Hugh et Walter poussèrent des cris de goélands. Hugh fit mine de battre des ailes et plissa les yeux comme un charognard tandis que Walter feignait de lui jeter des bouts de pain. Tandis qu'ils déployaient de sérieux efforts pour la faire rire, Casey tenta de ne pas céder à l'hilarité.

Kevin leva les yeux au ciel puis retourna à son écran, en attendant – comme l'avait prédit Walter – que les grandes portes en noyer s'ouvrent. Les arômes de cuisine indienne se déversant de la salle de conférences étaient grisants. Il se concentra sur le rapport de recherches. La veille, il avait assuré à un client que dans le meilleur des cas, il ne perdrait pas d'argent avec le fabricant de puces, et voilà que ce crétin d'analyste changeait d'avis et lui conseillait d'acheter. Si Kevin rappelait le client, il passerait pour un con. Kevin grogna, mais personne ne lui prêta attention.

Ça n'allait pas le faire, avec cette Casey Han. Est-ce qu'elle avait Ted dans sa poche ? se demanda Kevin. Possible. Peu importe. Il voulait se débarrasser d'elle au plus vite pour avoir cet imbécile d'analyste au téléphone avant le déjeuner, mais les gars allaient le tuer si le défilé d'intérimaires ne se terminait pas bientôt. Son petit doigt lui disait que cette fille n'était pas faite pour Wall Street. Les traders le surnommaient Kevlar, parce qu'il n'y avait pas plus solide que ses décisions prises à l'instinct. Bien sûr, le CV de la fille était irréprochable. Sur le papier, elle en mettait plein la vue. Mais il n'aimait pas la façon qu'avait Hugh Underhill de la regarder. À sa connaissance, Hugh ne s'était pas encore tapé d'assistante, sauf que celle-là était plus mignonne que les précédentes. Si Hugh voulait un jour s'en faire une, ce serait elle. Il ne manquait plus que ça, une fille à papa écervelée qui coucherait avec son meilleur broker. Et s'il n'y avait que du vent derrière les beaux titres de son CV, il devrait la virer ; or son deuxième surnom était déjà Murphy Brown – le personnage de la sitcom éponyme incapable de garder une secrétaire.

— B school, B school, marmonna Kevin en quête d'une excuse. Pourquoi ne pas faire analyste comme votre copain Ted Kim ? Allez plutôt faire l'Investment Banking Program au sixième étage ou une… (il se retint de dire « connerie ») … filière du genre.

À la mention du cursus d'apprentissage des futurs banquiers d'investissement, les brokers retroussèrent le nez de dégoût.

— Je ne veux pas passer mon temps dans les chiffres, décréta-t-elle en empruntant la réplique d'un ami de Jay qui se plaignait de son *training* en finance d'investissement.

Espérant apparaître comme un potentiel *match* pour la branche trader/broker, elle ajouta :

— Je veux de l'action.

Les hommes éclatèrent de rire. Casey ne comprit pas pourquoi. Puis, celui aux cheveux acajou lui demanda :

— Et quel genre d'action tu cherches, exactement ?

Casey ferma les yeux, écarlate.

— Alors comme ça, la copine de Ted veut de l'action, répéta Kevin à Walter en haussant les sourcils.

L'inconnu du trio jeta un coup d'œil à Casey, amusé. Il tendit la main pour se présenter.

— Enchantée, murmura Casey, incapable de le regarder dans les yeux.

— Mais moi aussi, mademoiselle. Moi aussi, répondit Hugh Underhill avec un large sourire.

Walter intervint :

— Oh non, maintenant, tu nous l'as excité.

— Ne fais pas attention à eux, dit Hugh. Ils n'ont pas l'habitude de croiser des belles femmes, et encore moins de leur parler. D'ailleurs, ça se voit.

Casey sourit, pressentant le séducteur invétéré. Pour lui, ce n'était que du flirt, un divertissement. Elle connaissait par cœur les types de son genre. Hugh était dragueur parce qu'il pouvait se le permettre. En matière de physique et de charme, il jouait en première ligue, et elle... pas vraiment – un fait qu'elle avait accepté depuis longtemps. Les hommes comme lui cherchaient une Ella. Casey n'avait jamais trop regretté de ne pas en être une, puisque les types comme Hugh n'étaient pas son genre, de toute façon.

Casey fut la première à entendre les pas. Les portes de la salle de conférences avaient été ouvertes. Une cavalcade de brokers et de traders afflua pour dévaliser le buffet à volonté. Les trois commerciaux – Kevin, Walter, et Hugh – étaient extrêmement grands, un mètre quatre-vingt-dix ou quatre-vingt-quinze.

— Suis-moi, lui dit Walter.

Des plateaux débordant de mets indiens étaient disposés sur la longue table de réunion. Une foule joyeuse était agglutinée autour pour remplir des assiettes en carton. Les hommes se taquinaient sans complexes sur leurs poignées d'amour et leur bouée respectives – ce que des femmes n'auraient jamais osé faire même en le pensant très fort. Walter lui tendit une assiette.

— Prends ce qui te fait envie, mais il faut qu'on y retourne vite. OK ?

Il lui parlait sur un ton affectueux, comme à une enfant.

Toute cette nourriture lui donnait l'eau à la bouche. Autour d'elle, les gens se servaient des louches entières et se jetaient sur les montagnes de naans chauds. Les plateaux se vidèrent progressivement et l'attroupement se dispersa aussi vite.

Kevin et Hugh étaient déjà retournés à leur bureau. Casey avait réussi à mettre la main sur un samosa et une petite portion de biriyani, mais avait hésité à charger davantage son assiette pendant un entretien d'embauche. Celle de Walter était remplie au maximum d'un peu de tout.

— C'est fou. Les femmes mangent vraiment trois fois rien, commenta Walter sur un ton émerveillé.

— Je n'ai pas été assez rapide, se justifia-t-elle, encore sonnée.

Walter leva le bras en l'air comme un meneur de bande, et annonça :

— Les millionnaires, premiers servis.

Elle plissa le front, amusée.

— Au sein de l'*International Equities Department* – qui regroupe les *desks* pour l'Asie, l'Europe, et le Japon – la branche pour laquelle tu passes un entretien…

Casey opina.

— … Le *desk* qui a conclu la plus grosse transaction paie le déj' pour tout le département. C'est nous qui avons closé un deal la semaine dernière – une méga centrale nucléaire du côté de Bombay. Alors, aujourd'hui, on a commandé indien. Tu piges le truc ? Si c'est le *desk* du Japon qui boucle une vente, sushis pour tout le monde.

— Pigé.

— Le plus marrant, c'est que si tu étais millionnaire comme certains *managing directors* qui palpent du sept chiffres à l'année, tu n'aurais pas hésité à jouer des coudes et à te gaver un max. Les riches raffolent de tout ce qui est gratuit.

Walter haussa les épaules. Il n'y avait pas le moindre reproche dans son ton ; il avait dit cela avec une admiration rêveuse, comme si lui-même découvrait comment fonctionne le monde.

— C'est le jeu, Casey. Faut pas hésiter à prendre ce qu'on te propose.

Il parlait comme un mentor.

— Si tu le dis, répondit Casey.

Elle ne savait pas ce qu'elle pensait de l'argent, ou de la gratuité. Son père l'avait prévenue que dans la vie, rien n'est jamais gratuit.

Il lui avait presque été impossible d'accepter l'hospitalité d'Ella, et même si elle avait une passion pour les vêtements de luxe qu'elle n'avait pas les moyens de s'offrir, elle ne pouvait imaginer une vie à travailler uniquement pour l'appât du gain et la perspective d'acheter toujours plus – elle sentait que sa satisfaction ne durerait pas longtemps. Travailler dur pour obtenir des bonnes notes n'avait de sens que parce qu'elle aimait l'apprentissage en lui-même – l'acquisition de nouvelles manières de penser et le savoir concret – mais les bonnes notes seules ne suffisaient pas à la contenter, et les études ne duraient pas éternellement.

Casey jeta un coup d'œil à son plat, se remémorant les posters qui tapissaient la cantine de son école primaire :

Tu es ce que tu mets dans ton assiette. Ainsi, l'appétit était proportionnel à l'ambition. Walter sous-entendait que la vitesse à laquelle on se servait était révélatrice de la capacité à atteindre ses objectifs. Casey était affamée, mais elle avait prétendu le contraire par coquetterie et bienséance, et s'était éloignée de la table par courtoisie. Résultat, elle avait encore faim.

Walter se détourna pour saluer une jeune femme qui avançait vers eux. Difficile d'estimer son âge. Elle aurait pu avoir dix ans de plus que Casey, mais elle avait la silhouette de rêve d'une fille de vingt ans et s'habillait comme telle. Elle ne portait pas de collants. Des jambes phénoménales. Son assiette était essentiellement composée de légumes et d'un naan.

— Salut, chaton, lança-t-elle.

Dans tout l'étage, les hommes tendaient le cou pour mater ses fesses sur son passage.

— Bonjour, Delia, répondit joyeusement Walter.

Elle s'arrêta pour discuter avec lui. Delia portait une jupe courte en lin bleu et un chemisier bleu pastel dont les boutons en nacre laissaient subtilement entrevoir sa poitrine ample. Ses yeux aussi étaient bleus, de la couleur des bonbons goût menthe forte, et ils brillaient d'autant plus par contraste avec ses boucles blond vénitien. Elle avait un léger accent de Staten Island, presque imperceptible – on ne le remarquait que lorsqu'un « ouais » lui échappait de temps en temps. Sa vivacité se lisait sur son visage, mais il était facile de passer à côté de l'intelligence de ses yeux à cause de sa tenue suggestive et de ses formes. Sa peau avait quelque chose de plantureux, de mûr. Les amis littéraires de Jay l'auraient trouvée canon et auraient jugé ses jambes dignes d'inspirer des sonnets.

— Je te présente Delia Shannon. La brillante et talentueuse assistante du *European sales desk*.

— Walter, je ne suis pas une action à vendre.

Delia adressa un sourire chaleureux à Casey.

— Bonjour, lui dit Casey, sentant émaner d'elle un élan de sororité.

— Casey Han est en phase d'entretien pour devenir notre nouvelle assistante, expliqua Walter.

Delia eut immédiatement pitié de la pauvre enfant. Kevlar n'était pas un sale type, mais il aurait eu besoin que sa femme lui taille une pipe de temps en temps avant qu'il ne parte au boulot. C'était ce qu'il fallait aux hommes trop coincés, Delia en avait la conviction. Elle serra la main de Casey.

— Bonne chance.

Habituée aux poignées de main fermes, viriles, et accompagnées d'un regard droit dans les yeux de Princeton, Casey trouva celle de Delia, légère et douce, complètement anachronique et trop efféminée.

— On était sur le point d'aller dire à Kevin que Casey est embauchée. La question ne se pose même pas, reprit Walter. Tu pourras peut-être donner un coup de main à Casey, si elle accepte le job.

Delia eut un sourire de connivence.

— Oui, ce serait génial, dit Casey.

Delia prit les grandes mains de Casey entre les siennes, menues et blanches, et déclara :

— Absolument. Tout ce qu'il faudra pour aider la prochaine victime de Kevin. N'hésite surtout pas.

Il n'y avait ni malice ni cynisme dans sa voix. Casey l'apprécia aussitôt.

Walter posa un doigt sur ses lèvres avec un air complice et Delia lui adressa un clin d'œil.

— Je ne pense pas qu'il faille s'inquiéter pour Casey. D'après Ted Kim, c'est une coriace, dit-il.

Casey tenta de ne pas trahir sa surprise.

— Oh ? C'est une amie de Ted ?

— Oui. Enfin, j'ai cru comprendre qu'elle était amie avec la fiancée de Ted. Une amie de la famille.

Casey confirma en silence, estimant qu'il n'était pas nécessaire de se justifier. Avec un dernier clin d'œil, Delia s'éclipsa. Elle devait parler à quelqu'un du service courrier pour une histoire de pli. Les hommes à proximité la regardèrent s'éloigner. Les fesses de Delia, moulées dans sa jupe comme un petit cœur bleu, rebondissaient à chacun de ses pas légers.

Delia était une éternelle assistante, lui expliqua Walter. N'ayant pas fait d'études, elle était coincée pour toujours dans ce qui était censé n'être qu'une étape de deux ou trois ans dans une carrière. Mais apparemment, elle ne s'en plaignait pas.

La façon qu'avait Walter de lui confier les rouages du service laissait Casey penser qu'elle avait une chance d'obtenir le poste. Sinon pourquoi prendre la peine de lui raconter tout ça ? Quand ils retournèrent au bureau, Kevin lui fit signe d'approcher et elle se rassit.

— Deux ans. Minimum. T'as intérêt à être à la hauteur. Tu seras chargée de réserver les hôtels, les billets d'avion, d'organiser les réunions commerciales, d'envoyer les rapports, de faire des photocopies, de récupérer les fax et les plis, et de coordonner tous les détails administratifs. À la perfection. Tu m'entends ? Deux ans. C'est non négociable. N'essaie même pas de me réclamer une lettre de recommandation avant d'avoir accompli tes deux ans. Compris ?

Kevin la fixait avec intensité. Hugh posa sa fourchette, amusé par l'offre de Kevin.

— Difficile de croire qu'il a un jour été un broker exemplaire. Un commercial. Ses manières se sont détériorées jusqu'à un point de non-retour.

Il lui tendit la main.

— Casey, bienvenue à bord.

Casey lui serra la main, mais regarda Kevin dans les yeux en répondant :

— Deal.

— Et ne lui fais pas confiance, à celui-là, ajouta Kevin. Même s'il s'est démené pour que tu aies le job.

Hugh s'esclaffa sans rougir.

— Oui, surtout ne me fais pas confiance. Je suis un type abominable.

— Alors, on te voit demain ? demanda Walter.

— Oui, bien sûr, répondit Casey.

— Deux ans, menaça Kevin.

— Bon, ça suffit avec les conditions abusives, intervint Hugh. Pense au 13e amendement.

— Impressionnant, commenta Walter. Je ne savais pas que je travaillais avec un abolitionniste.

Hugh se frotta fièrement les ongles sur sa poitrine.

— En parlant d'abus, tu t'es déjà imaginé comment Kevlar a demandé sa femme en mariage ?

Walter frissonna en réponse.

— Connards. Au moins, moi, j'ai trouvé une femme qui a bien voulu m'épouser.

— La bonté et la générosité du beau sexe ne devraient jamais être sous-estimées, répliqua Hugh avec un sourire radieux pour Casey.

— Du calme, garçon, dit Walter à Hugh.

Hugh mima un halo au-dessus de sa tête avec ses mains.

Kevin consulta son ordinateur. Le fabricant de puces électronique avait chuté d'un point de base depuis le déjeuner. Il jeta son stylo sur l'écran.

— Je le savais.

Casey sursauta sur son siège. Kevin se tourna vers elle, se souvenant qu'il fallait boucler cette histoire.

— On te voit demain à cinq heures quarante-cinq.

Il décrocha son combiné pour appeler l'analyste. Son ton changea radicalement – posé, interrogateur, calme.

Walter remarqua l'expression confuse de Casey. Elle comprendrait bien assez vite – on ne devient pas le patron à moins d'être capable d'une autorité versatile.

Casey resta assise, ne sachant pas si elle était congédiée. Aussitôt, les deux autres téléphones sonnèrent, et Walter et Hugh décrochèrent. Walter lui fit signe de rejoindre Delia, qui était de retour à son bureau. Il couvrit le micro du combiné, et chuchota :

— Va la voir. Demande-lui de t'amener aux ressources humaines.

Casey obtempéra, et Delia prit la suite.

# 10

## L'OFFRE

Les longs cheveux noirs d'Ella étaient attachés avec une barrette et elle portait une robe en lin lilas qui tombait à mi-hauteur de ses fins mollets. À la maison, elle marchait pieds nus. Ella inclina son visage ovale sur le côté, sondant Casey comme une adolescente pleine d'espoir avant une soirée.

— Ça te dirait de venir avec nous aujourd'hui ? proposa-t-elle.

Casey fouilla dans son sac. Il lui restait exactement six cigarettes dans le paquet accidentellement piqué à Mary Ellen. La première chose qu'elle avait l'intention d'acheter avec son salaire était une cartouche de Marlboro Light.

— J'ai oublié, à quelle heure ça commence ? demanda-t-elle.

Casey savait pertinemment que l'office débutait à neuf heures. Il était huit heures du matin, et elle était réveillée, douchée, habillée depuis au moins deux heures. Avant sa prise de poste chez Kearn Davis, elle se levait déjà plus tôt qu'Ella pour préparer le café, replier le clic-clac de la chambre d'amis, écumer les petites annonces et rédiger des lettres de motivation. Elle travaillait depuis une semaine maintenant, et en ce dimanche elle espérait rester un peu seule pendant qu'Ella et Ted iraient à l'église puis bruncher chez Sarabeth's at the Whitney, le restaurant branché du moment.

Ella lui avait déjà donné l'heure de l'office, puis avait renouvelé son invitation. Face à tant d'innocence et de vulnérabilité, Casey passait pour insensible et aigrie. Ella semblait si fragile et facile à blesser que Casey marchait sur des œufs en sa présence.

— On n'a toujours pas fêté ton embauche comme il se doit…, insista Ella.

— C'est ce que tu n'arrêtes pas de dire, mais vraiment, je t'assure que ce n'est pas la peine.

Casey ne pouvait pas accepter plus de gentillesse et de charité de sa part. Sur sa propre initiative, Ella lui avait déjà donné de quoi payer le taxi et le déjeuner jusqu'à ce qu'elle reçoive son premier salaire, elle lui avait acheté des collants et lui avait prêté des chaussures appropriées pour le travail. La dette de Casey ne cessait de croître comme une pile de linge sale.

— Et ça me ferait vraiment plaisir que tu rencontres Unu. Il a promis de venir aujourd'hui.

Casey acquiesça. Cette semaine, Ella avait mentionné plusieurs fois ce cousin qui louait depuis peu un appartement de l'autre côté de la rue. Il avait été analyste en électronique chez Pearson Cromwell – une banque d'investissement anglaise plutôt réputée. Ella, dans toute sa candeur, ne parvenait pas à cacher son envie qu'Unu et Casey se plaisent. Vingt-sept ans, enfance dans la banlieue chic de Dallas, école privée pour garçons St Mark's, études secondaires dans l'Ivy League à

Dartmouth, né d'un père homme d'affaires et d'une mère médecin, dernier de quatre enfants, Unu rentrait tout juste de quatre ans à Séoul chez Pearson Cromwell pour intégrer une société de gestion d'actifs à New York. Il sortait traumatisé d'un mariage rapidement conclu et plus rapidement encore défait avec une Coréenne rencontrée là-bas.

Casey s'assit sur le banc près de la porte d'entrée pour enfiler ses espadrilles noires. Avec l'intention de monter fumer sur le toit, elle glissa sous son bras la section annonces immobilières du journal. Dès qu'elle aurait de quoi payer la caution et le premier mois de loyer, elle déménagerait. Anticipant son départ, Ella avait élaboré un doux rêve où Unu et Casey tomberaient amoureux et se joindraient à Ted et elle pour aller à l'église le dimanche. Elles seraient toutes les deux en couple et feraient ce que font les couples d'amis. Casey trouvait ça mignon, mais un peu exagéré. Alors quand Ella parlait d'Unu avec des étoiles dans les yeux, Casey se contentait de répondre poliment : « Ton cousin a l'air gentil. »

Ses chaussures aux pieds, Casey récupéra son jeu de clés.

— Tu n'aimes pas Ted, constata Ella.

— Je te demande pardon ?

— C'est pour ça que tu ne veux pas venir à l'église.

Casey acceptait de l'accompagner presque partout les week-ends, depuis les courses les plus ennuyeuses au supermarché jusqu'au pressing, mais quand elle l'invitait à sortir, même pour des choses aussi agréables que le cinéma ou le restaurant, si Ted en était, Casey déclinait. Et Ella n'avait pas oublié leurs cours de catéchisme : malgré son attitude blasée, Casey était celle qui posait les questions les plus pertinentes sur Dieu.

Casey laissa tomber une pochette d'allumettes dans la poche de sa chemise blanche, comme si elle n'avait pas entendu Ella, et posa la main sur la poignée de la porte.

— Il n'a pas un caractère facile, je le sais, insista Ella.

— Qu'est-ce que tu racontes ? Ton fiancé m'a obtenu un super job, répondit Casey.

Son mépris était-il si évident ?

— Ça sera chouette, je te le jure. S'il te plaît, dis oui. Unu est la personne la plus adorable que je connaisse. Tu vas…

Le téléphone sonna et, devinant à juste titre qu'il s'agissait de Ted, Casey sortit en déclarant :

— Ella, tu sais bien que je suis incapable de prendre la moindre décision avant ma cigarette du matin.

C'était Ted, fumeur lui aussi, qui lui avait parlé de la terrasse. Ella était allergique à la fumée et, étrangement, ni Ted ni Casey n'avaient envisagé d'arrêter. Mais ils ne fumaient jamais en sa présence.

Contrairement au toit de l'immeuble de ses parents, celui-ci était aménagé pour ses résidents. Des géraniums roses et blancs en pots de terre cuite et du mobilier de jardin en fer forgé vert foncé étaient harmonieusement disposés sur la surface recouverte de gravier blanc. Les week-ends, en été, des jeunes femmes y bronzaient en bikini aux ficelles dénouées, et des hommes en bas de jogging et casquette de base-ball tournaient oisivement les pages du *Times* en sirotant leur café tiède.

Les résidents qui partageaient régulièrement un briquet avec elle saluèrent Casey à son arrivée. Avec sa chemise blanche élégante, sa jupe plissée grise sans collants, et ses espadrilles, elle se démarquait de l'allure débraillée du dimanche matin des autres habitants. Les jeunes célibataires qui se prélassaient sous le soleil vif lui rappelaient la fac, quand, aux premiers rayons printaniers, tout le monde séchait les cours pour paresser dans le parc. Casey aurait voulu rester ici, fumer la totalité de son paquet, lire le journal, et planifier ce qu'elle allait faire de sa vie avec son premier salaire.

Ce n'était pas par aversion pour l'église. Au contraire, elle appréciait un bon sermon autant qu'un cours magistral stimulant. Ella avait vu juste : les plaisanteries de Ted lui semblaient agressives et mal intentionnées. Ne serait-ce que la veille, quand Ella était descendue chercher le courrier, il avait lancé à Casey : « Peut-être que je devrais informer Jay que sa petite copine travaille au deuxième. » Casey se demandait si ce harcèlement persistant s'apparentait au comportement d'un collégien puéril qui fait claquer le soutien-gorge de la fille qui lui plaît. Sauf que la situation n'avait rien à voir avec un flirt débile. D'autant que Casey ne pouvait pas imaginer qu'on puisse la préférer à Ella. Alors Casey en déduisait que Ted était jaloux. Il se croyait en compétition avec elle pour l'attention d'Ella, et par conséquent la traitait comme une rivale. Ne s'étant jamais battue avec des garçons, Casey était stupéfaite par la nature de ses agressions – brutales, incessantes, si différentes de celles des filles. Aussi gentille qu'elle fût, Ella ne valait pas qu'on subisse pour elle une telle persécution.

Casey n'avait aucune envie de rencontrer le cousin d'Ella. Elle pensait toujours à Jay. D'après sa sœur, il avait tenté de la joindre plusieurs fois. Durant cette semaine, Casey ne l'avait pas croisé dans l'ascenseur ni à la cafétéria. Les deuxième et sixième étages restaient séparés, comme appartenant à des bâtiments différents.

Quant à son nouveau poste de *sales assistant*, puisque Casey était d'un naturel organisé – adepte des échéances et ayant le sens du détail –, il ne lui posait pas de difficultés, à l'exception de quelques logiciels à apprivoiser et du fait de manger matin et midi devant son ordinateur, entourée d'hommes. À la fin de la journée, elle rentrait à l'appartement et relisait *Middlemarch* ou entamait un volume de Trollope emprunté à la bibliothèque du quartier. Parfois, elle étudiait des vieux livrets de patrons de chapellerie achetés pour vingt-cinq cents dans la rue. Sur son temps libre, elle s'inquiétait quant à ses finances et à l'avenir. Son salaire, sans compter une prime éventuelle et les heures sup', s'élevait à trente-cinq mille dollars annuels, avant imposition. Avec cet argent, elle devait rembourser les mensualités de sa carte de crédit, économiser pour l'acompte provisionnel d'un appartement (presque mille cinq cents dollars correspondant à deux mois de loyer d'un studio minuscule), débourser encore quinze pour cent du loyer annuel en frais d'agence, puis garder de quoi meubler le nouvel appartement puisqu'elle ne possédait pas même un gobelet en plastique à son nom. Heureusement, elle avait beau insister, Ella refusait catégoriquement qu'elle la rembourse pour son hospitalité ou pour les courses.

Casey se dirigea vers le bord du toit délimité par des jardinières d'impatiences blanches. En cette première semaine d'août, il y avait tout de même une douce brise. Le paysage n'était pas si éloigné de celui d'Elmhurst, quadrillé de fenêtres sans volets qui laissaient apparaître des petites cuisines, des vitres embuées de salles de bains, des séjours en L, et des lits défaits dans des chambres tamisées. Il y avait une sérénité à fumer ici, contre les parapets qui lui arrivaient à la taille. Jay prétendait qu'elle aimait les toits des immeubles car c'était là qu'elle y garait son avion en verre de Wonder Woman. Casey s'autorisa une deuxième cigarette. Elle tenta de l'allumer, mais le vent soufflait vers le nord ; alors elle protégea la flamme de son allumette au creux de sa main et quand elle releva la tête, elle remarqua un homme asiatique qui l'observait depuis sa fenêtre dans l'immeuble d'en face.

Il était mince, probablement aussi grand qu'elle, et portait sous sa veste de costume marron à deux boutons une chemise blanche et une cravate violette. Casey était suffisamment proche pour discerner les traits de son visage : nez arrondi, pommettes hautes, yeux noirs aux coins externes effilés, sourcils doucement arqués. Elle lui rendit son regard et il lui sourit ; puis, soudain timide, elle se détourna pour tirer sur sa cigarette. Quand elle le chercha à nouveau, il avait disparu. Une fois le tabac consumé, elle écrasa son mégot et redescendit.

Casey annonça à Ella qu'elle irait à l'église, en fin de compte.

— Tu es sûre ? demanda Ella, désormais hésitante.

Elle venait d'avoir Ted au téléphone, et il s'avérait que la veille, Jay Currie avait été affecté à un dossier que supervisait Ted. Quand les présentations avaient enfin été faites, Ted avait lâché qu'il connaissait Casey Han. « Est-ce qu'elle va bien ? » avait demandé Jay d'un air inquiet. Sans réfléchir, Ted lui avait révélé où elle logeait. Ella l'avait rabroué, mais il s'était contenté de d'en rire : « Au moins je ne lui ai pas précisé qu'elle travaillait au deuxième. » Dans sa tête, Ella entendait encore ses gloussements. Elle avait résisté à l'envie de lui raccrocher au nez – ce qu'elle n'avait jamais fait, mais en cet instant il lui avait semblé qu'il n'y avait pas de réaction plus appropriée.

Ted était maintenant en chemin pour passer la chercher pour l'église. Gênée, Ella enfila ses chaussures.

— Tu dois sans doute être fatiguée après ta première semaine de travail. Tu préférais peut-être m'accompagner dimanche prochain ?

— Non. Je suis totalement disponible, répondit Casey. Allons rendre gloire à Dieu sous son toit.

Elle pouffa, puis lança un « Alléluia », de bonne humeur.

Ella sourit machinalement, se sentant coupable comme si toute cette histoire était sa faute.

— Pour le brunch, c'est Ted qui invite ? demanda Casey, les mains sur les hanches.

— Absolument, confirma Ella avec véhémence. Fais-toi plaisir.

Le concierge sonna à l'interphone. Ted Kim attendait dans le hall de l'immeuble.

Quand elles arrivèrent en bas, Ted embrassa les joues crispées d'Ella et rendit à Casey ses politesses d'usage. Ils marchèrent jusqu'à l'église, qui n'était qu'à cinq rues. Pendant toute la durée du trajet, Ella ne fit que vanter les mérites d'Unu. Devant l'entrée, Ted posa sa main au creux du dos d'Ella, mais elle s'écarta.

L'auditorium principal étant déjà complet, des ouvreurs les dirigèrent vers la mezzanine. L'Église louait l'amphithéâtre d'un institut universitaire public pour l'office du dimanche, car l'édifice d'origine n'était plus en mesure d'accueillir la foule grandissante des fidèles. Le bâtiment miteux fit une piètre impression sur Ted. Il n'y avait pas de livrets de chants ni de Bible à disposition sur les bancs, et le programme de la messe était imprimé sur des feuillets agrafés à la main. Il aurait préféré se rendre à l'église presbytérienne de la Cinquième Avenue, qui elle au moins ressemblait à quelque chose, mais Ella restait fidèle au révérend Benjamin, et même Ted, qui avait toujours détesté le catéchisme à Anchorage, devait reconnaître que les sermons intelligents du révérend Benjamin parvenaient à capter son attention et qu'il lui arrivait parfois d'y repenser après. Ted estimait que l'Église était indispensable à une société bien gouvernée, et il ne faisait pas confiance à ceux qui n'avaient pas de religion.

La venue de Casey le surprenait. Il l'avait prise pour l'athée typique – une de ces mademoiselles je-sais-tout qui ont une foi aveugle en toutes les théories scientifiques pourtant régulièrement réfutées, mais incapable d'admettre qu'il y ait des choses qui puissent échapper à l'entendement. Ted, qui n'avait pas grande foi en Dieu ou en Jésus, ne croyait pas non plus au hasard, et il était trop arrogant pour accepter des ancêtres poissons ou gorilles. Si le créationnisme lui semblait absurde, il vivait la théorie de l'évolution comme une insulte à son intelligence. Et il avait beau croire aux vertus du travail et à la volonté individuelle, il croyait aussi en l'existence d'une sorte d'ordre plus grand, qui dépasserait l'homme – une main invisible façon Adam Smith. Mais en règle générale, il évitait toute discussion sur la religion. Il n'y avait pas moyen de remporter le débat, de toute façon, alors quel intérêt d'y participer ? Dans un camp comme dans l'autre, la conclusion commençait forcément par un « je crois » plutôt que par un « je sais ». Le pasteur les invita à déclamer la prière enseignée par le Christ, et Ted entendit Casey la réciter de mémoire, en latin.

Casey pensait vraiment chaque mot lorsqu'elle répéta *dimitte nobis debita nostra, sicut et nos dimittimus debitoribus nostris* – pardonne-nous nos dettes comme nous pardonnons aussi à ceux qui nous sont endettés. Parce que ce sens littéral était pour elle le plus difficile à respecter, et qu'en prononçant cette parole, elle espérait qu'elle se réalise.

Comme Ted, Casey gardait pour elle son point de vue ambivalent sur la religion. Elle était suffisamment lucide pour reconnaître que sa retenue cachait une peur : celle que l'on démasque son hypocrisie. Casey était parfaitement consciente de ses manquements à la morale chrétienne : elle blasphémait tous les jours ou presque ; elle avait eu un certain nombre d'amants sans aucun sentiment sincère ni intention de les épouser ; elle avait avorté sans regret ; elle avait essayé la drogue (et en avait beaucoup apprécié certaines, mais craignant d'avoir une personnalité sensible à l'addiction, n'en consommait plus) ; elle aimait l'ivresse et suivre ses pulsions ; elle raffolait des jolies choses et avait pour objectif de vie de les collectionner ; tous les jours elle jalousait la vie de quelqu'un d'autre ; elle adorait les potins sous toutes leurs formes ; elle avait déjà volé des vêtements dans la pile des retours chez Sabine's ; elle n'appréciait guère les chrétiens en général – les trouvant ennuyeux et intolérants ; et à peine deux mois plus tôt, elle avait dit merde à ses parents. Ses transgressions aux dix commandements étaient nombreuses et constantes dans le temps. Pas de quoi remporter une Bible reliée de cuir blanc en stage de catéchisme. Sa conscience de l'existence d'un Dieu, sa lecture quotidienne des Évangiles, et son habitude de recopier des versets obscurs en devenaient absurdes. Néanmoins, elle n'imaginait pas errer sans foi sur cette terre.

La foi d'Ella était inébranlable. Devant tous, elle fouilla dans sa sacoche en cuir pour en sortir une Bible de voyage ainsi qu'un carnet à la reliure en tissu. Elle tenait prêt son stylo Waterman à la plume dorée. Elle ouvrit son carnet et en tourna les pages jusqu'à en trouver une vierge. Étudiant les références du programme, elle y associa rapidement les Saintes Écritures qui avaient inspiré le sermon. Elle nota le verset cité sous le titre du sermon – « Qu'est-ce qui nous nourrit ? » – avec la minutie d'une étudiante en TP de chimie.

Le regard adorateur dont son amie couvait le révérend Benjamin amusait beaucoup Casey. Le pasteur – entre quarante-cinq et cinquante-cinq ans – n'avait pas encore de rides. Ses cheveux bruns frisés étaient coupés court. Des lunettes cerclées d'argent floutaient le brun taupe de ses yeux. Il portait un costume modeste qui lui donnait des airs de comptable, avec une chemise blanche fraîchement repassée et une cravate rouge de banquier de moyenne envergure. Pas de robe pastorale. Son allure tenait plus de la stratégie que d'une volonté de sobriété. Ella avait mentionné qu'il était impossible de se faire marier par le révérend Benjamin tant il était réservé à l'avance. Comme pour tout à New York, les services d'un bon pasteur étaient soumis à une liste d'attente. Alors Ella avait décidé de demander au pasteur coréen de son père, dans le Queens, d'officier à son mariage. Un homme très gentil qui vociférait beaucoup dans son obsession des Enfers.

Le révérend Benjamin lut un verset de l'Évangile selon Matthieu : « Jésus répondit. Il est écrit : L'homme ne vivra pas de pain seulement, mais de toute parole qui sort de la bouche de Dieu. » Conséquence d'années de catéchisme et de lecture matinale en secret, Casey connaissait la Bible dans ses moindres détails. Dans ce passage, le diable tente Jésus, affamé après quarante jours de jeûne, en lui disant que s'il est le Fils de Dieu, il doit être capable de changer des cailloux en pain. Jésus répond en citant le Deutéronome 8 : 3, « Il t'a humilié, il t'a fait souffrir de la faim et il t'a nourri de la manne, que tu ne connaissais pas et que n'avaient pas connue tes pères, afin de t'apprendre que l'homme ne vit pas de pain seulement, mais que l'homme vit de tout ce qui sort de la bouche de l'Éternel. » La Bible ne cessait de renvoyer à ses propres passages, et à l'université, cette connaissance singulière – singulière car aucune autre étudiante ne lisait la Bible – lui avait été d'une grande aide puisque l'essentiel des écrits occidentaux y faisait également référence.

Ella hochait de la tête sans discontinuer pour approuver les paroles du pasteur tout en prenant des notes méticuleuses. Casey s'agaça de cette dévotion. Quand le sermon prit fin, les ouvreurs organisèrent la quête. Une corbeille tapissée de feutrine grise passa de main en main. Casey ouvrit son portefeuille et y trouva deux billets de vingt – de l'argent prêté par Ella pour ses dépenses courantes en attendant son salaire qui devait tomber vendredi. Sa professeure de catéchisme, Mrs Novak, leur disait toujours : « Fiez-vous à la Providence en donnant jusqu'au sacrifice. » Elle sacrifia donc un des billets de vingt dans la corbeille. Ted y déposa un chèque plié d'un montant de cinquante dollars qu'il avait préparé avant de venir. Ella y mit un chèque plié de deux cents dollars – soit vingt-cinq pour cent de son salaire hebdomadaire.

Quand le révérend Benjamin eut proclamé la bénédiction qui mettait fin à l'office, Ella rangea sa Bible et son carnet, puis elle se pencha par-dessus la mezzanine en quête de son cousin. Casey observait la foule, et Ella lui assura :

— Il est censé nous retrouver dehors de toute façon.

Une fois dans la rue, en face du bâtiment de l'université, Ted et Ella débattirent des différentes options de brunch : dim sum ou Sarabeth's. Casey, qui n'écoutait que d'une oreille, sursauta en sentant la pression légère d'une main sur son avant-bras. L'expression de Ted se mua en surprise et Casey reconnut d'abord la main, avec ses petits poils blonds sur les phalanges, avant de reconnaître Jay. Elle lui balança son poing de toutes ses forces en plein visage. Ella plaqua ses mains contre sa bouche pour étouffer un cri et Ted éclata de rire, lâchant un :

— Ooooh.

Unu Shim resta bouche bée – comme toute la foule qui venait d'être témoin de la scène. Puis il reconnut sa cousine Ella, qui se tenait juste à côté de la femme qui avait cogné le grand type blanc avec tant de vigueur qu'un filet de sang dégoulinait sur ses lèvres.

# 11

# LES SANCTIONS

— C'était mérité, reconnut Jay en sentant sur sa langue le goût du sang qui coulait de sa lèvre supérieure.

De toute sa vie, jamais il n'avait reçu de coup ; même en fréquentant un pensionnat pour garçons, il s'était débrouillé pour éviter les bagarres, et à la maison, il avait sagement refusé d'en venir aux mains avec Ethan, son frère au tempérament légendaire. Casey l'avait frappé. En essuyant le sang sous son nez, Jay n'arrivait toujours pas à y croire.

Se sentant un peu responsable, Ted s'approcha de Casey, prêt à la retenir au cas où elle recommencerait – il restait néanmoins amusé par cette perspective. Unu Shim avait fendu la foule pour retrouver sa cousine Ella, elle-même trop ébahie pour parler.

— Ella ? Tu n'as rien ? demanda Unu.

Ils ne s'étaient pas vus depuis son mariage à Séoul trois ans plus tôt.

— Unu…, dit Ella en le dévisageant avec incrédulité. Salut. Je suis tellement contente de te voir.

Unu passa un bras autour des épaules d'Ella et lui tapota le dos, imitant la manière de son père de saluer ses proches.

Ella posa délicatement ses doigts sur le bras d'Unu, puis, comme un réflexe, sortit un Kleenex de sa trousse à maquillage et le tendit à Jay.

Casey observait cette scène comme si elle avait lieu à la télévision. Pourquoi Ella proposait-elle un mouchoir à Jay ? Jay marmonna un « merci » et l'accepta pour colmater sa narine ensanglantée. Casey rangea ses mains dans son dos, réalisant soudain ce qu'elle avait fait. Elle, Casey Han, avait fait couler le sang de Jay. C'était comme si sa main avait contenu toute sa colère, serré le poing, et agi sur une pulsion irrépressible. Casey n'avait jamais eu l'intention de le frapper.

Elle leva la tête vers le ciel limpide. C'était une parfaite matinée d'août sans la moindre trace d'humidité ; un temps clair comme au mois de mai. Casey n'avait jamais tapé personne de sa vie, et elle ne comptait pas recommencer un jour. D'expérience, elle savait qu'il n'y avait pas que le coup à encaisser, mais toutes les émotions qui venaient avec – l'impression d'être stupide, laide, et indigne d'amour. Maintenant qu'elle avait cogné Jay, elle comprenait qu'elle l'avait rabaissé. Ainsi qu'elle-même. Elle tremblait. Les fidèles qui quittaient l'église ne cessaient de regarder dans sa direction.

— Casey, je peux te parler ? demanda Jay.

La femme qui lui avait tendu le mouchoir se tapota délicatement le menton pour lui signifier d'incliner sa tête vers l'arrière. Ce devait être la fiancée de Ted, Ella.

— Hé, doucement, prévint Ted.

Jay acquiesça avec un sourire timide. Ted Kim était en charge de son investissement le plus récent et avait son mot à dire sur le montant de sa prime.

Casey l'ignora et regarda Jay.

— Je veux récupérer mes affaires.

Tous les matins en se préparant chez Ella, elle se souvenait de ce qu'elle avait laissé chez lui – un tube de mascara hors de prix, des bas, ses soutiens-gorge préférés en dentelle, même un déodorant d'une sous-marque de supermarché –, toutes ces choses qu'elle n'avait pas les moyens de remplacer.

— Tu as encore des affaires qui m'appartiennent. J'en ai besoin.

Casey se mit à pleurer.

Ella sentait les larmes lui picoter les yeux et n'arrivait pas à détourner le regard. Unu avait trop chaud au soleil. Le type qui se tenait à côté d'Ella, probablement Ted, portait un polo noir et un pantalon beige. Convaincu à présent que son allure n'avait plus d'importance, Unu dénoua sa cravate à motifs violets, la plia soigneusement et la glissa dans la poche de sa veste, qu'il ôta également.

— Ella, tout va bien ? répéta Unu.

Sa cousine hocha la tête.

— Peut-être que le brunch n'est pas une si bonne idée, dit-il. Tu veux que je repasse plus tard ?

— Non, non. Reste, protesta Ella en lui prenant le bras. Je suis vraiment désolée. Je… je te présente Ted.

Elle tourna la tête de droite à gauche comme si elle assistait à un match de tennis. Ted serra la main d'Unu.

Ella ne savait pas s'il fallait présenter Casey à Unu. Son amie semblait incapable de contrôler ses sanglots. Ella était furieuse. Tout ceci était la faute de Ted. Elle s'approcha de Casey et passa un bras protecteur autour de sa taille.

— Comment tu te sens ? Tu veux qu'on demande à Jay de partir ?

Jay dévisagea Ella, plus surpris que cette femme connaisse son nom que par la suggestion de son départ.

Casey renifla et regarda Jay dans les yeux. Quelques pas les séparaient.

— Tu m'as déçue, déclara-t-elle.

Jay souffla, incapable de répondre. Il tendit le bras pour saisir sa main.

— Ne me touche pas, espèce de fils de pute.

En prononçant ces mots, Casey songea aussitôt que c'était sûrement grâce à Mary Ellen qu'il l'avait retrouvée.

— Connard.

Les insultes de Casey pleuvaient comme des coups maîtrisés, et Ella grimaça.

Ted sourit à Unu tout en ayant pitié de Jay pour le savon qu'il se prenait. Il récupéra la main d'Ella pour l'entraîner loin de cette vulgarité, et tapota Unu dans le dos pour initier le mouvement du départ. Unu acquiesça, se sentant de trop. Mais Ella refusait d'abandonner Casey.

Unu jeta un coup d'œil vers la foule qui s'attardait. Prenant un ton aimable mais ferme de président de fraternité – ce qu'il avait été à Dartmouth –, il congédia les curieux.

— Allez, tout le monde, il n'y a plus rien à voir. Rentrez chez vous maintenant, allez, les encouragea-t-il avec un soupçon d'inflexion traînante du Texas, conscient que les accents régionaux avaient le pouvoir d'adoucir des ordres un peu secs.

*Oui,* songea Ella, *c'est la bonne chose à faire.* Puis elle se tourna vers Casey.

— Tu veux qu'on reste ?

— Ça va aller. Vous devriez aller bruncher sans moi.

Casey priait pour qu'on la laisse tranquille. Elle avait envie de disparaître, de devenir invisible.

— Tu es sûre ?

— Oui.

Ella adressa alors un signe de tête à Ted et Unu, et ils s'éloignèrent ensemble. Tous les quelques pas, elle regardait en arrière pour surveiller Casey. Deux rues plus loin, elle la perdit de vue.

Casey se retrouva seule sur le trottoir désert avec Jay. La vision des deux filles nues dans la chambre lui revint et, comme auparavant, elle eut l'impression qu'on l'amputait – de ses bras, de son corps. Ses sanglots refusaient de se calmer, malgré toutes les bouffées lentes qu'elle s'efforçait d'inspirer.

Jay maintint le mouchoir d'Ella enfoncé dans son nez, cachant une partie de son visage derrière le Kleenex maculé de sang. Lui qui culpabilisait déjà après avoir lu le reproche dans les yeux de l'amie de Casey, se sentait encore plus salaud.

— Si tu veux que je te laisse tranquille, je partirai. Mais je suis venu pour te présenter mes excuses. Ça fait deux mois que j'essaie de te contacter. Ta sœur m'a dit que tu lui interdisais de me révéler où tu étais. Je... J'étais fou d'inquiétude. La dernière fois que je t'ai vue, ton visage... et je t'aime, Casey... je sais, je sais que je t'ai blessée. Je suis désolé.

Quel était le rapport ? se demanda Casey en secouant la tête.

— Je n'aurais jamais imaginé que tu... je ne t'aurais pas cru capable, même intéressé par...

— Je ne le suis pas ! s'écria-t-il. Ce n'est pas ce que tu crois. Je t'aime, Casey.

C'était trop dur d'entendre Jay parler d'amour.

— Ta mère avait promis. Elle avait promis de ne rien dire.

Casey leva la tête et voyant le mouchoir fourré dans sa narine, ajouta :

— Jay. Tu as l'air ridicule.

Il se pinça l'arête du nez.

— Je ne crois pas qu'il soit cassé, dit-il d'une voix nasillarde.

Ils éclatèrent de rire.

Mary Ellen n'avait pas vendu la mèche. C'était Ted. Ce matin-là, quand Jay s'était rendu chez Ella pour apporter une lettre d'excuses de quatre pages, le portier l'avait informé que Miss Shim et son amie Casey étaient parties à l'église et qu'elles n'allaient pas tarder à rentrer. Il avait pointé du doigt l'immense bâtiment universitaire. L'office terminait dans dix minutes, avait précisé le portier. Alors Jay était allé les attendre à la sortie.

Quand ils arrivèrent devant la porte de Jay, il la déverrouilla et Casey le suivit à l'intérieur. Elle l'avait laissé parler sur tout le chemin, sans presque rien dire. Elle se dirigea droit vers le home cinéma, et alors que Jay continuait à se répandre en justifications, elle fit le tri des livres et des CDs qui lui appartenaient sur les étagères en verre noir. Elle l'écouta raconter toute sa version de l'histoire sans interrompre son flux constant de paroles. Après tout, il avait fait des études de lettres et elle d'économie, et elle avait toujours admiré sa magnifique diction. Mais pour la première fois, elle remarqua qu'il avait des intonations pompeuses de poseur. Quand il eut terminé, elle déclara :

— Je n'en ai rien à battre que des filles de je ne sais quelle sororité soient venues te draguer. Sérieusement. J'en ai vraiment rien à foutre. Tu crois que je ne peux pas me taper qui je veux, moi aussi ? Connard. J'en ai ma claque. C'est fini. Alors maintenant mêle-toi de ton cul de péquenaud passé par Princeton et fous-moi la paix.

Jay haussa les sourcils. Il allait être plus difficile que prévu de se faire pardonner.

Casey fila vers la salle de bains. Dans le placard au-dessus du lavabo, tous ses produits étaient restés à leur place. Jay la suivit et s'assit sur le couvercle fermé des toilettes pour la regarder emporter son dentifrice blanchissant, son parfum et son fil dentaire goût cannelle. L'étagère du milieu était à présent vide.

Dans le mur en miroir de la salle de bains, il inspecta son nez. Il ne saignait plus.

Plaisantant à moitié, il marmonna :

— Je croyais que les chrétiens étaient censés pardonner leur prochain.

Devant son expression glaciale, il regretta aussitôt sa remarque.

— C'est pas ce que je voulais dire, je sais que tu es agnostique et… C'était juste une blague.

La fureur de Casey atteignait un niveau inédit.

— Pourquoi faut-il que les athées rebattent les oreilles aux chrétiens de leur soi-disant hypocrisie ? Pourquoi ne trouvez-vous pas vous-mêmes vos propres croyances à critiquer entre réfractaires ? Je n'ai jamais prétendu être un exemple de morale ni même une bonne chrétienne, Jay. Je ne me suis jamais comportée comme telle. Je suis juste allée au culte ce matin, putain. Personne n'est parfait, espèce d'enfoiré. C'est tout l'intérêt de cette absurdité du salut par la grâce divine. Je ne sais même pas si j'y crois. Ça te va comme réponse, gros malin ?

En cet instant, il était devenu le plus sinistre abruti sur Terre.

— Je ne te traitais pas d'hypocr…

Jay se reprit :

— Je n'ai pas réfléchi.

— Pas réfléchi avant quoi ? Avant de te taper deux autres filles, ou avant d'en appeler à Jésus pour que je te pardonne tes conneries ?

Casey se rendit dans la chambre et ouvrit les deux tiroirs supérieurs dans lesquels elle rangeait sa lingerie et ses vêtements. Elle fourra l'ensemble dans un sac-poubelle. Le dos raide, elle se concentra sur les chaussettes et les collants roulés en boule. Ses affaires lui avaient manqué.

Jay arriva derrière elle et l'enserra dans ses bras. Casey baissa la tête et inspira profondément. Paco Rabanne

– l'après-rasage qu'elle lui avait offert pour son anniversaire. Elle fit volte-face sans savoir si elle voulait le gifler ou s'en aller et ne plus jamais revoir sa tête – ses joues rebondies, ses iris couleur océan avec des éclats de noir et d'or, ses paupières légèrement tombantes. Elle pouvait imaginer son visage vieillir, la calvitie gagner du terrain, les poches sous les yeux qui seraient plus marquées, et même les poils blonds qui lui sortiraient des oreilles. Il finirait par ressembler à un de ses profs d'histoire de Princeton. À une époque, elle avait adoré ça chez lui. Ses traits lui étaient devenus si familiers au fil des ans – avec ses expressions qu'elle trouvait si attachantes, il était son amant et sa famille, à la fois un grand frère, un jeune oncle, un cousin, un mari.

Il l'embrassa sur la bouche et elle ne se défila pas.

À quatre heures trente du matin, elle descendit trois sacs-poubelle pleins dans le hall de l'immeuble et le portier lui héla un taxi. Casey lui donna un dollar pour le remercier, et en dépensa huit pour le trajet. Chez Ella, elle prit une douche, puis s'en alla aussitôt travailler. On était à nouveau lundi.

# 12

## LA PERTE

DOUGLAS SHIM N'ÉTAIT PAS DU GENRE À TARIR D'ÉLOGES. Il n'était pas non plus timide. Au Manhattan Eye, Ear & Throat Hospital, où il était chef du service de chirurgie ophtalmologique, le docteur Shim était connu pour ses plaisanteries, son ironie, et sa tendance à siffloter faux sans s'en rendre compte. Mais il y avait quelque chose chez Leah Han qui l'empêchait de lui avouer tout le bien qu'il pensait de sa voix.

Ce dimanche, Leah et son époux ne participaient pas à la délégation du comité de convivialité que présidait Douglas. Si le solo de Leah avait coïncidé avec un jour de visite organisée du comité, Douglas ne se serait pas privé de louer sa performance en présence de son mari. C'était une drôle de situation, que celle de veuf convoité lorsqu'il s'agissait d'engager la discussion avec des femmes mariées, surtout à l'église, et plus encore avec Leah.

L'office de veillée de Noël venait de se terminer et les fidèles descendaient au sous-sol de l'église pour siroter du café dans des gobelets en polystyrène et manger une fournée de donuts Entenmann's – en promo à la pâtisserie car approchant de la date de péremption. Leah se dirigeait vers la salle de la chorale pour se changer quand Douglas leva la main pour l'interpeller. À l'église, Leah Han était pour lui la diaconesse Cho – son titre au sein de la communauté protestante suivi, comme le voulait la tradition coréenne, de son nom de jeune fille. Elle s'arrêta et inclina légèrement la tête.

— Diaconesse Cho, la salua-t-il avec un sourire. *How Great Thou Art* est un hymne magnifique.

Il n'y avait qu'à l'église que Douglas pouvait parler sa langue maternelle, et ces quelques heures de coréen le dimanche lui rappelaient son formalisme, notamment dans la façon de s'adresser aux gens en fonction de l'âge et du genre, qui contrastait avec le détachement de l'anglais américain.

Leah cligna des yeux et rendit son sourire au docteur. Le doyen Shim avait un nez crochu et un menton triangulaire qui n'étaient pas considérés comme des traits harmonieux selon les critères de beauté coréens, mais ses manières élégantes et avenantes adoucissaient les angles de son visage. Son mari était d'une beauté plus classique, mais Leah aimait le sourire facile du docteur qui révélait un rang de dents blanches et parfaitement alignées – résultat mérité d'une vie à éviter le café et le tabac.

Douglas croisa les bras – posture qu'il prenait lorsqu'il établissait un diagnostic médical – pour lui avouer :

— Cette chanson était l'une des préférées de mon père. (Il se concentra sur la jolie diaconesse, baissant sa voix d'un air complice.) Mais avec vous, la mélodie importe peu. Vous êtes la seule soliste de talent véritable que nous ayons.

Leah eut un rire gêné, réprimant son plaisir coupable devant l'éloge. Les pommettes rouges, embarrassée par cette attention qui lui manquait tant, elle enfouit ses bras dans les manches amples de sa robe de choriste, serrant ses doigts autour de ses coudes nus. Elle inclina sa longue nuque délicate et le rose qui lui montait aux joues donna à ses traits un air plus jeune et plus vivant.

Douglas cherchait autre chose à dire pour la retenir plus longtemps. Il aimait la regarder de près. Des centaines de paroissiens circulaient dans la pièce, mais Douglas aurait voulu saisir cet instant de tête à tête avec elle. Depuis son banc, pendant la messe, il contemplait souvent ses mains aux longs doigts de pianiste. Toutes les marques physiques de son hésitation, sa nervosité apparente la rendaient très touchante à ses yeux. Elle était discrète, mais il percevait chez elle des émotions intenses. Et lorsqu'elle chantait, son cœur se serrait. Dans sa toge de choriste jaune avec ses deux bandes noires sur l'avant et les ourlets, elle avait des airs de papillon monarque – fébrile et s'agitant pour rester en vol. De si près, sa peau avait l'onctuosité et la couleur de la crème. Elle n'avait pas de rides et gardait une silhouette menue de jeune fille.

— Casey a dû vous en parler, dit Douglas.

Il allait amener la discussion sur le mariage d'Ella. Un sujet sans risque.

— Hmm ?

Leah leva les yeux vers lui d'un air surpris.

— Le mariage ? Est-ce que Casey… ?

Leah secoua la tête lentement, toujours sans rien dire. Comment lui avouer que six mois s'étaient écoulés sans qu'elle ait de nouvelles de sa propre fille ?

Devant sa confusion manifeste, il ajouta :

— Nous vous avons envoyé une invitation pour le mariage d'Ella. Je crois qu'elle les a postées jeudi, ou bien peut-être lundi ?

Il n'était pas doué avec les dates. Sa secrétaire gérait pour lui son planning dans les moindres détails si bien qu'il n'avait qu'à se présenter à l'heure et à l'endroit notés sans se soucier de la logistique du quotidien.

Leah parla enfin :

— Oh. Je l'ignorais. C'est une très bonne nouvelle pour Ella. Et pour vous. Vous devez être très heureux. Félicitations.

Douglas balaya ses politesses d'un revers de main.

— Non, vous pensez, c'est surtout aimable à votre fille d'aider Ella. Vous devez être fière d'elle. C'est une merveilleuse...

Leah fronça les sourcils, refusant le compliment aussi courtoisement que possible. Ce n'était pas de bon ton que d'approuver les flatteries d'autrui sur son enfant. Mais pourquoi disait-il toutes ces choses ?

— Son travail a l'air de lui plaire, continua Douglas.

— Vous l'avez vue récemment ? demanda Leah en tentant de paraître calme.

— Oui ! Elle ne vous a rien dit ?

Leah secoua la tête et pria pour que le doyen trouve normal qu'une fille puisse oublier d'annoncer ce genre de nouvelles à sa mère.

— J'ai dîné avec Casey et Ella cette semaine. Mardi, je crois ? C'était après notre visite de la salle de réception. Ted... mon futur beau-fils...

Leah hocha la tête pour l'encourager à poursuivre.

— Il travaille avec Casey. Chez Kearn Davis.

Elle avait entendu parler de cette entreprise.

— Je ne crois pas qu'ils travaillent véritablement ensemble, mais ils sont dans le même bâtiment.

— Comment ?

Comment était-ce possible ?

— Ted a aidé Casey à obtenir un entretien. Elle ne vous l'a pas dit ?

Douglas parvint à maîtriser sa surprise pour ne pas avoir l'air de la juger.

Leah baissa les yeux et feignit d'avoir oublié – pour endosser la responsabilité de n'avoir rien dit plus tôt. Il était dans sa nature de porter le fardeau de la culpabilité.

— C'est si généreux de la part de votre fille, d'avoir demandé à son fiancé d'aider Casey. C'était si gentil. Merci d'avoir aidé ma fille.

De toutes ces années depuis qu'elle connaissait le docteur, c'était leur plus longue conversation.

— Ne me remerciez pas, je n'ai rien fait. Et connaissant Ted...

Douglas s'interrompit pour chercher les termes adaptés au futur époux de sa fille.

— Je ne crois pas qu'il lui aurait obtenu un entretien à moins qu'elle ne soit plus que qualifiée pour le poste.

Le docteur n'aimait pas son futur gendre, constata Leah.

— Vous n'avez pas froid ? lui demanda-t-il.

Leah libéra ses mains, comme une enfant prise sur le fait. Elle était déroutée par ces nouvelles. Casey avait appelé sa sœur plusieurs fois pour dire qu'elle allait bien. Sous la pression, Tina avait concédé d'une voix pleine de ressentiment : « Casey est grande. Elle sait se débrouiller toute seule. »

Douglas profita du silence de la diaconesse pour l'observer comme une patiente en première consultation. On en apprenait bien plus long sur les gens avec leur gestuelle qu'avec leurs mots. C'était la base du contact avec les patients. Il était important de s'en souvenir, car tous mentent. Presque toujours parce qu'ils ont honte. Il faut donc observer le visage, les yeux, le moindre frémissement de paupière. Les mains et la bouche révèlent des choses, elles aussi. C'est le diagnostic qui est en jeu, et par conséquent, la santé du patient. Le visage de Leah semblait calme, mais ses yeux sombres exprimaient une anxiété immense. Elle ignorait que sa propre fille était la demoiselle d'honneur d'Ella. Comment était-ce possible ? se demanda-t-il.

— Casey vous a montré sa robe ? s'enquit Douglas en la regardant attentivement.

Leah fit non de la tête et se sentit encore plus mal, sans savoir pourquoi.

— Elle est très jolie. C'est Ella qui a sélectionné le modèle. Casey a choisi la couleur. La même que celle des kakis.

Leah voyait bien Casey dans une robe orange flamboyant.

Encouragé par son sourire, il poursuivit :

— Dans le jardin de la maison de mon père, il y avait un verger de très vieux plaqueminiers. Ils donnaient beaucoup de fruits. Délicieux. Je m'en souviens encore.

Il ferma les yeux, et en eut l'eau à la bouche.

— À la fin de la saison, la cuisinière faisait sécher les kakis pour en faire cette boisson… à la cannelle, très froide. Ma mère en raffolait.

Elle voyait très bien de quelle boisson il parlait. Cela faisait une éternité qu'elle n'y avait pas goûté.

— Vous aimez les kakis ?

— Oui. Les tout petits et plats.

Les yeux de Leah se remplirent de larmes et elle battit des cils pour les retenir.

Il acquiesça avec empathie, attribuant son émotion au souvenir de leur pays natal. C'était un des grands pouvoirs de la nourriture, songea-t-il. Il trouva du réconfort dans leur goût commun pour le même fruit. Mais ça ne voulait rien dire, se reprit-il. Il était ridicule d'accorder tant d'importance à ce détail. Douglas avait très envie de la toucher. Si elle avait été une patiente, il aurait pu au moins poser ses mains sur son visage.

— Vous savez, depuis toute petite, Ella a toujours admiré votre fille. Elle est tellement heureuse de l'avoir pour demoiselle d'honneur. Vous n'imaginez pas à quel point.

Leah tenta d'avoir l'air ravie. Elle appréciait le doyen Shim et se sentait en sécurité en sa présence, mais soudain, elle eut envie de partir en courant. Rien de tout cela n'était sa faute à lui. Il n'était que le père d'une jeune femme sur le point de se marier. Il avait toutes les raisons d'être heureux.

Leah s'inclina.

— Excusez-moi... Mon mari m'attend.

Elle s'inclina à nouveau.

— Oui, oui. Bien sûr. Au revoir, alors.

Douglas se sentit bête. Leah était diaconesse. Elle était mariée. Il secoua la tête comme pour s'ébrouer de ses sentiments. Pourquoi ne ressentait-il jamais rien de tel – cette étrange sensation qui le remuait – à l'égard de toutes ces célibataires qu'on lui présentait sans cesse ? Il s'en alla vers le vestiaire pour récupérer son pardessus et son cache-nez.

Deux semaines plus tard, Leah mentit à son mari en prétextant un rendez-vous au salon de coiffure. Dix jours étaient passés depuis qu'elle avait reçu l'invitation au mariage d'Ella, mais c'était le temps qu'il lui avait fallu pour se concocter un alibi. Elle se rendit à pied à l'adresse indiquée sur l'enveloppe, devinant que c'était là qu'habitait Ella. En chemin, elle acheta un grand bouquet de chrysanthèmes blancs mêlés de branches de baies rouge vif.

Un portier en uniforme attendait devant l'immeuble d'Ella, et dans le hall d'entrée, un homme en costume-cravate était posté derrière le comptoir du concierge. Il invita Leah à patienter du côté des fauteuils modernes en cuir, et elle s'assit – trop apeurée pour toucher aux magazines à disposition sur la table basse en verre. Ses épaules ployaient sous l'appréhension ; l'invitation au mariage et les fleurs étaient posées sur ses genoux. Dans l'espace entre les fauteuils, elle rangea son sac à main, un des premiers cadeaux de son mari. Ils se promenaient dans le marché de Myeongdong à Séoul, quand un vendeur de sacs les avait hélés. Joseph lui avait dit de choisir son préféré. Toute sa vie, elle n'avait jusqu'alors transporté que des cabas de corde et de toile cirée. Après avoir contemplé l'étal, elle avait jeté son dévolu sur un sac en cuir – carré, sans fioritures, et bon marché. Joseph l'avait inspecté puis l'avait reposé sur son crochet, et Leah avait eu honte de son choix si onéreux. Mais à sa grande surprise, il avait demandé au vendeur d'en décrocher un autre – similaire en style, dans la gamme la plus chère. Elle avait protesté, elle ne pouvait décemment pas accepter. Personne ne lui avait jamais rien offert avant. Quand elle l'avait rapporté à la maison, ses frères l'avaient taquinée pendant des jours parce qu'elle refusait de laisser le fond du sac entrer en contact avec le sol. Le sac, qui avait maintenant plus de vingt ans, remplissait encore son usage, si bien qu'elle ne pouvait le jeter ni en acheter un nouveau. Sa taille était parfaite pour contenir sa Bible et son livre de cantiques, ainsi que ses partitions et les journaux de Joseph. Mais dans le hall d'entrée immaculé de cet immeuble luxueux d'Upper East Side, le sac tenait davantage de la mallette miteuse que du sac à main d'une dame. Leah le récupéra par terre, regrettant sa négligence à l'égard d'un objet fidèle depuis si longtemps ; puis elle le posa à côté d'elle sur le fauteuil et le couvrit de son écharpe en laine.

Le concierge l'appela :

— Madame, miss Shim vous invite à monter. Elle est au douzième. Appartement 12 G.

Quand les portes de l'ascenseur s'ouvrirent, Ella se tenait déjà devant son appartement. En la voyant, la jeune femme s'inclina profondément jusqu'à la taille, comme elle avait l'habitude de le faire pour les invités de son père. Dans un coréen impeccable, elle pria la diaconesse Cho d'entrer, accepta les fleurs et l'en remercia.

Leah passa précipitamment le seuil et s'assit tout au bord d'une ottomane. Immédiatement, elle sortit la Bible de son sac. Sans même ôter son manteau et ses gants, elle inclina la tête pour prier. Ses lèvres bougeaient, mais aucun son ne les franchissait. Elle remercia Dieu d'être arrivée à bon port et pria pour obtenir des nouvelles de sa fille.

La mère de Casey reproduisait un rituel que d'autres avaient déjà observé chez le docteur Shim. Ella avait l'habitude de ces témoignages de dévotion ; c'était aussi naturel pour elle que d'ôter ses chaussures en entrant dans une maison ou de faire flotter des pignons de pin dans l'infusion de ginseng de son père après y avoir ajouté deux cuillerées à café de miel. Depuis le canapé bleu et blanc, elle attendit que la diaconesse Cho lui fasse part de la raison de sa venue.

Leah ouvrit les yeux. Le séjour était impeccable et lumineux : le tissu qui tapissait les meubles semblait neuf, et une collection d'arbres de jade de tailles variées dans des pots en céramique décorait le vaste rebord de fenêtre. On devinait une grande cuisine à travers le passe-plat. Sur le plan de travail en marbre blanc était installé du petit électroménager que Leah avait vu dans les prospectus de la sélection cuisine de chez Macy's. Des planches à découper de formats différents étaient soigneusement calées contre la crédence en carrelage couleur vert thé, un bloc en noyer servait de support à plusieurs couteaux à manche noir assortis, et une rangée de livres de cuisine était disposée sur une étagère au mur. Leah, qui n'avait jamais éprouvé l'envie d'acheter ni d'accumuler les biens, ressentit une pointe de jalousie, mais pas pour elle. Elle regrettait de ne jamais pouvoir offrir de si jolies choses à ses filles, qui ne les méritaient pas moins qu'Ella.

Leah se souvint alors que cette enfant n'avait pas de mère.

— Je regrette de t'importuner. Est-elle ici ?

— Non.

Leah se couvrit le visage de ses mains.

— Je suis désolée, ajouta Ella avant de se mordre la lèvre.

— Dans ce cas, peux-tu me dire où se trouve ma fille ? Cela fait six mois que je ne l'ai pas vue.

Ella secoua la tête à nouveau. Casey n'aurait pas voulu qu'elle lui dise. Même sa sœur n'y était pas autorisée. Elle baissa les yeux sur ses pieds.

Le père de Casey l'avait frappée et l'avait mise à la porte. Son amie n'était pas entrée dans les détails, mais Ella n'avait jamais songé qu'il puisse y avoir une raison acceptable à cela, ou que ses parents puissent regretter et souhaiter son retour, et puisque Ella avait grandi sans mère, elle avait oublié l'existence de la diaconesse Cho. Casey ne la mentionnait jamais. Ella n'avait pas imaginé la douleur de Leah. C'est alors qu'elle prit conscience qu'elle-même n'avait pas de mère qui partirait à sa recherche ainsi. Elle fut surprise de l'amertume que lui laissait cette inégalité.

Un long silence s'installa dans le grand appartement où se déversait le soleil. Devant le refus de la jeune fille de lui dire où se trouvait sa fille, c'était par Dieu Lui-même que Leah se sentait rejetée. Non loin, sa fille se cachait d'elle. Casey se portait bien, à sa connaissance, mais cette information rendait son mutisme plus douloureux encore. Sa propre enfant ne voulait pas d'elle. À la naissance de Casey, Leah se souvenait d'avoir posé les yeux sur le petit visage humide et rouge en songeant qu'elle serait capable de mourir pour elle. Cet attachement féroce de la maternité lui avait fait peur. L'amour qu'elle éprouvait pour son mari ne pourrait jamais rivaliser avec celui qu'elle ressentait pour ses enfants. Mais comment une jeune fille aussi privilégiée qu'Ella aurait-elle pu comprendre la force de cet amour ? Ella n'avait pas de mère et elle n'avait pas d'enfant. Sa compassion et sa gentillesse manifestes ne pouvaient pas remplacer l'expérience du vécu, n'est-ce pas ? Leah réprima ses sanglots – elle avait honte de pleurer alors qu'une mère est censée rester maîtresse d'elle-même et déterminée face aux épreuves de la vie. Mais aux yeux de Leah, la vie était terrifiante et accablante – chaque tournant recelait un plus grand danger. Il n'était pas possible de prévoir ou d'être en sécurité, la vie ne vous accordait jamais de répit.

Les chrysanthèmes et les baies rouges attendaient sur la table basse, sans que personne ne pense à les mettre dans un vase. Ella fit glisser une boîte de mouchoirs vers la mère de Casey.

— Pourquoi ? demanda Leah. Pourquoi ne m'appelle-t-elle pas ?

Ella ne savait pas quoi lui répondre.

— Et pourquoi Tina et toi refusez de me dire où elle est ? Y a-t-il autre chose qu'elle me cache ? Je suis sa mère. J'ai le droit de savoir.

À présent, Leah pleurait et criait. Son humiliation était insupportable.

— Tu comprends ce que ça signifie ? Je suis sa mère.

Comment était-elle censée comprendre, elle qui n'avait même pas de mère ? Enfant, elle observait Casey et Leah, le dimanche, pendant l'heure du café qui suivait la messe. Ted lui avait appris que toute personne peut être classée dans une catégorie du test de personnalité MBTI : Casey était une extravertie confirmée et Leah une introvertie. La sœur cadette de Casey avait hérité du joli visage de Leah. Mais Casey et sa mère pleuraient de la même façon – comme mues par un chagrin élégiaque.

Y avait-il quelqu'un pour voir un lien entre elle-même et sa mère ? se demanda Ella. Son père ne parlait plus d'elle depuis longtemps. À huit ans, quand elle avait découvert la mythologie grecque, Ella avait voulu croire qu'à l'instar d'Athéna, elle était née du crâne de son père, mais ce n'était que la pensée magique d'une enfant. En présence de Leah, Ella ressentit la perte de sa mère plus profondément qu'elle ne l'aurait cru possible.

Leah prit un mouchoir, essuya ses larmes et se moucha bruyamment. Elle s'efforça de faire bonne figure avec un sourire. Rien de tout cela n'était la faute d'Ella, elle ne faisait que se montrer loyale envers son amie. D'une certaine manière, c'était admirable.

— Tu accepterais de remettre quelque chose à Casey pour moi ?

— Bien sûr.

Ella voulait se rendre utile, dans la mesure du possible.

Leah ouvrit sa Bible en plein milieu. Elle y avait glissé une épaisse enveloppe blanche où était imprimée dans un coin l'adresse du pressing. Tous les mois, avec ses onze copines de la chorale de l'Église, Leah mettait deux cents dollars dans le pot commun du *geh*. Tous les mois, le bocal revenait à l'une d'entre elles. Le mois dernier, ça avait enfin été son tour. Leah avait rangé l'intégralité des deux mille quatre cents dollars dans une enveloppe pour Casey. Elle la fit glisser vers Ella.

— Tiens. Tu voudras bien lui remettre ceci ? Dis-lui d'appeler sa maman. Quand elle pourra…

La voix de Leah s'éteignit à nouveau.

Ella tenta de retenir ses larmes.

— Ton père m'a dit que tu vas te marier avec… Ted. Un gentil garçon qui a aidé Casey à trouver du travail.

Ella hocha la tête, fière de l'acte de générosité de Ted, ne l'ayant elle-même jamais cru aussi égoïste que le percevaient les autres.

— J'espère que tu seras heureuse. Avec Ted. Dans votre vie à deux.

Leah sourit. Une si jolie fille, songea-t-elle, sans aucun doute la plus jolie de la paroisse, et si distinguée. Elle avait les manières d'une jeune fille élevée dans la plus respectable des familles – cela se voyait à sa façon de marcher, de parler, de regarder les autres. Ce n'était pas la richesse qui faisait de vous quelqu'un de respectable, pensa Leah, qui avait rencontré trop d'exemples lui démontrant le contraire. Mais de temps en temps, preuve était qu'il existait une éducation exemplaire. Tout, chez Ella, révélait qu'elle appartenait à une famille de *yangban.* Mais même dans ce magnifique appartement avec ses meubles onéreux, et malgré tout ce luxe matériel, Leah sentait la solitude de cette enfant. Son cœur se serra à cette pensée.

Leah sourit, et cette fois parla dans son anglais au vocabulaire limité.

— Tu es une bonne fille pour ton père. Ella, essaie d'être heureuse. Avec toute ta fortune… (Leah secoua la tête. Le mot fortune n'avait pas le sens qu'elle voulait lui donner en coréen.) Tu as une vie bénie.

Ella lui sourit. On le lui avait répété tant de fois – le mot que cherchait la mère de Casey était l'équivalent du coréen *bok,* un mélange de chance et de bénédiction –, et il ne lui était jamais venu à l'esprit de répondre à ça qu'elle aurait presque tout sacrifié pour qu'on lui rende sa mère. Personne ne voulait voir que quelque chose lui manquait peut-être à elle aussi. Si Ella décidait de fuguer, elle n'avait pas de mère pour venir la chercher.

Ella effleura l'enveloppe blanche, puis la plaça près de la boîte de mouchoirs.

— Casey travaille dans le quartier de Midtown. Vous le savez déjà.

Elle sonda Leah, s'assurant qu'elle n'était pas à l'origine de cette révélation.

— Ton père m'a dit qu'elle travaillait avec Ted. Chez Kearn Davis. Pas loin de moi. Au pressing. J'ai un client de là-bas, enchaîna Leah en se souvenant de Mr Perell, un homme important dans cette entreprise, qui exigeait que l'on lave ses chemises à la main et se fâchait furieusement si les cols arrivaient écrasés par la livraison.

— Vous aimeriez lui rendre visite au bureau ? proposa Ella en réalisant aussitôt l'absurdité de sa question.

Il lui était quasiment impossible d'imaginer Leah, cette minuscule et réservée Coréenne, dans l'immense hall en marbre de la banque d'investissement. Même dans son séjour, la mère de Casey semblait débarquer d'un autre univers et d'une autre époque.

— En semaine, je..., balbutia Leah. Mon mari ne sait pas que je suis ici. Il pense que je suis au salon de coiffure. Le samedi matin, il se débrouille sans moi au pressing pendant quelques heures, pour que je puisse faire des courses, expliqua-t-elle précipitamment en coréen.

Une jeune Américaine comme Ella ne pouvait pas comprendre les détails qui façonnaient son quotidien : trier les chemises sales, repriser les boutons manquants, coudre des ourlets aux jeans de créateurs pour des adolescentes qu'elle devait vouvoyer ; trouver le meilleur morceau de viande en promotion chez Key Food pour le dîner, récurer les toilettes le samedi soir, préparer le repas de son mari à heure fixe et s'assurer qu'il y avait toujours assez de bière et de whisky pour lui à la maison ; et surtout, la liste de tous ces lieux qui lui étaient implicitement interdits.

Leah avait l'air perdue. Ella se sentit terriblement mal.

— Elle s'est installée chez quelqu'un, avoua Ella. À trois rues d'ici.

Presque inconsciente de ses mouvements, elle se leva du canapé et récupéra le bloc-notes et le crayon à papier qu'elle gardait près du téléphone. Elle y inscrivit rapidement l'adresse.

Casey serait à l'appartement à cette heure-ci. On était le premier samedi de janvier, et il n'était que neuf heures du matin. Jay dormirait probablement et Casey serait en train de fumer des Marlboro Light dans le séjour en lisant le journal ou un roman. Elle en serait à sa deuxième tasse de café, fidèle à ses habitudes du week-end.

Leah regarda fixement Ella, sans savoir s'il s'agissait d'une sorte de test. Elle n'arrivait pas à parler. Elle récupéra la petite feuille et l'enveloppe et les coinça dans sa Bible.

Quand Leah quitta l'appartement, il ne resta de sa visite que le bouquet de baies rouges et de fleurs blanches dont les fins pétales incurvés reposaient sur la table basse, encore emballé. Ella alla chercher un vase et de l'eau.

## 13

# LA RECONNAISSANCE

Casey s'était levée à cinq heures du matin ce samedi, par habitude. Jay et elle vivaient ensemble, et elle ne voyait guère de différence avec l'époque où elle passait les week-ends chez lui quand elle était encore à la fac. Elle avait plus ou moins accepté de l'épouser ; ce quotidien était un entraînement. Jay dormait tard, elle en avait profité pour expédier sa lecture biblique et la sélection de son verset du jour. Une cigarette pendue à ses lèvres, elle s'escrimait, pour la troisième fois, à coudre un béret froncé.

— Merde, marmonna-t-elle quand son fil s'emmêla.

Une fois encore, elle avait oublié de le passer sur sa langue dans toute sa longueur, comme sa professeure le lui avait conseillé. Puisque Jay n'était jamais à la maison, que sa journée de travail se terminait à dix-huit heures et qu'elle avait le week-end libre, Casey avait enfin le luxe de pouvoir s'adonner à un loisir : elle apprenait à confectionner des chapeaux. Ses premiers ateliers de modélisme au Fashion Institute of Technology de New York, pris deux étés plus tôt, n'avaient pas été une partie de plaisir, notamment parce que les cours étaient bien plus exigeants que tous ceux qu'elle avait suivis à Princeton, et parce que ses efforts ne payaient pas vraiment. La confection de vêtements était ardue, sans compter qu'elle avait été rapidement distancée par ses pairs, nombre d'entre elles étant habituées à coudre depuis toutes petites. Leah, femme d'intérieur astucieuse et couturière de talent, avait toujours refusé que Casey et Tina apprennent à cuisiner, coudre ou faire le ménage. Or, toutes les bonnes notes du monde en lettres et en mathématiques n'avaient presque aucune valeur lorsqu'il s'agissait d'établir un patron de jupe précis. Au bout de quelques retours médiocres, Casey avait décidé d'acheter ses vêtements plutôt que de les fabriquer.

Mais la chapellerie, c'était différent. Concevoir des chapeaux n'était pas moins difficile que suivre les cours de modélisme niveaux I et II ; d'ailleurs, la majorité de ses camarades de classe avaient des compétences techniques qui dépassaient les siennes. Néanmoins, Casey saisissait d'instinct l'esthétique des chapeaux et les raisons qui poussaient les femmes à vouloir les porter. Elle avait l'intention de valider les quatre niveaux et d'obtenir une certification. Les cours du soir collaient très bien avec son planning, et les étudiantes qui partageaient sa table d'atelier étaient hilarantes. Après ces quelques mois en salle des marchés chez Kearn Davis, Casey s'était trouvée épuisée par l'atmosphère macho qui y régnait. C'était donc un soulagement que de passer du temps avec des femmes qui n'avaient pas pour objectif principal de mesurer qui avait la plus grande.

En tant qu'étudiante en chapellerie, Casey avait un niveau médiocre. Ses points réalisés à la main étaient inégaux, ceux à la machine étaient de travers, et ses premières tentatives de passepoil au pied ganseur s'étaient révélées désastreuses. La semaine précédente, la machine à coudre avait avalé deux bases de capeline en castorine à trente dollars. Une blague récurrente entre ses camarades de table – Polly, Susan et Roni, respectivement policière, comptable et fromagère artisanale – était de lui demander : « Mais alors, qu'est-ce qu'on t'apprend à Princeton ? », avec une emphase sur *Princeton.* Deux d'entre elles avaient fait leurs études dans des petits IUT locaux, et Roni était passée par l'université peu cotée de Binghamton. En compagnie de ces pétulantes femmes, Casey se sentait moins seule, car si Virginia lui écrivait des lettres toutes les semaines, son séjour en Italie n'avait pas de fin annoncée. Ella et Ted étaient de plus en plus inséparables ; quant à Tina, elle était en école de médecine et accaparée par sa vie sexuelle avec Chul.

En son for intérieur, Casey trouvait merveilleux de voir un carré plat de tissu se transformer en casquette de base-ball, ou une chute de feutrine devenir une rosette. Le fait qu'elle rencontre des difficultés en chapellerie – comparé à son aisance lorsqu'il s'agissait de rédiger des dissertations, de passer des concours, de vendre des épingles à cheveux, d'effectuer des réservations d'hôtel pour des brokers, de programmer des réunions commerciales – la rendait plus humble, mais ce n'était pas une mauvaise chose. Frieda, sa professeure, avait marmonné à contrecœur que si ses compétences en confection valaient un C+, en stylisme elle pouvait prétendre à un B+. Pour fêter ce presque compliment, Casey avait invité ses nouvelles amies à boire un verre après les cours ce soir-là.

Pendant quatre ans, Casey avait vendu chez Sabine's des chapeaux dont les prix variaient entre cinquante dollars et mille deux cents dollars pour le plus cher (l'habilleuse d'Elizabeth Taylor lui avait acheté ce modèle pour les courses hippiques d'Ascot). Ces prix la scandalisaient à l'époque, mais à présent, après avoir passé douze heures à coudre à la main une modeste toque de cuisinier en denim – dont plusieurs à découdre tous les points de piqûre inégaux pour les recommencer –, Casey se demandait comment quiconque pouvait gagner de l'argent avec ce métier. Dès le premier cours, Frieda avait prévenu l'assemblée d'apprentis chapeliers que la confection de chapeau n'était pas un secteur florissant – ses beaux jours étaient loin derrière lui ; aux États-Unis, seules les excentriques et les femmes des communautés religieuses les plus conservatrices en portaient encore.

Le téléphone sonna et Casey décrocha aussitôt pour ne pas réveiller Jay.

C'était Ella.

— Tu as fait quoi ? s'écria Casey. Sérieusement ? Putain !

Ella se répandit en excuses, mais là n'était pas la question. Casey alla tirer Jay de son sommeil. Il protesta, se frotta les yeux d'une main et chercha ses lunettes à tâtons de l'autre sur la table de chevet. Les chiffres verts du radio-réveil affichaient 9 h 15 – c'était son premier jour de repos depuis des mois.

— Ma mère arrive. Est-ce que tu pourrais rester dans la chambre tant qu'elle ne sera pas partie ?

Elle s'assit sur le rebord du lit, l'air paniqué.

Jay sortit le cou de sous l'édredon comme une tortue de sa coquille.

— Bébé… je ne vais pas me planquer dans mon propre appartement.

— Comme tu voudras.

Casey plaqua une main sur sa bouche. Si elle attendait dans le hall de l'immeuble en faisait mine d'être sur le point de sortir, elle pouvait encore intercepter sa mère et l'emmener discuter dans un café sur la Deuxième Avenue. Même si, naturellement, sa mère ne manquerait pas de se demander pourquoi elle ne l'invitait pas chez elle.

Jay observa l'expression angoissée de Casey. Il avait beaucoup de peine pour elle.

— Qu'est-ce que tu voudrais que je fasse ? Que je me cache dans le placard ? Sur l'escalier de la sortie de secours ? Il gèle dehors !

Il enfouit son visage dans l'oreiller, puis releva la tête.

— Bon sang, Casey, grandis un peu. Tu viens d'avoir vingt-trois ans. Combien de temps tu comptes encore mentir à mon sujet ?

Casey ne répondit rien, incapable d'exprimer la douleur qu'elle ressentait. Ses lèvres blanchirent de trop serrer les dents. Comment aurait-il pu comprendre ce que la visite de sa mère ici signifiait pour elle ? Soudain, elle le détesta d'être si américain, et se détesta elle-même de l'être si peu en sa compagnie. Elle haïssait ses idéaux d'individualisme farouche, d'autodétermination – cette idée vaine que la vie était ce qu'on choisissait d'en faire – comme si on pouvait la remplir comme un kit de peinture par numéro. Seule la personne la plus égoïste au monde pouvait vivre ainsi. Casey était égoïste, elle le savait, mais elle n'avait aucune volonté de blesser qui que ce soit. Si ses choix déviants s'avéraient néfastes, elle assumerait d'en avoir couru le risque, mais elle ne pouvait pas se résoudre à décevoir encore et encore ses parents. Or elle n'avait fait que ça, d'après eux. Car Casey était également américaine – elle avait une forte aspiration au bonheur et à l'amour, ce qu'elle n'avait jamais considéré comme des élans présents dans la culture coréenne.

Elle alla chercher son manteau. Finalement, Jay se leva d'un bond pour enfiler un T-shirt blanc et un bas de jogging. Il lui fallait du café.

— Dix minutes. J'accepte de rester hors de vue dans la cuisine pendant dix minutes. Ensuite j'exige des présentations en bonne et due forme, déclara-t-il. Je fais ça parce que je t'aime.

— Merci, dit Casey, reconnaissante pour ce compromis.

La sonnette retentit et elle se précipita sur l'interphone. La voix chantante de sa mère lui parvint, hachée par les bourrasques qui soufflaient dans la rue.

— C'est *Umma*, dit Leah.

Casey appuya sur le bouton pour la laisser monter.

Quand elle lui ouvrit la porte de l'appartement, Casey trouva difficile d'accepter la réalité de la présence de sa mère dans l'étroite entrée. Elle portait le manteau en laine bleu marine à trois boutons qu'elle avait confectionné l'hiver dernier quand Tina et Casey étaient rentrées pour les vacances de Noël. Le jour où Leah avait déniché le patron dans un numéro de *Vogue Patterns*, elle avait proposé aux filles de leur coudre le même. Comme toujours, Casey avait refusé, et Leah n'en avait donc réalisé qu'un seul pour Tina dans une laine noire résistante.

Leah sembla désorientée devant le séjour. Casey lut la désapprobation sur son visage. À ses yeux, le canapé en cuir passait pour du vinyle, la table basse chinée et peinte à la main trahissait son prix de quinze dollars, et la nouvelle moquette installée par le propriétaire peluchait trop. Rien de tout cela n'avait jamais dérangé Casey. Mais sa mère revenait de chez Ella – avec son mobilier en bois de cerisier de chez Ethan Allen et ses tissus d'ameublement dans des gammes de bleu et crème.

Emmitouflée dans son manteau, les joues rougies par le froid, Leah étudiait l'appartement d'un œil vif, tâchant d'en apprendre plus sur sa propre fille. Ses mains agrippées à son sac trahissaient son inquiétude.

— Tu ne veux pas t'asseoir ? proposa Casey d'une voix douce et hésitante.

Leah ne bougea pas.

— Je ne savais pas où tu étais.

Ses yeux sombres montraient l'étendue de sa blessure. Aussi loin que Casey s'en souvienne, sa mère avait toujours été terrifiée par la perspective des voyages et de pénétrer dans des endroits inconnus.

— Ça fait combien de temps que tu es ici ? demanda Leah.

L'appartement ne ressemblait pas à sa fille. L'espace semblait stérile, comme des bureaux. Du café était en préparation dans la cuisine ; la machine crachait bruyamment. Il y avait un ouvrage de couture et du coton bleu sur la table en bois près de la fenêtre. Qui cousait ici ? s'interrogea-t-elle.

— Pourquoi tu n'es pas revenue à la maison ?

— Papa a dit qu'il ne voulait pas de moi sous son toit.

Elle était trop grande pour les « Papa a dit », mais il était trop tard pour l'appeler autrement.

— Il suffisait de t'excuser. Pourquoi tu ne l'as pas fait ? Est-ce que tu te rends compte comme ton père travaille dur ? Tout ce qu'il a sacrifié pour vous ?

Leah secoua la tête vivement, contrariée par l'obstination de sa fille.

De son côté, Casey pouvait presque entendre la respiration régulière de Jay dans la cuisine.

Leah se pencha sur son sac. Elle en sortit sa Bible, et récupéra une enveloppe blanche. Sous l'effet de la précipitation et du choc, elle avait oublié de prier en arrivant à l'appartement de Casey. Elle avait négligé de rendre gloire à Dieu alors que c'était Lui qui l'avait menée jusqu'ici. Et elle se sentait terriblement mal d'avoir menti à son mari. Leah fut saisie d'une envie de s'enfuir et de retourner vite au pressing.

— Tiens, dit-elle en remettant avec empressement l'enveloppe à Casey sans la regarder dans les yeux.

Casey contempla fixement le pli épais.

— Non. Ce n'est pas la peine. J'ai un travail. Je m'en sors.

Leah tourna les talons. Casey aurait voulu l'en empêcher, poser la main sur son bras. Elle s'étonna de ce désir si grand du contact avec sa mère. Plus il s'amplifiait, plus Casey se retenait, parce que ce besoin lui paraissait dangereux, comme si une seule caresse aurait pu la brûler vive. Sa mère était venue lui donner de l'argent (qu'aurait-il pu y avoir d'autre dans cette enveloppe à part des liasses bien nettes de billets de vingt soigneusement économisés par des immigrées ?) alors que Tina avait besoin de cet argent pour ces études, et qu'il fallait penser à la retraite de leur père.

— *Umma* va partir... *Ahpa ga...*

Leah s'interrompit.

Casey comprit. Son père n'était pas au courant pour la visite.

— Et lui, il s'en sort ?

Leah acquiesça. *Ahpa s'en sort. Tu lui as brisé le cœur. Il a fait une croix sur toi, et maintenant c'est à toi de lutter pour regagner son amour. Ne sais-tu pas,* songea Leah, *qu'on ne peut pas vivre sans la bénédiction de son père ?* Dans la Genèse, Rebecca aide Jacob, son fils préféré, à usurper la bénédiction que doit recevoir l'aîné Ésaü de leur père. Rebecca a tort d'avoir recours à la ruse, mais elle a compris quelque chose d'essentiel au sujet des difficultés de la vie et de la protection que représente la bénédiction paternelle.

*C'est toi, ma préférée,* aurait aimé lui avouer Leah. Mais elle se contenta de refermer soigneusement sa Bible. Le jour où elle avait quitté la Corée, son père avait pris un bus depuis leur ville de province lointaine pour rejoindre l'aéroport de Gimpo et lui apporter cette Bible. Dans le terminal bondé, ils étaient restés assis côte à côte, les genoux se touchant sur les sièges creux, et il avait pris sa main entre les siennes. Il avait prié pour elle. Une fois installée dans l'avion à côté de ses filles, Leah avait dénoué le tissu bleu foncé qui emballait le paquet. La reliure en cuir brun du livre lui évoquait la peau tannée de son père – ridée et tachetée comme l'écorce d'un arbre. Plus tard cette année-là, il était mort subitement, et Leah avait pensé qu'il était contre nature pour un enfant de vivre si loin des siens.

Un bruit de vaisselle retentit dans la cuisine.

— *Uh-muh*, s'exclama Leah de surprise.

Casey, elle, n'avait pas sursauté. Quelques secondes plus tard, un jeune Américain émergea de la cuisine et se dirigea vers elle, vêtu d'un bas de jogging gris, souriant, les cheveux en bataille, les yeux encore ensommeillés. Il tendit la main pour la saluer, et Leah ne sut que faire.

Casey avait sincèrement l'intention de venir le chercher. Mais il n'avait pas pu attendre plus longtemps. Sa mère semblait sonnée par cette apparition soudaine.

Leah se tourna vers Casey dans l'espoir que celle-ci la rassure, lui fournisse une explication. Mais Casey paraissait plus agacée que surprise. Alors Leah comprit que sa fille devait habiter avec cet Américain. Sa fille, qui était allée à l'université mais n'avait jamais eu d'argent, avait besoin d'un colocataire, c'était évident. Cet appartement n'était pas luxueux comme celui d'Ella, mais le loyer devait s'élever au moins à mille cinq cents dollars. Ses clients au pressing se plaignaient toujours des loyers à Manhattan. Cet homme devait prendre Casey pour une sorte de prostituée. Y avait-il plus d'une chambre ? Leah resserra le col de son manteau et tenta de paraître moins perturbée qu'elle ne l'était.

— Voici Jay. Jay Currie, dit Casey.

Sa mère n'avait pas besoin de parler. Casey pouvait lire ses pensées.

— Jay est mon fiancé. Nous allons nous marier. J'avais l'intention de…

Leah hocha farouchement la tête, demeurant incapable de serrer la main tendue de cet homme. Elle voulut faire demi-tour, mais ses épaules s'étaient figées, et elle dut intimer à ses pieds l'ordre du départ.

— *Umma*, tu devrais rester prendre le café. Avec nous. Non ?

Leah se tourna vers la porte. Casey regarda fixement le dos de sa mère, devinant ses longues omoplates sous son manteau.

— Je ne comprends pas. Peut-être que ta *umma* n'est pas très intelligente, mais… pourquoi ? Je n'ai pas élevé mes filles pour qu'elles…

— Pour qu'elles quoi ? Couchent avec des Blancs ?

— Non. Je n'ai pas élevé mes filles pour qu'elles me mentent.

Leah fit volte-face vers elle et Casey se sentit démunie.

Jay se frotta la nuque de la main gauche. La mère de Casey avait des cheveux grisonnants et un joli visage enfantin. Elle parlait en coréen avec une dignité douce, et même s'il ne comprenait pas les mots, il percevait sa contrariété. Il se sentit bête d'avoir forcé cette rencontre. Mais le refus de Casey de le présenter devenait insultant. Tous les parents de ses amis l'adoraient. « Charmant » était le mot qu'ils utilisaient à l'unanimité pour le décrire. Jay aimait Casey. Elle avait accepté de l'épouser. Casey était curieuse, audacieuse et intelligente ; elle avait une drôle de manière de penser et pouvait parfois se montrer hilarante, parfois ronchon comme une enfant. Au lit, c'était magique – ce n'était pas un mot qu'il aurait employé facilement, ni à voix haute, mais quand ils faisaient l'amour, c'était comme si tout l'univers retrouvait son ordre. Le sexe avec Casey lui donnait foi en l'existence de ce qu'elle appelait Dieu. Était-ce une lubie d'adolescent que de voir le sexe comme une manifestation divine ? C'était quelque chose qu'il aurait pu écrire, à l'université. Quoi qu'il en soit, ces filles de passage lui avaient montré combien le sexe pouvait être fade, dans ces conditions. Il y avait des types prêts à s'y adonner sans regrets, à fantasmer sur ce genre de choses, mais il s'avérait qu'il était finalement très vieux jeu. L'amour. Oui, il avait besoin d'être amoureux d'une fille pour coucher avec elle.

Il baissa les yeux pour regarder ce qu'il portait ; il était pieds nus et l'on voyait une petite touffe de poils clairs sur ses orteils. Sa mère le surnommait son grand hobbit blond. Il avait dû faire une abominable première impression. Toute sa vie, il n'avait eu de cesse de gagner l'affection des autres, de récolter tous les votes nécessaires, de conquérir chaque centimètre de terrain convoité. « Je suis quelqu'un de bien », voulait lui dire Jay. Son but était de rendre Casey heureuse. Et s'il ne parvenait pas à faire en sorte que la mère de Casey l'apprécie ?

Jay s'éclaircit la gorge.

— Vous êtes sûre de ne pas pouvoir rester ? J'aimerais beaucoup vous inviter pour le petit déjeuner. Où vous voulez. Il y a un merveilleux hôtel sur Madison Avenue. Donnez-moi juste une minute pour mettre une cravate.

Leah ne dit rien, encore étourdie. Sa fille vivait avec un homme. Sa fille allait se marier.

Que faire du silence ? se demandait Casey. Il était plus facile de répondre aux cris de son père. Car il est impossible de lutter contre une personne qui refuse de se battre, qui n'a jamais eu envie de gagner. Elle voulut rendre l'enveloppe, mais sa mère s'y opposa. Alors elle la garda.

Il n'y avait pas de ressemblance manifeste, constata Jay, à part cette manière bien à elles de scruter les choses avec intensité. Parfois, sous le regard à la concentration extrême de Casey, les objets semblaient prêts à fondre.

— Je peux appeler pour réserver une table dès maintenant, suggéra Jay. Le restaurant du Mark Hotel propose un brunch délicieux.

Leah se tourna vers lui. Ce ne fut qu'après l'avoir entendu parler pendant un temps qu'elle se rendit compte qu'il était plus jeune qu'il n'en avait l'air. Il avait des poches sous les yeux. Il ne devait pas avoir plus de vingt-cinq ou vingt-six ans. Casey l'avait probablement rencontré à l'université.

— Merci. Mais je dois retourner au pressing. C'était un plaisir de faire votre connaissance, Mr...

Elle s'interrompit, incapable de se souvenir de son nom de famille. Puis elle laissa tomber et décida de partir. C'en était trop pour elle.

Casey regarda la petite main blanche de sa mère posée sur la poignée de laiton et essaya de se remémorer la chaleur de sa paume. Elle avait dû lui tenir la main, à une époque. Non ? À Séoul, sa mère l'accompagnait à pied à la maternelle le matin et la récupérait à la fin de la journée. Où était Tina, dans ces moments-là ? Elle se souvenait d'un béret jaune et d'un cartable assorti, avec une bandoulière. C'est drôle, comme certaines choses demeurent si claires dans la mémoire, songea-t-elle. En revanche, la silhouette du bâtiment bétonné de l'école était plus trouble. Elle se trouvait derrière la clinique de la ville que dirigeait une pharmacienne, celle qui lui donnait des bonbons chaque fois que sa mère allait y récupérer des médicaments.

Sa mère la déposait à l'école puis s'éloignait d'un pas pressé, comme si elle était suivie. Casey restait alors à côté du portail de la cour pour renifler le parfum chaud de la main de sa mère sur sa propre paume, avec l'envie de courir pour rattraper *Umma*.

Leah ouvrit la porte et partit. Jay s'assit sur le canapé, toujours en manque de café, mais trop épuisé pour se relever. Incapable de lui adresser la parole, Casey alla prendre sa douche.

# 14

## L'EMPRISE

Sabine Jun Gottesman n'avait pas d'enfants. Isaac, son mari de vingt-cinq ans son aîné, en avait déjà quatre issus de deux unions antérieures, et même s'il aurait eu les moyens de financer à nouveau les frais de scolarité en école privée, les mariages et l'héritage d'une bien plus nombreuse progéniture, il avait choisi sa troisième femme sur la base de son intelligence et de sa dévotion, tout en ayant pleinement conscience que la carrière de Sabine serait son plus grand acte de création. Depuis le début, elle avait été claire : pas de bébé. Et à son âge, Isaac préférait profiter de la présence de ses petits-fils, des jumeaux, pendant le brunch du premier samedi du mois en compagnie de sa troisième fille et de son beau-fils favori. Ni Isaac ni Sabine n'étaient à l'aise en présence des tout-petits.

Les enfants d'Isaac, désormais grands – trois filles mariées et un fils qui assurait la succession des affaires familiales – appréciaient Sabine. Il avait anticipé une certaine résistance au sujet de son âge, mais tous avaient manifesté leur approbation en s'abstenant de lui attribuer les quolibets habituels. Épuisés par des années de méfiance entre fratries de mariages différents, les quatre enfants souhaitaient avant tout retenir l'attention de leur charismatique père, qui était sensible aux critiques. Ils étaient également soulagés que la liste des héritiers s'arrête ici et, pour couronner le tout, Sabine disposait de sa propre fortune. Ils considéraient donc la troisième épouse de leur père comme une tante très chic qui leur offrait des cadeaux d'anniversaire de chez Asprey et Hermès. Ils ne parlaient pas de Sabine avec leurs mères respectives.

Si les jeunes aimaient Sabine, elle le leur rendait bien et prenait sous son aile les employées en mal d'ambition dans le commerce de détail. Elle couvait leurs espoirs flous, les envoyait suivre des cours de mode, de design ou d'art visuel au FIT, à Parsons ou à la School of Visual Arts, pour en faire des acheteuses ou des cadres. Quelques-unes d'entre elles avaient même fini par acquérir leur propre boutique sur Elizabeth Street. Ce soir, Casey Han, une Américano-Coréenne, grande chouchoute de Sabine, et son fiancé Jay, venaient dîner à l'appartement.

Avant que les invités n'arrivent, Isaac avait pour habitude de passer le bar en revue – un espace fermé du séjour à l'allure de galerie d'art, derrière des portes en bois de rose. Il préférait s'en charger lui-même, fier de son expérience de barman pendant ses années en école de commerce. Un soir, une avenante mécène du New York City Ballet avait demandé à Isaac un kir royal et, après l'avoir goûté, avait dévisagé son hôte, stupéfaite de constater qu'Isaac Gottesman – le charmant magnat propriétaire de dizaines de tours dans des quartiers clés de Manhattan et membre du conseil d'administration de la Columbia Business School et du New York City Ballet – était capable de préparer son cocktail favori mieux que Yanni, le barman du Plaza.

Isaac aimait ce genre de compétences pratiques. Il savait également faire apparaître des pièces derrière les oreilles des enfants, et marquer sans faute un panier à trois points.

Sabine entra dans le séjour, fraîchement sortie de la douche et enveloppée de son parfum au vétiver. Elle portait une longue veste de tailleur à col mao et un pantalon cigarette assorti. La couleur pêche du tissu embellissait l'éclat de son joli teint. Elle embrassa la joue tout juste rasée de son mari et lui réclama un whisky, sec. Tous les soirs, elle prenait un apéritif avant le dîner, puis deux verres de vin rouge avec son repas.

D'excellente humeur, Sabine s'installa dans son fauteuil de lecture près de la verrière pour profiter des dernières lueurs du crépuscule d'avril. Sirotant lentement son whisky, elle ouvrit une biographie de Diego Rivera posée sur la table basse Giacometti. Avant Sabine, Isaac ne connaissait personne d'autre qui lisait véritablement le texte dans ce genre de beaux livres.

Son épouse n'avait que quarante-deux ans et, depuis leur mariage, elle n'avait cessé de se cultiver. Ils s'étaient rencontrés douze ans plus tôt, quand elle était venue signer un bail dans ses bureaux. Ce matin-là, Isaac avait entendu une jeune Asiatique se présenter avec un accent auprès de la réceptionniste comme la nouvelle locataire d'un de ses immeubles à Chelsea – un trois mille mètres carrés nu sur la 18ᵉ rue. À l'époque, sa voix était plus forte et son ton plus insistant. Une orthophoniste avait corrigé depuis ces défauts de langage. Par curiosité, Isaac avait assisté à la signature. Le courtier, qui avait reconnu l'homme dont le nom était gravé au-dessus de toutes les portes et gaufré sur le papier à en-tête, s'était mis à bégayer sans savoir s'il fallait se montrer intransigeant ou souple avec la locataire que Mr Gottesman dévorait du regard.

Lors de la négociation, Sabine s'était avérée bien plus maligne que son courtier ou que son avocat aux honoraires exorbitants. Au moment d'émarger les six exemplaires du bail épais comme un annuaire téléphonique, elle n'avait manifesté aucune peur à l'idée de s'engager dans un contrat de trois millions de dollars hors charges, assurances et taxes, le tout sur dix ans, avec Gottesman Real Property. Ce jour-là, Isaac avait approuvé toutes les clauses qu'elle lui avait réclamées. Sabine avait trente ans à l'époque, ce qu'il avait appris au cours du dîner de signature – une invention de sa part –, et trois mois plus tard, elle avait accepté de l'épouser. Quand il avait mentionné la rédaction d'un contrat prénuptial, elle lui avait dit sans ciller : « Isaac, maintenant que je t'ai trouvé, je ne te quitterai jamais. J'ai l'intention de te rendre heureux. Ne t'avise plus jamais de m'insulter avec tes histoires d'argent. » Ainsi, contre l'avis de son avocat, Isaac l'avait épousée sans arrangement financier préalable.

Depuis le début, c'était sa force qui l'attirait. Maintenant plus que jamais, il n'admirait personne autant qu'elle. La mère d'Isaac était une Italienne irascible et son père un juif calme et étourdi. Dans cette famille de classe moyenne inférieure, sa sœur et lui n'avaient jamais pu obtenir ce qu'ils voulaient. Ses parents étaient morts avant son premier divorcc – avec Kate, une gentille Américaine typique, blonde, protestante, qui au mieux tolérait les rapports sexuels – et avant son mariage avec Carla – une splendide peste vénézuélienne qui l'avait fait cocu avec son associé. À l'aube de ses soixante-dix ans, Isaac se demandait ce que ses parents auraient pensé de l'épouse numéro trois, une richissime femme d'affaires coréenne.

Fidèle à sa parole, Sabine s'était rendue indispensable à son bien-être. Elle lui achetait ses vitamines.

Tous les matins, elle sectionnait une poignée d'herbe de blé qu'ils faisaient pousser sur la longue jardinière du rebord de la fenêtre de leur cuisine lumineuse et qui faisait d'eux les « fermiers de Park Avenue », plaisantait-il. Elle passait les brins à la centrifugeuse, puis lui en servait l'extrait obtenu qui lui donnait des rots à relents herbacés toute la matinée. Son cardiologue était ravi – il avait perdu vingt kilos, son traitement pour la tension n'était plus nécessaire, et sa vigueur sexuelle était excellente. Pourtant, Isaac demeurait frustré.

En préretraite, il ne travaillait que quatre heures par jour, ce qui lui laissait beaucoup de temps pour penser. Et dans toute son oisiveté, il songeait à l'amour. Pétri d'ambition, il avait négligé Kate ; puis, une fois sa fortune établie, il avait arboré Carla à son bras comme une belle voiture de sport ; quant à Sabine, il ne savait pas comment l'aimer, parce qu'elle n'avait besoin de rien. Sabine était la compagne idéale, et jamais il ne la quitterait, mais Isaac ne pouvait s'empêchait de la tromper. À soixante-sept ans, ce qu'il désirait plus que tout, c'était ressentir l'élan de la romance et, à sa grande stupéfaction, il se rendait compte que ce ne serait jamais possible avec son épouse. Sabine était incapable de l'aimer comme il aurait voulu l'être – à la folie ou dans un abandon total. Il l'avait épousée pour sa force, mais à présent que son vœu le plus cher était de prendre soin d'une femme, l'indépendance de Sabine lui faisait se sentir obsolète.

Casey et Jay arrivèrent.

— Mes chéris, mes chéris, lança Sabine avec les bras grands ouverts comme une cheffe d'orchestre.

Isaac prit Casey dans ses bras. Quand il la libéra de son étreinte, elle découvrit les spectaculaires branches de cornouiller en fleur dans les splendides vases de la dynastie Qing tout au bout de la pièce. La décoratrice de Sabine avait récemment refait tout l'appartement.

Les longs canapés sur mesure avaient été retapissés en nuances de laine blanche, et des fauteuils en velours rouge sang ponctuaient le séjour comme des fleurs écarlates sur la neige. La collection de mobilier chinois était précieuse, mais accueillante – le bois sombre apportait une touche de chaleur à l'intérieur palladien. On se sentait privilégié de mettre les pieds dans cette pièce, et c'était exactement le but de Sabine.

— Félicitations, s'exclama Isaac.

— Merci, répondit aussitôt Jay.

Casey sourit affectueusement à Isaac.

— Pas de bague ? releva Sabine en inspectant la main gauche de Casey.

— Plus tard, répondit celle-ci en songeant qu'il était malpoli d'en faire la remarque.

Ils avaient prévu de la choisir le week-end suivant.

— Bientôt, précisa Jay.

Isaac alla chercher derrière le bar des verres de vouvray très frais, et pour lui-même une eau de Seltz. Ensemble, ils portèrent un toast.

— À l'amour, lança Isaac.

— Et à la prospérité, ajouta Sabine.

Le dîner était servi par la gouvernante : soupe de pois du jardin, filet de saint-pierre et salsifis, fromage et, en dessert, poires pochées et yaourt au gingembre. Durant le repas, Jay leur résuma l'intrigue du *Roi Lear*, qui était joué en ce moment au Lincoln Center, et Sabine lui prêta une attention toute particulière.

— Alors, il fait don de toute sa fortune avant de mourir ? demanda-t-elle.

Malgré sa propre générosité, elle avait du mal à concevoir une telle sottise.

Jay confirma – partageant son incrédulité devant ce geste fictif. Il était ravi de tirer parti de ses études de lettres pour quelque chose d'utile. À l'université, il avait lu en détail plus de vingt pièces de Shakespeare et presque tous ses sonnets. En quatrième année, il avait rédigé son mémoire sur l'influence d'Ovide dans l'œuvre shakespearienne. Si on l'y avait invité et encouragé, il aurait récité des sonnets entiers après le café.

N'ayant jamais été un grand lecteur, Isaac préférait le ballet – auquel ses filles l'avaient converti. Cependant, il était très impressionné par l'enthousiasme de Jay pour cette pièce.

Le café fut servi avec des mignardises de chez Bonté et Isaac se tapota le front en se souvenant du champagne qui les attendait au frais.

— Moi qui me vantais de mes talents de barman !

Il apporta une bouteille de Krug millésimé dans son seau à glace ainsi que quatre flûtes.

— Alors, vous avez choisi une date ? s'enquit-il.

— Pas encore, dit Jay en se tournant vers Casey. J'attends toujours les réponses des B schools.

— Ce qui fait que l'on ne connaît pas notre planning pour l'année.

Casey n'avait aucune idée du type de mariage qu'ils organiseraient. Ni ses parents ni ceux de Jay n'avaient d'argent de côté. La prime de Jay, dont on ignorait encore le montant, servirait à couvrir les frais de logement et de scolarité pour ses dernières années d'école de commerce, où il n'aurait pas le temps de travailler. Même avec cet argent, ils allaient devoir contracter un emprunt. Et puis, quoi qu'il en soit, les Han n'assisteraient pas à la cérémonie.

Sabine se tourna vers Jay.

— Casey me dit que tu es sur liste d'attente à Columbia ?

Jay sourit poliment et confirma.

Sabine haussa un sourcil en direction d'Isaac, qui hocha discrètement la tête. Il passerait un coup de fil. En tant que membre du conseil d'administration, il devrait pouvoir lui arranger un second entretien.

Son beau-fils avait eu besoin qu'il décroche son téléphone, lui aussi. Ce serait plus facile d'aider Jay que son beau-fils, ce qui avait été perçu comme un peu trop népotique à l'époque.

Ils levèrent leurs verres. Sabine vida le sien rapidement. Elle adorait le champagne. De sa main gauche, elle écarta une mèche qui lui tombait sur le visage. Le geste était séducteur.

— Jay, as-tu rencontré les parents de Casey ?

Le teint de Sabine avait rosi avec l'alcool. Elle semblait joyeuse, mais son regard restait implacable. Jay l'avait déjà vue plusieurs fois à l'occasion de dîners ; jusqu'à l'année passée, elle était l'employeuse de Casey, mais à présent elle exerçait également un pouvoir sur sa vie en tant qu'épouse d'un membre du conseil d'administration de la Columbia Business School.

— Oui, j'ai rencontré sa mère, dit-il avec un demi-sourire.

— Leah Han, prononça Sabine d'un ton rêveur. Je suis allée à l'école avec elle, tu sais.

— Oui. Elle fait très jeune.

— Elle est très jeune, insista Sabine en tapant délicatement du poing sur la table.

Leah était de trois ans sa cadette. Elle aussi avait choisi un homme plus âgé. Mais Leah s'était mariée à un Coréen, et Sabine sentait que Joseph la méprisait d'avoir épousé un Américain.

— Et moi aussi, ajouta-t-elle avec un gloussement.

— Oui, bien sûr. Je voulais dire qu'elle fait jeune pour une femme aux cheveux gris, dit Jay.

Sabine s'esclaffa, puis se reprit en plaquant une main devant sa bouche. Puis elle la glissa dans ses cheveux noir de jais, coupés et teints par une coiffeuse renommée dans un salon confidentiel de Charles Street.

— Leah a eu ses premiers cheveux blancs tôt, confirma Sabine d'une voix compatissante. La faute au stress.

Casey sentit sa nuque rougir. Jay complimentait Sabine au détriment de sa mère. Quelques jours plus tôt, Casey était passée au magasin pour une pause cigarette avec Sabine. C'était là qu'elle avait mentionné les fiançailles et la liste d'attente à Columbia. Sabine les avait alors invités à dîner. Soudain, Casey en voulut à Jay. Il avait tous les droits d'être vexé par le refus de ses parents de le rencontrer, mais cela lui semblait injuste d'exposer sa rancœur dans la somptueuse salle à manger corail des Gottesman, au milieu des renoncules blanches et des lisianthus en globes de cristal. La délicate serviette en lin disposée sur ses genoux se froissa entre ses doigts. Casey avait l'impression d'être une serve à la table de la reine.

Isaac remarqua que Casey se mordait la lèvre inférieure. C'était la moue que faisaient ses enfants, petits, quand il partait en voyage d'affaires. L'image même de la déception, songea-t-il.

— Chaque fois que je passe devant le pressing de tes parents, intervint Isaac, je vois ta mère à la machine à coudre. Quand elle m'aperçoit, elle ne manque jamais de me dire bonjour. Ta mère est une très belle femme.

Casey lui sourit avec reconnaissance.

— C'est ce que tout le monde dit. Ma sœur est son portrait craché. Vous n'avez jamais rencontré Tina. Elle est étudiante en médecine, annonça-t-elle avec fierté.

Sabine tendit le bras pour effleurer l'avant-bras nu de Casey. Ses ongles étaient limés à l'ovale et particulièrement brillants.

— Vous pourriez organiser la réception du mariage ici en hiver ou au printemps. Ou alors à Nantucket, si vous préférez vous marier cet été. Ce serait chouette, non ?

— Mais..., protesta Casey en prenant une inspiration. C'est très généreux de ta part...

C'était du pur Sabine. Ses cadeaux étaient légendaires. Sabine ne proposait jamais rien de moins que des opportunités en or (selon les termes d'Isaac), mais

Casey n'imaginait pas contracter une telle dette auprès d'elle.

— Je n'ai pas de fille, Casey, lui rappela Sabine dont les doigts fins étaient toujours posés sur son bras.

Jay jeta un coup d'œil à Isaac, mais ce commentaire ne sembla pas l'affecter outre mesure. Personne ne mentionna les enfants d'Isaac.

— Vous êtes bien avisés de vous marier jeunes. J'ai eu de la chance de rencontrer Isaac quand j'avais trente ans. Mais les gens avaient raison au pays. Une fille doit se marier tôt. On ne s'assouplit pas avec l'âge.

Elle siffla sa deuxième flûte de champagne et voulut s'en servir une troisième, mais la bouteille était vide.

Isaac ajouta :

— Nous serions plus qu'heureux de célébrer votre mariage chez nous. Ce serait si amusant à organiser. Je suis un vieil homme à moitié retraité, j'ai du temps à revendre pour être aussi votre *wedding planner*.

Il s'esclaffa.

Jay jubilait, mais Casey se contenta d'un sourire poli.

— Si tes parents n'y voient pas d'inconvénient, bien sûr, ajouta Isaac.

Sabine lui avait déjà dit que les parents de Casey n'y assisteraient pas, mais il ne voulait pas les exclure devant la jeune fille.

Jay, pour sa part, n'arrivait pas à croire sa chance. L'idée d'un tel mariage l'enthousiasmait au-delà de l'entendement. Il avait été convié dans de magnifiques résidences au cours de sa vie, mais celles des Gottesman – sur Park Avenue, à Nantucket, à Aspen – étaient hors compétition. Casey lui avait également parlé d'un grand appartement à Paris, place Vendôme.

— Votre mère accepterait ? De faire le mariage ici ou à Nantucket ? demanda Isaac à Jay.

— Elle en serait ravie, répondit-il aussitôt. Vous êtes sûrs que ça ne vous dérange pas ?

Sabine et Isaac s'exclamèrent à l'unisson :

— Bien sûr !

— Vraiment ? insista Jay comme un enfant devant la perspective d'obtenir le cadeau de ses rêves.

— Nous pouvons recevoir jusqu'à deux cents personnes, précisa Sabine en se remémorant le dernier dîner des administrateurs.

Le nouveau traiteur avait fait du très bon travail, pensa-t-elle. Si le mariage avait lieu en hiver dans une belle église, Casey pourrait porter un voile cathédrale, elle était assez grande pour ça.

— Et on pourra aménager une piste de danse. Ou poursuivre la soirée au club.

L'idée d'une fête peuplée de jeunes gens la mettait en joie. Elle bâilla, à la fois fatiguée et comblée.

— Si vous choisissez un mariage d'été, vous pourrez servir du homard, ajouta-t-elle.

Sabine appuya son coude gauche sur la table et posa sa joue sur sa main.

Ce n'était pas un manque de reconnaissance de la part de Casey. Sabine lui offrait une possibilité à laquelle elle n'aurait jamais eu accès. Sabine et Isaac s'étaient mariés à Maui, sans aucun membre de leurs familles respectives pour témoins. Ses parents l'avaient reniée pour avoir choisi d'épouser un homme qui n'était pas coréen et avaient traité Isaac de déchet, car il était le rebut de deux autres femmes. Ils avaient retourné à son adresse toutes les lettres et les cadeaux que Sabine avait pu leur envoyer. Puis sa mère était morte, et moins d'un an plus tard, son père aussi. Ils n'avaient jamais vu le grand magasin de luxe de Sabine à Chelsea, ni aucune de ses magnifiques résidences. Sabine avait un jour confié à Casey : « J'ai créé ce magasin pour eux. Personne n'aimait les vêtements autant que ma mère. Et mon père était beau comme un acteur hollywoodien. Il portait des cravates exquises. »

Sabine battit des cils.

— Nous avons déjà eu deux cents invités ici, pas vrai, chéri ?

Isaac répondit d'un signe de tête indulgent, presque paternel.

— Je ne connais pas deux cents personnes, objecta Casey.

Jay lui lança un regard pour la faire taire, mais elle l'ignora et sirota le café servi dans une tasse en porcelaine fine comme du papier. Sabine somnolait. Tous les jours, elle se levait à quatre heures trente et se couchait à vingt et une heures. Il était déjà vingt-deux heures.

— Tu dois être épuisée, dit Casey en couvrant de ses grandes mains masculines celles si douces et jolies de Sabine.

— Ça va, répondit Sabine.

Ses lèvres formèrent un petit O alors qu'elle tentait de réprimer un bâillement.

— Je ferais mieux d'aller mettre ma femme au lit, annonça Isaac. Les jeunes, je vous laisse réfléchir au mariage. Notre offre est viable.

Il rit tout seul en réalisant qu'il parlait comme en affaires.

Tout le monde se dit au revoir dans le vestibule. Sabine s'appuya contre Isaac, et il enveloppa ses frêles épaules de son bras, la sentant d'humeur mélancolique à l'idée de les voir partir. Isaac espérait que Casey accepterait qu'ils organisent son mariage. C'était un projet qui enchanterait sa femme. Sabine adorait recevoir en grande pompe.

La nuit était chaude, si bien qu'il n'y avait pas de manteau à récupérer dans le vestiaire. Casey coiffa le chapeau de printemps qu'elle avait moulé elle-même sur bois et garni de pivoines en soie rose pâle, espérant des compliments qui ne vinrent pas. Debout, Sabine ronflait doucement. Casey et Jay la remercièrent pour le dîner. Et pour sa proposition. Pour tout. Casey fit la bise à Isaac. L'ascenseur du penthouse s'ouvrit directement dans l'appartement, et Casey et Jay s'engouffrèrent dans la cabine, le temps pour Isaac de leur adresser un dernier clin d'œil. Casey lui trouva l'air plus vieux que dans son souvenir – et plus bienveillant, comme un grand-père dynamique.

Désormais seuls, Jay glissa ses grandes mains sous la tunique en lin de Casey, au niveau de sa taille. Elle le laissa faire sans pour autant se sentir réchauffée par ses caresses.

— Tu y crois, toi, qu'ils veulent organiser notre mariage ? Dans ce palace ? C'est fou, ajouta-t-il pour lui-même. C'est si gentil de leur part.

Sa voix vibrait de joie et de ravissement.

— Oui, ils sont extraordinairement généreux, confirma Casey.

Elle se détacha de lui alors que les portes en laiton poli s'ouvraient sur le hall de l'immeuble.

— Et Isaac m'a proposé son aide, se rappela Jay d'un ton toujours plus exalté.

Dans la rue, il ne cessa de bavarder. Casey opinait du chef en regardant droit devant elle. Elle ne voulait pas gâcher sa bonne humeur. Mais une pensée lui était restée en tête toute la soirée : ce ne sont pas mes parents.

# 15

## AVIS DE MANQUEMENT

Casey et Ella patientaient dans la suite au style rococo du Coliseum, une salle de mariage coréenne chic du quartier de Flushing. Le photographe venait de les quitter pour réaliser les clichés de Ted, mais la maquilleuse divorcée avait décidé de rester pour assister à la cérémonie et à la réception – le docteur, père de la mariée, le lui avait si gentiment proposé. Elle était en train de troquer sa blouse de travail pour sa robe d'invitée dans la salle de bains attenante. Ella se tenait immobile sur un petit banc doré. Des pieds à la tête, son profil avait la finesse d'une statue de marbre – le visage voilé, ses longues jambes minces drapées de soie souple et brillante. Un genou à terre, Casey lissait le dos de la robe d'Ella. Elle composait à elle seule le cortège de la mariée, si bien qu'elle se demandait comment une fille ayant fait toute sa scolarité et ses études dans le privé pouvait si peu se soucier de son propre mariage et n'avoir qu'une seule amie le jour le plus important de sa vie. Rationnelle, Casey justifiait ce mystère par le monopole et le contrôle qu'exerçait Ted sur l'emploi du temps d'Ella, combiné à la timidité insurmontable de la jeune femme qui avait érigé une sorte de forteresse autour d'elle.

Dans une demi-heure, Ella épouserait Ted. Étonnamment, il arrivait souvent à Casey d'oublier qu'elle-même était fiancée. La date n'était pas fixée. Si Jay voulait accepter la proposition des Gottesman d'organiser au plus vite leur mariage à Manhattan, Casey continuait de gagner du temps. Elle attendait un signe.

Depuis ses douze ou treize ans, Casey avait des « visions ». Elle les appelait ainsi faute de meilleur mot. Elles lui apparaissaient tous les jours. Certains matins, c'était comme un diaporama ; d'autres, des images floues moins évidentes. Ces images relevaient plus des indices de chasse au trésor que de la bande-annonce d'un film, car Casey comprenait rarement ce qu'elles signifiaient, ou comment les interpréter. Par exemple, l'année avant de passer les concours d'entrée en lycée spécialisé, elle avait reçu une série d'images très nettes de l'intérieur d'un bâtiment scolaire. Ce n'était qu'au deuxième jour après la rentrée des classes au Stuyvesant High School qu'elle s'était rendu compte qu'elle connaissait déjà par cœur la disposition des locaux délabrés du Lower East Side, parce qu'elle les avait vus dans sa tête. Casey n'avait jamais parlé à personne de ses visions – cette histoire était aussi insensée que flippante. Une fois, à la fac, alors qu'elle était défoncée, elle avait failli se confier à Virginia, mais avait finalement renoncé. Ces drôles de visions touchaient également des aspects plus insignifiants de sa vie – une paire de bottes vert foncé à lacets et talons carrés sorties de nulle part, jusqu'à ce qu'elle tombe dessus quelques mois plus tard dans une boutique. Les avait-elle fait apparaître par magie ? Souvent, les visions se réalisaient d'elles-mêmes, si bien que Casey les espérait en secret, même si elle se retrouvait presque toujours désemparée en les recevant. À ce jour, les images de la fac de droit se faisaient encore attendre. Ce n'était pas comme si Casey exigeait une icône de la balance de la justice – une simple pile de livres aurait suffi. À présent, alors qu'elle arrangeait la traîne d'Ella, Casey n'avait aucune vision d'elle en robe blanche, ni de Jay en costume auprès d'elle. Aussi irrationnelle que ça paraisse, elle ne comptait pas choisir de date ni reparler du mariage à Sabine tant qu'une image ne se serait pas présentée à elle. Elle n'était pas pressée. Et heureusement, ce n'était pas son jour mais celui d'Ella.

D'ordinaire, Ella était une fille magnifique. Personne n'aurait pu prétendre le contraire. Mais en mariée, elle était à couper le souffle. Sous le long voile de tulle, sa peau blanche scintillait comme la nacre d'un abalone. Plus tôt, le photographe n'avait pas réussi à s'arrêter dans sa lancée, usant trois pellicules, quand une seule était requise. La robe d'Ella – sans manches, décolleté rond, cousue main à partir de six longs pans d'une épaisse soie ivoire sans la moindre fioriture ni dentelle – était splendide. Même la vendeuse agacée de chez Bayard avait fini par reconnaître sa défaite. Casey avait choisi cette robe simple, à la coupe impeccable, précisément parce que son dessin épuré, presque austère, ne détournerait pas l'attention de la perfection du visage et de la silhouette d'Ella. Malgré son propre sentiment d'infériorité, Casey trouvait toujours une satisfaction immense à voir la beauté d'une femme s'épanouir pleinement. Le sublime, jugeait-elle, méritait qu'on lui rende justice.

On frappa discrètement à la porte, et les deux filles entendirent la voix du docteur Shim.

— Mon ange, c'est Papa.

— Il est un peu tôt, fit remarquer Casey en jetant un coup d'œil à l'horloge murale.

— Entre, Papa ! cria Ella d'une voix chantante et heureuse.

La porte s'ouvrit lentement. Douglas resta muet à la vue de sa fille. Aujourd'hui, son rôle était de la confier à un autre. Mais existait-il un homme qui soit à la hauteur d'une enfant si parfaite ? Après la mort de Soyeon, c'était pour Ella qu'il avait continué de vivre. Un nourrisson a des exigences, il faut chauffer les biberons, changer les couches, l'endormir, autant de raisons de se lever chaque matin. Et chaque jour il avait puisé la force d'aller travailler en songeant au bonheur de retrouver son visage et son sourire le soir. Année après année, sa fille avait grandi pour devenir plus belle encore que sa séduisante mère – qui n'avait jamais perdu son emprise sur son cœur. Douglas détourna le regard.

— Oh, Papa, s'il te plaît, ne me fais pas pleurer.

Les yeux d'Ella se remplirent d'inquiétude. Elle n'avait jamais autant aimé son père qu'en cet instant.

— La maquilleuse vient tout juste de terminer, expliqua-t-elle.

Douglas secoua vivement la tête comme un chien mouillé s'ébroue. Il fallait qu'il se déleste de cette tristesse. Sa fille adorée épousait l'homme qu'elle aimait. Il était censé être heureux pour elle. Il n'allait pas pour autant la perdre, se morigéna-t-il, au contraire, c'était elle qui y gagnait quelque chose de plus, ce qu'elle voulait. Il plissa le front, feignant la sévérité – une mimique qui faisait glousser Ella quand elle était petite.

Ella loucha et tira la langue. Ils rirent ensemble. Douglas sentit son menton trembler et ferma les yeux.

Casey lissa une dernière fois la jupe d'Ella et se redressa. Ils semblaient si à l'aise tous les deux. Elle aurait voulu leur accorder un moment entre père et fille, mais elle devait ouvrir le cortège et par conséquent ne pouvait pas quitter la suite. Sans compter qu'Ella et Douglas l'auraient empêchée de partir.

Douglas effleura le bord du voile d'Ella, puis laissa retomber sa main.

— Est-ce que… euh ? demanda Casey.

— Non, ce n'est pas encore l'heure. Comment allez-vous, les filles ?

Les deux filles sourirent au docteur dont le cœur était si manifestement pétri de chagrin. Comme des jumelles, elles haussèrent leurs épaules dénudées et leurs jolis bras, sans savoir quoi dire parce que le moindre mot risquait de les faire fondre en larmes.

Douglas baissa les yeux sur la moquette pour leur laisser le temps de se ressaisir. Il tenta un petit rire, se souvenant de la joie que lui procurait le simple fait d'être le père d'Ella. Il se tourna vers Casey.

— Eh bien, miss Casey Han, vous pourriez passer pour Miss Corée aujourd'hui. Comment va le moral ?

— Excellent, docteur Shim. Excellent. Et le vôtre ? demanda-t-elle d'une voix claire. Est-ce que je peux vous servir quelque chose ? À boire ou à manger ?

Elle désigna les plats de sushis et de fruits de l'autre côté de la pièce qui auraient facilement pu nourrir dix personnes. Sur la table des rafraîchissements destinés à la mariée, il y avait aussi des bouteilles de soda.

Il fit non de la tête. Le docteur Shim souhaitait visiblement dire quelque chose à sa fille, mais Casey ne savait pas comment leur laisser un peu d'intimité. La maquilleuse s'affairait toujours dans la salle de bains.

— Vous savez quoi ? Moi, j'ai un peu faim, annonça Casey en se dirigeant vers le buffet pour s'éloigner d'eux.

Douglas se rapprocha d'Ella.

— *Waaaa*, souffla-t-il, stupéfait.

— Papa, je t'ai dit de ne pas me faire pleurer.

— *Oh-kay*, dit-il en anglais teinté d'accent coréen. Tu es jolie, ajouta-t-il, main sur la hanche, comme s'il complimentait une infirmière sortant de chez le coiffeur.

— Merci, répondit calmement Ella.

De l'autre côté de la pièce, Casey disposa quelques sushis sur une assiette et se servit un verre d'eau de Seltz. Quelqu'un avait laissé traîner un *Vogue UK* sur le rebord de la fenêtre et elle s'installa sur la banquette de style Louis XIV pour le feuilleter.

— Tu n'es pas obligée de l'épouser, lâcha Douglas.

Il n'avait pas eu l'intention de le dire. Les mots lui avaient échappé.

— Papa !

— Tu peux toujours changer d'avis. Ou prendre ton temps. Tu peux attendre. S'il t'aime vraiment...

Ella se rendit compte qu'il ne plaisantait pas.

— Pourquoi tu me dis ça ?

Casey tourna une page pour s'empêcher de lever la tête.

— Ton père ne veut pas donner ta main à un autre.

— Oh, Papa...

Douglas sifflota *La Marche nuptiale* de Mendelssohn, se heurtant à des fausses notes dès les premières mesures. Il avait l'impression de passer pour un fou.

— Je crois que j'ai le trac à ta place. Je te demande pardon, Ella.

— Rien ne va changer, affirma-t-elle d'un air apeuré.

Douglas secoua la tête, refusant ses paroles rassurantes.

— Tu l'aimes, pas vrai ?

Ella opina et jeta un coup d'œil en direction de Casey. Son amie lisait un magazine et mangeait des sushis.

— Tout le monde nous attend..., dit-elle d'une petite voix.

— Ce n'est pas grave. Tu as encore le droit de changer d'avis, insista Douglas.

Il voulait lui offrir une porte de sortie, devinant que l'opinion des invités l'inquiétait. Mais ce que pensaient les autres n'avait pas d'importance.

— Ce n'est pas ce que je voulais dire, Papa. Pourquoi tu me dis tout ça ? Pourquoi maintenant ?

Douglas fit la grimace parce qu'il n'avait pas de réel argument, à part celui que Ted n'avait pas un fond aussi bon que celui de sa fille. Il imaginait pour elle un homme plus tendre, moins ambitieux. Quelqu'un qui ferait d'Ella sa priorité.

— Oh, mon Ella. Je te souhaite tant de bonheur. Que puis-je faire pour m'assurer qu'il te rendra heureuse ? Que ne ferais-je pas pour te garantir une telle chose ?

Douglas n'était pas un homme violent, mais il se disait que si Ted s'avisait un jour de rabaisser Ella d'une quelconque façon, il aurait envie de lui régler son compte.

— Oh, Papa, je t'en supplie ne t'inquiète pas. Ted est un homme bien. Et il m'aime. J'ai tant d'admiration pour lui. Ne trouves-tu pas que j'ai gagné en confiance en moi depuis que je l'ai rencontré ?

C'était une drôle de raison d'épouser un homme, et elle ne comprenait pas pourquoi elle lui était venue en premier. Il y avait tant d'autres choses qu'elle appréciait chez Ted. Qu'elle aimait, même. Mais surtout, Ella admirait sa capacité à surmonter des obstacles. Elle voulait y parvenir aussi.

— Il m'a rendue plus audacieuse. Tu n'es pas d'accord ? demanda-t-elle, les yeux plissés comme lorsqu'elle n'était pas sûre d'elle.

Douglas hocha la tête pour lui accorder cette qualité dont elle avait toujours rêvé. La bravoure. Déjà petite, Ella convoitait la bravoure. Il lui avait répété le plus souvent possible qu'elle était une fille sage et courageuse. Ted lui avait montré comment faire entendre sa voix, ce qui n'était qu'une forme de courage parmi tant d'autres. De Ted, elle avait seulement appris à verbaliser davantage et à ne pas se dévaloriser constamment. Elle avait même osé demander à Casey d'être son amie. Mais ces choses n'auraient-elles pas pu venir avec le temps ? songea Douglas. N'aurait-elle pas pu faire tout ça sans Ted ? Pourquoi Ella lui accordait-elle tout le mérite d'actions qu'elle avait entreprises ?

Ella lui tendit la main et il la prit dans la sienne.

— *Oh-kay. Oh-kay.* Papa est juste triste de te perdre. Tu es mon ange, Ella. Tu es mon ange.

— Oh, Papa, je ne vais nulle part. Je ne fais que me marier. Vraiment, Papa. Rien ne va changer. Ce sera toujours toi mon préféré. Mais ne dis rien à Ted, d'accord ?

Elle rit, s'essuyant la joue de sa main libre.

Douglas ouvrit grand les bras pour étreindre sa fille. Il avait l'impression d'agir en vieil homme égoïste.

Depuis sa banquette, Casey prit une nouvelle gorgée d'eau pétillante. Une goutte de condensation glissa sur le verre pour s'écraser sur la page du magazine. Elle entendit les premières notes de l'orgue électrique. On frappa à la porte – c'était l'heure. Douglas lâcha sa fille et se dirigea vers la sortie.

La cérémonie en elle-même ne dura pas longtemps, avec seulement deux textes sacrés et un sonnet de Shakespeare. Le photographe prit les clichés de groupe, puis les mariés et leurs familles se dirigèrent vers la salle du banquet. Le vin d'honneur terminé, de nombreux invités s'éternisèrent près du buffet de fruits de mer pour engloutir ce qui semblait être une réserve illimitée de langoustines. Le chef de salle dut déployer des efforts considérables pour orienter les convives vers leurs places à table. Quand tout le monde fut enfin installé, un roulement de tambour préenregistré se diffusa des enceintes. Le DJ se mit à crier dans son micro, comme un animateur de match de base-ball :

— Mesdames et messieurs, merci d'accueillir Mr et Mrs Ted Kim !

Le chef de salle incita Ella et Ted à avancer au milieu de tous. Quatre cents invités étaient répartis sur des tables rondes de dix personnes, où ils mangeaient leur entrée de tempura de homard. Quelqu'un fit tinter sa cuillère sur sa flûte à champagne, entraînant le reste de la foule. Ted embrassa Ella sur la bouche et elle s'empourpra aussitôt. Les invités poussèrent des cris de ravissement. Partout autour d'eux, les verres carillonnaient. Ted continua d'embrasser Ella jusqu'à ce que sa nuque prenne une teinte écarlate.

Casey était assise à côté de Jay, près de la piste de danse. Leur table était presque entièrement composée d'amis de Ted de Harvard Business School. Les anciens d'HBS sortaient tous du même moule de mâle alpha, et affichaient à leur bras épouses élégantes ou petites amies exhibées comme des trophées. Casey ignorait si l'une d'entre elles était également passée par HBS. Mais vu l'aversion de Ted pour les femmes qui « avaient trop d'ambition », elle ne s'attendait pas à une forte représentation féminine parmi les anciens de Harvard au mariage. Elle connaissait la plupart des Coréens les plus âgés dans la salle – ceux de sa paroisse – mais il y avait étonnamment peu de jeunes du catéchisme. Walter Chin, qui lui avait obtenu son poste, était assis à l'autre table d'HBS. Casey et Walter avaient discuté pendant le vin d'honneur, mais le broker était distrait, complètement obnubilé par la magnifique femme venue avec lui – une avocate grecque toute fine, de Philadelphie. Penny était divorcée, plus âgée que Walter d'au moins dix ans, et avait la garde de ses deux filles adolescentes – ces quelques éléments biographiques glanés avaient surpris Jay et impressionné Casey. À leur table, Jay tenta d'engager la conversation avec les hommes, mais les anciens d'HBS ne voyaient pas l'intérêt d'échanger avec un apprenti analyste qui n'était pas encore passé par la case business school. Comme toujours, Jay manquait de sommeil, et il n'attendait qu'une chose : que ce mariage se termine. Les femmes parlaient entre elles de leurs enfants et de l'école. Aux yeux de Casey, rien n'était plus ennuyeux.

De l'autre côté de la piste de danse, Leah et Joseph étaient installés à la table du docteur Shim, composée uniquement de doyens et de diaconesses. Joseph ignorait quel autre motif aurait pu lui obtenir cette place de choix, si ce n'est le statut de demoiselle d'honneur de sa fille. Quelques tables plus loin, celle-ci était assise à côté d'un grand garçon blanc dont le bras était étendu sur le dossier de sa chaise. Joseph détourna le regard. Même s'il appréciait sa table, elle lui rappelait sa pauvreté. Les autres doyens étaient des *boojahs*. Le doyen Koh, à sa droite, possédait un deli de mille mètres carrés derrière Penn Station et employait quatre-vingts salariés. À sa gauche, le doyen Kong était propriétaire de sept immeubles de bureaux et commerces dans le Bronx et d'un centre commercial, ainsi que d'un parking sur plusieurs niveaux à Brooklyn. C'était le doyen Kong qui avait suggéré à Joseph d'acheter un local commercial en briques de trois niveaux à Edgewater, dans le New Jersey. Sur son conseil, Joseph avait investi jusqu'au dernier centime de son épargne retraite dans cet immeuble qui abritait une pizzeria au rez-de-chaussée, un cabinet dentaire et un cabinet comptable aux deux autres étages. Les loyers cumulés couvraient à peine l'immense emprunt, mais le doyen Kong avait promis à Joseph que lorsqu'il prendrait sa retraite d'ici cinq ou dix ans, l'immobilier aurait monté en valeur et les revenus passifs viendraient compléter sa maigre pension. Le doyen Kong, Midas de son prénom, était de bon conseil auprès de ses amis. Il estimait que tous les Coréens méritaient de réussir dans cet étrange pays et de contribuer à sa croissance. La chaise vide était celle du docteur Shim qui, trop occupé à accueillir les invités, n'avait pas eu le temps de s'asseoir.

Douglas avait atteint la table de Casey. Il lui tapota gentiment l'épaule, et elle leva la tête. Les autres convives félicitèrent le père de la mariée. Douglas balaya leurs mots d'un revers de la main, les encourageant plutôt à manger beaucoup et danser tout autant.

— Amenez donc un peu de vie, plaisanta-t-il. Les presbytériens ont besoin de vous, les jeunes, pour leur apprendre à s'amuser. Et je parle aussi en tant que médecin : danser est bon pour la digestion et pour votre santé cardio-vasculaire.

À la question de savoir pourquoi il n'y avait pas d'alcool, le docteur Shim répondit :

— Le pasteur aurait ma peau, je le crains.

Les réceptions dans les sous-sols des églises étaient traditionnellement abstinentes, et si une salle avait été louée pour l'occasion – un compromis pour Ted, qui à l'origine voulait privatiser le chic New York Athletic Club, ou le Union Club dont il était membre, même en sachant que les plus pauvres des invités coréens du Queens n'auraient pas eu les moyens d'y payer le parking en plein Manhattan – le marié n'avait pas eu son mot à dire sur l'interdiction de l'alcool à une réception composée majoritairement de chrétiens conservateurs coréens. Après la lune de miel, Ted avait l'intention d'organiser une deuxième soirée au Union Club, en privé, pour ses propres invités.

— Nous en sommes vraiment navrés. Croyez-moi, j'aurais moi-même apprécié un verre avant la cérémonie, dit Douglas avec un clin d'œil. Mais avez-vous goûté notre jus de pomme pétillant ? gloussa-t-il en désignant les flûtes à champagne.

Helmut, un banquier d'investissement passé par HBS, lança :

— Comment ça, il n'y a pas d'alcool à cette soirée ?

Avec un grognement, il jeta sa serviette sur la table et fit mine de partir. Les invités s'esclaffèrent et la femme d'Helmut le força à se rasseoir.

Douglas topa la main du plaisantin, puis prit appui sur le dossier de la chaise de Casey.

— Alors, voici le fameux Jay ? demanda-t-il, un sourcil levé.

L'Américain blanc à côté de Casey était grand, avec des épaules carrées et des yeux clairs qui ne cillaient pas. Des petits éclats plus sombres pétillaient dans ses iris bleu-vert. Il avait un front pâle et large. Un sourire sincère illumina le visage de Jay à la mention de son nom. Il avait l'air d'un gentil garçon.

Jay tendit la main, et Douglas la serra chaleureusement.

— J'ai cru comprendre que c'était bientôt à votre tour, le taquina Douglas en tentant d'imiter une familiarité tout américaine.

Il aimait beaucoup Casey et voulait que Jay se sente le bienvenu.

— Oui, monsieur, répondit Jay.

Casey eut un élan de reconnaissance envers le docteur Shim pour son accueil.

— Bien, bien. Le mariage… C'est une chose merveilleuse. Casey, as-tu eu l'occasion de parler à tes parents ? Ils sont très élégants ce soir.

Un petit sourire crispé se forma sur les lèvres de la jeune fille.

— Pas encore. Bientôt.

— Allons-y. Il faut que je goûte à ce homard frit, d'ailleurs. C'est Ted qui a choisi le menu.

Douglas fit un pas en direction de sa table.

— Jay, vous devriez vous joindre à nous. Les Han sont des gens charmants, vous ne trouvez pas ? Avez-vous entendu la mère de Casey chanter ? Elle a une voix divine.

Il commença à siffloter *How Great Thou Art* distraitement.

Casey ouvrit la bouche pour protester mais Jay se levait déjà pour rejoindre Douglas qui s'éloignait. Jay tendit sa main derrière lui pour que Casey la saisisse, et elle tenta de rattraper son pas preste.

Le modeste plaisir que Joseph et Leah avaient pu ressentir en se voyant attribuer une place à une table si honorable se dissipa à la vue de Casey approchant avec

Jay. Leah serra les mains sur ses genoux. Le doyen Shim était en pleine conversation avec le garçon, qui souriait et hochait la tête en réponse. Casey se concentrait sombrement sur ses pieds.

L'humeur de toute la table s'améliora quand Douglas apparut avec les jeunes gens. Les diaconesses s'illuminèrent aussitôt, comme les femmes ont tendance à le faire lorsqu'un homme séduisant entre dans la pièce. Elles voulaient que le père de la mariée – un médecin très bien vu et aimable, doté d'un beau patrimoine qui plus est – s'installe enfin pour leur parler. Les doyens, à qui cette agitation soudaine n'échappait pas, taquinèrent Douglas sur le coût du mariage. Ils lancèrent leurs premières piques.

— Alors, combien par tête ? demanda le doyen Koh.

Pour un homme d'affaires père de quatre filles, c'était une information cruciale.

— *Yobo,* le rabroua sa femme. Tu es si vulgaire !

Tout le monde éclata de rire. La diaconesse Sohn, la jolie épouse américano-coréenne de Koh, était née aux États-Unis et avait fréquenté l'université pour femmes de Mount Holyoke. La politesse exigeait qu'on ne parle pas d'argent. Malgré tout, elle-même était curieuse.

Douglas fronça les sourcils, amusé. Il aurait été tout aussi facile pour eux de demander les prix aux responsables du Coliseum, mais ils voulaient se délecter de le voir grimacer ou se serrer la ceinture après une telle dépense. En réalité, Douglas aurait très bien pu se permettre de réserver la salle de bal de l'hôtel de luxe historique St Regis.

— Ah, chut, fit le doyen Koh à sa femme. Alors, combien ?

Son ton était farceur, mais sa curiosité tenace. Il y avait quatre cents invités dans cette salle du Queens dotée d'un parking – la plus belle salle de réception coréenne qu'il connaisse. Sa fille aînée avait vingt ans.

Les dépenses d'un mariage se profilaient. Sa femme allait sûrement lui reprocher de n'être qu'un *ssangnom* à leur retour à la maison.

Douglas croisa les bras et resta silencieux en attendant d'avoir l'attention de tous.

— Deux cent cinquante par personne, lâcha-t-il.

Les convives poussèrent des petits cris scandalisés.

— À plus ou moins cinquante dollars près. Un dîner sans *suhl*, c'est tout de suite moins cher. Qui eût cru qu'on pouvait faire des économies en étant presbytérien ?

La tablée s'esclaffa. Cette dépense ne semblait avoir aucune conséquence sur sa fortune. Les plus envieux étaient émerveillés par sa richesse.

Les parents de Casey n'avaient pas encore regardé dans sa direction. Naturellement, elle avait anticipé ce comportement en approchant de la table. Ils étaient capables de témoigner d'un grand détachement. Jay continua de sourire, persuadé qu'ils finiraient par l'accueillir à bras ouverts. Dans des moments comme celui-ci, Casey trouvait son optimisme délirant.

Douglas s'éclaircit la gorge.

— J'amène la magnifique demoiselle d'honneur et son fiancé, annonça-t-il. Tout le monde connaît Jay ?

— *Waaaaaaa*..., murmurèrent les invités en souriant aux Han qui n'avaient jamais mentionné ce gendre américain.

Ils sourirent à Jay, le jaugeant en silence et tentant d'estimer son âge. Aux yeux des Coréens, il ne paraissait pas si jeune, mais un peu naïf – il ne serait pas du genre à rendre la vie difficile à Casey.

— Bonsoir à tous, lança Jay en les saluant de la main comme un monarque.

Les convives inclinèrent la tête et Jay les imita. Première erreur. Il aurait dû s'incliner profondément jusqu'à la taille, car il était le plus jeune. Ce n'était pas sa faute – Casey ne lui en voulait pas.

Jay reconnut Leah. Le petit homme chauve à sa gauche devait être Joseph. Casey et lui avaient la même bouche.

Les doyens félicitèrent les Han en chœur, et Joseph hocha sèchement la tête. Tout ceci le prenait par surprise. Il ne savait pas quoi dire pour se tirer de cette situation. Depuis son siège, la diaconesse Sohn s'étira pour attraper l'avant-bras de Casey. Elle avait pour habitude d'imposer son contact aux autres.

— Il est très mignon.

Elle adressa un clin d'œil à Jay, se sentant plus à l'aise avec un Américain qu'avec les autres diaconesses.

— Félicitations, lui dit-elle tandis qu'il serrait sa petite main potelée. J'adore ta robe, ajouta-t-elle pour Casey.

— C'est très gentil, merci, dit Casey avec un petit rire.

La diaconesse continua à faire des commentaires sur la réception, mais tout ce dont Casey rêvait, c'était de prendre congé. De son côté, Jay attendait qu'elle le présente à ses parents. Personne à table ne semblait se douter que c'était la première fois que Joseph voyait le fiancé de sa fille.

Casey déglutit.

Faisant face à ses parents, elle leur dit :

— Bonsoir.

Les convives n'en firent pas grand cas. Certains hommes reprirent leur conversation. Leah sourit à Casey, sans intervenir. Joseph ne lui accorda pas un regard.

Puis, sans un mot, Joseph repoussa sa chaise et se leva. Les convives se tournèrent vers lui. C'est à cet instant qu'ils comprirent. Un doyen toussa comme s'il avait quelque chose coincé dans la gorge, et les autres sirotèrent leur verre en silence. Douglas se souvint du comportement étrange de Leah lorsqu'il avait mentionné que Casey était la demoiselle d'honneur d'Ella. Joseph était manifestement furieux et c'était lui seul qui avait provoqué cette situation embarrassante. Comprenant que Joseph avait l'intention de partir, Douglas se décala vers Jay. Il allait entraîner le garçon ailleurs, lui proposer un soda.

Joseph lissa sa veste de costume marine à fines rayures et deux boutons. Il portait une chemise blanche et une cravate bordeaux décorée d'une épingle en forme de croix que lui avait offerte Leah le jour où il était devenu doyen.

Jay fit quelques pas pour aller se planter devant lui.

— Monsieur Han, l'interpella Jay. Bonsoir, monsieur. Je m'appelle Jay Currie. C'est un plaisir de faire votre connaissance, monsieur.

Joseph le regarda fixement. Le garçon avait des yeux globuleux et il était grand – il n'y avait rien d'autre à dire sur lui. Il souriait trop pour un homme. Si Casey voulait foutre sa vie en l'air, c'était son problème à elle. Lui resterait intransigeant sur ce point.

— Pardon, décréta sèchement Joseph en tentant d'avancer.

Jay lui bloquait le passage, toujours souriant.

— Pardon.

Jay refusait toujours de se décaler. Il ne souriait plus.

— Non. Pardonnez-moi, mais je suis le fiancé de votre fille.

Sa voix s'était faite pleine de reproches pour rappeler à Joseph son rôle de père. En cet instant, Jay détestait tous les pères au monde.

Les convives échangèrent un regard.

— Écartez-vous de mon chemin, ordonna Joseph.

— Monsieur…

Joseph inclina la tête et la perplexité traversa son visage. Il n'arrivait pas à y croire. Ce garçon cherchait vraiment les ennuis.

En voyant la lueur dans les yeux de Joseph, Douglas se rapprocha de Jay et posa une main sur son coude pour l'attirer en arrière.

— Monsieur… C'est un grand honneur de vous rencontrer.

La voix de Jay était plus forte – toute amabilité avait disparu. La table le regarda, bouche bée. Il était inacceptable qu'un jeune s'adresse ainsi à quelqu'un de l'âge de Joseph.

Joseph dilata ses narines. Il dut se forcer à se souvenir du lieu où il se trouvait.

— Pardon, répéta-t-il.

Jay demeura immobile.

Joseph prit une longue inspiration puis leva la main droite. D'un seul mouvement leste, il percuta l'épaule gauche du garçon. Jay vacilla, mais ne tomba pas. Les convives étouffèrent un cri. Joseph était déjà parti. S'il était resté, il aurait tué ce garçon.

Douglas frotta doucement le dos de Jay pour le calmer. Jay se tourna vers Casey, mais elle fermait les yeux, comme une enfant qui tente de faire disparaître la pièce autour d'elle. Leah avait les mains plaquées sur sa bouche. Elle se demandait si Joseph viendrait la rechercher plus tard, ignorant qu'il n'avait pas pris la voiture. Il était déjà dehors, à pied, et remontait Queens Boulevard en direction de la supérette 7-Eleven. Il entra pour acheter des cigarettes – son premier paquet en vingt-trois ans.

Ella avait manqué toute l'agitation. Elle était encore occupée à remercier les invités lorsque le directeur des banquets l'informa qu'il était l'heure pour la mariée et son père d'ouvrir le bal. Le silence régnait à la table de Douglas quand elle vint le chercher. Elle remarqua d'abord Leah, livide, les mains plaquées sur son nez comme un masque. Le DJ passait une musique disco, alors qu'elle devait danser sur *The Best Is Yet to Come* de Sinatra.

— Papa, c'est l'heure de notre danse, dit-elle en jetant un coup d'œil à Casey et Jay qui semblaient abasourdis. Casey, que s'est-il passé ?

Casey secoua la tête sans rien dire.

Douglas frotta une dernière fois le dos de Jay avant de se tourner pour prendre la main d'Ella. Ils se dirigèrent vers la piste de danse et quand leur chanson démarra, il mena un admirable fox-trot.

Il n'y avait pas de temps pour les excuses ou les explications. Casey et Jay s'en allèrent sans avoir touché à leur dîner.

Pendant le trajet du retour en taxi, Jay ne cessait de répéter « J'en reviens pas ». Il espérait que Casey dise enfin quelque chose, mais elle ne le fit pas. De temps en temps, elle hochait la tête, et à un moment murmura : « Je suis désolée, Jay », mais rien de plus. Quand Casey était triste, il était impossible de la tirer de son mutisme. En général, il jacassait jusqu'à ce qu'elle intervienne, mais lorsque c'était du sérieux, il se contentait d'attendre. Il préférait presque la voir en colère, car au moins elle parlait – elle criait, même. C'était son calme, le plus difficile à supporter. Il n'avait aucune idée de ce qui lui passait par la tête. Casey était de nature impulsive, et si le plus souvent elle était drôle et facile à vivre, il la connaissait suffisamment bien maintenant pour savoir qu'elle était toujours en train de ruminer d'autres pensées en arrière-plan. Casey était une fille compliquée, et la plupart du temps, ça lui plaisait. Mais qu'est-ce qu'elle voulait dire par « désolée » ?

À l'appartement, ils se changèrent. Casey se démaquilla et ôta les épingles à chignon de ses cheveux. Sous la douche brûlante, elle tenta de réfléchir à ce qu'elle allait pouvoir dire à Ella quand celle-ci la contacterait, regrettant de ne pas voir son amie en *hanbok* traditionnel pour la cérémonie *paebaek* où elle devait s'incliner devant la mère de Ted. Elle était censée l'aider à se changer. Ce qui s'était passé était abominable. L'amitié d'Ella avait beaucoup de valeur pour Casey. Sa bonté était venue à bout de la jalousie qu'entretenait Casey depuis l'enfance. Or Casey l'avait abandonnée en plein milieu de sa soirée de mariage. Son père s'était comporté comme un voyou, quant à Jay… Oh, Jay. Il avait été si ridicule. Quand quelque chose se passait mal, la première émotion de Casey était toujours la honte. Ici, la honte était sous-jacente, profonde et vaste. Il n'y avait pas de moyen d'y échapper, songea-t-elle.

Quand elle sortit de la douche, Jay était déjà au lit, où il lisait du Wallace Stevens. Il lisait toujours de la poésie lorsqu'il était contrarié. Casey lui sourit, désolée pour eux deux. Elle aussi était triste. Dans le taxi, elle n'avait dit que ce qu'elle pensait le plus sincèrement. Elle était profondément désolée – d'avoir retardé les présentations, de la brutalité de son père, de tous ces témoins de son humiliation, désolée pour tout, et du déshonneur de sa famille au jour le plus important d'une amie chère. En plus de la honte, il y avait le remords.

— Je vais fumer sur le toit, l'informa-t-elle.

— Tu es en peignoir et pyjama, chérie, dit-il en riant. C'est plutôt une tenue pour faire dodo.

— Ça alors, je n'avais pas remarqué ! rétorqua-t-elle en faisant mine d'être choquée.

Jay disait encore « faire dodo ». Il y avait quelque chose de très enfantin chez lui, même lorsqu'il se comportait en adulte responsable. Elle l'aimait pour cette insouciance, mais elle voyait aussi son côté naïf qui l'avait persuadé qu'il n'y avait pas de risque à aborder son père avec la même stratégie qui s'était avérée un échec avec sa mère. Jay était convaincu que personne ne le rejetterait jamais tant qu'il était animé d'intentions louables enrobées de manières charmantes. D'un certain point de vue, c'était adorable. Mais c'était aussi stupide.

Casey tourna les talons.

— Il est tard, plaida-t-il pour la retenir.

— Il n'y aura personne sur le toit, répondit-elle d'une voix douce. Personne ne me verra en peignoir. On est samedi soir. Personne ne va monter. Et puis, je n'ai pas envie de me rhabiller.

Ils étaient en train de débattre de sa tenue. Quelle importance cela avait-il ?

Jay la fixa intensément et déclara :

— Je ne me sens pas aimé.

— Quoi ? Mais de quoi tu parles ? Bien sûr que je t'aime.

— Alors reste avec moi, dit-il.

Elle comprit aussitôt qu'il voulait faire l'amour. Mais elle n'avait pas envie. Elle ne se sentait ni sexy, ni même d'humeur. Rien que l'idée de ses mains sur son corps la dérangeait.

— Je n'en ai pas pour longtemps, Jay. J'ai vraiment besoin d'une cigarette.

— Bébé, je peux te proposer autre chose à fumer, dit-il avec une mimique comique des sourcils et un rire nerveux.

L'allusion grivoise était un risque. Par politesse, elle rit avec lui. Mais la suggestion lui inspirait de la répulsion, alors qu'elle n'était pourtant pas de ces filles qui refusent la fellation. Il lui arrivait de trouver cette pratique très érotique.

— Chéri, parfois un cigare n'est rien d'autre qu'un cigare, cita-t-elle.

Jay s'esclaffa. Tout allait bien se passer.

— Bon, d'accord. Tu sais où me trouver. Espèce d'accro.

Le toit était désert. Casey s'assit sur un banc humide de rosée. Elle fuma rapidement une cigarette, puis en alluma une autre. Puis encore une. Le T-shirt blanc trop long qui lui faisait office de chemise de nuit et son peignoir en éponge étaient suffisamment couvrants, bien que peu élégants. La plupart du temps, Casey portait de jolies choses au lit, mais ce soir elle avait sorti son pyjama le moins beau. Les cigarettes lui rendirent espoir. Au matin, elle téléphonerait à Ella pour lui présenter ses excuses. Après sa quatrième cigarette, elle en alluma une suivante. La porte grinça. Jay se tenait dans l'embrasure, en simple T-shirt et boxer sous un sweat-shirt au logo de son lycée privé.

— Et tu t'inquiétais de ma tenue ? lança-t-elle.

— Qu'est-ce qui se passe, Casey ?

Son ton austère la prit au dépourvu.

— Pourquoi tu n'es pas redescendue ? Je t'attendais.

Elle brandit sa cigarette en guise d'explication évidente.

— Combien ?

— Je ne sais pas. Quatre ? Cinq ?

— Viens te coucher.

Casey n'arrivait pas à le regarder. Les visions ne viendraient pas, n'est-ce pas ?

— Casey, je suis fatigué. Rentre.

Il approcha.

— Je ne peux pas t'épouser.

— Quoi ? s'offusqua Jay. Quoi ?

Elle était bouchée bée, incrédule devant ses propres mots. Elle souffla de la fumée par les narines.

— Je crois que ce mariage n'est pas une bonne idée.

— Mais qu'est-ce que tu racontes, putain ? Tu es en train de me dire que tu refuses de m'épouser ?

Elle croisa les jambes, sa claquette ballante au bout de son pied. Le vernis écaillé de ses orteils la fit se sentir malpropre.

— Dis-le, Casey. Je veux te l'entendre dire.

Elle avait une sensation de froid sur les lèvres.

— Dis-le, putain. Dis-le que tu ne veux pas te marier avec moi, insista-t-il d'une voix tremblante.

Elle était incapable de lever les yeux vers lui.

— Je ne le vois pas, Jay. J'attendais qu'une image se matérialise dans ma tête. Tous les matins, j'ai ces visions, mais je n'en ai pas de nous…

Elle se mit à pleurer, parce qu'alors elle sut. Avec certitude. L'image ne lui était jamais venue parce que ce n'était pas censé arriver. Comme elle n'était pas censée aller étudier le droit à Columbia. Et elle n'avait jamais parlé de ses visions à Jay avant parce qu'elle se doutait qu'il ne la croirait pas. C'était timbré.

— De quoi tu parles ? Je t'aime. Toi et moi, on est tellement bien ensemble. Je t'aime plus que tout, Casey Han. Tu es folle ? Je ne peux pas imaginer ma vie sans toi. Tu sais combien je regrette ce…

— Je m'en fiche de cette histoire. Là n'est pas la question…

Elle n'avait aucune envie de reparler de ces filles. Et elle le croyait, il ne recommencerait pas. Ce qui la perturbait, c'était sa tendance à vouloir plaire à tout le monde, ses croyances irréalistes, et le fait qu'il n'ait jamais réussi à se mettre à sa place. Elle ne prétendait pas qu'une personne blanche ne soit pas capable de comprendre ce qu'elle vivait en tant qu'Asiatique. Mais Jay, avec son optimisme américain invétéré, refusait de voir qu'elle venait d'une culture où les intentions louables et la communication franche ne suffisaient pas à réparer toutes les blessures. Ce n'était pas comme ça que cela fonctionnait avec ses parents, en tout cas. Ils étaient des Coréens au cœur brisé – ce n'était pas la faute de Jay, mais comment était-il censé comprendre leurs tourments si particuliers ? Leur tristesse qui lui semblait millénaire. Songeant à ce qu'elle venait de dire, elle-même était terrifiée par la perspective de la rupture. Il allait tant lui manquer. Ces mois de séparation avaient été un enfer. Mais elle ne pouvait pas s'accrocher à lui par seule crainte de la douleur. Elle avait fait des compromis sur le sexe et la morale, mais elle avait sa limite : elle ne ferait pas de compromis sur l'amour. N'était-ce pas trop radical ? L'absence d'amour était-elle préférable à un amour sans compréhension ? Plus tôt ce soir-là, quand Jay s'était dirigé vers son père, elle avait eu l'impression de ne plus le connaître, alors qu'elle aurait pu prédire qu'il se lancerait dans une initiative si vaine.

Casey se courba pour récupérer ses mégots. Elle compta sept cigarettes. Impossible qu'elles lui appartiennent toutes. Puis elle se leva du banc. Elle n'arrivait toujours pas à regarder dans la direction de Jay.

— Tu fais une bêtise. Il n'y aura pas de retour en arrière, Casey. Je ne te reprendrai pas.

Jay chercha ses yeux sombres, puis haussa le ton :

— Tu m'entends ? Tu ne peux pas me quitter. Je ne te le pardonnerai pas. Je ne te le pardonnerai pas si tu me quittes. Jamais je ne te le pardonnerai, putain.

— Je suis désolée, dit-elle avec autant de douceur que possible.

Elle n'avait pas eu de vision – d'une certaine manière, cet argument irrationnel avait plus de sens pour elle que la menace très concrète de Jay.

# LIVRE II

## Trouver sa voie

# 1

# LA BOUSSOLE

Il n'y avait pas trente-six solutions : afin de joindre les deux bouts, Casey devait cumuler deux emplois et le plus simple était de retourner chez Sabine's. Du lundi au vendredi, elle travaillait comme assistante chez Kearn Davis, et pour couvrir son loyer dans un studio de Battery Park, les montagnes de vêtements qu'elle ne pouvait s'empêcher d'acheter, ainsi que le coût humiliant de la vie sociale à Manhattan, elle se retrouvait désormais derrière un comptoir le jeudi soir et le week-end entier, à vendre des chapeaux et des accessoires. En janvier, dans un mois, elle aurait vingt-cinq ans. Elle occupait le même job à temps partiel qu'à ses dix-huit. Cet immobilisme ne lui échappait pas.

Deux ans et demi s'étaient écoulés depuis qu'elle avait signé chez Kearn Davis ; Kevin Jennings, le sceptique patenté qui lui faisait office de patron, ne pourrait pas le lui reprocher si elle décidait de démissionner.

Elle avait purgé sa peine. Mais pour aller où ? Columbia avait refusé de différer son admission d'une année supplémentaire. Non pas qu'elle se soit imaginée avocate, de toute façon. Hugh et Walter l'encourageaient à devenir broker, mais Casey ne s'y voyait pas non plus. Parfois, elle envisageait l'école de commerce. Sabine la poussait dans ce sens. Quant à ses parents, ils avaient fait une croix sur elle – ou était-ce l'inverse ?

Autour d'elle, le monde ne s'arrêtait pas pour autant de tourner. Tina venait d'entrer en médecine à USC, en Californie ; à Bologne, Virginia terminait son mémoire de maîtrise sur Botticelli tout en faisant l'amour à tous les peintres ténébreux qu'elle pouvait caser dans son planning ; Ella était enceinte de huit mois et alitée pour cause de prééclampsie ; et Delia, son alliée chez Kearn Davis, avait été mutée au département événementiel. Depuis son déménagement dix-huit mois plus tôt, Jay ne lui adressait plus la parole.

Casey vivait maintenant dans un studio en forme de L tout en bas de Manhattan, suivait les cours du niveau avancé en chapellerie du FIT le mardi soir, avait accumulé une dette de douze mille dollars sur sa carte de crédit, et jonglait avec ses deux jobs. Au printemps, elle était brièvement sortie avec un gestionnaire de portefeuilles rencontré à la table d'un gala de charité payée par Kearn Davis. Mais après quelques dîners en tête à tête, elle s'était rendu compte qu'il s'agissait d'un deuxième Jay Currie – un garçon agréable, avec une grande confiance en lui et des opinions modérées. Elle avait paniqué en comprenant qu'elle avait un genre d'homme, car elle savait déjà où celui-ci la mènerait. Après ça, elle ne l'avait plus rappelé, et il n'avait pas semblé s'en soucier outre mesure. Il était séduisant, jeune et riche, il n'aurait aucun mal à la remplacer. Sa seule concession à l'avenir avait été de passer les examens des GMATs – un prérequis pour toute candidature en business school.

On était la première semaine de décembre, et c'était le troisième samedi de Casey au magasin. Depuis l'époque de son job d'étudiante, hormis Judith Hast qui était toujours à son poste de manager, la plupart de ses amies vendeuses étaient passées à autre chose.

Dans la catégorie des grands magasins, Sabine's était un petit calibre – environ trois mille mètres carrés – avec seulement deux niveaux dédiés à la mode féminine et un sous-sol pour les cosmétiques et la bonneterie. L'intérieur avait récemment été repensé par l'architecte japonaise Yuka Mori. Les murs minimalistes étaient peints d'un blanc éclatant au fini brillant, les planchers reconstruits à partir de parquets restaurés et importés de France et d'Italie. Le contraste entre les murs soyeux et le sol de bois brut avait été salué par la critique architecturale. Ici, les vêtements étaient exposés comme des œuvres du Metropolitan Museum of Art's Costume Institute, ce qui en faisait un lieu intimidant, même pour les clientes new-yorkaises les plus capricieuses.

Ce qui rendait Sabine's unique aux yeux des amoureuses de la mode, c'était le talent troublant de sa propriétaire pour dénicher et choyer des créateurs brillants qui lui restaient loyaux par la suite – car, contrairement à la plupart des grands magasins, Sabine Jun Gottesman les payait rubis sur l'ongle et dans les temps. Sabine était également très proche des rédactrices des magazines de mode et sa générosité envers leurs associations caritatives préférées était connue de tous.

Ce jour-là, les clientes affluaient avec leurs listes de Noël, mais il n'y avait personne aux chapeaux. La tendance n'était plus aux couvre-chefs décoratifs. Les femmes modernes ne voulaient pas de l'attention qui allait avec, et ne cédaient pas à la tentation d'un tel accessoire, prétextant ne pas avoir le style pour l'assumer. Quand madame Tout-le-monde achetait un chapeau, c'était pour des raisons pratiques (se protéger du froid ou du soleil), et si à cela s'ajoutait une recherche d'élégance, elle restait secrète. Les choses se corsaient si les clientes venaient accompagnées d'un homme. Seuls les maris ou les petits amis très sûrs d'eux approuvaient le port d'un chapeau. Paradoxalement, si les hommes étaient attirés par les femmes à chapeaux, ils rechignaient à voir leur partenaire se démarquer dans la foule. Les chapeaux et les accessoires n'étaient pas des ventes faciles. Casey s'était vu proposer les rayons chaussures ou sport – où les plus grands volumes de vente impliquaient de meilleures commissions –, mais elle avait choisi ce comptoir parce qu'il lui procurait un curieux sentiment d'accomplissement. Car Casey avait le sens du timing – elle était capable de déterminer avec précision le moment parfait pour aborder une cliente et lui suggérer d'essayer un chapeau. De même, elle savait reconnaître celles auprès de qui tout effort s'avérerait inutile. Aujourd'hui, à l'approche des fêtes, il y avait peu de chances pour que des clientes soient tentées d'en acheter un pour elles-mêmes. Si elle voulait toucher une commission, Casey allait devoir refourguer des épingles à chignon ou des broches à fleurs en tissu.

Sur une suggestion de Judith Hast, Casey réarrangeait les vitrines quand elle découvrit un borsalino marron. Elle ôta son feutre en poils de castor vert orné d'un ruban en gros-grain et d'une plume orange vintage importé de Paris, et elle essaya le borsalino en demandant son avis à Judith.

— *Bellissima !* s'exclama Judith dans un italien impeccable.

— *Grazie*, la remercia Casey en reposant le chapeau sur son socle.

Judith retourna à son inventaire du catalogue printanier. Rentière discrète de quarante-sept ans avec un style vestimentaire adapté au country club, divorcée et mère célibataire d'une adolescente répondant au prénom de Liesel, Judith travaillait trois jours par semaine chez Sabine's pour le seul plaisir de bénéficier des trente-trois pour cent de ristourne réservés aux employés. Après une enfance privilégiée dans la riche bourgeoisie de West Hartford, elle était partie étudier à la prestigieuse université dublinoise de Trinity College, mais avait abandonné en troisième année pour se marier avec un jeune diplômé séduisant qui avait fini par la quitter pour la sœur aînée de sa meilleure amie. Après son divorce, Judith avait réclamé son héritage, emménagé à New York avec son bébé, et renoncé aux mèches blondes. Elle vivait maintenant dans un spacieux appartement de l'Upper West Side avec Liesel et y invitait souvent Casey à dîner.

— Ne me laisse pas acheter ce chapeau, la prévint Casey d'un ton sévère.

— Si tu ne le prends pas, tu vas y penser en permanence. Tu veux que je te le réserve ? proposa Judith en sondant l'expression inquiète de Casey.

— Non, je te remercie.

Casey inclina le borsalino sur son socle pour le mettre en valeur. C'était du Judith tout craché – le conseil d'une femme généreuse, mais aussi très riche, pour qui un chapeau à trois cents dollars ne représentait pas une dépense notable. Même avec la réduction employé, et même si le créateur le lui faisait à prix coûtant (ils proposaient des modèles pour les vendeuses), Casey ne pouvait pas se le permettre. Ce matin-là, elle s'était levée avec l'idée de demander à Sabine une avance sur son salaire – mais elle y avait renoncé par crainte de subir un nouveau sermon. Et puis, Casey avait déjà un magnifique borsalino marron orné d'un ruban bleu parmi sa collection de… cinquante chapeaux, dont vingt de sa propre confection, et pour la plupart, elle ne les avait portés qu'une seule fois. Ses habitudes de consommation étaient incontestablement excessives. Mais parfois, Casey aurait voulu objecter que quelqu'un comme Judith possédait au moins deux cents chapeaux. Si elles n'avaient pas le même budget, ça ne signifiait pas pour autant que Casey en avait moins envie. Son cœur était rempli de désirs frivoles et luxueux.

Ces derniers temps, ses dettes l'empêchaient de dormir. Son loyer s'élevait à mille deux cents dollars par mois, ses charges à cent cinquante, ses loisirs (cinéma, bar, restaurant entre amis, taxi pour rentrer) à sept cents dollars et il fallait ajouter à cela les mensualités variables de remboursement de sa carte de crédit – entre quatre cents et mille dollars. Depuis sa rupture avec Jay, Casey était livrée à elle-même. Elle ne savait pas comment gérer son budget et elle était incapable de résister à une nouvelle jupe pour peu qu'elle soit jolie. Douze mille dollars de dîners, de fleurs qu'elle avait fait livrer, de boîtes de chocolats français, d'adhésion à un club de sport, de boucles d'oreilles en perles de chez Mikimoto, de vêtements, de chaussures, de frais pour ses cours de chapellerie. Les seules personnes au courant de ses dettes étaient Hugh (parce qu'on pouvait tout lui dire sans craindre d'être jugé) et Sabine, qui lui avait extorqué cette confession ; mais même eux n'avaient aucune idée de l'ampleur de la catastrophe. La vie était si chère. Le plus fou, c'était que ses dettes avaient beau la terroriser, le désir de consommer ne cessait de s'accroître – il fallait tester ce restaurant recommandé par le *Times*, commander un deuxième verre de vin au dîner, offrir d'onéreux cadeaux de mariage ou de naissance, aller voir les quatre opéras de Wagner au Met, faire livrer une orchidée à Ella pour fêter l'annonce de sa grossesse.

— Tu prends ta pause à quelle heure ? demanda Judith en rebouchant son stylo.

— Bientôt, répondit Casey avec l'espoir que Judith ne lui pose pas plus de questions.

— Tu veux déjeuner avec moi ? J'ai de quoi se régaler.

Judith apportait souvent d'immenses salades que lui préparait sa gouvernante avec un petit flacon de vinaigrette maison allégée, ainsi que des galettes de riz soufflé. Judith ne mangeait ni laitages, ni glucides, ni viandes.

— Je ne peux pas, ma belle. Mais c'est gentil.

— Tu déjeunes avec Sabine ? s'enquit Judith d'une voix un peu plus aiguë.

Casey hocha la tête tout en continuant d'agencer les bonnets tibétains en fourrure dans un dégradé de clair à foncé. Depuis l'époque où elle avait ouvert sa première boutique, presque trente ans plus tôt, Sabine travaillait tous les samedis. Quand Casey était revenue, la grande patronne avait insisté pour qu'elle prenne ses repas avec elle dans son bureau – les samedis, et même les jeudis soir si elle restait tard. Néanmoins, Sabine était bizarrement tatillonne sur deux règles : les sandwichs devaient être payés à tour de rôle, et personne n'avait droit de déborder sur son temps de pause, certainement pas ses employées chouchous, et encore moins si l'on déjeunait avec elle. Sur ces questions d'équité, elle se révélait pathologiquement maniaque et intransigeante. C'était au tour de Casey d'aller acheter les sandwichs et les boissons, mais elle n'avait plus un sou en poche. Il fallait qu'elle téléphone à sa banque, mais elle ne voulait pas que Judith l'entende.

— Sabine est vraiment géniale, dit Judith en tentant de masquer sa déception.

— Hmm hmm.

Casey savait que Judith se sentait délaissée. C'était quelque chose qu'elle détestait dans les amitiés entre femmes. Il y avait toujours une exclue.

Judith travaillait ici depuis dix ans, mais Sabine ne lui avait jamais proposé de déjeuner dans son bureau. Si leur relation était cordiale, elle restait strictement professionnelle. Sabine avait ses préférées – ses poulains, d'une certaine manière – des employées intelligentes, dynamiques, élégantes et douées pour la vente. Jeunes. Elles étaient toujours jeunes. Judith se frictionna les bras comme si elle avait froid.

— Demain ? Ça me ferait plaisir, proposa Casey. J'apporterai une salade, moi aussi. Ou une boîte de thon, rectifia-t-elle en songeant aux légumes restants dans son frigo. Je crois que j'ai du beurre de cacahuètes. Et peut-être du maïs en conserve...

— J'ai une idée, je pourrais demander à Daisy de te préparer une salade à toi aussi !

*La plus charitable des deux*, se répéta intérieurement Judith. C'était ce que sa mère lui disait chaque fois que quelqu'un lui faisait de la peine : « Sois la plus charitable des deux, mon poussin. Sois toujours la plus charitable des deux. On ne pourra jamais te le reprocher. »

Casey jeta un coup d'œil coupable à sa manager. Si seulement elle savait sa réticence à l'idée de s'enfermer dans le bureau de la patronne. Ces derniers temps, quelqu'un avait tagué dans les toilettes de la salle de pause des employées « Que font Queenie et Principessa à deux dans ce bureau ? ». Quand Sabine en avait été informée, elle s'était esclaffée et avait rétorqué : « Queenie ? J'ai l'air d'une reine ? »

Pourtant, force était de reconnaître que le bureau de Sabine constituait un sanctuaire idéal loin de la salle de pause bruyante et de l'étage principal bondé. Pour s'y rendre, il fallait traverser un couloir blanc dépouillé, éclairé à l'halogène, jusqu'à atteindre une réception où Melissa, l'assistante de Sabine, était inconfortablement perchée sur un tabouret haut en acier ; alors se dressaient deux portes en érable annonciatrices des superbes boiseries du bureau de cent quarante mètres carrés. Comme dans son appartement, d'immenses arrangements floraux étaient disposés de chaque côté de la pièce – un luxe indispensable, d'après Sabine. Près des fleurs se trouvait un diptyque de coups de pinceau verts et jaunes d'une largeur hors du commun. Toutes les assises étaient tapissées de mohair crème à quatre cents dollars le mètre, si bien que seules les boissons incolores étaient autorisées dans cette enceinte. Ce bureau était un témoignage du sens de l'esthétisme indiscutable de son occupante, devant lequel chaque visiteur ne pouvait que s'incliner. La légende racontait qu'un jour Lagerfeld y avait mis les pieds, et après l'avoir parcouru de son regard exigeant s'était installé sur une chauffeuse, le dos bien droit, pour décréter l'ensemble « très bien ».

Sabine était au téléphone avec un fournisseur à Hong Kong. Elle fit signe à Casey d'entrer puis, avec une main, mima le jacassement d'une pie. Sans un bruit, Casey disposa sur la table de réunion les bouteilles d'eau et deux sandwichs au poulet et pain complet. Elle ouvrit un des panneaux en érable pour révéler un miroir sur toute la hauteur du mur. Face à son reflet, elle ajusta son feutre et coinça ses longs cheveux noirs derrière ses oreilles. Casey ne s'habillait pas au magasin comme au bureau. Pour commencer, elle portait des chapeaux chez Sabine's – dans un style relativement conservateur et flatteur, rien de trop original qui ferait peur aux clientes, mais elle choisissait des couleurs et des ornements juste assez surprenants pour être visuellement agréables. Lors de ses trajets en métro du week-end, elle dénotait un peu, mais ne s'en souciait guère ; c'était une bouffée d'air frais loin de son accoutrement de la semaine. Dans un coin du miroir, Sabine inspectait le reflet de Casey.

Dès que Sabine termina son appel, elle alluma une nouvelle cigarette. Elle en consommait deux paquets par jour (un de plus que Casey), et chaque fois que la jeune fille passait dans son bureau, elles fumaient ensemble.

Des années plus tôt, elles avaient essayé d'arrêter en même temps, mais l'expérience avait été une torture pour tout le monde. Isaac avait renoncé à la convaincre, concédant que sa femme était bien plus aimable avec ses cigarettes et ses deux cocktails du soir – « Elle n'a pas d'autres vices », justifiait-il. Les amis designers français de Sabine avaient vu sa tentative comme un travers du puritanisme américain auquel elle se devait de résister. Une vie sans plaisir inhibait la créativité, prétendaient-ils. Pour appuyer leur argument, certains lui avaient fait livrer des caisses de Gauloises et de Gitanes Blondes.

— C'est un nouveau chapeau ? demanda Sabine.

— Sachant que « nouveau » est un terme relatif, pas vraiment, répondit Casey.

— Combien ?

— Il n'est pas d'ici.

— J'ai bien remarqué.

Sabine passait en revue le moindre bon de commande dans chaque département. Sa parfaite mémoire de l'inventaire du magasin stupéfiait les acheteurs qui l'établissaient.

Casey afficha une moue d'enfant.

— Tu n'aimes pas mon chapeau ?

— Ce n'est pas ce que j'ai dit.

— Alors il te plaît ?

— Il me plairait davantage si tu avais les moyens de te le payer.

Casey regarda les sandwichs.

— Tu as faim ? demanda-t-elle à Sabine.

— Non.

— Bon, fit Casey en allumant sa cigarette. Moi non plus.

— Tu as passé les appels pour les dossiers de candidature ? s'enquit Sabine.

Elle fit le tour de son bureau pour aller s'asseoir à la table de réunion. Sa voix s'était quelque peu adoucie.

— Oui.

— Et ?

— Ma vie n'est pas si mal en ce moment.

Casey voulait garder la discussion légère. Elle appréciait Sabine. Sabine était cool, et même si elle était plus âgée que sa mère, à ses yeux elle restait jeune. Elle était en quelque sorte un modèle, un mentor, une femme que Casey admirait – mais c'était parfois trop. C'était pour cette raison qu'il était difficile d'accepter quoi que ce soit venant de Sabine, parce qu'elle s'attendait ensuite à devoir lui rendre des comptes.

— Tu ne peux pas rester assistante chez Kearn Davis toute ta vie. Et tu ne veux certainement pas finir comme Judith.

Casey leva la tête, les épaules raides.

— Qu'est-ce qui ne va pas chez Judith ?

— Rien.

— Alors pourquoi tu dis ça ? s'insurgea Casey en se sentant obligée de prendre sa défense.

— Judith est gentille. C'est une très bonne manager pour le week-end. Mais elle a raté sa vie. Songe à toute la fortune dont elle a hérité. Et qu'en fait-elle ?

— Euh, elle t'enrichit en achetant des articles de ton magasin ? rétorqua Casey avec un geste agacé. Judith ne fait de mal à personne.

— C'est faux.

Sabine écrasa sa cigarette et répéta :

— C'est faux. Tu as tort sur toute la ligne.

Du bout des doigts, Casey souleva le sandwich resté dans son emballage en papier et le retourna comme un pancake dans une poêle. Il fit un petit bruit sourd, et elle recommença. Encore. La pile de dossiers de candidature pour les business schools se trouvait sur la table pliante qui lui faisait office de table à manger dans son studio. Elle en avait déjà parlé brièvement avec Ted à un brunch organisé par Ella, et il n'avait pas mâché ses mots pour lui annoncer qu'elle n'avait aucune chance auprès de Harvard ou de Stanford – les seules B schools valables, d'après lui. « Peut-être qu'être une femme t'avantagera. Mais d'être asiatique, certainement pas », avait-il conclu.

Si ses notes à l'examen des GMATs étaient honorables, du point de vue d'un comité d'admission d'école de commerce, son expérience professionnelle n'était ni intéressante ni ambitieuse. Elle était en concurrence avec des profils comme celui de Jay, qui s'était tué à la tâche pendant trois ans pour faire son *training* dans l'une des meilleures banques d'investissement, et même lui s'était vu recalé par les seules écoles que Ted jugeait dignes d'intérêt. C'était grâce au coup de fil d'Isaac que Jay avait obtenu un second entretien à Columbia.

Deux ans et demi après Princeton, les options de Casey s'étaient réduites comme peau de chagrin. Le droit ne pesait plus dans la balance – sa lettre d'admission périmée ne valait plus rien. Les deux meilleures écoles de commerce étaient hors de portée. Mais ce n'était pas vraiment une tragédie. Casey retournait le sandwich de plus en plus vite.

— Arrête.

— Hein ?

Casey s'immobilisa, soudain consciente de son mouvement.

— Oh. Désolée.

Sabine posa sa cigarette sur son cendrier en jaspe.

— Alors ça te plaît, d'être pauvre ?

— J'adore, rétorqua Casey. Ça me va bien. C'est familier, réconfortant.

Ella ajusta son chapeau et plissa les yeux, faussement amusée.

— Ha ha ha, fit Sabine.

Son téléphone sonna et elle décrocha, levant son index pour signaler que ce ne serait pas long. Les affaires passaient toujours en premier.

Casey repoussa son sandwich. Il la répugnait. Le sandwich était comme tout ce qu'elle achetait à crédit – plus laid une fois payé, et lui procurant bien peu de plaisir parce qu'il lui rappelait qu'elle était égoïste, destructrice, cupide et incapable de se contrôler. Malgré toutes les bonnes intentions de Sabine, Casey avait envie de lui balancer son sandwich à la figure pour lui avoir posé une question si vile. Est-ce que ça lui plaisait d'être pauvre ? Évidemment que non ! *Putain* ! aurait-elle voulu crier. Mais comment faisait-on pour devenir riche ? Personne ne lui avait donné le mode d'emploi.

Elle ne supportait plus d'être toujours à sec, d'avoir des meubles récupérés sur le trottoir ou à l'Armée du Salut. Même Ikea était trop cher pour elle. Pour autant, la vacuité de son portefeuille et de son compte ne l'empêchait pas de payer une nouvelle tournée quand elle sortait avec ses copines du cours de chapellerie ou de la fac. Les dettes la tracassaient, mais une pensée plus terrible encore entamait son bien-être : si ses parents ou sa petite sœur avaient un jour besoin de son soutien financier, elle n'aurait pas de quoi leur payer le taxi. Il n'y avait pas de fils dans la famille. Casey était l'aînée. En l'état actuel, elle ne valait rien à leurs yeux, et ne pouvait s'en prendre qu'à elle-même. Elle avait dû refuser une nouvelle invitation de Virginia tant elle était fauchée, alors que personne dans sa famille n'avait jamais mis les pieds en Italie. Bologne attendrait.

Virginia était en dernière année de maîtrise à l'étranger et ne gagnait pas d'argent, ce qui ne l'empêchait pas de mener un train de vie de rêve. Elle se faisait inviter à dîner par des hommes d'affaires, couchait avec des artistes, et avait toujours un amant pour lui acheter des vêtements de luxe et l'emmener en voyage. Dans ses lettres, elle se confiait éhontément : « Turin était trop calme, alors Marco m'a emmenée une semaine dans sa villa sur le lac de Côme. » Marco était le petit ami du mois, et Sabine avait plus tard expliqué à Casey que le lac de Côme était une charmante station balnéaire en Italie où même l'air que l'on respirait avait un prix. Pour beaucoup de filles de Princeton et de Brearley, surtout les plus jolies, la vie après la fac n'était qu'une longue aventure pleine de paillettes. Casey était la première de sa famille à être allée à l'université. Virginia prétendait qu'elles étaient du même moule, puisque sa mère biologique n'avait probablement pas fini le lycée – et que dire de son géniteur, le goujat ? Mais quel que fût l'héritage génétique de Virginia, depuis son adoption, elles ne jouaient plus dans la même ligue, songea Casey.

Pendant deux ans et demi, Casey avait traîné des pieds le long de la route, et elle se retrouvait coincée au même embranchement. Elle comprenait ce qu'avaient essayé de lui dire Sabine, Hugh, Walter et ses parents : il fallait prendre une décision et s'y tenir. Mais il n'y avait aucune garantie, n'est-ce pas ? D'intégrer une école, de décrocher un poste, d'être à l'abri du besoin ? Tous les jours, des gens étaient licenciés. Chez Kearn Davis comme chez Sabine's, elle avait été témoin de plus de limogeages qu'elle ne pouvait en compter. Congédiés – ça ressemblait à des vacances. Mais Casey n'avait pas oublié la période où elle dépendait de l'hospitalité d'une amie, ni la honte de voler un œuf dans son frigo pour allonger une soupe de nouilles à trente-neuf centimes.

Sabine raccrocha. Son expression était froide – son regard supérieur et son silence glacial. D'un coup sec, elle alluma une autre cigarette avec son briquet en platine. Sa frustration était palpable. Elle consulta sa montre.

— C'est déjà la fin de ma pause ?

— Non, lui répondit Sabine avec un clin d'œil.

— Tu n'en as pas fini avec moi.

— En effet.

— OK, je t'écoute. Balance.

— Est-ce que tu comptes t'occuper des dossiers pour les écoles de commerce ?

— Je ne sais pas, Sabine. Je ne sais pas.

— Tu m'énerves avec tes « je ne sais pas ». Ça te donne l'air bête. Ou dépressive.

— Évidemment.

Casey travaillait sept jours sur sept. Même ses immigrés de parents qui n'avaient pas terminé leur lycée avaient leur dimanche chômé.

— Alors, bouge-toi les fesses un peu. Il ne te reste qu'une semaine, c'est ça ? Il faut que tu envoies tes dossiers.

— Kevin pense que les business schools ne servent qu'à étoffer son carnet d'adresses et que le réseautage, c'est pour ceux qui n'ont pas de talent, commenta Casey en pouffant.

— Tu n'es pas Kevin.

Par là, elle voulait dire que Kevin n'était pas une Coréenne issue d'une famille pauvre. Malgré son mariage avec un Américain, Sabine disait régulièrement des choses du genre : « Les Américains prennent les Asiatiques pour des insectes, au choix : la fourmi travailleuse, l'abeille ouvrière, ou le cafard increvable. » Mais ce n'était pas comme si elle était plus tendre avec sa communauté. « Les Coréens sont des ignares. Une bande de ploucs en tenues de créateur », avait-elle marmonné après la lecture d'un article de magazine qui citait la Corée comme le pays ayant le plus fort taux d'avortement des fœtus fille. Sabine croyait qu'en Amérique, une sorte de sélection naturelle pouvait s'opérer : il suffisait de travailler dur, de réfléchir par soi-même et de connaître ses rivaux pour que, avec les bons guides et le soutien nécessaire, le succès devienne inévitable. D'une certaine manière, c'était une optimiste irrationnelle. Elle pensait aussi que les histoires de religion, c'était des conneries.

— Je veux que tu le fasses cette semaine. Allez, Casey.

— On ne peut pas plutôt parler de mon chapeau ? Regarde comme il est beau.

En présence de Sabine, figure de l'adulte, Casey se sentait puérile. Chez Kearn Davis, elle représentait au contraire l'autorité maternelle qui sommait les brokers de monter dans l'avion, qui planifiait leurs conférences téléphoniques, qui leur commandait à manger et leur claquait une serviette de table sous le nez pour les rappeler à l'ordre. Mais dans le bureau de Sabine, elle redevenait une adolescente préoccupée par la couleur de son gloss.

Sabine tenta de sourire à Casey. Était-elle trop dure avec la petite ? Mais avait-on déjà vu quelqu'un tirer parti d'avoir été couvé ? Elle dévissa le bouchon de sa bouteille d'eau en verre et engloutit son contenu comme un boxeur s'apprêtant à revenir sur le ring.

Son regard fit peur à Casey. Elle se leva pour allumer la radio, maintenant le volume bas. Une femme chantait « *Yeah, you're human, but baby, I'm human, too* ». Les paroles répétaient l'excuse que lui avait donnée Jay, après le plan à trois : l'erreur est humaine. Quand elle avait accepté de se remettre avec lui et de se fiancer, elle avait été frappée de constater qu'elle croyait sincèrement qu'il l'aimait et qu'il avait commis une erreur. Pour autant, elle ne parvenait pas à effacer de sa mémoire l'image de ses ébats. Chaque fois qu'ils faisaient l'amour, elle se disait qu'il ne faisait que répéter avec elle ce qu'il avait fait avec ces filles, et sans avoir besoin de sentiments. Elle-même l'avait fait avant de le rencontrer – le sexe sans émotions. Pendant des semaines, elle avait porté un embryon – conséquence d'un rapport avec un homme dont elle ne connaissait pas le nom de famille. Elle ne valait pas mieux que Jay. Non. Elle n'était certainement pas une meilleure personne. Casey éteignit la radio. Elle avait l'impression d'être une enfant gâtée, et de ça, elle était reconnaissante à Sabine.

— C'est plus facile de changer que tu ne le crois, ma chérie.

— D'accord, dit Casey.

— Et je veux que tu règles ces dettes, aussi.

Leurs sandwichs étaient encore dans leur papier. Casey regarda fixement la mayonnaise au balsamique solidifiée entre le pain et le poulet. Elle chercha à tâtons dans son sac à main son paquet de Pall Mall. La vue du joli emballage couleur cannelle lui fit instantanément plaisir. C'était comme trouver un bonbon.

— Tu prends des sans-filtre maintenant ?

— Je sais que tu ne m'as pas fait venir pour me parler des…

— Très bien, trancha Sabine avec sévérité. J'aurais voulu que quelqu'un me dise, quand j'étais plus jeune…

Casey hocha la tête, prête à entendre une nouvelle théorie lugubre sur la vie et l'humanité.

Sentant que l'attention de la jeune fille lui échappait, Sabine haussa d'un ton.

— Écoute, Casey… Chaque minute compte. Chaque seconde, même. Toutes ces fois où tu allumes la télévision, où tu vas au cinéma, où tu achètes des choses dont tu n'as pas besoin, toutes ces soirées que tu passes dans un bar à écouter un imbécile te dire combien tes cheveux d'Asiatique sont jolis, toutes ces fois où tu couches avec un homme qui n'est pas fait pour toi et que tu attends qu'il te rappelle : tu perds ton temps. Tu gâches ta vie. Ta vie a de la valeur, Casey. Chaque seconde. Quand tu auras mon âge, tu verras que pour chaque jour, chaque moment passé, tu as fait un choix. Et tu verras que le temps que tu avais, qui t'a été accordé, a été gaspillé. Disparu. Et tu ne pourras pas le récupérer.

Sabine inclina la tête d'un air inquiet.

— Oh ma chérie, ne comprends-tu donc pas ?

Casey ne parvenait pas à lever les yeux. Elle voulait défendre son choix de rester dans cette situation professionnelle que ses parents, ses collègues et Sabine jugeaient si indigne de ses capacités. C'était sa décision, bordel, de ne pas étudier le droit ou la médecine comme Tina. Pourquoi n'aurait-elle pas le droit de prendre son temps ? De se planter ? De se chercher ? C'était ce qu'on était censé faire, en Amérique, non ?

— Je ne fais de mal à personne, déclara Casey.

— Non, c'est faux. Tu te fais du mal à toi-même. Je ne suis pas en train de dire que tu n'as pas le droit à l'erreur. Simplement que les erreurs doivent arriver en chemin vers un objectif. D'accord ?

Le discours qu'elle serinait aux vendeuses qui avaient du mal à quitter le nid touchait à sa fin. C'était sa réplique préférée.

Casey sentait sa tête lourde sur ses épaules. Elle aurait voulu la poser sur son bras pour faire une sieste à table, comme une enfant. Elle ôta son chapeau et peigna ses cheveux avec ses doigts.

— Je te paierai ton école de commerce.

Une ride horizontale s'était formée sur le front impeccablement lisse de Sabine, comme si elle n'attendait que ce moment pour se révéler.

La proposition n'émut pas Casey, au contraire. Elle se braqua. C'était une pression supplémentaire.

— Pourquoi ?

— Je pourrais te vendre Sabine's.

Casey s'esclaffa.

— Tu es hilarante. Je n'ai même pas de quoi acheter ce sandwich.

— J'ai passé ma vie à étudier les clientes. Tu te comportes comme une femme au foyer friquée.

— Ça aussi, c'est drôle. Décidément, cette pause déjeuner est un sketch.

— Si tu prenais enfin les décisions difficiles et que tu acceptais de t'y tenir, tu serais plus en paix avec toi-même. Toutes ces dépenses ne sont qu'un substitut de ce que tu veux vraiment, une addiction, décréta Sabine avec assurance.

— Je vois que ton psy a fait des heures sup.

Ce n'était un secret pour personne. Sabine consultait le docteur Tuttle, qui était censé avoir sauvé son mariage avec Isaac quand elle s'était lassée de lui.

— Tu te rends compte que ça fait de toi une trafiquante ? Tu vends à ces pauvres petites femmes riches des choses qui ne les satisferont jamais vraiment.

Casey haussa les sourcils, cherchant désespérément une maigre victoire dans ce déjeuner minable.

— Pour certaines, oui. Mais faudrait-il fermer tous les cavistes ?

— Et tu voudrais que j'assure la relève.

Casey commençait à apprécier ce conflit.

— Seulement si c'est ce que tu veux. Casey, personne ne t'oblige à être malheureuse.

— Parce que tu crois sérieusement que c'est un choix ?

Sabine hocha la tête.

— Alors, très bien, dans ce cas je choisis d'être heureuse. Voilà.

Casey remit son chapeau et croisa les bras. Elle ne se voyait pas comme une personne malheureuse. Virginia était sous antidépresseurs depuis ses onze ans et n'avait jamais cessé de consulter des psychologues en tout genre pour sa dépression et ses troubles du comportement alimentaire. D'ailleurs, Virginia commentait sans cesse sa constance, ce que Casey prenait comme un grand compliment. Sabine était lunatique, criait tout le temps, et il lui semblait donc logique qu'elle ait besoin de voir un psy. S'il y avait une malheureuse dans l'histoire, c'était Sabine ou Virginia. Les parents de Casey étaient sinistres, pauvres et stoïques. Chez eux, on ne parlait jamais d'émotions. En comparaison, Casey était tour à tour un modèle de flegme et de jubilation.

— Je ne peux pas reprendre ton magasin, Sabine. C'est ton bébé.

Casey regretta aussitôt son choix de mots maladroit, car Sabine n'avait pas d'enfant.

— Et puis, tu es trop jeune pour la retraite.

— Je dois préparer l'avenir. Réfléchis-y.

Sabine n'avait pas l'habitude qu'on lui oppose une telle résistance. Elle n'avait pas eu l'intention de lui confier tout ça ce jour-là, mais une fois lancée dans son argumentaire, elle avait compris que, s'il fallait quelqu'un pour la suite, elle préférait Casey à n'importe qui. Une bonne dirigeante se doit d'avoir un plan de succession viable. À quarante-quatre ans, Sabine était encore jeune et en bonne santé malgré quelques migraines chroniques, mais elle voulait que son héritage s'épanouisse après elle. Et elle aurait besoin de temps pour former celle qui assurerait la relève. On lui avait déjà fait des offres de rachat, mais l'idée d'être franchisée ou d'appartenir à un grand groupe la dérangeait. Le magazine *Elle* avait écrit au sujet de Sabine's qu'il était « transgressif et authentique », et même si elle avait dû chercher les mots dans le dictionnaire, ils lui avaient semblé justes. Elle aimait cette idée d'aller contre les conventions et estimait que c'était une bonne chose pour les femmes, car les conventions étaient ce qui avait causé la perte de toutes celles qu'elle connaissait. Durant sa vie entière, elle avait agi différemment, sans écouter ce qu'on lui disait, et elle était immensément ravie de récolter les fruits de choix mus par ses envies et son instinct. Casey passait à côté de son propre potentiel. Elle avait un talent incroyable pour la vente, elle comprenait les Américaines, elle avait saisi l'essence du style – cette chose si désirable que Sabine parvenait à identifier, mais difficilement à créer.

— Laisse-moi t'aider, Casey.

Que répondre à cela ? Cela faisait trois samedis de suite qu'elles déjeunaient ensemble et, chaque fois, Casey avait droit au même sermon. Elle avait tenté la dérobade, la déférence, et l'opposition franche – tout en sachant secrètement que Sabine avait raison. Elle n'aurait su que faire si Sabine avait abandonné la partie. Toute sa vie, seules deux adultes lui avaient accordé de l'attention sincère, et c'était à elles qu'elle avait confié une part de ses peurs et révélé une part de sa personnalité. La mère de Jay n'était maintenant plus de son côté – malgré ses protestations et promesses du contraire. Sabine était un mélange entre sa marraine la bonne fée, son mentor et la méchante flic. Il était évident qu'un jour, sa bienfaitrice se lasserait d'elle, de ce combat, et Casey avait conscience de l'ampleur de la loyauté qu'elle lui devait. Jamais auparavant elle ne s'était sentie choisie et reconnue par quelqu'un de si important et de si intelligent, et il lui était impossible de tourner le dos à ce sentiment. Elle aimait Sabine parce que Sabine l'aimait, mais ce langage de l'amour était incompréhensible entre elles. À leurs yeux, le bavardage ne signifiait rien, seules les actions avaient de la valeur.

Sabine consulta sa montre.

— Il est l'heure, ma chérie. Ta pause est terminée.

Casey rangea son sandwich et sa bouteille d'eau dans son sac. Elle sourit.

— Merci, Sabine. Je sais que tu veux mon bien.

— C'est le cas, confirma Sabine d'un air rassurant.

Casey retourna à son poste.

# 2

# LES LUNETTES

— Chérie, ils ont accepté l'offre ! s'écria Ted d'une voix joyeuse. Ils ont accepté ! Tu y crois, toi ?

Ella hocha la tête. Non pas qu'il puisse la voir, il l'appelait depuis son bureau. Et pour une fois, il n'avait pas l'air pressé.

— Alors ? Qu'est-ce que tu en dis ?

Ted était agacé par la lenteur d'Ella, mais rien ne pourrait l'empêcher de savourer ce moment. Son téléphone avait beau clignoter autant que la guirlande de Noël blanche accrochée au bureau de son assistante, Ted refusait de répondre aux autres communications.

— Allô ?

Il prit le temps de souffler. S'il la pressait, elle lui murmurerait de sa petite voix : « Ted, je réfléchis. » En général, il aimait la douce réserve de sa femme – à leurs tout premiers rendez-vous, il avait admiré ce trait, y voyant une preuve de bonté. Elle semblait incapable de relayer la moindre médisance ou de penser quelque chose de méchant. Son silence ne reflétait pas son QI, contrairement à l'idée très américaine que les baratineurs étaient plus intelligents que les autres. Ted n'aurait jamais épousé une femme stupide. Un homme qui épouse une femme stupide se retrouve avec des enfants stupides – tout le monde le sait. Quand Ella parlait, elle était pertinente, perspicace. Il était rarement en désaccord avec la précision de sa logique. Mais parfois, il lui arrivait de perdre patience en attendant que cette fichue intelligence se manifeste. Une semaine avant qu'on lui prescrive le repos, ils étaient sortis dîner après être allés voir un film qu'elle avait choisi. Il lui avait demandé ce qu'elle en avait pensé, et à force de la voir tourner sa réponse dans sa tête, il avait fini par rugir : « Mais enfin, parle, Ella. Bordel, je ne te demande pas grand-chose ! Crache le morceau. » Elle avait éclaté en sanglots chez Rosa Mexicano, où ils avaient leurs habitudes. Puis, comme une enfant capricieuse, elle avait refusé de manger ses tacos au poisson. Les serveurs, qui les connaissaient bien, avaient fait mine de ne pas l'avoir vu crier sur sa femme enceinte jusqu'aux yeux. Ted était tellement contrarié qu'il avait dû s'éclipser pour fumer. À son retour, il lui avait présenté ses excuses et l'avait encouragée à commander le flan au caramel, alors que même le médecin trouvait qu'elle avait trop grossi.

L'impatience de Ted ne faisait que rendre Ella plus nerveuse encore. Elle se repliait sur elle-même. Paralysée par ses pensées, elle but une nouvelle gorgée de jus de pruneau, puis posa le verre sur la table basse. L'obstétricienne lui avait imposé le repos car sa tension était trop élevée. Allongée sur le canapé du salon, elle priait pour le soulagement de sa constipation. Lors de sa dernière visite chez le médecin, une infirmière lui avait expliqué qu'elle avait des hémorroïdes et lui avait recommandé de manger plus de fibres. La grossesse était une forme d'humiliation physique. Ella se massa le ventre doucement. Malgré tout, le bébé allait bien. Elle aimait son bébé. C'était une fille.

— Ella… ? Ella ?

Le téléphone de Ted bipait de tous les appels qui l'assaillaient. Il tenta une nouvelle approche, conscient que lorsqu'il s'énervait, elle devenait muette ou se mettait à pleurer.

— Ella, bébé ? insista Ted d'une voix plus grave, plus paternelle. Qu'est-ce qui ne va pas ? Tu n'es pas contente ?

— C'est bien, Ted, répondit-elle en s'efforçant de paraître enjouée.

Rester allongée lui faisait mal au dos.

Son mari était fou de joie parce que son offre immobilière avait été acceptée : une maison de ville en brique de deux étages sur la 17e rue Est, qui allait nécessiter des rénovations de fond en comble. Les collègues de Ted les estimaient chanceux de l'avoir trouvée à un peu plus d'un million de dollars. Mais Ella aimait leur appartement actuel que lui avait acheté son père. Cela ne faisait même pas trois ans qu'elle y habitait. Et il y avait suffisamment de place pour leur fille. Pour faire l'acquisition de la maison, il faudrait le vendre et y vivre en tant que locataires – si les futurs propriétaires acceptaient – le temps des travaux colossaux. Les variables sur lesquelles elle n'exerçait aucun contrôle lui semblaient infinies. Elle avait essayé de soulever quelques points obscurs, comme le fait qu'ils ignoraient le montant de la prime à venir de Ted – même si l'an passé il avait gagné tant d'argent qu'ils auraient presque pu acheter la maison au comptant. Les travaux de rénovation allaient s'élever à plus d'un demi-million de dollars. Ces chiffres étaient étourdissants pour elle. Son père ne lui avait jamais parlé du coût des choses, et chaque fois que Ted sortait ses diagrammes et ses graphiques, Ella se trouvait embourbée dans une sorte de brume grise. À sa décharge, elle faisait beaucoup d'efforts pour se concentrer parce qu'elle savait que c'était important pour Ted qu'elle comprenne. Il voulait qu'elle apprécie pleinement tous les facteurs en jeu, qu'elle partage le fardeau qu'il portait maintenant qu'il était seul à subvenir aux besoins de leur famille. Il fallait qu'elle saisisse les paramètres de la vie – c'était ainsi que Ted nommait l'argent, « un paramètre essentiel de la vie ». D'habitude, il était plus facile d'être d'accord avec Ted, mais elle était si fatiguée ces derniers temps. Elle n'arrivait plus à dormir parce qu'elle se relevait constamment pour aller soulager sa vessie ; à la trente-sixième semaine, elle en était à trente-six kilos supplémentaires – dont une large part de rétention d'eau causée par la prééclampsie, mais elle mangeait aussi un demi-litre de glace par jour. Presque rien ne pouvait la satisfaire autant que la sensation froide et crémeuse de la glace Häagen-Dazs parfum café. Quand sa cuillère atteignait le fond cartonné, elle sortait de l'appartement et allait jeter le pot directement dans le vide-ordures au bout du couloir pour que Ted ne retrouve pas de preuves de sa gloutonnerie. Il n'aimait pas son penchant récent pour les sucreries.

— C'est bien, Ted. C'est une bonne chose, répéta-t-elle.

— C'est bien ? s'indigna Ted.

Il allait falloir qu'elle montre plus d'enthousiasme que ça. C'était l'annonce du siècle ! Au même niveau que sa promotion au poste de *managing director* l'an passé – le plus jeune de toute l'histoire de Kearn Davis. Ils allaient être propriétaires d'une maison dans l'Upper East Side, ne comprenait-elle pas ce que ça représentait ? Il tapota le stylo noir Waterman qu'elle lui avait offert contre le trophée en verre de sa dernière performance financière.

— Qu'est-ce qu'il y a ? demanda-t-il en tentant de masquer son irritation.

— C'est juste que je ne sais pas comment je vais pouvoir gérer à la fois le bébé et les travaux de rénovation. Tu travailles tellement. Je sais combien tu es occupé. Et tu voyages. Pour le travail, je sais. Je comprends. Je sais que tu fais tout ça pour moi. Et pour le bébé. Pour notre famille. Je sais combien tu travailles dur, Ted. La maternité c'est nouveau pour moi, et...

Ella se sentit bête d'avoir l'air si ingrate.

Elle jeta un coup d'œil à son ventre protubérant. Il était énorme, tendu, rond – un igloo recouvert de peau. À cette pensée, elle se glaça. Aussitôt elle posa les mains sur son ventre comme pour réchauffer sa fille.

— On te trouvera une nounou, comme tout le monde. C'est ce que font mes collègues.

— Mais elles travaillent. Moi, je ne travaille plus.

Ted avait préféré qu'elle démissionne, et Ella s'était rangée à son avis ; mais le bureau lui manquait, ainsi que les bruits des enfants qui couraient dans les couloirs et ses déjeuners avec David. Parfois, elle avait du mal à se lever le matin. Ces émotions, se disait-elle, passeraient après l'arrivée du bébé.

— Qu'est-ce que je vais faire de mes journées si on prend une nounou ? Tes collègues...

— Je parlais de mes collègues masculins dont les femmes restent à la maison avec les enfants. Elles ont toutes des nounous quand même. Tu vas avoir besoin d'aide, Ella. Tu ne peux pas faire ça toute seule. Il faut que tu supervises les travaux. Et tu vas sûrement vouloir retrouver tes amies pour le déjeuner, ajouta-t-il tout en songeant qu'il ne lui en connaissait pas. Ou bien aller au sport. Et on devra assister à des dîners. Tu ne pourras pas toujours prendre le bébé avec...

— Je n'avais pas l'intention d'embaucher une nounou.

— Eh bien…

Ted secoua la tête, déçu par ses doutes permanents. Ella manquait cruellement de passion. Il ne l'avait jamais remarqué avant, du moins pas consciemment. Au lit, elle pouvait se montrer timide, mais globalement partante. Elle aimait les câlins. Ces derniers temps cependant, elle n'avait pas fait preuve de beaucoup d'enthousiasme à l'égard de ce qui l'intéressait lui – le sexe y compris. Mais ça semblait logique : comment aurait-elle pu avoir envie de faire l'amour alors qu'elle était grosse comme une maison ? Ça ne devait pas être confortable pour elle.

— Enfin, peut-être qu'une baby-sitter de temps en temps…, concéda Ella.

Son mari aimait avoir un agenda rempli de soirées et de dîners auxquels il tenait à ce qu'elle l'accompagne – et qu'elle y soit belle et sociable. Ted avait besoin de stimulation.

— On en parlera plus tard, trancha-t-il.

Cela impliquait une discussion bien plus longue que le temps qu'il avait à lui consacrer. Les voyants clignotaient toujours.

Après l'appel de son agent immobilier pour lui annoncer que l'offre avait été acceptée, Ted avait tout de suite téléphoné à Ella avec une seule attente : il voulait que sa femme soit impressionnée. Il allait lui acheter une maison.

Ella restait silencieuse. Elle sirotait son jus de fruits.

Ted posa son stylo.

— Tu ne vas pas tarder à aller chez le médecin, non ?

— Oui.

C'était le signal de Ted : il lui demandait ce qu'elle comptait faire ensuite, afin d'avoir une excuse pour raccrocher. Cette technique était censée le faire passer pour un homme attentionné qui s'intéressait à elle. Comme s'il pensait à ses besoins à elle en priorité. Pourquoi faisait-il ça ? songea-t-elle. Croyait-il vraiment qu'elle ne voyait pas clair dans son jeu ?

— D'accord. Je dois filer, chérie. Moi aussi, j'ai un programme chargé.

— OK.

— On se voit ce soir, alors.

Ted attendit qu'elle raccroche en premier. Parfois, il concluait son appel par un « bisou-je-t-aime » lancé à la volée, alors qu'elle aurait donné n'importe quoi pour qu'il lui déclare « Je t'aime », en prononçant chaque syllabe et chaque blanc comme s'il le pensait véritablement - même si ses sentiments étaient sûrement sincères, puisqu'il avait tant insisté pour l'épouser. Mais Ella ne savait pas comment expliquer tout ça à Ted sans le mettre en colère. Si elle lui demandait de changer sa manière de lui dire au revoir, il serait plus sec, ou pire, l'ignorerait comme une enfant turbulente et resterait plus tard au travail, ou plus longtemps en voyage d'affaires. Ted n'avait pas sans doute l'intention de la punir, mais c'était souvent l'impression qu'il lui donnait. Il ne pouvait pas s'en empêcher.

Ella demeura silencieuse à l'autre bout de la ligne, cherchant une bonne manière de répondre. Il existait forcément une meilleure façon de communiquer avec son mari qu'elle aimait. Elle ferma les yeux.

Mais, lassé de patienter, Ted raccrocha.

Plus tard ce matin-là, en salle d'examen, l'obstétricienne lui diagnostiqua une poussée d'herpès. Le docteur Reeson, une femme potelée avec une épaisse chevelure châtain, expliqua qu'il était possible de contracter le virus sans le savoir. Les symptômes de la première poussée pouvaient être sévères, mais en général, ils passaient inaperçus. Elle aurait très bien pu croire à une infection urinaire. Il se pouvait même qu'elle l'ait depuis des années – le virus pouvait rester latent. Et tant mieux, disait la médecin. Mieux valait qu'Ella le sache maintenant, puisqu'elle arrivait à terme dans quelques semaines. On surveillerait ça avant l'accouchement, car si à ce moment elle avait une poussée, il était possible que le virus soit transmis à l'enfant qui risquait alors la cécité, précisa docteur Reeson, mais les probabilités étaient extrêmement faibles.

Si seulement Ella pouvait fermer les vannes du torrent de larmes qu'elle déversait. La médecin n'avait rien contre Ella – cette femme était une crème –, mais elle avait d'autres patientes à voir.

— Ella, tous les jours, des femmes porteuses du virus de l'herpès génital donnent naissance à des bébés en pleine santé. Vous n'avez absolument rien à craindre, ajouta-t-elle en tapotant les épaules rondes de sa patiente.

Ella se calma, sortit les pieds des étriers, et s'assit. Elle rabattit la blouse d'hôpital sur ses cuisses.

— Comment ? Comment aurais-je pu l'attraper ?

C'était presque une question rhétorique. Le docteur Reeson ne lui avait pas demandé si elle avait eu d'autres partenaires sexuels que son mari. Elle ne voyait pas Ella en femme volage, mais à vrai dire elle s'était déjà trompée sur le compte de patientes. La vie sexuelle des gens pouvait s'avérer surprenante. Cela faisait dix-sept ans qu'elle exerçait la médecine et il lui arrivait encore d'être choquée, mais le docteur Reeson comprenait que la vie est compliquée et que, parfois, la chambre est un lieu d'expérimentation pour les hommes et les femmes qui se cherchent. Et comme en sciences, il y a des ratés.

Ella plongea son regard dans les yeux sombres ourlés de beaux cils marron du docteur Reeson.

— Comment attrape-t-on l'herpès, exactement ? Est-ce que vous pouvez seulement me dire ça ?

— Par contact direct avec une zone où le virus est actif sur la peau ; en général un rapport sexuel, génital ou buccal. Lisez ça, vous y trouverez toutes les explications, ajouta-t-elle en lui tendant un dépliant bleu foncé. Y compris la manière d'aborder le sujet avec votre partenaire.

— Vous voulez dire Ted ?

Ella ne comprenait pas l'étendue de ce que sous-entendait la médecin.

— J'étais vierge. Je n'ai eu de rapports qu'avec…

Le docteur Reeson hocha la tête, se refusant à trahir la moindre expression si ce n'est un doux détachement. Elle croisa les bras pour caler ses poings sous ses aisselles.

— Ella, vous avez beaucoup de chance de savoir. Je me doute que ce doit être difficile à entendre pour vous, mais la plupart des Américains sont porteurs d'une des formes du virus. C'est simplement que personne n'en parle, parce que ça ne se soigne pas, mais il est tout à fait possible de vivre avec et il existe des traitements adaptés pour soulager et éliminer presque tous les symptômes en cas de poussées douloureuses. Vous êtes en très bonne santé.

Elle trouvait pénible de devoir répéter ce laïus tous les jours, mais ça faisait partie du boulot. Personne ne prenait bien ce diagnostic, qui n'avait pourtant rien de grave. Elle-même l'avait. Elle n'avait collectionné que six amants, cependant il n'y avait pas de moyen de déterminer quand elle l'avait contracté ni au contact de qui. Il était facile d'oublier qu'elle était porteuse, parce qu'elle n'avait de poussées que tous les deux ans. Cela ne l'avait pas empêchée d'être mère de trois enfants en pleine forme. Son mari, un épidémiologiste français, avait sa théorie sur l'hystérie prévisible de ses patientes : les Américains avaient honte de tout ce qui touchait au sexe.

— Ce n'est pas tant pour moi que je suis inquiète, mais pour mon bébé…

Elle sonda le visage de la médecin en quête d'autres signes annonciateurs de mauvaises nouvelles.

— Le bébé ira très bien.

D'habitude, le docteur Reeson ne délivrait pas ce genre de promesses rassurantes qui n'avaient rien de scientifique.

Ella hocha la tête, sentant qu'on la congédiait. La médecin avait des patientes à voir, se rappela-t-elle.

— Bon, maintenant, je veux que vous vous reposiez chez vous. Revenez pour contrôler votre tension chaque fois que ce sera nécessaire. L'infirmière va vous expliquer tout ça. D'accord ? conclut le docteur Reeson en regardant droit dans les yeux embués d'Ella.

Sans un mot, la jeune femme acquiesça, et l'obstétricienne s'en alla.

Ce soir-là, quand Ted entra dans l'appartement, il fut ravi de trouver Ella éveillée et en pleine lecture. À vingt-trois heures, il s'attendait à ce qu'elle soit déjà couchée. Sa femme était plongée dans des documents rassemblés dans une chemise en carton, vraisemblablement ceux qu'il lui avait faxés dans l'après-midi concernant l'emprunt immobilier. Ella se redressa en sursaut en entendant le jeu de clés tinter dans sa main. Ted sourit à sa femme, puis se détourna pour suspendre son pardessus dans le placard trop plein de l'entrée. Il lui avait déjà demandé de revoir son mode de rangement ; Ella était incapable de faire le tri. Mais pour sa défense, elle était fatiguée et ne se sentait pas très bien – en plus de sa tension trop élevée, sa grossesse lui causait d'innombrables désagréments. Si Ella ne se plaignait pas, sa souffrance était manifeste. Son père passait la voir toutes les semaines avec des paniers de fruits frais et ne manquait jamais de rappeler à Ted combien Ella était fragile physiquement. Néanmoins, parce qu'elle avait vingt-quatre ans et qu'elle était en bonne santé, Ted trouvait étonnant qu'elle rencontre autant de difficultés, quand il la comparait aux banquières d'investissement de quarante ans qui venaient travailler jusqu'au terme, accouchaient en un clin d'œil, et revenaient au bureau six semaines plus tard. La mère d'Ella avait subi deux fausses couches, puis était morte à la maternité – ces antécédents pesaient sur eux. Pourtant, d'après l'obstétricienne, Ella allait très bien. Le bébé aussi.

Ella leva la tête sans lui dire bonsoir, puis retourna à sa lecture. D'habitude, elle était très contente de le voir, et peu importe le moment de la journée ou de la nuit, elle lui proposait quelque chose à boire ou à manger. Il y avait toujours un bon plat au frais pour lui. Ce soir, elle était assise, les jambes étendues sur toute la longueur du canapé, la nuque courbée. Ses doigts étaient crispés sur les feuilles étalées sur ses cuisses. Elle portait son T-shirt aux couleurs pourpres de Harvard et un pantalon de grossesse bleu marine. Ted s'approcha et se pencha pour déposer un baiser sur son front.

— Comment va mon bébé ? dit-il en lui caressant la tête.

Les cheveux d'Ella étaient relevés négligemment avec une grande barrette. Sa position de lecture, le regard baissé, lui faisait un double menton.

— Combien de fois ? demanda-t-elle.

Ted fronça les sourcils, plus surpris par la colère dans sa voix que par cette question étrange.

Elle répéta.

— Combien de fois, Ted ?

— De quoi tu parles ? Combien de fois quoi ?

Personne ne s'adressait à lui sur ce ton. Et certainement pas sa femme. À part l'excellente nouvelle de la maison, sa journée avait été accablante. Tout l'après-midi, il n'avait fait qu'échanger avec ces imbéciles d'avocats au sujet d'un dépôt de bilan, tenter d'empêcher ces analystes arrogants de faire n'importe quoi, et gérer des clients stressés qui ne comprenaient pas les principes de base de l'impôt sur les sociétés. Il n'avait pas le temps pour un caprice. Il n'avait pas l'énergie pour. Il n'avait même pas encore dîné.

— Combien de fois, Ted ? répéta Ella en le fusillant du regard.

— Mais de quoi tu parles, bordel ?

— Tu t'en es tapé combien d'autres ? Il faut que je sache, dit Ella d'une voix suraiguë.

Elle refusait de céder ou de baisser le ton.

Ted demeura bouche bée.

— J'ai un herpès génital, annonça-t-elle en lui jetant les documents à la figure.

Les feuilles s'envolèrent pour retomber en cascade autour de ses chaussures Monk en cuir noir qu'il n'avait pas eu le temps d'enlever.

— J'ai dû l'attraper avant ma grossesse. Je ne sais pas quand. La médecin ne sait pas non plus. Je... je ne comprends pas.

Ted ne la regardait pas. Il passa ses doigts dans ses cheveux. C'était un geste machinal lorsqu'il n'était pas à l'aise ou lorsqu'il s'apprêtait à raconter des salades. Ella le connaissait par cœur. S'il avait eu un verre en main, il aurait bu une gorgée après son mensonge, comme pour s'en laver.

— Tu veux bien m'accorder un minimum de respect et m'expliquer comment c'est possible ? Je n'ai jamais été avec personne d'autre que toi. Tu le sais.

La première fois, son pénis l'avait effrayée. Elle n'en avait jamais vu avant. Il ressemblait à une bête vivante, et elle s'était dit que cette chose était bien plus grosse qu'elle n'était censée l'être. Il avait voulu le mettre en elle – c'était ça, faire l'amour, avait-elle dû se rappeler, c'était le cours naturel des choses. Mais elle aurait préféré continuer de l'embrasser et qu'il se contente de lui caresser les seins. Il n'arrêtait pas de guider sa main vers le bas, mais elle ne pouvait s'empêcher de la remonter aussitôt dès qu'il essayait. Pour sa première fois, elle était allée chez lui. Ted avait pensé à disposer une serviette de toilette jaune sous elle pour ne pas tacher les draps. Elle avait lu quelque part que l'hymen des vierges se déchirait, mais elle avait oublié ce détail. Elle avait eu mal. Après coup, il avait voulu qu'elle prenne sa douche avec lui. Il lui avait tendrement lavé les cheveux au Head & Shoulders. Le parfum seul du shampooing bleu crayeux lui rappelait encore cette nuit-là. Ensuite, il était descendu au deli pour lui acheter des serviettes hygiéniques et il était revenu presque aussitôt avec un paquet de Kotex et un pot de glace à la vanille qu'il lui avait fait déguster à la petite cuillère – celle minuscule en bois qui ressemble à un abaisse-langue pour enfant. Avant de s'endormir, il lui avait dit qu'il voulait qu'elle soit sa femme, et avait promis de ne jamais aimer personne d'autre. Dans sa tête, elle ne s'était même pas posé la question de l'avoir pour seul amant. C'était une évidence. Elle voulait que son corps appartienne à Ted, le rende heureux. Au matin, il avait voulu recommencer, et cette fois elle avait eu moins mal.

Les yeux d'Ella se remplirent de larmes, mais elle en avait plus qu'assez de pleurer.

— Oh, merde, merde, merde, dit-il les poings serrés.

Ted avait envie de frapper quelque chose. Il compta ses respirations en regardant fixement la moquette à losanges bleus et verts du séjour.

Ted s'assit au bord du fauteuil et prit sa tête entre ses mains. Il ne cherchait même pas à nier, et Ella se sentit soudain remarquablement lucide.

— Ce qui est fait est fait, déclara-t-elle. Petit con. Espèce de petit con. Tu as mis en danger notre enfant.

Elle n'avait aucune idée de comment insulter quelqu'un. Elle n'avait jamais aimé les mots vulgaires, la façon dont ils interrompaient un flux de paroles par ailleurs courtoises, parce qu'on n'entendait qu'eux. Mais elle se retrouva à imiter la manière de parler de Ted, son ton lorsqu'il passait des appels professionnels depuis la maison. Ignorant à quoi ressemblait l'expression de sa propre colère, elle empruntait son style.

Ted demeurait immobile, vaincu par ces mots.

— Mon bébé risque de naître aveugle à cause de toi. Petit con, espèce de petit con.

Elle se raidit mais, incapable de rester debout très longtemps, elle posa les mains sur ses hanches pour retrouver son équilibre. Elle se sentait mal de crier sur lui. Quel était l'intérêt de toute cette colère ? Ce n'était pas réparable.

— Aveugle ? répéta Ted en levant la tête.

Il n'était pas au courant qu'il avait l'herpès, mais il avait bel et bien trompé Ella.

— Aveugle, confirma Ella.

Le docteur Reeson lui avait assuré que les risques étaient très minces, que le bébé irait très bien. Ella avait passé des heures à parcourir des livres de santé du quotidien, elle avait même appelé un numéro vert dédié à l'herpès. Elle était fille de médecin, s'était-elle souvenue, alors elle allait rester calme et faire ses recherches.

— C'est une possibilité, insista-t-elle en désignant tous les papiers étalés autour des souliers vernis de Ted. Tu peux lire, si tu veux. C'est ce que j'ai fait. Tout l'après-midi. Toute la soirée. Je pourrais rédiger un article sur le sujet.

Elle pouffa. Quelque chose dans son rire s'était acéré.

Ted se pencha pour rassembler les feuillets et les ranger dans la chemise cartonnée. Ce matin-là, tous ses souhaits s'étaient vus exaucés. Il avait toujours voulu arriver en première place, récolter les lauriers, être le meilleur sur tous les tableaux : les diplômes, la carrière, l'épouse et la maison. Avec deux points, on formait une ligne. Avec trois points, une surface plane. Mais quatre points assuraient une dimension bien plus vaste et plus stable. Ce matin-là, il avait tout. Et voilà que ses rêves lui échappaient déjà. Ses diplômes et sa carrière étaient intacts, mais les deux autres points, plus difficiles à fixer, disparaissaient dans l'infini. Ce matin-là, il avait téléphoné à son père souffrant pour lui annoncer l'acquisition de la maison en plein Manhattan, persuadé de lui remonter ainsi le moral. « Comment va Ella ? » avait demandé son père aussitôt, alors qu'il lui avait parlé le dimanche soir – pendant l'appel hebdomadaire d'Ella à ses parents. Ella irait-elle le dénoncer à son père ? Non, elle n'était pas si vindicative, se rassura-t-il. Toutefois, il ne l'avait jamais vue dans une rage pareille. Ted prit le dossier à deux mains et se rassit sur le fauteuil. Ses actions étaient irrévocables.

— Chérie, s'il te plaît, assieds-toi. Le bébé. Le docteur a dit…

— Oh, tais-toi, Ted. Ce n'est pas le moment de me faire croire que tu t'inquiètes pour le bébé.

Ted ferma la bouche, mâchoire scellée. Personne ne lui avait jamais ordonné de se taire depuis l'enfance.

— Qui est-ce ? Avec qui as-tu couché ?

Sa seule chance de s'en sortir, comprit Ted, était la transparence totale.

— Une fille au boulot. Une assistante.

— Casey ?

— Non, mais ça va pas ? s'insurgea Ted avec dégoût. Jamais je n'aurais couché avec Casey.

— Alors qui ?

— Elle s'appelle Delia. Elle est là depuis une éternité. Elle s'est tapé tout le monde.

Comment Delia avait-elle pu lui cacher ça ? À cause d'elle, il avait transmis l'herpès à Ella, la seule personne profondément gentille et innocente qu'il connaisse.

— Mon Dieu, Ella, je suis tellement désolé… je… je n'ai jamais eu l'intention de…

— Tu l'aimes ?

— Non. Non.

Il secoua violemment la tête.

— Je ne suis pas amoureux de Delia.

Il passa une main dans ses cheveux.

— C'est une amie de Casey, murmura Ella.

Soudain, elle s'en souvenait. Casey lui avait déjà parlé de cette femme.

— Peut-être. Ella, bébé, je suis désolé. Tu dois me croire.

— Ah oui, et pourquoi ça ? Tu sais quoi ? Je te hais. Je n'ai jamais haï personne de ma vie, mais maintenant je sais ce que ça fait. De détester quelqu'un. J'ai envie de mourir. Mon Dieu, je veux mourir.

Ella se dirigea vers la chambre et ferma la porte. Elle cria derrière elle :

— Ne t'avise pas d'entrer. Je te jure que si tu entres, je me jette par la fenêtre.

Il fallait qu'il aille la trouver, mais ses jambes refusaient de bouger. Depuis plusieurs années, Ted courait le marathon de New York – chaque année avec un meilleur temps. Il était également un excellent sprinteur. Mais ses longues jambes s'obstinaient à rester immobiles. En cet instant, il était même incapable de remuer un orteil. Il ramassa quelques feuilles qui traînaient encore sur la moquette. Les mots étaient indéchiffrables, le texte flottait devant ses yeux. Il appuya sa tête contre le dossier du fauteuil et ferma les paupières comme si tout cela n'était qu'un cauchemar. Que comptait faire Ella ? Il ne l'avait jamais entendu prononcer le mot « con ».

La première fois qu'il avait dîné chez Delia, elle avait débarrassé la vaisselle dans l'évier puis avait sorti du frigo une autre bouteille de bière, et en la lui tendant lui avait demandé « Tu n'as pas envie de me baiser, Ted ? », et il avait répondu « Si, Delia, si. Je n'ai pensé qu'à ça toute la journée ». Delia avait apprécié sa réponse et l'en avait récompensé.

Ça avait commencé l'année précédente. Ils venaient de conclure un marché et un banquier qui connaissait

Delia l'avait invitée à prendre un verre avec eux chez Chachi's. À la fin de la soirée, le groupe s'était éparpillé sur la Deuxième Avenue et elle avait demandé à Ted de la raccompagner parce qu'elle se sentait un peu étourdie. Le taxi était passé devant le K-bar, et elle avait alors ordonné au chauffeur de s'arrêter. Regardant Ted droit dans les yeux, elle avait doucement tiré sur sa veste pour qu'il la suive à l'intérieur. Le vigile la connaissait et leur avait fait signe d'entrer sans payer. Une fois à une table, elle avait commandé une bouteille de rouge sans même ouvrir la carte.

Delia avait des cheveux roux incroyables ; des boucles souples, naturelles, qui tombaient en cascade sur ses épaules. Ses tenues restaient très professionnelles, mais ses seins, parsemés de fines taches de rousseur, débordaient de ses chemisiers blancs. Elle ne portait pas de collants sous sa jupe. Au bureau, elle avait couché avec pas mal de monde, mais ses choix étaient aléatoires. Bien sûr, elle s'était tapé certains hommes très haut placés, mais la rumeur disait qu'elle aimait bien Santo, un employé du service courrier, et qu'elle était sortie avec lui pendant un an. Elle était sélective à sa façon, et fort heureusement pour les principaux intéressés, très discrète. Certains prétendaient avoir été avec elle, mais c'était faux. Quel âge avait Delia ? La trentaine ? Elle n'avait pas de rides. Ted ne savait pas comment poser la question poliment. Un trader marié avait déjà parlé d'elle à Ted comme d'une « fille douée ».

Le K-bar se trouvait au sous-sol d'une tour de bureaux non loin du St Regis. L'ambiance était tamisée, avec des sièges en cuir rouge et des banquettes en tweed assorti. L'espace bar était plongé dans la pénombre, mais l'immense piste de danse carrée était éclairée. Personne ne dansait. La clientèle n'était pas si jeune, et la serveuse était une de ces aspirantes mannequins qui avait fini par renoncer.

Dès qu'ils s'étaient retrouvés seuls, Delia avait saisi la main de Ted, l'avait glissée sous sa jupe étroite et l'avait guidé pour lui montrer comment la faire jouir. Avant Ella, Ted avait couché avec trois autres filles – le sexe était correct, elles avaient son âge, et il avait fait mine de savoir s'y prendre. Pour lui, c'était un choc, une révélation enivrante, de voir une femme mener la danse. Il lui en était reconnaissant. Il était hypnotisé. Au bout d'un moment, elle avait fermé les paupières sur ses yeux bleus qui semblaient s'assombrir au fil de la nuit, et elle avait joui. Puis elle avait ramené à nouveau la main de Ted à elle pour que l'orgasme dure. Quand elle avait poussé un petit cri, Ted avait cru défaillir d'excitation. Il avait à la fois les idées claires et en feu. Elle avait ouvert les yeux et l'avait toisé, mi-amusée mi-ravie. Elle s'était approchée pour glisser le bout de sa langue dans son oreille. De sa main libre, il lui avait servi un verre de vin. Il voulait lui offrir quelque chose pour qu'elle ne s'arrête pas. Elle s'était écartée, avait bu une petite gorgée, puis avait désigné sa veste de costume, et il l'avait ôtée pour la lui donner. Elle l'avait placée astucieusement sur ses épaules, avait glissé sous la table, et l'avait sucé. Quand elle avait eu fini, il avait pris une longue inspiration avant de lui tendre une serviette en papier. Elle s'était rassise sur la banquette, avait attrapé son sac, et s'était dirigée d'un pas sûr vers les toilettes. À son retour, il lui avait pris la main et ils avaient parlé pour la première fois depuis qu'ils étaient sortis du taxi. Elle lui avait raconté son enfance à Staten Island avec ses frères – deux policiers et un inspecteur des bâtiments. Elle avait des anecdotes amusantes sur les autres mecs du boulot. Rien de méchant, mais des histoires hilarantes. Delia semblait aborder la vie avec humour, et il était évident qu'elle en savourait chaque moment. Lui riait aux éclats et sentait enfin ses épaules se détendre, parce qu'il était avec elle, et ne voulait pas rentrer à la maison. Si elle était encore éveillée, Ella serait en train de se prendre la tête avec le menu sophistiqué du brunch du dimanche, ou alors elle lui sauterait dessus dès qu'il passerait la porte pour avoir son avis sur les négatifs des photos du mariage ou quelque chose du genre. Il s'était demandé si ce qu'il ressentait pour Delia était de l'amour.

Le lendemain, elle l'avait invité à venir chez elle après le travail. Elle habitait dans un appartement une pièce au loyer réglementé dans le quartier de Chelsea. Ils avaient commandé chinois, et Ted lui avait posé plus de questions sur sa famille. Elle était la seule fille d'une fratrie de quatre, et la seule à avoir quitté Staten Island. « Difficile d'imaginer que, pour certains, un poste d'assistante fait de toi un col-blanc, pas vrai, Ted ? » Sa voix suave appelait au sexe. Il n'y avait pas d'autre mot pour la décrire. « Je ne sais pas pour le col, mais tu as un très beau décolleté », avait-il répondu.

Ils avaient continué la soirée sur le lit, et Ted avait alors songé qu'il n'avait jamais vu de fille aussi jolie nue, même dans un porno, et il s'était émerveillé du naturel de ses mouvements, de son corps voluptueux qui se soulevait à la rencontre du sien, et du plaisir qu'elle prenait à tout ce qu'ils faisaient ensemble. Delia n'avait pas de réticences.

Ils s'étaient retrouvés deux ou trois fois par semaine pendant presque un mois, puis un soir, il s'était rendu à son appartement après le travail avec un bracelet en or de chez Cartier. Il voulait lui faire la surprise et ne pouvait pas attendre leur prochain rendez-vous fixé. Dans la boutique, il avait ressenti un plaisir immense à l'imaginer avec ce jonc sculpté comme un bambou autour de son poignet. Quand elle avait ouvert la porte, il avait aperçu Santo, le type du service courrier, assis dans le fauteuil où lui-même s'installait d'habitude, et sur la table les emballages en carton de plats chinois à emporter. Alors il était parti et ne l'avait plus jamais rappelée. Delia ne s'était pas justifiée et il avait compris que lui non plus ne lui devait aucune explication. Il avait rapporté le bracelet à la boutique et l'avait remplacé par une paire de boucles d'oreilles incrustées de diamants pour Ella, au double du prix.

Ted pensait souvent à Delia. Parfois il avait l'impression de pouvoir sentir son parfum dans l'ascenseur. Elle portait Fracas – un petit flacon en verre noir rectangulaire. Quand elle était passée au département événementiel au dixième étage, il avait été soulagé. Il n'avait aucune raison d'y monter. Quand il se branlait à la maison ou en voyage, penser à sa chevelure rousse l'aidait à jouir. Quand il faisait l'amour à Ella, il regrettait qu'elle n'ait pas un corps comme celui de Delia – le creux féminin de sa taille et la courbe pleine de ses fesses. Avec Delia, il s'était senti entier. Heureux. Était-ce cette sensation dont lui avait parlé le trader ? Ted avait presque été tenté lui demander des précisions. Mais Delia était une traînée. C'était ce qu'il s'efforçait de se rappeler quand lui venait l'envie de composer frénétiquement les quatre chiffres de son numéro en interne. Elle n'était qu'une traînée de Staten Island comme les autres, si ce n'est avec un joli visage et un cul parfait. Une pute. Il avait toutes les raisons de la détester. Mais même maintenant, il se rendait compte qu'il en était incapable.

Delia lui avait appris qu'il était possible de désirer deux femmes, et peut-être d'aimer les deux en même temps. Cette prise de conscience le rendait fou, parce qu'elle bousculait toutes ses convictions, et que les certitudes facilitent la vie.

Il entendait Ella pleurer dans la chambre. Qu'attendait-elle de lui ? Si elle lui disait de partir sur-le-champ et de ne plus jamais revenir, il obéirait, parce qu'elle méritait le respect. Il pensa à l'Église et à Dieu, à toutes ces choses que lui avaient enseignées ses parents modestes qui avaient passé trente ans à s'échiner dans cette putain d'usine de conserves. Ils lui avaient appris qu'il ne fallait pas mentir ni voler, ni convoiter quelque chose auquel on n'a pas droit, connaître sa place dans le monde et ne pas prétendre à plus. Il s'était toujours insurgé contre ces principes parce qu'il ne voulait pas finir comme eux. Mais à présent, il se disait qu'au moins, ses parents ne lui avaient jamais fait de mal. À part dans leur échec. Ted se prit la tête entre les mains. À la conserverie, Johnny Kim jouissait d'une réputation morale irréprochable. Sa parole avait de la valeur et il ne connaissait pas de zone grise. Ted, lui, s'était laissé corrompre.

Il étira ses jambes et se leva du fauteuil pour aller se poster près de la porte de la chambre.

— Ella. Ella, je t'en prie, ouvre-moi. Je suis désolé, bébé. Je suis désolé. Ça fait un an que je ne l'ai pas vue. J'ai commis une terrible erreur. Je sais que je ne peux pas revenir en arrière. S'il te plaît, ouvre. Tu es ma meilleure amie. Tu es ma seule amie. Je n'ai personne d'autre au monde. Ella…

Ella s'essuya le visage sur son oreiller et se leva. Elle avança lentement vers la porte, parce que chaque pas était maladroit. Elle tira le verrou, puis retourna sur le lit pour poser la tête sur la taie tiède et humide, tournée vers le mur. Ted s'allongea contre son dos, un peu apaisé, et entreprit de caresser ses cheveux emmêlés. Ella le laissa faire, faute de savoir comment réagir. Il l'avait tuée. Sa mère était morte en lui donnant la vie. La naissance d'Ella avait tué sa mère. Et maintenant Ted la tuait. Ce n'est que justice, pensa Ella. Un juste retour des choses. L'équilibre de la vie. Combien de fois une personne pouvait-elle mourir ? Dans une tentative désespérée de purger son esprit de toute sa douleur, elle essaya de se remémorer des temps heureux. Un peu plus tôt ce matin, elle avait ressenti de la joie malgré la nausée quand le VSL l'avait emmenée à l'hôpital pour son rendez-vous. Elle avait parlé à sa fille dans sa tête, lui avait dit *Je veux tellement sentir ta présence, et je te protégerai toujours.* Même son corps lui avait semblé plein d'espoir et coopératif, pour une fois. Ce matin-là, elle croyait que sa fille avait été conçue dans le plus pur des amours. Ella croyait à l'amour infini – une émotion sans limites qui rendait la vie éternelle. Son cœur appartenait à Ted. On était censé pardonner non pas sept fois, mais jusqu'à soixante-dix fois sept fois. N'était-ce pas ce en quoi elle croyait ?

Ella avait lu des romans qui évoquaient l'adultère, elle avait entendu parler de ces gens qui trompent ou ont été trompés, et même si elle avait beaucoup de compassion à leur égard – les fautifs comme les victimes –, elle comprenait maintenant que ses bons sentiments étaient mal placés, car à l'époque elle ne savait rien du sujet. À présent, elle ne ressentait plus que de la haine. Et une envie puissante de disparaître.

— Ella... Ella... je suis désolé. Sincèrement. Je le pense vraiment. Je t'ai présenté mes excuses et je te demande pardon. Tu dois me croire, je suis désolé.

Ella respirait aussi discrètement que possible.

— Ella.

— Ted, je veux cette enfant. Je veux qu'elle ait tout. Qu'elle ne manque jamais de rien. Est-ce que tu comprends ?

Sa voix était tendre.

Ted passa un bras autour de sa femme et appuya son front contre son dos crispé, entre ses deux omoplates. Ella se sentit incapable d'ajouter le moindre mot.

# 3

# LES VALISES

— J'ÉTAIS SÛRE QUE TU FINIRAIS par entendre raison, dit Sabine avec un sourire si grand qu'il aurait pu rivaliser avec celui du chat du Cheshire.

— C'est très aimable à toi, je te remercie, rétorqua Casey avec un clin d'œil.

Elle ne le prenait pas mal. Au contraire, elle se sentait plutôt soulagée d'avoir enfin bouclé ses dossiers de candidature pour les écoles de commerce. Au moins, elle ne les avait plus sur les bras. Alors, pour le déjeuner, elles fêtaient son effort avec des sandwichs de veau à la parmigiana de chez Ray's. Des milliers et des milliers de calories, avait estimé Sabine avec un sourire complice. « Oh, et puis zut, ajoutez un pumpkin cheesecake avec ça », avait-elle lancé au téléphone en passant commande. Ayant prédit avec justesse la décision de Casey, Sabine avait pensé ce matin-là à apporter du champagne, mais il n'était pas à la bonne température. L'imposante bouteille trônait, intacte, sur la table de conférence, telle une décoration de fête. Elles le boiraient la semaine suivante, avait promis Sabine. Non pas que Casey s'en soucie. Le champagne lui donnait la migraine, mais, comme une enfant, elle aimait tenir une jolie flûte et regarder les bulles remonter à la surface.

Aucune ne mentionna l'avenir du magasin, ni où Casey risquait d'atterrir à court terme. Elle n'avait candidaté qu'à quatre écoles de commerce : Columbia, Wharton, Harvard et NYU. Son dossier était correct, mais pas remarquable. Ce n'était pas de la modestie que de le reconnaître. Chez Kearn Davis, la plupart de ses collègues avec un MBA en poche n'avaient pas mâché leurs mots pour lui faire comprendre que la partie « expérience professionnelle » de son CV n'avait rien d'exceptionnel. Néanmoins, Sabine était ravie que Casey ait rempli les formulaires. Quand on suivait ses conseils, elle laissait s'épanouir sa personnalité exubérante de diva mécène.

Une fois les sandwichs engloutis, Sabine se dirigea sur la pointe des pieds vers son bureau et ouvrit un tiroir. Elle en sortit un écrin en cuir noir de la taille d'un carton de hamburger, décoré non pas du papier pervenche du magasin, mais d'un imposant ruban violet.

— C'est pour toi, annonça Sabine avec un sourire irrépressible.

Elle adorait offrir des cadeaux.

— Pour moi ? Tu n'aurais pas dû.

— Tu préfères que je le reprenne ?

— Non, bien sûr que non. Ne t'en avise surtout pas, répondit Casey en suivant leur petite danse.

C'était une Rolex en acier avec un cadran saphir métallisé.

— Oh, mon Dieu, dit Casey. Je n'en reviens pas ! Sabine ! Tu es folle ! En quel honneur ?

— Pourquoi aurais-je besoin d'une excuse pour faire des cadeaux ? Elle est belle, hein ?

Sabine était si enthousiaste qu'elle frétillait. Ce matin-là, elle s'était réveillée avec l'idée d'acheter ce bijou pour Casey au cas où elle aurait posté ses dossiers de candidature. C'était une forme de récompense. Sabine adorait préparer des surprises. Son chauffeur avait foncé à travers Manhattan pour la déposer chez Tourneau, car Sabine avait une réunion au magasin à dix heures trente avec un distributeur venu d'Allemagne, mais le choix du cadeau n'avait été qu'une affaire de minutes. La montre, avec son bracelet masculin en acier et son petit cadran bleu, était faite pour Casey. Une Rolex racée, mais au style brut et qui avait du caractère. C'était un bijou de luxe intemporel – un trait qui naturellement plaisait à Sabine.

— Vas-y, mets-la ! s'écria Sabine.

Casey obtempéra, incrédule devant sa chance.

Elle fit le tour de la table pour prendre Sabine dans ses bras.

— Elle est… elle est incroyable.

— Je sais. Elle est belle, hein ?

Casey aimait son cadeau. Ça se voyait.

— Merci. Je ne la mérite pas. Je… je ne sais pas quoi dire.

Casey jeta un coup d'œil à sa Timex abandonnée sur la table. Sa nouvelle montre encerclait parfaitement son poignet gauche, à côté de sa manchette en argent de Wonder Woman.

Elles rompirent leur étreinte pour admirer la Rolex.

— Tu n'as pas de migraine ? demanda Sabine.

— Pardon ?

Dans un geste théâtral, Sabine porta son bras à son front en s'exclamant :

— Oh chérrrrrrie, j'ai une terrible migraine.

— Oh. Je vois. Si, si, j'ai la migraine.

Casey effleura son front avec l'intérieur de son avant-bras, exhibant ainsi sa nouvelle montre devant sa tête. Elle ne changea de posture que pour contempler son poignet à nouveau.

— Elle rend bien avec mes manchettes. Je les adore, tu sais. Parce que c'est toi qui me les as données.

— Ça va de soi, dit Sabine avec snobisme.

Son ton était exubérant, presque séducteur. Elle s'illuminait toujours quand elle offrait un cadeau. Selon elle, l'argent n'avait de sens que pour faire plaisir à ses proches, les soutenir dans leurs rêves. Elle aimait cette pauvre petite déracinée de son quartier du Queens et souhaitait pour elle tout ce qu'elle-même avait obtenu. Parfois, l'abondance pouvait réparer un cœur brisé – Sabine le croyait fermement. Les habitudes impulsives, ridicules, extravagantes – et nocives – de Casey semblaient logiques aux yeux de Sabine, qui avait la retenue en horreur. Chez la petite, Sabine percevait l'élan sauvage des âmes créatives, et elle ressentait le besoin de la faire grandir. Un échec retentissant était préférable au confort. Sabine attendait des autres qu'ils soient à la hauteur de leurs plus folles ambitions. Toutes choses supérieures – toutes celles qui valaient la peine d'être connues, possédées, créées et admirées – naissaient de vœux irréalisables. Sabine détestait la petitesse. Elle haïssait la peur. Si seulement l'on donnait à Casey la chance de connaître ses désirs profonds, elle irait encore plus loin qu'elle. Il n'existait pas de preuve de cette théorie, mais Sabine avait pris toutes les décisions de sa vie en suivant son intuition. Et elle ne se trompait jamais sur les gens – le caractère d'une personne se révélait dans l'expression de ses yeux. Son père, un marchand de tissu prospère, lui avait appris à observer minutieusement un visage, prétendant qu'on pouvait tout y lire. « Il faut passer beaucoup de temps avec un individu avant de le considérer comme ton ami », lui avait-il enseigné. Aux yeux de son père, l'amitié était rare. Il se moquait des gens universellement appréciés : « On ne peut pas être un bon amant et être aimé de tout le monde. » Les mots n'avaient pas de valeur, disait-il, seules les saisons avaient de l'importance. « Remarque la façon dont réagit une personne dans une situation désespérée – elle se montre alors telle qu'elle est », l'avait-il prévenue. Soudain, Sabine fut prise de tristesse. Son père lui manquait.

— Je veux que tu saches que j'étais sérieuse quand je t'ai dit que chaque minute compte. Ta vie – la manière dont tu choisis de la passer – est précieuse.

— Tu es si généreuse. Tu es toujours si généreuse avec moi.

Sabine pleurait à présent. C'était une bonne chose, de pleurer, songea-t-elle alors que les larmes ruisselaient sur ses pommettes.

— Alors que moi, je n'ai jamais rien fait pour toi.

— Ne dis pas de bêtises.

Après un silence, Sabine lui dit en coréen :

— Si tu me rendais un service ou que tu accomplissais une tâche pour moi, et qu'ensuite, je te donnais une montre, alors ce ne serait plus un cadeau, n'est-ce pas ?

Elle passa à l'anglais pour conclure :

— Ça deviendrait… une transaction.

Elle avait prononcé cette dernière phrase avec une forme de logique implacable, d'une voix pleine de conviction sage.

Casey prit un instant pour y réfléchir. En coréen, les mots avaient un sens plus profond, plus intime.

— Oui. Tu as raison. Où est-ce que tu as fait ton MBA pour être si maligne ?

Sabine sourit.

— Je n'ai plus l'âge de faire des études. Mais il est encore temps pour toi.

Était-ce vrai ? songea Casey. Mais là encore, pourquoi Sabine aurait-elle besoin d'un MBA en commerce ?

— Tu es sûre ? demanda-t-elle en désignant sa Rolex, craignant au fond d'elle-même que Sabine ne change d'avis.

Sabine perçut le sérieux dans l'expression de Casey.

— Tu es comme ma fille, Casey. Je veux juste que tu puisses porter une belle montre. Pourquoi me refuser ce plaisir ? Accepte la Rolex. Profite. Elle est jolie, non ?

— Oui. Elle est magnifique. Surtout venant de toi. Merci, Sabine.

Casey tourna vivement la tête vers la porte en entendant un bruit dans le couloir, comme des coups discrets, timides. Elle s'essuya le visage.

— Sabine ?

Il fallait qu'elle lui dise une dernière chose.

— Oui, très chère ?

— Je ferai attention. Avec mon temps.

— J'y compte bien.

Le bruit discret recommença.

— Entrez ! lança Sabine de sa voix autoritaire.

Elle était très contente d'elle-même. De la vie, en général.

C'était Judith Hast.

— Navrée de vous déranger, mesdames, pendant votre déjeuner.

Judith remarqua la bouteille de champagne sur la table.

— Oh, je vois qu'on s'amuse bien ici.

Elle eut un gloussement enjoué que Sabine ignora.

— En quoi puis-je vous être utile, Judith ? demanda-t-elle avec son célèbre sourire de PDG.

— Il y a quelqu'un, en bas, qui réclame Casey.

Casey s'épongea les yeux avec sa serviette en papier.

— Tu es sûre ?

— Une jeune femme asiatique.

— Ma sœur ? Mais elle n'est censée arriver qu'à la fin de mon service.

Casey regarda son poignet et s'étonna de ne pas y voir sa Timex.

Le regard de Judith tomba sur l'écrin au ruban lavande. Casey avait une nouvelle montre.

— J'ai déjà vu ta sœur une fois. Je ne crois pas que ce soit elle, dit Judith. Mais elle est enceinte jusqu'aux yeux, alors peut-être que son visage a changé...

— Ta sœur est enceinte ? s'écria Sabine. Mais elle fait des études de médecine... Qu'est-ce qui s'est passé ?

— Non, non, non. C'est sûrement une amie. Je ferais mieux de filer.

Casey embrassa Sabine sur la joue.

— Merci pour... tu sais.

— Oui, je sais. Reviens pendant ta pause. Il nous reste du cheesecake à manger.

Casey se précipita en bas. Ella était censée être alitée, pourtant c'était bien elle. Son amie portait un manteau d'homme usé qui tombait bizarrement sur son énorme ventre, une écharpe à rayures pourpres et blanches aux couleurs de Harvard et des bottines de randonnée vertes. Elle n'avait pas l'air en forme, et ce n'était pas à cause de sa tenue débraillée de femme enceinte de neuf mois. Elle avait le teint brouillé, des cernes gris-bleu qui assombrissaient ses beaux yeux, et son port de tête de danseuse s'était effondré. Ses chevilles enflées débordaient des chaussures à lacets. Ella examinait le bonnet tibétain en fourrure de renard comme s'il était vivant, son expression concentrée était celle d'une personne préoccupée.

Néanmoins, Casey était heureuse de la voir – et même étonnée de l'être autant. Ces derniers temps, peut-être à cause de Noël qui approchait, Casey avait le sentiment d'être déracinée, sans ancrage ni famille – mises à part ses conversations avec Sabine et les lettres qu'elle recevait de Virginia. De temps en temps, Tina l'appelait – elle avait d'ailleurs promis de passer ce soir-là. Sa sœur n'était pas rentrée à New York pour les vacances depuis deux ans et demi. Il n'était pas question pour Casey d'aller à Elmhurst pour Noël ou le Nouvel An – ni elle ni sa famille ne l'avaient proposé. Casey se sentait exclue et ses parents se sentaient rejetés.

— Dis donc, tu es censée être au lit, lança Casey d'un ton enjoué pour masquer son inquiétude. (Elle tendit les bras pour l'étreindre.) Comment va la future maman ? Ça me fait plaisir de te voir...

Les yeux d'Ella se remplirent de larmes.

— Oh là là, qu'est-ce qui s'est passé ?... Ella ? Qu'est-ce qu'il y a ?

Ella déglutit et s'efforça de ne pas éclater en sanglots sur le lieu de travail de Casey.

— Je suis désolée, balbutia-t-elle.

Remarquant le coup d'œil de Casey en direction de sa manager, Ella se tourna vers Judith qui ne loupait pas une miette de la conversation.

— Merci, dit-elle en déglutissant à nouveau. D'être... allée... chercher... Casey. Pour moi.

Ella était essoufflée. Un battement sourd résonnait dans ses oreilles, suivant le rythme de son pouls, comme si quelqu'un faisait feu dans sa tête encore, et encore. *Pan, pan, pan.*

— Oui, Judith. Merci. Merci beaucoup, dit Casey.

L'état d'Ella lui faisait peur. Le docteur Shim avait expliqué à Casey que la prééclampsie mettait la mère en sérieux danger.

— Judith, si ça ne te dérange pas, je vais prendre ma deuxième pause dès maintenant, reprit Casey.

Judith plissa les yeux.

— Quelle heure est-il ?

Casey consulta la Rolex. Comme Sabine, Judith était intransigeante sur les pauses. Au point qu'elle n'hésitait pas à retenir sur le salaire des retardataires leurs cinq minutes de retard.

— Je sais bien que je viens tout juste de prendre ma pause déjeuner, mais c'est important. Quinze minutes, d'accord ? Je te revaudrai ça demain. Désolée.

Sans attendre la réponse de Judith, Casey s'échappa de derrière le comptoir, saisit fermement Ella par le bras, et la dirigea vers l'arrière du magasin jusqu'à l'ascenseur du personnel.

La véranda de la cafétéria des employés était glaciale, mais Ella ne semblait pas s'en soucier. Elle avait maintenant la nausée.

— Hé, pas de vomi ici, prévint Casey avec inquiétude. Qu'est-ce qui se passe ?

— Ted a couché avec Delia et m'a transmis l'herpès.

Dès qu'Ella l'eut confié à voix haute à une autre personne, sa respiration se calma.

— Quoi ? Quelle enflure, ce mec !

— C'est ton amie ? demanda Ella.

Elle avait cessé de pleurer et ses yeux brillaient d'une drôle de lueur.

— Qui ça ? Delia ?

— Oui.

Ella se concentra. Les coups de feu dans sa tête étaient de plus en plus intenses, mais elle avait l'esprit clair.

— J'y crois pas, pesta Casey pour gagner du temps.

Elle ne pouvait pas lui parler de Delia. Delia rendrait folle n'importe quelle femme. Elle se couvrit les yeux de sa main droite.

— Attends. Ted s'est tapé Delia.

Elle palpa ses poches. Ses cigarettes étaient en bas.

— C'est quoi le problème de ce mec, putain ?

Une fois par semaine, Casey sortait acheter son déjeuner avec Delia et ce, même depuis qu'elle avait changé d'étage. Pas une seule fois elle n'avait mentionné un intérêt pour Ted, ni pour un autre homme. Delia ne parlait pas vraiment des hommes. C'était un sujet trop banal pour elle. La seule aventure qu'elle lui avait avouée était Santo, qu'elle surnommait le facteur sexy. Mais même sur Santo, il n'y avait pas grand-chose à dire. Il était catholique, marié avec son amoureuse du lycée, et avait quatre enfants.

Casey aimait beaucoup Delia. Delia était chouette, amusante. Elles ne se fréquentaient pas réellement en dehors du travail, mais Delia était une femme qu'il valait mieux avoir de son côté au bureau. Malgré sa tendance assumée à coucher avec des hommes mariés, Delia ne voyait pas de contradiction ni d'hypocrisie dans le fait d'exiger une loyauté absolue de la part de ses relations féminines, et elle leur rendait la pareille. Sa discrétion exemplaire puisait sa force dans la volonté de ne jamais humilier les épouses. Selon elle, il ne fallait « jamais dévaloriser la femme de quelqu'un. Il n'y a pas d'erreur plus stupide ». Casey n'avait pas l'intention de sortir un jour avec un homme marié, mais au cas où, elle gardait dans un coin de sa tête l'exégèse de Delia : « La maîtresse ne pourra jamais remplacer l'épouse. Le mari aura toujours besoin de l'approbation de sa première femme. À la rigueur, il peut se remarier avec sa maîtresse. Mais la première lui restera toujours en tête. Comme sa mère. Et s'il y a des enfants, mon Dieu, que des emmerdes en perspective. C'est comme avoir la première femme en permanence dans ton lit, et clairement elle ne te lâchera pas la grappe. Je ne recommande pas. S'il est marié, contente-toi de coucher avec le type. Fais-toi plaisir. »

— Casey ?

— Hein ?

Casey leva la tête. Ella semblait terrifiée.

— Est-ce qu'ils sont encore ensemble ?

— Il dit que ça s'est terminé il y a un an, répondit Ella.

— Ça ne m'étonnerait pas. Enfin, pas qu'il se soit tapé Delia, mais que ça n'ait pas duré. Tu vois ce que je veux dire ?

— J'ai mal à la tête. J'ai ce bruit sourd dans les oreilles, c'est horrible. Comme si quelqu'un essayait de me tuer, encore et encore... j'ai envie de mourir, Casey. Ce matin, je me suis dit que j'allais me jeter par la fenêtre. Mais au lieu de ça, je suis venue ici. J'ai pensé que peut-être, tu pourrais m'aider.

— Oui. Bien sûr. Tout ce que tu veux. Tu as bien fait. C'est bien. C'est bien...

Casey tapotait doucement le dos d'Ella, essayant de réfléchir à un plan.

— Je vais te ramener à la maison maintenant. On s'occupera d'assassiner Ted demain.

Elle sourit à son amie qui lui semblait de plus en plus jeune.

— Aujourd'hui, on va prendre soin de toi. Allez, viens, ma chérie, on te ramène à la maison. D'après le médecin, tu es censée...

Ella se laissa guider hors de la véranda et ne dit rien dans l'ascenseur alors que Casey murmurait des paroles apaisantes, se contentant de hocher la tête mollement. Elle se concentrait sur le visage flou de son bébé. Depuis des semaines et des semaines, Ella tentait de se représenter le visage de son bébé, sans y parvenir. Après avoir appris que c'était une fille, elle s'était demandé si elle aurait les traits de Ted ou de sa mère à lui. Quelque part, au fond d'elle-même, elle savait que le bébé ne lui ressemblerait pas à elle. Mais peut-être tiendrait-elle de son père. Ce serait bien. Ou de sa propre mère.

Casey parlait, mais Ella ne l'entendait pas. Quand elle pensait au visage du bébé, l'envie de mourir s'évanouissait. Il lui fallait un prénom. Mais elle n'arrivait pas à en trouver un.

# 4

## SUR LE TARMAC

Le concierge dut leur ouvrir l'appartement, parce qu'Ella s'était enfermée dehors. Ce service méritait un pourboire, mais après avoir payé le taxi, Casey n'avait plus qu'un billet de vingt dans son portefeuille et n'osait pas demander quoi que ce soit à Ella. Elle avait besoin de cet argent pour commander une pizza avec Tina ce soir-là.

— Je suis désolée, je n'ai pas beaucoup de liquide sur moi, chuchota-t-elle alors qu'il s'en allait.

— Pas de problème, ma petite.

Sa façon de dire « ma petite », un peu complice, comme s'il était passé par là lui aussi, lui évoqua le ton paternel des hommes du quartier du Queens où elle avait grandi.

À l'intérieur, Ella laissa Casey la débarrasser de son manteau et de ses chaussures. Elle s'allongea sur le lit, mais refusa de fermer les yeux. Étendue sur son flanc gauche, son visage s'adoucit et elle se mit à battre des cils. Muette, Ella avait l'air d'une enfant triste et fatiguée.

— Il faut que tu te reposes.

— Pourquoi il a fait ça ? C'est parce que j'ai grossi, pas vrai ?

— Tu es enceinte.

— Elle est mince ?

— Tu es plus mince qu'elle lorsque tu n'es pas enceinte. Arrête.

— Est-ce qu'elle est belle ?

— Ella ! Il n'y a pas plus adorable que toi. Je t'en prie.

— Ted voudrait que je parle plus vite. Que j'ai plus de repartie. Je ne sais pas comment faire la conversation à ses amis d'HBS. Je n'arrive jamais à savoir si ce que je dis les intéresse ou s'ils sont juste polis. Il faudrait que je lise plus, que j'assiste à des conférences.

— Chut...

Casey posa son index sur ses lèvres.

— Tu es une perle.

Elle se tut un instant pour réfléchir à combien Ella comptait pour elle. Elle voulait lui donner quelque chose, une parole qui serait comme un cadeau, sincère et vrai.

— Ella, tu es une personne incroyablement douce – grâce à toi je me sens aimée. Comme si j'étais supportable. Comme si... (Casey inspira) ... j'étais pardonnée. Personne d'autre ne m'a jamais acceptée comme toi. Et je ne te l'ai jamais dit. J'aurais dû.

L'expression d'Ella n'avait pas changé, à croire qu'elle n'avait pas entendu un traître mot de la confession de Casey.

— Je suis sûre que Delia est une femme fascinante. Drôle. Ted adore les gens qui ont de l'humour. Je n'arrive jamais à plaisanter. Moi, je suis calme et responsable. Et elle est probablement sexy. Sinon pourquoi tous ces hommes... ?

Ella ferma les yeux comme pour tenter de refouler un souvenir.

— Hé oh ! Delia n'a pas d'importance. D'accord ?

— C'est ton amie, elle aussi. Tout le monde la préfère à moi.

— Non, non. Il ne faut surtout pas que tu penses ça.

— Mais tu l'aimes bien, pourtant. Tu me l'as dit il y a une éternité, que tu adores passer du temps avec elle. J'étais jalouse, mais je ne te l'ai jamais avoué. Tu n'as jamais le temps de déjeuner avec moi.

— Mais Delia travaille dans le même building ! On ne déjeune pas ensemble. On marche seulement jusqu'à la cafétéria ou le deli pour aller acheter un truc. Ça nous prend vingt minutes, maximum, et ensuite on mange séparément à nos bureaux respectifs.

Était-elle vraiment en train de justifier son temps passé avec Delia ? Casey taisait volontairement le fait qu'au moins une fois par mois, elles se retrouvaient pour boire un verre le mercredi soir avant son cours de chapellerie au FIT. C'était toujours super, parce que lorsqu'elle entrait dans un bar avec Delia, les hommes leur faisaient porter des cocktails avec leurs cartes de visite. Delia était la reine de la drague en un clin d'œil – quand elle en avait terminé, tous les hommes étaient à ses pieds, jonchant le sol collant de bière. Casey devait admettre que c'était un spectacle fascinant.

— Je ne lui adresserai plus jamais la parole. C'est ce que tu veux ? proposa Casey.

Ce n'était pas ce qu'elle voulait, elle, mais Ella méritait ce sacrifice.

— Est-ce qu'elle a du caractère ? Est-ce qu'elle est indépendante ? Comme toi ?

Ella leva vers Casey un regard de pure admiration, comme si le fait qu'une femme possède assez de qualités irrésistibles pouvait excuser la faute de Ted.

— Tu es merveilleuse, Ella. Ne t'inflige pas ça. Ce n'est pas Delia le sujet. C'est Ted.

— Je l'aime. Mais je le déteste, aussi.

— Oui. Je comprends, assura Casey, alors que les deux étudiantes de Jay lui revenaient en tête.

— Je n'ai jamais aimé personne d'autre que Ted.

— Je sais.

— Je ne veux pas qu'il me quitte. Comment j'élèverais ma fille ?

Ella avait le visage tordu par l'inquiétude, sa respiration avait un drôle de rythme.

— Ella, est-ce que ça va ?

— Oui.

— Tu me dis s'il faut que j'appelle le médecin. Ta tension…

Casey essayait d'avoir l'air le plus serein possible.

— Je sais, je sais, geignit Ella.

Elle tenta d'imaginer le petit corps parfait de sa fille, ses minuscules poings s'ouvrant et se refermant. Sa poitrine enfla et retomba à un rythme plus régulier.

Casey jeta un coup d'œil vers la porte.

— Où est ce salopard, d'ailleurs ? Quand est-ce qu'il doit rentrer ?

— Il est parti en séminaire avec les autres *managing directors* à Singapour. Ça fait des mois que c'est prévu. Il ne revient pas avant jeudi. Mon père va passer ce soir et dormir dans la chambre d'ami.

Ella cligna des yeux et demanda :

— Tu crois qu'il est avec elle ?

*Quel connard égoïste,* pensa Casey. Sa femme était sur le point d'accoucher et il la refourguait à son beau-père. Bravo.

Ella réfléchissait à voix haute :

— Il disait qu'il n'avait pas envie d'y aller. Surtout ce mois-ci… peut-être qu'il l'a emmenée avec lui.

Casey n'avait aucun intérêt à défendre ce bâtard, mais ne voulait pas non plus alimenter la colère d'une femme enceinte avec une tension trop élevée.

— Ma chérie, oublie Ted pour le moment. Il faut penser à toi. À ton bébé.

Casey caressa les cheveux de son amie.

Ella ferma les yeux – l'afflux de sang résonnait encore dans ses oreilles.

Depuis le séjour, Casey téléphona à Judith, à qui elle n'avait pas eu le temps d'expliquer son départ. Personne ne décrocha. Alors elle composa le numéro direct de Sabine.

— Tu as intérêt à avoir une excuse en béton, la prévint aussitôt Sabine.

Quand Casey lui raconta ce qui s'était passé, la réponse de Sabine fut glaciale.

— C'est très mignon de ta part, mais ce n'est pas ton problème, c'est celui d'Ella, décréta-t-elle. D'autant plus que tu ne vas pas le résoudre. Trop gros.

Sabine catégorisait les problèmes en fonction de leur volume – sur une échelle allant de la motte de terre au mont Everest. Elle quantifiait aussi le temps nécessaire pour surmonter ses défis.

— Et je ne te dis pas merci. Grâce à toi, Judith pense que je fais du favoritisme. Tu lui as manqué de respect. Je ne peux pas tolérer ça.

Sabine abhorrait l'insubordination sous toutes ses formes.

— Je suis désolée, Sabine. Je n'aurais pas dû partir. Mais je ne pouvais raconter tout ça à Judith devant Ella. Je n'avais pas l'intention de manquer de respect à ma manager. Tu sais bien que ça ne me ressemble pas…

— Tu ne l'as jamais mentionnée, l'interrompit Sabine. Ce n'est pas comme si c'était une amie proche.

— Si, c'en est une. C'est une très bonne amie.

Mais effectivement, Sabine n'aurait pas pu le savoir. Casey révélait très peu d'éléments de sa vie. Et quand des difficultés se présentaient, elle les enfouissait au fond d'elle-même et tentait de faire bonne figure. La petite partie de son cœur que Sabine avait réussi à attendrir plus tôt – avec l'attention qu'elle lui portait et son désir de la voir réussir dans la vie – se durcit à nouveau. Chez Sabine, aucun acte de gentillesse ou de bonté ne venait sans attentes ou exigences. Casey regarda l'heure. La nouvelle montre pesait plus lourd sur son poignet que sa Timex. Il n'était que quinze heures.

— Laisse-moi y réfléchir, dit Sabine.

Son psy l'avait encouragée à reporter la prise de décision pour freiner ses tendances impulsives.

— Ouais, marmonna Casey. Fais ce que tu as à faire.

— Oh, ne me parle pas sur ce ton, jeune fille, répliqua instantanément Sabine.

— Pardon, se reprit Casey.

À son réveil, Ella traîna des pieds jusqu'au séjour. Combien de temps avait-elle dormi ? Cela faisait vingt-quatre heures qu'elle envisageait de quitter Ted. Mais les conséquences d'une décision pareille… comment allait-elle s'en sortir ? Elle avait envie de voir son père, de lui demander conseil, mais ne savait pas comment. Hors de question de lui avouer ce qui s'était passé. Il en voudrait terriblement à Ted. Ce qu'il lui avait dit juste avant le mariage lui était toujours resté en tête. Peut-être aurait-elle dû attendre. S'étaient-ils mariés trop jeunes ? Était-ce parce qu'elle n'était pas douée au lit ? Comment faisait-on pour devenir un meilleur coup ? Comment garder l'intérêt de son mari ? Elle avait tellement mal à la tête. Les battements sourds dans ses oreilles rendaient tout repos impossible.

Ella s'allongea sur le canapé, cherchant désespérément une position confortable.

— C'était qui ?

Casey contempla le téléphone sans fil dans sa main.

— Personne.

— C'était Ted ?

— Non ?

— Tu as l'herpès, toi ? demanda Ella.

— Ouh là. Où est passée la Ella pudique de l'université chrétienne pour filles ?

De ses deux mains, Ella plaqua un coussin sur sa tête. Sa souffrance était évidente.

— Non, je n'ai pas l'herpès.

Sur les traits d'Ella, la douleur fit place à la déception.

— Désolée. Mais j'ai attrapé la gonorrhée, une fois, si ça peut te rassurer. Ma coloc a aussi chopé la syphilis et a eu droit à une sale histoire de verrues génitales. Une autre fille de mon dortoir avait des morpions. Ça semblait beaucoup plus grave sur le moment que maintenant. Il faudrait vraiment que les gens arrêtent d'en avoir honte. D'un point de vue scientifique, c'est comme la grippe ou la mononucléose, non ?

Casey avait beau croire fermement en son discours, elle n'avait jamais raconté à personne qu'elle avait déjà eu une maladie vénérienne.

— Mais tout ça se soigne, alors que…

— C'est ça. J'ai aussi avorté. Donc, figure-toi que même la grossesse se soigne, répliqua Casey.

Elle détestait la surenchère de problèmes. Il n'y avait rien à gagner à ce jeu-là. Ella tenait-elle vraiment à ce qu'elle lui dresse la liste de toutes ses plus grandes hontes pour la consoler ? Parce que si c'était le cas, Casey en avait pléthore en réserve.

Ella hocha la tête d'un air songeur. Elle avait conscience d'avoir agacé Casey.

— Je ne peux pas quitter Ted. J'ai prêté serment. Dieu déteste le divorce. C'est ce que dit le Christ dans les Évangiles.

— D'accord. Mais Ted s'est tapé quelqu'un d'autre et c'est toi qui en subis les conséquences. Je pense qu'on peut déterrer quelques clauses dérogatoires dans la Bible. L'adultère n'y est pas très bien vu.

Casey était tentée de vérifier, mais elle était certaine que la porte de sortie se trouvait du côté de Matthieu.

— Mais on est censé pardonner, encore et encore. Et il doit se repentir.

— Ah. Quelle belle idée. Je ne manquerai pas de te la rappeler la prochaine fois que je déraperai.

Ella ne rit pas. Elle semblait réfléchir intensément.

— Si je le quitte, où vais-je habiter ? Je n'ai même pas de travail.

— Dans un premier temps, tu peux t'installer chez ton père. Ou avec moi. J'aime bien les enfants. Et plus tard, tu seras en mesure de t'occuper de toi et du bébé… Attends une minute. Tu peux rester ici et virer Ted. Pourquoi ce serait à toi de partir ?

— Passer de chez mon mari à chez mon père. Comment en suis-je arrivée là ? s'indigna Ella. J'ai fait des études d'histoire de l'art, je me suis mariée, j'ai travaillé dans le développement pendant deux ans. Et mon mari s'est lassé de moi au lit en dix-huit mois. Non, ça a dû commencer bien plus tôt que ça. Il m'a trompée avec une femme qui a des amants à tous les étages chez Kearn Davis. Pourquoi ? Et en plus il m'a transmis l'herpès. Alors que je n'ai eu de relations qu'avec un seul homme.

Casey entendait son indignation et elle la trouvait mal placée.

— Même si tu avais couché avec cinquante hommes, personne ne mérite de tomber malade, Ella. Les rapports sexuels ne méritent pas de punition. J'ai du mal à digérer ce raisonnement. Est-ce que tu aurais trouvé ça plus juste si c'était moi qui avais contracté l'herpès ? J'ai couché avec plus d'un homme, et je compte bien continuer. Qu'est-ce que ça prouverait si j'avais attrapé une MST ? Je l'ignore. Je suis désolée que Ted t'ait fait ça.

Et je suis désolée que tu aies l'herpès. Mais l'herpès n'est rien de grave, c'est un virus relativement inoffensif, qui se réveille de temps en temps…

— Laisse tomber.

Ella était frustrée. Elle s'attendait à recevoir plus de compassion.

Pourtant, elle avait bien l'impression d'être punie injustement.

— Je suis pathétique. Je me dis que quitte à avoir un truc comme ça, je devrais au moins être sexy. Avoir plus de conquêtes à mon actif. J'ai tout fait de travers, ou alors je n'en ai pas fait assez. Je ne sais pas. Je suis désolée.

— Ella ! Tu n'as même pas vingt-cinq ans. Ce n'est pas tout à fait terminé, tu sais. Je garderais un peu plus longtemps mon éponge avant de la jeter, si j'étais toi.

Casey scruta le visage d'Ella pour tenter de capter son attention.

La sonnerie de l'interphone les interrompit et Casey se leva d'un bond.

— C'est ton père, annonça-t-elle. Il monte.

La lèvre inférieure d'Ella trembla légèrement.

— Est-ce que ça va ?

— Je ne peux pas lui dire.

Ella s'essuya les yeux.

— Tu veux que je reste ? Juste un petit moment ?

— Non, il faut que tu y retournes. Merci, Casey. Merci pour…

Ella hocha la tête pour s'empêcher de pleurer.

— Chut, c'est rien. Tu es sûre que ça va aller ?

— Je vais m'en sortir, répondit-elle en tentant un sourire.

— Je sais.

Casey prit le métro pour regagner le magasin. Au comptoir des accessoires, elle trouva Sabine et Judith qui discutaient sur un ton complice. Aucune des deux ne semblait contrariée.

— Ah, le retour de la fille prodigue, commenta Sabine sans humour.

— Je suis vraiment désolée d'avoir disparu comme ça.

Casey leur raconta ce qu'elle pouvait sur Ted, sur les problèmes de santé d'Ella, et sur la mère d'Ella morte en couches.

— Oh, réagit Judith.

Qu'aurait-elle pu dire d'autre ?

— Quoi qu'il en soit, j'ai pris ma décision, annonça fièrement Sabine.

Elle avait un grand besoin de tourner la page.

— Judith, vous pourrez soustraire les heures de sa feuille de présence. En comptant évidemment à partir de son départ, et en lui rendant sa pause café, qu'elle a le droit d'utiliser avec qui elle veut et comme bon lui semble.

Sabine s'apprêta à partir. Casey ravala son dépit, incrédule devant cette mesquinerie. Sabine venait de lui offrir une montre d'une valeur de plusieurs milliers de dollars, mais elle pinaillait pour cinquante balles. C'était n'importe quoi.

— Mais elle a dépassé son temps de pause la semaine dernière aussi, intervint Judith avec un brin de satisfaction. Elle doit vingt minutes.

— Merci, Judith. Quelle chic fille, rétorqua Casey.

C'était une des expressions préférées de Jay.

Sabine, qui s'éloignait, fit aussitôt volte-face.

— Dis donc, Casey, surveille tes manières. Tu ne peux pas te permettre de te comporter comme ça devant moi, ta superviseure, ou la clientèle.

Casey afficha un air sceptique. Il n'y avait pas une cliente aux abords du comptoir.

— Tu m'as comprise ? Tu ne vas pas faire un caprice parce que Judith ne t'a pas couverte. Ce n'est pas son rôle. Ce n'est pas pour ça que je la paie.

— Ne me crie pas dessus, dit calmement Casey.

— Je me réserve le droit de reprendre mes employés de la manière que j'estime nécessaire, répliqua Sabine.

Au mot « employés », la mâchoire de Casey perdit de sa courbe naturelle pour se contracter violemment.

Judith envisagea d'ajouter que l'amie de Casey avait l'air un peu timbrée, mais elle ne savait pas comment le placer dans la conversation.

À cet instant, deux femmes âgées approchèrent du comptoir pour admirer les canotiers ornés de roses en tissu. On aurait dit des sœurs jumelles, fringantes et impeccables en tailleur inspiration Mainbocher.

Judith ouvrit la bouche, mais Sabine la coupa :

— Judith, soustrais également le temps de pause excédentaire de la semaine dernière. Et je ne veux plus entendre parler de faire crédit de temps de pause. Casey a un sérieux problème à gérer de ce côté-là.

Judith acquiesça, puis se tourna vers les femmes âgées devant elle.

Le visage de Casey vira à l'écarlate.

— Quant à toi, dit Sabine en prenant une voix mielleuse. Passe me voir à mon bureau ce soir après ton service.

— Désolée, je ne peux pas. J'ai rendez-vous avec Tina. Je ne l'ai pas vue depuis plus d'un an.

Casey avait loupé sa remise de diplôme du MIT, elle ne pouvait pas en plus la faire attendre.

— Dis-moi ce que tu as à me dire dès maintenant.

Elle ne regrettait absolument rien de son comportement de l'après-midi. Si Sabine souhaitait la virer, revenir sur sa proposition de payer pour sa business school ou reprendre la montre, Casey s'en contrefichait. Elle avait grandi sans Rolex – ses amitiés n'étaient pas à mettre sur la même balance que des heures rémunérées ou des cadeaux. Casey refusait de la regarder. Plus elle y pensait, plus sa colère montait.

— Je t'ai dit que j'étais désolée, Sabine. Tu sais que je ne serais pas partie si ce n'avait pas été une urgence. Ella allait vraiment mal.

Sabine ignorait si elle était offusquée ou impressionnée par l'audace de la gamine.

— Mais tu es salariée, Casey Han. Et le travail passe toujours en premier.

Elle sentait qu'il était temps d'enseigner à Casey une leçon essentielle en affaires :

— Chérie, personne n'est irremplaçable.

— Soit, dit Casey en haussant les épaules.

« Alors tu n'as qu'à me remplacer » était sur le bout de sa langue.

Sabine inspira profondément et effleura l'avant-bras de Casey. Comment percer l'armure de la jeune fille ?

— Je ne suis pas là demain. On en reparlera la semaine prochaine. Quand tout cela semblera dérisoire.

Sabine lui sourit à nouveau.

— D'accord, Casey ? Est-ce que ça te va ?... Casey ?

— Ouaip.

Casey adressa un sourire à sa patronne.

En s'éloignant, Sabine se retourna une dernière fois. La posture de Casey était droite et rigide, comme une tige de maïs. Elle l'entendit proposer aux deux femmes d'essayer des accessoires.

Jusqu'à la fermeture, Judith et Casey travaillèrent côte à côte, donnant l'illusion que tout n'était que joie au comptoir des chapeaux. En l'absence de clientes, en revanche, elles n'échangèrent pas un mot.

L'entretien pour la bourse de recherche à l'Albert Einstein College of Medicine s'était éternisé et Tina n'était pas venue au magasin. Casey avait fini par rentrer chez elle, où sa sœur l'avait rejointe une heure et demie après l'heure convenue.

Tina n'avait jamais été aussi en retard, mais Casey n'arrivait même pas à le lui reprocher tant elle était heureuse de la voir. Les deux sœurs s'étreignirent, incapables de se souvenir de leur dernière embrassade.

— Qu'est-ce que c'est que ce bruit ? demanda Tina en regardant autour d'elle.

— Oh !

Casey se précipita sur sa machine à coudre pour l'éteindre. La Singer industrielle qu'elle avait achetée d'occasion à Chinatown pour soixante-quinze dollars fonctionnait parfaitement, mais produisait un boucan infernal.

Tina déposa son manteau et son sac à main sur une chaise pliante.

— Alors c'est ici, chez toi.

L'appartement était plus spartiate qu'elle l'imaginait. Dans un coin du studio en forme de L, il y avait un matelas de futon deux places à même le sol, et à côté, trois piles de livres. Un radio-réveil-lecteur CD était posé sur un exemplaire de *Sister Carrie.* Une rallonge aux fils dénudés serpentait à partir du pied d'un lampadaire en laiton. Près de la fenêtre, qui avait vue sur un bout de l'Hudson et de Jersey City, se trouvaient deux machines à coudre, un tabouret bancal en bois, et juste en face de la kitchenette, plaquée contre le mur, une table d'extérieur en fer-blanc et deux chaises pliantes. Le placard, plutôt grand pour les critères new-yorkais, occupait presque toute la largeur du plus petit des murs, et ses portes persiennes étaient ouvertes, laissant s'échapper une myriade de vêtements colorés. Tout en bas, étaient éparpillées quantité de chaussures et de bottes dans le plus grand désordre. Des dizaines de boîtes à chapeaux, étiquetées d'un Polaroïd illustrant leur contenu, remplissaient l'appartement. Pas de canapé, pas de table basse, d'étagères ni de tapis.

— Qu'est-ce que tu fabriques ? demanda Tina, à la fois curieuse et songeuse devant la machine à coudre.

— C'est pour un concours.

Une exposition était organisée pour les cursus accessoires de mode au FIT, et Casey s'était alliée avec Roni, la fromagère, pour y participer. Elles avaient conçu un gibus en paille et son sac à main assorti qui contenait un astucieux compartiment pour ranger le chapeau.

— Un concours ?

— Oui. Je sais que c'est bizarre.

Pourtant, Tina n'avait pas l'air choquée. Rien ne l'étonnait plus quand il était question de Casey.

— Bon, je meurs de faim.

— Le dîner est en route.

Casey avait commandé la pizza dès que Tina l'avait appelée depuis le métro. Sa sœur portait un chandail bleu à col rond et un pantalon marine. Sa nouvelle coupe dégradée donnait plus de mouvement à ses cheveux. Elle s'était assise par terre pour retirer ses bottes de neige et, les jambes étendues, elle agitait ses orteils dans ses chaussettes noires élimées. L'entretien au centre de recherches s'était bien passé. Elle avait immédiatement accepté leur offre.

— Le sexe t'a rendue encore plus belle, commenta Casey tout en remarquant le tissu usé sous la plante de ses pieds.

— Merci.

Les cheveux de Tina dansaient joliment quand elle riait.

— J'ai un travail et un fiancé, ajouta-t-elle.

— Quoi ? s'écria Casey. Sérieusement ?

— Pour le poste ou les fiançailles ?

— Tu sais très bien de quoi je parle. Tu as vingt-deux ans. Je t'assure que je n'aurai pas une moins bonne estime de toi si tu ne l'épouses pas. Où est le problème à simplement emménager avec lui ?

Ella s'était mariée avec son premier amant. Était-ce un moment opportun pour lui parler d'Ella ? Chul ne ressemblait probablement pas à Ted – *Pitié mon Dieu, faites qu'il ne lui ressemble pas*, pria l'agnostique qu'elle était.

— Est-ce que c'est ma faute ? Ne t'ai-je donc rien appris ? Le premier garçon avec qui tu as couché !

— Rectification : le premier garçon avec qui j'ai fait l'amour.

— Ah oui, pardon. Grande nuance.

Casey serrait machinalement le patron en papier du sac à main entre ses doigts. Elle était en train d'en froisser les coins, alors elle alla le ranger dans le carton à dessin noir posé contre le mur.

— Je pensais que tu serais contente pour moi, dit Tina d'un ton démoralisé.

Elle avait été si soulagée en chemin d'avoir décroché la bourse de recherches pour l'été. Elle replia les jambes et serra ses genoux entre ses bras.

— Je suis contente pour toi. Vraiment.

Après sa journée si étrange, Casey était heureuse de voir Tina. Mais c'était un nouveau choc.

— Ça veut dire que tu viendras au mariage ?

— Oui. Bien sûr que je viendrai au mariage.

Tina était encore contrariée de son absence à sa cérémonie de remise de diplôme. Casey n'y était pas allée parce qu'elle ne pouvait pas affronter ses parents. À la place, elle était partie en week-end organisé par Kearn Davis. C'était professionnel, certes, mais elle aurait très bien pu s'en dédouaner.

Tina ne voulait plus parler du mariage.

— Bon, j'ai une mauvaise nouvelle maintenant.

— Attends, parce que c'était une bonne nouvelle, ça ? se moqua Casey.

— Très drôle… L'immeuble de Papa a brûlé dimanche dernier, annonça calmement Tina.

Elle souleva le couvercle d'une boîte esseulée à portée de main. L'émerveillement se lut sur son visage alors qu'elle contemplait le chapeau de paille à larges bords cerclé de pivoines roses en tissu.

— C'est joli.

La pizza arriva, mais Casey n'avait plus faim. Elle regarda Tina dévorer sa première part tandis qu'elle évoquait les détails de l'incendie et les indemnités de l'assurance qui viendraient bientôt. Tina s'était occupée de toute la paperasse en anglais que ses parents ne pouvaient pas déchiffrer. Une installation électrique défectueuse était à l'origine du départ de feu qui avait détruit tout l'immeuble. Il n'y avait pas eu de blessés car l'incident avait eu lieu un dimanche. Personne n'avait pris la peine de prévenir Casey, et elle comprit alors qu'elle avait dû manquer beaucoup d'autres choses et continuerait d'en manquer davantage. Casey se sentait mise à l'écart. Tina trouvait des excuses à ses parents, qui d'après elle étaient heurtés par l'abandon de Casey.

— Ils ne voulaient pas te déranger au travail, expliqua Tina.

Elle ajouta que leur père avait changé. Trois ans plus tôt, quand Joseph avait fait l'acquisition de l'immeuble d'Edgewater, Casey s'était rendue chez le notaire avec lui. Leah l'avait appelée à Princeton pour la prévenir du lieu et de la date de la signature. Tina y serait volontiers allée – leur père l'aurait sans doute préféré – mais elle était à Boston, et il était moins cher pour Casey de se déplacer. Casey était aussi l'aînée. Alors elle avait séché son cours de microéconomie et pris un train pour New York, où elle avait rejoint son père chez le notaire. Même si son père comprenait presque tout, le juriste s'était surtout adressé à Casey. Elle avait servi d'interprète à chaque fois que cela avait été nécessaire. Une fois la transaction effectuée, Mr Arauno, qui représentait le vendeur, avait remis les clés à Joseph en lui disant qu'il devait être fier de sa fille. Après la signature,

Joseph avait emmené Casey visiter l'immeuble avant de la ramener à l'université.

— J'ai vu l'immeuble. Après la signature, dit Casey.

— Ah oui ? répondit Tina en saupoudrant d'ail sa deuxième part de pizza.

Cet après-midi-là, à Edgewater, le soleil tapait sur les vitrines sobres de Hilliard Avenue. L'immeuble de son père était une construction en brique de deux étages qui abritait une pizzeria, un cabinet dentaire et un cabinet comptable. Joseph n'avait pas dit grand-chose pendant leur visite du bâtiment. Il n'avait annoncé à personne qu'il était le nouveau propriétaire. Casey était sortie après lui. Ils avaient jeté un coup d'œil dans la pizzeria du rez-de-chaussée, qui semblait propre, au cabinet dentaire et aux bureaux comptables des deux étages, puis ils étaient partis. Casey s'était dirigée droit vers la Delta 88 bleue de son père, garée à une dizaine de mètres. Mais quand elle s'était retournée, elle l'avait vu planté à côté de l'immeuble, la main droite posée à plat sur la façade en brique. Il souriait.

— Comment va-t-il ? demanda Casey.

— Mal. Qu'est-ce que tu crois ?

— Il ne peut pas en acheter un autre ? Avec l'argent de l'assurance ?

— Maman dit qu'il ne veut pas prendre le risque. Et tu la connais, ce n'est pas une joueuse non plus. Ils vont sûrement placer l'argent sur un compte épargne.

Ce que Casey avait vu sur le visage de son père ce jour-là était de la fierté. Une forme de bonheur.

— Il a vieilli, reprit Tina.

— Ça lui fait quel âge, maintenant ?

— Il a eu soixante en juin.

— Je lui ai envoyé une cravate, mentionna Casey.

Elle avait acheté une cravate Hermès qui lui avait coûté plus de cent dollars et la lui avait fait livrer depuis le magasin, alors qu'il aurait été plus pratique de la lui remettre en main propre un soir en sortant de chez Kearn Davis.

— C'est ce que maman m'a dit.

Casey hocha la tête. Elle n'avait pas parlé à sa mère depuis Thanskgiving, quand elle lui avait annoncé qu'elle travaillait pendant les jours fériés parce que les heures étaient mieux payées. Le soir, elle était allée manger la dinde traditionnelle chez les Gottesman, à un dîner qu'avait organisé Sabine pour vingt de ses poulains préférés.

— Soixante ans. C'est...

— On n'a pas fait grand-chose pour son *hwangap*.

— Mince, c'est vrai.

Casey bascula la tête en arrière avec un soupir.

— Mince, mince, marmonna-t-elle, dégoûtée d'elle-même.

Leurs parents étaient souvent invités à des grandes fêtes organisées par de jeunes adultes aisés en l'honneur des soixante ans de leurs parents coréens – soixante ans représentant la somme de cinq cycles du zodiaque. Une personne était censée avoir accompli un cycle de vie complet en vivant de zéro à soixante ans.

— C'était presque au moment de ta remise de diplôme, non ?

— Oui, répondit calmement Tina.

— Ce qui signifie que rien qu'au mois de juin, je me suis débrouillée pour louper ta cérémonie au MIT et l'anniversaire le plus important de notre père. On peut dire que j'ai un don pour tout foirer. Ils n'ont pas tiré le gros lot avec moi.

Casey avait trop peur de demander à Tina ce qu'elle avait organisé pour lui. Peu importait, elle n'aurait pu rivaliser.

— Je crois qu'il y a une autre fête pour les soixante-dix ans, dit Tina en forçant l'optimisme.

— Oui, je serai sûrement millionnaire d'ici là. À trente-quatre ans. Je propose qu'on réserve tout de suite la salle des banquets du Plaza.

Casey se noyait dans un océan de honte.

— Oh, arrête. Ça va aller. Je ne suis pas venue te faire la morale. J'avais juste envie de te voir.

Tina se mit à lui parler de Chul. Il allait sûrement se spécialiser en cardiologie à l'université de San Francisco, lui apprit-elle, rayonnante. Son père était maître de conférences, sa mère radiologue, et ses trois sœurs avocates. Chul était le petit dernier. Joseph et Leah avaient déjà rencontré les parents de Chul à New York après Thanksgiving. Tout s'était bien passé, rapporta Tina avec un soupçon d'hésitation. Casey l'écouta parler, tentant de ne pas l'interrompre – un de ses travers – et elle regarda le visage de Tina s'illuminer. Casey voulait croire rationnellement et de tout son cœur que l'amour véritable existait et qu'épouser si jeune le premier homme avec qui elle avait couché pouvait forger un lien de fidélité. C'était ce qu'elle espérait pour sa sœur. Elle ne mentionna pas ce qui se passait entre Ella et Ted. À quoi bon ?

Tina devait partir à vingt-deux heures car elle prenait le métro pour rentrer chez leurs parents dans le Queens. Elles s'étreignirent avant de se séparer, et le geste leur sembla plus naturel cette fois. Pourquoi n'avaient-elles pas fait ça plus tôt ?

Casey ferma la porte. Son studio était modeste mais il était propre, et c'était le sien. Elle vivait à Manhattan – le seul vrai New York, alors que c'en était un arrondissement au même titre que Staten Island ou le Bronx. Pendant sa première année à Princeton, un étudiant originaire de Jackson Hole, dans le Wyoming, lui avait demandé d'où elle venait. Elle avait répondu New York et il s'était enthousiasmé, mais quand elle avait précisé le Queens, il l'avait toisée comme si elle était une menteuse. Parce qu'à New York, il n'y a que Manhattan qui compte.

Depuis sa fenêtre, la nuit se déployait dans une palette de bleus et de noirs sur la skyline illuminée de Jersey City. À côté de la machine à coudre, son projet pour le concours était en plan, posé sur le moule. Il avait besoin de plus de vapeur pour être formé, et sa bouilloire n'en produisait pas assez. Le tissu pour le sac à main, pas encore découpé, traînait sur le tabouret. Avec l'impression qu'il était bien plus tard que vingt-deux heures, Casey alla se brosser les dents et se prépara à dormir.

Pourquoi n'avait-elle pas parlé à Tina des écoles de commerce ? Ella, Ted et Delia, l'immeuble de son père, la bourse de recherche de Tina et ses fiançailles… Partout, la vie volait en éclats ou s'organisait. Pour sa part, elle avait du mal à visualiser ce à quoi ressemblerait sa vie après ce tournant. Casey ne pouvait pas avouer à sa petite sœur qu'elle tentait quelque chose de nouveau. Parce qu'elle s'exposait à échouer encore.

# 5

## LA VUE D'EN HAUT

— TU PASSES À CÔTÉ DE TA VIE, décréta Hugh Underhill.

— T'es con, répondit gentiment Casey.

Elle battit de ses courts cils pour un effet comique.

Hugh lui rendit un sourire charmeur. Détartrée tous les trois mois par une assistante dentaire avec qui il avait couché des années auparavant, sa dentition était éclatante et parfaite.

— Jeune fille, ce n'est pas l'avis général.

— Tu as raison, certains pensent bien pire.

— Je te remercie, ma petite Casey. Grâce à toi je garde les pieds sur terre.

— Je t'en prie. Il faut bien que quelqu'un s'y colle.

Elle continua d'écumer le portant de polos pastel brodés au logo de Bronan Resorts. Hugh l'embêtait avec son avenir. Sachant à quel point elle était fauchée, il avait décrété que la solution était de gagner plus d'argent.

La pousser à devenir broker junior était sa manière de lui témoigner sa sollicitude. Les réponses des écoles de commerces devaient arriver dans le mois, mais, à l'exception de Kevin Jennings – elle n'avait pas eu d'autre choix que de lui demander une lettre de recommandation –, personne au bureau ne savait qu'elle avait candidaté.

La vendeuse qui travaillait à la boutique du club de golf était allée récupérer un coupe-vent pour Hugh à l'étage, les laissant seuls. Les murs en bois de cerisier donnaient à la pièce des airs de cabinet d'un juge. Comme d'habitude, Casey et Hugh avaient quinze minutes d'avance – une qualité agaçante qu'ils partageaient. Avec un humour noir, ils disaient qu'ils auraient aussi un quart d'heure d'avance sur leur mort. En secret, ils se respectaient mutuellement pour ce trait. En revanche, Seamus, un client qu'ils appréciaient tous les deux et qui devait composer leur foursome, était particulièrement en retard. Il avait loupé son avion et Walter lui cherchait un remplaçant, sans quoi Hugh, Casey et Brett Martin, un autre client, ne formeraient plus qu'une équipe de trois. Hugh ne raffolait pas de Brett, qui avait pour habitude de faire tinter sa monnaie dans ses poches et de distribuer à la pelle des conseils dont personne ne voulait sur son swing. Brett Martin n'était pas méchant, mais c'était un tocard.

Kearn Davis organisait la Asian Technology Conference, un séminaire qui commençait officiellement le lendemain, dimanche, avec un petit déjeuner aux aurores. Mais les clients désireux de jouer un dix-huit trous étaient arrivés le matin même. Le *tee time* était prévu dans trente minutes.

Casey s'était jointe à eux, prenant un week-end de congé de chez Sabine's sachant que le magasin tournait toujours au ralenti pendant les deux dernières semaines d'avril – les commissions sur cette période ne valaient guère la peine d'y travailler. Les garçons, comme elle appelait les commerciaux du *desk*, ignoraient jusqu'alors qu'elle jouait au golf, mais quand elle l'avait mentionné, ils s'étaient écriés : « Mais pourquoi tu ne nous en as pas parlé plus tôt ? » À vrai dire, en trois ans chez Kearn Davis, il ne lui était jamais venu à l'esprit de partir en week-end golf avec eux, puisqu'elle n'était pas broker. Elle ne savait même pas qu'elle en avait le droit et personne ne l'y avait invitée. Quand elle avait débarqué à l'aéroport de La Guardia avec les clubs Ping que Jay lui avait offerts, les yeux marron foncé de Hugh s'étaient écarquillés.

— Et moi qui croyais que tu nous enfumais pour avoir des vacances gratos.

— Peut-être que c'est le cas.

La vue panoramique depuis la boutique était éblouissante. Le green était tapissé d'un gazon vert vif et le ciel au-dessus de l'horizon prenait des teintes mi-argent, mi-lavande. De là où elle se trouvait, elle apercevait quelques foursomes en pleine partie – ainsi que les voiturettes immaculées qui les attendaient pour les transporter au trou suivant. Des hectares d'espaces verts parfaitement entretenus, des haies minutieusement taillées comme le brushing d'une riche seconde épouse pour le plaisir de quelques rares privilégiés. Elle avait joué dans les clubs privés les plus prisés avec Jay et ses amis dont les parents en étaient membres – Baltusrol, Winged Foot, Rockaway Hunt, Westchester. Virginia préférait le tennis, et si Casey avait le niveau pour participer à un tournoi moyen, elle n'y mettait ni la précision ni l'investissement qu'elle parvenait à mobiliser au golf. Virginia disait que même son père, pourtant d'un naturel ennuyeux, trouvait le golf rasoir. Au contraire, se défendait Casey, il y avait dans ce sport une sorte de géométrie et d'application de la physique qu'elle percevait visuellement sans toutefois réussir à la conceptualiser. Elle respectait la difficulté du golf – l'esthétisme de son objectif.

Elle avait appris sur les parcours publics du New Jersey avec Jay. Au tout début de leur relation, ils séchaient les cours et passaient des après-midi à jouer. Du golf et du sexe : c'était leur programme. Parfois avant et après. Quand elle s'était demandé pourquoi elle n'en avait jamais parlé aux garçons, la réponse l'avait frappée. Jay lui manquait encore. C'était lui qui l'avait initiée au golf, il était un excellent professeur. Après leur rupture, elle avait envisagé de se débarrasser des clubs. Mais il avait été si fier de les lui acheter avec ses premiers deniers gagnés sur Wall Street, si heureux de lui en faire la surprise. Elle l'avait embrassé sur-le-champ tant le cadeau l'avait émue et ils avaient fini au lit, en retard pour le dîner programmé avec des amis. C'est une drôle de chose que de se rappeler du temps passé avec un être que l'on a aimé : elle parvenait à se remémorer les moments précieux, et ce faisant illuminer un peu la noirceur dans son cœur, mais en même temps le souvenir de la blessure projetait sa propre ombre, voilant son esprit de questions persistantes, de « pourquoi » et de « et si » ?

La vendeuse revint leur annoncer qu'ils étaient en rupture de stock sur les coupe-vent taille L.

Hugh fit la grimace devant les portants de polos et de pantalons à motif madras. Il détestait ce style BCBG qui faisait aux femmes une silhouette rectangulaire et plate. Il estimait qu'elles étaient censées être douces au toucher, avec des hanches et une taille arrondies, et un parfum délicieux. Les blondes sèches et sportives qui faisaient de la voile et avaient déjà la peau flétrie par le bronzage à la vingtaine n'étaient pas son genre. Il se fichait de paraître vieux jeu, il aimait les filles en robe évasée à la taille marquée, avec un rang de perles autour du cou ; si l'on pouvait voir un brin de jambe, c'était fantastique. Et avec des sous-vêtements coquins, encore mieux. Tandis qu'elle regardait ailleurs, Hugh détailla la silhouette de Casey. Elle était exceptionnellement féminine dans ses tenues. Pour son vocabulaire, en revanche, c'était tout autre chose.

— Le pire, chez les femmes qui jouent au golf, ce sont les fringues, décréta Hugh.

— Ça veut dire que tu ne comptes pas m'acheter un polo ?

— Sérieusement, tu veux un de ces trucs ? demanda-t-il, irrité que Casey n'abonde pas dans son sens.

— Pourquoi ? C'est une proposition ?

— Ça dépend, dit-il avec un sourire suggestif.

Hugh était un alchimiste : capable de transformer n'importe quel commentaire en allusion sexuelle. Casey ne prenait jamais ses sous-entendus au sérieux, et il lui fallut moins d'une seconde pour trouver une repartie savoureuse.

— J'espère que je vaux plus que… cinquante-sept dollars, termina-t-elle après avoir lu l'étiquette.

Avant qu'il n'ait le temps de répondre, ils entendirent Walter les appeler.

— Seamus a réussi à attraper le vol suivant, leur annonça-t-il à bout de souffle. Mais ça signifie qu'il vous manque toujours quelqu'un. Vous pouvez jouer en threesome. Ou alors je viens d'apercevoir Unu Shim de chez Gingko Tree Asset Management dans l'entrée. Je ne savais pas qu'il arrivait aujourd'hui. Vous voulez que j'aille le chercher ? C'est un type bien, Shim-kin. Mais ça vous ferait commencer plus tard, le temps qu'il récupère son matériel.

— Est-ce qu'il existe des gens ponctuels de nos jours ?

Casey regarda sa montre. Même au bout de quatre mois, la Rolex à son poignet la surprenait encore.

Hugh hocha la tête en direction de Walter, essayant d'être accommodant.

— Ça marche. Fais donc ça. On vous attend avec la belle au tee numéro 1.

Casey sourit à Walter et donna un coup de coude à Hugh.

Unu Shim se présenta au pied du long patio où étaient garées les voiturettes avec seulement quelques minutes de retard. Il mesurait un peu moins d'un mètre quatre-vingt, et avait une carrure svelte, presque maigre. Ses yeux avaient la paupière double quand celle de Casey ne formait qu'un seul pli. Quand il souriait, des ridules se plissaient en soleil près de ses tempes. Il devait avoir la trentaine. Comme les autres, il portait un pantalon beige, et son polo rouge venait d'une boutique de golf de Maui dont l'emblème était brodé sur les manches courtes. Les muscles de ses bras nus étaient noueux sur toute leur longueur. Pour un homme fluet, il avait des biceps de Popeye. Ses chaussures de golf n'avaient pas été nettoyées depuis son dernier parcours – de la boue avait séché sur ses lacets.

Sept voiturettes étaient déjà occupées sur le patio, et Casey, la seule femme, était assise seule dans la sienne. Elle s'était installée au volant, en attendant l'arrivée du nouveau. Le voyant approcher, elle se tourna pour faire de la place à l'arrière pour son sac Callaway. Hugh avait pris Brett à bord de sa propre voiturette. Unu courba la nuque pour monter.

— Casey, c'est ça ? Salut.

Il lui tendit sa main. Poigne correcte, paume moite.

— Tu veux conduire ? proposa-t-elle poliment.

— Non merci, répondit-il.

Il ne comprenait pas qu'elle ne l'ait pas reconnu. Casey Han, l'amie d'Ella. Ils s'étaient déjà vus deux fois, et chaque fois elle lui avait à peine adressé la parole – dont au mariage duquel elle s'était échappée avant de faire son discours de témoin. C'était quoi ? Deux ans plus tôt ? se demanda-t-il. Son père avait eu une prise de bec avec son petit ami, lui avait dit Ella. Le petit ami était de l'histoire ancienne, mais apparemment les rendez-vous arrangés ne l'intéressaient absolument pas, même si Ella continuait de lui chanter ses louanges : Casey était créative, belle, futée. Unu en avait conclu qu'elle était de ces Coréennes qui méprisent les hommes coréens. Pourtant, ce n'était pas l'impression qu'elle donnait en cet instant.

Ce jour-là, elle semblait détendue et enjouée, comme une étudiante au tournoi de golf inter-universités. Son visage était légèrement plus hâlé que la dernière fois qu'il l'avait vue, elle avait meilleure mine. Elle était vêtue d'un polo blanc et d'un short saumon typique des stations balnéaires chics de Nantucket et de Martha's Vineyard. Ses chaussures de golf paraissaient neuves. Unu n'aurait jamais deviné qu'elles lui avaient coûté quatre cents dollars. Elle portait un panama qu'elle avait fait mouler chez Manny's Millinery et qu'elle avait décoré elle-même d'un ruban bleu foncé.

— Pas mal, le chapeau.

Effleurant son bord, elle déclara :

— C'est une pièce unique.

Il restait un soupçon de flirt dans sa voix, vestige de sa conversation avec Hugh.

— Je veux bien le croire, dit-il, amusé.

Elle était plus grande que dans son souvenir.

— C'est fou, j'ai l'impression de vous avoir déjà vu quelque part, reprit-elle avant de regarder aussitôt droit devant elle. Je n'ai pas l'habitude de dire ça, précisa-t-elle.

Son commentaire avait des allures de drague qu'elle n'avait pas eu l'intention de lui donner.

— Je suis le cousin d'Ella. Unu. On s'est déjà vus. Deux fois, précisa-t-il timidement.

— Oh.

Tout engouement s'effaça de son visage.

— C'était il y a presque deux ans. J'étais témoin à son mariage, et tu…

— Oui, oui, bien sûr. Désolée, s'excusa-t-elle en rêvant de disparaître.

Elle démarra le moteur et se mit en route en silence. *Oui, évidemment,* pensa-t-elle. *Unu.* De son nom complet, Un-young Shim de chez Gingko Tree A.M. C'était le nom sur le fichier client, celui qu'elle avait relu de multiples fois, mais elle n'avait jamais fait le lien avec le cousin d'Ella. Rien qu'en décrochant le téléphone de la réception, elle était déjà tombée sur trois Shim différents. Et Walter l'appelait parfois Shim-kin. Cet homme l'avait vue donner un coup de poing dans le nez de Jay et faire une scène devant tout le monde après la messe. Il avait peut-être également vu son père bousculer Jay et se souvenait certainement qu'elle était partie du mariage avant d'accomplir ses tâches de demoiselle d'honneur. Il devait la croire de nature violente, élevée dans une famille bigote, et dépourvue de dignité et de loyauté. Comment aurait-elle pu l'en blâmer ? Casey aurait voulu croiser les bras sur le volant et y enfouir sa tête.

C'était un juste retour du karma pour avoir menti à Judith et Sabine sur les raisons de ce week-end chômé. Sans le moindre scrupule, elle avait prétexté le déménagement d'une amie. Si seulement elle était restée dans son appartement pour travailler le fez en cuir de son cours de couvre-chefs traditionnels, penchée sur sa machine à coudre, la radio en fond sonore. Si seulement. Elle pouvait toujours se terrer dans sa chambre d'hôtel jusqu'à la fin du séminaire, mais Kevin serait furieux, et après cette expérience, elle n'avait pas envie de mentir à un second employeur. Casey tira sur le bord de son chapeau comme pour se protéger du soleil vif de Floride.

Les quatre premiers trous passèrent rapidement. Étrangement, son jeu était extraordinaire. La honte est une bonne incitation à la concentration. Deux birdies et deux bogeys.

— Notre petite Casey est en forme ! s'esclaffa Hugh dans un mélange de choc et de ravissement après son troisième bogey.

Hugh était émoustillé par cette performance surprenante, et il n'était pas le genre de broker à laisser gagner le client. D'autant que ces deux-là n'étaient pas les siens, et que Casey n'était qu'assistante. Brett était resté ébahi après l'avoir vue jouer le troisième trou, et il agitait de plus en plus sa monnaie dans ses poches malgré les regards curieux d'Unu. Golfeur hors pair, celui-ci se situait juste derrière Casey au score, et à égalité avec Hugh : un bogey, deux pars, et pour le dernier deux coups au-dessus du par. Il observait attentivement le swing de Casey.

Son arc était magnifique, songeait Unu. La posture de Casey au repos était plus droite qu'un club et son profil raide. Après la mention de leurs précédentes rencontres, elle ne lui avait pas dit un mot de plus que ce qui était nécessaire, sans doute par gêne. Lorsqu'elle se taisait, il percevait son chagrin à son expression. Quelque chose la rendait triste, vulnérable.

Eunah, son ex-femme, était ainsi. Il y avait quelque chose chez les filles tristes qui l'attirait. À leur premier rendez-vous arrangé par la famille, peu de temps après son arrivée à Séoul en tant qu'expatrié de Pearson Crowell, il avait trouvé Eunah parfaitement maîtresse d'elle-même et déterminée. Ce trait de caractère lui avait plu, il la distinguait des autres femmes, de celles qui gloussaient trop, ou qui étaient plus jolies, mais maladivement timides. Leurs fiançailles avaient à peine duré cinq mois, et très vite après leur mariage, la résolution d'Eunah avait commencé à se dissiper. Eunah accomplissait tout ce qui était censé l'être, mais avec un air de performance, comme si elle jouait un rôle. Rien de ce qu'il faisait ne parvenait à la rendre heureuse. À ses yeux, Unu était un type bien. Parfois, dans une tentative désespérée de la faire rire, il jouait au clown. Il lui offrait des cadeaux luxueux, qu'elle appréciait. Le regret, chez sa femme, allait et venait, et empoisonnait leur bonheur. Unu avait également un emploi très prenant qui l'empêchait d'accorder à Eunah toute l'attention qu'il aurait voulu, persuadé qu'il aurait plus de temps pour ça, plus tard. Quand il avait été approché par Gingko Asset Management pour un poste à New York deux ans plus tôt, Eunah avait déclaré qu'elle ne pouvait pas quitter la Corée.

— Je ne veux pas devenir américaine, je déteste le pain de mie, avait-elle protesté avec une hésitation immense, consciente de l'étrangeté de sa véhémence dans la mesure où elle avait épousé un Coréen des États-Unis qui l'avait prévenue dès le premier rendez-vous qu'il comptait y rentrer un jour.

— Eunah, je ne te demanderai jamais de renoncer au riz, avait-il plaisanté en riant de l'absurdité de son argument.

Unu n'avait pas baissé les bras tout de suite. Il lui avait apporté des guides touristiques et des cassettes de films se déroulant à New York – comme *Annie Hall*. Elle avait lu les guides, elle avait vu les films. Elle avait tenté de témoigner de l'enthousiasme pour lui faire plaisir, et avait sérieusement réfléchi à déménager en Amérique. Mais une nuit, alors qu'ils étaient au lit, elle avait détourné son corps élancé loin du sien et lui avait avoué qu'elle était amoureuse de son petit ami de la fac, que ses parents avaient refusé qu'elle épouse car il était originaire du Jeolla – une province pauvre de Corée dont les habitants étaient injustement stigmatisés comme des voleurs. Elle avait téléphoné à son ancien amour quand Unu lui avait parlé de rentrer aux États-Unis, et il lui avait dit qu'il l'attendait toujours. Qu'il l'attendrait jusqu'à sa mort.

Alors Unu l'avait laissée partir. Non pas faute d'amour, mais au contraire parce qu'il l'aimait. Après le départ d'Eunah, il avait ressenti un étonnant chagrin mêlé de soulagement, parce qu'il avait compris que la tristesse d'Eunah n'était pas de son fait. Après le divorce, Eunah avait épousé ce fameux petit ami de la fac et ils avaient eu une fille. Et maintenant, Unu, le Coréen du Texas, vivait seul dans un trois pièces de location meublé de l'Upper East Side, dans la rue de sa cousine Ella, qui l'invitait tous les dimanches à bruncher après la messe. En secret, tous les vendredis, il prenait son break Volvo pour se rendre dans un casino amérindien du Connecticut et y jouait au blackjack avec pour seule limite la fatigue de ses yeux. En mars, il avait gagné huit mille dollars. En février, il en avait perdu cinq mille.

Ils venaient de passer le cinquième trou.

— Où est-ce que tu as appris à jouer comme ça ? demanda Hugh à Casey.

— Je te l'ai dit, à la fac, répondit-elle avec un sourire timide.

L'attention concentrée sur elle la gênait.

— Ah oui ?

Elle-même était surprise de s'en sortir si bien.

— Je n'avais pas joué depuis plus de trois ans. Je t'assure.

— Hmmm, fit Unu avec une moue sceptique.

— Juré ! affirma Casey.

— Et si on pimentait un peu la partie ? proposa Hugh. Un dollar par coup.

— Enfin ! répondit Unu.

Tous se tournèrent vers Brett, le joueur au niveau le plus faible. Pour éviter la gêne, et croyant sincèrement que la pression de la compétition pourrait le motiver, ce dernier augmenta la mise.

— Deux. Soyons fous.

Pour l'instant, aucun handicap n'avait été mentionné, mais à présent qu'ils comptaient le score final, la question se posa. Casey ne voulait pas leur révéler le sien.

Ils allaient s'emballer. Si le score moyen était de soixante-douze, comme celui-ci – c'est-à-dire que les dix-huit trous pouvaient être atteints par un très bon joueur en soixante-douze coups –, dans ce cas elle terminait en général le parcours en quatre-vingt-six, ce qui lui faisait donc un handicap de quatorze. Au top de son jeu, avec Jay, elle parvenait souvent à un quatre-vingt-cinq. C'était un très bon score, pour les hommes comme pour les femmes.

Unu fut le premier à avouer son handicap.

— Vingt.

— C'est pas vrai..., souffla Hugh. Sérieusement ?

— Oui, dit Unu avec un sourire. Je n'ai rien à prouver.

— Trente-cinq ? s'étonna Brett. C'est quoi le maximum, ici ?

Les autres étaient de très bons joueurs, et en vérité, le jeu de l'assistante le rendait furax.

— Vingt, affirma Casey.

— Je ne te crois pas, rétorqua Hugh.

Unu inclina la tête sur le côté.

— Tu peux faire mieux que ça. Tu viens de tirer deux bogeys, deux birdies et un par, qui a manqué de peu l'eagle et s'il n'y avait pas eu...

— Ouais, renchérit Brett.

— Alors, c'était quoi votre score à la fac, Miss pleine de surprises ? insista Hugh avec un air amusé.

— Quatorze, admit-elle sereinement.

— Eh bé !

Hugh riait si fort qu'il dut s'agripper à son sac pour garder l'équilibre.

Ils décrétèrent qu'elle aurait un handicap de quatorze, et la partie se poursuivit.

Avec le pari en cours, les dix-huit trous passèrent plus vite et dans un calme absolu. Même si son jeu était constant, le douzième trou donna du fil à retordre à Casey. Elle rata le dix-septième en perdant la balle dans l'eau. Au bout du compte, elle atteignit le score très respectable de quatre-vingt-sept, mais à cause du plus grand handicap d'Unu, elle arriva troisième derrière lui et Hugh. Elle devait donc à Unu quelque chose comme quarante dollars. Tout le monde régla ses comptes rapidement, mais Casey n'ayant pas son portefeuille sur elle, elle promit de les rembourser au dîner.

Chacun retourna dans sa chambre pour se doucher. Une fois rafraîchie, Casey traîna en peignoir et tenta d'oublier le dix-septième trou. Elle s'agaçait de la manière dont elle avait perdu sa concentration et du mauvais angle de son poignet. Elle souffla. Ça arrivait. Elle se poudra le nez, déterminée à se montrer plus courageuse face à Unu. Peut-être qu'elle n'aurait pas à lui parler au dîner. Peut-être qu'elle serait capable de masquer son embarras.

Casey passa une robe longue bleu marine par-dessus sa tête et se contorsionna pour en fermer la glissière. La robe avait des bretelles larges, un décolleté carré bordé d'un galon blanc et une taille ajustée. Elle avait apporté un collier en perles – fausses, mais d'excellente qualité – qui tombait juste au-dessus de ses clavicules, et de plus grosses perles pour ses oreilles. Elle noua les liens de ses espadrilles en lin sur ses chevilles. Sa tenue complète s'élevait à un coût époustouflant de mille cent dollars, plus de la moitié de son salaire mensuel net. Elle était devenue une Wilma qui sort sa carte, une cliente mouton prête à payer le prix fort pour le bon look. Dans la pochette intérieure de son cabas, elle avait exactement soixante-sept dollars et un portefeuille rempli de cartes de crédit au plafond atteint. Si elle donnait à Hugh et Unu l'argent qu'elle leur devait, il ne lui resterait plus assez pour payer le taxi du retour depuis l'aéroport. Elle ne pouvait s'en prendre qu'à elle-même. Elle aurait pu renoncer à cette robe et à ces chaussures. Elle aurait pu dire non au pari lancé au cinquième trou. Ses tenues coûtaient plus cher que ce que portaient les femmes brokers, banquières et analystes, qui pourtant gagnaient dix fois son salaire annuel. Mais les vêtements la faisaient se sentir légitime en toutes circonstances ; ce soir, dans cette tenue, elle incarnait une fille qui avait fait son lycée à Andover, et pas à Stuyvesant, une fille qui avait perdu sa virginité au Gold and Silver de New York, et pas dans une patinoire d'Elmhurst. Elle avait toujours soigneusement composé son identité pour se fondre dans son environnement grâce aux habits, alors pourquoi ce soir ferait-il exception à la règle ? Quand elle terminait un chapeau, elle lui donnait un nom, et avec ce nom elle imaginait le genre d'amante que serait la femme qui porterait ce chapeau. Serait-elle timide ou exigeante ? Du genre à céder aux caresses ou à lutter contre ses émotions ? Est-ce que son corps se collerait de lui-même à celui de son amant ? Grâce aux vêtements, Casey pouvait se donner l'air décontracté, citadine, pauvre, riche, bohème, prolétaire. De temps en temps, elle se demandait ce que ce serait de n'aspirer à aucun modèle, et de s'habiller simplement en Casey Han.

Quand elle descendit dans le hall, Hugh et quelques autres étaient déjà là. Elle n'avait que cinq minutes d'avance.

Hugh siffla.

— Jolies perles.

Elle souleva un coin de sa robe pour faire la révérence.

— Merci.

— Quel âge tu as, rappelle-moi ? demanda Hugh.

— Tu sais quel âge j'ai. Je suis beaucoup beaucoup beaucoup trop jeune pour toi, s'esclaffa-t-elle.

Ils avaient moins de dix ans d'écart ; c'était une blague entre eux que, pour lui, elle était encore mineure et hors d'atteinte.

Les autres ne leur prêtèrent aucune attention. Kevin Jennings hocha à peine la tête comme pour témoigner de son approbation, mais n'aurait jamais avoué qu'il était heureux de la voir. Avec le temps, Casey avait fini par comprendre que derrière sa nature grincheuse et son refus obstiné de céder à l'amabilité se cachait une belle personnalité. Kevin et Walter discutaient avec Seamus Donnelly, qui était enfin arrivé. C'était un client de premier ordre – peut-être le plus important à cet événement – et en conséquence, il recevait l'attention qui lui était due. Il fallait également préciser que Seamus était un homme intelligent et spirituel. Tout le monde voulait être assis à côté de lui au dîner. Quant à son profil, il était légèrement moins conformiste que les investisseurs classiques en bull et bear market, et de fait quasiment imprévisible. Walter disait que, de son expérience, les investisseurs qui pensaient par eux-mêmes étaient ceux qui avaient le potentiel de se faire un sacré paquet de pognon, et pas juste de l'argent de poche de cadre sup. Seamus Donnelly était maintenant plein aux as, mais il était aussi le premier à confesser qu'il avait cinquante-huit ans, que ses deux premiers fonds d'investissement s'étaient crashés, et que ses gosses avaient dû faire leur scolarité dans le public parce qu'il s'était planté plus d'une fois.

Unu était visiblement en désaccord avec Seamus, néanmoins tous deux semblaient ravis de leur débat. Une histoire d'usines au Vietnam et en Indonésie, comprit Casey. La foule commença à se diriger vers la salle du restaurant, où le steak était le roi de la carte. Elle avait participé à l'organisation du séminaire, si bien qu'elle pouvait en réciter le menu par cœur. Unu n'était qu'à quelques pas devant elle. Il portait un polo blanc sous un blazer marine avec un pantalon clair et une ceinture en canevas brodé aux lettres grecques de sa fraternité. Des effluves de savon, d'après-rasage et de vêtements amidonnés lui parvinrent. Le groupe était essentiellement composé d'hommes, fraîchement sortis de la douche après une longue journée sportive au soleil et en tenue élégante pour le dîner. C'était comme revenir à la fac, quand Casey et ses amis allaient ensemble au bal du printemps pendant les belles soirées d'avril.

Unu s'éloigna de Seamus, laissant aux autres une opportunité d'approcher le grand homme. Il attendit quelques secondes pour aligner son pas sur celui de Casey.

— Au fait, lui dit-elle. Bien joué pour tout à l'heure. Je te dois de l'argent. Ça t'ennuie si je t'envoie un chèque une fois rentrée en ville ? Je n'ai pas l'impression qu'il y ait de distributeur à l'hôtel.

— Je ne l'aurais jamais accepté, venant de toi, mais Hugh s'en est déjà chargé.

Unu était ravi qu'elle lui adresse la parole. Elle ne semblait plus si contrariée. L'étudiante dans l'équipe de golf de son université était de retour, dans toute la splendeur de son insolence. Elle avait un sourire sincère qui plissait joliment ses yeux.

Casey chercha Hugh du regard, et quand celui-ci la repéra, il lui fit une grimace.

— Merci, articula-t-elle de loin.

Il répondit avec le signe OK de la main.

— Il n'aurait pas dû, dit-elle.

— Une histoire de polo qu'il te devait ?

Elle éclata de rire.

Unu se demanda si Casey était en couple avec ce type. Hugh avait l'air trop vieux pour elle, même s'il ressemblait un peu à son ex. En plus séduisant. Il n'était pas marié, et à en croire Walter et Kevin, c'était un sacré coureur de jupons.

L'organisatrice de l'événement avait rangé les marques-places sur une petite table ronde à l'entrée du restaurant. Casey et Unu étaient avec Walter. L'agencement était tel qu'un broker était assigné à chacune des longues tables rectangulaires façon banquet. Hugh présidait la table des invités de Brett et de ses propres clients, et Kevin était à la tête de celle de Seamus Donnelly et des plus gros clients. Unu s'assit naturellement à côté de Casey, comme s'il en avait eu l'intention depuis le début. Walter, au bout de la longue table, entama une discussion avec trois gestionnaires de portefeuille. Il avait un don pour intégrer avec naturel plusieurs personnes à une même discussion. Laissés seuls de leur côté, Unu et Casey bavardaient entre eux, ravis de pouvoir parler d'Ella et Ted.

— Ce mec est un baratineur total, commenta Unu au sujet de Ted entre deux bouchées de pain. Mais j'adore le charrier pour qu'il s'enfonce dans ses conneries. Je crois que je pourrais te réciter tous ses laïus.

— Oh non, merci de t'en abstenir.

— Ella mérite tellement mieux...

— À qui le dis-tu...

Ils hochèrent tous les deux la tête de connivence et éclatèrent de rire.

— Tes bracelets..., fit-il en désignant les manchettes en argent.

— Pardon ?

— J'en avais entendu parler par Ella bien avant de te rencontrer.

Casey se mit à rougir. À part pour dormir, elle ne les enlevait jamais, au point qu'elle oubliait qu'ils ornaient ses poignets.

— Alors, où est garé ton avion invisible ? pouffa Unu en imaginant Casey dans un costume de Wonder Woman.

Ses seins n'étaient pas aussi gros que ceux de Lynda Carter, mais à ce qu'il devinait sous le tissu bleu, ils étaient aussi beaux. Malgré son décolleté, sa robe ne laissait rien voir. Unu eut un peu chaud, d'un coup. Cela faisait une éternité qu'il ne s'était pas senti attiré par une femme.

— Et ton lasso magique ?

Elle rit à nouveau. Hugh et Walter regardèrent de son côté. Ils ne manqueraient pas de la charrier dès le lundi.

Voyant que les clients semblaient parfaitement satisfaits de parler entre eux, Hugh se leva de table et rejoignit Casey et Unu. Prenant appui sur les dossiers de leurs sièges, Hugh adressa un clin d'œil à Unu.

— Elle est encore en train de ruminer le dix-septième trou ? fit-il avec un geste du pouce en direction de Casey. Elle a un sacré esprit de compétition, notre petite.

— Je n'en doute pas, répliqua Unu.

Casey fit claquer sa serviette dans sa direction.

— Tu savais que Casey était la meilleure amie de ma cousine ? demanda Unu sans la quitter des yeux.

Casey sourit. C'était sûrement ce qu'Ella avait dû lui raconter – qu'elle était sa meilleure amie.

— Ah oui ? Tu ne me l'avais pas dit, ma petite Casey.

Hugh se tourna vers elle avec son sourire ravageur.

— Tu ne m'as jamais posé la question, répondit-elle en grimaçant légèrement à cause du surnom affectueux. Et puis, nous autres Coréens, on se connaît tous. On n'est pas si nombreux, tu sais.

Hugh leva la main comme à l'école et déclara :

— Le Blanc de service a une blague raciste.

— Vas-y, dit Casey.

— Pourquoi Dieu a-t-il inventé les Wasps ?

— Je ne sais pas.

— Il fallait bien que quelqu'un paie la TVA.

Casey leva son verre de vin.

— Bravo.

Unu, en bon Texan, ne comprit pas.

— D'ailleurs, merci Hugh, d'avoir réglé mes dettes de jeu, reprit Casey.

— Si seulement quelqu'un pouvait s'occuper des miennes, soupira Unu.

Ils s'esclaffèrent et Hugh les quitta.

Casey observa Unu manger son steak, qu'il avait recouvert d'une couche de poivre.

— Steak au poivre, sans la sauce ? fit-elle en fronçant le nez.

— Ça manque de *gochujang*.

Il avait dit ça avec un air de défi et attendait sa réponse. C'était une forme de test, mais Casey ne broncha pas.

— Ou de Tabasco, répliqua-t-elle.

Elle n'avait jamais rencontré de Coréen qui ajoutait de la pâte de piment à son steak, mais à la réflexion, ça ne semblait pas si mauvais.

Elle n'arrivait pas à savoir si elle le trouvait attirant. Il ne ressemblait pas du tout à Ted, qui était d'une beauté masculine traditionnelle. Ted aurait pu figurer au casting d'un feuilleton coréen. Il dégageait une virilité brute qui plaisait aux femmes. Par contraste, Unu avait un visage doux. Elle aimait la manière qu'il avait de la contempler, avec un mélange d'émerveillement et d'intimité. Ses yeux étaient si attentifs et concentrés. Unu paraissait boire ses paroles. Elle se sentait presque jolie à ses côtés, et elle aimait regarder ces traits qui avaient quelque chose de familier. Surtout au niveau du front et des yeux – les mêmes qu'Ella. Avec lui, elle était moins seule dans ce restaurant, comme si elle avait un allié. Ce n'était pas seulement parce qu'il était Coréen. Quand elle passait du temps avec Ella et Ted – même dans les moments où Ted ne se comportait pas comme un trou du cul –, elle avait le sentiment d'être à l'écart, différente, comme s'ils appartenaient à un monde mieux fait où chacun trouvait chaussure à son pied.

Plus tôt ce soir-là, en se préparant pour le dîner, elle avait eu du mal à se remémorer clairement Unu – avait-il un visage large ou étroit, un nez rond ou droit ? Et alors qu'elle l'écoutait maintenant parler de son travail, elle tentait de mémoriser ses traits, la manière dont ses cheveux tombaient sur son front hâlé, et toute la joie que contenait son sourire. Soudain, elle se mit à envier ce sourire décomplexé. Il avait les sourcils noir d'encre et elle effleura les siens – si épars en comparaison. Elle s'était toujours sentie rejetée par les garçons coréens, bien plus que par les Blancs (logique, puisqu'ils étaient bien plus nombreux dans son environnement), mais ce soir-là, un merveilleux garçon coréen lui parlait, et elle parvenait à peine à rester concentrée. Puis elle dut se résoudre à l'admettre : il lui plaisait. Elle avait envie de l'embrasser.

Il lui avoua qu'il avait un problème avec le jeu. Un gros problème. Cette révélation surprit Unu lui-même. Il l'évoquait rarement, par peur du regard des autres. Mais Casey ne semblait pas aussi prompte à juger que les autres filles. Elle ne se comportait pas comme une femme en quête d'un mari, accrochée à sa liste de critères de l'homme parfait. Le questionnaire du gendre idéal lui était familier : études, famille, carrière, potentiel d'enrichissement, et ainsi de suite. Mais le divorce l'avait libéré de ces histoires. Unu n'avait pas l'intention de se remarier. Il en avait fini avec la romance et le fantasme de l'amour éternel. Peut-être même lui avait-il parlé de ses vendredis casino pour provoquer sa réaction.

— Je n'ai jamais joué d'argent dans un vrai casino, se contenta-t-elle de commenter.

Casey n'était ni emballée ni rebutée par son addiction au blackjack. Quelle importance ? Elle était convaincue que toute projection romantique entre eux n'existait que dans sa tête à elle. Aucun Coréen ne l'avait jamais invitée à sortir, ce n'était pas aujourd'hui que ça allait changer. Et puis, Unu était un client de la boîte – le cousin d'Ella, de surcroît. Il y avait quelque chose d'incestueux dans l'idée de le fréquenter. Néanmoins, elle avait envie de lui plaire. Comme amie. Casey avait des amis et de nombreuses connaissances, mais rares étaient ceux qu'elle côtoyait en dehors de ses deux boulots et de ses cours du soir. Pour Ella, elle avait fait une croix sur Delia. À sa décharge, Delia avait parfaitement compris. Peut-être qu'Unu pourrait remplacer Delia. Un verre de temps en temps, avant ses cours du soir. Personne n'avait remplacé Jay.

À l'approche de la trentaine, il était plus difficile de rencontrer des personnes avec qui le courant passait si bien, ou peut-être cela demandait-il plus d'effort d'entretenir le lien et de garder la sincérité nécessaire. Mais elle n'avait pas pour autant baissé les bras. Casey s'était mis en tête qu'elle pouvait se rendre désirable en tant qu'amie. C'était la chose la plus simple du monde pour elle, car elle avait foi en une chose qu'elle maîtrisait à la perfection : elle savait être attentive, accorder son attention pleine et entière, un trait de caractère de plus en plus rare. C'était son don. L'attention, avec toute la sollicitude dont elle était capable dans le temps imparti, était la plus précieuse des qualités. Des années plus tôt, Virginia s'était exclamée : « Tu te rends compte de ce que ça fait, Casey ? D'avoir tes phares braqués sur moi ? C'est à la fois terrifiant et plus addictif que je ne voudrais l'admettre. Mon psy me fait cet effet aussi, parfois. Sauf que lui ne m'aime pas autant que toi. » Puis elle avait fondu en larmes, et c'est ainsi que Casey avait compris que cette attention totale était sa manière d'exprimer son amour. C'était en quelque sorte ce que lui avait dit Jay lorsqu'elle avait déménagé de chez lui, qu'il ne se croyait pas capable de vivre sans son attention. Mais vis-à-vis des hommes, après Jay, c'était comme si elle avait tourné le panneau FERMÉ de la boutique, et dans l'année et demie qui s'était écoulée, elle n'avait pas trouvé de raison de rouvrir la porte.

— Tu veux sortir fumer ? proposa Unu.

— Comment tu as deviné ? répondit Casey en riant.

— Au dix-septième trou, tu marmonnais qu'il te fallait une cigarette.

— Vraiment ?

— Oui, confirma-t-il en pouffant. Tu as aussi lâché un sacré paquet de jurons.

— Mes racines du Queens qui resurgissent.

Casey ne prit pas la peine de s'excuser. Elle s'en fichait complètement.

Ils se levèrent de table et personne ne sembla le remarquer à part les brokers, qui leur jetèrent des regards entendus. Après s'être assurée que personne d'autre ne l'observait, elle fit un doigt en direction de Hugh.

Sur la terrasse qui courait autour du bâtiment, s'élevait le chant des cigales. Unu pointa un minuscule lézard vert et rouille accroché à une fenêtre. Casey sursauta. Son expérience avec la faune sauvage se limitait aux pigeons, aux écureuils et aux rats.

— Approche, dit-il. Regarde de plus près.

Casey tenta de ne pas avoir l'air effrayée.

— Il va pas t'faire de mal, la belle.

L'accent texan d'Unu lui revenait.

Casey s'avança pour observer plus attentivement le lézard.

— Il est magnifique. C'est drôle. La couleur est vraiment incroyable, le genre de couleur si sublime qu'elle ne peut exister que dans la nature. C'est souvent ce que je me dis au sujet des fleurs… Comment la couleur d'une fleur peut être parfaite tandis que la même teinte sur un tissu ou une peinture ferait criard. Tu vois ce que je veux dire ?

— Je vais t'embrasser, dit-il avec une expression où seule une infime ombre de doute perçait.

— Quoi ?

— Oui. Je crois que je te plais.

Elle secoua la tête.

— Oh non.

— C'est pas comme ça qu'on prononce mon prénom, fit-il avec un air à la fois vexé et amusé.

Casey éclata de rire.

Unu se pencha et l'embrassa. Puis, doucement, Casey s'écarta et ouvrit les yeux.

— Qu'est-ce que c'était que ça ?

— Vous n'embrassez personne à New York ? À Dallas c'est une pratique courante. Mais c'est vrai que vous, les Yankees, vous ne faites que parler.

— Oh, tais-toi, dit-elle en riant.

— Est-ce que je peux t'appeler quand on sera rentrés à New York ? Pour t'inviter à dîner ?

— Quoi ?

Elle était surprise par la question, si directe.

— Tu m'as bien entendu.

Il fronça les sourcils.

— Tu peux toujours refuser, si tu veux. Ou alors tu peux tenter ta chance.

Il haussa les épaules avec une expression détachée. Il était nerveux, mais n'avait pas l'intention de le montrer.

— Rentrons. J'ai besoin de café, dit-elle, à la fois ravie et perdue.

Unu la suivit à l'intérieur et ils se rassirent à table. Il ne renouvela pas sa proposition.

Quand il s'éclipsa aux toilettes, elle profita de son absence pour inscrire son numéro sur un coin déchiré du menu cartonné et le plier sous la table jusqu'à ce qu'il ne forme plus qu'un petit carré de la taille d'une pièce de monnaie.

À la fin du repas, ils se levèrent et se serrèrent la main. Unu sentit le papier contre sa paume. Il ne dit rien, mais sourit.

— Bonne nuit, conclut-elle.

— Bonne nuit, la belle.

Casey remonta dans sa chambre et se coucha le cœur léger, comme une adolescente. Le téléphone sonna et elle entendit un clic à l'autre bout du fil. Elle raccrocha sans se douter que c'était Hugh qui vérifiait qu'elle était bien rentrée.

## 6

# LANGUES ÉTRANGÈRES

Ella avait craint la réaction de David Greene quand elle se déciderait enfin à l'appeler, mais il sembla si heureux de l'entendre qu'elle en oublia sa peur et se demanda pourquoi elle avait hésité si longtemps. C'était David et non la standardiste de l'école qui avait décroché à la première sonnerie. Aux yeux d'Ella, c'était un signe. Tout de suite après l'avoir saluée, il voulut savoir comment elle s'en sortait avec son bébé de six mois. Elle devait être débordée. Ella parcourut des yeux son appartement impeccablement rangé. La nounou avait emmené Irene au parc, insistant sur le fait qu'un bébé avait besoin de prendre l'air. Sur presque tous les sujets, Ella s'en remettait à Laurie, qui était intelligente, douce, et avait vingt ans de références irréprochables à faire valoir. De temps en temps, Ella devait tirer son lait et le conserver au réfrigérateur pour que Laurie puisse donner le biberon à Irene lorsqu'elles n'étaient pas ensemble. Les rénovations de la maison se passaient bien et la femme de ménage venait deux fois par semaine pour s'occuper de la lessive et des diverses tâches. Ella n'avait pas grand-chose à faire, pour être honnête ; elle avait même l'impression de ne servir à rien.

— Raconte-moi tout. Comment vas-tu ? s'enquit David.

— Tout va bien.

— C'est une telle joie d'entendre ta voix, Ella, dit-il en sentant ses oreilles chauffer.

Spontanément, Ella demanda à David s'il n'avait pas de travail pour elle. Peut-être en septembre ? Mais ne s'était-il pas déjà occupé des embauches en juin ? Ce n'était qu'une idée comme ça, de toute façon.

La perspective de la voir revenir bouleversait David et le remplissait de panique et de joie. Il fit l'effort de se taire pour tenter de rester calme.

Face à son silence, Ella se trouva ridicule. Elle n'aurait pas dû poser la question, songea-t-elle. David allait-il maintenant penser qu'elle était une mère abominable de vouloir un petit poste administratif alors que Ted gagnait des mille et des cent ? Elle aurait aimé voir le visage de David – ses grands yeux de la couleur du charbon aux flammes bleutées, ses boucles châtains, son sourire réservé qui cachait ses dents du bas, minuscules touches de piano ivoire. Elle craignait qu'il ait une mauvaise opinion d'elle. Devant son absence de commentaire, elle se sentit encore plus mal. Ça n'avait pas d'importance, se dit-elle, puisque Ted refusait qu'elle reprenne le travail, de toute façon. Ella regrettait de ressentir ce désir si brutal de le voir. Si seulement elle était installée sur le canapé en cuir vert de son bureau, elle aurait pu décrypter son visage et deviner ses pensées. Elle avait horreur de son silence. Pour mettre un terme à ses souffrances, il lui suffisait de lui répondre qu'il n'y avait aucun poste à pourvoir à l'école. Alors elle cesserait d'espérer. Elle raccrocherait, ruminerait dans son coin et tenterait de se faire à l'idée d'être une mère au foyer avec une nounou à plein temps, une femme de ménage et un mari qui n'était jamais à la maison, soumise au regard des autres femmes qui la jugeraient inutile. À la dernière soirée des anciens d'HBS, une femme splendide, directrice financière d'une entreprise de télécom dans le New Jersey et mère de trois enfants, avait dit à Ella : « Oh, tu ne travailles pas ? » et Ella avait presque pu lire dans une bulle de pensée flottant au-dessus de ses cheveux noirs impeccablement coupés court : « Oh, tu n'es personne. » La femme s'était aussitôt enfuie, comme si elle craignait qu'Ella ne lui tienne la jambe une minute de plus. Si David avait du travail pour elle, elle le prendrait.

— Quel genre de poste avais-tu en tête, Ella ? interrogea David d'un ton si patient et si honnête que, si cela avait été possible, Ella se serait réfugiée dans sa voix comme dans ses bras.

— Eh bien, je peux tout faire, j'imagine. Je ne m'attends pas à retrouver mon ancien poste, bien sûr. Je suis un peu… rouillée. Et…

Elle s'interrompit. Elle n'avait appelé que pour prendre des nouvelles. La question du travail lui avait échappé sans qu'elle y ait vraiment réfléchi. Il devait la trouver stupide.

— Euh, je ne sais pas, David. Je serais très heureuse de travailler à l'accueil de St Christopher.

Ella se résigna. Elle aurait aussi bien pu postuler pour devenir ambassadrice de Pluton. Marie Calter, la standardiste et réceptionniste de l'école depuis vingt-neuf ans, plaisantait elle-même en disant qu'il faudrait la faire porter hors des locaux lorsqu'il serait temps pour elle de partir. En pensant à Marie, Ella pouvait presque entendre les maternelles marcher en rang deux par deux dans le hall crème de l'école – le claquement de leurs petits souliers vernis sur le sol en marbre noir et blanc. Tout était si calme dans l'appartement. Trop calme.

— Tu pourrais venir demain pour qu'on en discute de vive voix ? proposa David.

Sa voix était hésitante. Il craignait d'essuyer un refus.

— Malheureusement, je dois raccrocher car j'ai promis à Mère de lui rendre visite dans quelques minutes, expliqua-t-il.

— Oh, bien sûr. Enfin, euh... désolée. Au revoir.

— Non, non. Attends. Je ne voulais pas te presser. C'est juste qu'elle n'est pas très en forme ces derniers temps.

— Oh, j'en suis navrée. Est-ce que... tout va bien ?

— Elle est en chimiothérapie au Mount Sinai.

— Oh.

— Cancer du foie...

— Oh non, je suis désolée. Ma question était tellement indiscrète. Pardon. Je ne savais pas.

— Non, non, Ella. Pas du tout. Je suis heureux que tu aies appelé. Demain ? Peux-tu venir ? S'il te plaît ?

— Oui. Oui, bien sûr. J'en serais ravie.

— Le matin ? Quand tu veux avant midi. C'est d'accord ?

David se surprit à hocher la tête au téléphone, comme pour l'encourager. Il voulait tant la revoir.

— Oui, très bien. Tu ferais mieux d'y aller.

Ella le libéra en raccrochant d'elle-même, se sentant toute chose et effrayée en même temps. Elle comprit qu'elle était heureuse à l'idée de le retrouver, et que tous les matins, elle était allée travailler à l'école parce qu'elle l'y retrouvait. Cela faisait longtemps qu'elle n'avait pas attendu un rendez-vous avec autant d'impatience.

***

Le lendemain matin, plantée devant la porte, le poing fermé contre ses lèvres, elle hésitait à frapper. Elle redressa légèrement les épaules. La plaque en laiton affichait DAVID J. GREENE, DIRECTEUR DU DÉVELOPPEMENT. Grand et mince, sa nuque était souvent baissée de manière songeuse et ses épaules courbées dans le même mouvement. Il écoutait avec ses yeux et son visage tout entier ; il se penchait avec le cœur vers son interlocuteur. David avait trente-cinq ans, dix ans de plus qu'elle. Il était le fils unique d'un pédiatre new-yorkais de renom et d'une fervente catholique. Une lumière émanait de lui lorsqu'il parlait et il ne s'abaissait jamais aux ragots ni à la vulgarité. Quand il riait, c'était de tout son être, et alors il donnait l'impression à l'autre d'être la personne la plus spirituelle de la pièce. La seule chose dont Ella ait jamais entendu David se plaindre était du piètre avis de feu son père sur son choix de carrière dans la recherche de financement : « Un homme, un vrai, fait don à des causes, David. Il ne réclame pas de l'argent à leur place. Et un homme adulte ne devrait pas travailler pour son ancienne école primaire. » Son père ne s'exprimait que pour marteler ses principes, expliquait David.

David n'était pas encore marié et, à sa connaissance, il n'avait pas non plus de petite amie. Mrs Fitzsimmons, l'épouse du proviseur, avait pour habitude de les taquiner en affirmant que le jeune Mr Greene (tout le monde était jeune aux yeux de Mrs Fitzsimmons) était épris de sa jolie assistante coréenne, mais Ella avait toujours pris soin d'ignorer ses plaisanteries sans fondement.

Il y avait pourtant eu quelques moments de doute. Une fois, alors qu'elle était assise sur le canapé dans son bureau où elle lisait à voix haute une lettre de campagne capitale à destination de la promo de 1972, il avait écarté une mèche de son visage avant qu'elle-même n'ait eu le temps de la coincer derrière son oreille. Et quand elle avait levé la tête, pendant un instant, il lui avait semblé qu'il s'apprêtait à l'embrasser ; terrifiée par cette possibilité, et ne sachant pas comment réagir le cas échéant, Ella avait laissé tomber la lettre sur le tapis et s'était penchée pour la ramasser. L'instant était passé. Quand elle s'était redressée, David avait repris une posture plus décontractée, bras croisés sur sa poitrine et sourire chaleureux. Elle se faisait des idées, s'était-elle dit plus tard. Mais elle se demandait tout de même à quoi aurait ressemblé un baiser de David. Il avait une très jolie bouche. Ce n'était pas le cas de tous les hommes.

Ella n'avait jamais connu que Ted. Casey trouvait cela incroyable, presque incompréhensible. Avant Ted, elle avait laissé quelques garçons l'embrasser, la câliner un peu, et elle avait apprécié ces marques d'affection, mais elle n'avait pas eu de véritable expérience qui puisse lui servir de comparatif. D'après Casey, on restait quasiment vierge tant qu'on n'avait pas eu d'orgasme avec un homme. Ella n'avait jamais eu d'orgasme. Ted avait essayé beaucoup de choses, et parfois elle croyait sentir quelque chose, mais elle avait surtout désespérément envie de ressentir quelque chose pour ne pas donner l'impression à Ted qu'il avait échoué. Casey lui conseillait de fumer un joint ; ça pouvait aider. Mais Ella en était incapable. D'ailleurs, où allait-on pour acheter de l'herbe ? Et puis, ces derniers temps, il n'avait plus envie de faire l'amour, alors elle n'imaginait même pas de lui en parler. Comment réclamait-on à son mari qu'il lui fasse l'amour ? Toutes ses pensées l'embarrassaient au plus haut point. Ted travaillait tard, et elle n'avait pas été d'humeur romantique depuis longtemps ; mais n'était-ce pas normal après une naissance ? Elle avait entendu une blague à la télé un soir : « Quel est le meilleur moyen de contraception ? Le mariage. » Ah, ah, ah.

Qu'allait penser David de sa nouvelle apparence ? Ella n'avait toujours pas perdu le poids pris pendant sa grossesse. Elle pesait encore près de quinze kilos de plus qu'avant. Casey lui disait qu'elle était jolie, mais sûrement pour être gentille. Pour la fête des Mères, Ted lui avait offert une peluche hippopotame et un abonnement à une salle de sport très sélecte au coin de la rue. « Tu as une si belle silhouette, Ella. Il faut juste que tu te remettes en forme. Pour des raisons de santé, bien sûr », avait-il dit. Il ne la touchait plus. Même son baiser du soir, lorsqu'elle allait se coucher, avait la chasteté d'un bonne nuit adressé à une enfant. Depuis qu'elle allaitait, Ella avait constamment faim et sommeil. Elle buvait des litres d'eau tant sa bouche était sèche, et avait des envies furieuses de barres chocolatées et de gâteaux. Ted n'aimait pas la voir manger autant de sucreries, alors elle cachait les emballages des bonbons et les cartons des cheesecakes après s'en être empiffrée. Laurie estimait également que tout ce sucre raffiné était néfaste pour le lait maternel.

Ella lissa ses cheveux en regardant fixement le nom sur la plaque en laiton. Peut-être valait-il mieux rentrer à la maison, appeler David et lui dire qu'elle avait eu un empêchement. Elle tira sur son blazer en maille noir choisi pour elle par Casey. Ella le trouvait joli, mais elle plaça sa main au niveau de l'épais bourrelet de son ventre. David ne verrait que ça – elle en était certaine. La veille, Casey était passée après le travail et avait préparé sa tenue pour elle : un tailleur noir St John's avec des petits boutons dorés, des bas chair, des talons hauts carrés, et les grosses boucles d'oreilles en perles de Tahiti que lui avait offertes son père. C'était l'idée de Casey, d'appeler David pour prendre des nouvelles. Quand elle avait appris qu'il l'avait invitée à passer à l'école, Casey l'avait incitée à y aller. Ella devait avoir sa propre vie, Casey s'était montrée inflexible sur ce point.

Entendant des pas, Ella fit volte-face. Les couloirs étaient vides. Les flots de garçons en blazer bleu avaient disparu le temps des vacances. Les élèves l'appelaient

Miss Shim, et après son mariage elle était devenue Mrs Kim. L'année scolaire était finie, mais il flottait encore dans l'air un parfum évocateur de gouache et de cantine qui lui évoquait les temps heureux passés au milieu de tous ces petits chahuteurs – une ambiance si incroyablement différente de toute sa scolarité dans le privé pour filles, et pourtant parallèle dans son exclusion de l'autre sexe. St Christopher était le premier poste qu'Ella avait occupé après ses études. Elle n'imaginait pas travailler ailleurs.

La porte s'ouvrit sans qu'elle ait frappé. Les pas avaient dû venir de l'intérieur. Les acouphènes avaient cessé quelques semaines après la naissance d'Irene, mais elle n'avait pas retrouvé pleinement son audition.

— Oh, Ella ! Tu es arrivée ! Je ne t'ai pas entendue.

David recula par réflexe, ne sachant pas comment lui dire bonjour. Puis, dans un mouvement fluide, il se pencha pour déposer une bise sur sa joue droite. Elle sentit sa fine barbe et ses lèvres caresser sa peau. Son haleine avait un parfum de pastille à l'eucalyptus, et elle perçut le menthol du baume Bengué sous sa chemise blanche dont les manches étaient retroussées aux coudes. Avec son torse long, David avait d'intenses douleurs musculaires dans le bas du dos qui le forçaient à utiliser un fauteuil ergonomique et un coussin de soutien lombaire. À la fin de la journée, elle le trouvait parfois en train de faire des étirements par terre dans son bureau en prévision de son trajet de retour à vélo.

— Entre, je t'en prie. J'avais presque perdu espoir...

David sourit, si heureux qu'il craignait presque de la voir s'évaporer sous ses yeux.

Ella se raidit en se sentant captive de son regard. Soudain, elle se souvint de rentrer le ventre, et pria pour que le tailleur foncé lui donne l'air plus mince. Casey lui avait juré qu'elle avait l'allure d'une nonne sexy ainsi habillée, et Ella avait gloussé. Car c'était sans conteste le type de femme qui plairait à David. Elle voulait tellement qu'il la trouve jolie.

David l'invita à prendre place sur le siège Windsor face à son bureau tandis que lui-même s'asseyait à son fauteuil. Ella obtempéra, un peu déçue de ne pas s'installer à côté de lui sur le canapé Chesterfield – comme à l'époque où ils travaillaient ensemble.

— Tu es magnifique, Ella, dit David.

Il ne pouvait s'empêcher de sourire. Les larmes montèrent aux yeux d'Ella. Comment pouvait-il se montrer si gentil ?

— Oh là là.

David se leva pour lui apporter des mouchoirs. Il posa une main sur son épaule.

— Qu'est-ce qu'il y a ? Oh, je suis désolé. Est-ce que ça va ?

— Oh non. C'est moi qui suis désolée. Je ne sais même pas pourquoi je pleure. Je crois que je suis juste tellement contente de te voir. Tu ne trouves pas ça drôle ?

Ella reprit son souffle.

— Vraiment, excuse-moi. Ça doit être les hormones.

— Tu es adorable quand tu pleures, dit David avec un sourire pour la rassurer.

Il était maintenant inquiet ; quand il avait recouvré ses esprits après son appel de la veille, il s'était demandé ce qui pouvait la pousser à chercher du travail, et si elle allait bien. Si tout allait bien à la maison. Peut-être que Ted n'était pas assez présent, ou qu'ils avaient des problèmes d'argent.

Ella renifla et tapota son nez avec le Kleenex.

— Je suis très content de te voir. Tiens, pourquoi on ne s'installerait pas sur le canapé, hein ? Comme avant ? Allez, viens.

D'un geste de la main, il lui fit signe de le suivre. Ella se leva et s'assit à côté de lui.

— Maintenant dis-moi ce qui ne va pas. Je suis tout ouïe.

Il la regarda intensément, avançant légèrement son torse.

Il plaça ses mains derrière ses oreilles et les tira vers l'avant, comme il faisait avec les écoliers qui venaient lui parler. Il sortait ses oreilles de Dumbo pour elle.

Ella rit doucement.

— Il n'y a rien à raconter, vraiment. Je me disais que je pouvais peut-être chercher du travail. On a embauché Mary Poppins. Laurie est une nounou merveilleuse et intelligente. Si intelligente. J'aimerais me rendre utile. À l'automne. C'est tout. Sortir un peu de chez moi.

Elle récitait des bribes du discours préparé par Casey.

— Oui, oui. Bien sûr que tu vas reprendre. Tu as toujours fait un bon travail. On va te trouver quelque chose. Je me licencierai moi-même s'il le faut. Mais il ne faut pas pleurer. C'est de la triche.

David aurait fait n'importe quoi pour sécher ses larmes. À cause de toute une scolarité dans le privé catholique non mixte jusqu'à l'université, puis d'un emploi du temps d'étudiant athlète accaparé par les entraînements et les compétitions, les femmes lui étaient très lointaines et mystérieuses. Leurs actions lui semblaient incompréhensibles, et si elles l'attiraient, il restait perplexe devant leur comportement.

— Je ne peux pas supporter de te regarder pleurer. C'est beaucoup trop injuste de ta part, reprit-il d'une voix sévère. Dis-moi ce que je peux faire, s'il te plaît.

Il plaça à nouveau ses mains derrière ses oreilles.

— Parle à Dumbo.

Ella éclata de rire.

— Oh, David. Tu es parfait.

— Est-ce que tu as besoin de reprendre le travail tout de suite ?

Après une pause, il demanda :

— Est-ce que tu t'en sors ? D'un point de vue financier, je veux dire ?

David était une personne très discrète sous bien des aspects. Sa réticence à parler d'argent en termes explicites était la clé de son succès en tant que directeur du développement. Il ne réclamait jamais de dotations directes pour la fondation. Il mentionnait les besoins de l'école – des ordinateurs pour la bibliothèque, un nouveau gymnase pour les tout-petits, une bourse d'études ou une augmentation de salaire pour les enseignants émérites, un plus grand fonds de dotation pour les pauvres petits garçons qui avaient besoin d'une bourse, puis il attendait patiemment qu'on lui propose de répondre à ces besoins – ce qui arrivait invariablement. Il était alors si heureux et se montrait si reconnaissant de la plus infime aide financière que les donateurs ne résistaient pas à l'envie de signer un chèque plus généreux encore. Ella connaissait bien David et savait que cette question sur ses finances personnelles ne lui ressemblait pas et n'était pas facile pour lui.

— Parce que si tu as besoin de quoi que ce soit, Ella... vraiment, n'hésite pas...

— Non. Oh non, David, pas du tout.

Elle était émue par sa proposition, mais se retint de pleurer. Elle avait oublié son empathie hors du commun, la façon dont il pouvait s'investir si vite dans les problèmes des autres.

— Ce n'est pas une question d'argent. Je crois que j'ai besoin de travailler. D'avoir une carrière en plus de la maternité.

Comment lui dire que Laurie était plus qualifiée pour s'occuper d'Irene soixante heures par semaine ? Le samedi, quand Ella emmenait Irene au parc, aucune des mères ne lui parlait, et ce rejet lui était douloureux. Quand Ella regardait son bébé dormir à la maison, elle ressentait soudain une tristesse inconsolable et incompréhensible.

— Oui, bien sûr. C'est bien d'avoir aussi un travail. C'est difficile d'être mère – en tout cas c'est ce que dit la mienne. Tu sais que je faisais des coliques ? Ça semble un peu hypocrite de ma part de te dire de ne pas pleurer alors que, moi, je n'ai fait que ça dans mes premières années, n'est-ce pas ? Peut-être que tu devrais crier aussi, ça te ferait du bien.

Les larmes roulèrent sur les joues d'Ella.

— Je ne m'en sors pas très bien avec cet entretien..., dit-elle en riant.

— Nous sommes amis, Ella. Nous avons dépassé depuis longtemps l'étape de l'entretien d'embauche, il me semble.

Elle sourit et hocha la tête. David prit ses mains dans les siennes et les serra.

— Enfin ce si beau sourire !

Elle rit de voir son ravissement.

— Je dois avoir une mine horrible, dit-elle, soudain inquiète.

Mais il fit non de la tête.

— Toi ? Impossible.

David tendit le bras pour récupérer un nouveau mouchoir. C'est alors qu'Ella remarqua un cadre sur son bureau, qu'elle n'avait jamais vu avant. Sur le cliché, David posait avec une femme aux cheveux châtains devant une grange peinte en rouge, de celles qu'on trouve en Nouvelle-Angleterre, une région prisée pour les week-ends en amoureux.

— Elle est jolie, commenta Ella en sentant son cœur se fendre.

— C'est Colleen. Ma fiancée, précisa David sans sourire. Elle est infirmière au Mount Sinai.

— Oh. Le cabinet de mon père n'est pas loin, dit Ella sans réfléchir. Enfin, pardon, félicitations David. Je suis... tellement contente pour toi. Tu mérites d'être heureux. Vraiment.

Cette fois, elle se pencha pour l'embrasser sur la joue. Les larmes lui montèrent aux yeux à nouveau, et elle les épongea avec le mouchoir qu'il venait de lui donner.

— Celles-ci sont des larmes de joie. Pour toi.

Il y avait tant de questions qu'elle aurait voulu lui poser. Mais elle n'en avait aucun droit.

David sourit. Il ne lâcha pas ses mains.

— Comment tu te sens ? Je veux dire, dans une perspective de reprendre le travail ?

Il ne pouvait pas parler de Colleen maintenant.

Ella s'éclaira un peu, redoutant de paraître jalouse. Parler de travail, oui, c'était dans ses cordes. Elle voulait travailler.

— Je suis un peu trop isolée, je crois. Il n'y a que le bébé et la nounou avec moi. Ted n'est pas souvent là. Il travaille. Alors, je me disais que si je pouvais moi aussi travailler de huit heures à seize heures tous les jours, je me sentirais plus... utile. Je n'ai pas la prétention de reprendre mon poste d'assistante de direction, je peux me contenter de plus modeste. Je n'ai pas non plus besoin d'un salaire élevé ni d'un titre important...

Il sourit.

— Tes compétences en négociation se sont considérablement améliorées, dis-moi. Il va falloir que je lève plus de fonds l'an prochain pour me permettre d'engager un requin comme toi.

David avait un sourire magnifique, pensa-t-elle. Si authentique et tolérant. Colleen, ça voulait dire « fille » en irlandais, non ? Elle avait connu une Colleen, des années plus tôt, qui le lui avait appris. Une brune de son dortoir. Mais ce n'était pas la Colleen de David. Sa fiancée. Elle joua avec le prénom dans sa tête comme un chaton avec une pelote de fil, parce qu'elle ne supportait pas ses implications. D'ailleurs, qu'est-ce que ça impliquait exactement ? Elle n'avait jamais eu aucun droit sur lui, se rappela Ella. Ce n'était qu'une toquade de jeune fille qui n'existait que dans sa tête à elle. David était la plus belle personne qu'elle connaisse.

— Bon, je me suis renseigné, déclara David. Le proviseur cherche désespérément une nouvelle assistante. Tu es bien trop qualifiée pour ce poste, alors ce ne serait que pour un an. Susan, notre assistante à la direction du développement, va quitter ses fonctions à la fin de l'été 1997 parce que son futur mari prévoit de poursuivre sa maîtrise en Illinois. Donc, après un an auprès de Fitz, tu pourras sûrement revenir ici. À moins que tu ne le préfères à moi.

Il fit une grimace bougonne, comme s'il pouvait véritablement être jaloux.

— J'en ai parlé avec lui, et il dit que rien ne lui ferait plus plaisir que de voir ton sourire chaque matin. Qui s'en plaindrait ?

David sourit, et ajouta aussitôt :

— Tu n'es pas vexée, j'espère ? Je ne savais pas du tout ce que tu visais comme type de poste...

— C'est parfait, coupa Ella. J'en serais ravie. Je peux commencer quand il voudra.

— Je crois que ce serait à partir de la mi-août, à la réouverture de l'école. Mais il aimerait en discuter avec toi dès que tu seras prête.

— Merci, David.

— Chut, ce n'est rien, dit-il en lâchant ses mains.

Il raccompagna Ella à la porte, mentionnant sans raison apparente qu'il devait passer à la banque puis acheter à déjeuner pour sa mère, qui avait une folle envie de club sandwich à la dinde et de Fritos. Quand la reverrait-il ? Il brûlait de lui poser la question, mais se retint. Comment rester ami avec elle ? Leurs déjeuners du vendredi étaient amicaux, mais aussi émaillés de discussions en rapport avec leur mission. Les choses seraient-elles différentes une fois qu'elle travaillerait pour Fitz ?

Arrête ça, se sermonna-t-il. Elle était mariée, bon sang. Maman d'un bébé. Toutefois, en sa présence, il oubliait ces détails. La situation était sans espoir. Sans compter que, maintenant, il y avait Colleen. La gentille Colleen – une catholique au bon cœur qui ne loupait jamais son feuilleton du jeudi soir et aimait faire le ménage le samedi matin.

Cela ressemblait bien à David de ne pas lui demander son programme pour le reste de la journée. Il n'aimait pas se montrer indiscret. Plantée en haut des marches en marbre de l'école St Christopher polies par un siècle de petits pieds d'écoliers, Ella ne savait pas quoi faire d'elle-même. Elle déposa une bise sur sa joue droite pour lui dire au revoir, puis s'écarta très vite, embarrassée par son envie de s'attarder près de son souffle mentholé.

Elle baissa les yeux sur ses souliers vernis.

— Oh, David. C'était si bien de… Merci…

— Ne dis pas de bêtises. Allez, file.

Il inclina la tête, peu désireux d'être le premier à partir.

Elle espérait qu'il ne la regarderait pas s'éloigner, n'ayant aucune idée de ce à quoi ressemblait sa silhouette de dos à présent. La futilité de son inquiétude la fit se sentir ridicule. Sa mère avait un cancer, il était fiancé à une jolie infirmière, et elle-même était mariée et avait une fille. Qu'est-ce que ça changeait qu'elle ait pris quinze kilos ? D'ailleurs, mieux valait pour eux deux qu'il trouve ses fesses repoussantes. Pourtant, au fond d'elle-même, elle craignait de paraître bien plus grosse encore qu'elle ne l'imaginait. La dernière fois que Ted l'avait aperçue au sortir de la douche, il l'avait longuement observée d'un air préoccupé, puis avait détourné le regard.

Une demi-heure plus tard, Ella glissa une pièce dans le téléphone de la cabine à l'angle de la 94e rue et Madison Avenue.

C'est Hugh Underhill qui décrocha. Il n'y avait qu'un seul numéro pour tout l'*Asian equities sales desk* de sorte de ne jamais faire attendre les clients.

— Ta copine est sortie chercher un sandwich, annonça-t-il. Tu veux que je lui dise que tu as appelé ?

Ella dit non, puis raccrocha abruptement pour appeler le cabinet de son père.

Sharlene, son assistante, l'informa qu'il était parti au bloc pour opérer en urgence, mais qu'il aurait terminé d'ici une heure ou deux.

— Pourquoi ne passerais-tu pas le voir, ma puce ? Ça lui ferait une bonne surprise.

Ella répondit qu'elle ferait de son mieux.

Elle remonta la rue. Son père serait heureux de la voir, songea-t-elle. D'autant que lui n'avait jamais jugé nécessaire qu'elle démissionne de St Christopher. Ted serait en colère. Mais ce n'était pas comme s'il avait son mot à dire. Il n'était jamais là. Quand ils s'étaient mariés, il disait vouloir cinq ou six enfants. Trois Ted et trois Ella. Ils en riaient ensemble. Mais Ella ne voulait pas d'autre enfant avec cet homme. Comparé à son père, Ted n'était pas à la hauteur. Il n'était jamais à la maison, et elle ne le croyait plus lorsqu'il utilisait le travail comme prétexte. En secret, elle était soulagée quand il ne rentrait pas.

L'herpès s'était avéré sans gravité, elle n'avait pas refait de poussée depuis son diagnostic. Irene était en parfaite santé. Toute cette anxiété pour rien. Dieu merci. Cependant, Ella n'avait plus confiance en Ted, qui n'avait fait aucun effort pour la rassurer ou pour se faire pardonner. Comme si elle n'en valait pas la peine. Ils restaient très courtois l'un envers l'autre. À vrai dire, Ted surveillait plus que jamais son ton. Il ne s'énervait quasiment jamais et ne la faisait plus pleurer. Ils n'avaient pas fait l'amour depuis le sixième mois de grossesse d'Ella – c'était il y a neuf mois, calcula mentalement Ella. Non pas que cette activité lui manque.

Mais ça ne pouvait pas être de bon augure pour leur mariage. Quand elle en avait parlé à Casey, elle avait soulevé l'hypothèse de consulter un conseiller conjugal, mais même Casey avait reconnu que Ted n'accepterait jamais d'aller voir un psy. C'était pour les fous.

Ella marchait d'un pas vif, sans un regard pour les vitrines des boutiques. Elle n'avait aucune envie de faire du shopping, ni pour elle ni pour l'appartement. Ted avait remis une carte de crédit à Laurie, de sorte que c'était elle qui s'occupait d'acheter l'essentiel pour Irene. Laurie voyait d'un mauvais œil les vêtements de luxe pour bébés. Selon elle, cela revenait à jeter l'argent par les fenêtres et ne servait qu'à satisfaire la vanité maternelle – le signe d'une mère puérile qui voulait encore jouer à la poupée. Le pire, c'était les mères qui travaillaient trop et apaisaient leur culpabilité en paradant avec leurs enfants bien habillés. Tout ce flot d'opinions s'était déversé de la bouche de Laurie comme d'un robinet cassé quand Ella avait mentionné sans réfléchir qu'elle ne voyait que peu d'intérêt à acheter des vêtements. Parfois, songea Ella, Laurie semblait croire que les mères biologiques ne servaient absolument à rien.

Elle approchait du cabinet de son père, alors qu'il ne serait de retour que dans une heure ou deux. Sharlene serait ravie de la voir, mais elle avait assez de travail pour deux et n'acceptait jamais l'aide d'Ella. Elle pouvait se rendre à la pâtisserie viennoise avec un livre. Son père l'y emmenait, enfant, quand elle venait à son cabinet le samedi matin.

La pâtisserie sentait incroyablement bon. La vendeuse que connaissait Ella ne travaillait pas ce jour-là. À sa place, derrière le comptoir, se trouvait une femme menue avec des yeux cernés, mais d'un très joli marron.

Ella lui demanda un assortiment de douze pâtisseries qu'elle sélectionna avec soin : viennoiseries élaborées à la crème pâtissière, à la confiture, à la crème fouettée, beignet et donuts maison fourrés à la gelée de fruits rouges. La vendeuse noua d'une main experte une ficelle couleur sucre d'orge autour de la boîte en carton blanc. Ella commanda une infusion de baies de sureau à emporter, puis régla. Il y avait deux chaises libres et une petite table dans la pâtisserie, mais elle ne voulait pas être vue en train de manger.

Quand elle sortit dans la rue, une brise rafraîchissante lui caressa le visage. Carnegie Hill était un quartier si propre et joliment entretenu que, plantée à l'angle de la 94e rue et de Madison Avenue, Ella avait terriblement honte de ne vouloir qu'une seule chose : trouver un coin tranquille pour engloutir en cachette toutes les pâtisseries de la boîte avec des grandes gorgées de son thé au parfum divinement sucré. Mais où aller ? Si elle rentrait à l'appartement, Laurie risquait de l'y surprendre. Ella regarda autour d'elle et vit alors David avancer dans sa direction.

— Tiens, dit-il. Comme c'est drôle de te croiser...

— Salut. Je comptais apporter ces pâtisseries à mon père, mais il a dû opérer en urgence et...

— Mon Dieu, quels enfants exemplaires nous faisons ! s'exclama David en brandissant le sandwich et les Fritos qu'il avait achetés pour sa mère.

Ella s'esclaffa. L'envie de dévorer les viennoiseries lui était complètement passée. D'ailleurs, elle se rendit compte que tout ce qu'elle voulait, c'était David. Le voir. Lui parler. Lui tenir la main sur le Chesterfield de son bureau.

Ella plaqua une main sur sa bouche, scandalisée par ses propres pensées.

— Tu as du temps ? demanda David dans un élan d'audace. Pourquoi ne viendrais-tu pas avec moi rendre visite à Mère ? Elle doit rêver de voir un nouveau visage que celui de son ennuyeux de fils. Tu n'as jamais rencontré Mère. Elle est merveilleuse. Vraiment. Toujours pleine d'énergie.

Il était fier de sa fringante mère, avec ses iris pétillants couleur océan et ses boucles immaculées. Mrs Greene était plus coriace que son père sauf qu'à ses yeux, David demeurait un fils parfait quoi qu'il fasse.

David sonda l'expression d'Ella, tentant de deviner ses pensées alors qu'elle prêtait une attention minutieuse à ses mots. Il adorait la regarder. Il aurait voulu la photographier en cet instant. Son visage était plus plein, plus doux depuis qu'elle avait eu sa fille. L'arrondi de sa mâchoire se fondait délicatement avec son long cou. La courbe de ses seins semblait plus haute. Il lutta pour ne pas céder à son désir d'effleurer le creux de sa gorge. Il était amoureux d'elle depuis qu'il la connaissait – soit presque trois ans. Elle était déjà fiancée quand il l'avait recrutée et ce détail aurait dû suffire à marquer l'interdit, mais ses sentiments ne s'en étaient que renforcés. L'amour avait cette cruauté de vous trouver au pire moment. Il n'avait jamais été si malheureux que lorsqu'elle lui avait annoncé qu'elle était enceinte, car il nourrissait le doux rêve – à lui-même inavoué – d'être avec elle un jour. Un enfant rendait cette probabilité de plus en plus faible. Ella avait cru David contrarié par sa grossesse car cela signifiait qu'il devrait bientôt recruter et former une nouvelle assistante. Plusieurs fois, il avait envisagé de lui déclarer sa flamme (ne serait-ce que pour une raison égoïste, celle de se soulager de son secret), mais il sentait qu'une telle confession rendrait toute relation professionnelle ou amicale impossible entre un homme et une femme. Il était également terrifié à l'idée qu'une telle conversation ne la répugne et qu'elle s'enfuie. Pour lui, Ella était un oiseau rare caché aux yeux des autres. Sa mère, fervente ornithologue amatrice avant sa maladie, prétendait qu'il existait en ce monde des créatures si précieuses qu'on était chanceux d'en voir la seule ombre ne serait-ce qu'une fois dans sa vie.

Quand Ella avait quitté l'école un peu plus tôt, David avait reconnu cette sensation qui s'était emparée de lui. Le bonheur. Celui de savoir qu'ils allaient à nouveau travailler dans le même bâtiment. Il la verrait en salle de pause. Ella ne serait qu'à quelques portes au bout du couloir, dans le bureau de Fitz. Colleen en avait presque été évincée de ses pensées.

David se concentra sur la bouche rose sombre d'Ella, qui avait une moue naturelle attendrissante. Lorsqu'elle réfléchissait, la moue s'accentuait.

— Tu veux m'accompagner ? Enfin, je suis certain que tu dois avoir un million d'autres choses à faire.

David se sentit stupide d'alimenter encore ses illusions.

— Non, je n'ai rien de prévu pour le moment. Je serais ravie de me joindre à toi. J'aime beaucoup les hôpitaux. Je dois être la seule de tout le pays à adorer y aller.

— Oh, à cause de ton père… oui.

David avait eu l'occasion de croiser le docteur Shim plusieurs fois. Un homme charmant.

— Oui, ça doit être ça. Je n'y associe que des bons souvenirs. Ça semble fou, je me doute bien. Mais les infirmières et les aides-soignantes étaient si gentilles avec moi quand j'étais petite.

Soudain, David se souvint qu'Ella n'avait jamais eu de mère, et il se demanda si ce n'était pas indélicat de lui avoir proposé d'aller voir la sienne. Allait-elle penser qu'il se vantait d'être un bon fils ?

Ella aurait voulu que l'ombre sur le visage de David disparaisse.

— J'aimerais t'accompagner, si tu veux bien. Tu es sûr que ça ne te dérange pas ?

David hocha vigoureusement la tête.

— Ça me ferait encore plus plaisir que tu ne l'imagines.

Il avait eu l'intention de dire que la visite ferait plaisir à sa mère, mais ce n'était pas ce qui était sorti de sa bouche.

Ella lui sourit, n'ayant pas conscience de son lapsus.

— Attends, je vais t'aider, proposa-t-il en soulevant le carton de pâtisseries.

Elle le laissa le porter, mais garda son gobelet.

— As-tu déjà goûté du thé au sureau ?

— Jamais.

— Tiens, dis-moi ce que tu en penses.

Elle lui tendit le gobelet en carton, puis se rendit compte qu'il avait les deux mains prises.

— Oh…

Ella hésita un temps, timide, puis avança le gobelet devant sa bouche et l'inclina légèrement pour qu'il puisse en prendre une gorgée.

— C'est divin, dit-il après une lampée.

— Oui, approuva-t-elle. Il n'est pas brûlant ?

— Non. C'est très bon. Hmm.

En s'écartant, elle se sentit plus timide encore. Il le remarqua et s'empressa de parler de leur campagne de financement annuelle. Il lui raconta des anecdotes croustillantes sur les donateurs et les bénévoles qu'ils connaissaient tous les deux. Elle aurait pu l'écouter bavarder pour le restant de ses jours. Ils atteignirent l'hôpital Mount Sinai en un rien de temps et y trouvèrent la mère de David profondément endormie. David déposa un baiser sur son front. Elle ronflait tout doucement, et il était heureux de la voir se reposer. Les moniteurs et le matériel médical émettaient des bips réguliers. Ils quittèrent la chambre. David conduisit Ella à la cafétéria, où ils dégustèrent les pâtisseries. Aucun des deux ne mentionna Colleen, ni même la possibilité de la voir apparaître d'une seconde à l'autre. Sur son petit nuage, Ella ne termina pas son beignet. Une heure plus tard, elle le raccompagna à l'école, puis regagna à pied le cabinet de son père sur Park Avenue. La marche l'aidait à mettre de l'ordre dans ses pensées. Si David épousait Colleen, songea Ella, son cœur risquait de se briser complètement.

# 7

## À L'AVENTURE

George Ortiz, le portier de l'immeuble au numéro 178 de la 72e rue, avait passé presque toute sa vie à travailler. Depuis ses seize ans, il se débrouillait pour avoir toujours une épaisse liasse de billets de vingt dans son portefeuille en cuir. À sa grande surprise, il avait maintenant quarante-trois ans – ce qui lui semblait vieux. George était marié à Kathleen Leary, une enseignante de trente-trois ans titulaire d'une maîtrise de littérature, mais avant elle, il avait fréquenté tout un paquet de filles. Il avait tâtonné toutes les formes, tailles, âges et couleurs, avant de poser un genou à terre avec un solitaire d'un carat acheté cash chez Kravitz Jewelers sur Steinway Street pour demander à Kathleen de bien vouloir prendre pour époux ce misérable ignare pas fichu de terminer le lycée qu'il était. À ses yeux, cette fille qu'Unu Shim – son ami qui résidait au numéro 178 de la 72e rue – voyait depuis plus de deux mois était un sacré délire. Elle s'habillait comme les femmes dans les magazines ou les films. Il aimait bien sa démarche de dure à cuire, par contre, parce qu'elle lui rappelait sa petite sœur. Mais ses chapeaux étaient bizarres.

Aujourd'hui, elle en portait un noir, du genre Laurel et Hardy, avec une robe noire qui ressemblait à un peignoir, mais dans une matière de T-shirt, le tout serré au niveau de la taille et des hanches et attaché par une ceinture dans le même tissu. Quand une fille se baladait dans une robe pareille, un homme ne pouvait penser qu'à une seule chose : il était à un petit nœud de la voir nue. Sacrée robe. Mais George Ortiz était un homme casé qui avait beaucoup dansé la salsa – si vous voyez ce que je veux dire – et il était au-dessus de tout ça. Portoricain à la peau claire, avec d'épais cheveux noirs ondulés et d'innocents yeux de biche, il était fier de s'être assagi, surtout quand on pensait au nombre de beautés de son vieux quartier qui le hélaient encore dans la rue et lui donnaient du « *¿Oye, Jorge, qué tal?* ». Avec Kathleen Leary – une petite brune aux épaules sèches et à la paire de seins inoubliables –, il avait remporté le jackpot, et il ne ferait jamais rien pour foutre ça en l'air.

Casey était une jolie fille, pas coincée, et Unu et elle allaient bien ensemble, mais ce qui faisait rire George, c'était de regarder son gars Unu faire comme si c'était trois fois rien pour lui. Unu prétendait qu'il en avait fini avec l'amour.

— Le divorce m'a saigné, mon vieux, lui avait dit Unu après une partie de billard un soir.

Ils s'étaient chacun enfilé quatre ou cinq bouteilles de bière et un verre de vin mélangé avec un soft qui sentait la pomme et que le bar distribuait gratuitement.

— J'aime les femmes, mais je ne veux plus jamais me retrouver enchaîné. Je ne dis pas ça pour Kathleen, évidemment. C'est un ange. Le dernier sur Terre. Presque assez bien pour mon *hombre* George.

Unu lui avait tapoté le dos. Avec l'alcool, Unu avait le visage rouge et les yeux humides. Quand Unu, résident de l'Upper East Side et mec de Wall Street traînait avec George, le concierge du Queens aux biceps parfaits, il lui parlait dans une sorte de jargon de fraternité estudiantine qui lui revenait de ses années à Dartmouth, mêlé d'argot entendu dans le métro ou dans des feuilletons télévisés. Si George trouvait ça ridicule, il comprenait qu'Unu n'essayait pas de le parodier, mais de créer un lien. Unu était un type bien. On pouvait compter sur lui.

Naturellement, en matière de femmes, Unu pensait ce qu'il voulait. Il y avait des règles dans son quartier de Rockaway Beach : ne jamais critiquer la nana d'un frère, et ne jamais dire à un homme qui il doit aimer ou non. Il n'y avait rien à gagner à ce jeu-là. Mieux valait laisser son gars faire ses erreurs, puis l'emmener prendre une bière quand il se prenait un mur. Son frère était marié à une maigrichonne qui buvait beaucoup trop depuis trop longtemps, mais bon… certains aiment souffrir. Et puis, Eileen préparait les meilleures saucisses aux poivrons de tout le quartier. C'était une autre chose essentielle qu'avait apprise George en quarante-trois ans : tout le monde a ses bons côtés. Quoi qu'il en soit, il savait reconnaître un gars amoureux quand il en voyait un. Et Unu était amoureux.

George s'approcha pour aider Casey avec ses affaires. Elle avait les bras chargés d'une grande boîte à chapeau et de deux cabas – le premier rempli de paperasse du bureau, et le second de fournitures de couture.

— Vous avez besoin d'un coup de main ? proposa-t-il.

— Non, non, ça va aller. Mais merci, c'est gentil. En revanche, pouvez-vous sonner pour me faire monter ?

— Il vous attend. La porte de l'appartement sera ouverte. Il prenait une douche il y a dix minutes. Il m'a dit de vous faire monter directement.

George lui fit un clin d'œil et ajouta :

— Il se fait tout propre pour vous.

— Tant mieux, s'esclaffa Casey. C'est très bien, le savon. Nous, les filles, on aime bien ça.

— Je vous le fais pas dire.

Kathleen le forçait à se récurer les ongles avec une petite brosse tous les soirs avant le dîner.

Casey lui sourit. Il était gentil.

George la regarda s'éloigner et entrer dans l'ascenseur, en la jugeant trop mince. Ça manque de rebond côté fesses, pensa-t-il.

Casey poussa doucement la porte laissée entrouverte. Walter et Hugh, qui s'occupaient d'Unu, disaient de lui qu'il était brillant, mais peu flexible dans ses offres d'achat. La seule chose que Casey ne comprenait pas au sujet d'Unu, c'était son divorce. Tous les autres aspects de sa vie lui paraissaient cohérents, pourtant elle restait intriguée par l'ex-femme qui l'avait quitté pour son amoureux d'enfance. Ils n'étaient plus en contact, mais Unu ne semblait pas nourrir d'amertume à son égard.

Unu sortit de sa chambre, cheveux peignés, en pantalon beige décontracté et maillot de corps blanc.

— Tu as laissé la porte ouverte, fit-elle remarquer.

— Chérie, sers-toi, prends tout ce que tu veux, dit-il en tendant les bras comme un présentateur devant un plateau rempli de lots.

Unu, qui n'avait aucune crainte des cambriolages, laissait les objets de valeur en évidence et des liasses de billets dans des tiroirs faciles d'accès.

Casey fit mine de faire du repérage dans l'appartement. Puis elle posa ses cabas sur la chaise la plus proche, main sur la hanche.

— Salut, toi, dit-il en s'approchant pour l'embrasser. Jolie robe.

— Merci, marmonna-t-elle.

Casey aimait la façon qu'il avait de l'embrasser, en pinçant tendrement sa lèvre entre les siennes tandis que sa main gauche trouvait sa place sur sa nuque et que ses doigts jouaient avec ses cheveux. Il fermait les yeux, dans ces moments.

— Mmmm. Merci, dit-il.

Il lui ôta son chapeau et l'attira dans ses bras.

— De quoi ? demanda-t-elle en riant.

— D'être venue. De porter ton parfum. J'avais hâte de te voir, aujourd'hui.

Casey sourit. Qu'allait-elle faire de lui ? Il n'était pas son petit ami à proprement parler. Ils ne se définissaient pas ainsi. Elle n'avait aucune idée de ce qu'elle était pour lui. Ils ne parlaient jamais d'amour ou de leur relation, mais il avait été très clair sur le fait qu'il n'avait pas l'intention de se remarier un jour, et Casey, vingt-cinq ans, qui s'apprêtait à commencer une école de commerce à la rentrée, n'était elle-même absolument pas intéressée par le mariage. Il y avait toutefois quelque chose entre eux, et la retenue, le refus de s'engager explicitement enveloppaient leurs rendez-vous d'une aura de mystère – peut-être aurait-on même pu appeler ça de la romance. C'était comme si, du jour au lendemain, l'un ou l'autre pouvait choisir de disparaître. Ne rien attendre et n'être jamais déçu ; ne pas blesser et être doux. Profiter de l'instant. C'était une manière intéressante de faire vivre une relation, et qui leur était inédite à tous les deux. Casey aimait la liberté et la spontanéité de leur arrangement. Mais parfois, la situation était étrange et difficile à expliquer aux autres – les garçons au bureau l'interrogeaient souvent sur leur statut. Et puis, de temps en temps, elle aurait voulu mettre des mots sur ce qui les liait, à la lumière de ses sentiments qui lui paraissaient sincères.

— Qu'est-ce que tu caches ?

— Un cadeau pour toi, répondit-elle en soulevant la boîte à chapeau par sa poignée en cordon.

— Ce n'est pas mon anniversaire ni Noël.

— Tu préfères que je le rapporte en boutique ?

— Non.

Il s'en empara avec un sourire ravi.

Casey le regarda ouvrir la boîte. Elle adorait offrir des cadeaux. Si elle devenait un jour riche, elle ne s'arrêterait jamais d'en faire.

— Il est magnifique, dit Unu en posant le fedora gris sur sa tête.

Le chapeau avait un bord très classique, une teinte anthracite et un ruban à nœud plat.

— Comment va la taille ? demanda Casey en inclinant la tête pour observer son profil.

Avec son allure de star d'un film chinois des années quarante, Unu était splendide.

— Elle est parfaite. Comment tu savais ?

— Coup de chance.

Ce n'était pas tout à fait vrai. Casey avait un don pour estimer les tours de tête en un regard. Ça marchait pour les vêtements aussi. Encore un talent qui ne servait à rien au quotidien.

— Laisse-moi te remercier, dit Unu.

Il l'embrassa à nouveau et cédant à la légère pression de sa langue, les lèvres de Casey s'ouvrirent un peu.

De ses deux mains, Unu détacha la ceinture de sa robe et la fit glisser sur son corps.

— J'ai toujours rêvé de faire ça.

— Et voilà, c'est chose faite.

En sous-vêtements et bottes, Casey resta impassible. Il la conduisit vers le canapé.

Casey aimait le sexe avec Unu. Ce n'était pas toujours doux, mais toujours sans un mot, et elle parvenait à décrypter ce qu'il aimait à la façon que son corps mince et agile avait de se mouvoir. Ils se comprenaient sans avoir besoin de parler. Elle voulait lui procurer du plaisir, et *vice versa*.

Casey ne faisait pas l'amour. Quelque chose avait changé en elle après l'histoire de Jay et des deux étudiantes. La jeune femme avait compris qu'elle pouvait atteindre l'orgasme sans rien éprouver pour son partenaire. C'était ce que faisaient les hommes – aborder le sexe comme une sensation physique sans forcément d'implication émotionnelle – et Casey s'était rendu compte qu'elle en était capable aussi. Toutes les femmes l'étaient-elles ? Personne ne pouvait réfuter la supériorité du sexe avec des sentiments, mais il lui était maintenant possible d'apprécier l'acte sans. Tina aurait été scandalisée. Casey ne croyait pas être amoureuse d'Unu, ni lui d'elle. D'ailleurs, elle s'en méfiait désormais, de ces histoires d'amour.

Ils avaient commencé avec lui au-dessus, puis il l'avait basculée pour l'asseoir sur ses hanches étroites. Si à cet instant Unu lui avait déclaré qu'il l'aimait – dans un élan passionnel ou plus profond –, elle ne lui aurait pas répondu. Pas par cruauté, mais parce qu'elle n'était pas sûre de savoir si l'amour était un sentiment constant et réel. La prochaine fois que Casey prononcerait ces mots – si elle le faisait un jour –, elle voulait les dire avec conviction, une certitude immuable. Jay Currie lui manquait, mais elle ne regrettait pas leur rupture. Au fil du temps, elle pensait de moins en moins souvent à lui. Surtout depuis qu'elle avait rencontré Unu. Le cœur lui semblait être une chose si inconstante et prompte à oublier. Quoi qu'il en soit, à défaut de ce sentiment qu'on appelait l'amour, elle se disait que le respect, la bienveillance et le plaisir entre deux corps et deux esprits pendant l'acte sexuel représentaient un objectif sain. À califourchon sur Unu, faisant onduler ses hanches, Casey ferma les yeux et tenta de ne plus penser.

Unu essayait de faire en sorte que Casey jouisse avant lui. En partie parce que c'était son but, de s'assurer du plaisir de sa partenaire, mais aussi parce qu'il aimait la regarder. Pendant l'orgasme, elle repliait les coudes, ses bras contractés formaient un petit V et pendant une seconde ou deux, ses doigts papillonnaient délicatement comme les ailes fuselées d'une libellule. Sur l'ovale de son visage, il devinait l'ombre d'une peur silencieuse, puis un soulagement, peut-être ? Ses yeux se fermaient fort, puis s'ouvraient en grand, comme si elle se réveillait d'un rêve captivant. Alors elle se remettait en mouvement pour l'apaiser à son tour.

À la fin, quand arrivait ce moment gênant de la séparation des corps, une timidité absurde s'ensuivait. Casey voulait tout de suite se doucher. Ensuite, ils allaient dîner chez House of Wings. Leur programme était souvent sexe puis restaurant, puis parfois sexe encore au retour. Puis Casey s'en allait, refusant systématiquement de rester dormir. En deux mois, ils avaient développé une routine confortable pour leurs samedis soir ensemble.

Ils avaient un restaurant préféré – un boui-boui de nouilles chinoises à deux rues de son appartement où ils commandaient assez de plats pour recouvrir entièrement la table plastifiée.

— Comment ça s'est passé au magasin aujourd'hui ? demanda Unu.

Casey haussa les épaules. Elle avait vendu six chapeaux, deux écharpes, deux paires de gants et sept accessoires pour cheveux. Mais l'achat du fedora pour Unu avait annulé sa commission de la journée.

— Je viens d'envoyer mon premier chèque à NYU.

— Ah oui ? dit Unu avec un sourire encourageant, sentant qu'elle n'était pas entièrement satisfaite.

— Sabine a dit que c'était… « bien ». Je cite.

Sabine n'avait pas été impressionnée – loin de là – par son admission à la Stern Business School de NYU. Et Casey n'avait pas pris la peine de lui annoncer qu'elle était sur liste d'attente à Columbia. Au contraire, elle lui avait laissé croire qu'elle n'avait été acceptée que par NYU, ce qui était techniquement vrai.

— Tu n'as aucun compte à lui rendre, Casey.

— Je lui ai menti.

— Ça ne la regarde pas.

— J'aurais dû lui parler de Columbia. Je ne sais pas pourquoi je ne l'ai pas fait.

— Moi je sais, décréta Unu en lui servant le tofu et les épinards qu'elle aimait. Tu ne voulais pas lui être *redevable.*

Il avait accentué le dernier mot, lui donnant une résonance étrange.

— J'imagine, répondit Casey en prenant une bouchée de tofu. Peut-être.

— Tu me fais rire.

Elle cessa de jouer avec ses baguettes en plastique.

— Pourquoi ?

— Parce que tu aurais pu choisir la voie de la facilité. Tu peux encore. Sa proposition tient toujours.

Casey se mordit la lèvre.

— Je sais. Je suis folle, pauvre, et débile. C'est exactement la raison pour laquelle les pauvres restent pauvres, tu le savais ? Tout leur argent passe dans leur orgueil.

— Moi, j'aurais pris l'argent, plaisanta Unu.

Casey lui donna un petit coup de genou sous la table.

— Il faut croire que tu es le plus malin des deux, alors. C'est sûrement pour ça que c'est toi qui te fais le plus de blé. Moi, je me contente de le manger, visiblement.

Elle servit un peu de riz brun dans l'assiette d'Unu.

L'expression vaincue de Casey l'attristait. Il avait remarqué comme elle se rabaissait souvent.

— Hé, petite.

Casey leva la tête.

— Tu as eu raison. Je te taquine, c'est tout. Tu ne peux pas engager ton avenir là-dessus. Si tu avais accepté qu'elle paie pour tes études, elle aurait attendu de toi que tu le lui rendes d'une manière ou d'une autre. C'est ainsi qu'elle fonctionne. Tu as eu du cran de refuser.

Casey le dévisagea. Il avait bon cœur. Elle avait remarqué qu'il essayait toujours de comprendre son point de vue, même s'il n'y adhérait pas. Rien que pour cet effort, elle lui était reconnaissante. Ils étaient amis ; de ça, elle était certaine.

Quand l'addition arriva, Casey sortit son portefeuille. Elle avait endossé un chèque ce jour-là.

— C'est pour moi, dit-il.

— Tu as déjà réglé la dernière fois. Et celle d'avant.

— Je gagne dix fois plus que toi.

— OK, Crésus, répliqua Casey. Fais-toi plaisir.

— Non pas que je sache où va tout cet argent, lâcha Unu avec un petit rire en sortant son portefeuille.

Il avait gagné un beau pactole au casino de Foxwoods le mois dernier, mais juste avant de rencontrer Casey en Floride, il était à découvert de dix mille dollars.

— Merci pour le dîner, dit-elle. Je suis de nouveau fauchée.

— Est-ce que ça signifie qu'il faut que je rende mon chapeau ?

Unu jeta un regard tendre au fedora posé sur la chaise voisine.

— Ce n'est pas ça qui va faire la différence. Désolée. Je n'aurais pas dû t'en parler.

Unu posa trois billets de vingt sur le plateau en plastique. En silence, il croisa les bras et prit l'air impassible du joueur de pocker.

— Pourquoi tu n'emménages pas chez moi à la rentrée ? Tu pourrais t'installer à l'appartement et utiliser l'argent de ton loyer pour rembourser tes dettes. Il suffirait de cuisiner de temps en temps et…

Casey resta bouche bée.

— Je n'attends rien en retour. Contente-toi d'étudier. Obtiens des bonnes notes. Comme tu veux. J'ai envie de voir à quoi tu ressembles le matin. Je me demandais justement si tu n'étais pas un vampire à force de filer tous les soirs. Mais on s'est vus à Miami et c'était en plein jour alors…

— Emménager ? Avec toi ?

Elle espérait ne pas avoir l'air trop sèche.

— Tu m'as bien entendu.

Unu prit une expression austère, mais il réprimait un sourire au coin de ses lèvres.

— Oh là là, je ne sais pas. Je ne sais pas, répéta-t-elle plus doucement cette fois.

— D'accord.

Il indiqua au serveur de garder la monnaie.

Le chemin du retour était rapide. Seulement deux rues. Dans tous les cas, il fallait que Casey remonte pour chercher ses cabas. Ils marchèrent côte à côte sur le trottoir, proches mais sans se toucher. Elle était anxieuse tandis qu'il semblait au contraire très détendu.

Les questions fourmillaient dans la tête de Casey. Elle ne le connaissait pas depuis si longtemps. Qu'allaient penser ses parents ? Est-ce que ça avait une importance ? Il n'avait pas l'intention de se marier, mais elle non plus. Sauf que vivre ensemble… c'était une forme d'engagement. Non ? D'un autre côté, il n'avait pas tort : sans loyer à payer, elle pouvait effacer ses dettes bancaires en presque un an.

— Tu montes ?

Ils avaient presque atteint son immeuble.

— Il faut que je récupère mes affaires.

Casey s'arrêta, sans le regarder. Unu se sentit gêné, d'un coup, comme si en prenant ce risque immense, il avait tout gâché. *Et puis merde*, pensa-t-il. À quoi bon faire le timide ? C'était un conseil en matière de femmes qui circulait au sein de sa fraternité, quand un des garçons espérait conclure : parle franchement ou rentre tout seul.

— Tu comptes repartir tout de suite ?

— C'est ce que tu veux ?

Elle le regardait fixement à présent. Ils n'avaient encore jamais eu d'accroc.

— Non. Ça va pas la tête ? Je viens de te proposer d'emménager.

— J'ai vingt-trois mille dollars de dettes bancaires, lâcha Casey.

Elle ignorait ce qui l'avait poussée à cet aveu. Peut-être pensait-elle qu'en la voyant telle qu'elle était, il reviendrait sur sa proposition.

— Ah ouais.

Elle leva les yeux au ciel.

— Je sais que c'est catastrophique. Tu es sûr que tu ne veux pas retirer ta proposition ?

Unu secoua la tête.

— Merde alors, commenta-t-il. Est-ce qu'il reste quelque chose que tu n'as pas acheté ?

— Des actions et des obligations, répliqua-t-elle.

Ils s'esclaffèrent ensemble.

— Si tu as aussi un problème de drogue, c'est le moment de me le signaler.

Casey rit à nouveau. Il était sous le charme, c'était certain.

— Casey… J'ai cinq ou six mille dollars sur mon compte, et je ne peux pas prédire le montant de mes primes. Si je m'éloigne un peu des tables de blackjack, on s'en sortira très bien. Je peux payer pour tout ce qui concerne l'appartement. Et puis, même si nous n'étions pas, tu sais… ensemble, tu es mon amie. Je peux t'aider. Quand tu seras millionnaire et que je serai à court de jetons, tu me rendras la pareille. Deal ?

— Je ne comprends pas. Pourquoi ça ne te choque pas ?

— En mars, je devais dix mille à mon bookmaker et il m'a allongé un peu, le temps que j'aie de quoi le rembourser. Si je n'avais pas renfloué mes gains hier à Foxwoods, j'aurais été dans la merde. L'an dernier, mon salaire de *research analyst* s'élevait à deux cent mille dollars, pourtant je n'ai plus que cinq ou six mille sur mon compte. Je ne possède rien d'autre que ma voiture. Je dilapide quasiment tout ce que j'ai, et je joue au casino pour me divertir. Je ne vais pas avoir une moins bonne estime de toi parce que tu achètes des vêtements de luxe. J'ignorais qu'on pouvait dépenser autant pour des fringues, cela dit, pouffa Unu. Je ne devrais pas t'encourager, mais tes tenues te vont très bien.

— Il n'y a pas que les vêtements, marmonna-t-elle.

Où passait son argent, d'ailleurs ? Jana, qui travaillait à la mise en rayon chez Sabine's, pesait cent vingt-cinq kilos et racontait qu'elle ne savait pas comment elle en était arrivée là. Elle ne mangeait pas plus ni moins que d'autres femmes relativement minces. Ces derniers temps, Casey la comprenait un peu mieux – toutes les deux consommaient encore et encore, et à un certain point, ça ne servait plus à rien d'essayer de se comporter normalement. Pour retrouver un mode de vie sain, des changements drastiques s'imposaient.

Tous deux étaient restés plantés à une centaine de mètres de son immeuble. Casey avait la tête baissée, et Unu passa ses bras autour d'elle.

— Ne t'inquiète pas, ça va aller. Ça arrive à tout le monde de faire des erreurs. Même aux plus avertis. On va régler ça.

— Tu me plais, avoua-t-elle d'une voix grave.

— Toi aussi, tu me plais.

Unu lui prit la main et ils se dirigèrent vers l'immeuble.

George les accueillit dans le hall d'entrée avec un signe de tête.

— Salut, *hermano*, fit Unu. Tu travailles tard, ce soir ?

— Non, je termine à minuit.

Il regarda sa montre et lança à Casey :

— Si vous voulez que je vous appelle un taxi, c'est maintenant. Je pars dans six minutes.

— Je reste, déclara Casey. D'ailleurs, je vais bientôt emménager. Unu vous l'a dit ?

Les yeux brillants et noirs de George s'écarquillèrent.

— Très bonne nouvelle, répondit-il en adressant un sourire impassible à Unu.

Unu hocha la tête, ravi. L'ascenseur arriva.

— Bonne nuit, mon pote. Mes hommages à ton ange de femme, ajouta Unu en appuyant sur le bouton pour maintenir les portes ouvertes.

Casey monta en premier dans la cabine et Unu la suivit.

— Bonne nuit, vous deux, dit George, les sourcils froncés.

Il voulait le bonheur de son ami, mais comme le disait souvent son grand-père : « *El amor es complicado.* »

# 8

# L'HORIZON

TED OUVRIT LA PORTE DE SON BUREAU et passa la tête dans le couloir. Il sortait tout juste d'une réunion téléphonique avec ces connards de chez Lewison quand il avait entendu un joyeux brouhaha dans l'étage d'ordinaire silencieux. Il espérait une distraction sympathique. Une partie de football américain avec un ballon en mousse pour réveiller les analystes déphasés aurait été idéale.

Mais l'éclat de la chevelure rousse ne pouvait vouloir dire qu'une chose : Delia Shannon était à l'étage. Les banquiers s'étaient inventé des prétextes pour quitter leur bureau et traîner dans les espaces communs, interrompant leurs meetings pour la mater. Elle produisait encore cet effet. Ted n'y échappait pas. La chaleur en cette fin août aurait pu justifier le port d'un chemisier blanc si fin que l'on devinait la dentelle de son soutien-gorge et d'une jupe bleue fendue sur ses cuisses minces, mais Ted savait qu'elle n'avait pas besoin de la météo comme excuse. Le corps magnifique de Delia lui valait sa puissance – un homme riche ne laissait pas son portefeuille à la maison, de même, Delia s'armait de ses atouts parfaitement aiguisés. Les collègues masculins de Ted ne cachaient pas leur admiration, les femmes secouaient la tête discrètement – de jalousie ou de résignation.

Elle sortait du bureau de John Heyson. Ted en ressentit un fugace pincement possessif, qui lui passa quand il se rappela qu'aucune femme n'accepterait de se taper ce bouseux. John était un *managing director* qui n'avait pas grand-chose à manager – un résidu de la fusion avec une boîte d'investissement –, et qui aurait dû s'estimer heureux d'avoir encore un boulot après l'acquisition par Kearn Davis de CBR Assets. Il leur avait fait miroiter des plans sur la comète grâce à ses prétendues relations haut placées, et c'était uniquement pour cette raison qu'on l'avait gardé. À d'autres. Ted voyait clair dans son jeu. Ce type était un parasite.

Delia se dirigea vers l'ascenseur, en apparence insensible à l'attention qu'elle mobilisait. La vue de tous ces hommes qui la reluquaient, en revanche, rendait Ted fou. Il avait fait l'amour à ce corps de rêve et depuis n'avait cessé d'y penser au moins quelques minutes chaque jour. Il comprenait pourquoi les hommes se vantaient après s'être tapé une fille canon. C'était comme gagner au Loto – qui n'afficherait pas ses gains ? Ted fit un rapide calcul mental. Dix-neuf mois s'étaient écoulés depuis la dernière fois qu'ils avaient couché ensemble, et huit depuis qu'Ella avait découvert pour l'herpès. Il n'avait jamais recontacté Delia à ce sujet. C'était une traînée, se rappela-t-il. Delia n'était qu'une vulgaire traînée qui baisait mieux que dans un rêve ; *oui, une traînée, voilà tout, et je la déteste*, pensa-t-il.

Delia ne l'avait pas encore aperçu, si bien qu'il pouvait l'observer à son insu. D'autant qu'elle ne savait pas où se trouvait son bureau. Ils ne s'étaient jamais croisés à cet étage. D'ailleurs, ils ne s'étaient volontairement jamais retrouvés au même endroit chez Kearn Davis. Tout homme marié vu en sa compagnie risquait de devenir la cible des rumeurs. Mais Delia allait devoir passer devant sa porte pour atteindre l'ascenseur depuis le bureau de John. Deux options s'offraient à lui : rester planté là comme un con avec son érection grandissante ou fermer la porte, retourner s'asseoir, et prétendre n'avoir rien vu.

Elle n'avait parcouru que quelques pas, mais deux *managing directors* accouraient déjà pour lui dire bonjour. John Heyson, qui l'avait raccompagnée jusqu'au seuil de son bureau, était toujours cloué là où elle l'avait laissé, captivé par le mouvement de ses hanches dans le couloir. Ted était furieux, comme si on empiétait sur ses plates-bandes. Il pianota sur le chambranle, et quand il posa la main sur la poignée, s'apprêtant à refermer sa porte, Delia arriva à son niveau.

Elle le vit, mais ne dit rien.

— Salut, fit Ted.

Bordel, ce qu'elle pouvait être sexy.

— Bonjour, répondit Delia avec l'ombre d'un sourire poli.

D'ici, il sentait son parfum. Il avait envie de tendre la main vers elle.

— Comment vas-tu ? dit-il.

— Très bien, merci.

— Qu'est-ce qui t'amène…

— John m'a demandé de passer. Au sujet de la conférence sur les transports.

— Tiens donc, railla Ted en se souvenant qu'Heyson était en charge de cet événement ridicule.

— Qu'est-ce que c'est censé vouloir dire ? demanda Delia d'une voix grave en plissant les yeux.

Ted remarqua que plusieurs personnes les observaient.

— Tu veux passer dans mon bureau ? proposa-t-il.

— Tu n'as pas peur des ragots, Ted ?

Le visage de Delia était impassible et ses grands yeux bleus dénués de tout jugement. Durant leur brève relation (même si six semaines constituaient un record pour Delia), la prudence extrême de Ted l'avait souvent refroidie, alors que tout le reste chez lui l'excitait. Ted était un loup qui se percevait comme un type bien. C'était le pire profil de l'homme marié avec qui coucher, car on pouvait compter sur sa lâcheté en toutes circonstances, sauf pour s'assurer qu'il tirerait son coup. Dans la tête de Ted, il était l'innocent corrompu et elle la pute. Qu'il aille se faire foutre. Ted était de la pire espèce de connards, car il se mentait à lui-même, sur lui-même, et croyait dur comme fer à ses bobards de soi-disant mec bien doté de vraies valeurs. Au final, il était comme tous les autres – un baratineur. Delia avait envie de le frapper avec quelque chose de très lourd. Elle le méprisait.

— J'ai du mal à croire que tu voudrais que je vienne m'asseoir seule avec toi dans ton bureau, au vu et su de tout le monde. Comment comptes-tu le justifier, Ted ? Tu n'as pas peur que...

— Pourquoi y aurait-il des rumeurs ? Il n'y a rien entre nous.

Il se sentit content de lui, parce que c'était vrai : il n'avait aucune intention de recoucher avec elle.

— Tout est terminé depuis longtemps, insista-t-il.

La rejeter était le meilleur moyen d'éteindre le désir qu'il ressentait encore.

Delia s'écarta.

— Je vais y aller.

Quel connard fini.

— Attends, Delia. Il faut que je te parle de quelque chose.

— Tiens donc.

Ted sourit de sa repartie. Il baissa les yeux sur le triangle de peau que découvrait le col de son chemisier. Rose et caramel, se souvint-il – les couleurs de ses mamelons. Il n'avait rien oublié.

— Je t'en prie, Delia. Accorde-moi cinq minutes.

Delia jeta un coup d'œil vers l'ascenseur, puis à sa montre.

— Deux minutes, Ted. Top chrono.

Il lui désigna un siège et ferma la porte sous le regard émerveillé de tous ceux qui observaient Delia Shannon franchir le seuil de son bureau. C'était de la folie, se dit-il, sans pour autant pouvoir s'en empêcher.

— Il est plus petit que je l'imaginais, commenta Delia.

— Exactement ce que tout homme rêve d'entendre, rétorqua Ted devant le sourire de Delia.

— Ton bureau, Ted. Je parlais de ton bureau.

— Moi aussi.

Delia consulta sa montre.

— Une minute et quarante secondes.

— Arrête avec l'amertume. Je déteste quand les femmes…

— Ce sont les hommes qui rendent les femmes amères, Ted. Parce qu'on n'en peut plus de vos mensonges à vous tous, bande de…

— Quand t'ai-je menti ?

— Tu es allé raconter à Casey que je t'avais refilé l'herpès. Je n'ai jamais eu l'herpès, connard. À qui d'autres es-tu allé le faire croire ? À part à ta frigide de femme.

Le visage de Delia s'était empourpré.

— Je… je…

— Ne me mens pas, Ted. Tu as menti à ta femme, et maintenant, c'est à moi que tu mens. Comme si j'en avais encore quelque chose à faire. Il faut que j'y aille. Mais si tu racontes encore à quelqu'un que j'ai l'herpès, tu vas sentir ta douleur.

— C'est une menace ?

— Non, connard. Je te laisse une option. C'est un mot que tu devrais comprendre.

Delia se leva et ouvrit la porte.

— Ce n'est pas quelque chose que je dis souvent, mais je te déteste, Ted.

Elle sortit et Ted la regarda fermer la porte.

Impossible de se concentrer. Il avait des énormes rapports d'audits à passer en revue, une liste toujours plus longue de personnes à rappeler, et il ne parvenait pas à s'y mettre. Il composa les quatre chiffres du poste de Delia en interne.

— C'est moi.

— Je sais que c'est toi. Ne m'appelle plus.

— J'ignorais que tu n'avais pas l'herpès.

— Je ne l'ai pas, confirma-t-elle.

— Mais je croyais qu'on ne pouvait pas vraiment savoir si on était porteur... et je n'ai couché avec personne d'autre que toi – enfin, après mon mariage...

— J'ai fait les prises de sang et je n'ai jamais eu de symptôme – tu délires ou quoi ? Je ne comprends même pas pourquoi je te parle. Il suffit que ta femme t'ait sucé alors qu'elle avait un minuscule bouton de fièvre, il n'en faut pas plus pour le transmettre, coco.

Ted se tut. Ella n'aimait pas le sexe oral, mais elle acceptait parfois, s'il le lui demandait. De temps en temps, elle avait effectivement des boutons de fièvre ; lui aussi quand il était épuisé. Il ne savait pas que l'herpès pouvait se transmettre par ce biais.

— Ce que je veux savoir, c'est comment ? Comment tu as su ? Que t'a dit Casey ?

Ted était furieux rien que de penser à cette fille. Dire qu'il lui avait décroché un travail.

— Eh bien, mon amie Casey Han a cessé de m'adresser la parole aux alentours de Noël, et quand je lui ai demandé pourquoi, elle m'a raconté que ta petite femme avait tapé une crise parce qu'elle avait chopé l'herpès, mais qu'elle ne t'avait pas quitté pour autant. Je suis prête à parier un million de dollars en revanche qu'elle a cessé de te baiser, et mon Dieu que cette pensée est jouissive.

— Quoi ?

— J'ai étudié la situation avec attention, Ted. J'ai couché avec un certain nombre d'hommes mariés. Crois-moi, je ne dis pas ça pour me vanter. Et sais-tu ce qu'il se passe quand une épouse découvre que monsieur la trompe ?

Ted n'avait pas d'autres hypothèses que sa propre expérience. Mais il devait reconnaître qu'Ella n'avait fait que prendre du poids et que, depuis Noël, elle le repoussait trois fois sur quatre. Sans compter qu'elle avait repris un poste dans cette école pour garçons où elle travaillait avant. Ces derniers temps, il n'avait même plus envie de coucher avec elle, mais il s'était dit que ça reviendrait. En attendant, il se concentrait sur le travail.

— Que se passe-t-il, quand la femme le découvre ? demanda-t-il timidement, certain que Delia avait toutes les réponses.

— Parfois elle le quitte. Mais presque aucune femme n'est prête à lâcher le portefeuille d'un homme qui bosse à Wall Street – un garçon avec ton statut n'est pas si facilement remplaçable. Surtout si la femme a perdu de sa beauté.

— Ella n'est pas une…

— Oh, maintenant tu prends sa défense, s'esclaffa Delia. Écoute, mon coco, il faut que je te laisse. J'ai du travail, moi.

— Non, attends. Quelle est l'alternative ?

— Elle reste et elle se venge.

Là non plus, ça ne ressemblait pas à Ella. Ella était d'une nature extrêmement miséricordieuse, elle avait un tempérament doux. Elle n'avait jamais mentionné

Delia à nouveau, et elle était toujours gentille avec lui. Le dîner était prêt et la table mise quand il rentrait. Elle s'occupait parfaitement de la maison et d'Irene. Pour son anniversaire, elle lui avait cuisiné son plat préféré. Les parents de Ted adoraient Ella, et elle leur téléphonait toutes les semaines. Ted et Ella ne se disputaient jamais. Il avait un respect infini pour sa femme. Elle était une personne merveilleuse, une bonne mère, tout ce qu'une bonne chrétienne était censée incarner. Mais ils ne se touchaient plus. Ils se couchaient à des heures décalées – c'était plus simple ainsi, pour éviter le conflit et la gêne.

Devant le silence de Ted, Delia se mit à culpabiliser, sentant qu'elle avait visé juste. Sa femme ne lui ferait plus jamais confiance. Et il ne faisait aucun doute qu'elle avait fermé la porte de la chambre conjugale. Que pouvait-elle faire d'autre pour recouvrer sa dignité quand son mari s'en était tapé une autre ? Si elle n'était pas du genre à avoir elle-même une liaison, quelle autre possibilité avait-elle pour se sentir mieux ? On ne guérit pas le mal par le mal, mais dans ces cas-là, il est presque impossible de faire le bien.

— Ella ne…, commença Ted.

— Elle n'aura plus jamais confiance en toi, et à raison, l'interrompit Delia d'une voix amère. Tu étais en train de tomber amoureux. Je l'ai vu. Je sens toujours ces choses-là. Ce n'était pas que du sexe pour toi. Et maintenant, imagine un peu, tu vas rester coincé dans un mariage abstinent jusqu'à la fin de tes jours sur Terre.

Elle n'arrivait pas à croire sa propre mesquinerie, mais elle refusait de le laisser lui chanter les louanges de sa femme. Il n'avait jamais mentionné les grandes qualités de sa femme quand il la déshabillait, elle.

— Alors, félicitations, Ted Kim. Avec un peu de chance, tu trouveras quelqu'un d'autre à baiser sur ton temps libre. Bon courage. Je file.

Si Ted avait cru en l'existence du diable, il aurait eu l'impression de lui parler en direct.

— Attends.

— Qu'est-ce que tu veux de plus ? demanda Delia d'une voix basse.

Ça n'était pas dans sa nature d'être si cruelle et cet effort l'avait épuisée.

— Ce n'est pas moi qui ai dit à Casey d'arrêter de te parler.

— Casey ? Elle ne t'écouterait pas même si tu la payais, elle ne peut pas te blairer. Elle fait juste preuve de loyauté envers Ella, ce que je comprends. Mais comment oses-tu m'appeler à mon poste...

Delia fondit soudain en larmes et, dans sa colère, se rendit compte qu'il ne s'était jamais expliqué, qu'il ne l'avait jamais appelée pour parler de cette fois où il l'avait trouvée avec Santo, et ne lui avait jamais dit que leur relation lui importait. Il avait été jaloux, et on n'était pas jaloux à moins d'être attaché à l'autre. Ces six semaines avec lui avaient été importantes pour elle. Il lui plaisait. Beaucoup. Ces petits malins de Wall Street voulaient tous faire croire qu'ils ne pensaient qu'avec ce qu'ils avaient dans le caleçon, mais elle savait qu'au fond, ils ne demandaient qu'à se confier et à la caresser tendrement. Elle ne comptait plus le nombre d'entre eux qui lui avaient déclaré leur flamme. Mais elle n'avait jamais voulu détruire des familles, ça n'avait jamais été son objectif. Confrontés à son refus de s'engager auprès d'eux, ils finissaient par renoncer. Delia espérait un jour rencontrer un homme et l'aimer. Elle n'était jamais tombée amoureuse – cette histoire d'amour avait tout l'air d'un piège. Après tout, ces hommes mariés qui lui couraient après si ardemment juraient tous qu'ils aimaient leur femme. Alors, qu'est-ce que ça disait de l'amour, s'ils pouvaient aimer leur femme et la désirer aussi ? Ainsi, aux yeux de Delia, le grand amour n'existait pas.

Et ce qui la rendait plus furieuse que tout, c'était qu'elle ne leur avait jamais rien demandé. Elle n'attendait rien d'eux. La seule chose qu'elle voulait, c'était un bébé. C'était uniquement pour cette raison qu'elle n'avait pas utilisé de préservatif avec Ted, parce que même si elle se doutait qu'il ne resterait pas dans les parages, elle s'était dit qu'il devait être fertile et qu'il avait l'air d'un mec bien. Un mec intelligent, mais qui, comme tous les autres, partait du principe qu'elle prenait la pilule. Un potentiel géniteur pour son enfant.

— Est-ce qu'on peut se parler, ce soir ?

Son assistante était à la porte. Il avait ignoré ses appels.

— Il n'y a rien à dire.

— Est-ce que je peux t'inviter à dîner ? Où tu voudras.

— Est-ce que je t'ai déjà demandé de me payer un resto ? Tu crois vraiment que c'est ce qui m'intéresse ?

Ted secoua la tête. Elle avait raison. L'argent ne suffisait pas pour impressionner Delia.

— Il faut que je te voie.

— Non, Ted. Je ne crois pas.

— Je suis désolé.

Il se retrouvait maintenant à s'excuser, ce qui n'était pas son genre.

— De quoi ? demanda-t-elle à nouveau de cette voix calme.

— Je suis désolé de la façon dont les choses se sont terminées. Tu es une fille super, et nos discussions me manquent. Tu as toujours des histoires drôles à raconter.

Il ne s'étendit pas sur le fait qu'il souriait toujours quand il était avec elle, que les muscles de ses épaules et de son cou se détendaient aussi. Quand il rentrait à la maison, il ne ressentait pas ça. Depuis le début, il avait ce besoin d'impressionner Ella, de lui prouver qu'il enchaînait les succès. Elle ne lui avait jamais demandé de se comporter ainsi, mais quelque chose chez elle lui faisait sentir qu'il n'était pas à la hauteur.

Avec Delia, c'était différent ; elle ne semblait pas s'intéresser à sa réussite.

— Delia ? S'il te plaît ?

Delia était seule dans son bureau. Ses collègues participaient à une dégustation pour l'élaboration d'un menu au Marriott. Les portes étaient fermées, et elle était soulagée de ce moment en privé si loin de l'agitation de la salle des marchés. Pour être honnête, elle avait décroché parce qu'elle voulait entendre sa voix à nouveau.

— Je dois y aller.

— Delia, s'il te plaît. Laisse-moi te revoir.

Delia se mordit la lèvre. Elle entendait l'émotion dans sa voix. Les hommes étaient toujours si romantiques, bien plus que les femmes. Elle compta jusqu'à dix dans sa tête.

— Tu peux passer ce soir à vingt heures.

— Chez toi ?

Ted prit une inspiration, soudain inquiet.

— Ne va pas te faire des idées. C'est simplement plus pratique. Tu préférerais que je vienne chez toi ?

— Non, non. C'est très bien. À ce soir.

Ted attendit qu'elle raccroche pour reposer le combiné.

Le soir même, quand Delia lui ouvrit, elle portait encore sa tenue de sport – un legging en lycra et un sweat-shirt à capuche qui flottait sur sa brassière. Elle venait de courir une heure sur tapis à la salle de sport et elle avait tout juste eu le temps de se rincer le visage.

— Tu m'as manqué, déclara-t-il en s'asseyant sur le canapé.

C'était réciproque, mais elle n'avait pas envie de le lui avouer.

— J'ai réfléchi à ce que tu m'as dit, continua-t-il.

Pour toute réponse, elle afficha un air interrogateur.

— Au sujet de mon mariage abstinent. Pour le restant de mes jours sur Terre, précisa-t-il avec un regard presque effrayé.

— Désolée. Parfois il m'arrive d'être un peu trop méchante. Je ne sais pas vraiment comment se terminent ces histoires. Tout ce que je sais, c'est ce qu'on me rapporte après coup. Bref. N'écoute pas ce que je raconte. J'étais furieuse que Casey soit au courant pour nous. C'était privé. Peut-être que ta femme et toi trouverez un moyen d'arranger les choses. Oublie ce que j'ai dit.

Delia aurait voulu revenir sur ses paroles. D'après Casey, Ella était ce qu'il y avait de plus proche d'une sainte. Alors que Delia s'estimait loin, très loin d'en être une – elle avait fait si peu de bien autour d'elle dans sa vie. Elle n'avait plus envie de parler de lui et de sa femme. Elle ne savait même pas pourquoi elle avait accepté qu'il passe. Mais elle se sentait coupable, d'une certaine manière, qu'il se retrouve seul à affronter ses problèmes avec sa femme.

— Comment vas-tu ? demanda Ted, qui souhaitait rester avec elle.

Delia haussa les épaules. La seule chose à laquelle elle pensait ces derniers temps, c'était à tomber enceinte. Cela faisait quatre ans qu'elle essayait avec Santo – Santo qui n'était pas au courant. Ted non plus, d'ailleurs. Les médecins disaient que tout allait bien de son côté à elle. Elle avait trente-quatre ans, et visiblement elle était incapable de procréer, mais il n'y avait aucune raison scientifique à ça. À son âge, sa mère avait déjà eu trois enfants.

— Tu as faim ? lança-t-il. Je peux aller chercher quelque chose à emporter.

Delia le dévisagea. Que pouvait-elle répondre ? Il était évident qu'il se sentait seul.

— Prends les clés. Je vais me doucher. On mangera après, d'accord ?

Ted tendit la main vers le trousseau sur la table.

— Qu'est-ce qui te ferait envie ?

— Surprends-moi, Ted.

Tout ce qu'elle voulait en cet instant, c'était croire à nouveau en lui.

Delia fila dans la salle de bains et Ted sortit chercher à dîner.

# 9

# TRADITIONS

European Cleaners se trouvait sur la Première Avenue, entre la 57$^{e}$ et la 58$^{e}$ rue. Sa surface était exceptionnellement grande pour ce type de pressing – c'est-à-dire une boutique de dépôt au cœur de Manhattan où la clientèle apportait son linge sale pour qu'il soit ensuite envoyé dans une blanchisserie industrielle à Brooklyn avant d'être livré à domicile. Un dépôt de pressing n'aurait normalement pas besoin de quatre-vingt-treize mètres carrés vu le prix de l'immobilier dans le quartier très chic de Sutton Place, mais sa surface était justifiée par le volume de travail qui y était centralisé. C'était la boutique principale d'une franchise qui comportait seize points de collecte dans tout Manhattan et Brooklyn, tous appartenant à Seung Ho Kang, un vieil immigré coréen qui vivait dans un manoir géorgien en brique à Alpine, New Jersey. La boutique principale et fleuron de la dynastie European Cleaners était gérée d'une main experte par Joseph et Leah Han.

Des années plus tôt, Mr Kang, un réfugié de guerre avec des cheveux teints en noir et une bedaine proéminente sanglée par une ceinture Pierre Cardin, avait confié à Joseph que ses fils étaient de braves garçons, mais qu'ils avaient de la merde à la place du cerveau. « C'est ce qui arrive quand on épouse une femme pour son joli minois et ses jambes parfaites, on obtient des enfants abrutis. » Mr Kang avait un grand sens de l'humour. « Vous êtes un homme béni, Han *jang-no*, disait-il à Joseph en s'adressant à lui par son titre honorifique de doyen. Vous avez une jolie femme et deux filles futées qui ont fait de vraies études. » Seul un des fils de Mr Kang avait terminé les siennes dans un IUT de seconde zone, les trois autres travaillaient pour leur père depuis le lycée. Mr Kang possédait aussi des stations de lavage de voitures et des laveries en libre-service à Philadelphie et dans le New Jersey. Les devises préférées de Mr Kang étaient : « Tout le monde aime le propre » et : « Pas de sous, pas de bisous. »

Joseph appréciait Mr Kang, et c'était réciproque. Parmi tous les employés qui n'appartenaient pas à sa famille, Joseph et Leah Han étaient les mieux payés. Joseph gagnait mille dollars la semaine (dont quatre cents déclarés, et le reste remis en liquide), et Leah cinq cents dollars (dont la moitié déclarés), même si elle travaillait à la fois à la caisse et à la couture. Mr Kang n'aurait jamais payé une femme autant que son mari, mais à travail égal il rémunérait toujours les veuves plus que les épouses. Comme la plupart des commerces coréens, European Cleaners ne proposait ni mutuelle ni congés payés, mais comme cadeau de mariage pour Tina, Mr Kang avait remis cinq mille dollars à Joseph, une somme que Tina avait souhaité utiliser pour ses frais de scolarité. En guise de prime de Noël, ils avaient droit à l'équivalent de deux semaines supplémentaires de salaire et un grand jambon fumé. En les payant si bien et en traitant leurs familles avec respect, Mr Kang s'assurait que ses meilleurs managers ne soient pas tentés d'ouvrir boutique de leur côté. « On renonce difficilement à un ventre plein » – c'était un autre adage de Mr Kang.

L'heure de la fermeture approchait – dix-huit heures le vendredi soir – et le livreur avait déjà garé le van dans le parking avant de rentrer chez lui. Les deux jeunes femmes originaires de St Lucie qui triaient le linge dans l'arrière-boutique avaient aussi terminé leur journée. Joseph clôtura la caisse et alla verrouiller la porte principale. Il portait un costume gris avec une veste à deux boutons et fentes latérales, une chemise blanche à poignets mousquetaires et une cravate à rayures obliques bleues et rouges. Il avait emprunté les boutons de manchette en or d'un client. Mr Walton oubliait fréquemment de retirer ses boutons de manchette de ses chemises françaises sur mesure quand il les faisait porter au pressing. Chaque semaine, Joseph les lui rendait sans faille dans un petit sachet en plastique transparent agrafé au reçu et, tous les ans à Noël, Mr Walton le récompensait de son honnêteté en glissant un billet de cinq dollars tout frais dans une carte de vœux embossée – ce qui faisait toujours l'objet d'une bonne plaisanterie au sein du couple Han : la conception qu'avaient les riches de la générosité. Ce soir-là, en enfilant son nouveau costume dans les toilettes du pressing, Joseph s'était rendu compte qu'il avait oublié ses boutons de manchette, et il n'avait pas hésité à porter ceux de Mr Walton.

Ce détail n'avait pas échappé à Leah, qui n'avait rien dit. Assise au comptoir en marbre noir, elle était occupée à mettre à jour la liste des invités au mariage de Tina. Par terre, derrière elle, se trouvaient deux sacs volumineux au logo d'un grand magasin remplis de cadeaux pour Chul et la famille Baek – dont une montre en acier Cartier pour le futur marié qui avait coûté deux mille dollars. Ces présents auraient dû être échangés lors du dîner de fiançailles en décembre, mais puisqu'il s'agissait de la première rencontre des familles, ç'aurait été trop embarrassant, et même s'ils avaient eu l'intention de se revoir entre les fiançailles et le dîner de répétition, la famille de Chul n'avait cessé de reporter. Leah trouvait inhabituel que les familles ne se soient vues que deux fois avant le jour du mariage et que les cadeaux soient échangés la veille, mais elle n'avait su comment remédier à cette entorse aux traditions. La mère de Chul s'était montrée excessivement charmante au téléphone les trois fois où elles s'étaient parlé, mais était restée très floue sur les questions pratiques. Tina disait que c'était dans sa personnalité – aimable, mais incapable de s'engager à quoi que ce soit. Chul disait de sa mère, radiologue, qu'elle n'avait jamais été du genre à apporter des cupcakes à l'école pour son anniversaire. Joseph refusait d'émettre le moindre commentaire sur le sujet. L'affront ne lui avait pas échappé, mais pour le dîner de répétition, il avait tout de même acheté un nouveau costume italien et une cravate anglaise dans le grand magasin coréen chic de la 32ᵉ rue.

Leah s'était confectionné une nouvelle tenue : une robe droite à manches trois quarts dans une laine bleue légère. L'illustration sur le patron du *Vogue Pattern* montrait une brune aux cheveux courts avec des airs d'Elizabeth Taylor. C'était une robe dans le style années 1950, destinée à une jeune fille convenable, qui aurait pu convenir à une secrétaire d'une grande entreprise pour un rendez-vous important. Le modèle était présenté dans une laine carmin, mais n'ayant jamais porté de rouge, Leah avait acheté un tissu bleu barbeau. Elle avait envisagé un instant de confectionner plutôt un tailleur, quelque chose d'approprié pour son âge – après tout, elle avait quarante-deux ans et n'était plus une jeune femme –, mais elle s'était retrouvée invariablement attirée par les images de jolies robes dans la corbeille des patrons abandonnés au fond du coin mercerie de Steinler's Dressmaker's Shop. Ses escarpins Bandolino avec talons de cinq centimètres étaient également neufs. C'était la première paire de chaussures qu'elle achetait au prix de vente – presque cent dollars.

Il n'y avait pas un bruit dans le pressing. Ni Joseph ni Leah n'étaient de grands bavards. Au travail, ils parlaient peu. Lorsqu'il n'y avait pas de clients, ils préféraient écouter des sermons enregistrés sur cassettes ou de la musique chorale sur le magnétophone. Quand Joseph avait un moment, il lisait n'importe quel journal coréen à portée de main. Malgré ces habitudes déjà ancrées, Leah avait remarqué que, depuis que l'immeuble de Joseph avait pris feu, celui-ci semblait n'avoir plus rien à dire du tout, comme si le destin du bâtiment était à l'image du reste de sa vie, voué à la perte absolue. Le doyen Kong disait que le montant des indemnités de l'assurance serait plus qu'assez pour servir d'apport à l'achat d'un autre petit immeuble, mais Joseph n'avait pas l'air intéressé par la perspective d'investir à nouveau. Et même s'il disait de Chul qu'il était un bon garçon, le mariage de Tina ne paraissait pas l'enchanter non plus. Elle le surprenait de plus en plus souvent à regarder fixement le journal sans en tourner les pages. Leah en venait à regretter les petits bruitages agacés qui accompagnaient d'ordinaire la lecture de mauvaises nouvelles. Mercredi dernier, en rentrant de la chorale, elle l'avait trouvé endormi devant son émission préférée sur la chaîne coréenne. Ainsi avachi, il avait l'air si vieux que Leah avait pris peur.

Leah leva la tête en entendant quelques coups légers frappés sur la porte vitrée. Tina se tenait sur le seuil. Joseph se leva de son tabouret en fer pour lui ouvrir.

— Bonjour, dit timidement leur fille.

Tina sortait tout juste du salon de beauté coréen de la $41^{e}$ rue spécialisé dans les mariages. Ses cheveux noirs étaient relevés en trois rouleaux au sommet de sa tête et quelques mèches habillaient l'ovale de son visage. Elle portait un tailleur en soie ivoire que Casey avait trouvé pour elle dans les rayons de Sabine's – un cadeau de la patronne. Tina aurait pu passer pour une de ces jolies journalistes à la télévision. Leah ressentit une pointe de fierté devant la beauté de sa fille.

— *Wah*, s'exclama-t-elle. Tina, on dirait une star de la télé !

Joseph acquiesça en souriant.

Tina rougit comme une pivoine. Elle ne s'était jamais souciée de son apparence ou de ses tenues. Ces choses de filles qui tenaient tant à cœur à Casey lui avaient toujours fait l'effet d'une perte de temps monumentale. Tant d'histoires pour des cheveux et des vêtements. Voyant qu'il n'y avait nulle part où s'asseoir, Tina se rendit dans l'arrière-boutique pour récupérer deux chaises pliantes. Casey devait bientôt arriver. Elle avait promis. Elle n'avait pas vu leurs parents depuis deux ans. Sa mère glissait parfois à Tina que Casey était insensible de ne même pas venir les voir pour les fêtes. Casey prétextait avoir trop de travail, mais cette excuse ne tenait pas la route pour Thanksgiving et Noël. Son père ne prenait plus la peine de mentionner son prénom. Il avait mis Casey à la porte avec la certitude qu'elle reviendrait en lui présentant ses excuses, il lui aurait alors accordé son pardon. Casey téléphonait à leur mère le premier dimanche de chaque mois, quand leur père passait voir son immeuble à Edgewater ; Tina avait droit à un coup de fil toutes les deux semaines.

— Comment ça va, Papa ? demanda Tina d'une voix claire en espérant que son entrain chasserait un peu de son malheur.

Son père détestait les mondanités. Il voulait qu'on le laisse tranquille dans son coin. Or, avec ce mariage, il n'avait nulle part où se cacher.

Joseph hocha la tête et tenta de sourire pour sa fille. C'était son enfant sage. Tina méritait un beau mariage, et pourtant il avait hâte que cette soirée se termine au plus vite. Que disait toujours son patron, Mr Kang, déjà ? A-SAP. En détachant bien les syllabes avec son accent coréen. Oui, c'était une expression typique de New York. Ses clients le disaient aussi. « Il me faut mes chemises ASAP », aboyaient-ils en se déchargeant de leur linge sale. Une autre expression qu'il entendait souvent était : « J'en ai besoin pour hier. »

Ils devaient retrouver tout le monde une demi-heure plus tard chez Mr Chan's. Howie Chan était un client fidèle, propriétaire du célèbre restaurant de spécialités de Shanghai sur la 57e rue où les riches Américains payaient une fortune pour du poulet Général Tao et du bœuf au brocoli – des recettes qu'aucun Chinois digne de ce nom ne toucherait. Quand Howie avait appris que la plus jeune fille de Joseph se mariait, il avait tout de suite proposé d'organiser un banquet de douze plats pour le dîner de répétition. Howie, qui avait l'âge de Joseph, avait déjà marié ses trois filles. « Les filles coûtent très, très, cher, avait-il dit. Mais elles rentrent à la maison. Quand les garçons se marient, on ne les revoit plus jamais. »

De l'autre côté de la rue, à l'ombre discrète d'un orme en piteux état et de deux boîtes aux lettres bleues, Casey observait ses parents et Tina. Sa famille était si belle et si élégante qu'elle en eut presque le souffle coupé. Au jeu de choisir une vie parmi les fenêtres qu'elle épiait depuis le toit de l'immeuble, elle se serait longuement arrêtée sur celle-ci. Que faisait cette magnifique famille à l'apparence prospère avec leurs beaux vêtements, assis sur des chaises pliantes en fer dans un pressing après l'horaire de fermeture ?

Ils l'attendaient. La dernière fois qu'elle les avait vus, c'était au mariage d'Ella. Depuis, elle se contentait de parler à sa mère chaque premier dimanche du mois ainsi que pour les fêtes et les anniversaires, et elle envoyait par la poste des cadeaux et des cartes de vœux signés d'un mot bref et enjoué. Son alibi pour ne pas leur rendre visite était toujours le travail, mais ce n'était pas comme s'ils l'invitaient non plus. Casey était terrifiée à l'idée de traverser les dix derniers mètres qui les séparaient.

Elle ne pouvait pas manquer le dîner de répétition de Tina, ni son mariage. Sa sœur lui avait demandé de venir et Casey allait faire bonne figure, quoi que lui dise son père. Cette fois, elle aurait Unu à ses côtés. Il jurait que tous les parents coréens l'adoraient.

Casey frappa à la porte et Tina lui ouvrit. Leah sursauta. Joseph lui jeta un bref regard, puis entreprit de déplier son journal.

Leah sourit à Casey. Celle-ci avait perdu des joues, et cette minceur nouvelle accentuait ses traits, lui donnant l'air plus mûre que son âge. En janvier, son aînée aurait vingt-six ans. À l'époque de Leah, il aurait été inenvisageable de laisser la cadette se marier avant l'aînée, mais tout le monde à l'église disait que c'était différent en Amérique.

— Salut, lança Casey avec un semblant d'entrain.

Elle se planta à côté de Tina. Leah ne cessait de sourire à Casey, avec l'envie de lui parler, mais sans savoir quoi lui dire.

— Tu ne trouves pas que Tina ressemble à une star de la télé ? demanda Leah.

Casey approuva, admirant la beauté de sa petite sœur. La maquilleuse avait eu la main trop lourde sur le mascara, mais le tailleur était parfait. Le lustre de la soie grège donnait à Tina l'air d'une fille issue d'une prospère famille *yangban.* C'était précisément le but recherché par Casey quand elle l'avait choisi. Saisissant tout de suite ce qu'elle avait en tête, Sabine l'avait accompagnée à l'étage des souliers pour l'aider à sélectionner une paire. Les parents de Sabine étaient commerçants, et elle-même avait vécu le mépris des *yangban* pour ceux qui manipulent de l'argent dans leur profession. Chul avait un père professeur de physique, une mère médecin, trois sœurs avocates, et lui-même étudiait la médecine. Les Baek étaient issus de la classe *yangban*, et la perpétuaient. Joseph y était né aussi, mais il en avait été déchu. Quant à Leah, elle avait toujours été pauvre. Au pays, on aurait traité le père de Leah de *ssangnom* – un pauvre de province.

Plongé dans son journal, Joseph écoutait Leah parler aux filles. Elles avaient manqué à leur mère. Casey avait fini par venir malgré tout. Il était soulagé. Elle avait vieilli en deux ans. C'est ce qui arrive quand on doit se débrouiller seul face à l'adversité, songea-t-il. Lui-même paraissait plus âgé que la plupart des hommes de son âge. Il fallait puiser dans ses forces pour s'en sortir seul. La vie réservait bien des déceptions auxquelles on ne pouvait se préparer.

— Tu sais, tu es encore plus belle qu'une star de cinéma. Tu pourrais remporter le concours de Miss Corée. La Miss Corée la plus intelligente au monde ! s'enthousiasma Leah.

— N'importe quoi, fit Tina en secouant la tête, légèrement flattée, mais gênée de se retrouver au centre de l'attention.

— Je t'assure que tu es magnifique, Tina. Absolument divine, insista Casey.

— Cette conversation est ridicule, trancha Joseph. Qu'est-ce que ça change, de quoi elle a l'air ? Elle va être chirurgien. Ça n'a pas d'importance, qu'elle soit belle ou bien habillée. Tout ça, ce sont des bêtises. Un chirurgien se doit de…

— Papa, je crois que je vais plutôt aller en endocrinologie. Pas en chirurgie, précisa Tina doucement, trop effrayée pour lever les yeux.

Elle n'avait pas eu l'intention d'en parler ce soir, mais elle n'avait pas pu s'empêcher de le corriger.

Joseph ouvrit la bouche, sidéré.

— Ma directrice de recherches pense que c'est la voie la plus naturelle pour moi. Je n'ai pas le talent nécessaire pour une spécialité comme la chirurgie, la recherche m'intéresse plus que la pratique clinique, et...

— Je croyais que tu voulais devenir chirurgien. Chirurgien cardiaque ou neurochirurgien...

— Eh bien... c'était ce que je pensais au lycée, quand je regardais des séries télé. Je ne connaissais pas vraiment la réalité du métier...

— Ma fille est censée devenir chirurgien. C'est ce que j'ai dit à tout le monde. C'est ce que tout le monde pense que tu vas devenir. C'est ce que tu as dit.

Joseph était soufflé par ce revirement. Avait-il mal compris quelque chose qu'elle aurait dit en anglais ? Qu'est-ce que c'était que l'endocrinologie ? Il avait l'impression qu'elle lui avait menti.

— Qu'est-ce que c'est que cette histoire ? s'étrangla-t-il.

— Je... Papa, je...

Tina n'avait jamais vu son père se comporter ainsi avec elle.

Casey était désolée pour Tina. Leur mère se pétrissait déjà les mains.

— Peut-être qu'on pourrait en reparler plus tard ? proposa Casey en prenant l'air le plus poli possible.

Ils avaient rendez-vous au restaurant dans cinq minutes.

Toujours sous le choc, Joseph regarda Casey ; puis, de dégoût, il se détourna. Si seulement celle-ci n'avait pas changé d'avis pour les études de droit et pris ce travail ridicule à Wall Street. Une simple assistante alors qu'elle était diplômée de Princeton ! Et maintenant cette école de commerce de NYU, tout ça alors qu'elle avait été acceptée à Columbia Law School – il secouait la tête frénétiquement. Pourquoi aller en école de commerce quand on aurait pu devenir avocat ? Et maintenant Tina parlait de faire de la recherche ? De ne pas soigner des patients ? C'était ça, ce qu'elle voulait dire ? Pendant des années, il s'était imaginé le cabinet médical de Tina où elle recevrait ses patients, et le bloc où elle opérerait. Où elle sauverait des vies. Ces visions l'avaient rempli de fierté et de joie. Tina l'avait dit elle-même : pareil qu'à la télévision, mais sa fille aurait été la star. Qu'est-ce qu'elle racontait à présent ? C'était de sa vie dont il s'agissait, comment cette gamine pouvait-elle se montrer si insouciante avec son avenir ?

Leah consulta sa montre. Il n'y avait plus de temps à perdre. Elle se leva doucement et récupéra les sacs de cadeaux. Casey la soulagea du plus lourd. Elle voulait faire quelque chose, bouger son corps, courir. Dehors, derrière la vitrine, les riches habitants de Sutton Place s'éparpillaient sur les trottoirs – de belles femmes d'âge mûr aux cheveux blond cendré et des hommes en polo et pantalon beige entraînés par des terriers au bout de leurs laisses brillantes comme des rubans. Les soirées d'août étaient encore lumineuses et Casey rêvait de foncer par la porte et de héler un taxi. Elle pouvait être de retour à l'appartement en cinq minutes et y commander une pizza. Puis elle se souvint : Unu l'attendait chez Mr Chan's.

Tina se rapprocha de sa sœur, comme pour lui bloquer la sortie. Leah ferma les yeux. Elle semblait prier. Quand elle les rouvrit, elle souffla sur la mèche qui lui tombait sur le front.

— *Yobo*, on va être en retard, dit-elle d'une voix timide.

Joseph se leva alors de son tabouret et ouvrit la porte. Une fois tout le monde dehors, il fit un bond d'une trentaine de centimètres pour attraper les poignées du rideau de fer et tira de toutes ses forces. Les rouages grincèrent, et European Cleaners ferma enfin boutique. Les Han remontèrent la rue pour se rendre chez Mr Chan's.

— Bienvenue, Joseph.

Howie lui serra la main et lui tapa dans le dos.

— Leah, *hullo, hullo,* dit-il en pressant sa petite main entre les siennes.

Chinois originaire de Hong Kong, Howie avait reçu une éducation britannique et parlait avec un fort accent anglais, prononçant *Hullo,* à la place de *Hello.*

— Et qui voilà ? Ce sont vos filles ? Mais quelles beautés !

Il sourit, trouvant sincèrement que les filles étaient jolies, surtout la plus jeune, qui était même remarquablement belle.

— Mais ce n'est pas une surprise, avec une beauté pareille pour mère, ajouta-t-il avec un clin d'œil pour Joseph. Pardonnez-moi, je fais la cour à votre épouse.

Leah vira à l'écarlate et détourna le regard. Howie parlait avec plus d'exubérance au sein de son restaurant que lorsqu'il passait de temps en temps bavarder avec Joseph au pressing. Elle ne l'avait jamais vu porter ses costumes anglais sur mesure auparavant. Bien sûr, elle voyait ses vêtements lorsqu'on les lui apportait à laver ou à repasser. Elle avait déjà recousu les boutons de ses chemises. Sa femme portait exclusivement du Chanel et du Valentino, et elle faisait un 36 taille française. Leah ne l'avait jamais rencontrée, mais elle avait déduit des allusions de Joseph que Howie avait aussi une maîtresse depuis longtemps.

Quand ce dernier eut salué tout le monde, il se tourna vers l'alcôve où les clients attendaient qu'on vienne les placer.

— Un de vos invités est déjà arrivé, annonça-t-il.

Unu leur sourit. Il n'avait pas voulu interrompre l'accueil. Assis sur une banquette en velours marron, il lisait les résultats hippiques du jour dans le *Post.* Il abandonna son journal sur le banc, se leva, et avança vers eux.

— Je vous présente Unu Shim, dit Casey.

Unu s'inclina profondément et les salua en coréen. Malgré son léger accent américain, sa prononciation et sa diction étaient remarquables.

Joseph lui serra la main et lui sourit poliment, comme s'il rencontrait un nouveau paroissien à l'église. Leah s'inclina, mais ne le toucha pas. On lui avait appris à éviter tout contact avec les hommes en dehors du cercle familial, et seul Howie faisait exception car il n'était pas coréen. Les Américains passaient leur temps à se toucher. Si, techniquement, Howie était chinois, à ses yeux, il était plus occidental que certains Blancs.

Leah sourit chaleureusement au garçon – le neveu du docteur Shim. Il ressemblait un peu à Ella, il avait les mêmes yeux. Le docteur Shim disait d'Unu qu'il était un très gentil garçon. « C'est dommage pour cette histoire de divorce, mais… au moins, il n'y avait pas d'enfants », avait-il ajouté.

Tina haussa les sourcils en se tournant vers Casey. Elle approuvait.

Leah dévisagea le jeune homme sans scrupule. Il avait une belle figure chaleureuse. Un bon front, large et généreux, et de jolies oreilles aux lobes épais. Et en plus il parlait coréen, ce qui ne pouvait que lui plaire.

— Vous êtes le neveu de Shim *jang-no*. Le cousin d'Ella, dit Leah.

— Oui, en effet. Douglas est mon oncle préféré, et je suis très proche d'Ella.

Leah hocha la tête. Joseph concéda un mince sourire. Il avait remarqué les oreilles d'Unu, lui aussi – signe de bonne fortune.

Joseph remarqua le coin d'un bout de papier qui dépassait de la poche du garçon. L'air de rien, Unu rangea hors de vue le programme des courses.

— Où travaillez-vous ? s'enquit Joseph.

Unu mentionna le nom du fonds d'investissement qui l'employait comme analyste.

— Vous connaissez Chuck Shilbotz ? demanda Joseph.

Tina et Casey dévisagèrent leur père, ébahies.

— C'est mon patron, répondit Unu. Enfin, c'est le patron. De tout le monde.

Joseph acquiesça sans s'étendre sur le sujet et se tourna à nouveau vers Howie, qui parlait à un serveur. Leah se souvint alors de ce nom, Shilbotz – un client. C'était un célibataire maniaque qui avait pour passe-temps d'acheter des maisons historiques dans New York et de les restaurer avec tous les détails et meubles d'époque. Il vivait dans l'une d'elles, à une rue de chez Mr Walton, et en possédait trois autres. Les factures pour ses tentures seules s'élevaient à plusieurs milliers de dollars, et le travail de blanchisserie méticuleux nécessitait que Joseph contacte à la fois Roy, un spécialiste des tissus précieux, et Kenny, le chef d'équipe de la blanchisserie centrale de Brooklyn, pour s'assurer qu'il n'y avait pas d'accrocs. Quand Mr Shilbotz appelait pour faire nettoyer ses rideaux, Joseph devait accompagner le livreur parce que les étoffes de quatre mètres étaient trop lourdes pour être soulevées par une seule personne. En conséquence, Joseph avait visité toutes les demeures de Chuck Shilbotz.

Unu resta silencieux, attendant que Joseph lui indique la fin de la conversation. Casey tenait sa bouche de son père. Elle avait l'air au fond du gouffre en cet instant. Il aurait voulu passer un bras autour de sa taille et lui caresser les cheveux, mais ç'aurait été mal vu.

La porte de Mr Chan's s'ouvrit à la volée ; un grand groupe entra. Tina sourit au jeune homme qui dépassait d'une tête le reste de sa famille. Chul était arrivé.

Dans l'entrée du restaurant, tout le monde s'inclina maladroitement. Casey et Leah étaient encore chargées de cadeaux. Mr Chan les orienta vers la salle qu'il avait privatisée pour eux.

Dès qu'ils furent assis, des serveurs leur apportèrent des amuse-bouche froids. Chul regardait Tina sans rien dire, sa nervosité à peine masquée. Il voulait qu'elle le sauve, mais elle-même était perdue. Le couple avait été placé à chaque bout de table, face à face. Chul fixait Tina avec un émerveillement avide. Il voulait lui faire l'amour en permanence. Tina sentit son ardeur et tenta de ne pas penser à leurs ébats.

Les sœurs de Chul parlaient fort. Elles étaient très élégantes, jugea Casey en tentant de se souvenir du prénom de tout le monde. Les présentations avaient été si rapides dans l'entrée – Heidi, Kathryn, Rose, et leurs maris respectifs, Jun-hi, Clark et Dean. Impossible de ne pas se mélanger les pinceaux avec les enfants : Max ou Alex – des noms avec un « x ». Les garçons étaient les fils de l'aînée, et aucun des deux ne savait se tenir à table.

Tina avait de la peine pour sa mère, qui semblait terrifiée par celle de Chul, car celle-ci s'obstinait à vouloir lui tenir la main.

— Leah, s'il vous plaît, j'insiste. Appelez-moi Anna, répétait la mère de Chul en anglais.

Sa manie familière de toucher ses interlocuteurs en leur parlant perturbait Leah. Anna Baek avait même posé la main sur l'avant-bras de Joseph pour le complimenter de sa cravate. Joseph eut tout de suite cette femme en horreur. Le mot peu flatteur qui lui venait en tête était *yuh-oo* – le renard.

— Et je vous appellerai Leah. C'est un si joli prénom, continua Anna.

Elle balaya une peluche sur l'épaule de Leah. Leah hocha la tête en silence devant la belle femme aux pommettes proéminentes. Anna Baek avait un teint inégal que compensait un maquillage parfaitement appliqué.

Leah avait elle-même appliqué un peu de rouge à lèvres rose déjà estompé.

Quand tout le monde à table fut servi, Joseph et Leah inclinèrent la tête pour la prière. Tina, Chul et Casey firent de même. Unu les imita. Seuls Chul et sa sœur Heidi étaient pratiquants dans la famille Baek. Après le « amen », les convives attaquèrent les plats avec une concentration intense.

Chul était adorable, constata Casey – une tête de plus que Tina, d'épais cheveux noirs, des yeux marron clair et un sourire avenant. Il avait pris le plus beau chez sa mère, ajoutant sa propre gentillesse à ses traits. Chul avait l'air d'un futur père de famille destiné à élever quatre ou cinq enfants et à porter le même costume marine tout simple pendant des années, sans jamais s'éparpiller ni se départir de sa bonne humeur.

Kathryn, la cadette, était une ancienne gymnaste trapue aux cheveux mi-longs avec un comportement de cheffe de meute. C'était elle qui avait orchestré les présentations dans l'entrée du restaurant.

— Alors, ça fait combien de temps que vous êtes ensemble ? demanda-t-elle à Casey.

Unu leva la tête de son assiette.

— Un moment, répondit Casey.

Ce n'était pas tant la question que le ton sur laquelle elle avait été posée qui lui faisait l'effet d'une agression. Casey se redressa sur sa chaise.

— Combien ? renchérit Heidi avec un sourire.

Elle estimait que c'était une question sans enjeux, mais la regretta un peu en voyant que toute la table attendait la réponse de Casey.

— Quatre merveilleux mois, intervint Unu en regardant Casey avec ravissement. J'ai beaucoup de chance.

Ce n'était pas très coréen de sa part de se montrer si expansif, mais à l'évidence, les Baek préféraient l'attitude à l'américaine.

Leah lui sourit.

— Et le mariage, c'est pour bientôt ? continua Kathryn.

Les petits garçons gloussèrent en faisant la grimace.

— Comme Tonton Chul ! cria le plus grand.

Casey n'aurait pas dû être surprise. Les Coréens posaient parfois des questions beaucoup trop personnelles, mais elle ne s'attendait pas à ça de quelqu'un de sa génération ou presque – Kathryn n'avait pas plus de dix ans de plus qu'elle.

Tina adressa un sourire penaud à Casey, espérant qu'elle n'était pas trop gênée par la question de Kathryn. Chul disait que même ses parents avaient un peu peur de sa sœur et de son autoritarisme inné. Les rares fois où Tina les avait vues, les trois sœurs avocates avaient mené un interrogatoire poussé.

— On peut compter sur vous deux pour le prochain mariage, alors ? demanda Kathryn avec un air amusé.

Cette fois, Unu ne leva pas la tête. Connaissant son avis sur le sujet, Casey ne dit rien. Personne ici n'aurait compris qu'Unu ne croyait pas au mariage, ni que Casey avait perdu foi en l'amour ces derniers temps au point que pour elle, seuls les candides se précipitaient devant l'autel.

Anna lut la réponse sur le visage de Casey et dans le silence d'Unu. Joseph plissa les yeux en regardant Unu et souffla très fort.

— Kathryn, intervint Anna d'un léger ton de remontrance. On ne pose pas ce genre de questions…

D'une certaine manière, la pitié de la mère de Chul ne venait qu'empirer les choses. Tina se mordit la lèvre.

Joseph observa Unu à nouveau. Il semblait avoir bon cœur. Le divorce était un point négatif, mais ce qui comptait surtout, c'était s'il avait l'intention d'épouser Casey. Un garçon coréen de bonne famille, même divorcé, valait mieux qu'un petit Américain arrogant de Princeton. Unu et Casey vivaient ensemble et partageaient sans aucun doute le même lit. Comment pouvait-il prendre possession de son corps et ne pas vouloir prendre soin d'elle ? C'était le devoir d'un homme que de protéger la femme qu'il aimait. C'était ainsi qu'on faisait de son temps, et pour une bonne raison. Il lui apparut soudain que si Casey fréquentait un homme qui n'avait aucune intention de l'épouser, elle était encore plus folle qu'il ne le croyait.

Kathryn posa ses baguettes, nullement perturbée par le commentaire de sa mère. Elle regarda intensément la sœur aînée de la future mariée, mais Casey se contenta de soulever sa tasse en porcelaine rouge et de la porter à ses lèvres. Virginia, qui avait suivi une formation aux médias, avait un jour appris à Casey : « Rien ne t'oblige à répondre à toutes les questions que l'on te pose. »

— Les cadeaux ! intervint Tina spontanément. On devrait échanger les cadeaux.

Leah opina et récupéra les paquets derrière sa chaise. Soulagée d'avoir une raison de se lever, Casey déposa un cadeau soigneusement emballé devant chaque membre de la famille de Chul.

— Oh, il ne fallait pas, dit Anna.

Puis elle sortit son propre assortiment de paquets et Chul les distribua. Chacun ouvrit le sien.

Anna reçut une parure composée d'un bracelet et d'un collier, et chaque sœur une paire de boucles d'oreilles – le tout en or et diamants. Le père déballa un trench Burberry, et Chul sa montre Cartier. Les beaux-frères découvrirent chacun un pull à col V et une écharpe en cachemire d'Écosse. Les petits garçons se virent remettre un chèque de deux cent cinquante dollars chacun pour leurs économies. En tout, Leah avait dépensé six mille dollars pour les cadeaux. Elle avait transmis les reçus à Joseph, qui n'avait fait aucun commentaire sur les prix. Cet argent venait directement de leur compte épargne retraite. Il arrivait que des fiançailles soient rompues pour des offrandes trop modestes, et on entendait parler de filles maltraitées ou mal-aimées par leur belle-famille à cause de l'amertume d'un mauvais cadeau. C'était ce que Leah avait voulu éviter. Pendant des mois, elle s'était inquiétée de ce qu'elle allait pouvoir offrir à la famille de Chul – comment trouver les effets les plus précieux et luxueux qui garantiraient à Tina un accueil chaleureux.

Les Baek avaient acheté pour Joseph une cravate imprimée du logo YSL en noir et blanc, et une paire de boutons de manchette en plaqué argent bas de gamme. Leah avait reçu un cache-nez en laine rouge, tout comme Casey. Tina, une broche désuète en or sertie de jade. Casey ne put s'empêcher de faire les comptes dans sa tête. Cinq cents dollars ? Les cadeaux venaient tous de chez Macy's.

— Elle est magnifique, s'exclama Casey.

Elle plia l'écharpe rectangulaire en deux, la posa sur sa nuque, et passa dans la boucle formée les deux bouts réunis pour créer ce que Sabine appelait un nœud aviator.

— Cette couleur te va à ravir, la complimenta Anna en forçant l'engouement.

La différence de valeur entre les cadeaux était trop flagrante pour être ignorée. Soit les Han avaient été trop généreux, soit les Baek pas assez. Dans tous les cas, le mal était fait. Par gentillesse, Rose, la benjamine, ôta ses propres boucles d'oreilles pour essayer celles en or dix-huit carats en forme de fleurs de cornouiller que Leah avait choisies avec tant de soin. Le bijou lui avait coûté sept cents dollars chez une grossiste. La femme qui les avait vendues à Leah était une bijoutière de son *geh*, et elle lui avait expliqué que ces boucles d'oreilles étaient fabriquées dans un atelier de Florence qui confectionnait les bijoux de chez Tiffany. Il ne s'agissait pas de contrefaçons, avait-elle dit ; mais de boucles

Tiffany auxquelles il ne manquait que le poinçon et la petite boîte bleue. Leah n'avait jamais offert de si onéreux cadeau à ses propres filles.

Suivant l'exemple de Rose, Anna passa le collier autour de son cou. Il était magnifique sur elle.

— C'est trop, il ne fallait pas, dit-elle à Leah.

Son visage était partagé par deux expressions : la bouche souriait, mais le front était soucieux.

— C'est trop généreux, vraiment. C'est si typiquement coréen de faire des folies dans les cadeaux. C'est vraiment splendide, mais...

Anna devina très justement que sa parure avait coûté presque autant que la montre de son fils.

Leah caressa sa nouvelle écharpe. C'était une belle laine d'agneau.

— Elle sera très utile et chaude pour l'hiver, merci beaucoup.

C'était mieux ainsi. Yesu Christo avait dit qu'il y a plus de bonheur à donner qu'à recevoir. Son père lui avait appris à endurer la souffrance, à se consacrer entièrement aux intérêts des autres et à sacrifier tout ce qu'elle avait car Dieu répondrait à tous ses besoins.

Tina sourit faiblement, si déçue et blessée pour ses parents qu'elle était à peine capable de prononcer un mot. Sa mère avait passé des journées à arpenter les boutiques et à se torturer pour savoir ce qui ferait plaisir aux Baek. D'une certaine manière, elle avait réussi, car ses cadeaux étaient magnifiques. Mais Tina regrettait de ne pas avoir préparé ses parents à l'éventualité que les Baek ne fournissent pas un effort similaire. Les Baek estimaient maintenant que les Han n'étaient que des *ssangnom* qui tentaient de se faire passer pour mieux qu'ils ne le valaient en offrant des cadeaux si onéreux. Dans tous les cas, c'était peine perdue. La générosité semblait toujours suspecte. Tina récupéra ses baguettes et déplaça son œuf de cent ans d'un coin de son assiette à un autre. Chul enfila sa nouvelle montre et la fit admirer à ses sœurs. Ces dernières se lancèrent dans des louanges émerveillées comme pour faire plaisir à un enfant.

Joseph contempla attentivement Chul. Il ne ressemblait pas à son père, à part pour l'arrondi de sa mâchoire. Entre ses salaires de jobs d'été et ses économies, le garçon s'était débrouillé pour acheter une bague de fiançailles avec un diamant d'un carat que Tina adorait. À l'avenir, s'il ne parvenait pas à prendre correctement soin de sa fille, Joseph se résolut à la laisser rentrer à la maison chaque fois qu'elle le souhaiterait.

— Merci pour la cravate. Elle est très belle, dit Joseph à Anna en refermant la boîte avant de la fourrer dans le grand sac.

Jamais il ne porterait quelque chose d'aussi hideux.

Casey avait entendu parler de leur immense propriété à Bethesda, leur villa sur la plage à Rehoboth, leur abonnement au country club de Chevy Chase, et elle pouvait facilement estimer le prix de chacune des tenues siglées St John's des sœurs Baek. La mère portait du Armani. Les parents de Chul gagnaient sept ou huit fois plus que les siens. Ils n'étaient pas du genre à faire leur shopping chez Macy's, et aucun d'eux n'aurait porté une étoffe moins précieuse que du cachemire autour du cou. Ils s'étaient donc surpassés pour faire comprendre aux Han combien ils leur étaient inférieurs. C'était mesquin envers Tina, mais Casey voyait maintenant que ça l'était aussi envers Chul.

Remarquant le changement d'ambiance, Howie arriva avec un magnum de champagne.

— Comment ça va, tout le monde ? Qu'est-ce que vous avez pensé de la salade de méduse ?

Joseph lui sourit.

— Excellent. Excellent.

— Champagne ?

Le père de Chul inspecta l'étiquette : Moët & Chandon. Philip Baek aimait boire et raffolait particulièrement des grands crus.

Howie remplit les flûtes.

— Cadeau de la maison ! En l'honneur de mon très cher ami Joseph Han et du mariage de sa magnifique fille ! lança-t-il gaiement.

Remarquant le tas de papier cadeau argenté sur la table du buffet, Howie fit un geste du menton et un jeune serveur s'empressa de faire le ménage.

— Je vous souhaite mille autres raisons de boire du champagne à l'avenir, déclara Howie dans une envolée lyrique qui ne lui attira que quelques sourires.

Quand toutes les flûtes furent remplies, Howie se rendit compte que personne n'avait l'intention de porter un toast. Les beaux-fils étaient occupés à saucer leur assiette. Le père du marié avait fini son whisky-soda et se jetait déjà sur son champagne. Les petits-enfants réclamaient l'attention d'Anna et d'Heidi. Joseph ne semblait plus tenir en place.

En tant que propriétaire d'un restaurant, il arrivait parfois que son rôle implique de se joindre aux convives. Un serveur lui apporta une flûte, et Howie la remplit lui-même. Puis il leva son verre.

— Au mariage de Tina. À Tina – la splendide fille de Joseph et Leah, qui deviendra un jour ma chirurgienne préférée ! s'esclaffa Howie Chan. Et à l'amour...

Il leva son verre en direction du futur marié, puis de la future mariée, et poursuivit d'une voix plus grave :

— Je crois en l'amour. Le vrai.

Un jour, Howie avait l'intention d'épouser Emily Lo, sa maîtresse depuis vingt-trois ans – sa véritable âme sœur.

Tout le monde trinqua. Tina ne corrigea pas Mr Chan au sujet de son nouveau choix de spécialité, mais culpabilisa vis-à-vis de son père. Chacun sirota son champagne, et Tina fut reconnaissante au gérant du restaurant pour sa tendresse et son envie sincère de les voir heureux.

Ils vinrent à bout du dîner – se contentant pour la suite de complimenter les plats, par ailleurs succulents. Personne ne se disputa l'addition. Joseph régla la note sur laquelle Howie avait généreusement appliqué une remise de soixante pour cent. Les deux familles firent leurs adieux jusqu'au lendemain. Tina retourna dans le Queens avec les Han, et Chul partit avec sa famille à l'hôtel Hilton de Midtown où séjournaient les Baek. Casey et Unu s'éloignèrent ensemble. Ils rentraient à pied.

Le lendemain, Tina épouserait Chul.

# 10

# REMISE EN QUESTION

Casey ne tenait jamais en place. Lorsqu'ils étaient au cinéma ou au restaurant, Unu posait parfois une main sur son épaule ou sur sa cuisse, pour l'apaiser un peu ; mais ce n'était qu'une question de temps avant qu'elle ne se remette à gigoter. Il était déjà arrivé que les gens assis derrière elle se plaignent de son agitation, qui les déconcentrait. Pour la cérémonie, on l'avait placée au premier rang avec Unu, Joseph et Leah – côté mariée. Casey sentait l'odeur du tabac sur la veste d'Unu et rêvait d'une cigarette. Impossible de s'en griller une au mariage de sa sœur. Ses parents savaient qu'elle couchait avec Unu, mais pas qu'elle fumait. Elle croisa les jambes à nouveau.

Tina et Chul étaient plantés devant l'estrade du pasteur comme des sujets décoratifs sur un gâteau de mariage. Le révérend Lim en était déjà à vingt minutes d'homélie et il lui en restait quinze.

— Et ainsi le royaume des cieux est semblable à un marchand en quête de perles rares. Lorsqu'il en a trouvé une de grande valeur, il s'en est allé vendre tout ce qu'il possédait pour l'acheter.

Le pasteur citait le verset d'une voix tonitruante qui détonnait avec sa frêle silhouette. Le révérend Lim ne devait pas mesurer plus d'un mètre cinquante et son corps se noyait sous l'ample robe satinée noire. Sa tignasse noire était fixée par du gel, pourtant elle trembla lorsqu'il pointa son index en direction des futurs mariés. Sa diction était excellente, mais son accent difficile à comprendre.

Néanmoins, les trois cents invités l'écoutaient. Difficile de faire autrement. Il tambourinait sur son pupitre pour appuyer ses propos et il avait la larme facile.

Unu effleura le genou de Casey avec le sien, et lui souffla.

— Je l'aime bien. Il est...

— Il est totalement cinglé, compléta-t-elle d'une voix douce.

— Non. Il est passionné. Il transmet sa conviction dans son message.

Casey était un peu surprise. Jusqu'alors, elle était embarrassée par le spectacle auquel se livrait le pasteur avec son accent caricatural et pensait qu'Unu le serait aussi. Elle pivota légèrement la tête – la foule écoutait, captivée.

Soudain, le pasteur baissa d'un ton.

— À votre avis, quelle est cette perle de grande valeur ?

Les fidèles levèrent la tête, tendirent le cou.

Casey s'en agaça. *Jésus ?* pensa-t-elle. Au catéchisme, c'était en général la réponse à tout.

Le pasteur se tourna vers elle. La regardant droit dans les yeux, il déclara :

— C'est *toi,* la perle de grande valeur.

Casey se figea.

Il poursuivit :

— *Je* suis la perle de grande valeur.

Puis il pointa son doigt vers le milieu des bancs.

— Lui, *il* est la perle de grande valeur.

Le pasteur baissa la tête solennellement.

— Et Dieu, Notre Dieu Lui-Même, a vendu tout ce qu'Il possédait pour vous. Il a sacrifié Son Fils unique – se séparant de tout, absolument tout, par amour pour *vous*, perles de grande valeur. Ne le voyez-vous pas, mes chers frères et sœurs ? Ne voyez-vous pas combien Il vous aime ?

Lim leva ses deux mains vers le ciel – et les manches amples tombèrent sur ses coudes, révélant celles de son costume. Puis il frappa dans ses mains pour scander son message, les yeux remplis de larmes.

— Dieu vous aime. Vous êtes Son Trésor le plus précieux. Chacun de vous doit aider l'autre à se rapprocher de Dieu et c'est là le véritable sens du mariage. Chaque fois que vous vous sentez loin de l'être aimé, demandez-vous si vous l'aidez à se rapprocher de Dieu – le Seul à pouvoir voir véritablement votre valeur. Vous êtes riches. Une richesse infinie de talent et d'amour. Vous êtes une création divine. Et votre partenaire est la moitié d'une nouvelle création divine.

Le révérend Lim plaça la main de Chul sur celle de Tina.

— Votre valeur ne changera jamais avec la beauté, le travail, ou l'argent. Votre valeur n'a pas de prix. Souvenez-vous en.

Le pasteur pleurait ouvertement et Casey se détourna, à la fois agacée et gênée. Elle regarda Tina et se rendit compte qu'elle ne tenait pas son bouquet. Elle chuchota à Unu :

— Ses fleurs.

— Hein ?

— Tina a oublié ses fleurs au sous-sol.

— Est-ce que c'est important ?

Casey se tourna vers sa mère.

— Les fleurs de Tina.

— *Mahp soh sah*, prononça Leah sous l'effet de la surprise. Tu peux aller les chercher ? Elles doivent être... (Leah paniquait de plus en plus.) Elle en a besoin pour les photos. En sortant de l'église. Casey, est-ce que tu peux aller chercher le bouquet ?

Aussi discrètement que possible, Casey se leva et quitta le sanctuaire. Elle s'éclipsa pile au moment où les futurs mariés allaient prêter serment.

Quand Casey atteignit la salle de la chorale où Tina s'était préparée une heure plus tôt, elle y découvrit Ted qui lui tournait le dos. De sa main droite, il tenait la poignée de la poussette, et de l'autre, son téléphone portable. Il parlait d'une voix pleine de tendresse, si bien que Casey crut qu'il s'adressait à sa fille, mais elle remarqua qu'Irene dormait.

— Oui, bébé, je serai là. Vers vingt-trois heures. Je passerai à ce moment-là, d'accord ?... D'accord ?

L'amour était perceptible dans sa voix.

Casey s'appuya contre le chambranle de la porte grande ouverte. À quoi pensait-il ? Les traiteurs faisaient du bruit en préparant la réception dans la cuisine de l'église, mais à part ça, les couloirs étaient déserts.

— Delia, dit-il. Je t'aime. Je vais tout faire pour qu'on soit ensemble, crois-moi...

Casey s'éclaircit la gorge, comme par réflexe. Sa toux était involontaire, comme si son corps n'avait pas supporté d'en entendre davantage. Ted fit volte-face, la bouche légèrement entrouverte, mais resta muet. Casey secoua la tête sans parvenir à trouver quelque chose à lui dire. Le bouquet de Tina – du muguet avec ses feuilles – gisait sur la chaise près du miroir en pied où sa sœur l'avait oublié. Casey avança d'un pas sûr vers les fleurs, incapable de regarder en direction de Ted. Elle récupéra le bouquet et regagna rapidement le rez-de-chaussée.

Dans le sanctuaire, la cérémonie était terminée, les alliances avaient été échangées et la nouvelle union bénie. Tina et Chul firent volte-face pour sortir de l'église. Alors qu'ils remontaient l'allée centrale – tapissée d'une étoffe blanche par les fleuristes le matin même –, Casey glissa le bouquet dans la main de sa sœur. Tina lui sourit – elle n'avait pas remarqué son absence. Elle était mariée à Chul, c'était le plus beau jour de sa vie. Chul était le garçon le plus gentil, le plus doux qu'elle ait jamais connu, elle était profondément attirée par lui et s'intéressait à toutes ses pensées. Dans ses bras, elle se sentait à sa place. Certes, ils étaient jeunes, mais elle avait trouvé l'amour.

Casey voyait le bonheur de sa sœur et elle était contente pour elle. Mais Ella aussi avait eu l'air heureuse le jour de son mariage. Casey n'avait aucune envie de devenir une cynique de l'amour. Perdre Jay avait été difficile, mais la certitude que leur couple n'aurait pas duré pour toujours lui avait donné le courage de s'en tenir à sa décision, de supporter la solitude. Et peut-être que c'était justement le signe que Casey plaçait encore un espoir dans l'amour, car elle voulait que le mariage soit un lien éternel.

Unu lui effleura le coude.

— Chérie, c'est à nous de sortir.

— Je viens d'entendre Ted dire à Delia qu'il l'aimait. Il la retrouve à vingt-trois heures ce soir.

Les mots lui avaient échappé. Unu fit volte-face.

— Quel connard.

— Mince. C'est exactement ce que j'aurais dû dire, chuchota Casey à travers un sourire forcé.

Ils marchaient derrière ses parents. Joseph faisait de son mieux pour sourire aux invités, tandis que le regard timide de Leah restait rivé sur le tapis blanc.

Casey ajusta la bretelle de sa robe, et Unu ralentit le pas. Il ne pouvait s'empêcher de se remémorer son propre mariage chaque fois qu'il assistait à celui des autres. Sa femme aussi avait fait une magnifique mariée, et elle avait eu l'air très heureuse ce jour-là. Les femmes étaient simplement plus douées pour jouer la comédie.

— Le mariage, marmonna Unu. Quelle arnaque.

— Nous sommes tous au courant de ton avis sur la question. Mais qu'est-ce que je fais, maintenant ? demanda Casey, agacée par son commentaire.

— Tu dois le dire à Ella.

Il haussa les épaules et ajouta :

— Tu sais très bien à qui va ma loyauté.

Le fait que Ted puisse tromper Ella lui était incompréhensible. Ella était une sainte – belle, douce, profondément gentille. Comment pouvait-il lui faire une chose pareille ?

*Connard,* songea Casey Elle aurait dû le traiter de connard. Elle aurait dû dire quelque chose, n'importe quoi, lui balancer son sac à la figure. Peut-être était-ce la vue d'Irene endormie, les poings doucement repliés, dans sa petite robe en vichy bleu, qui l'avait laissée abasourdie en entendant Ted déclarer sa flamme à sa maîtresse.

Elle avait des envies de meurtre. À cause de lui, elle s'était forcée à éviter Delia. Celle-ci l'avait appelée en janvier, et quand elles avaient enfin eu cette discussion immensément gênante au sujet de Ted, Casey lui avait expliqué qu'Ella refusait qu'elle soit amie avec elle. On se serait cru au lycée, avec des problèmes d'adultes. Pourtant Delia lui manquait, c'était une véritable amie. Bien sûr, Delia était en tort, mais Casey en voulait bien plus à Ted – après tout, c'était lui l'homme marié. Étonnamment, ça n'avait jamais posé problème à Casey, que Delia couche avec des hommes mariés. Peut-être parce que Delia ne semblait rien attendre d'eux. Dans l'esprit de Casey, elle pouvait parfaitement être à la fois une bonne amie et l'amante d'hommes mariés ; ces deux choses n'étaient pas incompatibles. À présent, la jeune femme était partagée, parce qu'en janvier, Delia lui avait juré que cette histoire était terminée. Ted avait vraiment l'air amoureux. Qu'allait-il se passer si Delia tombait amoureuse aussi ? Qu'adviendrait-il d'Ella et d'Irene ? Casey avait peur pour elles.

Casey et Unu s'arrêtèrent au niveau de la haie d'honneur, bras dessus bras dessous. Le photographe appuya sur la détente.

— Encore une, leur demanda-t-il.

Casey regarda Unu, et ils lui adressèrent un sourire poli.

La réception n'était pas somptueuse, mais la nourriture abondait et tout le monde paraissait détendu dans le sous-sol de l'église. Le DJ qu'avait choisi Chul racontait des blagues entre deux tubes du top 40. Le sous-sol n'avait rien d'élégant – les fleurs du mariage ne suffisaient pas à masquer l'odeur de l'insecticide et de la soupe au kimchi qui imprégnait les murs à force de repas paroissiaux. Des paniers de basket étaient plantés de part et d'autre de la grande salle, qui faisait aussi office de gymnase. Chul et Tina dansaient sur une chanson de Whitney Houston. À la demande de Joseph, on avait renoncé à la traditionnelle valse de la mariée avec son père, mais Chul avait dansé avec sa mère sur *Wind Beneath My Wings*. Les parents de Chul savaient danser et profitaient de la piste, tout comme ses sœurs.

Casey et Unu étaient à la table de Sabine, Isaac, Ella et Ted. Le docteur Shim, qui était censé s'asseoir avec Joseph et Leah, les avait rejoints pour bavarder avec Unu. Sabine et Isaac s'éclipsèrent très vite après le dîner, car Sabine avait la migraine. Comme elle s'y attendait, toute la soirée Casey fut importunée par les paroissiens coréens qui lui demandaient quand elle se marierait à son tour et si Unu était l'heureux élu. Il n'y avait pas de réponse polie à ces questions, si bien qu'elle fut soulagée quand Tina vint la prévenir qu'elle avait besoin d'elle pour aller aux toilettes. Impossible pour la mariée de manœuvrer seule la jupe à crinoline et cerceaux de sa robe.

Tina et Chul avaient décidé de ne pas désigner de demoiselle d'honneur ou de témoin, mais en sa qualité de sœur de la mariée, Casey avait organisé une petite fête chez Sabine, avait choisi avec elle sa tenue chez Kleinfeld, et l'avait aidée à se préparer le jour J. À présent, elles riaient du nouveau rôle qui lui incombait.

Elles se dirigèrent vers les toilettes situées derrière le sanctuaire, au rez-de-chaussée, parce qu'elles étaient plus spacieuses et isolées. Tina exultait et ne remarqua pas tout de suite le mutisme de Casey.

Quand Tina eut terminé, Casey continua de soulever les ourlets de sa jupe.

— Tu te rends compte ? Tu es mariée.

— Je sais ! C'est fou, non ?

Se détournant de son propre reflet, Tina aperçut celui, pensif, de sa sœur.

— Casey, ça va ?

— Oui, oui.

Tina hocha la tête, se sentant un peu bête d'être si ivre de joie. Elle avait honte de son propre bonheur. Il n'avait pas dû être facile pour sa sœur de supporter tous ces Coréens et leurs questions, sachant qu'Unu ne voulait jamais se remarier. Il lui vint à l'esprit qu'elle avait manqué de tact en lui imposant cette soirée. Pourtant, elle n'imaginait pas se marier sans sa sœur.

— Merci d'être allée chercher les fleurs. Je n'arrive pas à croire que j'avais oublié mon bouquet. Quelle idiote ! dit Tina en se frappant le front du plat de la main.

— Vous avez le droit de ne pas toujours penser à tout, Docteure Han.

Tina acquiesça, tout en songeant combien le visage de sa sœur était beau lorsqu'elle s'adoucissait.

— Je suis si heureuse que tu sois là. Ça compte beaucoup pour moi.

— Je n'aurais jamais manqué ton mariage. Je suis vraiment contente pour toi. Chul a l'air d'être un mec super.

— Je l'aime tellement. Il est si gentil.

— Sa mère, en revanche..., rétorqua Casey en levant les yeux au ciel.

— Oh, elle n'est pas si terrible. Papa a décrété que c'était une *yuh-oo*.

— Ouais, il n'a pas tort sur ce coup-là, s'esclaffa Casey. Je n'en reviens toujours pas de leurs cadeaux de merde, hier. Qu'en a dit Papa ? Probablement rien.

— Les parents n'ont pas prononcé un mot en rentrant, dit Tina avec un soupir. Je me sentais si mal pour...

— Qu'ils aillent se faire voir. Ce ne sont que des snobs et des rats. En plus sa mère est plate comme une planche à pain. J'ai l'impression d'avoir une poitrine de dingue à côté.

Casey bomba son 90C et Tina gloussa.

— Chul n'est pas comme ça.

— Tu veux dire qu'il a des seins ? répliqua Casey avec malice.

— Non, dit Tina avec une mine préoccupée. Il est très généreux. Je n'ai pas encore eu l'occasion d'en discuter avec lui. Je ne sais même pas si je le ferai. Mais je crois qu'il est gêné par la différence de valeur entre les cadeaux...

Elle baissa le regard sur ses mains et remarqua son alliance à côté de sa bague de fiançailles.

— J'imagine qu'ils sont juste radins, conclut Casey en vérifiant son reflet dans le miroir pour coincer quelques mèches rebelles dans son chignon.

— Mais non, le plus étrange, c'est qu'ils ne sont pas du tout radins, protesta Tina.

— Ils nous traitent comme de la merde parce qu'on est pauvres. Ils se sont dit qu'on ne valait pas la peine de s'embêter…

Tina resta muette. Casey disait toujours les choses telles qu'elles étaient, même quand personne n'avait envie de les entendre.

— Il y a de quoi regretter de ne pas être riche, tu ne trouves pas ? reprit Casey en sortant son poudrier pour retoucher le maquillage de Tina.

— Non, répliqua aussitôt Tina. Au contraire, je préfère avoir la noblesse de ne pas me comporter comme ça.

Casey cessa de tourner le bouchon de son gloss et regarda Tina dans les yeux.

— C'est toujours toi qui as la bonne réaction, pas vrai ? Docteure Han, vous ne cessez de m'émerveiller.

— Oh, tais-toi, lui lança Tina en souriant.

Elles sortirent des toilettes ensemble. En arrivant en bas des marches du sous-sol, elles croisèrent Ted qui allait fumer.

— Salut, les sœurs Han, dit-il comme si de rien n'était.

Du Ted tout craché. Imperturbable.

— Salut, Ted, répondit Tina, qui remarqua alors Chul qui lui faisait de grands signes depuis le fond de la salle. Mon mari m'appelle.

Et ainsi, Tina s'en alla le rejoindre. Casey resta plantée sur sa marche un moment, hésitante. Elle voulut passer devant Ted, mais il fit un pas de côté pour l'en empêcher.

— Écoute, dit-il.

— Rien ne m'oblige à t'écouter. Tu te fous du monde.

— Elle est au courant.

— Qui ça ?

— Ella. Elle est au courant.

— À d'autres.

En le regardant droit dans les yeux, Casey comprit qu'il disait vrai.

— Tu ne sais pas ce que c'est que d'être marié et de tomber amoureux de quelqu'un d'autre.

— Tu as raison. Je ne sais pas.

— J'aime Ella, mais je suis amoureux de Delia. Delia est une femme…

— Écoute, mon coco, nul besoin de chanter leurs louanges. J'apprécie ces deux femmes, et je les respecte toutes les deux, malgré leurs sentiments incompréhensibles à l'égard d'un merdeux pathétique comme…

— Casey, tu es tellement impitoyable. Et tu n'as aucun droit de me juger.

— N'essaie même pas de me baratiner avec des conneries relativistes. Ça ne marchera pas avec moi. Pourquoi ne pourrais-je pas te juger ? Tu as fait du mal à Ella. Elle t'a pardonné même après…

— Tu ne comprends pas.

Ted voulait lui expliquer que Delia était la femme avec laquelle il était censé être. Ella incarnait un idéal, c'était ça, un idéal de perfection, mais elle n'était pas celle qu'il voulait aimer.

— Tu ne…

— Et je ne veux pas te comprendre. Qu'est-ce que vous avez tous, avec vos déclarations d'amour foireuses ? Qu'est-ce que ça veut dire, l'amour, pour vous ? Qu'est-ce que c'est ?

— Delia et moi, on va se marier…

— Mais tu es déjà marié ! s'écria-t-elle.

Sur la piste de danse, les invités se déchaînaient sur une chanson de Michael Jackson.

— Ella veut le divorce. Je ne suis ici que parce qu'elle m'a demandé de lui rendre un dernier service et j'ai accepté, déblatéra Ted à toute vitesse, comme s'il fallait qu'il crache cet aveu de son corps.

Quand Ella avait insisté la veille pour qu'il l'accompagne, ses mots exacts avaient été : « Je dois tenir parole. J'ai dit qu'on serait tous les deux présents. »

— D'accord, si tu le dis.

Casey avait peine à le croire. Est-ce qu'il s'attendait à une petite caresse sur la tête pour le récompenser d'être un mari si obéissant ? Impossible d'argumenter face à tant d'arrogance.

— Écoute, ce ne sont pas mes affaires, reprit-elle en posant la main sur la rampe.

Elle se sentait faible tout d'un coup – sa colère laissait place à une sorte de froideur. Cette conversation ne l'intéressait plus.

— Fais ce que tu veux, Ted. Salut.

Ted la regarda s'éloigner. Lui-même trouvait étrange ce besoin qu'il avait de lui faire comprendre sa décision.

De retour à sa table, Casey y trouva Unu en pleine conversation avec le docteur Shim. Ella était assise à côté d'eux, ses yeux noirs ensommeillés. De la main droite, elle berçait la poussette. Irene dormait encore ; la musique à plein volume ne semblait pas la déranger. Le gâteau avait été coupé, mais la moitié des trois cents invités étaient encore là, à profiter d'une excellente soirée. Tina et Chul dansaient. Casey ne put s'empêcher de sourire à sa sœur.

Elle s'assit sur la chaise vide à côté d'Ella, qui sembla à peine remarquer sa présence.

Casey prit une profonde inspiration.

— Ted...

— Je vais divorcer, Casey. Tu te rends compte ? gloussa Ella.

— Tu n'as pas l'air dans ton état normal, commenta Casey. Tu as bu ?

Elle jeta un coup d'œil au verre devant Ella. Il était rempli de vin rouge.

— Tu sais quoi, Casey ? J'adore mon nouveau travail. Mr Fitzsimmons est vraiment un chouette homme !

— Ella ? Est-ce que ça va ?

— Ted s'est fait virer hier, et je le quitte. Je le quitte. Pas l'inverse, non, c'est moi, annonça joyeusement Ella.

Casey regarda en direction du docteur Shim pour voir s'il entendait tout cela, mais il était en pleine conversation avec Unu et elle-même avait du mal à entendre Ella par-dessus la musique.

— Comment ça, il s'est fait virer ?

— Techniquement, il a démissionné. Mais en vrai, il s'est fait virer. Ted Kim, viré de la grande banque Kearn Davis. Pour avoir couché avec Delia en salle des marchés. Elle aussi a dû « démissionner ». Ha ! Les caméras de sécurité les ont en vidéo. Tu ne trouves pas ça hilarant ?

Ella s'esclaffa d'une manière qui ne lui ressemblait pas.

— Quoi ?

Casey cligna des yeux, stupéfaite. Il y avait des caméras de sécurité partout en salle des marchés, tous ceux qui y travaillaient le savaient. Et que faisait Ted à cet étage ?

— Attends, qu'est-ce qui s'est passé ?

— Du sexe, Casey. Tous les deux. S-E-X-E. Je n'ai pas vu les vidéos, par contre. Mais pas besoin. J'imagine très bien comment ça s'est passé. Je sais ce qu'aime Ted. Il aime bien quand je m'assois sur ses genoux. J'ai lu dans *Cosmopolitan* que les hommes autoritaires aiment bien dominer au lit. Tu le savais, ça, Casey ? Mais moi, je ne veux dominer personne au lit. Je ne peux même pas imaginer… mais je suis sûre que Delia sait comment faire plaisir à un homme.

— Ella ? s'écria Casey.

Ella pleurait maintenant. Qui était cette personne qui parlait à sa place ? Elle ne reconnaissait même pas sa voix.

— Hé, Ella, qu'est-ce qui se passe ? Combien de verres tu as bus ?

— Zéro. Je ne suis pas censée boire d'alcool avec le Tylenol.

— Tu as pris du Tylenol ?

Casey examina attentivement les yeux d'Ella sans savoir quoi chercher. La drogue rendait les yeux plus foncés à cause des pupilles dilatées, mais Ella n'était pas du genre à fumer. Et un analgésique comme le Tylenol ne suffirait pas à la mettre dans un état similaire à l'ivresse.

— Ella, combien de comprimés tu as pris ?

— Oui, oui, répondit Ella en fermant les yeux – puis elle les rouvrit brusquement et ajouta : Je prends beaucoup de Tylenol.

— Ella, combien de cachets as-tu pris ?

Casey parlait très lentement. *Un antidouleur n'a jamais tué personne,* se dit-elle pour se rassurer.

— Je ne m'en souviens plus.

Ella souriait comme une enfant, et elle plongea dans les bras de Casey.

Son visage était de plus en plus inexpressif. Elle semblait dormir, même si ses yeux étaient grands ouverts. Sa main gauche lâcha la poussette avec la mollesse d'une poupée de chiffon. Par réflexe, elle s'y raccrocha aussitôt.

— Ted dit qu'il va en trouver un autre. Ce genre de choses se tassent, apparemment.

Elle donnait l'impression de répéter les mots de quelqu'un d'autre.

— Mais de quoi tu parles ?

Casey jeta un coup d'œil vers le docteur Shim, en se demandant s'il fallait l'appeler à la rescousse, mais elle ne voulait pas contrarier Ella.

— Son travail. Ted dit qu'il trouvera un nouveau travail, répondit son amie d'une voix chantante. Il dit qu'on a plein d'argent sur nos comptes. Enfin, lui a plein d'argent sur ses comptes. Moi, je n'ai rien sur...

Ella s'affaisa et sa main, en tombant, fit brusquement rouler la poussette. Irene se réveilla en hurlant.

— Docteur Shim ! cria Casey en se précipitant sur Ella. Docteur Shim !

La tête d'Ella tomba lourdement sur l'épaule de Casey.

Unu rattrapa la poussette qui s'élançait dans sa direction et en sortit Irene. Le bébé s'apaisa rapidement et se rendormit sur l'épaule d'Unu. Unu tapota son petit dos sans comprendre ce qui était arrivé à Ella.

— Ella ?... Ella ? répéta le docteur Shim calmement.

Il souleva ses paupières.

— Appelez le 911, ordonna-t-il. Maintenant. Que quelqu'un appelle le 911, tout de suite. Vite. C'est une urgence.

## 11

# LES SOUVENIRS QUE L'ON RAPPORTE

— Alors, tu te plais en business school ? pouffa Kevin Jennings. C'est tout ce dont tu rêvais ?

— J'adore étudier, Kevin. Bien sûr, ce n'est pas aussi exaltant que de travailler en salle des marchés, et évidemment, vous me manquez. Vous me manquez tellement, répéta Casey en serrant les mains contre son cœur, tête baissée pour mimer le remords.

Un chœur d'exclamations attendries s'éleva de l'assemblée masculine.

Casey était assise en bout de table, à la place de l'invitée d'honneur. Son dîner de départ très en retard avait lieu dans le salon privé du Kuriya, sur la 56e rue – un gril réputé pour son bœuf de Kobe saisi à la pierre chaude. Il n'avait pas été aisé de regrouper les équipes des deux *desks* de l'Asie et du Japon, mais Walter Chin s'était arrangé pour que huit commerciaux institutionnels, cinq traders et deux assistantes puissent participer à la fête.

Quand on pouvait le passer en notes de frais, Kuriya était le restaurant préféré de Casey – un endroit où le repas coûtait environ deux cent cinquante dollars par tête. Son plat favori au menu était le riz au shiso, qu'il fallait commander séparément car le steak était servi sans accompagnement. Le prix pour une cuillerée de riz parsemé de menthe japonaise et de graines de sésame noir : six dollars. Elle n'était jamais venue ici sur ses propres deniers, et ne s'attendait pas à ce que cela arrive de sitôt. Il y avait seize convives, dont elle. Ce calcul permanent des dépenses n'avait aucun sens dans cette situation, car les repas hors de prix faisaient partie de la culture de Wall Street, mais Casey avait encore du mal à se faire à cette opulence, même après être passée par les clubs privés de Princeton et avoir dîné chez Virginia où sa mère pressait un bouton avec son pied pour sonner la bonne. Le repas de ce soir allait coûter quatre mille dollars, que les brokers et les traders allaient se répartir (ils ne demandaient jamais aux assistantes de payer) et, bien sûr, Casey ne put s'empêcher d'estimer à quoi cette somme correspondait : un quart de ses dettes, plus de trois mois de loyer dans son ancien studio, plus de dix mois de courses pour Unu et elle, quatre nouveaux tailleurs chez Sabine's, un mois de salaire de son père, et ainsi de suite.

Vivre avec Unu avait largement réduit ses frais, mais la question de l'argent continuait de l'obséder parce que, si elle ne payait plus de loyer ni de charges, il lui restait toutes les autres dépenses. Casey avait refusé que Sabine paye son école de commerce aussi avait-elle contracté un emprunt étudiant de presque quarante mille dollars. Et les mensualités de ses cartes de crédit pour ses prêts à la consommation s'élevaient encore à quinze mille dollars. Au quotidien, les garçons lui manquaient, mais elle sentait surtout l'absence du salaire de chez Kearn Davis. Les samedis et dimanches, elle travaillait au comptoir des accessoires chez Sabine's, dont les commissions suffisaient à peine pour le déjeuner et les taxis de la semaine.

La veille, la menace de ses dettes qui ne cessaient de se creuser l'avait empêchée de dormir. Comment allait-elle payer ses factures ? Son emprunt étudiant allait fatalement doubler, puisqu'il fallait deux ans pour valider son cursus. Quel genre de job trouverait-elle pour l'été ? Et après son diplôme ? Les entretiens pour les stages estivaux débutaient le mois prochain. En proie à l'insomnie, elle avait envié le sommeil calme d'Unu, sa respiration régulière. Finalement, elle s'était levée pour extirper presque toutes ses cartes de crédit de son portefeuille rouge à l'effigie de Lynda Carter en costume de Wonder Woman. Elle avait enfermé les cartes dans un sachet en plastique transparent qu'elle avait fourré dans le congélateur, juste sous le bac à glaçons. L'idée était tirée d'un magazine de finances personnelles qu'elle avait feuilleté en salle d'attente du cabinet de sa gynécologue. Elle avait décidé de ne laisser qu'une seule Visa dans son portefeuille, pour les urgences. Après cela, elle était retournée se coucher. Son anxiété avait baissé d'un tout petit cran.

Comme tous les restaurants quatre étoiles que Casey avait fréquentés – toujours payés par Kearn Davis –, Kuriya employait une armée de serveurs muets avec chacun une fonction précise. Les assiettes furent débarrassées en un rien de temps, puis les serveurs aux blouses blanches sortirent un petit instrument en argent de leur poche de poitrine pour balayer les miettes sur la nappe en lin. Quelques instants plus tard, d'autres serveurs apportèrent le menu des desserts et des digestifs. À l'arrière de la carte, on trouvait des descriptions longues d'un paragraphe chacune pour détailler la sélection de cigares proposée en accompagnement. Au lieu d'un dessert, les brokers commandaient généralement un cognac ou un sauternes. Quand vint le tour de Casey, elle réclama une liqueur de poire. C'était l'alcool préféré de la grand-mère de Virginia, et Casey avait toujours voulu y goûter.

Walter, à deux chaises d'elle, était sorti de table plus tôt et revenait maintenant avec un sac de golf en toile bleue rempli de clubs. Il posa le sac debout contre la chaise de Casey.

— Qu'est-ce que c'est que ça ? demanda-t-elle.

— C'est pour toi, très chère, dit Hugh qui était assis à sa gauche.

— Pour moi ?

Casey sourit timidement. Elle était touchée par leur générosité et voulait avoir l'air contente de son cadeau.

— Les garçons... merci, vraiment. Vous êtes les meilleurs.

Les hommes poussèrent à nouveau des exclamations attendries. Un des traders lança avec un air lubrique :

— On s'est dit que, maintenant que tu étais en école de commerce, tu aurais envie de tirer un coup.

De sa main droite, Casey lui fit le signe OK.

C'était incroyablement généreux, et elle se sentait d'autant plus mal. Que disait le proverbe ? N'achète pas de Rolls-Royce si tu n'as pas de quoi payer l'essence ? Elle possédait déjà un très bel ensemble de clubs que lui avait offert Jay, et elle ne jouait presque jamais. C'était presque une blague cosmique, l'ironie de l'univers, d'avoir deux sets de clubs et pas d'abonnement à un parcours, ni de temps pour jouer.

— Et où avez-vous trouvé ce merveilleux set de clubs ? demanda-t-elle.

Elle cherchait discrètement une étiquette, un indice qui aurait pu indiquer qu'elle pouvait l'échanger contre du liquide.

— C'est moi qui les ai choisis, fanfaronna Hugh.

Ravi, il sortit un des plus beaux clubs et le tendit à plat devant la table comme un commissaire-priseur. Il avait ôté sa veste de costume grise et retroussé les manches de sa chemise blanche, dévoilant le bronzage léger de ses avant-bras – résultat d'un voyage récent à Bali. Les hommes à la table sifflèrent la tête en titane et le manche en graphite comme ils auraient sifflé une jolie fille.

Quand chacun fut servi, Kevin Jennings, qui savait d'ores et déjà que le remplaçant de Casey ne ferait pas l'affaire, leva son verre et s'éclaircit la gorge. Casey leva son verre de liqueur de poire, qui avait la couleur de l'eau et la viscosité d'un sirop pour la toux.

— De la part de tout le *Asian sales desk* de Kearn Davis et de ces guignols, dit-il en désignant l'équipe du *Japan sales desk*, félicitations pour ta décision absurde et malavisée d'entrer en B school.

Tout le monde éclata de rire. Kevin toussota à nouveau, le verre toujours levé.

— Et pour finir… nous attendons avec impatience le jour où tu deviendras notre cliente. Ne nous oublie pas, Casey Han. On attend tes ordres d'achat.

Plusieurs traders lancèrent des exclamations approbatrices.

Casey trinqua avec ses voisins. Hugh donna un coup de coude à Kevin.

— Bah, dis donc, mon vieux, tu serais pas en train de pleurer ?

Il sortit un mouchoir en tissu blanc de sa poche de pantalon et l'agita en direction de son supérieur.

Kevin plissa les yeux, accepta le mouchoir qu'on lui tendait, et fit mine d'éponger ses larmes. Il le jeta ensuite à Casey, qui elle aussi tapota le coin de ses cils, plaçant le dos de sa main sur son front comme si elle allait défaillir. Tous se remirent à boire. Casey priait pour que personne ne lui commande de shot de tequila – elle travaillait chez Sabine's le lendemain matin. La conversation dévia rapidement sur les sujets de prédilection des brokers : le surclassement dans les compagnies aériennes, les palaces et les Relais & Châteaux des États-Unis et d'Europe. Casey avait l'impression qu'elle aurait pu écrire un guide touristique sur tous les endroits qu'elle avait visités en tant que larbin chez Kearn Davis, ou à partir des conversations qui étaient parvenues à ses oreilles.

La liqueur la réchauffait de l'intérieur et la saveur sucrée tapissait sa gorge. Elle étala le mouchoir de Hugh pour le replier correctement. La concentration nécessaire pour obtenir des angles parfaits malgré l'effervescence dans sa tête lui procurait une immense satisfaction. Sur un coin de l'étoffe, elle repéra le monogramme HEU, en lettres d'imprimerie.

— Hugh E. Underhill, prononça Casey.

Hugh se tourna vers elle.

— Hein ?

Lui aussi était un peu ailleurs, après avoir descendu seul une bonne bouteille de saké froid.

— Le E, c'est pour quoi ?

— Edgar.

— Après trois ans à partager un bureau, il reste encore des choses que j'ignore de toi, très cher, le taquina-t-elle.

Elle le dévisagea. Hugh était un homme véritablement beau. Il s'était révélé un ami fiable au fil des ans – et généreux quand on pensait à la centaine de déjeuners qu'il lui avait payés. Chaque fois qu'elle essayait de le rembourser, il lui disait : « Je suis un très séduisant et riche courtier de Wall Street et tu es une assistante sous-payée sortie d'une bien meilleure université que moi. Et quand je pense que je ne faisais quasiment jamais mes devoirs à Groton ! Est-ce que ce n'est pas un comble ? » Bien sûr, il ne disait tout ça que pour s'assurer qu'elle n'ait jamais à sortir sa carte. Hugh était un coureur de jupons, c'était certain, mais il avait un bon fond. C'était aussi un hédoniste et, par conséquent, il ne lui avait jamais fait la morale sur ses dépenses. Hugh avait le plaisir et le luxe pour religion. Il méprisait la sobriété.

Il lui sourit.

— Alors, est-ce que je t'ai terriblement manqué ? Comment tu t'en sors ?

— La douleur de la séparation est tout bonnement insupportable, renchérit Casey en essayant de garder son sérieux. Parfois des vagues de chagrin me submergent, et je peux à peine réfléchir. Si j'échoue en classe, ce sera par ta faute, Hugh Edgar Underhill.

Hugh se pencha pour l'embrasser sur la joue et Casey le repoussa.

— Beurk. Arrête, protesta-t-elle en riant.

— Ne viens pas m'en redemander ensuite, répondit-il.

Les serveurs apportèrent le matériel en verre pour faire couler le café devant eux. Chaque cafetière aurait pu avoir sa place dans un labo de chimie – des béchers arrondis comme des bols, chacun posé sur une sorte d'élégant bec Bunsen. Un autre serveur apporta une cruche en céramique remplie d'un café d'Hawaï. Le maître d'hôtel alluma cérémonieusement une petite flamme bleue sous chaque bécher, et l'eau dans le récipient en verre se mit rapidement à bouillir. Les brokers et les traders étaient hypnotisés. On aurait dit des petits garçons, et non plus des financiers de Wall Street qui manipulaient des millions. Casey fut prise d'un élan d'affection pour leur innocence et leur absence totale de cynisme devant ce spectacle fantaisiste. À ses yeux, certes, l'effet était charmant, surtout avec les arômes d'excellent café qui s'en dégageait, mais elle ne perdait pas de vue que chaque tasse coûtait dix dollars. Les serveurs apportèrent du lait entier et mousseux dans des pichets d'étain. Casey en versa un peu dans sa tasse et ajouta deux morceaux de sucre, alors qu'elle buvait d'ordinaire son café noir. Par crainte de ne plus jamais y avoir accès, elle se jetait honteusement sur le moindre grain de ce luxe qu'elle désirait ardemment et elle s'adonnait à son besoin de le consommer, de l'incorporer jusqu'à la dernière miette dans l'espoir de ne plus se sentir si pauvre.

Quand elle était petite, ses parents buvaient du Nescafé soluble avec du lait en poudre Coffee-mate qu'ils appelaient « Preem » – du nom d'un additif sans lactose similaire qu'ils utilisaient en Corée. Quand elle allait faire les courses avec sa mère, Casey frôlait les boîtes de sucres en cubes parfaits Domino Dots, mais elle n'avait jamais envisagé de demander à sa mère d'en acheter ; cela semblait si cher et si futile comparé aux sacs de deux kilos de sucre blanc en poudre. De ses dix-huit à ses vingt-cinq ans, si Casey avait mangé à la table des restaurants les plus prisés, des clubs privés, des riches maisons new-yorkaises, au fond d'elle-même, elle restait persuadée qu'à tout moment on pouvait lui demander de partir.

Quand le café fut servi, plusieurs hommes tournèrent la tête vers la porte. Casey suivit leurs regards par curiosité. Delia était arrivée.

Celle-ci adressa un petit coucou à l'assemblée, puis se dirigea droit vers Casey et lui tendit un sac cadeau orné d'un ruban.

— Salut. Walter a dit que je pouvais passer. Je suis contente de ne pas t'avoir loupée, dit-elle avec une profonde inspiration. Je t'ai pris des…

Elle rit. Casey lui sourit poliment, gênée. Elle accepta le petit sac et éclata de rire en découvrant son contenu. Il était rempli à ras bord de bain moussant et de savons. À Noël, tous les ans, les femmes des traders envoyaient à Casey et Delia des produits pour le corps qu'elles achetaient dans un centre commercial de banlieue. C'était le cadeau classique pour les assistantes, qu'à leur connaissance personne n'avait jamais utilisé. L'intention n'était pas méchante, mais croyaient-elles vraiment que les femmes célibataires passaient leur vie dans leur baignoire après le travail ?

Casey lui fit un clin d'œil.

— Oh non, pas de bougie parfumée ?

Delia rit de soulagement. Walter lui proposa sa chaise, que Delia refusa.

— C'est mignon comme tout, mais je dois filer.

Casey se leva.

— Merci d'être passée.

— Je dois avoir des sacrées couilles pour venir ici. Tu crois qu'ils ont vu la vidéo ?

Delia posa la main sur sa hanche et souffla sur les mèches rousses qui lui tombaient sur le front. Puis elle fit un geste en direction du bar, désireuse que Casey l'accompagne. Les autres semblèrent comprendre qu'elles souhaitaient un peu d'intimité.

— Je suis très touchée, dit Casey avec un sourire sincère. C'est gentil de ta part. Et très drôle.

Puis elle pinça les lèvres. Deux semaines plus tôt, Ella était sortie de l'hôpital après son overdose de codéine. Elle avait pris trop de Tylenol-3, et il avait fallu lui faire un lavage gastrique après son malaise au mariage de Tina. Pour le moment, Ella était rentrée à Forest Hills chez son père avec le bébé. Casey avait cru comprendre que Ted vivait avec Delia. La jeune femme s'assombrit à cette pensée. L'humeur joyeuse entre elles s'évapora.

— Je sais que c'est gênant, reprit Delia, mais il faut que je t'explique.

— Non, ce n'est pas la peine.

— Je n'ai jamais eu l'intention de... m'immiscer entre Ted et ton amie. Tu sais combien je me méfie des hommes. Mais on est tombés amoureux. Casey, il est parfait pour moi. Il est plein de défauts et il est égoïste. Je le sais. Mais il m'aime, et je crois que c'est le bon. Je sais que ça n'excuse rien...

Delia parlait à toute vitesse, comme si son temps était compté. Ella n'était pas là, se rappela Casey, et Delia méritait d'être entendue.

— ... Casey, je n'ai jamais été amoureuse avant lui. Pas comme ça. Il m'a demandé de l'épouser. Je te jure que j'ai résisté. J'ai essayé de garder mes distances, et lui aussi. Mais c'est plus fort que nous. Je ne m'attends pas à ce que tu approuves, ni que l'on redevienne amies comme avant – je comprends que tu sois loyale envers Ella –, mais nous aussi on était amies.

— Ella a failli se tuer, lâcha Casey en culpabilisant aussitôt.

Delia baissa la tête. Elle-même se sentait horriblement mal depuis qu'elle avait appris la nouvelle de l'accident.

— Je ne dis pas que c'est ta faute, mais je ne sais pas quoi penser de tout ça. Delia...

Casey regarda le cadeau que lui avait apporté Delia, et reprit :

— Pour ce que ça vaut, je ne pense pas que tu sois une mauvaise personne. Vraiment. Et je n'arrive pas à croire que je vais dire ça, mais j'espère sincèrement que tu es heureuse. Et que ça va marcher. Pour être honnête, j'ai du mal à comprendre comment Ted parvient à attirer des femmes aussi incroyables. Il doit vraiment avoir quelque chose en plus.

— Parfois c'est un vrai connard. Dans ces cas-là, je ne me prive pas de le lui dire.

Delia croisa et décroisa les bras.

— Quand j'ai appris... qu'elle avait pris de la codéine... je lui ai dit de se remettre avec elle. Mais elle n'a pas voulu le reprendre.

Casey regarda Delia dans les yeux.

— Je sais.

En effet, Ella avait déposé une demande de divorce, et elle voulait la garde complète.

— Je sais qu'on ne pourra pas redevenir amies comme avant..., répéta Delia en espérant que Casey la contredise même si elle anticipait un rejet.

Casey prit Delia dans ses bras et la serra fort.

— Je suis désolée, murmura Delia. Je suis vraiment désolée pour ce que je suis.

— Non, non, ne dis pas ça, protesta Casey. Écoute, je veux vraiment ton bonheur. Je suis contente que tu aies trouvé l'amour. J'espère qu'il te fait du bien. Et tu as raison, quand Ted fait son connard, tu dois le lui dire. Il est probablement soulagé que quelqu'un le remette à sa place. Ça lui prouve que tout le monde ne croit pas à son cinéma.

Delia hocha la tête.

— Ted me rend heureuse.

— D'accord.

— Et tu sais ce qu'il m'a dit, Casey ? Qu'il a été toujours été « stratège » sur tous les aspects de sa vie... (Delia mima des guillemets sur le mot *stratège*.) Et que tomber amoureux de moi est la chose la plus irrationnelle qu'il ait faite. D'après lui, sa personnalité froide et calculatrice était sa manière de construire une cage autour de lui pour se protéger, que de céder à l'inattendu l'en avait libéré et qu'il pouvait maintenant être une nouvelle personne. Il affirme qu'il se sent plus libre, même s'il a un peu peur. Ted a admis qu'il avait peur.

Delia semblait fière de lui.

— Quand il me l'a expliqué en ces termes, j'ai compris que ce n'était pas juste une liaison pour lui. Il dit... il dit que même s'il réussit tout dans sa vie, elle n'a aucune valeur sans moi.

Delia n'avait personne d'autre à qui confier tout cela. Elle détourna son regard plein de honte et de joie. Puis elle reprit :

— Je ne crois pas avoir jamais été stratège dans mes choix de vie. Je n'ai jamais fait confiance aux hommes, mais j'ai décidé de faire ma vie avec Ted. Je sais que c'est fou, mais malgré les apparences, on est fait l'un pour l'autre. Tu vois ce que je veux dire ? Je sais ce qu'il pense, ce qu'il va faire. Je n'arrive pas à expliquer notre lien.

Casey serra la main de Delia pour exprimer sa volonté de la comprendre.

— Je ferais mieux de filer, dit Delia.

Elle serra Casey dans ses bras.

— Au revoir, dit Casey en se sentant perdue à nouveau.

Delia les quitta, et si quelques garçons semblèrent tristes de la voir partir, personne ne la retint. Elle était la copine de Ted à présent. Tous avaient entendu parler de la vidéo de surveillance et des « démissions » de Ted et Delia.

En sortant, Hugh hissa le sac de golf sur son épaule. Tout le monde se dit au revoir à table, puis à nouveau sur le trottoir. Kevin Jennings passa même un bras autour du cou de Casey et lui frotta affectueusement la tête. Un des traders la coinça sous son coude et la menaça de chatouilles jusqu'à ce qu'elle s'avoue vaincue.

— Vous allez vraiment me manquer, les garçons, dit-elle en toussotant, libérée de l'étreinte.

L'alcool rendait vraiment tout le monde ridiculement sentimental.

Hugh appela un taxi et proposa de la déposer puisqu'ils habitaient tous les deux dans l'East Side. Casey s'effondra sur la banquette arrière pendant que Hugh rangeait les clubs dans le coffre. Depuis son siège, elle l'entendit parler au chauffeur. « Deux arrêts », précisa Hugh en donnant l'adresse de Casey en premier, même si ça n'était pas très logique puisqu'elle vivait quelques rues plus au nord. À l'arrière du taxi jaune, elle se sentit encore plus étourdie par le vin rouge, le champagne, la liqueur. Le réveil allait être quelque chose.

— Tu ne les aimes pas, dit Hugh en entrant dans le taxi, avant même de s'asseoir.

Casey ne comprit pas tout de suite. Puis elle fit le lien.

— Si, si. Je les adore, vraiment. C'est un cadeau magnifique...

Hugh la coupa :

— Les femmes aiment les bijoux, les vêtements...

— Elles ont aussi besoin d'argent.

Hugh éclata de rire. Une de ses anciennes petites amies avait pour habitude de lui demander de la monnaie pour le pourboire de l'employée postée aux toilettes des restaurants – avec l'insouciance d'une Holly Golightly. Il lui donnait toujours un billet de cent dollars, dont il ne revoyait jamais la couleur. C'était une sacrée nana, quand même, se dit Hugh en souriant au souvenir de ses talents considérables.

— L'immobilier, ça fait plaisir aussi, continua Casey. Plus encore que les bijoux. Tu serais scandalisé par le prix de revente des diamants.

Hugh se tourna vers elle et l'embrassa sur la bouche. La pression de ses lèvres était ferme et Casey ne résista pas. Quand il passa sa main derrière sa nuque, Casey se laissa aller en arrière et accueillit sa langue dans sa bouche. Hugh lui prit la main et la plaça sur son entrejambe.

Aussitôt, Casey s'écarta.

— Qu'est-ce que tu fais ? chuchota-t-elle en retirant sa main.

Le baiser était bon, et Hugh était bien plus attirant que certains hommes avec qui elle avait été. Mais son approche directe était trop rapide et complètement inattendue. En trois ans, il l'avait toujours traitée comme une gamine.

— Ça suffit, les bêtises, dit-elle doucement pour ne pas le froisser.

— Oui, Madame.

Il s'écarta sur la banquette et repeigna ses cheveux en arrière avec ses deux mains.

— C'est drôle, ça ne m'arrive pas si souvent.

Il s'essuya le coin des lèvres avec son index et son pouce.

— De quoi ? Qu'une fille te dise non ?

Il acquiesça.

— Eh bien, chéri, il y a une première fois à tout.

Casey songea qu'il y avait une forme de victoire étrange dans le refus. Virginia lui avait dit une fois que les hommes n'oubliaient jamais celles qui leur disaient non. C'était particulièrement étonnant venant d'elle, parce que Virginia disait presque toujours oui. Un peu plus tard, elle avait décrété : « Je tiens plus à une bonne baise qu'à ma fierté », ce à quoi Casey avait fait remarquer : « Donc, selon ta théorie, tu préfères coucher, quitte à ce qu'on t'oublie ? » Virginia avait finalement remporté le débat avec un argument irréfutable : « Oh non, Casey. Je m'assure que le sexe soit mémorable. » Casey la croyait sur parole.

Hugh se redressa et ajusta sa veste. Puis il tendit le bras pour prendre la main de Casey. Elle entrelaça ses longs doigts aux siens.

Casey jeta un coup d'œil à Hugh, mais imagina le visage d'Unu à sa place – ses pupilles noires et tristes, l'arc circonflexe de ses sourcils quand il plaisantait. Sa première femme était amoureuse d'un autre pendant leur mariage. Au bout du compte, il l'avait laissée partir, mais même quand elle était avec lui, elle était ailleurs. Elle ne voulait pas le blesser à nouveau.

Hugh posa sa tête contre le dossier. Il sentait venir la migraine due au sauternes et au café.

— Je n'aurais pas dû prendre de café, grimaça-t-il.

Casey ne savait pas quoi lui dire. Pourquoi l'avait-il embrassée ?

— Alors, tu es amoureuse de ton ami ? demanda Hugh.

— Mon ami ? Ah oui, j'oubliais, ta génération a un vocabulaire bien particulier.

— Tu n'as pas répondu à ma question, ma chère.

— Il ne croit pas au mariage, avoua Casey sans réfléchir.

— Tu n'as pas l'air du genre à te marier non plus, fit remarquer Hugh.

— Tu as probablement raison.

Cela ne l'empêchait pas d'être contrariée. Quelle fille voudrait s'entendre dire qu'on ne la voyait pas mariée ? Elle n'était pas une sainte, certes. Rien à voir avec Ella. Mais elle n'était pas non plus une Delia. Or, même Delia allait se marier, avec Mr Harvard. Et au bureau, elle était plus que compétente et respectée. Les garçons l'appréciaient au point d'avoir organisé ce somptueux dîner d'adieu. Que voulait dire Hugh par là ? Que lui n'épouserait pas une fille comme elle, ou qu'elle ne semblait pas vouloir se marier ? Elle se tourna vers lui. L'alcool avait rosi ses joues et le regard de Casey tomba sur son pantalon. Tout de suite, elle se sentit honteuse.

Il la surprit.

— Qu'est-ce que tu regardes, la miss ?

— Pas grand-chose d'intéressant, rétorqua-t-elle avec l'habitude de son ancien quartier du Queens.

Il tenait toujours sa main et l'approchait maintenant de son torse. Casey soutint son regard. S'il voulait jouer, elle ne serait pas la première à se dégonfler. Hugh inspira, rentra son ventre déjà plat, puis glissa la main de Casey dans son pantalon. Le coton souple de son boxer était doux et chaud. Elle replia ses doigts sur lui.

Casey contrôla sa propre respiration.

— Merci pour l'info, dit-elle.

D'un geste maîtrisé, elle le caressa lentement vers le haut. Hugh cessa de respirer. Elle retira sa main. Puis elle sourit, de nouveau en position de force. Le chauffeur de taxi était occupé à parler à sa centrale dans une langue qu'elle ne connaissait pas, peut-être du russe ou du polonais. Elle n'avait aucune intention de branler Hugh.

Ils n'étaient plus qu'à cinq rues de son appartement.

— Tu sais quoi, Hugh ? Il se fait tard. Je ferais mieux d'aller dormir. Je travaille, demain.

— Mmm. Tu as raison, il est tard. L'heure d'aller au lit, dit-il avec un clin d'œil.

Elle secoua la tête.

Hugh approcha pour l'embrasser à nouveau, et cette fois elle ne se défila pas et laissa sa langue explorer sa bouche, ses mains parcourir son chemisier en soie marron. Il était doué à ce jeu-là, et elle devait admettre qu'elle était curieuse de savoir comment il faisait l'amour. Mais ça n'irait pas plus loin, se raisonna-t-elle.

Le taxi s'arrêta devant son immeuble. George Ortiz, qui travaillait tard comme portier ce soir-là, se dirigea vers la voiture pour ouvrir la porte, mais s'immobilisa en voyant un homme penché sur Casey Han.

Casey s'éloigna de Hugh. Elle ouvrit son sac à main pour sortir des billets.

— Remballe ton argent, gronda Hugh.

Il ordonna au chauffeur de laisser le compteur tourner et ils sortirent tous les deux de la voiture. Hugh récupéra les clubs dans le coffre et enfila la bandoulière sur l'épaule de Casey. Il approcha.

— Ne m'embrasse pas, le prévint Casey avec un sourire poli.

Hugh plissa ses jolis yeux marron.

— George, chuchota Casey.

— Qui est George ? Tu vis avec deux hommes maintenant ?

— Le portier, expliqua-t-elle.

Si George avait vu Hugh l'embrasser dans le taxi, il ne rapporterait rien à Unu, supposa-t-elle, mais il n'en penserait pas moins.

Hugh remonta en voiture. Depuis la banquette, il lui souffla un baiser. Il la regarda en plissant les yeux, comme pour tenter de discerner un panneau de loin.

— Bonne nuit, ma petite Casey.

— Bonne nuit, Hugh Edgar, lança-t-elle en se tournant vers l'immeuble.

Par respect, George s'était tenu à l'écart, mais il n'avait rien loupé de leur échange. Il lui prit le sac de golf.

— Merci, George, dit-elle en évitant son regard.

Le portier hocha la tête, les lèvres pincées. Le type dans le taxi lorgnait la copine d'Unu comme s'il avait voulu la dévorer. Ce n'était pas un gars bien – ce constat était limpide. George lui appela l'ascenseur et la laissa monter à l'étage d'Unu.

Celui-ci faisait une partie de solitaire. L'acte méthodique d'étaler les cartes devant soi, face cachée, était reposant. Ce soir-là, en rentrant, il avait oublié que Casey sortait dîner et il s'était senti profondément seul dans l'appartement vide. Les choses ne se passaient pas très bien au travail. Ses derniers ordres d'achat sur quelques actions avaient fait un bide, et Frank, son supérieur, lui avait fait comprendre que sa prime de fin d'année se limiterait au montant forfaitaire, voire serait revue à la baisse – ce qui équivalait à une lettre de rupture. La semaine passée, il était allé au casino de Foxwoods quand Casey travaillait chez Sabine's et avait perdu huit mille dollars. Il en devait deux mille à son bookmaker.

Casey entra dans l'appartement, ôta ses chaussures, et sonda les surfaces planes en quête d'un paquet de cigarettes. Unu jouait aux cartes et ne l'avait pas entendue. Sa concentration était difficile à interrompre. Quand il lisait, elle devait lui tapoter le bras pour attirer son attention.

— Salut, lança Casey en se déchargeant du sac de golf près de la porte.

Unu leva la tête de ses colonnes bien nettes.

— Oh, waouh. Journée shopping ? demanda-t-il en avisant les clubs.

— Ma récompense pour mes bons et loyaux services d'assistante.

— Regarde-moi ça, s'extasia-t-il en se levant de son siège. Joli !

— Oui. Très, confirma Casey en tentant de rester digne dans sa déception.

Unu sortit deux fers, un dans chaque main. Il siffla, exactement comme les garçons chez Kuriya.

— Splen-dide.

— Je vais devoir les vendre.

— Quoi ? s'insurgea Unu. Tu ne peux pas faire ça. C'est un cadeau.

Il semblait outré par cette idée. Tous les deux étaient coréens, tous les deux avaient étudié dans des universités prestigieuses, mais lui était fils de millionnaires, avait grandi dans un quartier résidentiel très chic, et avait fait toute sa scolarité dans le privé depuis la maternelle. De chaque côté de sa famille, il n'y avait pas un seul membre qui n'était pas diplômé de Seoul National, de Yonsei ou de Ewha University. Alors que, du côté de Casey, personne n'était jamais allé à l'université. Elle avait grandi dans un immeuble miteux entre les réservoirs de fuel de Maspeth et le Queens Boulevard. Ses parents étaient toujours locataires et leur seul patrimoine était parti en fumée. Pourrait-il un jour se mettre à sa place ?

— Écoute, le gosse de riches, j'ai besoin de blé. Je ne peux pas me permettre de garder deux sets de clubs. Tu comprends ? Redescends sur Terre, un peu, le rabroua-t-elle.

— Le *gosse de riches* ?

Les yeux d'Unu rétrécirent, comme s'il essayait de les cacher.

D'ordinaire, elle s'en serait excusée. Mais ce soir-là, Casey n'était pas d'humeur. Elle repéra les Camel sur la console.

— Qu'est-ce qui te prend ? demanda-t-il.

— Je suis plongée dans les dettes jusqu'au cou. Je n'arrête pas de penser à mes prêts étudiants et à cette histoire d'intérêts composés. Et bien sûr… il reste mes dettes de carte de crédit.

Casey pinça les lèvres, puis poursuivit :

— Je sais. C'est ma faute. Et crois-moi, je ne m'en prends qu'à moi-même. OK ?

Son ton semblait plus sur la défensive qu'elle ne l'aurait voulu, alors qu'Unu ne l'avait accusée de rien.

— J'ai conscience que tu essaies de m'aider de ce côté. Et j'apprécie ton soutien, vraiment.

Elle secoua la tête, de plus en plus énervée. Elle détestait expliquer ses problèmes. Les histoires d'argent lui faisaient honte, peur, et la rendaient furieuse. Dire qu'elle s'était mise dans ce pétrin seule. Elle avait creusé sa propre tombe, une poignée de terre à la fois. Ses dettes lui donnaient envie de disparaître au fond de ce trou.

— Je monte sur le toit. Je vais fumer.

Elle récupéra les Camel.

— Hé ! cria-t-il pour l'empêcher de franchir la porte. « Comment s'est passée ta journée, Unu ? » lança-t-il sarcastiquement.

Ce n'était pas dans sa nature de se disputer. Et puis, la sagesse commune dans sa fraternité à l'université lui avait appris qu'il ne servait à rien d'argumenter avec des filles, parce qu'elles n'avaient jamais tort. Leur rancune s'imprimait comme un tatouage. Mais le comportement de Casey n'était pas juste.

Casey regarda ses chaussures. Quand quelqu'un se mettait en colère, elle se taisait. Une longue bouffée de cigarette l'aiderait à éclaircir son esprit brouillé. Elle avait envie de gravir les marches de l'escalier de secours deux par deux jusqu'au toit. Elle inspira profondément, incapable de faire face à l'agacement sur le visage d'Unu. Qunad elle ouvrit la porte d'entrée, elle perçut les effluves qui remontaient du vide-ordures au bout du couloir. Dans l'Upper East Side comme sur Van Kleeck Street, les poubelles avaient la même odeur – l'écorce de melon et l'insecticide se mélangèrent dans ses narines comme un cocktail.

— Est-ce qu'on peut en parler plus tard ? demanda-t-elle faiblement.

— Non, s'indigna-t-il. Frank dit que c'est mort pour ma prime cette année. Et je vais probablement me faire éjecter si je ne commence pas à acheter des actions plus raisonnables. Toutes celles qui me plaisent sont du long terme, apparemment. Mais j'ai fait mes recherches, et je sais ce qu'elles valent, c'est jusque que le marché est rempli de spéculateurs de merde. Personne ne croit plus à l'investissement dans une société ni ne veut garder ses parts. Revendre, revendre, revendre. C'est tout ce qu'ils font. Quelle blague !

Unu lâcha un rire mauvais.

— Et, chérie, bien sûr qu'il faut penser au profit, mais moi je vise les gros coups.

Unu s'en alla. Il n'avait pas réalisé à quel point il était dégoûté par ce qui se passait sur le marché des actions asiatiques. À Wall Street, on pillait pour se faire le plus d'argent possible. Peu importait la méthode tant qu'il y avait du blé.

— Plus personne n'a de valeurs, marmonna-t-il.

Casey passa sa main sur sa nuque. Unu avait mentionné ici et là que ses investissements étaient très critiqués. Malgré toutes ses recherches, ses graphiques, ses analyses, le marché avait un comportement irrationnel, lui avait-il confié un soir de la semaine passée. Divergence d'objectifs, avait-il expliqué. Casey n'avait pas tout compris. Elle-même s'était épuisée à essayer de cerner les différentes personnalités de la classe qui lui avait été assignée en business school. Le supérieur d'Unu, Frank, n'arrêtait pas de louer son intelligence, mais ces derniers temps, il le trouvait trop intelligent pour son bien. Les investissements d'Unu étaient trop risqués pour leur branche, ou pire, trop conservateurs car le retour sur investissement ne viendrait pas avant plusieurs années. La politique de l'entreprise était très éloignée de celle d'Unu. Frank prétendait que multiplier les petits paris était préférable à une perte colossale ou à l'attrait de l'aubaine. Mais Unu s'insurgeait contre la couverture de risques. Il se définissait lui-même comme un investisseur fidèle. Quand il aimait une entreprise, il ne retirait pas son financement.

*Pourquoi ne peux-tu pas faire ce qu'ils te demandent ?* songea-t-elle. Mais elle avait déjà la réponse, car c'était un trait qu'ils avaient en commun : l'obstination. Quel était le pire qui puisse arriver ? Unu n'avait pas peur de la pauvreté, parce qu'il ne l'avait jamais subie. Casey en revanche connaissait bien la pauvreté, mais semblait incapable de s'enrichir. Aucun des deux n'était prêt à faire de compromis sur ses idéaux fragiles.

Unu s'assit sur le canapé et regarda ses cartes, comme s'il pouvait lire à travers leur dos bleu.

Casey avait les paupières lourdes et voyait de plus en plus trouble. Elle discernait Unu le dos courbé, au-dessus de la table basse, sa tête entre les mains.

Elle posa son paquet de cigarettes.

— Je suis désolée. Je ne savais pas. Et je suis désolée que…

— C'est rien, grommela-t-il. C'est pas grave.

Casey s'assit à côté de lui et Unu laissa tomber sa tête sur son épaule. Elle ne pouvait pas le quitter maintenant.

# 12

## L'ASSURANCE

Unu fut licencié en février. Deux mois passèrent sans qu'il cherche un poste ailleurs. Casey essayait de ne pas s'en mêler. Les mots de sa mère résonnaient dans sa tête : « Ne dévalorise jamais le travail d'un homme. » Mais qu'en était-il du chômage ? aurait voulu lui demander Casey.

Ils avaient vécu pendant dix mois en harmonie, alors Casey s'efforçait de ne pas changer leur routine. La semaine, elle allait en cours et étudiait religieusement. Le samedi matin, avant d'aller travailler chez Sabine's, elle se levait tôt pour faire le ménage et parfois avancer sur la confection d'un chapeau. Sabine la laissait les vendre au magasin et garder toutes les recettes, lui faisant grâce de sa commission. En moyenne, elle en écoulait un par mois, ce qui lui rapportait environ cent dollars nets. Unu se réveillait en même temps qu'elle pour lire la presse financière et, après le départ de

Casey, il se rendait au casino de Foxwoods au volant de sa Volvo et jouait au black-jack. Tôt le dimanche matin, ils mangeaient des œufs brouillés et des toasts à l'appartement, puis allaient à l'office ensemble. En sortant de l'église, Casey filait directement chez Sabine's, qui ouvrait à onze heures. Unu restait à l'office et faisait des recherches sur des entreprises dans lesquelles investir avec ses fonds propres. Pour économiser, Casey cuisinait des plats très simples tous les soirs. En général, elle faisait les courses en rentrant de NYU.

Avril était un mois chargé pour Casey, comme en témoignaient les compartiments vides du réfrigérateur. Après avoir préparé les cinq œufs qui leur restaient avec trois tranches de fromage industriel pour leur brunch du samedi, Casey attrapa sa veste et son sac et lança :

— Je vais faire des courses.

— Attends, je t'accompagne, dit Unu en déposant la vaisselle dans l'évier.

Elle considérait comme son rôle de s'assurer qu'il y avait toujours du café, des céréales et du papier toilette en réserve. Quand elle vivait avec Jay, elle s'occupait déjà de tous ces détails domestiques et elle avait continué avec Unu ; il ne lui était jamais venu à l'esprit de partager ces tâches.

— Je rapporterai les sacs à l'appartement, comme ça tu pourras aller directement au travail. Et ça me permettra de passer un peu plus de temps avec toi.

— Merci.

Sa proposition la surprenait, non pas parce qu'elle sortait de l'ordinaire – au contraire, Unu était d'un naturel attentionné –, mais parce qu'elle fut frappée de comprendre qu'elle catégorisait les courses comme une tâche typiquement féminine. Côté cœur, Virginia disait de Casey qu'elle était vieux jeu, car elle aimait que les hommes la courtisent. Casey se rendit compte que le constat de Virginia valait aussi pour d'autres aspects.

C'était ainsi qu'elle avait été élevée, témoin de corvées que seule sa mère accomplissait à la maison. Casey se sentit rétrograde ; était-ce pour cette raison qu'elle avait tant de mal à accepter qu'Unu n'ait pas de travail ?

Quand tous deux sortirent dans la rue, elle chercha sa main et il la lui tint tout le chemin vers le supermarché de Lexington Avenue. Unu parlait d'Ella et d'Irene. Il trouvait bien que sa cousine reste chez le docteur Shim jusqu'à retrouver un peu de forces. Casey, quant à elle, ne pouvait même pas envisager de retourner un jour chez ses parents. Unu semblait heureux de simplement prendre l'air, insouciant.

Dans le rayon des produits ménagers, Casey saisit un bidon de lessive de la sous-marque du magasin. Elle coûtait soixante cents de moins que la Clorox.

— Je ne savais pas qu'il existait une sous-marque, commenta Unu.

— Ça ne change rien, répondit-elle, un peu sur la défensive.

Unu ne quittait pas le bidon de Clorox des yeux.

— Je suis sûr que tu as raison. Je ne savais pas, c'est tout, dit-il en riant.

— Tu préfères la Clorox ?

Unu secoua la tête. Il n'y avait jamais réfléchi. Il poussa le Caddie et la suivit.

Casey fit mine d'être absorbée par sa liste de courses. Il l'avait prise sur le fait en train d'essayer d'économiser, et elle ne voulait pas qu'il en ait honte.

— Tu sais, tu parles à une fille dont les parents gèrent un pressing. Je pense qu'on peut me faire confiance en matière de lessive, railla-t-elle avec un faux air provocateur.

— D'accord Casey, s'esclaffa-t-il. Je te fais confiance.

Ils tournèrent dans l'allée des conserves. Il leur fallait de la soupe. Casey choisit six boîtes. Les trois pour un dollar et quatre-vingt-dix-huit cents.

— Je n'ai jamais essayé celle-là, dit Unu. Depuis quand tu aimes la Manhattan clam chowder ?

Cette soupe de palourdes, bacon et légumes faisait traditionnellement débat. Casey, qui n'aimait pas les tomates, l'avait en horreur. La soupe était pour lui.

— Cette marque est très bien. Je l'ai déjà testée.

Elle reposa malgré tout la soupe de palourdes et prit à la place trois conserves de bouillon de poule et vermicelles en promo.

— Je préfère la Progresso, précisa-t-il en mentionnant délibérément la marque qui n'était pas en promotion.

Il l'observa attentivement. Elle essayait de grappiller quelques centimes, alors que c'était inutile.

Casey laissa les trois conserves de bouillon de poule en promo dans le Caddie. Elle lui tendit deux boîtes de soupe de palourde Progresso.

— Merci, dit-il.

Elle poursuivit son chemin en examinant sa liste. Au bout du rayon, elle fit volte-face. Unu n'avait pas bougé. Elle lui fit signe pour qu'il vienne vers elle, mais il n'avança pas. Casey revint sur ses pas.

— Qu'est-ce qu'il y a ? demanda-t-elle en essayant de ne pas avoir un ton trop caustique.

— Casey, je ne veux pas que tu t'inquiètes pour des questions d'argent. On a de quoi s'acheter de la Clorox et de la soupe Progresso. Tu ne devrais pas faire des économies sur ces choses-là. Je t'ai dit que je couvrirais nos dépenses quand tu t'es installée avec moi.

Il était désespéré à l'idée qu'elle puisse douter de lui. Elle ouvrit la bouche pour répondre, mais ne savait pas par où commencer. Sur le bureau d'Unu, dans le salon, près de la baie de fenêtres à guillotine double, il y avait un panier en osier rempli de factures impayées – dont beaucoup estampillées de l'avertissement d'un « deuxième rappel » ou « troisième rappel ». De temps en temps, il recevait des messages sur son répondeur – une voix menaçante et assurée : « Nous vous appelons au sujet du règlement de la mensualité de janvier pour votre prêt automobile. » Quand ils écoutaient les messages ensemble, Unu prétendait que ce n'était rien, qu'il n'avait pas encore eu le temps de s'en occuper. À l'époque, Jay Currie lui laissait son carnet de chèques signés pour payer ses factures, et quand Casey avait évoqué cette méthode, Unu lui avait répondu d'une voix vaguement agacée : « Pas la peine. Je m'en occupe. » Et effectivement, il lui arrivait de vider le panier de temps en temps et de payer les factures. Elle n'avait aucune idée de combien d'argent il avait en banque, ni de ce qu'il devait à ses indemnités de licenciement, ou au black-jack. Pour Casey, l'enfer ressemblait à une pièce remplie de paniers de linge sale débordant de factures impayées et de répondeurs vociférant des menaces de créanciers, avec elle pour seule débitrice.

— C'est juste que j'aimerais payer les courses. Tu en fais déjà tant, justifia-t-elle d'une voix anxieuse.

Et c'était vrai. Ces dix derniers mois, il avait payé le loyer, les charges, le câble.

— Je suis désolée, pour la soupe. Je ne voulais pas te faire manger de la soupe en promo. C'est moi l'étudiante, c'est moi qui devrais manger la…

— Casey…, l'interrompit Unu d'une voix sévère. Prends ce que tu veux manger. Arrête de t'inquiéter tout le temps. Bon sang, je t'ai dit que je m'occuperais de…

Il se ressaisit et prit le temps de respirer. Il perdait son calme.

— D'accord, d'accord.

Casey se tut. Elle ne voulait pas se disputer avec lui. D'un coup, elle se sentit si fatiguée – fatiguée de ménager sa fierté masculine, de leur manque d'argent, et de son propre avenir qui ne s'éclaircissait pas. Elle n'avait toujours pas trouvé de poste en banque d'investissement pour l'été – les plus grandes proposaient les meilleurs salaires en stage. Il y avait beaucoup d'offres dans le e-commerce, mais ce monde ne l'intéressait pas. Hugh ou Walter auraient pu l'aider à obtenir une place dans le programme de Kearn Davis, mais elle avait trop honte de leur demander ce service. Ça ressemblait à de la triche. Kearn Davis ne recrutait pas à Stern ; la seule école de commerce new-yorkaise qui les intéressait était Columbia. Sabine avait raison depuis le début. Les noms avaient de l'importance.

— Je suis désolée, Unu, dit-elle sans savoir pourquoi elle s'excusait.

— Tout va bien se passer pour nous.

— Je sais, dit-elle sans réussir à le regarder. Je sais. J'en suis sûre.

En caisse, Unu refusa de la laisser payer. Il régla tout en liquide et l'embrassa pour lui dire au revoir dans la rue avant qu'elle n'aille attraper la 6. Il porta les quatre sacs de courses, deux dans chaque main, et regarda sa petite amie s'élancer vers la station de métro.

Étudiante méticuleuse, Casey trouvait l'école de commerce plutôt facile. Le vendredi, après son séminaire de finance d'entreprise, elle retrouvait ses camarades pour travailler sur leurs projets de groupe. La classe sortait ensuite boire des bières chez Mariano's, mais comme toujours, Casey se défila. Elle dit au revoir à ses amis, puis se mit en route pour aller chez Ella à Forest Hills et voir sa filleule.

Le trajet en métro durait moins de trente minutes, ce qui était idéal pour lui laisser le loisir de lire. Elle s'était replongée dans *Middlemarch* ces derniers temps, trouvant du réconfort dans cet univers familier. Elle ouvrit le livre et trouva deux lettres de Virginia en guise de marque-pages. Elle avait lu la première la veille en rentrant à l'appartement et avait réservé la deuxième pour la savourer plus tard.

Casey déchira l'enveloppe et découvrit une carte postale d'une reproduction d'un Caravage – un jeune garçon avec une délicieuse bouche vermillon – ainsi que plusieurs feuilles de papier à lettres marbré florentin sur lesquelles Virginia avait poursuivi son récit quand elle n'avait plus eu de place sur la carte. À la vue de l'écriture soignée d'ancienne élève d'école privée pour filles, si semblable à celle d'Ella – pleine de boucles et de points très hauts sur les i –, Casey ressentit une bouffée de bonheur.

Elle éclata de rire en lisant la première ligne de la carte : *J'espère que tu es assise,* anticipant une nouvelle mésaventure de l'Américaine en Italie. Virginia n'évitait pas les bourdes, elle en tirait de l'expérience. Au son de son propre rire, Casey se rappela qu'elle n'était pas seule. Mais aucun des passagers du wagon ne lui prêtait attention, et il n'y avait personne pour lire par-dessus son épaule. La rame – pleine de passagers épuisés par leur journée de travail – avançait à son rythme sur les rails, remplissant sa fonction. Les lumières ne vacillaient pas, les arrêts se faisaient sans à-coups, et ils n'étaient pas coincés dans un tunnel à écouter la triste histoire d'un mendiant ivre brandissant son gobelet en carton – des moments prévisibles lors d'un trajet quotidien en métro. Avec la longue lettre pour lui tenir compagnie, Casey était plutôt bien installée entre deux passagers en veste légère et casque sur les oreilles. D'un des baladeurs s'échappaient des notes de piano et une voix qui ressemblait à celle de Ray Charles. Son regard tomba sur la deuxième ligne du premier paragraphe : *Chère Casey adorée, les noces de Jay Currie sont annoncées.* Avait-elle mal compris le style fleuri de Virginia ? Elle relut la ligne car ses yeux avaient perdu le fil.

*J'ai obtenu des renseignements sur la future mariée auprès d'amis ayant assisté à la fête de fiançailles au Metropolitan Club,* écrivait Virginia. Jay, membre du Terrace Club à Princeton, avait également des amis dans l'Ivy Club – celui de Virginia. Leurs mondes se superposaient souvent.

Jay allait épouser Keiko Uchida, rapportait Virginia – une étudiante étrangère taciturne avec de grands yeux marron et des lèvres pâles qui portaient des perles grises aux oreilles. Du côté de sa mère, sa famille était richissime, et son père était un cadre haut placé au Japon qui travaillait pour Hirano, une entreprise de porcelaine. Son grand-père paternel avait fait don d'un gymnase ou quelque chose du genre à l'université de Brown, où Keiko et ses frères étaient ensuite allés. La meilleure amie de sa mère à New York était membre du Metropolitan Club – le cercle le plus sélect de l'Upper East Side – si bien que la soirée de fiançailles avait pu se dérouler en son sein. Les garçons du Terrace Club et de l'Ivy club disaient de la fiancée qu'elle était jolie et avaient félicité Jay. Les filles de l'Ivy Club la trouvaient petite et banale.

Virginia avait évidemment inclus les critiques féminines pour rassurer Casey, mais cette dernière n'avait que faire de la beauté de Keiko. Ce qui la dérangeait surtout, c'était que Jay soit de nouveau avec une Asiatique – comme si elles n'étaient que des rouages interchangeables dans une machine. C'était justement le problème du fétichisme, n'est-ce pas ? Certes, il pouvait y avoir une part d'amour véritable, mais impossible d'être certaine de la source principale de l'attirance. Casey était soulagée d'être avec Unu à présent, un Coréen, et pas avec un autre WASP déchu de sa catégorie sociale. Elle avait lu quelque part que lorsqu'on avait demandé à Yoko Ono « Pourquoi les hommes blancs ont-ils un faible pour les femmes asiatiques ? », elle aurait répondu : « Peut-être que ce sont les femmes asiatiques qui aiment les hommes blancs. » Eh bien, Unu plaisait à Casey, et

Jay lui avait aussi plu. Ted lui avait fait la remarque, longtemps auparavant, que Jay avait le profil type du Blanc qui ne fréquente que des Asiatiques, comme si elles étaient le lot de consolation de ces Blancs qui ne parvenaient pas à conclure dans leurs propres cercles. Ted était vraiment un petit con, songea-t-elle.

Casey survola le reste de la lettre en quête de plus d'informations sur Keiko et Jay, mais elle n'en trouva pas davantage. Virginia s'étendait sur son histoire d'amour avec Paolo. Pétrie par les affres naissantes de la romance, Virginia déployait un style encore plus littéraire et précieux que d'ordinaire. Dans son dernier paragraphe, elle écrivait :

*J'ai abandonné tout espoir quant à la perspective de réussir mes études. Il m'est douloureusement impossible de rester cloîtrée au sein de ces splendides bibliothèques et prétendre que mon sujet de mémoire me tient à cœur, quand je crains qu'il ne me soit devenu complètement obsolète.*

*Hein ?* réagit Casey. Puis elle lut la dernière ligne :

*J'ai quitté Paolo à Rome, car voilà : une histoire d'amour peut s'éteindre, Casey. Tu le sais, toi aussi. Il ne m'aimait pas assez, alors j'ai commencé à moins l'aimer. Mon cœur ne lui répondait plus si ardemment, car il recevait si peu. Paolo ne m'a même pas offert de cadeau pour mon anniversaire. Ça semble ridicule, mais en vérité, je ne voulais rien tant que la preuve qu'il avait pensé à moi. J'aurais voulu un gage de ses sentiments auquel me raccrocher lorsque nous n'étions pas ensemble. Tant pis. Crois-tu que ce soit trop américain de ma part ? Puis j'ai rencontré Gio au comptoir American Express de Bologne. Alors j'ai écrit une lettre d'adieu à Paolo. Il était dévasté, mais je ne regrette rien. Il fallait mettre un terme à notre histoire. Casey chérie, j'ai une grande nouvelle. Je crois que je porte l'enfant de Gio. Sois heureuse pour moi.*

Elle avait terminé sa lettre ainsi, et en cet instant, la grandiloquence de son style agaça furieusement Casey.

Mais peut-être qu'elle en voulait juste à la mauvaise personne. Jay ne lui appartenait plus.

Le métro s'arrêta. Elle avait loupé la maison d'Ella de deux stations. Casey sortit du wagon, changea de quai, et monta à bord de celui qui prenait la direction de Manhattan. Cinq minutes plus tard, elle émergea à la station d'Ella et marcha jusqu'à la maison.

Casey avait toujours la lettre dans une main, et une cigarette allumée dans l'autre, quand Ella lui ouvrit, avant même qu'elle ait eu le temps de sonner. Ella portait ses lunettes à monture dorée qui lui donnaient un air de jolie étudiante ; ses cheveux noirs étaient relevés en un chignon haut avec une pince banane – reliquat de ses années de lycée – et un lange jaune était drapé sur son épaule. Irene était accrochée à son mamelon sombre et gigantesque. Malgré le bas de jogging noir et le T-shirt blanc maculé de taches de lait remonté sur sa poitrine, Ella restait sublime. Une beauté saisissante s'épanouissait de nouveau sur son visage.

— Tu as le sein à l'air, fit remarquer Casey.

Elle la prit dans ses bras en faisant bien attention à ne pas gêner la petite tête ronde d'Irene.

— Quand est-ce que tu comptes arrêter ? ajouta Casey en faisant la grimace. Elle n'est pas un peu grande pour ça ?

— J'essaie plus ou moins de la sevrer, mais...

Ella haussa les épaules. Irene avait seize mois et même si elle aurait pu arrêter l'allaitement, cette perspective l'attristait.

Casey prit conscience qu'elle avait donné son avis sans avoir la moindre légitimité sur le sujet.

— Oh, je suis désolée, Ella. Pourquoi faut-il toujours que je gaffe comme ça ?

— Non, non, tu as raison. Irene boit déjà du lait de vache dans son biberon, alors il n'y a aucune raison de...

Sur la table basse étaient disposés une théière, des scones, des petits sandwichs de pain de mie et deux tasses, le tout sur un plateau à motif floral.

— Tu as préparé tout ça ? C'est adorable.

Casey alla s'installer à sa place préférée dans le séjour aux boiseries de noyer. Le docteur Shim s'était inspiré du style pavillon de chasse anglais pour sa décoration – à l'exception des coffres anciens de Corée alignés contre les murs. Casey s'assit sur la bergère en velours vert.

Irene s'endormait et Casey la prit dans ses bras le temps qu'Ella se couvre. Elle récupéra ensuite Irene pour la déposer dans le lit parapluie déployé en plein milieu du salon.

— Il est passé ce matin, annonça Ella.

— Ah. Alors, comment va Mr Coucheries, Mensonges et Sextape ?

— Irene n'a pas pleuré cette fois. Mais elle ne sait toujours pas dire « papa » alors qu'elle dit « mama ». Il est vexé.

— Et comment va-t-il ?

— Il a l'air d'aller très bien. Il est heureux, dit-elle d'un ton plat.

Ted était plus séduisant et en forme que jamais. Elle avait déjà rempli les papiers du divorce, et à présent il semblait prêt à démarrer sa nouvelle vie avec Delia. Il était amoureux. Ça se voyait. Il prévoyait de chercher un poste quand cette histoire de caméra de sécurité serait oubliée. En attendant, il vivait sur l'argent de sa prime. La vidéo grésillante avait enregistré environ deux minutes de sexe : une rousse – nuque rejetée en arrière, chemisier ouvert – chevauchant un homme grand et asiatique sur un fauteuil de bureau. Sur le film, le visage de Ted n'était même pas reconnaissable, mais on lui avait demandé ainsi qu'à Delia de donner sa démission.

Ce matin-là, Ted avait informé Delia qu'il envisageait d'ouvrir sa propre boîte de *program trading* – domaine auquel il ne connaissait rien – ou de lancer un fonds de capital-risque – sujet qu'il maîtrisait parfaitement. Sa capacité à attirer des investisseurs restait intacte, et sa réputation de banquier irréprochable. Ses loyaux amis d'HBS lui avaient assuré que cette histoire se tasserait et que, bientôt, on lui taperait le dos avec camaraderie et on l'en féliciterait.

— Comment tu te sens ? demanda Casey. Je veux dire, avec Ted qui se décide d'un coup à lui rendre visite.

— Ça va, répondit calmement Ella. Je suis contente pour lui. C'est mieux ainsi. Je pense que je saurai expliquer à Irene qu'on s'est mariés trop jeunes. Et tu sais, j'aime vraiment mon travail. Mr Fitzsimmons est génial et David est certain que je retrouverai mon ancien poste au service développement à la rentrée, car la fille qui a pris ma place part en août.

— Super nouvelle, dit Casey qui avait peine à se concentrer. Tu comptes redéménager en ville bientôt ?

Ella vivait chez son père depuis maintenant huit mois.

— J'y réfléchis de plus en plus. Je crois que je veux garder la maison.

— Très bien. Moi, je dis : plume cet abruti.

— Qu'est-ce que tu as dans la main ?

Casey baissa les yeux sur sa main gauche. C'était la lettre de Virginia. Elle se perdit dans la contemplation du visage du jeune garçon sur la carte, avec sa bouche écarlate.

— Ah, oui. Jay va se marier. Je ne l'avais pas vue venir, celle-là.

— Oh, Casey. Je suis désolée… ça ne doit pas être facile pour toi.

— Et pourtant c'est moi qui l'ai quitté, pas vrai ?

Casey cligna des yeux pour ravaler ses larmes. Il lui manquait, d'un coup. Il lui manquait tant – leur premier baiser au cinéma, son regard émerveillé en la voyant sous l'arche gothique de l'entrée magistrale de Princeton, la fierté et la joie qui pétillaient dans ses yeux quand il lui avait offert ses clubs de golf.

— Il n'y a pas de fin à l'amour, déclara Ella.

Casey hocha la tête.

— Je vais bien. Unu est génial.

Son amie souffrait bien plus qu'elle. Il lui semblait déplacé d'amener Jay dans la conversation.

— Comment avancent ses recherches d'emploi ?

Casey haussa les épaules et changea vite de sujet :

— Attends un peu, je ne t'ai pas raconté. Virginia croit qu'elle est enceinte ! C'est quoi, cette manie des lycéennes de Brearley ? Qu'est-ce que vous avez à tomber en cloque si jeunes ? Où est l'urgence ?

Ella laissa Casey la distraire, mais au fond, elle se demandait si son amie aimait Unu autant qu'elle avait aimé Jay Currie. Ella n'avait jamais aimé personne autant que Ted ; on n'aimait jamais si fort que son premier amour. Chaque fois que sa rancœur grandissait à l'égard de Ted, elle se rassurait avec la certitude que ce qu'il ressentait pour Delia ne pouvait être qu'une fraction de ce qu'ils avaient partagé. Il fallait bien qu'il y ait un mérite à avoir été la première.

— Et devine qui est le père ? insista Casey.

— Le peintre de fresques ?

Son nom échappait complètement à Ella.

— Non, non. Pas Paolo. Un nouveau. Un homme d'affaires de Milan ! C'est fou, hein ?

Casey parcourut à nouveau la lettre, tentant de trouver des détails sur Gio. Riche, apparemment, en lien avec le textile. Ella secoua la tête pour exprimer sa confusion. Irene se réveilla et poussa un cri, et aussitôt Ella se précipita pour la récupérer et lui tapota le dos.

— Le recul, dit Ella sur un ton plus suffisant qu'elle ne l'avait voulu.

— De quoi ?

— Les bébés. Ils donnent du recul. Elle verra, j'imagine, ajouta Ella entre deux roucoulements adressés à sa fille. Ce qui est important.

Casey contempla le petit corps posé comme un sachet de farine sur l'épaule de sa mère. Ella n'avait peut-être pas tort, mais son commentaire l'agaçait. Le dos du bébé était courbé et ses petites fesses reposaient sur le bras gauche d'Ella. Casey aurait voulu lui objecter que l'arrivée d'Irene n'avait pas changé Ted. Ou bien si ? Était-ce sa naissance qui l'avait fait tomber amoureux de Delia ? Isaac, le mari de Sabine, lui avait dit un jour que lorsqu'un enfant voyait le jour, sa naissance annonçait la mort de ses parents. Glauque. Alors, au lieu de choisir son enfant et ce que sa vie impliquait, Ted s'était choisi lui-même – sa propre vie et son bon plaisir ? S'agissant de Ted, Casey avait du mal à faire preuve d'équité ou de bienveillance. Néanmoins elle comprenait sa manière de penser, et c'était ce qui lui faisait peur.

— Tu veux la prendre ? proposa Ella.

— Avec plaisir.

Casey tendit les bras, mais elle tenait encore la lettre de Virginia dans sa main gauche. Elle fourra le papier dans son sac et récupéra Irene.

Ella lui sourit avec douceur, et son expression tendre évoqua à Casey le souvenir de Mary Ellen : sa voix noble et claire, sa dignité dans la pauvreté, sa compassion infinie. Ella comme Mary Ellen avaient été abandonnées par leur mari. Pourquoi les hommes partaient-ils ? Peut-être que si cette humiliation ne rendait pas une femme furieuse, elle la rendait compatissante. Casey espérait qu'avec son travail et son salaire, Jay parviendrait à compenser les déceptions de sa mère. Elle espérait que Mary Ellen finirait d'écrire sa biographie d'Emily Dickinson et qu'au lieu d'être abandonné dans des caisses poussiéreuses, son livre remporterait un prix littéraire. Pourquoi Ted avait-il de l'argent et un champ des possibles, alors que Mary Ellen allait devoir travailler douze ans encore pour obtenir la maigre pension de retraite d'une bibliothécaire ? Il était difficile de ne pas être cynique au sujet de Keiko – la fiancée de Jay. Sa fortune familiale et son réseau allaient aider Jay à évoluer. Il faisait un bon mariage. Et pourquoi pas, après tout ? À l'université, il parlait sans cesse de qui autour d'eux disposait d'une fortune familiale, et qui n'en avait pas. Cela ne surprenait donc pas Casey qu'il se soit dégoté une héritière avec un gymnase à son nom à Brown, mais elle ne pouvait s'empêcher d'en être attristée. Jay aimait les parcours de golf, les stations de ski luxueuses et les maisons de vacances. Avant d'avoir les moyens d'y parvenir de lui-même, il jouirait des accès de Keiko. Était-il possible de résister aux désirs du cœur ? Casey n'aurait pas pu l'aider d'un point de vue social ni financier. Alors, elle comprit enfin : s'il n'avait eu aucune honte à s'imposer à sa mère et à son père, forçant la présentation, ce n'était pas parce qu'il lui en voulait de le tenir à l'écart de sa famille, mais parce qu'il estimait qu'ils n'étaient pas importants. Ils n'étaient rien, sur l'échelle sociale. Et si ses parents ne valaient rien, alors elle non plus. Mais comment en vouloir à Jay ? Elle aussi avait eu besoin qu'on l'aide. Sur ce plan, elle le comprenait.

Casey embrassa sa filleule aux grands yeux noirs comme des olives. Un délicieux parfum de biscuit et de pain de mie émanait de ses cheveux. Finalement, c'était logique que Ted ait abandonné sa fille. Comment pouvait-on assumer une telle responsabilité ? Celle de protéger tant de beauté et de perfection. Simplement en la tenant dans ses bras, Casey pressentait l'ampleur des besoins d'une enfant. Elle avait peur de la faire pleurer ou de la laisser tomber, et elle ne savait pas comment réconforter cette petite personne. Sur son visage endormi, elle ne reconnaissait ni les traits de Ted ni ceux d'Ella. Le docteur Shim prétendait qu'Irene ressemblait beaucoup à sa propre sœur, une tante d'Ella morte jeune.

Les bras ballants, mais comblée, Ella poussa un soupir de satisfaction. Elle s'étira le dos, les épaules, fit craquer sa nuque dans un sens puis dans l'autre. Elle tendit les bras en l'air, puis se rassit, bien droite sur le canapé moelleux. À voir tout l'amour et le plaisir dans le regard que posait Casey sur Irene, elle-même se sentait aimée.

Casey leva la tête. La posture de son amie était alignée, son sourire stoïque. À sa grande surprise, elle ressentit une forme de répulsion. Comme c'était étrange, qu'elle ait éprouvé plus d'amour pour Ella lorsque celle-ci faisait son overdose de codéine. Au moins, elle avait l'air humaine. *Je ne devrais pas la juger autant,* songea Casey. *Ella fait de son mieux pour s'en sortir, rester forte pour sa fille – Ella, la fille qui n'avait jamais eu de mère et maintenant en était devenue une.* Casey avait beau la respecter pour cette raison, l'attitude d'Ella lui semblait condescendante et artificielle. Pas une seule fois elle n'avait traité Ted de salaud, alors qu'il le méritait. Soudain, Casey ressentit le chagrin qui pesait sur chacun, et comprit ce que disait Ella : « Il n'y a pas de fin à l'amour. » Comment pourrait-il y en avoir une ? Pour autant, Jay allait en épouser une autre.

Irene s'était rendormie. Elle respirait si doucement que Casey approcha son oreille de son souffle délicat. Elle aurait voulu trouver un moyen de compenser pour sa filleule le départ de son père. Ted allait-il être un bon père divorcé ? Serait-il présent ? Ces quatre dernières années, Casey avait fini par comprendre qu'Ella était une pauvre dans un costume de riche. Les parents ne devraient pas mourir avant que leur enfant ne soit adulte, s'indigna Casey, et ils ne devraient pas partir non plus. Mais, dans ce cas, que penser de ses propres parents ? Ils étaient en vie, et ils avaient fait leur devoir.

Personne n'était jamais satisfait. Ted s'était barré. La mère d'Ella était morte. Jay épousait une fille à papa.

Le cœur de Casey pesait une tonne.

Ella se leva pour se diriger vers la cuisine. Elle avait acheté plusieurs steaks de saumon ce matin-là, et son père avait appelé pour prévenir qu'il travaillerait tard. Les deux jeunes femmes pouvaient cuisiner ensemble et ouvrir une bouteille de vin.

— Tu restes pour dîner ? proposa Ella.

— Non, répondit Casey du tac au tac.

Pourquoi avait-elle refusé alors qu'elle avait eu l'intention de rester manger depuis le début ? Mais elle ne pouvait pas supporter de rester plus longtemps.

— Je dois rentrer, balbutia-t-elle.

— Mais tu viens à peine d'arriver.

Les yeux d'Ella étaient remplis de désespoir. Elle avait attendu sa visite avec impatience et imaginait passer plus de temps avec elle.

— Il faut que j'avance sur une présentation pour mon cours de finance des entreprises, mentit Casey – elle avait bouclé ce projet la veille. Je voulais juste prendre des nouvelles, et bien sûr voir la petite. Vous avez toutes les deux l'air en forme, dit-elle en feignant l'enjouement.

— Oh. Je comprends. Oui, tu dois être incroyablement occupée avec tes études.

Casey hocha vigoureusement la tête, pour en finir avec ce mensonge. Elle saisit un scone et le rompit et étala de la *clotted cream* sur chaque face. Ella lui servit du thé.

Ella parla encore un peu de Ted et de combien elle était heureuse pour lui malgré tout, et Casey l'écouta. Ella ne lui mentait pas tant qu'elle se fourvoyait sur ses émotions. Casey se souvint du moment où elle avait découvert Jay avec ces deux étudiantes ; elle l'avait cru quand il lui avait dit qu'elles ne représentaient rien à ses yeux. Le mari d'Ella était tombé amoureux de Delia et avait l'intention de l'épouser. Il n'avait cessé de lui mentir. Ted était un connard, et Ella trop naïve. Casey ne voulait pas rester assise à écouter ces pieuses âneries. Elle ne tarda pas à reprendre le métro pour rentrer à Manhattan.

À l'appartement, elle trouva Unu à son bureau, en pleine lecture de la nouvelle édition du bimestriel de politique étrangère *Foreign Affairs.*

— Tu n'étais pas censé jouer au billard avec George ?

Unu secoua la tête.

— J'ai eu mal au dos toute la journée, alors j'ai préféré annuler.

Casey sembla déçue.

— Mais, attends, tu ne devais pas dîner avec Ella... qu'est-ce que tu as ? Tout va bien ?

— J'ai faim.

Elle se dirigea vers la cuisine. Rien ne lui faisait envie dans le réfrigérateur ni dans les placards. La tâche laborieuse de préparer un nouveau repas à base de pâtes ou de riz lui donnait envie de hurler.

— On se fait livrer ? lança-t-elle en fouillant dans le tiroir en quête des menus des restaurants du coin. Tu as du liquide sur toi ?

— Oui. Commande ce qui te fait plaisir, chérie, dit Unu en sortant son portefeuille, il avait soixante-douze dollars.

Casey n'avait pas attendu et téléphonait déjà. Il compta quatre entrées, de la soupe, du riz, des nouilles sautées et des légumes. Qui allait manger tout ça ? se demanda-t-il. Unu referma son magazine et le posa sur la table basse. Il alluma la télévision pour le match de base-ball. Quand elle raccrocha, Casey le rejoignit et s'assit à côté de lui.

— Ça va nous coûter combien ? demanda Unu en riant, amusé par cette commande gargantuesque.

— Je sais pas.

Casey continua de regarder fixement l'écran. C'était le milieu de la huitième manche et le lanceur des Mets était en position. Il envoya sa deuxième balle en dehors de la zone de prise. Casey s'énerva contre la télévision :

— Pourquoi ces cons sont payés autant ? On ne leur file pas des millions pour qu'ils perdent, merde alors.

Unu lui fit un bisou sur la joue, amusé.

Casey se figea.

— Il doit bien y avoir une raison, j'imagine, dit-elle tristement.

À nouveau, elle se sentit abattue. À quoi bon être intelligente et travailleuse, si elle ne savait pas quoi faire de ces capacités ?

Unu lut sa déception sur son visage.

— Non, non, Casey, tu as raison. Ils ne sont pas payés pour filer des points à l'autre équipe.

Il préférait quand elle s'énervait sur les joueurs. Casey se décourageait si facilement. Unu mit ses mains en porte-voix et cria en direction de la télévision :

— Allez, les nuls. Commencez à jouer au base-ball !

Voyant que ça ne suffisait pas à lui remonter le moral, il passa un bras autour de ses épaules.

À cet instant, le concierge sonna à l'interphone. Le livreur était arrivé en moins de vingt minutes. La commande s'élevait à quatre-vingt-dix-sept dollars.

— Désolé, je n'ai pas assez, dit Unu en sortant sa carte de son portefeuille.

Mais le livreur ne prenait que du liquide.

— Vous souhaitez retirer quelque chose de la commande, monsieur ? demanda le livreur. C'est comme vous voulez.

Casey savait qu'elle avait vu trop grand. Elle aurait facilement pu renoncer à deux des entrées les moins chères. Mais Unu avait dit qu'il avait du liquide.

Le livreur proposa alors :

— Sinon vous pouvez rappeler le restaurant et ils prendront votre numéro de carte, d'accord ?

Casey regarda les deux énormes sacs de plats à emporter. C'était trop, mais elle voulait tout : le bœuf, le poulet, le mélange de fruits de mer, le tofu.

— D'accord, dit-elle.

Casey se dirigea vers le téléphone, composa le numéro du restaurant et leur dicta le numéro de sa carte. Elle avait été si raisonnable dans le remboursement de ses mensualités ces dix derniers mois, et si disciplinée dans ses dépenses. La femme au téléphone demanda à parler au livreur. Quand celui-ci raccrocha, il posa les deux sacs par terre près de la porte et s'apprêta à partir. Casey lui tendit dix dollars de pourboire, de sa propre poche.

— Merci, m'dame, dit-il en filant.

Casey n'était pas une grande mangeuse. L'essentiel des plats finirait au réfrigérateur ou à la poubelle. Unu alla débarrasser la grande table où ils dînaient en temps normal, mais Casey récupéra les deux sacs et les posa directement sur la table basse.

— Je sors des bols ? proposa Unu.

Elle refusa. Casey déballa une paire de baguettes jetables et la rompit.

Ils dînèrent en regardant le match.

# 13

## LE PASSEPORT

Le chant était sa joie. Quand Leah Han avait huit ans, sa discrète mère avait succombé à la tuberculose. Un an plus tard, Leah avait hérité d'une belle-mère accablée par des maux de ventre. Adolescente, elle s'était retrouvée en bout de file, benjamine de six frères aînés, fille d'un pasteur sans le sou. Le soir, elle préparait le dîner pour sept hommes et sa belle-mère infirme, et elle passait ses samedis devant une bassine d'eau froide, entourée de piles de linge qui lui arrivaient à la taille. Pour Leah, l'église était le berceau de son enfance, et Dieu le Père son seul réconfort. Toute sa vie durant, lorsqu'elle chantait des cantiques, Leah sentait cette communion euphorique de la musique avec le Père, et lorsqu'elle chantait un solo, les cieux semblaient s'ouvrir pour l'inonder de la lumière de Ses Louanges. C'était à l'église que Leah était le plus heureuse, saisie d'une joie presque enfantine, et à travers la musique sacrée, la vie fourmillait en elle, réclamant l'amour divin dans son cœur déçu.

Tous les dimanches matin, deux heures avant l'office, les soixante membres de la chorale de Woodside Pilgrim Church se rassemblaient pour répéter dans une salle du sous-sol tapissée de morceaux de lino noir et rouge dépareillés. Mais en ce dimanche des Rameaux, Mr Jun, le chef de chœur septuagénaire, s'octroya quelques minutes de plus pour ordonner ses pensées derrière son lutrin avant de prendre la parole. Il était flanqué du professeur Charles Hong. À la consternation générale, ce dernier, plus jeune, était venu en jean et en pull à col rond. À sa décharge, il portait tout de même une veste en tweed marron bien coupée, mais elle n'avait pas l'air neuve. Sa peau claire lui donnait l'éclat d'un homme qui ne mangeait ni ne buvait en excès.

— Mes chers frères et sœurs de l'Église, permettez-moi de vous présenter le professeur Charles Moon-su Hong. Il sera votre nouveau chef de chœur, annonça Mr Jun d'une voix tremblante de tristesse.

Un murmure s'éleva parmi la foule et, tout aussi rapidement, se tut. Le docteur Jun poursuivit :

— Comme vous le savez, ma santé n'est plus celle qu'elle était.

Mr Jun toussota. Tout le monde savait qu'il suivait un traitement contre le cancer de la prostate. Cela faisait cinq ans qu'il évoquait la retraite, sans jamais avoir trouvé de remplaçant adéquat.

— Et même si cela vous semblera soudain… j'ai pris la décision de déménager en Californie après Pâques pour vivre auprès de mon fils. J'y serai mieux soigné là-bas.

Son visage s'illumina à la mention de son fils. Le fils de Mr Jun était anesthésiste à Los Angeles et il faisait la fierté de Mr Jun.

— Mais assez parlé de ma piètre santé. Il en sera suffisamment question plus tard…

Le ténor vieillissant à la vanité résiliente de six grands hommes toussota à nouveau. Il tenta de paraître plus optimiste.

— Le professeur Hong est le brillant fils de mon mentor de génie et ami, le professeur Joo-Jin Hong, du conservatoire de l'université de Séoul. Le professeur Hong est diplômé de la prestigieuse école new-yorkaise de Juilliard, où il a obtenu son doctorat en musique. (Mr Jun articula le nom de l'école avec une déférence extrême.) C'est un pianiste et un organiste accompli, ainsi qu'un talentueux professeur de chant. Il est également compositeur et travaille actuellement sur un cycle de mélodies pour le Lysander Quartet à la renommée internationale. Le professeur Hong a une affection particulière pour le chant choral. C'est ce qui l'amène parmi nous.

Mr Jun marqua une pause et sourit.

— Quelle joie pour nous de travailler avec lui ! enchaîna-t-il. J'espère que vous, mes chers frères et sœurs de l'Église, saurez l'apprécier et lui témoigner la même affection qu'à moi.

Mr Jun, grandement influencé par les lettres de saint Paul, essayait souvent de parler à sa manière.

Les mains derrière le dos, Charles inclina la tête sans rien dire.

Les murmures reprirent au sein de l'assemblée. Le basse avec un double menton souffla au ténor : « Il est drôlement jeune. » Kyung-ah Shin, la séduisante soprano assise à côté de Leah Han lui adressa un sourire complice. « Regarde, ma chérie, pas d'alliance. » Leah ne voulait pas être surprise en train de parler. Mr Jun détestait quand les membres de la chorale bavardaient en répétition. Elle observa les mains de l'homme. Il n'y avait pas d'alliance, mais sur sa main droite, le professeur Hong portait une chevalière ovale ornée d'un lapis lazuli. Il ne portait pas d'autre bijou. Kyung-ah donna un coup de coude à Leah.

— Tu crois qu'il est ho-mo-se-xuel ? prononça-t-elle en détachant chaque syllabe.

Kyung-ah effleura ses boucles d'oreilles – des perles noires de Tahiti serties de diamants blancs. Sa gorge pâle était cerclée d'un ras-de-cou assorti avec un fermoir en diamant. Kyung-ah et sa cadette Joanne possédaient trois magasins de vente de baskets en gros dans Manhattan qui avaient généré presque deux millions de dollars de recettes l'an passé. Elle s'était acheté cette parure de joaillerie comme cadeau à elle-même pour Noël, estimant qu'elle la méritait.

Charles sourit poliment, insensible à cette présentation pompeuse. Dans sa tête, il était un fils à papa de quarante-huit ans sans fortune propre. Ses deux mariages avaient échoué, il était titulaire d'un doctorat en musique qui n'avait aucune valeur et de plusieurs prix obscurs de concours d'orgue. L'Église le payait huit cent cinquante dollars par mois, un salaire risible pour le coût de la vie à New York, mais Charles n'avait pas besoin de beaucoup au quotidien. Par ailleurs, ses cours de chant lui rapportaient au moins trois cents dollars par semaine. Avec ces deux activités, il n'aurait plus besoin de l'argent de poche que lui versait son père. Après son second divorce, les remarques de ses deux frères aînés sur le supposé « artiste » de la famille qui vivait encore aux crochets du paternel étaient devenues insupportables.

Charles n'avait jamais dirigé une chorale auparavant, mais il était un bon professeur de chant. Mr Jun s'était vanté que la soliste du jour, la diaconesse Cho, avait une plus belle voix que Kiri Te Kanawa et Jessye Norman. Charles consulta l'organigramme de la chorale et repéra Leah au sous-pupitre des sopranos. La diaconesse Cho était une femme menue aux épaules délicates, au visage pâle, et aux cheveux lisses et blancs. Elle ne portait presque pas de maquillage, contrairement à sa voisine, une jolie soprano brune aux yeux fardés comme un oiseau tropical. Sentant peser sur elle son regard sévère, Leah se détourna pour prendre une bouffée d'air, paniquée.

Kyung-ah, à qui rien n'échappait, le vit observer Leah. Elle trouvait le nouveau chef de chœur intéressant. Sûre de ses atouts, Kyung-ah s'attendait à ce qu'il la remarque. Elle caressa ses cheveux noirs et vérifia de son petit doigt que son rouge à lèvres carmin n'avait pas débordé dans les coins. Elle regretta que la robe de chorale satinée masque son tailleur Claude Montana préféré, qui sanglait sa taille menue à la perfection et mettait en valeur ses hanches et ses jambes. Ce n'était pas tant pour elle qu'il l'intéressait ; Kyung-ah était mariée de longue date à un homme gentil et travailleur, bien qu'un peu assommant. Mais sa sœur était encore célibataire. Elle était toujours en quête d'un bon parti pour Joanne, talentueuse cuisinière et douée avec les enfants.

Charles s'attarda sur l'organigramme, associant chaque nom à un visage, tandis que Mr Jun radotait sur le sens véritable du chant choral. Le chœur était un panorama prévisible d'hommes aux joues flasques et de mères exténuées aux cheveux teints en noir et aux sourcils dessinés au crayon marron trop sombre dont les teintes de rouge à lèvres ne les mettaient plus en valeur. Tous le regardaient à la manière d'étudiants sérieux, et il ne ressentait pas la moindre affection à leur égard. Comment allait-il pouvoir diriger cette bande hétéroclite d'immigrés qui voulaient chanter pour leur Seigneur ?

La semaine passée, à son entretien d'embauche, le révérend Lim avait demandé à Charles s'il croyait en Jésus-Christ. Charles avait répondu : « Le Seigneur est mon berger. » Le pasteur, imperméable au sarcasme, n'aurait pas pu être plus ravi ; à ses yeux, il n'y avait pas de réponse plus parfaite. Charles venait de citer le psaume 23 du Roi David, le musicien par excellence de la Bible.

Quand le sermon prit fin, les choristes se levèrent pour chanter l'offertoire. Leah entonna le premier couplet de *A Mighty Fortress Is Our God.* Quand elle ouvrit la bouche pour chanter, Mr Jun ferma les yeux de contentement pendant un instant. Les autres se joignirent à elle pour le refrain, mais l'écho de la voix de Leah continuait de mener le morceau. Charles, assis au premier rang, ne put s'empêcher d'examiner attentivement le visage de Leah, incrédule devant le registre haut de sa tessiture. Elle avait une voix ronde avec un panel complexe d'émotions. Effectivement, elle n'était pas sans lui rappeler les sopranos mentionnées par Mr Jun, mais sa voix exquise n'était pas cultivée par une technique traditionnelle, et il y entendait une tristesse brute. D'une certaine manière, elle lui évoquait les lamentations du pansori avec sa souffrance inexplicable. Sa voix captivante finit par balayer ses pensées distraites et, quand elle cessa de chanter, il dut se ressaisir.

Le chœur se tut, se rassit, et la congrégation conclut par des « Amen, amen, amen » – éloge et gratitude dans la sobriété. Leah inclina la tête et lissa sa robe sur ses genoux serrés. Kyung-ah tapota la cuisse de Leah pour la rassurer. Elle aussi avait une belle voix, mais elle reconnaissait que toute comparaison entre elles était impossible.

Pour la répétition qui suivait l'office, la deuxième de la journée, les choristes se réunirent à nouveau dans la salle dédiée au sous-sol – un gobelet de café en polystyrène et une part de gâteau à la main. Pour les membres de la chorale, la vie s'organisait autour des répétitions et du culte. Il y avait deux répétitions le dimanche, une le mercredi soir, et une pastorale le mardi soir. Leurs robes ôtées, les postures plus détendues, les choristes discutaient de l'endroit où ils iraient dîner après cette répétition. La plupart étaient amis, et les femmes appartenaient presque toutes à un *geh* – c'était dans ce petit groupe qu'elles constituaient mensuellement un pot commun de leurs économies. Même celles qui avaient une famille avec des enfants en bas âge essayaient de s'arranger pour aller dîner chez les autres. L'humeur était plus légère à cette deuxième répétition qu'à la première. Les hommes ronchonnaient auprès de Mr Jun sur leurs difficultés à chanter certains hymnes, tandis que les femmes échangeaient les potins jusqu'à s'attirer les réprimandes du chef de chœur. Charles remarqua le changement d'ambiance, lui aussi, et se demanda comment il allait bien pouvoir s'adapter à son nouveau rôle. Il avait plus ou moins leur âge et ne se voyait pas endosser la stature du bon père excentrique.

— Cela va vous sembler soudain, mais j'ai déjà discuté avec le professeur Hong, et c'est lui qui va assurer la direction de la répétition aujourd'hui. J'ai rendez-vous ce soir pour organiser mon départ de la semaine prochaine. Naturellement, il assurera également celle de mercredi soir, annonça Mr Jun avec un air chagriné. Mais je vous verrai dimanche prochain à l'office.

Il sourit et s'interrompit. Personne ne savait s'il en avait terminé ou non.

— Vous êtes… comme des fils et des filles pour moi, ajouta-t-il en commençant à pleurer.

Charles s'approcha pour lui prendre la main.

— Je suis désolé, dit Mr Jun entre ses larmes. Je suis un vieil homme, et quand vous aurez mon âge, vous considérerez les choses qui vous tiennent à cœur avec plus… d'émotion.

Il s'essuya le nez avec un mouchoir, et Charles lui tapota le dos.

Kyung-ah se leva pour l'applaudir, entraînant les autres. Tout le monde pleura. C'était comme regarder un père transmettre son héritage avant de mourir. Mr Jun était un homme pointilleux qui avait fidèlement servi l'Église au cours des vingt dernières années. Chaque fois qu'il en avait l'occasion, il parlait de son sacrifice personnel au nom de Jésus en termes de temps, de talent et d'argent qu'il aurait pu gagner en se consacrant à autre chose. « Mais nos dons sont là pour Lui rendre gloire ! » Pourtant, au fil des ans et de son dévouement, les choristes avaient cessé de le voir comme un élément permanent et agaçant du décor, pour lui accorder le statut d'oncle qu'on tolère, puis celui de parent que l'on aime quand même parce qu'il voulait leur bien avant tout.

Mr Jun resta à son lutrin, le dos courbé, la tête penchée sur ses épaules voûtées. Leah était saisie de sanglots incontrôlables et Kyung-ah passa un bras autour de ses épaules. Quand les applaudissements se tarirent, Mr Jun récupéra sa mallette en cuir brun-rouge et son imperméable marron. Il serrait les dents pour contenir ses sanglots. Quand il s'assit dans sa Dodge marron au pare-chocs orné de deux autocollants Ichthus, il s'effondra sur le volant, le front contre son coude. Mr Jun ne pleura pas moins qu'à la mort de son angélique épouse.

Mr Jun avait à peine fermé la porte de la salle de répétition derrière lui que Kyung-ah se dirigea vers un coin de la pièce pour récupérer une des corbeilles pour la quête. Elle déplia son portefeuille et posa sept cents dollars dans le récipient, qu'elle passa à Leah, qui ouvrit son sac et y versa tout l'argent qu'elle avait sur elle : cent soixante-sept dollars. Aucune explication n'était nécessaire. C'était le pot commun pour le cadeau de départ de Mr Jun. Si quelqu'un était malade, perdait son mari, ou même pour un événement heureux comme un mariage ou la naissance d'un enfant : on faisait circuler un chapeau, et peu de temps après, une enveloppe en kraft remplie de liquide était offerte. Isolé, un Coréen ne représentait rien sur cette terre étrangère, mais une

Église entière de Coréens avait de la valeur pour chacun, et en son sein ils prenaient soin des leurs. Kyung-ah s'assurerait qu'une plaque soit gravée, et une petite cérémonie serait organisée la semaine suivante. Charles était touché par ce geste, mais il fit mine d'être absorbé par la partition qu'il avait apportée. Quand la corbeille revint à la soprano en tailleur noir, il réclama l'attention générale.

Charles était nerveux. Il parla en coréen, avec son fort accent de Séoul.

— Nous allons suivre le programme que Mr Jun m'a gentiment préparé pour les trois mois à venir. J'ai cru comprendre que celui de la semaine prochaine serait le même que l'an passé, ainsi aucun d'entre vous ne sera surpris par les chants de la liste.

Il ne souriait pas et parlait d'une voix plus neutre que son timbre normal – d'ordinaire mélodieux et tendre comme sa tessiture de ténor. Son père, éminent professeur, disait toujours que le premier jour de classe était le plus important : « Impose ton autorité dès le départ, et ne cède jamais au début. Plus tard, tu pourras faire preuve de souplesse. Mais il ne faut jamais, jamais commencer dans la douceur. » La vie, aux yeux de Charles, était une suite d'actions liées entre elles, et ceux qui comprenaient que pour atteindre le plus haut niveau il fallait rester constant dans ses performances, réussissaient la leur. Or Charles était de nature inconstante. Ses trois frères étaient des chercheurs réputés à Séoul. Tous les quatre étaient titulaires d'un doctorat, mais Charles était le seul incapable de gérer les compromis et dénué de la finesse indispensable à une carrière universitaire. Il avait démissionné de tous les postes qu'il s'était vu proposer.

Charles en revint à l'organigramme. Il appela les choristes un par un à l'avant de la salle et demanda à chacun de chanter *Happy Birthday*. Charles resta impassible devant les ténors trop aigus, les barytons fébriles, et les cris perçants des sopranos mal entraînées. Quelques altos avaient une tessiture passable, d'autres auraient dû être classées dans les mezzos. L'once de compassion ressentie quelques instants plus tôt à l'égard de Mr Jun s'évaporait. C'était sa faute si les choristes ne connaissaient pas leur propre voix. Il appela Kyung-ah Shin, la femme qui s'était levée pour applaudir et qui avait constitué le pot commun.

Elle prit son temps pour arriver jusqu'au piano. Sa gamme n'était pas développée, mais elle présentait un certain potentiel. Ses yeux mûrs l'attiraient, et il trouva amusante sa manière de le regarder sensuellement, le dos tourné au chœur. Elle exhibait sa richesse ostentatoire par ses vêtements : épaulettes immenses, escarpins à bouts pointus, bas en voile trop foncés pour sa carnation. Mais elle avait la taille fine, les fesses pleines, et il aimait les femmes aux lèvres écarlates. Beaucoup de diamants – probablement une de ces femmes dont le mari générait beaucoup de liquide. L'alliance de Kyung-ah Shin était impossible à louper. Cela faisait longtemps que Charles n'avait pas fréquenté de Coréenne, qui plus est mariée. Il avait perdu sa virginité avec une femme au foyer esseulée de Séoul – l'épouse timide de son professeur à l'université. Si l'occasion se présentait, il aurait volontiers couché avec la soprano mariée qui lui faisait les yeux doux. Celle-ci n'avait rien de timide.

Leah était la suivante. Quand elle se plaça à côté de lui, il fut frappé par sa jeunesse. De loin, à cause de ses cheveux blancs, il l'avait crue de dix ou quinze ans plus âgée. Elle n'avait pas l'air d'avoir plus de trente-cinq ans, et son visage lisse semblait éclairé de l'intérieur. Il y avait quelque chose de si pur dans son expression, comme si aucune mauvaise pensée n'avait jamais traversé son esprit. En se teignant les cheveux, elle aurait facilement pu passer pour une jeune femme de vingt-huit ans, mais il était évident qu'un tel acte serait allé à l'encontre de sa nature soumise. C'était une femme magnifique et menue, mais il n'était pas excité par elle comme par les femmes plus mûres – Kyung-ah Shin, par exemple. Leah était plus mince que les autres, avec une taille et des hanches étroites, à la garçonne. Sa petite poitrine bombait légèrement le tissu de sa robe grise austère, lui rappelant une professeure de chant allemande qu'il avait eue en Angleterre. On ne voyait de sa peau que son visage, son cou et ses mains. Il se rendit compte qu'elle avait la silhouette de sa première épouse, Sara, une minuscule soprano italienne devenue très grosse à la fin de leur relation.

Au lieu de *Happy Birthday*, il lui fit chanter le premier couplet de *A Mighty Fortress*, pour le plaisir de l'entendre à nouveau. Qu'est-ce qui n'allait pas chez elle ? se demanda-t-il. Elle avait quelque chose d'agaçant, malgré cette voix digne des plus somptueuses cathédrales. Elle était trop coréenne. Probablement stupide et passive. Au lit, elle devait se contenter de rester allongée sans bouger. Son regard baissé et son expression humble étaient irritants. Mais quand elle chanta, il ne put lutter contre son cœur qui se serrait, exactement comme à l'office, plus tôt. Sa voix céleste le stupéfiait. Il avait rarement entendu une si belle tessiture et une telle gamme chez une choriste amatrice. La maîtrise de son souffle était époustouflante. Si elle avait été plus jeune et si elle en avait eu les moyens, il l'aurait encouragée à s'inscrire à des concours. Elle les aurait tous remportés. Quand elle eut terminé, Charle opina sans rien dire. Il appela la personne suivante. À la fin de la répétition, il avait bouclé ses notes sur chaque choriste.

— Je vous dis à mercredi, dix-neuf heures trente. La répétition durera deux heures. Merci.

Charles hocha la tête, mal à l'aise. Il récupéra sa besace et sa veste, et fila.

Dès son départ, Peter Kim, un baryton courtier en assurances, rassembla le chœur et leur raconta qu'il avait visité sa maison deux ans plus tôt. Peter connaissait un des frères de Charles depuis l'école primaire. Charles Hong était le benjamin d'une fratrie de quatre garçons. Son arrière-grand-père et son grand-père s'étaient succédé à la tête d'une entreprise détenant le monopole de la production industrielle de GMS – l'additif alimentaire exhausteur de goût. Ses frères étaient à la fois des universitaires reconnus comme leur père et des magnats. Seul Charles, le moins aimé du grand-père, était parti en Europe et en Amérique pour étudier la musique. S'il était resté en Corée, il aurait reçu une rente annuelle considérable. Mais il ne l'avait pas fait. Toute sa vie, il s'était contenté d'étudier la musique en acceptant des petits jobs ici et là, et en rentrant régulièrement à la maison – jusqu'à la mort de sa mère, quelques années plus tôt. À maintenant quarante-huit ans, il avait été marié onze ans à une Italienne, et quatre ans à une Suédoise. Il vivait à Brooklyn Heights dans une immense maison en pierre blanche que son père lui avait achetée comptant. Il n'avait pas d'enfant. Les femmes étouffèrent des petits cris en apprenant cette dernière information.

— Quand je suis allé dans sa maison pour un rendez-vous convenu avec son frère, il avait complètement oublié que j'étais censé passer. Il était seul et il mangeait du riz bouilli et des saucisses avec de la sauce piquante sur une table de camping. Dans cette immense maison de riche, il n'avait presque aucun meuble, à part un piano géant et un canapé. Il m'a dit qu'il n'avait pas besoin d'assurance vie. « Qui aurait quelque chose à perdre si je clamsais ? » Bref, il m'a donné une bière et un CD de *Tristan et Iseult.*

Peter haussa les épaules et conclut :

— C'est un type sympa. Je ne crois pas qu'il m'ait reconnu quand j'ai chanté aujourd'hui.

Peter et une douzaine d'hommes partirent pour aller manger du *galbi.* D'autres débattaient pour savoir chez qui aller pour jouer au *Godori* – il y avait toujours quelqu'un pour ramener un jeu de cartes *ha-toh* rouges à l'église dans l'espoir de faire une partie.

Leah n'avait pas loupé un mot de ce qu'avait dit Peter Kim. Elle trouvait cette description du professeur Hong tragique – il semblait si seul. Mais elle se demandait ce que cela faisait de passer sa vie à étudier la musique. Pour elle, cela ressemblait au paradis.

— Tu veux venir manger un *jajangmyeon* avec les filles du *geh* ? proposa Kyung-ah en tirant Leah de ses pensées.

— Oh, non, je ne peux pas. Je dois rentrer à la maison pour préparer le dîner.

— Oh, tu es si dévouée. À côté de toi, nous sommes des épouses indignes.

Kyung-ah n'avait aucune intention de rentrer à la maison si tôt. Son fils et sa fille étaient à l'université, et son mari était tout à fait capable de faire réchauffer des ramens le dimanche soir. Elle le laissait aller à ses soirées pastorales entre hommes deux fois par semaine, et elle-même faisait ce qu'elle voulait.

Les choristes se dispersèrent pour se retrouver dans cette même salle trois jours plus tard.

Le mercredi, Leah abattit sa charge de travail rapidement. Elle termina presque toute sa couture de la semaine et alla même jusqu'à aider les filles à trier les vêtements dans l'arrière-boutique. Le tout en fredonnant toute la journée. Elle acheta des brocolis et du poisson au supermarché près du pressing afin de préparer en avance le dîner de Joseph – il mangeait si peu ces derniers temps. Elle-même comptait avaler un bol de riz avec un *bori-cha* car elle avait eu le ventre noué toute la journée. Le trajet de retour en voiture fut calme, ils échangèrent à peine un mot. La tête de Leah était remplie de musique et de pensées dirigées vers l'ancien chef de chœur et son remplaçant. Dès qu'ils arrivèrent à l'appartement, elle se précipita à la cuisine pour préparer le dîner et, une fois cette tâche accomplie, appela Joseph qui regardait son programme télévisé préféré.

— *Yobo*, lança-t-elle depuis la cuisine.

N'entendant pas de réponse, elle répéta :

— *Yobo.*

Au séjour, Joseph s'était endormi devant le poste de télévision. Il souffrait de cauchemars depuis la guerre – ce n'était pas nouveau –, mais ils étaient de plus en plus fréquents depuis l'incendie de son immeuble. Joseph essayait de se coucher tôt, pourtant son sommeil n'était jamais reposant.

— *Yobo*, dit-elle doucement pour le réveiller.

Elle ne voulait pas qu'il aille se coucher sans avoir mangé. Plongé dans un profond sommeil, Joseph ne bougea pas. Leah tira l'ottomane de l'autre côté du fauteuil pour surélever ses jambes et recouvrit son mari d'une courtepointe qu'elle avait confectionnée à partir de chutes de tissu. Elle dressa le couvert avec le dîner prêt, au cas où il se réveillerait, et quelques minutes plus tard, prit la voiture pour se rendre à la répétition de la chorale.

Leah n'était pas la première arrivée, loin de là. Kyung-ah était déjà installée, en robe rouge sanglée à la taille et talons hauts. Elle croisa et décroisa ses jolies jambes pour se repositionner sur sa chaise. Entre deux gloussements, elle taquinait les barytons qui la dévoraient du regard.

La plupart des choristes s'habillaient en tenue de tous les jours pour les répétitions, rien de comparable avec leurs habits du dimanche, puisque beaucoup d'entre eux venaient directement après le travail – épiceries de Spanish Harlem, ongleries du quartier de Midtown à Manhattan, grossistes de produits capillaires dans le Bronx, ou pressings, comme Leah. Quelques-uns étaient employés de bureau, mais la plupart étaient vendeurs ou gérants de commerces. Les frères Kim, des jumeaux de quarante ans ténors et célibataires, possédaient un garage dans le Queens, mais avant de venir à la chorale, ils se récuraient au pain de savon et s'inondaient d'après-rasage. Ils portaient des chemises blanches repassées et amidonnées par leur mère – qui vivait avec eux et dont ils s'occupaient – et des pantalons plissés italiens. Comme les jumeaux Kim, Mrs Koh, une veuve qui travaillait douze heures par jour comme caissière dans un marché poissonnier de Queens Village, s'efforçait soigneusement d'effacer les traces de son métier avec des litres d'eau et un savon au parfum puissant. Elle était connue dans la paroisse pour avoir envoyé ses trois fils à Harvard – l'aîné avait même obtenu un prix lorsqu'il était au lycée scientifique du Bronx.

Une fois que tout le monde eut pris place, Charles tapota sa baguette blanche contre le pupitre en fer noir. Aujourd'hui, il portait un pull à col en V sur un T-shirt blanc et un jean. Il affichait une expression sévère que ses lèvres pincées ne venaient pas adoucir. De sa baguette, il désigna Mrs Noh, la secrétaire de la chorale, une grande femme âgée couverte de fond de teint beige de la naissance de son cou à la lisière de sa chevelure. Il lui fit signe d'avancer. Depuis deux décennies, elle avait la charge de l'appel, de l'entretien des robes, du tri des dossiers et de la paperasse. Il lui tendit une pile de partitions pour le chant *O Divine Redeemer* à distribuer.

En découvrant la partition, les frères Kim furent ravis. Puis ils remarquèrent que c'était un arrangement pour soprano. Pour la deuxième semaine de suite, le solo reviendrait à une femme.

Charles tritura le lecteur CD. Il n'y avait jamais eu de lecteur CD en salle de répétition. Sans un mot, il lança la musique. Mr Jun était si bavard que les choristes s'attendaient à ne chanter vraiment que pendant quarante minutes après avoir assisté à un sermon d'une heure vingt, ainsi qu'à sa propre démonstration des différentes voix.

L'enregistrement débuta avec un violoncelle solennel, puis la soprano chanta le premier vers en anglais : « *Ah, turn me not away.* » La voix incantatoire de la chanteuse était magnétique. Quand elle produisit une note inatteignable au refrain, « *I pray Thee, grant me pardon* », ils furent nombreux à cesser de respirer, émus par le talent infini de la soprano. Ils entendaient toute la puissance du cantique. Son sanctuaire. Quand Charles éteignit la musique, un basse assis au fond de la salle lança un « Amen ! » et d'autres tonnèrent d'approbation. Aucun des hommes n'était intimidé par la direction silencieuse du nouveau chef de chœur.

De sa voix douce, Charles demanda à la pianiste de jouer le refrain. Il désigna les altos, qui chantèrent leur mélodie. Il laissa courir un peu, sans trop rien dire, menant les différents pupitres du bout de sa baguette et déplaçant leurs voix dans la pièce comme un train de marchandises. Sous sa direction imperturbable, les choristes se tinrent plus droits et devinrent plus attentifs à la qualité de leur son. La chorale était fière de son travail, mais le mépris de Charles ne faisait que croître. Il allait falloir bien plus d'efforts qu'il n'était prêt à en fournir pour huit cent cinquante dollars par mois.

Charles tapota sa baguette contre son lutrin.

— Bien, il est temps de passer au solo. Diaconesse Cho, merci de bien vouloir commencer par le premier vers. Le début est *andante*…

Il lut sa partition sans même accorder un regard à Leah ni à qui que ce soit, et ne vit ainsi rien de la confusion générale.

Leah secoua légèrement la tête. C'était elle qu'il avait appelée, non ? Diaconnesse Cho était son nom d'Église et la seule autre diaconesse Cho était une alto. Mais il s'était forcément trompé. Elle était déjà soliste la semaine passée. Elle n'avait jamais eu plus de quatre solos par an, et c'était déjà plus que tous les autres. Kyung-ah n'en avait eu que trois. Mr Jun alternait le programme des solos entre hommes et femmes – ténor et soprano, avec de temps en temps une partie mineure chantée par un soliste basse ou une alto. Mr Jun aimait aussi beaucoup les duos.

La pianiste joua, mais personne ne chanta.

Charles leva la tête de sa partition.

— *Andante...*

Leah semblait perdue.

— Leeeentement, traduisit-il.

Puis il se tourna vers la pianiste, qui reprit depuis le début.

Leah ne chanta pas.

Charles tapota sa baguette à nouveau sans cacher son irritation.

— Êtes-vous prête ? demanda-t-il en regardant Leah droit dans les yeux. Il y a un problème ?

Terrifiée, Leah ne savait pas comment protester. De sa baguette, Charles lui fit signe de se lever.

— Venez ici, dit-il doucement.

Leah prit une inspiration rapide avant de se redresser. Quand elle arriva à côté de la pianiste, Charles dit :

— *Shi-jak.*

Leah ne chanta pas.

— *Shi-jak*, répéta-t-il cette fois d'une voix beaucoup plus forte.

Leah commença à chanter de mémoire sur l'air qu'elle venait d'entendre, répétant les deux premiers vers avec plus d'émotion. Elle se concentra sur son amie Kyung-ah, qui en se mordant la lèvre supérieure avait étalé du rouge à lèvres carmin sur la rangée inférieure de ses dents.

Pendant l'heure suivante, Leah chanta faiblement. À vingt et une heures, une mère avec des enfants en bas âge leva la main pour prévenir qu'elle devait partir. Dans la demi-heure qui suivit, d'autres semblèrent désireux de l'imiter. Charles essaya de comprendre ces préoccupations prosaïques. À vingt et une heures trente, il les libéra en leur disant :

— Dimanche, merci d'arriver à sept heures trente précises.

Mr Jun avait pour habitude de conclure les répétitions avec des encouragements, « Bon travail aujourd'hui » ou un équivalent, mais Charles ne déclara rien de la sorte.

La chorale se dispersa, et Leah estima qu'elle pouvait à son tour partir. Jusqu'alors, elle était restée plantée au même endroit près du piano.

— Vous pouvez rester encore une demi-heure pour vous entraîner, lui dit Charles avec l'ombre minuscule d'une interrogation.

Figée, Leah regarda la pianiste enfiler sa veste. Elle aussi avait des enfants en bas âge.

Kyung-ah avança vers eux et sourit à Charles, qui lui adressa un signe de tête froid. Elle était enveloppée dans un châle en cachemire noir attaché par une immense épingle en or serti de jade.

— Tu veux partir avec nous ? demanda Kyung-ah à Leah comme si Charles ne pouvait pas l'entendre.

— Elle doit s'entraîner encore, répondit Charles pour elle.

Kyung-ah recula légèrement. Elle lui lança un regard noir qu'il ne remarqua pas.

Leah porta sa main gauche fébrile à sa clavicule. Elle paniquait à l'idée de se retrouver seule avec un homme. Charles prit place au piano. Une autre soprano de leur *geh*, la diaconesse Chun, approcha pour venir chercher Kyung-ah.

— Bonne soirée, leur lança Kyung-ah en passant son bras sous celui de la diaconesse Chun.

Ils se retrouvèrent en tête à tête. Inconsciemment, Leah se mit à arpenter le minuscule périmètre qu'elle s'était autorisée à occuper.

— Vous pouvez vous asseoir, indiqua Charles.

Leah se ratatina sur la chaise du premier rang habituellement occupée par Mrs Noh, la secrétaire de la chorale. Et se sentit plus en sécurité à cette place.

— C'est là que vous avez du mal…

Il lui parla plus gentiment, comme à une de ses élèves de cours de chant. Assis bien droit sur le tabouret du piano, il inspira profondément puis chanta « *Hear my cry, hear my cry, save me Lord, in Thy mercy* » et sans pause passa à la ligne suivante.

Les paroles pieuses l'apaisèrent. Sa voix de ténor était claire, comme l'eau fraîche d'un puits. Pour la première fois ce soir-là, elle comprit pleinement les mots de miséricorde et ressentit l'angoisse de la supplique du pécheur – le pécheur qui comprenait du fond du cœur qu'il ne méritait pas la protection de Dieu.

— Maintenant, si vous…

Charles leva les yeux de sa partition. En larmes, le visage entre ses mains, il trouva Leah d'une beauté stupéfiante. Il n'était pas rare de voir une soprano sangloter ; ses deux ex-femmes chanteuses pleuraient à la moindre provocation. S'il rentrait tard à la maison, la seconde entrait dans des crises incontrôlables et allait jusqu'à jeter le dîner par terre. La première fondait en larmes en voyant la couleur pervenche ou en sentant le parfum de la lavande. Mais Charles était surpris de voir Leah pleurer. Dans le peu de temps où il l'avait observée, son stoïcisme imprégnait ses manières, ses expressions, sa tenue et sa posture.

Charles déglutit.

— Est-ce que ça va ? C'est ma manière de chanter ou de jouer Gounod qui vous dérange ?

Il lui sourit.

C'était son premier sourire depuis qu'il avait mis les pieds dans la salle de répétition.

Leah ne comprenait pas de quoi il parlait.

— Charles Gounod, le compositeur, précisa-t-il. Il avait l'intention de devenir prêtre, et lui aussi a été chef de chœur pendant plus de quatre ans. Je doute de pouvoir tenir aussi longtemps.

Il rit.

— Je suis désolée.

Leah le regarda en reniflant. Elle était gênée de son émotion. Elle ne savait pas ce qui lui avait pris.

Charles avait raison – Leah ne pleurait pas souvent, mais étrangement, quand il avait chanté ce simple vers, elle s'était trouvée incroyablement émue. Mais elle ne pouvait pas le lui avouer. Toute sa vie, on l'avait félicitée pour sa voix étonnante, et elle avait également entendu bon nombre de voix qui l'avaient profondément affectée. Pourtant, elle était incapable de mettre les mots sur les sentiments qui faisaient battre son cœur. Parfois, elle aurait voulu leur répondre en chantant. Mais ç'aurait été de la folie. Sa vie n'était pas un opéra. En entendant une voix comme celle de Charles ou du CD qu'il avait passé, la réponse qui lui venait à l'esprit était : « J'entends Dieu quand vous chantez. »

— Quel est le problème ? s'enquit-il.

— Je ne devrais pas avoir le solo. J'ai déjà chanté la semaine dernière, ce n'est pas juste vis-à-vis des autres…

Charles inclina la tête sur le côté. Personne ne refusait un solo. Cette femme était ridicule et son altruisme invraisemblable.

— Vous devez comprendre quelque chose : je me fiche de l'équité. Et votre Dieu ne semble pas davantage s'en soucier lorsqu'il attribue le talent. J'ai l'habitude de la médiocrité et de l'ambition. Vous avez un don, mais vous manquez cruellement d'ambition. C'est pour cette raison que vous êtes coincée ici.

Leah plissa le front, perplexe.

— Mr Jun m'a déjà expliqué son système de roulement des solistes. Tout le monde est contrarié. Je l'ai bien remarqué aujourd'hui. Je trouverai une solution, mais en attendant, dimanche prochain, c'est Pâques – une grande célébration pour les chrétiens, comme vous et moi le savons. Et nous nous devons de produire la meilleure musique possible, ne croyez-vous pas ? Et Mr Jun s'en va. Ne mérite-t-il pas un adieu salué par un beau chant ? Pour ce dimanche, j'attends de vous que vous chantiez parce que votre voix est la seule que je puisse tolérer pour le moment.

Il avait en horreur les choristes qu'il fallait brosser dans le sens du poil – leur besoin maladif qu'on les rassure sur leur talent. Était-il vraiment en train de supplier une choriste d'accepter un autre solo ? Impensable.

— Mais...

— Avez-vous quelque chose à reprocher au morceau ?

— Non, non. Il ne pourrait pas être plus beau... mais, mais...

— Vous souciez-vous vraiment que vos petites copines sopranos vous en veuillent ? Les meilleures sont toujours les plus mal aimées. Est-ce plus important pour vous de recueillir l'approbation des autres ou de rendre grâce à votre Dieu ? Ne voulez-vous pas que le dernier office de Mr Jun soit mémorable ? Je vous ai vue pleurer dimanche dernier lorsqu'il a annoncé la nouvelle.

— Je... je...

Elle préférait le silence aux mots et le chant à tout. Elle aurait voulu répondre quelque chose, mais elle ignorait quoi.

Charles était en colère à présent, parce qu'il voyait bien qu'elle n'était toujours pas convaincue.

— Vous ne pouvez pas passer votre vie à vous inquiéter de ce que diront ou penseront les autres, bon sang !

— Ce n'est pas simplement que je m'en inquiète, c'est…

— Ne soyez pas un mouton. Vous êtes déjà passée à côté de tant de choses. Si seulement vous vous étiez battue pour votre propre…

Leah dévisagea cet homme qui ne la connaissait ni d'Ève ni d'Adam. Pourquoi disait-il toutes ces choses horribles sur sa vie ? Tout allait très bien pour elle. Elle était reconnaissante d'avoir un mari travailleur qui l'aimait, deux filles intelligentes et d'être en bonne santé. Sa voix était un cadeau de Dieu inattendu auquel elle n'aurait jamais osé prétendre. Et ses amies comptaient pour elle. Tout le monde devrait avoir sa chance. Elle baissa les yeux sur le carrelage rouge sous ses pieds.

— Voilà, c'est pour cette raison que je ne travaille jamais avec des Coréens. Ils sont si coincés. Vous devez penser à vous avant de penser au groupe.

Charles continuait son argumentaire sans même se demander si Leah en comprenait le sens. Il en voulait à sa famille, aux communautés d'immigrés à New York, même aux artistes qu'il connaissait et qui, sans être coréens, s'entêtaient à chercher des compromis. Un artiste, un vrai, ne pouvait pas se le permettre. Un artiste n'avait pas forcément accès à ce que les gens normaux avaient – un mariage heureux, des enfants, une vie familiale tranquille, un compte épargne retraite, une bonne santé mentale. Toutes ces choses que l'on obtenait en se pliant aux conventions, la plupart des grands artistes se les étaient vues refusées. Ses deux femmes avaient voulu des enfants, mais il leur avait dit non, précisément pour ces raisons. Charles n'avait pas l'intention de renoncer à son art pour faire de la place à un emploi stable ou à des bébés geignards, parce qu'à ses yeux, une vie sans musique n'était pas supportable. Sans la musique, il se serait probablement enfoncé un revolver dans la bouche.

Charles posa son front sur le piano. Toute une vie consacrée à la musique pour se retrouver dans cette salle de chorale en sous-sol avec des relents de *kimchi jjigae*, où une femme au foyer aux cheveux blancs dotée d'un véritable talent lui parlait de justice.

Leah ne savait pas quoi faire. Le nouveau chef de chœur semblait en colère contre elle.

— Je vais chanter, dit-elle. Je chanterai pour le départ de Mr Jun, ce dimanche. Et je m'entraînerai à la maison.

Espérant que Mr Hong lèverait la tête du piano pour la regarder, voire sourirait à nouveau, elle poursuivit :

— C'est simplement que j'estimais que ce n'était pas juste de ma part de chanter deux dimanches de suite.

Charles leva la tête et s'écria :

— Mais bon sang ! Vous n'avez donc rien écouté de ce que je vous ai dit ?

Leah cligna des yeux, terrorisée. Joseph ne lui avait jamais parlé sur ce ton.

Charles prit une nouvelle inspiration.

— Prenez le CD dans le lecteur et écoutez-le chez vous. Soyez attentive à son émotion. Pensez aux mots, ressentez la musique. Abandonnez-vous à vos émotions. Pour chanter sur la rédemption, vous devez éprouver le péché.

Il ne savait pas si elle le comprenait.

Leah se leva. D'une main tremblante, elle retira le CD du lecteur et le rangea dans son boîtier transparent. Elle s'éloigna discrètement vers la penderie pour récupérer ses affaires, ouvrit la porte puis se tourna pour s'incliner respectueusement. Charles essuyait des deux mains ses joues mouillées de larmes. Leah prétendit n'avoir rien vu pour ménager sa fierté. Sur le parking de l'église, la seule voiture était la sienne. En conduisant lentement, Leah se demanda où vivait Charles et si le trajet pour rentrer chez lui serait long ce soir-là.

# 14

## L'ACCUEIL

CASEY TERMINA LA VAISSELLE DU PETIT DÉJEUNER et s'habilla pour aller travailler. Elle avait une demi-heure d'avance, mais elle ne pouvait pas rester à l'appartement.

Unu ne lui demanda pas pourquoi elle s'en allait si tôt, mais elle prétexta tout de même une promesse faite à Sabine de la retrouver avant l'ouverture. En se dirigeant vers Madison Avenue, elle n'arrivait pas à comprendre pourquoi elle lui avait menti.

Casey détestait l'autoapitoiement et espérait que cette marche le long de Madison Avenue l'aiderait à alléger sa mauvaise humeur. La première année de business school était presque terminée, mais elle n'avait toujours pas décroché de *summer program* en banque d'investissement et s'en rongeait les sangs. Hugh Underhill lui avait dit de l'appeler si elle avait besoin de quoi que ce soit, mais l'idée de demander de l'aide lui faisait horreur.

La plupart de ses camarades de classe avaient trouvé des offres dans des entreprises du Web, et même si Casey avait décroché quelques entretiens dans cette branche, rien n'avait éveillé le moindre intérêt chez elle. Elle ne comprenait absolument pas ce qui se passait lorsqu'on ajoutait un suffixe « .com » à un mot, ni ce que faisaient concrètement ces sociétés. Sans compter que la plupart de ceux qui l'avaient reçue avaient l'air d'avoir douze ans. Pourtant, tout le monde disait que c'était là que l'avenir se jouait et, se rappelant qu'une fille avec une dette bancaire à cinq chiffres ne pouvait pas se permettre de faire la difficile, elle n'avait pas encore refusé la proposition de Sklar.com, une société d'étude de marché. Ces trois derniers mois, depuis qu'Unu s'était retrouvé sans emploi, son crédit n'avait fait que se creuser. Les dettes qu'elle avait soigneusement entrepris de rembourser s'étaient accumulées à nouveau. Alors qu'elle marchait, vêtue d'une de ses tenues du week-end – chapeau, robe, jolis souliers –, Casey fut saisie d'une envie de fuir, mais où ?

La plupart des boutiques de Madison Avenue proposaient des vêtements. Étrangement, Casey ne fut tentée d'entrer dans aucune. Tout semblait si cher et dangereux. Ces derniers temps, elle était écœurée par ses dépenses vestimentaires et se sentait coupable en permanence de ses achats. À l'angle de la 70e rue, elle s'arrêta au feu rouge piéton. À quelques pas se trouvait une boutique de livres anciens.

Le coffre de la climatisation fixé sur le linteau de l'entrée ronronnait tranquillement et faisait goutter de l'eau sur le trottoir. Des clochettes tintèrent quand elle ouvrit la porte. Quelque part dans la librairie, une radio diffusait du hautbois. Les murs jaunes étaient décorés d'illustrations extraites de livres et joliment encadrées.

Un homme âgé en polo vert pomme l'accueillit.

— Bonjour, mademoiselle. Quel splendide chapeau, commenta-t-il.

Des cheveux blancs mousseux voletaient sur les côtés de sa tête par ailleurs chauve. La monture de ses lunettes était d'un bleu outremer assorti au cadran large de son bracelet-montre. C'était un homme à la peau très claire, et ces deux touches bleu vif à son visage et son poignet lui donnaient un air juvénile, presque comique. Il devait avoir entre soixante-quinze et quatre-vingts ans.

Il avait une voix pleine de jeunesse et de chaleur – une voix heureuse – et Casey y trouva une forme de réconfort. Elle porta la main à son chapeau cloche en lin – moulé de sa main et sur lequel elle avait cousu des petites fleurs en soie rouge côté gauche.

— Et votre robe. Ça alors, phénoménale !

Sa voix était pleine de ravissement.

Casey baissa les yeux sur sa robe ivoire style années vingt. Deux rayures pourpres coulaient verticalement sur l'avant et le dos, et elle avait posé sur ses épaules un cardigan en soie couleur groseille déniché en friperie. Le week-end, ses tenues sophistiquées relevaient presque du costume d'époque.

— Très Daisy Buchanan.

— Oui. Peut-être un peu, admit-elle.

Sa référence à l'héroïne sans cœur de *Gatsby le Magnifique* était comme un clin d'œil personnel. Elle n'avait pas choisi cette inspiration consciemment, mais il avait raison. Son chapeau et sa robe correspondaient à ce qu'aurait pu porter un personnage comme Daisy. Quand Casey confectionnait des chapeaux, elle ne pensait jamais à elle-même, mais imaginait une femme plus intéressante. Il ne lui était jamais venu à l'esprit qu'elle s'habillait comme un personnage de roman.

— Enfin, si Daisy avait été coréenne, bien sûr, précisa-t-elle, soudain embarrassée.

Il la regarda avec curiosité.

— Je ne vois pas en quoi ses origines auraient été pertinentes, dit-il sévèrement comme s'il refusait de revenir sur son jugement. Nul doute qu'il existe de nombreuses Daisy, Beatrice ou Juliette coréennes.

Casey cligna des yeux, mais ne dit rien pour ne pas contrarier le vieil homme – ç'aurait été irrespectueux de sa part. D'où sortait Beatrice ? De Dante ? Il lui restait tant à lire. C'était ce que disait souvent Jay.

— Joseph McReed, se présenta-t-il joyeusement. Vous pouvez m'appeler Joe, ou Joseph. Je réponds aux deux.

— Oh.

Elle sourit, soudain intimidée. Il portait le prénom de son père.

Joseph avança en boitillant sur le parquet derrière son déambulateur en aluminium. Il portait un pantalon en velours usé et des chaussures Hush Puppies en cuir marron. Son soulier gauche semblait bien trop large pour sa cheville atrophiée. Quand il atteignit enfin une des bibliothèques vitrées, il étudia les dos des volumes empilés et en tira un petit livre épais.

— Oui.

Il semblait très content de lui. De ses longues mains mouchetées, il pressa l'ouvrage contre son cœur. Casey craignait qu'il ne tombe, maintenant qu'il avait lâché son déambulateur. Des petites taches claires parsemaient son front ridé, et les plis autour de ses yeux s'accentuèrent agréablement quand il lui sourit.

— Venez voir ça, regardez, dit-il en agitant le livre comme un enfant agiterait un jouet.

Pour lui éviter de venir jusqu'à elle, Casey s'approcha.

Joseph lui en fut reconnaissant. Il ne tenait jamais la gentillesse pour acquise. Il atteignit le fauteuil derrière un bureau en noyer où s'empilaient livres et journaux, et de sa main droite l'invita à s'asseoir sur la bergère qui lui faisait face. Casey jeta un coup d'œil à sa montre, puis obtempéra. Elle avait encore un peu de temps avant de prendre le métro.

Joseph tenait encore l'ouvrage contre son cœur, cachant malicieusement la couverture de ses deux mains. Il la fixa avec une intense concentration, puis fit jaillir le livre de son étreinte.

— Ceci va vous plaire, j'en suis certain.

Il lui tendit un exemplaire de Jane Eyre couvert d'un papier de protection rigide.

— Oh…

Elle soupira, puis ouvrit la couverture. À l'intérieur se trouvait une fiche bristol sur laquelle on pouvait lire : « Première édition américaine, excellente condition, petite tache encre sur la 4$^{e}$. 5000 $. »

— C'était mon roman préféré au lycée, dit-elle.

Mais elle aurait surtout voulu lui demander : « Comment le saviez-vous ? »

Ses yeux vert foncé étaient pailletés de marron. Il avait des cils blonds, courts et duveteux, et la peau fine comme du papier parsemée de taches dues au soleil. Peut-être avait-il plus de quatre-vingts ans. Il était bien plus âgé que son père, mais elle avait du mal à donner un âge aux personnes blanches, parce qu'elles se comportaient de manière bien plus juvénile que les Coréens qu'elle connaissait.

— Toutes les grandes lectrices ont quelque chose de Jane Eyre, expliqua-t-il. Toutes celles qui aspirent à être sages, du moins.

— Mais je ne suis pas une grande lectrice.

Casey avait lu les classiques d'une liste élaborée par Mrs Mehdi, sa bibliothécaire préférée de la Elmhurst Public Library, et quelques autres que Mary Ellen Currie lui avait recommandés au fil des ans. Mais le problème, c'était que lorsque Casey aimait un livre, elle le relisait. Elle n'arrivait pas vraiment à s'expliquer pourquoi, mais à ses yeux, un roman était toujours meilleur à la deuxième ou à la troisième lecture. Virginia Craft avait tout lu, y compris Dante en italien et l'intégralité de Proust dans le texte. Jay avait lu des dizaines de pièces de Shakespeare. Il pouvait réciter des sonnets entiers de Shakespeare, et même de Baudelaire. Casey n'avait lu qu'*Hamlet* et *Roméo et Juliette*. Quant à la poésie, qu'Ella et Jay adoraient, elle n'y comprenait rien. Elle avait un diplôme d'économie, et elle avait lu d'elle-même une vingtaine de classiques de la collection Penguin, sans aucune véritable indication sur la manière de les comprendre. Cependant, elle aimait écouter l'avis de ses amis sur les livres, et elle admirait la confiance qu'ils avaient en leurs goûts. Quand ses amis parlaient littérature, elle posait beaucoup de questions. Elle apprenait beaucoup de ces conversations. Ses amis éduqués en lycées privés et avec des diplômes de littérature comparée semblaient s'approprier les idées que contenait un livre et se sentaient libres d'en débattre. Avant d'entrer dans cette boutique, Casey ne s'était jamais rendu compte à quel point elle enviait l'autorité de ses amis et leur aisance en matière de littérature.

Tous les matins, Casey lisait la Bible, et dans le métro elle relisait les mêmes romans, comme une enfant avec son livre d'histoires préféré. Elle n'était pas une intellectuelle ni une esthète comme Virginia ; elle se sentait plus à l'aise devant une machine à coudre ou derrière un comptoir de vente. Chez Kearn Davis et à la Stern Business School, personne ne savait qu'elle aimait les romans. Il y avait bien chez Sabine's quelques vendeuses qui étaient aussi écrivaines ou artistes, mais elles ne lui adressaient pas la parole, la cataloguant comme la fille qui portait des chapeaux excentriques et des chaussures hors de prix. Elles n'avaient pas tout à fait tort. La plupart des personnes qu'elle avait côtoyées à Wall Street aimaient s'offrir des belles choses, dîner dans des bons restaurants et partir en vacances dans des destinations de rêve : tout ce que méprisaient les artistes qu'elle avait rencontrées. Casey n'avait l'impression d'appartenir à aucun des deux camps.

Elle prit *Jane Eyre* dans ses deux mains. Son exemplaire du lycée se trouvait quelque part au milieu de sa pile de livres chez Unu. Elle n'avait pas besoin de ce vieux livre. Pourtant elle mourait d'envie de le fourrer dans son sac et de le feuilleter seule, comme elle aurait voulu pouvoir contempler un beau tableau sans la foule agitée d'un musée.

Joseph regarda la fille au chapeau. Son visage exprimait une telle tristesse qu'il voulait la rendre heureuse. Il ferma les yeux et leva les bras d'un air théâtral. Il agita les mains – *abracadabra* – comme un magicien de cirque en direction du sac à main de Casey.

— Dans votre sac, vous avez un poche usé de *Middlemarch*.

— Quoi ?

La fermeture Éclair de son sac était fermée.

— Comment le savez-vous ?

Joseph éclata d'un rire incontrôlable.

— Nous prenons le bus au même arrêt à l'angle de la 72e rue et de Lexington Avenue. Jusqu'à l'automne dernier, du lundi au vendredi, vous portiez des tenues de bureau, et le week-end, des chapeaux sublimes et des robes extravagantes. Ces derniers temps, je ne vous vois plus en semaine. Mais le samedi, quand je vous croise dans le bus, vous êtes toujours plongée dans un livre. Parfois je crains même qu'une voiture ne vous renverse tant vous êtes ailleurs. Cette année, vous avez lu Thackeray, Hardy et Eliot. Soit vous êtes une lectrice très lente, soit vous relisez éternellement les mêmes livres. L'an dernier, vous avez lu *Anna Karénine* pendant très longtemps. Vous avez aussi lu des classiques américains : Cather, Hemingway, Dos Passos et Sinclair Lewis. Rien après 1945, ou presque. Et quasiment aucun Français.

Casey ouvrit la bouche sans vraiment savoir quoi répondre. Y avait-il quelque chose à craindre ?

— J'aime *Madame Bovary* et *La Cousine Bette*, dit-elle enfin sur l'intonation d'une question.

— Deux romans parfaitement respectables, approuva Joseph, redynamisé. Même si Flaubert est infiniment supérieur à Balzac, bien sûr.

Il inclina la tête sur le côté et ajusta ses lunettes à la monture bleue.

Casey sourit sans rien dire. Elle n'avait lu qu'un seul livre de ces deux écrivains.

— Toutefois, vous revenez souvent à *Middlemarch*. Samedi dernier, vous le lisiez déjà. Je me suis douté que vous y étiez encore.

— Mais je ne vous ai jamais vu, marmonna-t-elle.

Puis elle se rendit compte qu'elle l'avait peut-être vexé avec cette protestation. Elle-même s'était déjà sentie ignorée dans sa vie. Si elle n'avait pas vraiment peur de lui, cette situation était inédite pour elle ; elle ne s'était jamais considérée comme une personne digne d'être observée.

Joseph perçut son anxiété.

— N'ayez crainte, mon enfant. Je ne suis qu'un vieillard inoffensif. Un infirme, même. Je suis simplement curieux de ce que les passagers lisent dans le bus. Mon épouse, qui est décédée l'an dernier, disait que cette manie était des plus grossières. Elle trouvait ça pathologique, vous y croyez ?

Il gloussa et ajouta :

— Et vos magnifiques tenues attirent toujours mon attention.

Casey jeta un coup d'œil à sa robe et à ses babies à talons.

— J'ai l'air ridicule, je le sais. Mais c'est comme ça que je supporte d'aller travailler tous les jours. Je m'amuse et…

— Non, non, très chère. Pas du tout, l'interrompit-il.

Il regrettait de l'avoir embarrassée, notamment parce qu'il était par ailleurs très curieux de connaître son métier. Était-elle comédienne ?

— Vous êtes ravissante. Ma femme portait les plus beaux chapeaux au monde. C'était son péché mignon, et je suis toujours heureux de voir d'autres femmes en porter.

— Je... je ne vous ai jamais vu à l'arrêt de bus, je ne me souviens pas... vous avez raison, je lis toujours en attendant. J'ai si peu de temps pour lire...

— Personne ne remarque les vieux messieurs, dit-il en souriant.

C'était une chose qu'il avait commencé à comprendre passée la soixantaine : le calendrier social se vidait, les jeunes ne cherchaient plus votre compagnie et les quadragénaires estimaient que vous n'aviez pas grand-chose à leur apporter. Mais Joseph l'avait accepté en se souvenant qu'il avait lui-même agi ainsi dans sa jeunesse.

Casey se sentit mal pour lui. Son amie la plus âgée était Sabine, et elle avait à peine quarante ans.

— Ce n'est pas grave, la rassura-t-il

Elle n'était pas de ces jeunes femmes intentionnellement méprisantes.

— J'ai beaucoup attiré les regards, à une époque, ajouta-t-il. Maintenant, c'est votre tour.

Il s'esclaffa, comme amusé par une litanie de charmants souvenirs. Joseph croisa les bras et bomba fièrement le torse. Tous deux éclatèrent de rire.

— Je peux vous faire *Jane* à deux mille cinq cents, parce que vous êtes enfin entrée dans ma boutique. Je ne pensais pas que ce jour arriverait. Daisy est venue à ma fête.

Casey sourit. Elle jeta un coup d'œil à la fiche bristol jaune puis à la quatrième de couverture. La tache d'encre était négligeable, sa couleur estompée évoquait celle du vin.

— Voyez-vous, je prends ma retraite cette année, et j'écoule mon stock lentement. J'ai l'intention de fermer après Noël. Il me reste sept mois.

Casey posa *Jane Eyre* sur ses genoux. Elle ouvrit son sac et y piocha son exemplaire de *Middlemarch.* Dans un élan d'audace, elle déclara :

— Dorothea Brooke est si naïve, vous ne trouvez pas ?

Casey adorait cette héroïne du roman de George Eliot, mais la détestait aussi.

— Si. C'est le problème, avec les individus dotés de principes. Mais Eliot ne la laisse pas s'en tirer à bon compte. Dorothea épouse le vieux Casaubon. C'est lui, l'imbécile ! J'ai beaucoup de compassion pour Dorothea. Ce n'est qu'une jeune fille bercée d'illusions.

Le mari de Dorothea, Casaubon, était un ecclésiastique obsédé par ses recherches scolastiques pour l'écriture d'un livre rébarbatif que personne ne lirait jamais.

— Oui, mais Casaubon a sa propre tragédie. Il a de l'argent et du travail, mais pas de véritable amour. On ne peut pas vivre sans.

— En effet, approuva doucement Joseph.

Le libraire semblait blessé, et la tristesse dans ses yeux le vieillit d'un coup. Elle venait de dire quelque chose qui l'avait bouleversé. Casey regretta de ne pas avoir les moyens de lui acheter quelque chose.

— Mais Jane Eyre… elle fait une bien meilleure héroïne, n'est-ce pas ? dit Casey.

Un sourire remplaça la nostalgie sur le visage du vieil homme.

— Jane ? Oh, c'est la plus intelligente de toutes.

Casey sourit en se souvenant de combien elle avait adoré la modeste orpheline devenue gouvernante tragiquement éprise de son employeur marié – et combien elle avait eu raison de quitter Mr Rochester, puis de revenir à son chevet le sachant veuf et aveugle. Sa morale lui rappelait les contes coréens dont la berçait sa mère quand elle était petite – avec le sacrifice et l'intégrité comme seuls chemins louables pour une femme.

Casey caressa la couverture du livre ancien puis le rendit à Joseph, qui ne l'accepta pas.

— Deux mille dollars.

Il regrettait de ne pas pouvoir le lui offrir, mais il n'avait rien vendu depuis une semaine. Il ne voulait pas avoir à toucher encore à son épargne retraite pour payer son loyer. L'été arrivait, et les ventes ralentissaient toujours sur cette période. Son but était de compenser sur la période de Noël les pertes antérieures.

— C'est une très bonne affaire, justifia-t-il.

— C'est beaucoup d'argent.

Si elle avait eu cette somme en liquide dans sa poche, elle la lui aurait donnée. L'argent avait toujours été une sorte de poids pour elle. Tant qu'elle en avait, elle ressentait le besoin de le dépenser jusqu'à se retrouver à sec face à son angoisse de la pauvreté. Elle aurait voulu avoir des fonds durables pour ne pas être anxieuse en permanence. Mais aurait-elle jamais assez d'argent ?

— Mille cinq cents, dit-il avec une moue. Je l'ai acheté plus cher que ça.

Qu'est-ce qui lui faisait penser qu'elle avait les moyens de s'offrir un livre rare ? songea-t-elle. Son ancien supérieur, Kevin Jennings, la taquinait souvent sur son vocabulaire très Princeton et ses vêtements onéreux. De temps en temps, lorsqu'elle entrait dans une boutique, les vendeurs la prenaient pour une riche japonaise. Était-ce ce que pensait aussi Joseph ? Qu'elle attendait à un arrêt de bus de l'Upper East Side comme ces jeunes héritières qui travaillent en salle de ventes aux enchères, plongée dans ses vieux livres, en robes extravagantes – évidemment qu'il la croyait aisée. Si elle pouvait dépenser plusieurs centaines de dollars pour des chaussures, pourquoi n'aurait-elle pas les moyens d'acquérir un livre rare ?

Personne ne s'était arrêté devant la librairie depuis qu'elle y était entrée. L'homme aux cheveux blancs avait été gentil avec elle, lui avait parlé de littérature. Elle connaissait l'impératif de faire une vente.

— D'accord, dit-elle doucement.

Ce qu'elle allait devoir faire, songea-t-elle, c'était appeler Hugh Underhill et lui demander un coup de main pour obtenir un entretien pour un stage en finance qui paierait bien plus que celui d'étude de marché. Mais le programme de banque d'investissement de chez Kearn Davis était probablement déjà complet – forcément. On était en mai.

Casey sortit une carte de son portefeuille, celle qui avait encore une autorisation de crédit de deux mille dollars. Elle n'aurait pas pu faire ça à l'université, à l'époque où elle ne payait qu'en liquide ou par chèque. Étonnamment, Casey n'avait jamais signé de chèque sans provision, parce que l'acte frôlait trop le mensonge à ses yeux. Elle lui tendit sa carte.

— Oh, vous m'en voyez ravi.

C'était une affaire rare pour elle, et l'idée que le livre lui revienne lui plaisait. Joseph emballa l'ouvrage dans un fin papier kraft.

Casey prit le paquet.

— Merci, dit-elle.

— J'espère que vous me rendrez visite à nouveau.

— Oui, et je vous chercherai à l'arrêt de bus.

Joseph étudia son visage. Elle ne semblait pas heureuse.

— Vous allez bien ? demanda-t-il, soucieux.

— Oui, bien sûr. Je dois filer.

Devant la boutique, les crêtes irrégulières du béton sur le trottoir s'enfoncèrent dans les semelles souples de ses souliers. Casey héla un taxi, quitte à dépenser l'argent de son déjeuner. Elle ne pouvait pas se permettre d'être en retard. Quand elle arriva au magasin, Judith la salua avec froideur. À midi, Casey monta dans le bureau de Sabine et y mangea un yaourt en écoutant distraitement sa patronne parler de la collection automne. En son for intérieur, elle se résolut de rapporter le livre à Joseph. Peut-être comprendrait-il.

Mais le lendemain matin, Casey laissa l'ouvrage sur sa table de chevet, et quand son bus passa devant la boutique, fermée le dimanche, elle se souvint de l'effort de Joseph pour atteindre la bibliothèque et choisir ce livre pour elle. Durant la semaine, elle alla en cours. Le samedi suivant, elle repéra Joseph à l'arrêt de bus. Il semblait enjoué. Ils s'assirent côte à côte dans le bus et le libraire descendit en face de sa boutique. Il avait admiré son chapeau et lui avait raconté des anecdotes sur sa femme, Hazel, qui raffolait des chapeaux et des gants. Casey ne pouvait pas lui rapporter le livre.

Le lundi matin qui suivit, Casey téléphona à Hugh Underhill.

— Tiens donc, qui voilà, dit-il. Ça fait du bien de t'entendre, beauté.

— Salut, Hugh..., dit Casey en riant.

Il était toujours le même infatigable gai luron. Elle ne l'avait pas revu depuis sa soirée de départ chez Kuriya. C'était en septembre. Ils s'étaient parlé quelques fois depuis, mais n'avaient pas pris de verre comme promis.

— Tu pourrais m'obtenir un entretien pour le programme de finance ? demanda-t-elle.

Hugh éclata de rire.

— Eh bien, tu ne perds pas de temps en politesses. Comment vas-tu, Hugh ? Quoi de neuf ? Ta femme, les enfants ? Qu'est-ce que tu comptes faire cet été ?

— Tu n'as pas de femme ni d'enfants, lui rappela-t-elle.

— Peut-être que si, depuis le temps. Ça fait un moment qu'on ne s'est pas vus.

— Pas si longtemps.

— Ça fait...

Hugh énuméra les mois dans sa tête.

— Presque neuf mois ! Tu vois, je pourrais avoir un enfant.

— J'ai dû terriblement te manquer pour que ta vie prenne un tel tournant.

Casey recompta le temps passé de son côté. Était-il possible qu'il se soit vraiment marié ? L'idée de Hugh marié était beaucoup trop improbable.

— Bref, tu penses pouvoir m'aider ou pas ?

Hugh se tut. Mentalement, il compta huit Mississippi – son chiffre porte-bonheur. Les femmes détestaient qu'on les induise en erreur, et elles avaient horreur d'attendre. Il voulait torturer Casey, juste un tout petit peu.

— C'est un peu tard pour ça, tu ne crois pas ? Dis-moi, est-ce que ce ne serait pas encore un coup de ton orgueil ? C'est pour ça que tu n'as pas appelé plus tôt ?

— Hugh... Est-ce que tu peux m'aider, ou pas ? C'est toi qui vois.

— Oui, ma petite Casey. Évidemment que je peux et que je vais t'aider. Mais avec cette attitude insolente, tu vas me devoir une fière chandelle.

Casey sourit, ravie.

— Tu parles !

— Oui, je parle, et toi ? Tu es prête à passer à l'action ? rétorqua-t-il en la revoyant soudain dans le taxi.

— Arrête de flirter. Tu peux m'obtenir une place ? demanda-t-elle sans parvenir à rester sérieuse.

— Je vais téléphoner à Charlie Seedham. En revanche, la suite ne dépendra que de toi.

Charlie, un ami de Hugh, était responsable des stages d'été pour les étudiants d'école de commerce.

— Merci, Hugh, dit-elle avec soulagement. Et tu as raison. J'étais trop fière pour t'en parler plus tôt.

— Ah, je préfère ça. Très bien. Je te rappelle.

En quelques heures, Casey obtint un rendez-vous pour un entretien le mercredi après-midi. Elle sécha son cours de comportement organisationnel pour rencontrer Charlie Seedham, qui ne se priva pas de lui reprocher de s'y prendre si tard. Il lui proposa tout de même une place, et Casey fit livrer une bouteille de vin à Hugh avec la promesse de l'inviter à dîner.

# LIVRE III

## Pour la grâce

# 1

## L'OBJECTIF À ATTEINDRE

LA DEMANDE DE TED ne surprenait pas Me Ronald Coverdale. En vingt-quatre années de droit de la famille, il avait été témoin du pire de ce que le cœur peut infliger.

Ella avait rendez-vous chez son avocat, au trente-neuvième étage d'une tour au croisement de la 50e rue et de Park Avenue. Dehors, la journée n'aurait pas pu être plus belle et sa lumière se déversait dans le spacieux bureau d'angle de Ronald Coverdale où flottait une légère odeur de fumée de cigarette malgré le luxueux parfum d'ambiance aux agrumes. Sur sa table de verre et d'acier, un mégot unique, à moitié consumé, était écrasé dans un cendrier en cristal. L'avocat svelte portait un costume anglais à la coupe ajustée. Ronald avait l'esprit vif, mais la patience limitée. Son portefeuille de clients n'avait pas besoin d'être étoffé, toutefois il avait accepté le dossier d'Ella Shim pour rendre service à David Greene, le directeur du développement de l'école de son fils. Ronald appréciait Ella, comme cliente ; elle était très agréable à regarder – ce qui ne faisait que confirmer ce qu'il avait appris au fil des ans : les hommes quittaient aussi les belles jeunes femmes. L'amour romantique était un lien complexe et volatile, sans vraie sécurité.

Pour qu'un mariage perdure, Ronald estimait qu'il fallait de l'obstination, mais surtout deux partenaires paralysés par une peur de l'échec et un sens aigu de la honte associé à la transgression des conventions. Évidemment, ce n'était pas la recette d'un mariage heureux, mais ces facteurs pouvaient faire en sorte que deux personnes restent ensemble. Une activité sexuelle à fréquence élevée aidait aussi. En revanche, on avait beau entendre des couples professer qu'ils resteraient ensemble « pour le bien des enfants », la réalité prouvait que multiplier les naissances ne prolongeait pas l'union. Au contraire, plus il y avait de gosses, plus le mari était susceptible d'avoir une liaison – et la femme d'être trop occupée pour le remarquer ou pour s'en soucier. Les hommes partaient quand leurs enfants n'étaient plus si mignons et leurs épouses trop vieilles pour se remarier, provoquant ainsi un complexe de Médée. Le divorce Kim était particulièrement intéressant aux yeux de l'avocat, car le mari ne s'était pas défilé avant mais après la grossesse. Ronald n'était pas né de la dernière pluie.

— Pourquoi voudrait-il une garde alternée ? demanda Ella en joignant les mains dignement sur ses genoux.

— Pourquoi, selon vous ? rebondit Ronald.

Un avocat n'avait pas de raison de spéculer sur ces questions. La femme connaissait mieux que lui son époux.

— Je me suis installée chez mon père en août. En huit mois à Forest Hills, Ted n'est venu voir Irene que six fois.

— Et depuis que vous êtes de retour en ville ?

Ronald récupéra son stylo pour noter les dates.

— J'ai réinvesti la maison au 1er mai.

C'était Casey qui l'avait poussée à reprendre possession de leur demeure en plein Manhattan.

— Et depuis deux semaines que nous sommes ici, Ted n'est pas passé une seule fois, continua Ella. Il sait que jamais je ne l'empêcherais de voir sa fille, et je veux qu'Irene connaisse son père et le voie régulièrement… mais maintenant vous me dites qu'il pourrait me la prendre.

— Non, pas vous la prendre, Ella. Il veut une garde alternée, ce qui signifie qu'il aurait cinquante pour cent du pouvoir de décision sur l'éducation de l'enfant, et il demande également une résidence alternée pour la moitié du temps. L'avocat de Ted s'est montré très insistant sur ce point – la résidence.

— Mais je l'aurais évidemment consulté sur l'éducation d'Irene. Bien sûr que je l'aurais fait, mais… Irene ne peut pas vivre avec lui la moitié…

Ella fondit en larmes. Elle n'arrivait même pas à le dire.

Ronald poussa une boîte de mouchoirs dans sa direction.

— Je ne comprends pas, protesta Ella en ravalant ses sanglots.

— Ce n'est pas que vous ne comprenez pas, c'est que ça ne vous convient pas.

Ella leva les yeux vers lui, perplexe.

Ronald prit conscience du côté sarcastique de son commentaire. C'était leur quatrième consultation et il voyait bien que, contrairement à tant de femmes, celle-ci ne jouait pas la comédie. Ella avait réellement un cœur sensible, et il devait faire l'effort de lutter contre son instinct protecteur. Dans le cadre d'un divorce, l'avocat n'a pas d'autre choix que de se méfier de ses propres clients.

— Ne dites pas que vous ne comprenez pas lorsque ce n'est pas le cas. Il demande la garde partagée. Il n'y a rien que vous ne puissiez pas comprendre dans ce concept. Vous êtes une jeune femme intelligente. Ce que vous voulez dire, en revanche, c'est que ça ne vous plaît pas ; ou même que vous détestez ce qu'il fait, ou bien que vous n'êtes pas d'accord. Maintenant, il faut que me disiez ce que vous ressentez et ce que vous voulez, pour qu'à mon tour, en ma qualité d'avocat, je puisse savoir quelle action entreprendre. Les femmes ne peuvent pas se permettre de regarder leur monde s'effondrer sous leurs pieds en disant qu'elles ne comprennent pas.

Ella opina et tenta de paraître plus courageuse. Le regard de Ronald était si intense qu'il semblait intrusif. Il lui faisait peur.

Il se mit à parler d'une voix douce, comme pour la tirer d'un rêve :

— Ella... Ted agit de manière assez courante à ce stade du divorce. Il vous connaît bien et il va faire ce qui, stratégiquement, est susceptible de vous surprendre. Est-ce que Ted est du genre à obtenir ce qu'il veut ?

C'était une question rhétorique, car il connaissait déjà la réponse.

— Oui, confirma Ella en songeant à toutes ces fois où elle avait cédé parce qu'elle n'avait pas eu la force de s'opposer à lui.

— Eh bien, il va la jouer exactement comme lors de toutes ses autres parties gagnantes. Réfléchissez. Il n'a pas de raison de changer de tactique tant qu'elle ne lui aura pas fait défaut. Vous saisissez ça ?

— Oui, mais ça ne me convient pas.

Ronald sourit. Il aimait l'intelligence.

— Dites-moi précisément pourquoi cela ne vous convient pas.

— Ça ne me convient pas, parce que Ted gagne toujours et je le laisse toujours gagner. Il va se battre plus férocement, quitte à tricher, et il n'abandonnera jamais. Ted… vous n'imaginez pas comment il est.

— Oh, j'en ai une vague idée. C'est le profil gagnant par excellence, et ils peuvent s'avérer… difficiles.

D'expérience, Ronald évitait d'insulter la partie adverse.

Ella détourna le regard. Elle n'imaginait pas perdre Irene la moitié du temps au profit d'un homme qui n'était jamais à la maison. Saurait-il qu'Irene préférait le tofu écrasé mélangé avec son riz, et que les brocolis lui donnaient des gaz ?

— Vous ne devez pas baisser les bras, car même les gagnants ne sont pas invincibles, Ella. Chaque fois que vous avez perdu face à Ted, c'est parce que vous l'avez décidé, ce n'est donc pas véritablement une défaite.

Ella le fixa à nouveau. Était-il en train de lui dire qu'il restait un espoir ?

— Écoutez plutôt ceci : j'ai rencontré plus d'un Ted au cours de ma carrière et, oui, ils s'en sortent. Mais je sais aussi que derrière chaque stratégie minutieusement élaborée et chaque dossier finement étudié, il reste une part d'inconnu dans ce genre de match, parce que vous ne vous battez plus pour des choses vaines, mais pour des personnes et des émotions réelles. Dans mon domaine, il y a beaucoup de surprises. Et croyez-moi, je ne suis pas du genre à aimer les surprises.

— D'accord, dit-elle avec la déception morose d'une enfant.

— La garde est le point principal de la négociation, qui sert d'arme stratégique à Ted.

Ronald sonda ses yeux pour voir si elle appréciait la gravité des implications. Elle ne semblait pas idiote, mais elle affichait encore cet air hébété qui prenait parfois entre un à cinq ans à disparaître sur le visage des divorcés. Hommes et femmes qui étaient passés par là vieillissaient d'une manière différente. Avec un avantage pour ceux qui quittaient le foyer, surtout s'ils laissaient derrière eux un mariage malheureux pour rejoindre un être aimé. La première femme de Ronald ne s'était jamais remariée après son départ. Le choc avait mis plusieurs années à s'effacer de ses traits, et il devait reconnaître qu'il n'en était pas fier.

— Est-ce que vous êtes en train de dire qu'il pourrait utiliser Irene pour obtenir ce qu'il veut ?

— Évidemment.

— Impossible. Ted n'est pas une mauvaise personne.

— Il n'a pas besoin de l'être. Il ne fait que servir ses intérêts propres. Vous devriez vous estimer chanceuse qu'il n'ait pas demandé la garde exclusive.

On aurait dit qu'Ella venait de recevoir une gifle.

Ronald ouvrit grand les yeux, comme un professeur réussissant enfin à se faire comprendre de son élève.

— Bien, bien. Je vois que vous saisissez.

— Il ne pourrait tout de même pas...

— Bien sûr que si. Il peut faire ce qui lui chante. Il peut brandir la menace de la garde pour vous forcer à renoncer à certains droits conjugaux, à la pension alimentaire, par exemple. L'argent ne semble pas être un sujet pour le moment, mais beaucoup d'hommes riches se montrent radins.

Ronald avait déduit au choix de son avocat (souvent un reflet du caractère du client) que Ted devait être un vrai salopard – Chet Stenor était un charognard jusqu'au bout des ongles.

— Ou alors, poursuivit Ronald, il pourrait avoir un désir sincère de passer la moitié de la vie d'Irene avec elle.

Ce qu'il ne précisa pas, c'était que la plupart de ces hommes à qui tout réussissait comptaient leur progéniture dans leur patrimoine, et détestaient se séparer de leurs possessions, perçues comme durement acquises. Certains hommes qui quittaient leur femme avaient même du mal à accepter qu'elle se remarie.

— Ça pourrait être une bonne chose pour Irene, de grandir avec un père.

— Bien sûr. Je n'entends pas l'éloigner de son père. Mais je… je ne peux pas le laisser élever Irene.

Sans parler de Delia, la femme avec qui il vivait désormais.

Assis au bord de sa chaise, Ronald se pencha en avant.

— Vous êtes inquiète à l'idée qu'il élève l'enfant ?

— Et…

— Sa petite amie ?

— Ils prévoient de se marier.

Ronald la sonda encore du regard. Ella était visiblement toujours piquée par l'adultère. Mais il avait remarqué dans l'exercice de son métier que les hommes ne s'en remettaient jamais, tandis que les femmes parvenaient à mettre de côté l'humiliation pour passer à autre chose.

— S'ils finissent effectivement par se marier, cette femme sera dans la vie d'Irene. Quoi qu'il advienne en termes de garde, je me permets de vous dire qu'il est dans le meilleur intérêt de votre fille que vous vous entendiez bien avec cette personne. Ce ne sera pas facile, mais vous verrez que cela aidera Irene, même si cela vous coûte.

C'était son discours tout prêt en matière de belle-mère quand il y avait des enfants dans l'équation.

Ella hocha la tête. Il lui demandait d'être gentille.

— Pour en revenir à la question de la garde alternée…, reprit Ronald en résistant à la tentation de consulter sa montre.

Un autre client était arrivé en salle d'attente. Son assistante l'avait déjà sonné une fois.

— Je… je refuse, dit-elle. Il peut la voir, bien sûr. Mais il ne peut pas, non vraiment, il ne peut pas vivre avec mon bébé.

Elle retint ses larmes. Pourquoi Ted voulait-il lui infliger cela ? Comment pouvait-il imaginer qu'elle accepte ?

Comment Dieu pouvait-il permettre une chose pareille ? Mais Dieu l'avait déjà déçue auparavant. Il lui avait pris sa mère. Elle pensait jusqu'alors que rien ne pourrait lui arriver de pire que la perte de sa mère, mais c'était faux. C'était le propre de la vie que de la menacer, de la pousser dans ses retranchements, et il fallait qu'elle tienne bon, sans quoi les enfers se déchaîneraient. Oui, elle allait se battre pour Irene. Elle était prête à tuer pour Irene.

— Ne comprenez-vous pas que je me fiche du reste ?

— Dans ce cas, vous pouvez constater par vous-même combien la stratégie de votre ex-mari est efficace. Vous venez de renoncer à tout, sauf à cette clause.

— Ce n'est pas une clause. C'est mon bébé.

— Oui. Bien sûr, acquiesça Ronald d'une voix rassurante.

— Je me fiche du reste, vraiment.

— Très bien, dans ce cas. Maintenant je connais votre limite. Et donc la mienne.

Lors de son propre divorce, Ronald avait accordé à sa première femme la garde exclusive parce que c'était ce qu'il y avait de mieux pour les enfants. Meghan était sans aucun doute la meilleure des deux parents. En garde partagée, il aurait gâché quatre vies au lieu de deux. Ses enfants issus de son premier mariage étaient à présent des jeunes adultes équilibrés. Sa fille était en master d'histoire de l'art et son fils travaillait pour un organisme de défense de l'environnement dans le Colorado. Il les avait vus tous les week-ends, et Meghan et lui avaient alterné les vacances. Sa seconde femme, Jeannine, une artiste peintre, était une très bonne belle-mère – amicale sans jamais être intrusive. Son fils et sa fille s'entendaient très bien avec Robert, le fils unique de ce second mariage, qui était d'un naturel aussi doux que sa mère. Ronald attribuait la réussite de ce deuxième mariage au fait qu'il avait donné à son ex-femme tout ce qu'elle avait réclamé, et plus encore.

— Seriez-vous d'accord pour une répartition équitable du pouvoir décisionnel…

— On parle d'un homme qui a eu un rapport avec une femme dans une banque d'investissement, devant des caméras de surveillance. Qui pourrait juger une telle personne apte à élever ma fille ?

Ella ne cachait plus son mépris.

— Vous avez l'avez pourtant jugé digne d'être épousé, fit remarquer Ronald en sachant que ce commentaire était risqué.

— J'ignorais qu'il pouvait se comporter ainsi.

— Je suis prêt à parier que lui non plus ne le soupçonnait pas. Les gens sont pleins de surprises. Cette vidéo n'aura aucune influence sur la décision rendue par le tribunal. Votre mari a eu une liaison. Comme tant d'autres. Les besoins d'un enfant d'avoir deux parents prévalent sur nos notions conventionnelles de mœurs sexuelles.

Personne n'est parfait, voilà ce qu'Ella entendait.

— Légalement, il est toujours votre mari, et il est le père biologique et légal de votre enfant.

— Merci, j'avais oublié, rétorqua-t-elle avec amertume.

Puis elle fondit en larmes. Elle saisit son sac à main et s'apprêta à quitter le bureau.

— Ella, je vais faire de mon mieux.

— Je sais. Je vous crois.

— Je vous tiens au courant.

Elle hocha la tête et quitta le bureau de son avocat.

Quand Ella entra dans le hall de l'école St Christopher, la première personne qui l'arrêta fut David Greene, en chemin vers une réunion. Elle s'était débarbouillée dans les toilettes du cabinet d'avocats et elle s'était retenue de pleurer dans le taxi, mais il suffit que David lui dise bonjour pour qu'elle fonde à nouveau en larmes.

— Ella, que s'est-il passé ?

— Ted réclame la garde alternée. Mais il n'en a rien à faire d'Irene. Il se sert d'elle comme d'un pion...

— Quoi ? C'est insensé.

Ella s'essuya le visage de ses deux mains, puis jeta un coup d'œil à la pendule. Personne d'autre n'avait remarqué ses pleurs.

— Je dois retourner à mon poste. Ça va aller.

— Tu ne peux pas reprendre le travail dans cet état.

Le bureau d'Ella, situé à l'entrée de celui du directeur, était exposé à la vue de tous ceux qui passaient dans le couloir.

— Viens. Allons plutôt dans mon bureau. Fitz va survivre encore cinq minutes.

Ella hocha la tête. Le directeur lui avait accordé sa matinée pour ce rendez-vous chez l'avocat.

— Mais toi, tu allais...

— Ne t'inquiète pas pour ça.

Dans le bureau de David, ils prirent place sur le canapé vert.

— Ça commence à devenir répétitif, tu ne trouves pas ? dit-elle.

Dès qu'il avait fermé la porte, elle s'était remise à pleurer.

— Non. Tu traverses une période difficile.

Le malheur d'Ella le chagrinait. Il ne savait pas comment la réconforter. Deux de ses amis de l'université avaient récemment divorcé et il avait entendu parler d'autres séparations. Chaque fois les détails semblaient étrangement similaires – surcharge de travail, mauvaises habitudes, liaisons extraconjugales et défaut de communication –, pourtant il ne comprenait pas comment l'alchimie de l'amour pouvait transformer la passion en indifférence.

David avait croisé Ted à quelques reprises et l'avait jugé – à juste titre ou pas – indigne d'Ella. Les raisons qui poussaient une femme à épouser un homme comme

Ted – l'ambition inébranlable, l'intelligence qu'on n'avait plus besoin de prouver et le physique – étaient évidentes, mais même dans leurs interactions très restreintes, Ted lui avait paru cruellement dépourvu de la bonté profonde qui définissait Ella. Ted était un homme pragmatique. Lors d'un gala de bienfaisance, il avait dit de l'actrice récompensée lors de la soirée : « Et alors ? Si elle est passée sous le bureau, ça a fonctionné. Ça veut simplement dire que le sexe est sa monnaie d'échange. Tout le monde a quelque chose à vendre. » David avait ri dans sa barbe, mais en avait surtout déduit qu'Ella et Ted voyaient la vie d'une manière très différente. Ted n'était pas très éloigné du père de David.

Ella sortit un mouchoir de son sac à main pour sécher ses larmes. David la contempla avec émerveillement. Les minables sans scrupule se retrouvaient avec des femmes trop bien pour eux parce qu'ils étaient persuadés de mériter ce qu'il y a de mieux. Si David voulait conquérir une fille comme Ella, il fallait qu'il s'estime légitime dans son ambition. « C'est la loi du plus fort », lui expliquait son père au club lorsqu'ils voyaient une femme séduisante au bras d'un homme puissant. David avait de l'affection pour sa fiancée, mais ce qu'il ressentait pour Colleen n'avait rien à voir avec le déferlement de sentiments qui l'assaillait avec Ella. Colleen était intelligente, gentille, et très aimée de sa mère, mais David n'avait jamais ressenti le besoin impérieux de la prendre dans ses bras comme il avait envie de le faire en cet instant avec Ella. S'il la serrait contre lui, il craignait de ne jamais pouvoir la laisser partir.

— Je t'aime, déclara-t-il.

Ella leva les yeux vers lui.

— Qu'est-ce que tu as dit ?

Il était trop tard pour faire marche arrière.

— Je t'aime et j'attendrai que ce premier mariage soit derrière toi.

— David. Qu'est-ce que tu racontes ? Tu es fiancé.

— Je sais. Mais je me rends compte que Colleen mérite quelqu'un qui l'aimera autant que je t'aime. Je crois que j'ai cédé à la suggestion de ma mère, qui est si malade. Colleen s'est tellement bien occupée d'elle. Et tu étais mariée, et j'ai trente-six ans. Peut-être que ce ne sont pas des raisons suffisantes... Je crois qu'au fond, je t'attendais, mais je ne pouvais pas me permettre de me l'avouer parce que c'est un péché que de convoiter la femme d'un autre.

Dès qu'il se fut confessé, il se sentit libéré de ses anxiétés. Il s'assit plus droit et la regarda attentivement. Leur amitié était peut-être gâchée pour toujours, songea-t-il. Elle allait penser qu'il était une personne horrible.

Ella pencha la tête sur le côté, incrédule. Il semblait sérieux. Elle observa ses cheveux ondulés peignés avec une raie au milieu, ses beaux yeux et la courbe relevée de ses lèvres. Elle aussi l'aimait. Il n'y avait personne d'autre qu'elle appréciait plus que David. Elle secoua lentement la tête de droite à gauche.

— Mais est-ce plus moral maintenant ? Tes paroles, je veux dire, tes sentiments. David, tu es presque marié, j'ai reçu l'invitation à ton mariage la semaine dernière. C'est juste le trac...

Elle ne pouvait imaginer faire du mal à une autre femme comme Ted l'avait blessée en lui préférant Delia.

— Ce n'est pas du trac ni de l'appréhension. Pas du tout. Je vais lui dire, dès ce soir. Même si... même si tu ne partages pas mes sentiments.

David sonda ses yeux, mais ne parvint pas à y lire de réponse. L'aimait-elle en retour ? D'ordinaire, il percevait d'instinct les réactions des autres, mais face à Ella il se sentait déboussolé. En cet instant, son désir occultait sa perception. Mais il était certain de sa décision en ce qui concernait Colleen.

— Je ne peux pas l'épouser. Une personne ne devait jamais servir de remplaçante à une autre.

Ella retint son souffle. Comment digérer toutes les émotions de la journée ? La cruauté de Ted, la franchise brutale de son avocat, le besoin constant qu'elle avait d'être près de sa fille, l'amour de David. L'amour de David. Comment était-ce possible ? Personne ne lui avait jamais déclaré si simplement ses sentiments, à part Ted. Et elle l'avait cru. Il n'y avait jamais eu personne d'autre que Ted. L'idée de rencontrer des hommes comme Casey l'avait mentionné lui semblait ridicule. Et la perspective d'une sexualité, impossible. Et puis, il y avait l'herpès. Elle n'avait pas fait de poussée depuis presque un an, mais tout de même, l'herpès était une maladie incurable, elle pouvait le transmettre lorsque les symptômes étaient là : c'était ce que lui avait dit le médecin. Comment avouer cela à quelqu'un ? Comment l'expliquer à David ? Qui voudrait un jour la toucher ?

— Je ne sais pas quoi te répondre…

— Évidemment, dit David sans parvenir à cacher sa déception. J'ai choisi le pire moment pour ma déclaration.

— Non, non, David. Ce n'est pas ce que je voulais dire. Moi aussi, j'ai des sentiments pour toi qui me perturbent.

Ses yeux s'illuminèrent.

— Je pensais que ce que je ressentais était de l'admiration. Et je n'aurais jamais avoué avoir un faible pour toi ou quelque chose du genre parce qu'une femme mariée ne devrait pas… enfin… je ne suis pas censée ressentir ça, n'est-ce pas ? Et…

Elle ne pouvait pas lui avouer comment elle se sentait vis-à-vis de la maladie. Elle était atteinte d'une infection sexuellement transmissible. Si la situation avait été inversée et que David lui avait confié qu'il avait l'herpès, elle ne s'en serait pas souciée. Elle aurait compris et serait passée outre. Mais elle ne pouvait pas imaginer la réciproque. Comment pourrait-il l'accepter chez elle ? Ted lui avait expliqué qu'au fond, malgré leurs protestations, les hommes préfèrent les vierges.

— Non, David, tu es mon plus cher ami. Je le vois à présent. Merci pour tes mots... ils comptent beaucoup pour moi.

Ella avait cessé de pleurer. Elle se sentit absorbée par ses immenses yeux ourlés de cils marron clair. Lui semblait apeuré. Elle n'avait jamais particulièrement prêté attention aux yeux bleus, et Ted disait que c'était du racisme intégré pour des Coréens d'admirer les yeux clairs ; mais quand Ella était partie à la pêche aux informations auprès de Casey, elle avait appris que Delia avait les yeux azur. Pourquoi avait-elle accordé tant de foi aux paroles de Ted ? *Pourquoi quelque chose ne pourrait pas simplement être beau ?* C'était ce qu'elle aurait aimé lui répondre maintenant. Tous les yeux bleus n'étaient pas beaux, mais ceux de David étaient extraordinaires. Elle avait envie d'embrasser ses paupières, l'or blanc de sa peau fine, les minuscules veines bleues qui se déployaient en transparence comme les racines d'un arbre.

— Ferme les yeux, lui dit-elle.

David obéit et Ella se pencha pour déposer un baiser sur ses paupières, comme elle venait d'imaginer le faire. Il garda les yeux fermés. Les baisers l'avaient effleuré comme une bénédiction, comme s'il était aimé, comme s'il était guéri.

Ella plaqua ses mains sur sa bouche.

— Oh, mon Dieu, qu'est-ce que j'ai fait ?

Elle avait l'impression de se réveiller d'un envoûtement.

— Je suis désolée. Je ne sais pas ce qui m'a pris. Enfin, si. Je voulais...

David ouvrit les yeux et lui sourit.

— Je ferais mieux d'y aller, dit-il.

S'il restait, il savait qu'il ne penserait qu'à lui faire l'amour, et ce n'était pas ce qu'il était censé faire. Cela gâcherait toutes ses chances de construire quelque chose avec elle. Il attendrait.

— Mais c'est ton bureau, protesta Ella en gloussant.

David regarda autour de lui comme pour s'en assurer. Il était légèrement étourdi.

— Ma réunion, précisa-t-il. On dîne ensemble, ce soir ?

Puis il se souvint qu'il devait parler à Colleen.

— Je dois rentrer à la maison. Il y a Irene.

— Oh, oui. Bien sûr.

— Tu peux m'appeler ce soir. À la maison. Quand Irene sera couchée.

— D'accord. Je t'appelle.

Elle hocha la tête, à la fois confuse et étrangement gaie. Ils allaient parler ce soir-là, et elle avait hâte de lui parler tous les jours suivants. Elle se leva du canapé et David suivit le mouvement.

***

Ils bouclaient les cartons chez Delia. Les déménageurs étaient prévus pour mardi et Delia orchestrerait le bon déroulement de l'opération. Les rénovations du nouvel appartement étaient enfin terminées. Le quatre-pièces ne serait pas aussi confortable que la maison de ville, évidemment, mais rien ne pouvait être pire que la perspective de passer une semaine de plus dans le minuscule studio de Delia. Delia aimait le nouvel appartement ; elle n'avait jamais eu vue sur rien, et celui-ci surplombait l'East River. Il y avait un concierge et une cuisine séparée. Ted ne voulait que du neuf en matière d'ameublement. Elle avait dit oui à tout. Seule une chose lui tenait à cœur.

— Qu'a dit Chet ? Au sujet d'Irene ? demanda-t-elle à Ted.

— D'après lui, j'ai de très bonnes chances d'obtenir la garde alternée.

Ted fixa la tringle en fer dans le carton-penderie.

— Je vais aller la voir bientôt. Il faut que j'appelle Ella pour programmer ça. Elle ne va pas être de bonne humeur…

Ted fit la grimace. Il n'avait aucune envie de gérer une énième crise de larmes.

— Je suis sûre qu'elle te laissera la voir.

— Oh, je n'en doute pas.

Ted suspendit avec soin ses costumes dans le carton-penderie de déménagement. Il mit de côté celui qu'il comptait porter lundi, ainsi que deux chemises.

Delia, elle, plia une parka rouge à la capuche bordée de fourrure de lapin blanche et la fourra dans un sac-poubelle pour la donner aux bonnes œuvres. Ted venait de prendre son nouveau poste chez Lally & Co. en novembre, et il l'avait emmenée à plusieurs dîners d'affaires où les femmes de ses collègues et clients étaient également invitées. Désormais, elle allait devoir faire plus attention à ses tenues. Ted n'avait pas émis la moindre remarque, mais en voyant les autres femmes, Delia s'était rendu compte que sa garde-robe était trop criarde. Elle se demandait souvent ce qu'Ella portait et comment elle se comportait à ces soirées – Ted ne parlait jamais d'Ella, et Delia n'avait absolument pas envie de l'entendre la critiquer. Mais était-elle à la hauteur du rôle de future épouse du responsable de la branche investissement de chez Lally & Co. ? Ted jouait dans la cour des grands – c'était ce qu'affirmaient ses amis d'HBS. Lally & Co. venait d'acquérir Jones Hobson, se positionnant ainsi en sérieux concurrent de Kearn Davis.

— Ted, je crois que tu devrais lui laisser la maison.

— C'est moi qui ai trouvé cette maison. J'y ai investi presque un an de salaire ! Même avec ma prime de l'an prochain, il faudra compter encore un an, voire plus pour en racheter une d'un standing similaire. Ella n'aime même pas cette maison…

— Tu disais que tu l'avais rénovée avec l'argent de la vente de son appartement.

— Oui, mais c'est moi qui ai payé l'apport, le prêt, et une bonne partie des rénovations. Le système de chauffage et de climatisation à lui seul m'a coûté…

— Crois-moi, ce n'est pas dans ton intérêt de contrarier ton ex-femme, l'interrompit Delia en avançant vers lui. Vraiment.

— Tu es de quel côté, dis-moi ?

— Et tu ne veux pas non plus contrarier ta future femme, répliqua-t-elle en souriant.

Elle se tenait à quelques centimètres de lui et l'embrassa, glissant délicatement sa langue dans sa bouche.

Il haussa les sourcils.

— Ne va pas croire que je n'ai pas compris ton petit jeu. Je suis plus malin que j'en ai l'air.

Le seul son de sa voix l'excitait. Delia continua à l'embrasser langoureusement.

— Ça tombe bien, j'aime les hommes intelligents.

Elle pressa son corps contre le sien, puis recula.

— Je n'ai jamais douté de vos capacités intellectuelles, Mr Kim, dit-elle. Mais tu veux la garde, on est d'accord ? Et tu ne peux pas tout avoir. Personne ne peut tout avoir.

— C'est ce qu'on va voir, chérie.

Ted aimait les défis. Son objectif était de gagner sur tous les tableaux.

— Tu veux la maison ? demanda-t-elle.

— Je ne veux pas perdre la maison.

— Oh, Ted. Je me fiche de cette maison. On en achètera une plus belle.

— Tu ne l'as pas vue.

— Et je n'en ai pas besoin. On peut s'installer dans le nouvel appartement, il est si proche d'Irene. Et quand tu trouveras autre chose, ce sera dans le même quartier pour qu'on puisse voir Irene aussi souvent que possible.

Delia adorait prononcer son prénom. Elle voulait être belle-mère. Elle aimait Ted, alors il était évident qu'elle aimerait Irene.

— J'aimerais beaucoup la rencontrer. Bientôt. Tu ne peux pas l'amener ici ?

— Je ne sais pas trop. En général, je lui rends visite quand Ella est là. Elle marche, mais elle n'est pas encore propre.

— Je sais changer des couches.

Ted ferma le carton-penderie avec du gros scotch. Ça n'allait pas plaire à Ella. Et l'avocat lui avait conseillé d'éviter toute situation ambiguë.

— Chaque chose en son temps, mon amour.

Delia retourna là où elle avait laissé ses cartons en plan. Il lui restait des vêtements à trier.

— Je ne savais pas que tu aimais autant les enfants.

— J'adore les enfants. Je l'ai toujours dit.

— On peut avoir des enfants à nous, dit-il. Autant que tu voudras. J'aime bien les enfants.

À Wall Street, aux postes à grandes responsabilités, les hommes avaient souvent trois ou quatre enfants. Leur sujet de plaintes préféré était le coût des frais de scolarité en école privée.

— Mais si je ne peux pas ? demanda-t-elle doucement.

— Bien sûr que tu peux avoir des enfants, répondit Ted, pas le moins du monde perturbé.

— Ted...

— Oui, ma chérie ?

Il avait fini sa part des cartons. Il ne lui restait pas grand-chose à faire. Delia s'était déjà occupée du coin cuisine.

— Je ne sais pas si je peux en avoir.

Ted demeura sans voix. Elle semblait sérieuse.

— Ça fait des années que j'essaie de tomber enceinte. Et je n'y arrive pas. Est-ce que ça va être un problème pour toi ?

Elle pinça les lèvres et le regarda droit dans les yeux. S'il voulait partir maintenant, elle comprendrait.

— Oh.

Fallait-il qu'il lui demande pourquoi ? Son air déterminé n'était pas facile à affronter. Il avait toujours supposé qu'ils auraient des enfants ensemble. La vie juste à deux lui semblait un peu fade.

— On pourrait adopter, suggéra-t-elle. Et on aura toujours Irene.

Ted haussa les épaules. Pour lui, l'adoption revenait surtout à récupérer les problèmes des autres. Qui savait sur quoi l'on pouvait tomber ? Et comment vérifier leurs origines ? Il se tut.

— Il y a plein d'avancées scientifiques, je crois, dit-il enfin.

En y pensant, il se sentit plus léger. Quelques-uns de ses collègues avaient eu recours à des FIV. Il poussa le carton vers le mur. Delia était maintenant assise dans sa penderie, les bras serrés autour de ses genoux repliés, entourée de chaussures en vrac. Il la rejoignit.

— Hé, ça va aller. On va trouver une solution.

Delia ne pleurait pas. Ce n'était pas son genre. Delia était une stoïque, comme lui.

— C'est toi que je veux, Delia. Et il y aura Irene.

Elle lui sourit. Il l'aimait, vraiment. Delia ne mentionna plus la maison de ville. Elle savait que Ted obtiendrait tout ce qu'il voulait. Peut-être auraient-ils même un enfant à eux. Après tout, qui pouvait prédire l'avenir ? Auprès de Ted, tout lui semblait possible.

## 2

## SOUS LA CLOCHE À VAPEUR

DOUGLAS SHIM DÉCROCHA SON PARDESSUS de la longue rangée de portemanteaux fixés au mur en béton du sous-sol de l'église. Il avait déjà mis sa casquette. Il palpa les poches de son costume et sentit à travers le tissu la feuille volante sur laquelle était dessiné à la main le plan indiquant où trouver la maison de Charles Hong.

Apparemment, le chef de chœur avait la varicelle. En tant que président du comité de convivialité de l'église, Douglas se déplaçait au chevet des infirmes et des personnes âgées chaque dimanche. Ces visites l'amenaient parfois à regretter d'être médecin. Même lorsque le doyen Shim rappelait au malade alité qu'il était chirurgien ophtalmologue, il se retrouvait à devoir jouer malgré tout le rôle du docteur et à écouter le patient décrire ses symptômes. On lui demandait souvent un deuxième avis sur un sujet pour lequel il ne s'estimait pas qualifié.

Le doyen Joseph Han et sa femme, la diaconesse Cho, devaient l'accompagner à Brooklyn ce jour-là.

Leah vint à lui, à petits pas, comme toujours. Ses cheveux étaient relevés en un chignon tressé qui évoquait une fleur blanche sur la base de sa nuque. Elle portait un manteau beige très simple.

— Ah, diaconesse Cho. Nous n'avons pas eu le plaisir de vous écouter en solo aujourd'hui. C'est tragique, ne trouvez-vous pas, qu'il me faille entendre votre voix engloutie par ces croassements de crapaud de notre chorale ?

Il affichait le sourire malicieux d'un enfant qui voit venir la réprimande.

Leah était incapable de répondre à ses taquineries. Son amie Kyung-ah aurait su quoi lui dire, mais elle était à l'autre bout de la salle où elle buvait un café en compagnie de sa sœur.

— Où est le doyen ? demanda-t-il.

Le doyen Han avançait généralement devant sa femme.

Leah déglutit avant de parler.

— Tina a accouché.

— *Uh-muh.* Je ne savais pas qu'elle était enceinte.

Douglas afficha un sourire radieux. Il adorait les enfants.

Leah se détourna légèrement. Elle n'avait raconté à personne, si ce n'est à Kyung-ah et quelques amies de son *geh*, que sa cadette était tombée enceinte dans les jours qui avaient suivi son mariage. Casey avait été conçue tout aussi vite. Mais pour Tina et Chul, le préservatif avait craqué et ils n'avaient pas voulu recourir à l'avortement.

— Elle continue ses études de médecine ? demanda-t-il avec une pointe d'inquiétude.

— Elle a terminé le premier semestre de sa sixième année, mais elle fait une pause pour le moment. Chul termine sa septième année, c'est une étape importante pour lui.

— Ce sont des études très importantes pour tous les deux, insista Douglas.

Le visage de la diaconesse se ferma davantage.

— Alors le doyen Han rend visite au bébé ?

— Oui.

Leah attendit que s'ensuive la critique. Il aurait été plus logique que ce soit elle qui aille en Californie pour aider le jeune couple avec leur bébé, mais elle refusait de voyager. La dernière fois qu'elle était montée à bord d'un avion, c'était pour venir en Amérique.

— Il est parti en Californie jeudi. Il fallait que l'un de nous deux reste. Pour tenir le pressing.

— Bien sûr, bien sûr.

— C'est un garçon.

— Quelle bonne nouvelle pour vous !

— Oui, enfin un garçon.

Douglas haussa les sourcils. Il n'avait jamais voulu de garçon. Il n'aurait pas pu rêver plus merveilleuse fille qu'Ella.

— Ils l'ont appelé Timothy. Comme le jeune garçon qui a aidé saint Paul.

— Oui, je vois. Un très beau prénom… La diaconesse Chung ne va pas pouvoir se joindre à nous aujourd'hui, l'informa Douglas.

Cet imprévu le rendait légèrement nerveux, mais il ne voulait pas trahir son émotion.

— Ah ?

Leah cligna des yeux. Elle ne s'était jamais retrouvée seule en voiture avec le doyen Shim.

— Elle a dû emmener son fils chez son professeur particulier de chimie. Stanley est en dernière année de lycée et les examens approchent. Elle m'a avoué qu'il est mauvais dans toutes les matières. J'ai cru qu'elle allait se mettre à pleurer, ajouta Douglas avec une expression inquiète.

Ce garçon lui donne beaucoup de fil à retordre avec ses devoirs. Vous voyez, ce n'est pas si rose d'avoir un fils.

Leah sourit. Le doyen Shim disait cela pour être gentil, parce qu'elle n'avait que des filles. Son mari non plus ne s'était jamais plaint qu'elle ne lui ait pas donné de fils.

Douglas la dirigea d'un geste vers la sortie côté parking. Il voulait qu'elle mène la marche, alors Leah fit le premier pas.

Douglas conduisait un break Subaru vert foncé. Quand il lui ouvrit la portière, Leah sentit le parfum d'ambiance japonais – des effluves de pamplemousse ou d'orange.

— Qu'est-ce que vous avez avec vous ? demanda-t-il en attachant sa ceinture.

Sur ses genoux, la diaconesse avait posé trois gamelles en métal empilées et emballées dans un grand carré de tissu. Cela faisait longtemps qu'il n'avait pas vu une de ces boîtes à *dosirak* – que les ouvriers en Corée utilisaient pour emporter leur déjeuner.

— J'ai préparé de la soupe et du poisson hier soir.

— C'est adorable de votre part.

À l'arrière de sa voiture, il stockait des canettes de jus de fruits pour les paroissiens malades.

— Oh, le poisson, fit remarquer Leah en fronçant le nez. Voulez-vous que nous ouvrions la fenêtre ?

Elle craignait que l'odeur de la sauce soja et de l'ail n'importune le doyen Shim.

Douglas, qui fredonnait en passant la première, commenta :

— Il sent divinement bon. Le chef de chœur ira tout de suite mieux après avoir mangé ce repas que vous lui avez préparé. Vos filles cuisinent aussi ?

— Pas vraiment. Je voulais qu'elles se concentrent sur leurs devoirs pour avoir des bonnes notes. Mais Ella est une merveilleuse pâtissière. Je me souviens encore de ses cookies, ceux qu'elle a apportés pour les seniors de la paroisse. Ils étaient délicieux.

— Oui, Ella est une cuisinière hors pair. Mais elle ne connaît pas beaucoup de plats coréens. D'après elle, les livres de recettes ne sont pas très fiables. Elle sait préparer le kimchi. Elle a trouvé la recette dans le *New York Times*, vous y croyez ?

Leah hocha la tête, peinée que personne n'ait pu transmettre ce savoir à sa fille.

— Je lui dirai. Pour les cookies. Peut-être qu'elle vous en enverra une fournée.

— Oh non, surtout pas. Enfin, j'imagine qu'elle est très occupée. Avec... avec tout ce qu'elle a à faire, et le bébé...

Elle ne savait pas si elle pouvait parler librement d'Ella, avec le divorce et toutes ces histoires...

— Ted est un imbécile. Un abruti fini, marmonna Douglas.

Il se concentra sur la route. Le seul fait de penser à son beau-fils le contrariait, mais il était un conducteur prudent et son pied restait léger sur l'accélérateur. Il n'avait pas évoqué le divorce à l'église, pas même avec le pasteur qui l'avait interrogé à ce sujet. Étonnamment, il lui semblait naturel d'en parler avec la diaconesse – peut-être un effet de ce tête-à-tête en voiture, ou bien parce qu'elle aussi avait une fille de l'âge d'Ella. C'était dans les moments où il s'inquiétait pour Ella que sa femme lui manquait le plus.

— Est-ce que tout est okay avec votre petite-fille ?

Elle avait dit *okay* en anglais, pour rester vague. Le vocabulaire coréen lui paraissait trop précis.

— Irene est un bébé parfait. Comme ma Ella.

Toute en fossettes et en rires, sa petite-fille était très facile à contenter. Elle ne pleurait que lorsqu'il fallait lui changer sa couche, la mettre au lit, ou lui donner le biberon. Le bureau de Douglas croulait sous les cadres photo d'Irene et d'Ella.

— Et comment va Ella ? osa enfin demander Leah.

— Elle va très bien.

Douglas voulait rectifier la dernière image que la diaconesse avait sûrement de sa fille : dans l'ambulance qui l'emmenait à l'hôpital pendant la réception du mariage de Tina.

— Elle a recommencé à travailler dans son école et elle reçoit l'aide d'une très gentille nounou et d'une gouvernante.

Douglas se tut, se rendant compte que sa fille élevait désormais un bébé dans les mêmes conditions que lui à la mort de son épouse – en parent unique.

— Elle aura vingt-six ans en novembre.

Leah observa son visage alors qu'il conduisait, comme ses traits s'adoucissaient avec le chagrin.

— Elle se remariera, affirma Leah. Ella est une jeune fille d'une grande beauté, et elle a un cœur si généreux.

— Ted est un imbécile, répéta-t-il.

— Dans ce cas... c'est une bonne chose qu'elle se soit débarrassée de lui assez tôt.

La belle-sœur de Leah lui avait dit un jour que la vie d'une femme dépend entièrement de l'homme qu'elle épouse. L'expérience le lui avait confirmé. Toutes les femmes heureuses qu'elle connaissait étaient bien mariées, à d'honnêtes travailleurs.

— Ella trouvera mieux. Car maintenant elle a... appris de la vie, termina-t-elle après avoir pesé ses mots.

Ses paroles surprirent Douglas, mais il les sentait sincères.

— Quoi qu'elle veuille, cela m'ira, affirma-t-il.

Ce n'était pas tout à fait vrai. Il regrettait encore de ne pas l'avoir poussée à attendre avant d'épouser Ted. Il aurait pu s'y opposer. Sa fille était une enfant docile au tempérament doux. Même si les mœurs évoluaient, elle l'aurait écouté ; il en était certain. Néanmoins, les problèmes comme l'infidélité n'apparaissent souvent que bien après le mariage. Douglas essaya d'imaginer le visage d'Irene, ses jolis cils et ses gazouillis, sa façon de s'illuminer quand elle entendait la voix d'Ella. Ella avait un an et cinq mois, mais elle balbutiait déjà quelques mots. Irene l'appelait *ba-buh*, le diminutif de *hal-ah-buh-jee*. Sans Ted, Irene ne serait pas là. Il fallait se concentrer sur le positif pour aller dans la joie et la paix de Yesu Christo, se rappela Douglas.

Douglas sonna à la porte – un carillon doux et discret, presque mélodieux – mais personne ne répondit. Il sortit le bout de papier sur lequel étaient griffonnés un plan et une adresse. Ils se trouvaient au bon endroit, sur un perron de pierre blanche à six marches au-dessus du niveau de la rue. Il y avait une entrée de service sous l'escalier, au ras du trottoir. La façade de style fédéral était imposante. Douglas sonna de nouveau.

Leah passa son sac de victuailles d'une main à l'autre. Ses plats allaient-ils lui plaire ? se demanda-t-elle. Quelques maisons ressemblaient à celle-ci du côté de Sutton Place, mais c'était la première fois qu'elle venait à Brooklyn. Elle était impressionnée par la taille de la demeure. Les rumeurs disaient que le nouveau chef de chœur était issu d'une éminente famille *boojah*, elle ne l'ignorait pas, pourtant elle était étrangement déçue de lui découvrir un train de vie si prospère. Elle l'avait plutôt imaginé dans un minuscule appartement mal chauffé, souffrant pour son art. Après tout, il était censé être compositeur. Elle le voyait assis sur un tabouret spartiate, écrivant sa musique sacrée sur un bureau de fortune malgré la fièvre. Certains clients du pressing étaient des artistes, notamment un peintre qui travaillait comme serveur et leur avait offert à elle et Joseph une petite aquarelle représentant une carpe dorée, car il n'avait pas les moyens de payer pour le lavage de son uniforme une fois par semaine. C'était interdit, mais Joseph avait glissé dans la caisse des billets de son propre portefeuille pour payer le lavage.

— Tentons encore une fois, dit Douglas en appuyant sur la sonnette. Peut-être qu'il va mieux finalement et qu'il est sorti faire un tour.

Ils entendirent alors des pas approcher. La vieille poignée ronde tourna. L'immense porte en bois s'ouvrit.

Charles apparut, visiblement stupéfait, comme s'il ne les reconnaissait pas. Il portait un sweat-shirt bleu, un pantalon de jogging gris et pas de chaussettes. Son visage et son cou étaient parsemés de pustules rouges. Le salon derrière lui baignait dans la lumière éclatante de ce début d'après-midi. Il les invita à entrer tout en secouant la tête.

— Ce n'était pas nécessaire de faire tout ce chemin jusqu'ici, leur dit-il en coréen.

Gêné d'être vu dans cet état, il tenta de ne pas regarder Leah.

La porte se referma derrière eux. Un piano et une stéréo étaient disposés à côté de la serlienne qui donnait sur la rue. Les immenses baies vitrées étaient nues et crasseuses. Des piles de livres et de partitions s'entassaient sur deux canapés Le Corbusier et une table basse Noguchi. Des moutons de poussière s'agglutinaient dans les coins de la pièce comme des virevoltants miniatures.

— Je vous amène votre soliste. Peut-être que la diaconesse Cho pourra vous chanter un petit air. Cela vous ferait du bien, dit Douglas, impassible.

Il ne pouvait pas être sérieux, songea Leah.

Charles regarda Douglas, puis Leah.

— Vous avez entendu le docteur. Pensez-vous pouvoir nous gratifier d'une chanson ? lui demanda-t-il avec un sourire.

Leah sentit son visage et son cou rougir. Sans se déchausser, elle se précipita vers la chaise la plus proche et s'assit pour prier. Même malade, le chef de chœur était séduisant et elle culpabilisait d'avoir de telles pensées. Douglas eut un sourire sincère pour Charles, puis alla s'asseoir sur un des canapés. En silence, il rendit grâce à Dieu de pouvoir le servir de cette manière.

Quand Leah eut terminé ses prières, elle ouvrit les yeux.

— Puis-je ranger les plats à la cuisine ? demanda-t-elle.

Charles hésita, sachant très bien dans quel état il avait laissé la pièce. Mais il n'avait pas d'autre choix que de consentir. Il lui indiqua la direction.

Leah récupéra ses sacs et le suivit. La cuisine sentait le tabac et le thon. L'évier débordait de vaisselle et de poêles sales, et le plan de travail avait disparu sous les conserves de saucisses de Vienne et de boîtes de céréales ouvertes. Cette cuisine était utilisée quotidiennement, mais le ménage n'y avait pas été fait depuis des semaines, voire des mois. Elle était pourtant immense, quasiment de la taille de l'appartement des Han. Les vieux placards avaient été repeints tant de fois qu'on les aurait dit recouverts d'une couche épaisse et luisante de glaçage comme sur un gâteau. Leah admira l'étendue des plans de travail en marbre. On aurait pu facilement y aligner douze bocaux de kimchi, songea-t-elle. Le bazar et la crasse qui régnaient dans la cuisine ne la dérangeaient pas. Au contraire, le travail colossal qui l'attendait la rassurait et, étrangement, elle se sentit à l'aise. Leah posa son sac sur la table de la cuisine, ôta son manteau et le drapa sur une chaise. Elle commença par récupérer toutes les conserves et les bouteilles du plan de travail pour les jeter à la poubelle.

Les hommes ne surent que dire quand elle se mit à faire le ménage. Il ne semblait pas possible de l'en empêcher, et même Douglas, qui était bien mieux placé pour la soulager de cette tâche, se doutait qu'il valait mieux ne pas l'en dissuader. Il fallait bien que quelqu'un s'y colle et, en Corée, les hommes comme eux avaient toujours appris à laisser faire les femmes. Pour l'un comme pour l'autre, cela faisait un moment qu'une Coréenne ne s'était pas emparée de leur cuisine de manière si intime et, dans leur surprise émerveillée de se voir pris en charge par l'épouse d'un autre, qui leur évoquait les femmes de leur passé, Douglas et Charles se rendirent compte qu'ils peinaient à émettre le moindre son, craignant d'interrompre ce moment. Car c'était ça, l'amour, n'est-ce pas ? Quelqu'un qui nettoierait après eux, qui penserait à eux lorsqu'ils étaient malades, et qui ne rechignerait pas même devant une tâche pour laquelle il n'y avait rien à gagner. Le travail était titanesque – il y avait de quoi occuper une personne pendant une journée entière. Douglas songea qu'il fallait sûrement essayer de l'aider. Il ôta son manteau et le posa sur celui de Leah.

Charles parla enfin.

— Diaconesse Cho, dit-il doucement.

Leah faisait maintenant couler l'eau dans l'évier, les bras plongés au milieu de la vaisselle. Elle ne répondit pas.

— Leah, l'appela Charles.

Douglas fut surpris d'entendre quelqu'un appeler la diaconesse par son prénom.

— Leah, répéta Charles. Vous n'êtes pas obligée de faire ça. C'est moi qui suis censé vous proposer du thé ou je ne sais quoi. Je suis désolé pour ce bazar.

— Non, vous devriez vous reposer, décréta Douglas.

Il ne savait pas du tout à quoi s'attendre en rendant visite au chef de chœur célibataire. Lui-même était veuf, mais sa vie semblait bien différente de celle de cet homme. Douglas était un homme ordonné incapable de supporter un tel désordre. Sa gouvernante, Mrs Jonas, s'était occupée de lui et d'Ella pendant plus de vingt ans, et quand elle avait pris sa retraite, elle avait formé Cecilia, sa remplaçante.

— Je vais aider la diaconesse Cho avec le ménage avant de partir. Pourquoi n'iriez-vous pas vous allonger un peu ?

Il était difficile de résister à la proposition du médecin. Sa peau brûlante le démangeait. La veille, il avait à peine dormi. Il se traîna donc vers le séjour pour s'allonger sur le canapé.

— Diaconesse Cho, intervint Douglas d'une voix forte en essayant de ne pas crier par-dessus le robinet qui coulait à pleines eaux. Attendez, je vais vous donner un coup de main.

Leah lui fit signe de la laisser, avec un sourire.

— Doyen Shim, vous devriez aller voir comment va le chef de chœur. Je vais très bien m'en sortir ici. Tout ça, je sais faire.

Elle balaya l'air de sa main, englobant les saletés sur le plan de travail, comme pour exposer son domaine de compétences.

— Je serai plus efficace seule.

D'un signe de tête vif, elle désigna la direction du salon. Douglas la trouvait adorable, mais il continua à l'observer gravement pour s'assurer qu'elle pensait ce qu'elle disait. Ignorant son embarras, elle se dirigea vers la table et sortit deux canettes de jus de mandarine et les lui tendit. Elle n'essaya même pas de chercher deux verres propres et un plateau dans la cuisine. Douglas alla rejoindre Charles.

Enfin seule, Leah s'activa. Mieux valait travailler que parler, songea-t-elle. Qu'aurait-elle trouvé à dire au chef de chœur ? D'ordinaire, lors de ces visites, le doyen Shim menait la prière de groupe et préparait une série de questions à destination du paroissien alité. Puis, ils célébraient le culte et buvaient un verre de jus de fruits ou mangeaient un donut avant de partir. Si elle pouvait trouver des sachets de thé et faire bouillir de l'eau dans une marmite – il n'y avait pas de bouilloire sur les brûleurs –, alors elle pourrait servir une boisson chaude aux deux hommes. Elle regarda autour d'elle et remarqua le cuiseur à riz derrière l'immense machine à café chromée qu'elle ne savait pas utiliser. À la maison, Joseph et elle buvaient du Nescafé soluble. Mentalement, Leah établit une liste de tâches à accomplir dans l'heure.

Au salon, Douglas trouva Charles endormi sur le canapé, recroquevillé, le visage rougi par la varicelle. Le médecin monta à l'étage sur la pointe des pieds. La chambre de Charles était la première pièce ouverte sur le palier, immense, magnifique, avec deux gigantesques fenêtres à la française, un parquet en bois massif et une cheminée en pierre sculptée. Les larges lattes vernies étaient jonchées de linge sale et de journaux. Sur un fauteuil esseulé s'entassaient des partitions. Douglas secoua la couverture froissée sur le lit et la replia sur son bras. Les draps semblaient rêches d'être trop peu lavés. Il posa la couverture le temps de défaire le lit pour descendre les draps sales au rez-de-chaussée.

D'abord, il alla recouvrir Charles de la couverture. Puis il fureta dans la maison et découvrit une buanderie à côté de la cuisine, où il fourra le linge dans la machine à laver. Il la mit en marche et la trouva si silencieuse qu'il attendit de vérifier que l'eau y coulait bien. Le chef de chœur ne possédait pas grand-chose, mais les rares articles qui meublaient cette immense demeure étaient luxueux et bien choisis, bien que mal entretenus – comme si leur propriétaire espérait qu'ils se dissoudraient à force de négligence.

Quand il sortit de la buanderie, il remarqua que Leah avait balayé le sol de la cuisine et qu'elle astiquait maintenant le carrelage à genoux, comme les bonnes de sa maison d'enfance nettoyaient le *maru* avec des gestes souples et concentriques. Quand il était petit, les sols de leur domaine étaient lavés deux fois par jour et sa mère réprimandait les servantes si elle repérait le moindre cheveu par terre. Leah chantait à voix basse, si bien qu'il ne discernait pas les paroles. Quand il s'approcha. Leah, les genoux repliés sous elle, une serpillière à la main, leva les yeux vers lui.

— J'envisageais de demander à Cecilia, ma femme de ménage, de passer demain.

Elle vivait aussi à Brooklyn, mais Douglas ignorait où exactement. Il hésitait à informer la diaconesse de l'état déplorable de l'étage.

— J'ai mis ses draps à laver.

Il désigna les persiennes qui masquaient l'entrée de la buanderie. Leah écarquilla les yeux de surprise. Elle avait du mal à imaginer le docteur en train de faire une lessive.

— Peut-être que vous pourriez arrêter, maintenant. La cuisine est déjà bien plus présentable.

Leah s'enorgueillit de la reconnaissance de son travail.

— Diaconesse, c'est votre seul jour de congé. Peut-être devrions-nous partir une fois que le chef de chœur sera réveillé et prier pour lui.

Il inclina légèrement la tête vers elle. Devant son visage illuminé comme celui d'un enfant heureux, il sentit son cœur palpiter légèrement, si bien qu'il dut détourner le regard.

— Ça ne me dérange pas. Je peux chercher des draps propres et faire le lit pendant que la machine tourne.

Leah voulut se redresser et Douglas lui tendit la main. Elle l'accepta le temps de se relever, puis la lâcha rapidement. C'était la première fois qu'elle le touchait.

— Personne ne m'attend à la maison, de toute façon, et je me sens utile en faisant…

Leah se tut, se souvenant que personne non plus n'attendait le docteur chez lui. Était-ce la raison pour laquelle il consacrait tous ses dimanches aux visites des alités de la paroisse ? Parce qu'il craignait d'affronter seul le dimanche après-midi dans une maison vide ? Non, il était injuste de justifier ainsi son dévouement au Seigneur. Leah n'avait jamais eu de raison de penser ainsi auparavant. Mais c'était la première fois qu'elle-même était séparée de son mari.

Douglas lui sourit. En sa présence, il se sentait presque muet de béatitude. Cette sensation lui rappelait ce qu'il ressentait en compagnie de sa sœur aînée, qui l'emmenait à l'école et qui était morte avant qu'Ella ne termine le lycée. La diaconesse avait la même douceur dans ses traits.

Leah ramassa la pelle à poussière et se dirigea vers la poubelle déjà pleine. Elle tira sur les bords du sac noir. Douglas se précipita pour la soulager de cette tâche.

— Il dort bien, commenta-t-il en saisissant les deux coins du sac pour les nouer en forme d'oreilles de lapin, comme Ella aimait quand elle était petite.

Leah passa une main sur son front ; une mèche de cheveux s'était échappée de son chignon.

— Ce doit être très incommodant. Je me souviens quand Casey a eu la varicelle. J'ai tout de suite mis Tina dans la même chambre pour qu'elle l'attrape aussi et que ce soit terminé plus vite.

Douglas comprenait. Les parents qui travaillaient devaient trouver des astuces pour gagner du temps. Il n'aurait pas su quoi faire s'il avait eu deux enfants.

— Le chef de chœur n'a rien à manger dans ses placards. Nous pourrions aller faire des courses pour lui. Il n'y a pas de fruits ni de légumes ici.

— Oui, bien sûr.

Au moment où Douglas plongeait la main dans la poche de son pantalon pour récupérer sa clé de voiture, son bipeur se mit à vibrer.

— Oh. Qu'est-ce qui se passe ?

Il se concentra sur l'écran du bipeur, de la taille d'un chewing-gum.

— Le téléphone ? demanda-t-il en regardant autour de lui.

Leah désigna un pan de mur à côté du réfrigérateur tapissé d'une épaisse couche de poussière.

Douglas composa le numéro de l'hôpital. Un interne cherchait à le joindre sur la suggestion de la neurologue de garde, car un de ses patients âgés sorti du bloc s'était réveillé avec une très forte fièvre et souffrait de convulsions. Douglas raccrocha.

Leah attendait en silence.

— On ferait mieux de partir maintenant, dit-il avec un air préoccupé.

— Oh.

Il restait tant à faire.

— Nous n'avons pas célébré le culte. Et il dort.

Douglas ouvrit la bouche, mais les mots furent lents à arriver.

— Vous avez raison. Sans compter le linge.

Il baissa les yeux, puis soudain leva l'index.

— J'ai une idée. Je vais aller à l'hôpital et je reviendrai au plus vite. Je ne pense pas que ça me prendra longtemps.

— Et j'en profiterai pour faire le ménage.

— Ça ne vous ennuie pas ? Non, finalement, le mieux serait que vous veniez avec moi, et nous reviendrons tous les deux quand j'aurai terminé à l'hôpital.

Douglas était confus. Il lui était difficile d'estimer le temps nécessaire. L'hôpital se trouvait à une demi-heure sans embouteillages…

— Non, décréta Leah avec douceur.

Faire le ménage et préparer le dîner du chef de chœur lui semblait une bien meilleure alternative à l'attente à l'hôpital.

— Je vais continuer de nettoyer ici. Je préfère ça. Je me sentais tellement mal de ne pas pouvoir aider Tina… bref.

Son visage s'assombrit de honte. Elle était surprise par sa propre confession.

— Mais Cecilia pourrait s'en occuper demain.

— Est-ce qu'elle a déjà eu la varicelle ? demanda Leah.

— Je l'ignore, admit-il en songeant qu'il aurait dû se poser la question.

— Je vais rester. Je vais faire le lit et finir le ménage. Ne vous en faites pas pour moi.

— Vous êtes certaine que ça ne vous dérange pas ?

Leah le rassura d'un hochement de tête. Quand elle souriait ainsi, la ressemblance avec sa sœur était perturbante. Il fallait qu'il se reprenne. Douglas inscrivit son numéro de bipeur sur un bout de papier et sortit de la cuisine.

Deux heures passèrent sans nouvelles de Douglas. Charles dormait toujours. La cuisine était presque propre et Leah avait rédigé une liste sur un bout de sachet kraft de toutes les choses qui manquaient dans la maison. Il restait un fond d'huile dans une bouteille, mais ni sucre ni thé. À en croire les compartiments pleins de moisissure du réfrigérateur, le professeur se nourrissait exclusivement de plats à emporter ou de conserves. Peut-être mangeait-il toujours à l'extérieur. Leah nettoya l'intérieur et l'extérieur du cuiseur à riz de marque japonaise, puis elle ouvrit un paquet de riz neuf pour en préparer d'avance. Cela faisait longtemps qu'elle ne s'était pas sentie si épanouie. Ce qu'elle faisait avait de l'importance. Elle porta la pile de draps propres dans la chambre de Charles et y découvrit le désordre.

Elle fit le lit et descendit plusieurs fois les bras chargés de linge sale qu'elle tria par couleur. Il était dix-huit heures et le docteur n'était toujours pas revenu. Leah ignorait où elle se trouvait précisément, et comment se rendre à la station de métro la plus proche. Elle ne voyait pas de taxi par la fenêtre et ne savait pas qui appeler. Le cuiseur à riz sonna trois fois pour signaler la fin de la cuisson. Elle en souleva le couvercle pour égrainer le riz chaud à l'intérieur. Elle avait faim. Un biscuit salé ou une pomme auraient été parfaits, mais il n'y avait rien de tout cela dans la maison. Leah récupéra le balai, la pelle et des chiffons, puis se rendit à l'étage.

Après avoir ramassé les livres et les partitions étalés par terre et les avoir soigneusement empilés sur la commode, elle rangea les chaussures qui traînaient dans la penderie, puis lava les sols comme sa mère le lui avait appris : d'abord balayer méticuleusement, puis passer une serpillière humide et enfin un chiffon sec.

— Qu'est-ce que vous faites ici ?

Charles était maladroitement adossé contre le chambranle de la porte.

— *Huh*, fit Leah en sursautant.

Elle porta une main à son cœur. Concentrée sur son ouvrage, elle avait complètement oublié le chef de chœur.

— Qui vous a laissé entrer ? demanda-t-il d'une voix basse et hébétée.

Il n'était pas en colère – surtout agacé contre lui-même d'être incapable de se souvenir comment la soliste était arrivée chez lui. Il se frictionna les bras, sentant un courant d'air dans la chambre.

Leah avait ouvert les fenêtres. Elle avait entendu dire quelque part qu'il fallait aérer fréquemment les pièces lorsque les gens étaient malades.

Charles s'émerveilla de la propreté de sa chambre. Le parquet luisait de son vernis d'origine, lui rappelant l'époque où il y était entré pour la première fois en compagnie de son père et de l'agent immobilier.

— Je suis venue avec le doyen Shim, lui rappela-t-elle – avait-il vraiment oublié ? Mais il a dû partir en urgence à l'hôpital, alors que je faisais le ménage. Je suis désolée. J'essayais seulement d'aider…

— Non, enfin, d'accord. Je… je…

Charles ferma les yeux, saisi d'un vertige.

— Est-ce que ça va ?

Charles serra les dents en essayant de se concentrer.

— Vous avez mangé aujourd'hui ? s'enquit-elle.

— Où est le doyen Shim ?

— Je... on l'a bipé, il revient bientôt.

N'avait-il pas entendu ce qu'elle venait de dire ?

— Je m'en irai dès qu'il sera de retour. Je voulais juste terminer la lessive.

Charles remarqua que tout le linge sale au sol avait disparu.

— Peut-être devriez-vous vous reposer, suggéra Leah, craignant qu'il ne s'évanouisse.

Elle se releva pour aller vers lui.

Charles se dirigea vers le lit. Au bout de trois pas, il tituba et manqua de s'effondrer sur elle. Elle resta à proximité, prête à le rattraper en cas de chute. Il vacilla légèrement, et Leah glissa sa main sous son bras pour le maintenir en équilibre. Il sentait le tabac et la sueur.

— Il se fait tard. Ne devriez-vous pas rentrer chez vous ? demanda-t-il alors qu'elle rabattait la couette sur ses jambes.

— Si vous m'appelez un taxi, je peux rentrer. Mais le doyen Shim est censé revenir...

— Je ne vous chassais pas, je me disais simplement que votre mari...

— Il est en Californie.

— Ah.

Charles n'insista pas.

— Je pense que vous devriez manger quelque chose. Attendez ici.

Devant la vulnérabilité du malade, Leah s'autorisait à adopter un ton plus autoritaire.

Il fallut deux voyages pour lui apporter de la soupe, du poisson et du riz. Il vida les deux canettes de jus de mandarine et mangea son repas en silence, avec application. Il dévora tout, et Leah en fut satisfaite. Quand il eut terminé, elle emporta les plats à la cuisine et entreprit de faire le ménage dans le salon. À présent, tout à fait éveillé et repu, Charles s'assit dans le lit en se demandant quoi lui dire. Enfin, la sonnette retentit et Leah se précipita à la porte d'entrée.

Douglas était à bout de souffle. Son patient avait contracté une infection sérieuse, et les consultations avec la neurologue et la cardiologue avaient pris plus de temps que prévu. Une fois le patient stabilisé, il était parti tout de suite, mais s'était heurté aux embouteillages sur le pont de Brooklyn. Il expliqua tout cela à la diaconesse qui ne semblait pas avoir souffert de l'attente. La maison était méconnaissable.

— C'est incroyable, tout ce que vous avez réussi à accomplir, commenta-t-il avec émerveillement.

Il ôta son pardessus, et Leah le lui prit pour le ranger. Ils étaient encore dans l'entrée.

— Je n'ai sauvé la vie de personne, protesta-t-elle avec un sourire.

Douglas rit, secrètement flatté de sa réponse.

— Notre patient est réveillé ? lui demanda-t-il sur le ton dont il usait avec ses infirmières.

Leah opina de la tête. Elle lui rapporta qu'il avait manqué de s'évanouir, mais qu'il avait ensuite bu et mangé. Il y avait une pointe de fierté dans sa voix.

Douglas leva les yeux en entendant des pas dans l'escalier. Charles avait troqué son sweat-shirt contre une chemise propre et repassée.

— Je ne m'étais pas rendu compte que j'étais si crasseux, s'excusa-t-il. Merci pour tout, ajouta-t-il en direction de Leah. Je suis désolé pour l'état de la maison.

Leah ne parvint pas à soutenir son regard. Douglas observa la manière dont le chef de chœur regardait la diaconesse. Il se sentait étrangement possessif à son égard.

— Vous étiez malade et seul. Vous ne pouviez rien y faire.

Charles descendit les dernières marches en se tenant à la rampe.

— Je peux vous proposer quelque chose à boire ?

Y avait-il du thé ou du café dans la cuisine ? Il n'en avait absolument aucune idée.

Leah déclina avec un sourire. Elle consulta sa montre, se précipita à la buanderie et en revint avec un panier rempli de vêtements pliés.

— Je vais les porter à l'étage.

Charles fit un pas pour lui prendre la pile des mains, mais Leah refusa catégoriquement, par crainte qu'il ne tombe.

— Laissez, dit-elle. J'aime travailler et terminer ce que j'ai commencé.

Elle monta ranger le linge.

— Vous devriez vous recoucher, conseilla Douglas. Quand la diaconesse redescendra, nous prierons pour votre bon rétablissement.

Charles hocha la tête, se disant qu'il valait mieux les laisser faire.

Quand Leah revint, ils s'assirent tous trois dans le salon et prièrent pour la santé et le bien-être de Charles. Douglas demanda au Seigneur d'aider au prompt rétablissement du chef de chœur pour que la chorale puisse chanter au mieux Ses Louanges.

— Gloire lui soit rendue, conclut Douglas.

— Amen, dit Leah

— Amen, marmonna Charles.

Puis Leah et Douglas quittèrent la maison du chef de chœur. Quand Charles se tint près de la porte ouverte, Douglas le pressa de rentrer pour ne pas attraper froid, l'air était frais pour un soir de mai.

Charles ferma la porte et, depuis la fenêtre, observa le break vert s'éloigner. Il avait été secouru, mais après le départ de la diaconesse Cho, il se sentit plus seul qu'il ne l'avait été depuis très longtemps.

## 3

# LE CHOIX DE LA FORME

Un FedEx contenant les prototypes d'une usine de T-shirts de luxe dans le Mississippi était arrivé au magasin ce matin-là. Sabine avait pour habitude de travailler le samedi, mais elle était restée chez elle pour cause de migraine et appelait maintenant Casey au comptoir des chapeaux depuis sa chambre couleur saumon.

— Tu peux me les apporter, ma chérie, s'il te plaît ?

Sabine sirota une gorgée de son *macha* mousseux.

— Comment tu te sens ? demanda Casey en essayant de paraître compatissante.

Ces derniers temps, les migraines de Sabine étaient de plus en plus fréquentes. Cela faisait deux samedis de suite qu'elle s'absentait.

— Oh, comme d'habitude. Je ferme les rideaux et les microsiestes aident un peu. Casey, tu pourrais m'apporter le colis, ma petite chérie ?

Casey devinait à son irascibilité qu'elle s'ennuyait plus qu'elle ne souffrait. La patronne voulait qu'on la divertisse. C'était l'unique raison pour laquelle elle ne se contentait pas d'envoyer un coursier lui livrer le colis.

— Et ça me ferait plaisir de te voir. Tu pourrais dîner à la maison. Isaac en serait si heureux, lui aussi. Le pauvre, ça ne doit pas être facile pour lui avec mes migraines. Je ne suis pas de bonne compagnie.

Judith était en pause et Casey se retrouvait seule à son poste. De sa voix de vendeuse, grave et courtoise, elle déclara face au comptoir désert :

— Oui, mademoiselle. En quoi puis-je vous être utile ?

Sabine haussa d'un ton.

— Chérie, tu veux que je te rappelle plus tard ?

C'était une idée débile. Tant qu'elle n'aurait pas obtenu la réponse qu'elle voulait, Sabine ne manquerait pas de la rappeler toutes les dix minutes.

— Un instant, Sabine.

Casey posa le combiné sur le comptoir. Elle appuya sa hanche contre la vitrine pour soulager son dos crispé. Sur l'étagère en verre du haut, un camélia blanc monté sur une épingle à chapeau était en décalage sur son rang, et Casey le redressa. Plus tôt ce matin-là, deux Anglaises étaient passées en quête d'élégants chapeaux new-yorkais pour un mariage à Canterbury. L'aînée des deux sœurs avait demandé à voir l'épingle. La cadette, âgée d'environ quarante ans, avait acheté un bibi marron orné d'une voilette en plumetis que Casey avait confectionné, et la plus âgée, à la sensibilité plus moderne, avait choisi un tambourin à plumes d'une nuance de vert proche du noir. Sa commission pour les deux ventes s'élevait à cent quatre-vingts dollars. Casey culpabilisa à cette pensée et posa la main sur le téléphone. Si Sabine ne l'avait pas autorisée à proposer ses propres chapeaux et à empocher la totalité des recettes, sa commission réelle aurait été de soixante dollars.

Casey retira sa main du combiné. Sabine n'avait pas invité Unu à dîner. Qu'allait-il faire, un samedi soir ? Ils étaient censés manger des spaghettis et louer un film. Le pauvre Unu n'avait toujours pas retrouvé de travail et comme l'on pouvait s'y attendre, il n'avait pas le moral. Mais Sabine jugeait qu'il n'était bon à rien et ne s'était pas privée de le dire à Casey à plus d'une reprise. Unu n'avait jamais été invité à dîner chez Sabine. Parfois, Casey soupçonnait Sabine de détester les hommes d'origine coréenne.

— Casey ?... Hé oh ? Casey ?

Casey récupéra le combiné.

— Oui, désolée. Une cliente.

— Pas de vente ?

— Non.

— Quelle heure est-il, ma puce ? demanda Sabine.

Casey consulta sa montre. La Rolex lui renvoya son regard.

— Onze heures et demie.

— Tu as beaucoup de devoirs à faire ce week-end ?

— Oui.

Un pénible projet de comptabilité à rendre pour mardi.

— Peut-être que tu pourrais les faire pendant ta pause déjeuner ? Je te prête mon bureau.

Casey ferma les yeux un instant.

— Le dîner ne s'éternisera pas, petite chérie. Dis-moi ce que tu aimerais manger.

Et voilà. Casey téléphona à l'appartement, mais Unu n'y était pas. Elle laissa un message sur le répondeur pour l'informer qu'elle devait dîner chez Sabine. Financièrement, les choses allaient très mal de leur côté. Comme toujours, Casey était endettée jusqu'au cou et Unu, qui avait dépensé toutes ses indemnités de licenciement, cherchait du travail, boursicotait de temps en temps dans son coin, mais payait surtout les factures avec l'argent qu'il gagnait au black-jack. Sa mère lui avait enseigné qu'une femme ne devait jamais culpabiliser un homme au sujet de son argent. De son expérience de vendeuse, elle avait également observé que, toutes catégories confondues, les hommes avaient deux complexes : leur argent et leur calvitie. Unu traversait une période difficile et elle estimait qu'en faisant le moindre commentaire sur leur situation financière ou son addiction au jeu, il se désintégrerait de honte. Elle le voyait très bien s'évaporer comme un personnage dans un film de science-fiction – Unu se pulvérisant en un milliard de particules. *Pouf.* Sans compter qu'elle était mal placée pour donner son avis en matière de finances personnelles. Très mal placée.

Pour réduire ses dépenses, elle s'était désinscrite du FIT. Les frais de scolarité étaient négligeables quand on les comparait à ceux de Princeton, et maintenant de NYU Stern, mais cela représentait tout de même un mois de courses. Elle avait aussi calculé combien les apéros avec ses amis après les cours lui coûtaient. Les bières et les planches à grignoter s'accumulaient, sans compter le taxi si la soirée se finissait trop tard. Le bibi marron était le dernier chapeau qu'il lui restait à vendre. La nuit, l'édredon remonté jusqu'au menton, Casey ne priait plus que pour une chose – qu'elle n'ait pas fait une nouvelle bêtise gigantesque en reprenant ses études. Cette place dans le *summer associate program* était, espérait-elle, la réponse à tous ses doutes.

À la fac, en dehors des cours, elle n'avait entendu que des variantes d'un fait établi : tout l'intérêt de l'école de commerce pour ceux qui se spécialisaient en finance était de faire son *summer* en banque d'investissement ; à la fin de l'été, l'objectif était de décrocher une proposition d'embauche à Wall Street et, au début de la deuxième année, on pouvait essayer de convertir cette proposition en une encore meilleure, avec un peu d'audace. Si tout se passait bien, on embrayait ainsi sur un super poste dès le diplôme en poche. Avec les primes indécentes dès la première année de travail, on était censé rembourser le prêt étudiant en deux ans – le même nombre d'années qui avaient suffi à contracter ladite dette. Évidemment, les seuls postes qui permettaient de diminuer la ligne du crédit à cette vitesse étaient ceux des plus grandes banques d'investissement sur la seule rue qui comptait. De tous les domaines de spécialisation à Stern, Casey avait choisi la finance – où allait tout l'argent.

Quatre ans s'étaient écoulés depuis que Casey avait fini son premier cycle d'études supérieures, et voilà ce qu'elle avait compris depuis : elle n'avait aucune envie d'échouer de nouveau, ni publiquement ni en privé. Plus que n'importe quelle autre femme de son entourage, elle admirait Sabine, une pionnière autodidacte dans son domaine. Quand Casey avait choisi NYU Stern sans lui demander son aide pour se démarquer dans la liste d'attente de Columbia et quand elle avait refusé sa proposition de payer ses frais de scolarité, Casey s'était acheté une autonomie à un risque comparable au naufrage du *Titanic* : un océan d'humiliation l'attendait si elle ne décrochait pas un poste premium toute seule. Quant à ses parents, le fait d'avoir refusé Columbia Law et emménagé avec un divorcé qui n'avait aucune intention de l'épouser l'excluait de la rédemption. Sa cadette était mariée à un Coréen bien sous tous rapports et bientôt médecin, et elle avait donné naissance à un fils. Il n'y avait pas de concurrence possible. Rien que ce mois-ci, elle avait renié ses propres valeurs en demandant de l'aide à Hugh Underhill. À présent, si elle échouait à obtenir une offre d'emploi après son stage, elle passerait pour la plus grande des imbéciles devant ses amies. Elle en était à deux paquets de cigarettes par jour et buvait des litres de Coca Light. Elle avait du mal à dormir la nuit.

Alors Casey faisait ce qu'elle savait le mieux faire quand elle se réveillait involontairement à trois heures du matin : elle étudiait. L'ironie, avait-elle découvert, était que ses bonnes notes ne lui servaient à rien tant les grandes banques se fichaient comme d'une guigne de NYU Stern, car elles ne piochaient qu'à Harvard, Wharton, Stanford, et à la rigueur Columbia. Au bout du compte, elle avait été forcée d'appeler Hugh – dont elle avait caressé le sexe à l'arrière d'un taxi.

Quand elle était étudiante à Princeton, on lui répétait que considérer les universités de l'Ivy League comme meilleures était une attitude élitiste et vulgaire. Il était interdit de dire qu'une princetonienne valait mieux qu'une diplômée de Queens College. Mais entrer à NYU (dans le top dix des écoles de commerce du pays, à défaut d'être dans le top cinq) avait prouvé à Casey que son père avait raison depuis le début : les étiquettes de marque comptaient. Ces mêmes banques qui refusaient de recruter à Stern recevaient en entretien des petits jeunes de Princeton pour leur programme d'apprentissage. Quand Casey avait été recalée par Kearn Davis après Princeton, elle n'avait pas compris que c'était parce qu'elle n'avait pas voulu jouer le jeu (le tailleur jaune excentrique, les blagues sur Nancy Reagan, la vanité de ne postuler que pour une seule banque – pointée avec justesse par Ted Kim), mais au moins l'entreprise avait jeté un coup d'œil à sa candidature. La porte était ouverte et il n'avait tenu qu'à elle d'échouer ou de réussir. Il y avait eu une porte.

Naïve. Casey avait été naïve. Elle n'avait pas su apprécier le privilège aveuglant et la protection que lui assurait un diplôme de l'Ivy League, et ne s'en rendait compte que maintenant qu'elle fréquentait une école qui n'était pas abritée sous la canopée de feuilles vertes et de fameux lauriers. Si elle était allée à la Columbia Law School, elle aurait déjà une « collab » dans un cabinet d'avocats, et aurait peut-être déjà remboursé un tiers de ses dettes.

Quand Judith revint de sa pause, elle dit à Casey de prendre la sienne. Casey alla se réfugier dans le bureau de Sabine et sortit ses devoirs de comptabilité, mais avant de s'y atteler, elle récupéra le carton FedEx et le fourra dans son cabas.

Isaac Gottesman ouvrit la porte du penthouse et attendit l'arrivée de Casey.

La jeune fille émergea de l'ascenseur tête baissée, son fedora marron dans une main, un colis FedEx dans l'autre. Casey portait une chemise blanche d'écolier cintrée à la taille par une large ceinture marron, agrémentée d'une courte cravate en tweed, d'un pantalon en laine, et de richelieu de style masculin. Sa tenue était comiquement tape-à-l'œil, mais son expression découragée.

— Bonjour, bonjour, c'est quoi, cette petite mine ?

Casey leva la tête et sourit, surprise de le voir sur le seuil. D'ordinaire, c'était la gouvernante qui venait lui ouvrir. Isaac avait des airs de grand nounours – sa stature imposante, ses larges paumes ouvertes, son pantalon beige passé et son pull camel. C'était un soulagement de le voir. Isaac l'appréciait sincèrement et n'attendait rien d'elle. Jay Currie disait de Sabine qu'elle était sa marraine la bonne fée, mais c'était plutôt Isaac, son parrain bienveillant, parce qu'il l'acceptait telle qu'elle était. C'était une forme de richesse, un don, d'avoir quelqu'un de bon qui l'accueillait ainsi.

La semaine avait été longue, et elle était épuisée. Elle avait quitté son boulot d'assistante à Wall Street précisément parce qu'elle avait passé l'âge de livrer des colis. Dernièrement, elle sentait que la servitude accordée à sa patronne avait trop duré. Même si Sabine lui remettait les clés de son empire pour une fraction de sa valeur marchande, elle la considérerait toujours comme son apprentie, s'assurant son exclusivité par le sentiment de gratitude. Comment quantifier un tel accord ? Seraitelle vouée à livrer des colis le week-end, dîner avec Sabine même lorsqu'elle n'en ressentait pas l'envie, et devoir négliger ses proches s'ils ne recevaient pas l'approbation de Sabine ? S'il pensait à manger, Unu allait probablement se contenter d'un bol de céréales ce soir, regretta-t-elle tristement.

Isaac l'embrassa sur la joue et suspendit sa veste, mais Casey garda le paquet. *Hors de question de rester pour dîner*, décida-t-elle. Elle allait remettre en personne le colis à la reine, puis se décommander.

— Elle est dans sa chambre, indiqua-t-il en sondant son expression morose.

— Désolée, Isaac. Alors... comment vas-tu ? C'est toujours un plaisir de te voir, ajouta-t-elle en se souvenant de ses bonnes manières.

Il lui rendit un sourire chaleureux et Casey déglutit pour ravaler son envie inexplicable de pleurer. Seulement trois personnes avaient cet effet sur elle, par leur gentillesse : Mary Ellen Currie, Ella Shim, et Isaac.

Ce dernier ouvrit grand les bras pour l'étreindre, et Casey se laissa envelopper contre son torse large. Il sentait divinement bon – des arômes de cèdre, de musc et d'écorce d'orange. Personne d'autre ne portait ce parfum. Sabine avait fait composer une eau de Cologne unique par un grand maître parfumeur parisien. Les flacons étaient étiquetés « I.A.G. » pour Isaac Antonio Gottesman.

Puis Casey s'écarta timidement, au bord des larmes. Isaac posa les mains sur ses épaules. Elle avait maigri, pensa-t-il, mais pas d'une bonne manière, comme si elle ne se nourrissait pas assez.

— Jeune fille, savez-vous que nous offrons un délicieux plat d'agneau à la première personne qui passera cette porte avec un carton FedEx ?

Ses yeux pétillaient de malice. C'était sa plaisanterie favorite, jouer au présentateur du *Bigdil*. La première fois qu'elle l'avait rencontré, il lui avait annoncé d'une voix très sérieuse « Madame, si vous avez un pansement dans votre sac, je vous donne dix dollars ». Il lui avait fallu un moment pour comprendre qu'il plaisantait, mais la fois suivante elle avait déniché une épingle à nourrice dans sa trousse à maquillage à sa demande, et il lui avait immédiatement tendu un billet de cinq.

— Ça alors, mademoiselle ! Quelle coïncidence ! Serait-ce un colis FedEx que vous avez là ?

— Oui, monsieur, répondit Casey en jouant le jeu.

— C'est incroyable ! Car ce soir, justement, nous offrons également une panna cotta au chocolat si vous avez un beau sourire.

Casey sourit, mais dans sa tête elle cherchait toujours une excuse pour se décommander sans recourir à un trop gros mensonge.

— Mademoiselle, auriez-vous un chapeau ?

Casey hocha la tête et brandit son fedora. Elle avait l'impression d'être une petite fille jouant avec son oncle préféré.

— Figurez-vous que, ce soir, nous échangeons un chapeau de femme contre une paire de souliers italiens et le sac à main assorti.

Elle éclata de rire.

— Ahhh, là, ça m'intéresse.

— Enfin un sourire que je reconnais. Ça va, Casey ?

— Oui, oui. Ne t'inquiète pas pour moi.

— Oh, je ne suis pas inquiet pour toi, Casey Han. Je sais que ce n'est pas nécessaire. Tu es tout à fait capable de faire ce qu'il faut.

Les yeux de Casey se remplirent de larmes.

— Oh, Isaac, je n'en suis pas si sûre.

— Moi si.

Il hocha la tête gravement pour qu'elle le croie. Isaac regrettait de ne pas avoir apporté ce soutien rassurant à ses propres enfants quand ils étaient jeunes, trop occupé qu'il était alors à courir après l'argent et les jupons. Il se souvenait d'avoir eu l'âge de Casey, d'un monde qui lui apparaissait alors plein de possibilités de conquêtes. Et il trouvait triste que ses propres enfants n'aient aucune envie de se battre, aucun désir profond de réussir. Comme s'ils n'avaient rien à prouver, ou en étaient incapables même si l'envie d'essayer les prenait. Casey avait tant de force et d'ambition, mais elle semblait toujours vouloir se battre seule dans son coin.

— Alors, la patronne se repose ? demanda-t-elle en inspirant profondément. Je peux juste déposer ça, si elle essaie de dormir, proposa Casey en brandissant le paquet.

— Non, non. Ne dis pas de bêtises. Elle t'attend.

— Ah. D'accord.

Casey posa son chapeau sur le banc dans l'entrée.

— Peut-être que tu réussiras à la convaincre de nous rejoindre à table, lança Isaac. Elle m'a dit que j'étais censé te nourrir après votre discussion. Tu restes dîner ?

Casey hocha la tête. C'était ainsi que les gens qui avaient réussi dans la vie obtenaient ce qu'ils voulaient, songea-t-elle. En insistant. Elle adressa un signe timide à Isaac et monta à l'étage.

À Princeton, Casey avait rencontré un garçon nommé John Pingle dont le père ingénieur était à la tête d'un laboratoire pharmaceutique. Le père de John, lui-même fils d'un mécanicien et d'une femme de ménage, petit dernier d'une fratrie de six, avait fait ses études au Rochester Institute of Technologie grâce à une bourse ; après avoir gagné son premier million de dollars, il avait poursuivi sur sa lancée pour en accumuler quelques centaines de millions de plus. Lors d'une soirée organisée au club du Cap & Gown, John Pringle fumait un cigare maison roulé avec une feuille Blunt et de l'herbe de la meilleure qualité, et il avait raconté à Casey et Virginia que ses deux demi-frères issus du premier mariage de son père travaillaient pour leur daron. John avait mimé des guillemets en prononçant le mot « travaillaient ». Il les surnommait Couille-molle I et Couille-molle II. Ses frères riaient aux blagues douteuses de Papa, ne disaient rien quand Papa parlait trop fort à un événement sportif, regardaient ailleurs quand Papa se curait les molaires avec son doigt au restaurant.

À cette soirée, John planait plus haut qu'un Boeing, et Casey et Virginia avaient de leur côté sifflé deux bouteilles d'Asti Spumante. La bouche pâteuse et le joli minois rougi par le vin mousseux, Virginia avait demandé à John ce que lui comptait faire de sa vie, et John lui avait répondu : « Je vais profiter à fond le plus longtemps possible, et ensuite je serrerai les fesses comme mes frères. Je vais me couper les cheveux, enfiler un costume, épouser une bourgeoise blonde du Connecticut avec des gros nibards qui portera le fruit de mes entrailles. Et je récupérerai les valises de Papa à l'aéroport en riant à ses blagues de pets. »

À cette soirée étudiante, Casey était complètement saoule, ce qui avait d'ordinaire pour effet de la rendre léthargique et patiente, mais elle avait pourtant écouté avec attention l'histoire de la famille de John. Et même si elle avait toujours pensé que ce frêle garçon aux taches de rousseur était un peu bizarre et pas très intéressant, elle avait fini par avoir un peu pitié de lui. Il semblait sincèrement croire qu'il n'avait pas d'autre choix que de suivre le chemin tout tracé d'amertume de ses frères. C'était aberrant de penser que lui, le gosse de riches au cursus parfait, n'avait aucun libre arbitre sur le cours de sa vie. Après avoir passé une soirée avec lui, Casey avait commencé à comprendre que ce n'était pas le champ des possibles qui comptait, mais ce que l'on se croyait capable d'accomplir.

Sauf que dans l'immeuble où elle avait grandi à Elmhurst, elle avait aussi entendu l'histoire de Sonny Villa, son voisin. Quand Sonny avait enfin obtenu son permis poids lourds, ses parents avaient organisé une fête, persuadés qu'un fils routier leur assurerait la richesse. Au dessert, tout en coupant des parts d'un gâteau glacé de supermarché en forme de baleine, Sonny buvait de longues gorgées de Budweiser et essuyait régulièrement la mousse qui trempait sa moustache brune. Ses jolis yeux noirs scintillant sous l'effet de l'alcool, il jurait à tout le monde qu'il aurait son propre semi-remorque avant ses vingt-cinq ans. Devant cette annonce si ambitieuse, les invités avaient retenu leur souffle comme des enfants s'apprêtant à souffler les bougies d'un gâteau d'anniversaire. Mais en moins d'un an, Sonny avait développé une addiction au speed, qu'il avait commencé à consommer pour rester éveillé lors de ses longs trajets nocturnes. Au bout de deux accidents, il avait perdu son job et avait retrouvé un poste d'agent de sécurité au Metropolitan Museum of Art.

Ces deux destins posaient question à Casey : quand les choses ne se passent pas comme on le souhaiterait, est-ce une question de fatalité, de croyances, ou de capacités ? Sur Van Kleeck Street, toutes les histoires avaient la même fin minable, et chaque fois que Casey avait le moral au plus bas, elle craignait de suivre cette trajectoire inévitable.

Dans la chambre de Sabine à l'impressionnante hauteur sous plafond, les murs étaient tapissés de chinoiseries – des colibris dessinés à la main et des fleurs éparses sur un fond pêche nacré. Sous la lumière tamisée, rideaux tirés, Sabine avait elle-même des airs d'oiseau de paradis, perchée sur son lit, vêtue d'une veste d'intérieur en soie matelassée, adossée à trois oreillers carrés importés d'Europe.

— Bonjour, ma chérie.

Quand Sabine prononçait le mot « chérie », elle en roulait les « r », ce qui évoquait davantage les films hollywoodiens des années quarante que la prononciation hasardeuse d'une immigrée.

— Viens par ici, petite chérie, assieds-toi près de moi.

Casey lui fit la bise et s'installa sur le fauteuil près du lampadaire.

— Non, gémit Sabine en effleurant sa tempe. Viens sur le lit. Il y a plein de place ici. Viens me faire un câlin.

Elle attira Casey dans ses bras noueux.

— Je t'ai apporté ton paquet, annonça doucement Casey.

— Ah, oui.

Sabine lui prit le colis et le mit de côté près des coussins.

— Comment tu te sens ? demanda Casey.

Sabine semblait épuisée. De fines ridules rayonnaient autour de ses yeux. Elle la toisa sévèrement.

— Ce n'est qu'une migraine. Mais toi, ça n'a pas l'air d'aller.

— Si, si. Tout va bien, vraiment, dit Casey en feignant l'enthousiasme. Je viens d'întégrer le *summer program* chez Kearn Davis. En finance.

Casey présumait qu'elle n'allait pas bien prendre la nouvelle. Cela faisait des mois que Sabine la tannait pour qu'elle fasse son stage auprès d'elle en management – rien que toutes les deux, dans un cadre informel – mais Casey évitait le sujet en prétextant le besoin de diversifier ses expériences.

— Tu y as déjà travaillé. Je ne vois pas ce que ça a de si extraordinaire.

Sabine se redressa comme pour se préparer à la bagarre. Elle lâcha l'épaule de Casey pour croiser les bras.

— Je n'y retourne pas en tant qu'assistante. C'est différent. C'est le service dans lequel j'ai été recalée quand je sortais de Princeton. Tu n'imagines pas ce dont les autres de ma promo à Stern seraient capables pour un stage pareil.

Bien sûr, Casey ne pouvait pas lui avouer comment elle avait obtenu l'entretien.

Sabine ferma les yeux théâtralement, et fit ses exercices de respiration.

— Je suis sûre que tu sais ce que tu fais, lâcha-t-elle enfin.

Casey regarda fixement le colis qu'elle avait porté depuis le magasin. Comment expliquer ce besoin impérieux de fuir la personne qui l'avait tant aidée jusque-là ? Elle se sentait ingrate, voire stupide.

— Je comptais t'emmener à Paris, Milan et Hong Kong cet été, si tu avais accepté de travailler avec moi. Tu n'as pas une copine en Italie ? Celle à qui tu envoies toutes ces lettres ?

— Pourquoi voudrais-tu m'emmener là-bas ?

Casey ne voulait pas parler de Virginia avec Sabine, car celle-ci jalousait ses amies.

— Pourquoi tiens-tu tant à me contrarier ?

— Mais qu'est-ce que tu racontes, Sabine ? On est samedi soir, j'ai pris le métro et un bus pour t'apporter un colis à l'autre bout de la ville. Colis que tu n'as même pas encore ouvert.

Sabine se massa les tempes avec ses index.

— Pas de ce ton-là avec moi, jeune fille. Ça fait deux semaines que je ne t'ai pas vue. Où étais-tu passée ?

— En cours et au travail.

Casey sentait la colère monter.

— C'est toi qui n'es pas venue au magasin ces deux derniers samedis, et tu ne travailles pas le dimanche, alors que moi si ! Quand je travaillais jeudi soir, tu étais en réunion, je n'allais pas te déranger.

Elle appuyait sur les pronoms avec le plus d'emphase possible. Elle n'arrivait pas à croire qu'elle en était à justifier son emploi du temps auprès de Sabine. Ses propres parents ne savaient pas ce qu'elle faisait et ne posaient même plus la question. Désormais, elle ne téléphonait à sa mère que toutes les six semaines, maximum.

Sabine récupéra le FedEx avec précaution et fit tout un cirque de sa tentative de l'ouvrir. La voyant peiner avec la languette, Casey la tira pour elle.

— Tiens, dit Casey en lui tendant le carton ouvert.

Sabine en sortit un prototye de T-shirt à manches longues.

— Ce sera le premier T-shirt de la marque Sabine's.

C'était un vêtement tout simple en coton jersey très fin.

— Je vais le sortir en quatre couleurs. Ce sera le T-shirt le plus cher de toute l'Amérique.

Casey hocha la tête. Sabine ne semblait plus avoir de migraine.

— Tu descends pour le dîner ? proposa Casey.

Elle détestait les disputes plus que tout et ne se sentait jamais mieux après.

— Isaac a l'air perdu tout seul, ajouta-t-elle.

— Tu disais que Kearn Davis ne proposait jamais d'entretien aux élèves de la NYU business school.

Les pupilles de Sabine étaient froides et luisantes comme de l'onyx. Casey cligna des yeux. La mémoire de Sabine était terrifiante.

— C'est le cas. Mon ami Hugh m'a aidée à obtenir l'entretien.

— Je croyais que tu ne voulais pas de piston. N'est-ce pas pour cette raison que tu n'as pas demandé à Isaac une lettre de recommandation pour Columbia ? Si tu avais intégré Columbia, tu n'aurais pas eu à solliciter ce

Hugh. Mais visiblement tu préfères l'aide d'un inconnu à celle d'une amie.

— Hugh est mon ami.

— Et moi non ?

Casey soupira et prit sa tête entre ses mains.

— La vie est faite de tâches difficiles et personne, Casey, personne ne peut les accomplir seul. Si c'est la voie que tu choisis, ta progression sera très lente.

— Tu as bien réussi seule, toi !

Casey criait à présent.

— Tu te trompes. Je n'ai pas reçu l'aide d'une personne, mais de beaucoup, beaucoup de monde.

De plus en plus convaincue que la jeune fille avait trop d'orgueil, Sabine expliqua :

— Il y a eu le comptable qui m'a fait une remise sur le dépôt de mes premières déclarations, le gérant du *diner* qui m'offrait le petit déjeuner quand je n'avais pas de quoi payer, les usines qui m'ont fait crédit... tant de gens m'ont épaulée.

Sabine criait elle aussi.

— Tant de gens que je ne me rappelle plus leurs noms. Pourquoi crois-tu que j'aide ceux qui peinent autour de moi ? C'est un cycle, jeune fille. C'est tout l'intérêt, tu n'as rien compris ! Pourquoi faut-il que tu sois si bornée ?

Les pupilles sombres de Sabine furent englouties par le noir de ses iris qui se remplissaient de larmes.

— Et toi, pourquoi agis-tu comme si les pauvres ne devraient pas avoir le droit de choisir, eux aussi ? rétorqua Casey. Suis-je obligée d'accepter tout ce qu'on me propose ? Me montrer reconnaissante en permanence ?

Casey écarta les mèches qui lui tombaient sur le visage. Sa voix tremblait.

— Écoute, Sabine. Il faut que j'essaie. Il faut que je sache si j'ai ce qu'il faut pour devenir banquière d'affaires, gagner un paquet de fric, rembourser mes prêts étudiant. Il faut que je sache si je peux m'en sortir par moi-même. Avec mes conditions. Et j'ignorais que Columbia ferait la différence à ce point. D'accord ? Je ne savais pas comment fonctionnait le monde. Je me racontais des conneries. Tu avais raison. Tu es contente ? Bordel, j'ai vingt-six ans. J'ai le droit de ne pas tout savoir de la vie. Je ne suis pas toi.

Sabine recula et se calma. Son expression était d'acier, comme si elle s'était glacée de l'intérieur quand Casey avait parlé des pauvres n'ayant pas de choix.

— Je t'ai dit que je paierais tes frais de scolarité. Sans rien attendre en retour. Tu n'aurais même pas eu à me rembourser. Et ce n'est pas comme si j'allais te forcer à travailler pour moi ensuite. Ce n'est pas l'armée que je te propose, tu sais. Je ne t'envoie pas sur le champ de bataille.

À cet instant, Isaac entra, les traits marqués par l'inquiétude.

— Qui part en guerre ?

Depuis le couloir, il avait entendu les cris des deux femmes. La gamine sanglotait et avait l'air dans un bien pire état que lorsqu'il lui avait ouvert la porte. Il lui adressa un sourire sincère, mais Casey baissa le regard sur ses mains.

— Mon amour, as-tu proposé quelque chose à boire à notre invitée ? demanda Isaac à Sabine avec un haussement de sourcils sévère tout en gardant le sourire.

Sabine soupira et s'adoucit un peu. Casey la rendait folle parfois, mais il était vrai qu'elle ne lui avait même pas offert à boire.

— Je ferais mieux d'y aller, dit Casey.

Mais Sabine lui prit la main.

— Ma Casey chérie et moi avons eu une petite querelle, mais tout est réglé à présent. Pas vrai ?

Casey resta muette. Elle imagina John Pringle faisant de la lèche à son père, portant la mallette de Papa, et Sonny

Villa se vantant de posséder un jour un beau camion. Puis elle se souvint de la question balbutiée par Virginia à John : « Qu'est-ce que tu comptes faire de ta vie ? »

Qu'avait-elle accompli, elle, jusqu'alors ? se demanda Casey.

— Petite chérie, si tu restes dîner, je viendrai même à table, minauda Sabine.

Isaac pouffa.

Sabine tenait toujours la main de Casey. Elle n'avait pas d'autre choix que de rester, comprit Casey. Si elle partait maintenant, les dégâts seraient encore plus difficiles à réparer.

Le cuisinier avait concocté un menu délicieux comportant tous les plats préférés de Casey. À table, les deux femmes s'efforcèrent de n'exprimer aucun désaccord. Isaac leur raconta comment il gâtait ses petits-enfants et Casey rit tandis que Sabine prétendait ne pas trouver ses anecdotes drôles. Isaac, qui était en préretraite, allait de temps en temps chercher les petits après l'école dans sa voiture avec chauffeur pour les emmener boire un *egg cream* au chocolat, et manger des frites et des pickles dans ses *diners* préférés de Brooklyn et de Newark. Leurs parents n'étaient pas ravis de ce régime hautement calorique, mais ils le laissaient faire.

Le dessert arriva et Isaac servit le thé pour les deux femmes.

— Casey va faire son *summer* au sein du programme d'investissement de Kearn Davis, annonça Sabine.

— Félicitations ! s'écria Isaac.

— Merci.

Casey but une minuscule gorgée de son thé.

Isaac savait très bien que Sabine voulait que Casey reprenne le magasin un jour. Il aimait beaucoup cette petite, et il saisissait parfaitement la logique derrière le projet de Sabine. Casey était futée, jeune, et capable de tout. Mais il était clair qu'on ne pouvait la forcer à rien. Isaac comprenait son envie de devenir analyste chez Kearn Davis. Elle voulait sûrement savoir ce que cela faisait d'être banquière, même junior, dans une entreprise de riches. Ses parents, des immigrés pauvres, géraient un pressing. Les gens comme Sabine et lui étaient forcés de commencer à partir de rien pour gagner leur vie. Tout juste diplômé de Hunter College, il n'aurait jamais osé rêver de décrocher un entretien à Wall Street. En gravissant les échelons de la fortune à New York, il avait croisé beaucoup de monde qui estimait que l'immobilier était un domaine ingrat, et malgré son succès, Sabine restait une commerçante, ce qui signifiait qu'elle aussi mettait les mains dans le cambouis. Isaac voyait très bien ce genre de préjugés pulluler à Princeton, et comment ils avaient pu retourner le cerveau de cette gamine qui n'hériterait jamais de rien. Il avait de la peine pour elle, parce que s'il avait appris une chose de la vie, c'était qu'on ne pouvait se laver de son passé.

Dans son premier job, il faisait visiter des locations de particuliers dans une ancienne coopérative d'habitations du Bronx. Et Sabine avait commencé par fabriquer des sacs à main et des gants pour les vendre dans une boutique de dix-huit mètres carrés. Il suffisait à Casey de faire ses armes auprès de Sabine pendant une petite dizaine d'années pour gagner une fortune à l'avenir, mais Isaac comprenait son besoin de se sentir légitime tout de suite.

Casey avala la dernière bouchée crémeuse de sa panna cotta. Elle racla sa cuillère en argent contre l'assiette à dessert Bernardaud pour savourer la dernière goutte de coulis de chocolat. Le manche de la cuillère était gravé avec les initiales entrelacées de Sabine et Isaac.

— C'est magnifique. Ça fait des années que j'ai envie de vous le dire, avoua Casey en brandissant la cuillère en argent.

Sabine lui adressa un clin d'œil.

Isaac leva sa propre cuillère pour l'inspecter. Ils s'étaient rendus chez un antiquaire spécialisé dans l'argenterie sur Park Avenue pour les commander. Chaque cuillère avait été façonnée à la main par un orfèvre anglais. Sabine avait commandé une ménagère pour soixante, avec huit pièces par personne, chaque ensemble individuel coûtant deux mille dollars. Ils s'étaient peut-être servis de la cuillère à moelle deux fois depuis, quand le cuisinier leur avait servi de l'osso buco.

— Vous saviez que l'oncle à qui je dois mes initiales était graveur d'argenterie ?

Sabine lança à son mari un regard interrogateur. Non, elle l'ignorait.

— Lequel ?

— Irv. Oncle Irv. Tu ne l'as jamais rencontré. Moi non plus. Il est mort il y a longtemps. Les poumons.

— Oh, fit Sabine.

— Tu veux dire que son métier était de graver ce genre de choses ? demanda Casey en désignant le monogramme sur le manche de la cuillère.

Isaac acquiesça. C'était la première fois qu'il pensait à l'oncle Irv depuis des dizaines d'années. Son père lui avait expliqué que le « I » de Isaac lui avait été donné pour le « I » de Irving.

— Alors, qui était cet oncle Irv ? s'enquit Sabine en se redressant sur son siège.

— C'était l'aîné de la famille du côté de mon père. Ils avaient peut-être quinze ans d'écart. Toute sa vie, Irving n'a voulu qu'une chose : devenir avocat. Le prochain Clarence Darrow.

Isaac haussa les épaules joyeusement, paumes tournées vers le lustre Venini en cristal de Murano.

— Naturellement, mes grands-parents étaient ravis. Sauf que…

Isaac se tut.

— Il n'avait pas assez d'argent pour faire des études ? suggéra Casey.

Ces derniers temps, elle en était arrivée à la conclusion que la plupart de ses problèmes dans la vie pouvaient être résumés à un défaut de liquidités.

— Non. La famille de mon père n'avait pas d'argent, mais mon grand-père avait une sœur dont le mari possédait une usine de plumes à Manhattan et elle, qui n'avait que trois filles, avait promis de payer pour les études d'Irv.

— Une usine de plumes ? s'étonna Sabine.

— Pour les doublures, les duvets, les oreillers, expliqua-t-il. Bref, Irv est allé au City College, parce que Columbia a refusé son dossier.

Il haussa les sourcils, amusé. Isaac voyait toujours la vie avec une pointe d'humour.

Casey hocha la tête gravement.

— Ce n'est pas le seul.

— Eh bien, disons qu'Irv était persuadé que Columbia n'avait pas voulu de lui parce qu'il était juif et pauvre. À City College, il s'est vite révélé brillant en droit. Puis, dans un cours, il a fait la connaissance d'un garçon qui avait une jolie cousine très pieuse. Mais figure-toi que mes grands-parents estimaient que la religion était la racine de tous les maux.

Sabine approuva d'un air entendu.

— Oncle Irv était encore vexé de ne pas avoir été accepté à Columbia, alors il avait décidé que, quitte à être juif, il allait profiter de tous les avantages. Comme celui de rencontrer la jolie cousine Sarah de son nouvel ami.

Casey sourit. Isaac était mi-juif, mi-catholique italien. Il jurait que, sur son lit de mort, il réclamerait la présence d'un prêtre et d'un rabbin « au cas où le paradis aurait plus d'une porte d'entrée ».

— Un jour, cet ami et sa jolie cousine ont invité Irv à venir dîner pour shabbat. Et voilà qu'en un rien de temps, Irv s'est retrouvé à fréquenter la communauté juive orthodoxe de Brooklyn. Quand mes grands-parents ont eu vent de cette histoire, ils ont menacé de lui couper les vivres, mais il a continué à voir cette fille et ses amis.

— Et ensuite ? demanda Casey.

— Il a décidé de rejoindre la communauté.

— Laquelle ? demanda Sabine.

— La communauté juive.

— Mais il était déjà juif !

— Tu vois ce que je veux dire – il voulait une bar-mitzvah, se faire pousser la barbe et tout le tintouin.

Isaac haussa les épaules parce qu'il ne connaissait pas grand-chose du judaïsme et s'en tenait à distance autant que possible.

— Il voulait être juif pratiquant. Et épouser cette Sarah, qui se refusait à lui à moins qu'il ne devienne vraiment juif. Le plus drôle, c'est que c'est comme ça qu'Irv est entré en religion, et ensuite il a réellement commencé à croire à ces histoires. Alors mes grands-parents ont coupé les ponts, mais sa tante a continué de lui payer ses études.

— Les juifs et les Coréens…, dit Sabine en secouant la tête. Tous des fous.

Isaac s'esclaffa.

— Ensuite cette Sarah a incité Irv à écrire au grand rabbin pour obtenir la permission de se marier et demander s'il pouvait devenir avocat.

Casey inclina la tête, fascinée.

— Il leur fallait une permission ?

— Oui, je sais. C'est fou, dit-il en reprenant le mot de sa femme. Mais attends un peu…

Il agita son index.

— Chéri, tu me files la migraine, se plaignit Sabine.

— Je décline toute responsabilité pour tes migraines, répliqua Isaac avec un clin d'œil. Le rabbin a dit oui au mariage. C'est ainsi que Sarah est devenue ma tante. Encore une, morte avant ma naissance. Mais il a dit non au rêve d'Irv de devenir avocat.

— Quoi ? s'exclamèrent Casey et Sabine.

— Attendez, je n'ai pas fini ! répondit Isaac en savourant sa prise sur son auditoire. En lisant la lettre d'Irv, le rabbin y a perçu sa passion excessive pour la profession d'avocat, et il en est arrivé à la conclusion que cette voie serait une erreur pour lui. Si un homme aime trop son travail et que son travail est sa passion, il le sacralisera au détriment de sa propre vie et de celle de sa famille.

— Alors quoi ? Il faut choisir un travail que l'on déteste ? réagit Casey avec une grimace.

— Non. Le rabbin pensait qu'il faut trouver un travail qui ne soit que cela, du travail, et pas quelque chose que l'on aime plus que Dieu.

Isaac lui-même semblait perplexe.

— Alors le rabbin a écrit à Irv pour lui conseiller de devenir graveur. Un métier pour lequel il ne nourrirait aucune passion dévorante.

— C'est n'importe quoi, protesta Sabine. J'aime mon métier. J'ai tant de passion pour ce que je fais.

— Eh bien, j'imagine que ça ne plairait pas au rabbin. Mais après tout, et alors ? Nous ne sommes pas juifs. Et tu ne crois même pas en Dieu, alors quelle importance ? D'ailleurs, ce n'est l'idée saugrenue que de ce rabbin-là.

Casey ne savait pas quoi penser de cette morale.

Isaac leva sa tasse.

— Il est mort heureux, paraît-il. Sept fils et deux filles. C'était le frère préféré de mon père, qui s'arrangeait toujours pour le voir en douce sur son lieu de travail, du côté du Diamond District. Mais mon père n'a jamais compris toute cette histoire de religion. Et ma mère n'a jamais beaucoup aimé l'Église non plus. Bref…

— Conclusion, il ne faut pas chercher le sens de la vie dans son métier ? hasarda Casey. Et il ne faut pas aimer son travail plus que Dieu, compléta-t-elle.

— Pas dans le cas d'Irv, en tout cas. J'imagine qu'il était du genre romantique, peut-être un peu trop. Mon père disait qu'on ne faisait pas plus intelligent qu'Irv. Il mettait de l'intensité dans tout ce qu'il faisait. Peut-être que le rabbin l'avait compris. Après tout, qu'est-ce que j'en sais ?

Casey n'aurait su parler pour tous les protestants, mais un pasteur aurait probablement été du même avis que le rabbin. La Bible disait clairement que l'idolâtrie était un péché, et que l'on pouvait faire de tout une idole. Même d'un métier.

Sabine renâcla.

— Je ne crois pas en ces sornettes. Ce ne sont que des formules magiques et des superstitions. À mon avis, ce serait bien de se contenter d'être une bonne personne. Et c'est de la folie d'empêcher quelqu'un qui veut être avocat de le devenir. C'est un très beau métier au service des autres.

Il était temps de partir. Casey remercia ses hôtes et prit congé pour la soirée.

— Le dîner était délicieux.

— Il faut que tu reviennes plus souvent, dit Isaac.

Sabine resta silencieuse en la raccompagnant avec son mari jusqu'à la porte. Elle sortit la veste de Casey de la penderie et l'aida à l'enfiler. Puis elle se tint devant elle pour enrouler son fin foulard autour de son cou. Casey la laissa faire. Le foulard était noué avec élégance – un large nœud plat laissant dépasser quelques centimètres de tissu.

— Je ne veux que ton bonheur, Casey, déclara Sabine d'un ton grave. Et... je suis désolée. Désolée de ne jamais trouver la bonne manière de t'aider. C'est juste que je ne sais pas comment aimer sans prendre les choses en main.

Sabine fondit en larmes.

Jamais une adulte ne lui avait présenté ses excuses auparavant et Casey s'en trouva désemparée. Elle aussi était adulte maintenant, mais en présence de Sabine et Isaac, elle se sentait comme une petite fille.

— Non, non, Sabine. Ne pleure pas.

Elle prit la main de son amie dans la sienne. Dans sa tête, Casey lui disait combien elle l'aimait, combien leur relation était compliquée, et combien elle serait perdue sans elle. Elle avait une dette envers elle, mais aussi de la loyauté et tant d'affection. Mais elle n'exprima rien de tout ce qu'elle ressentait à voix haute. Les mots se contentaient de rebondir dans sa tête. Isaac passa un bras autour de Casey et se pencha pour déposer un baiser sur le front de sa femme. Témoin de ce geste tendre, Casey songea que c'était à cela qu'une bénédiction devait ressembler.

# 4

## LE PRIX À PAYER

VINGT ET UN ÉTUDIANTS D'ÉCOLE DE COMMERCE faisaient leur *summer* chez Kearn Davis, Casey allait devoir se démarquer. La rumeur disait que seuls seize d'entre eux se verraient proposer une offre d'embauche à l'issue du stage. Hugh Underhill refusait de confirmer ou d'infirmer cette information (ainsi que de sonder son pote Charlie Seedham, le supérieur de Casey pour l'été), mais il trouvait l'idée d'un concours de talent de huit semaines hilarante et ne s'en cachait pas. Walter Chin, qui les avait rejoints pour un verre après la première semaine de Casey, lui avait assuré qu'elle serait retenue. Quoi qu'il en soit, quand des tâches étaient attribuées, Casey accomplissait ce qui lui incombait et en réclamait toujours plus. Fort heureusement, Sabine lui avait accordé un congé pour l'été, et ces deux dernières semaines, depuis qu'elle avait commencé son stage, Casey avait passé ses week-ends à trimer au sixième étage de Kearn Davis où Jay Currie et Ted Kim avaient un jour travaillé.

Comme il fallait s'y attendre, ses horaires étaient délirants, mais Unu la soutenait autant que possible. Le samedi matin, il lui préparait son café avant qu'elle ne parte travailler.

— Ça me manque de ne plus t'avoir dans les parages.

Unu lui tendit une tasse de café noir et s'assit à côté d'elle.

— Oh, bébé, toi aussi tu me manques, dit Casey en se penchant pour l'embrasser. Comment tu vas ?

Cela faisait une éternité qu'elle ne s'était pas posée pour penser à lui. Son stage était un enchaînement frénétique de tâches diverses et d'afterworks. Les deux premières semaines avaient filé à toute vitesse, la laissant à bout de souffle.

— Tu sais quoi ? Je vais boucler mon analyse aujourd'hui pour Karyn, je vais quitter tôt et prendre ma journée demain. Si je profite d'un moment où elle n'est pas à son bureau pour déposer ce qu'elle m'a demandé sur sa chaise et que je me planque dans les toilettes, je peux esquiver les devoirs du week-end.

Casey soupira avant de reprendre :

— Je ne vais pas pouvoir continuer à ce rythme. Et puis j'avais envie d'aller à l'église dimanche. Peut-être qu'on pourrait dîner ensemble ce soir ? Ou aller au restaurant ? J'ai reçu mon salaire…

— Viens, on s'en va, dit-il. Ce soir.

— Quoi ?

Elle sourit, perplexe.

— Une virée à Foxwoods. Tu n'y es jamais allée. On se fera offrir une chambre par la maison, et je t'apprendrai à jouer au black-jack. Prépare quelques affaires dans un sac et je viendrai directement te chercher après le travail. Ça va être sympa. J'ai envie de passer plus de temps avec toi.

Il approcha, glissa ses mains sous son peignoir et posa ses lèvres au creux de son cou. Casey ferma les yeux.

— Il faut que j'aille…

— Chuuut, murmura-t-il.

***

Joseph McReed piétinait d'impatience près du barbier de Lexington Avenue, les mains posées sur son déambulateur. Un bus arriva, mais il le laissa passer sans monter. C'était un doux matin de juin et la brise faisait agréablement frémir les mèches blanches qui lui tombaient sur le visage. Il ne s'attendait pas à une forte fréquentation de la librairie un samedi d'été, mais il préférait s'y rendre plutôt que rester seul chez lui. Il était certain de la croiser ce jour-là, alors quand Casey avança à pas rapides vers lui quelques instants plus tard, il ne regretta pas sa décision d'avoir fait le pied de grue.

— Vous voilà. Comment allez-vous ?

— Vous m'attendiez ?

Elle était ravie de pouvoir profiter de sa compagnie le temps d'un trajet. Elle attendait leur samedi matin avec impatience.

— Pas depuis longtemps, répondit-il gaiement. Comment allez-vous, très chère ?

— Je vais bien. Ce n'est pas facile au travail. Il faut que je décroche cette offre d'embauche.

— J'imagine. J'ai quelque chose pour vous.

Il souleva une boîte à chapeau que Casey n'avait pas remarquée.

— Vous m'avez apporté un chapeau ? De la collection de votre femme ?

— Oui, il le fallait. C'est insupportable de vous voir dans ces tenues de femme d'affaires. Vraiment, je les trouve insipides, s'esclaffa-t-il. Je ne crois pas que vous pourrez porter celui-ci au bureau, mais je vous avais promis de vous rapporter un chapeau qui appartenait à Hazel. Il y en a tant à la maison.

— Merci. C'est si gentil de votre part.

Casey était curieuse de découvrir ce que recelait la boîte ronde et noire.

— Elle a acheté celui-ci à Londres.

Sur le côté arrondi de la boîte, on pouvait lire dans une police ancienne « Lock & Co. Hatters. St. James Street. London ».

— Je peux ?

— Évidemment.

Casey souleva le couvercle. À l'intérieur se trouvait un chapeau gris tourterelle, comme un haut-de-forme qu'aurait pu porter un homme à l'opéra à la fin du XIX^e^ siècle, mais avec une calotte plus basse. Le ruban était anthracite.

— Mon Dieu. Il est magnifique, quelle merveille !

Casey le contempla entre ses mains, éblouie. C'était un objet d'une immense beauté dans ses finitions et ses lignes.

— Je crois qu'elle ne l'a porté qu'une fois. Ce devait être prévu pour l'équitation. John, mon beau-frère, trouvait qu'il ressemblait à un chapeau de marié. Je ne saurais trop dire. En tout cas, Hazel l'adorait. Elle l'exposait sur un portant pour l'admirer au quotidien. Vous savez, c'est le plus cher qu'elle ait jamais acheté.

Joseph ferma les yeux brièvement au souvenir de sa femme portant ce chapeau. Elle était si belle, si charismatique. Et si pleine d'une fierté enfantine de posséder un couvre-chef signé du plus célèbre chapelier d'Angleterre.

Doucement, Casey posa le chapeau sur sa tête. Elle regarda timidement Joseph en attendant son avis. Il lui allait remarquablement bien. Les tours de tête étaient une chose curieuse et difficile à prédire.

— Splendide, jugea-t-il. Hazel aurait voulu qu'il soit porté par une jeune femme comme vous. Je regrette qu'il n'y ait pas plus de filles dans la famille, car il reste tant de chapeaux…

Il sourit tristement, et continua :

— Je tiens à ce que vous ayez celui-ci. J'aurais aimé tous vous les léguer, mais je ne sais pas comment ils pourraient tenir dans votre placard…

— Oh, merci, Joseph. Je l'adore. Vraiment. C'est… c'est le plus beau des cadeaux.

Par-dessus le déambulateur, Casey serra le libraire dans ses bras et il lui rendit son étreinte. Quand elle sentit son corps frêle contre elle, elle eut un élan protecteur envers le vieux monsieur.

Le bus arriva bientôt, et ils montèrent à bord. Joseph descendit en premier, et Casey conserva son chapeau, se sentant comme une reine pendant tout le reste du trajet jusqu'au quartier de Midtown. Alors que le bus approchait du building de Kearn Davis, elle remballa son cadeau dans sa boîte et, une fois à son poste, elle cacha celle-ci sous son bureau.

À la fin de la journée, elle appela Unu et, dix minutes plus tard, le vieux break Volvo vrombit en s'arrêtant devant la tour de Kearn Davis. Unu était toujours à l'heure – un trait particulièrement important aux yeux de Casey qui n'était pas douée pour attendre. Son sac se trouvait dans le coffre et le trajet leur prit moins de deux heures.

Un des managers du casino, Randy, était un vieil ami du Texas. Il leur donna des coupons gratuits pour le restaurant et des jetons pour les machines à sous. La suite mise gratuitement à leur disposition était gigantesque, mais laide. La salle de bains était dotée d'une immense baignoire à Jacuzzi ainsi que d'une douche.

— J'ai envie de prendre un bain, annonça-t-elle avec une lueur dans les yeux à l'idée de se plonger dans l'eau chaude.

Elle farfouilla dans son sac en quête de sa trousse de toilette. Le shampooing et le savon proposés ici n'avaient rien à voir avec les cosmétiques luxueux du Carlyle Hotel. En se remémorant cette nuit dans le palace, le soir où elle avait surpris Jay au lit avec ces deux filles, elle se sentit bizarre. Cela faisait quatre ans, ce mois-ci. Elle n'avait jamais partagé de chambre d'hôtel avec quelqu'un, à part Jay.

Casey décrocha une serviette et chercha un peignoir derrière la porte. Le portant tomba dans un fracas.

— Ne dis pas de bêtises, dit Unu. On ne vient pas au casino pour prendre un bain. Tu feras ça avant d'aller te coucher. Allons manger. Je meurs de faim.

La quantité de nourriture au buffet était obscène : des blocs entiers de fromage industriel, des saladiers énormes de pâtes, des plateaux de viande rouge et de côtelettes, des cornes d'abondance en osier débordant de petits pains et de pâtisseries. Un pan entier de la pièce était consacré aux desserts. Les clients remplissaient frénétiquement leurs assiettes et les engloutissaient tout aussi vite. Casey était épuisée. Elle était heureuse de voir la joie enfantine d'Unu, mais n'attendait qu'une chose : remonter dans la chambre pour se reposer.

— Le black-jack, Casey, dit-il après la tarte et le café. Le black-jack.

Casey lui sourit et hocha la tête, tout en songeant au chapeau d'Hazel McReed resté dans le coffre de la voiture. Sa couleur et sa forme lui donnaient envie d'en savoir davantage sur cette femme.

Unu régla la note avec les coupons offerts, et laissa un pourboire de vingt dollars. Il trépignait d'impatience à l'idée de jouer aux cartes. Le casino devait représenter pour lui ce que Bayard Toll était pour elle, et elle songea à la bouffée d'euphorie lorsqu'elle pénétrait dans le grand magasin de luxe, la stimulation, les tentations, l'effet divertissant... Il y a tant de choses qu'on ne peut se permettre d'acheter dans la vie, et pourtant elle est insupportable sans espoir, et il faut bien effleurer ses désirs de temps en temps. Casey avait soif de beauté et de visions d'une autre vie. Quant à Unu, il avait dû tomber sous le charme du hasard.

C'était à l'étage fumeurs que se trouvaient les meilleurs joueurs, lui expliqua Unu. Mais même pour une fille qui consommait deux paquets par jour, Casey avait la larme à l'œil et la gorge qui piquait. L'excitation manifeste d'Unu la perturbait un peu. Son allure dénotait sensiblement de celle des autres joueurs – il était grand, jeune, et propre sur lui. Il n'y avait pas d'autre moyen de le décrire. Son teint était si frais, ses yeux marron avaient l'éclat du sommeil serein, et il s'habillait encore dans un style BCBG – somme toute similaire à son uniforme en pension privée pour garçons. Il ne lui manquait plus qu'un blazer bleu pour redevenir l'étudiant parfait de sa fraternité de Dartmouth. C'était la première fois que Casey mettait les pieds dans un casino et, naïvement, elle avait imaginé une ambiance glamour, comme dans les films de gangsters. Au lieu de ça, l'étage était bondé d'une foule de vieux monsieurs bedonnants aux visages abattus, de femmes aux traits fatigués et aux bouches ridées. Ils dégageaient une aura de tristesse, et si elle n'était pas venue avec son petit ami, Casey aurait fait demi-tour.

Le black-jack semblait être un jeu relativement simple – le but était d'accumuler les cartes pour atteindre un nombre total de points se rapprochant le plus possible de vingt et un. Si l'on dépassait vingt et un, on perdait sa mise. Les figures valaient dix, les as soit un point soit onze. Mais très vite, Casey comprit qu'il y avait des subtilités et un jargon nécessitant un apprentissage, et elle n'était ni assez en forme ni assez intéressée pour suivre l'enseignement que lui dispensait Unu.

— Allons jouer un peu, proposa Unu.

L'attente était longue aux tables à deux dollars, et presque nulle à celle des tables avec une mise de cinquante dollars minimum. Ils finirent par trouver un siège à la table de dix dollars. Casey joua exactement deux mains et perdit quarante dollars. Unu prit sa place.

La métamorphose fut immédiate. Il devint extrêmement calme, ne souriant qu'à la croupière lorsqu'il voulait une nouvelle carte, ce qu'il signifiait en tapotant celle qu'il avait en main avec son index. Pour l'essentiel, il semblait étudier avec attention les rapides mouvements de mains de la croupière. Casey se demanda s'il comptait les cartes – elle avait du mal à concevoir qu'on puisse se souvenir de la séquence et du nombre de cartes tirées avec six jeux mélangés. Elle aussi était fascinée par les gestes gracieux de la croupière – sa manière de tirer les cartes du sabot, de les rassembler en un seul mouvement fluide lorsque la partie était terminée. La croupière arborait deux bagues à chaque doigt et ses ongles impeccables brillaient d'un vernis transparent. Fascinée par la dextérité de la croupière, Casey ne comprit qu'Unu venait de remporter plus de six manches d'affilée que lorsqu'il se leva de son siège. Il avait commencé avec cinq cents dollars et, en trente-deux minutes, il menait déjà avec deux mille six cents dollars.

— Qu'est-ce qu'il y a ? demanda-t-elle alors qu'il s'apprêtait à quitter la table.

Sa pile de jetons s'était démultipliée.

— Il est temps de changer de table. Je sens la chance revenir.

Casey ne croyait pas à la chance.

— Tu es mon porte-bonheur, dit-il en l'embrassant sur la joue.

Elle marcha à côté de lui, loin de se sentir comme une poule au bras d'un habitué. Elle était tellement épuisée qu'elle avait du mal à garder les yeux ouverts, et la fumée dans la salle s'était épaissie comme une soupe grise, lui coupant toute envie de cigarette.

À la table des cinquante dollars, Unu gagna à nouveau. Il n'y avait que deux hommes assis avec lui. Le croupier avait des cheveux plaqués en arrière révélant une boucle d'oreille. Les trois joueurs, tous expérimentés, battaient régulièrement la banque. En cinquante-deux minutes, Unu avait acquis une avance de neuf mille dollars. Le regarder était perturbant pour Casey, car plus il devenait froid, mieux il jouait. Il ne trahissait aucun signe d'assurance ou de joie. Il se métamorphosait sous ses yeux. Elle avait ressenti la même chose en voyant pour la première fois Jay Currie jouer au tennis et passer d'un littéraire sociable à un athlète impitoyable. Casey ne pouvait s'empêcher d'être contente qu'il gagne, pourtant elle n'osait pas le toucher ou dire quoi que ce soit tant il était étrangement mutique, et par crainte de rompre sa concentration. Mais elle était fatiguée de rester debout. Quand la manche se termina avec un nouveau gain de sept cents dollars, elle lui tapota l'épaule.

— On peut partir maintenant ? J'ai vraiment envie de dormir.

Unu se tourna vers elle.

— Ouvre ton sac, s'il te plaît, dit-il

Casey fit ce qu'il lui demandait. Il mit de côté sur la table dix jetons de cinquante dollars et versa le reste dans son sac.

— Tu veux bien les garder pour moi ? Je vais juste jouer encore un peu.

Pour la première fois depuis qu'ils foulaient le sol du casino, ses yeux trahirent un soupçon d'inquiétude.

Casey le sonda avec une curiosité sincère, ne sachant pas ce qui était bon pour lui.

— Je vais monter et prendre un bain. Continue de jouer un peu, et je t'attends pour dormir. D'accord ?

— Oui. Je remonte très vite.

Quand Casey se réveilla le lendemain matin, il était huit heures trente. Unu était allongé à côté d'elle, encore habillé. Sur la table de chevet s'empilait une multitude de jetons de cinquante et de cent dollars. Elle se rapprocha de lui, mais l'odeur du tabac froid qui imprégnait ses cheveux et ses vêtements la répugna. Ses paupières tremblèrent légèrement et elle se demanda à quoi il rêvait. Casey se leva et tira le dessus-de-lit sur lui.

L'office commençait dans une demi-heure. Jamais ils ne seraient rentrés à New York à temps. Casey avait désormais horreur de manquer le culte. Elle ne pouvait s'en prendre qu'à elle-même, car il ne lui était pas venu à l'esprit de demander à la réception de les réveiller, ce qu'elle faisait habituellement quand elle voyageait pour le travail. Mais elle ne se sentait pas au casino comme à l'hôtel. Cet endroit était conçu pour pousser les clients hors de la chambre, et à la lumière du jour, la décoration était encore plus hideuse que la veille. C'était gratuit, se rappela-t-elle. Unu avait passé une bonne soirée et elle avait rattrapé son sommeil en retard. Casey se doucha, s'habilla, et prépara du café.

En fouillant dans son sac de voyage, elle se rendit compte qu'elle avait oublié d'emporter sa Bible et son carnet. Elle eut envie de frapper quelque chose. Cela faisait tellement longtemps qu'elle n'était pas partie qu'elle ne s'était pas rendu compte à quel point sa routine quotidienne s'était ancrée : lire un chapitre, recopier le verset du jour. S'il lui arrivait – souvent – d'oublier la religion pendant une journée entière, elle faisait partie prenante de son rituel du matin, comme la douche, le café et le brossage des dents. Et parce que de surcroît elle loupait l'église, Casey était de mauvaise humeur.

Il n'y avait pas non plus de journal déposé devant la porte. Quand elle sortit de la douche, elle trouva la serviette rêche comparée à celle qu'elle utilisait à la maison et au linge de bain des quatre étoiles en voyage d'affaires. Elle regretta le standing des hôtels payés par Kearn Davis, puis se moqua de son propre snobisme. Il était absurde d'avoir des attentes de princesse avec le budget d'une sans-le-sou. Elle but son café dans un gobelet en polystyrène et se demanda quel était l'intérêt de gravir les échelons si c'était pour avoir le vertige. Sa mère et son père, eux, n'avaient jamais passé la nuit dans un hôtel.

Unu dormait encore à poings fermés. Pourquoi était-elle aussi contrariée de louper l'office et sa lecture de la Bible ? Elle n'était pourtant pas un modèle de respect des principes chrétiens : elle couchait avec un homme qui ne l'épouserait pas ; elle ne supportait pas ses parents et réduisait leur communication au strict minimum ; elle était allergique à la plupart des fidèles et des bons samaritains ; et elle ne regrettait rien de tout cela. La Bible était claire : si elle avait la foi, elle devait se détourner de l'amoralité. Casey avait à peine fait un pas dans ce sens. Pourtant, elle cherchait la présence de Dieu – si ça avait un quelconque sens. Elle espérait y trouver un signe lui indiquant la direction à prendre pour la suite.

Les lunettes d'Unu étaient posées en équilibre instable sur la table de chevet à côté de la montagne de jetons. Casey se dirigea vers elle, curieuse de savoir combien il avait gagné. Elle avait encore dans son sac à main ceux d'une valeur totale de plus de huit mille dollars. Il y avait presque le double sur la table de nuit. Était-ce un montant normal pour les gains d'une soirée ? Qui était cet homme qui dormait si innocemment sur le lit ?

Casey récupéra un jeton de cent dollars. Le petit bout de plastique noir aux chiffres dorés était parfaitement tangible au creux de sa paume. Ce devait être quelque chose, de remporter une telle mise. Le devait-il à l'intuition, à la stratégie, à ses tripes ? Était-ce un mélange de génie mathématique et d'une excellente mémoire ? Comment pourrait-il un jour se détourner de cette vie ? se demanda-t-elle. Sa capacité à gagner autant en un soir avait quelque chose d'attirant, mais elle l'avait vu perdre gros, aussi. C'était une vie trop imprévisible pour être admirée. Casey devait avouer qu'elle recherchait désespérément la stabilité chez l'être aimé. Elle avait fini par aimer Jay comme un membre de sa famille. Paradoxalement, même si Unu était coréen, il lui était moins familier. Elle avait changé. Casey reposa le jeton et ouvrit le tiroir de la table de chevet en quête de papier à lettres. C'était un bon moment pour écrire à Virginia.

Il n'y avait pas de papier. En revanche, elle y trouva un exemplaire de la Bible Gideon distribuée gratuitement par les chrétiens évangéliques et mise à disposition dans tous les hôtels. Casey s'installa pour lire son chapitre dans la Première épître aux Corinthiens et gribouilla son verset du jour sur le bloc-notes près du téléphone : « Que chacun demeure dans l'état où il était lorsqu'il a été appelé. » Dans ce chapitre, Paul évoque la vie que l'on mène lorsque l'on reçoit l'appel de la foi, et la nécessité de l'assumer dans toute sa complexité. Pour être honnête, ce n'était pas l'apôtre préféré de Casey. Elle le trouvait pénible et arrogant, et n'avait pas l'impression qu'il aimait particulièrement les femmes. Il y avait beaucoup de choses dans la Bible qui la rendaient perplexe ou l'agaçaient, mais elle ne pouvait pas nier cette foi étrangement grandissante en elle comme une pousse d'arbre jaillissant d'une fente dans le bitume.

— Bonjour, lança Unu, les yeux plissés.

Il chercha ses lunettes à tâtons.

— On a loupé l'office, l'informa-t-elle d'un ton déçu.

Au moins, elle n'était plus en colère.

— Tu crois qu'on peut rentrer, maintenant ? Enfin, quand tu auras échangé tous tes jetons, dit-elle avec un sourire.

— Désolé pour hier soir. Je m'en sortais bien et je voulais atteindre le montant du loyer.

— Le loyer ? releva-t-elle en tentant de ne pas trahir son inquiétude.

— J'ai un peu de retard sur les paiements.

— Mais je viens de toucher mon salaire.

Elle ignorait tout de cette histoire de loyer. « Combien de mois de retard ? » voulait-elle lui demander.

— C'est de l'argent pour nous deux. Je vis dans cet appartement, moi aussi.

— Non, tu as déjà tes dettes à rembourser. C'était notre accord. Et puis, j'ai gagné dix-huit mille dollars la nuit dernière. Sans compter ce que tu as dans ton sac.

— Ça t'arrive souvent ? De gagner autant ?

C'était plus d'argent qu'elle ne pouvait l'imaginer. C'était presque le montant de ses frais de scolarité.

— C'est la plus grosse somme que j'aie gagnée. De toute ma vie. Alors que je n'en avais jamais autant eu besoin. Maintenant, le plus dur sera de retirer les billets et de partir.

— Ça va poser problème ?

Le casino allait-il l'empêcher d'empocher autant ?

Unu secoua la tête, pour lui-même.

— Non, je ne retournerai pas à la table aujourd'hui, décréta-t-il. Allons prendre le petit déjeuner, ensuite je te ramène à la maison.

Sur l'autoroute, il s'excusa à nouveau de ne pas être rentré plus tôt la nuit passée, et Casey lui dit d'oublier cette histoire. Elle ne lui en voulait pas, surtout en le voyant le cœur si léger.

— Je culpabilise un peu d'avoir profité gratuitement de la chambre d'hôtel et du buffet, alors que tu as gagné tout cet argent.

— Crois-moi, je leur ai déjà assez donné, dit-il dans un toussotement.

Casey hocha la tête, songeant qu'il avait probablement raison.

— Tu as une cigarette ? demanda-t-il.

— Non, répondit-elle après avoir fouillé dans son sac.

— Regarde dans la boîte à gants.

Casey ouvrit le compartiment. Il y avait deux paquets de Camel et une feuille volante verte. C'était un planning des réunions des Joueurs Anonymes. Le rendez-vous du mercredi soir près de la 14e rue était entouré.

— Tu y es déjà allé ?

— Ah, ça, fit Unu en remarquant le prospectus dans sa main.

Ses cheveux étaient encore humides après la douche, et ses lunettes de soleil masquaient l'embarras dans ses yeux.

— J'y suis déjà allé. Une fois.

— Et ?

— Une cigarette, s'il te plaît.

Casey l'alluma pour lui.

— Et la radio.

Elle tourna le bouton du transistor et une chanson de Hall and Oates se diffusa dans l'habitacle. Casey reconnut la mélodie de *Private Eyes*.

Unu se mit à dodeliner de la tête en rythme et fit la moue, comme transcendé par la musique.

— Je les ai vus en concert, dit-il. À Foxwoods. C'est Randy – tu l'as rencontré hier – qui m'avait filé une place. Ils faisaient la première partie de Carly Simon.

— J'adore Carly Simon.

— Je ne savais pas, dit-il avec un sourire.

Il y avait encore tant de choses qu'il ne savait pas d'elle. Ils n'avaient jamais parlé musique, par exemple.

— *There's more room in a broken heart...*, chantonna-t-elle. *Il y a plus de place dans un cœur brisé...*

Unu se frappa la poitrine de sa main gauche et répondit aux paroles :

— Pas la peine de briser le mien, bébé. Il y a déjà de la place à revendre là-dedans.

Casey replia la feuille d'horaires et la rangea dans la boîte à gants.

Pendant le restant du trajet, ils discutèrent du choix du restaurant pour fêter ses gains. Casey tentait de témoigner de l'enthousiasme, mais n'y parvenait pas tout à fait. Elle avait grandi pauvre, mais n'avait jamais trop réfléchi à comment gagner de l'argent. Le casino lui semblait être une manière malhonnête de s'enrichir. Bien sûr, ce n'était pas du vol, et c'était légal. Mais elle n'était pas à l'aise avec ce processus. Peut-être était-ce le visage de ces hommes âgés dont le pantalon en gabardine était lustré sur l'arrière et les genoux, qui tiraient sur les leviers des machines à sous aux rouleaux pleins de cerises. En lui expliquant les règles du black-jack, Unu lui avait dit : « Tu peux battre la maison. C'est d'ailleurs l'objectif. » On aurait dit alors qu'il parlait de prendre de l'argent à une société sans visage, mais en foulant le sol de l'étage fumeur, Casey avait vu que la maison était surtout remplie d'hommes et de femmes las et mélancoliques, et de chimères. C'était l'argent de leurs espoirs vains qui avait érigé et meublé cet édifice.

Unu suggéra de dîner au restaurant de la 32e rue ce soir-là. Du *galbi* et des *naengmyeon*. La totale, dit-il – un vrai festin. Casey répondit « pourquoi pas ». Elle monta le son de la radio et s'efforça de profiter de la bonne humeur d'Unu.

## 5

# BLOQUER

CHARLES HONG N'EUT PAS BESOIN DE LE DIRE. Les choristes sentaient qu'ils étaient loin d'être bons, malgré des répétitions de quatre à six heures hebdomadaires. Ils le voyaient à son incapacité à sourire, à ses lèvres pincées d'épuisement, et à son ton lorsque le chef de chœur leur demandait de répéter les mesures insatisfaisantes, le tout sans croiser leur regard. Il y avait une réserve consciente de sa part, il se retenait visiblement d'exprimer son mécontentement vis-à-vis de leur performance. Charles était plus transparent qu'il le croyait. Le mercredi soir, après la répétition, les hommes allaient partager un barbecue et les femmes plus mûres, celles qui n'avaient pas d'enfants en bas âge, se précipitaient à New China Hut pour dévorer un *jajangmyeon.* Lors de ces dîners tardifs, les participants à la chorale parlaient du chef de chœur et de leur niveau qui ne s'améliorait pas.

Curieusement, son refus de reconnaître le moindre progrès – car il y en avait, même modeste, depuis son arrivée deux mois et demi plus tôt – ne faisait qu'alimenter leur désir de travailler plus dur. Leur persévérance puisait sans doute sa force dans leurs cœurs fiers de Coréens. Ils étaient également impressionnés par les efforts intenses que le chef de chœur déployait sans espérer un meilleur salaire. Le président de la trésorerie de l'Église, le doyen Lee, baryton au sein du chœur des hommes et propriétaire de six magasins de vente en gros de cosmétiques, signait en personne ses maigres chèques. Puisque si peu d'argent était en jeu, se disait le doyen Lee, c'était forcément un homme d'immense talent vouant un culte au Seigneur seul et pas à Mammon. Le chef de chœur de leur petite église de Woodside avait un doctorat en musique et était diplômé de Juilliard ! Oui, se morigénaient-ils ensemble : ils devaient travailler dur pour faire plaisir au nouveau chef de chœur. À la fin de ces dîners du mercredi, il était généralement convenu que d'ici un an ou deux, sous la direction du professeur Hong, ils deviendraient une chorale de niveau supérieur méritant de partir en tournée pour chanter dans les églises de leur communauté élargie du New Jersey et de Pennsylvanie.

Le cœur de Leah se remplissait de fierté chaque fois qu'elle entendait les autres femmes parler du professeur Hong avec admiration. Elle ne participait jamais activement à ces discussions, malgré les allusions occasionnelles de Kyung-ah à la soliste préférée du chef de chœur, et aucune d'elles ne savait qu'elle était allée deux fois chez lui en compagnie du doyen Shim quand il avait eu la varicelle : la première lorsque le docteur avait dû l'abandonner pour se rendre à l'hôpital, et la seconde peu de temps après pour lui apporter des courses. Au pressing, tout en cousant l'ourlet des pantalons ou les boutons lâches des poignets de chemise,

Leah se remémorait avec force détails cet après-midi passé seule dans l'immense maison.

Les solistes, hommes et femmes, s'accordaient à dire que le travail supplémentaire que leur avait imposé le professeur Hong après la répétition générale avait amélioré leur tessiture. C'était un coach exigeant, mais efficace, et les solistes attendaient avec impatience leurs sessions en tête à tête. Leah aussi.

Pourtant, elle n'osait même pas le regarder durant les répétitions tant elle craignait de rougir. Pour s'épargner cet embarras, chaque fois qu'il se tournait dans sa direction, Leah se plongeait dans sa partition et en annotait les marges au crayon à papier.

Le premier mercredi de juin, Charles demanda à Leah de rester plus longtemps après la répétition générale afin de travailler son solo. Il congédia tout le monde à vingt et une heures au lieu de vingt et une heure trente, mais personne ne s'en plaignit. Les choristes récupérèrent leurs vestes légères pour sortir dans la fraîcheur de ce soir de printemps, impatients de dîner.

Leah se leva du siège qui lui était attribué pour se rapprocher. C'était ce que le professeur Hong exigeait des solistes. Elle s'assit en silence au premier rang en attendant ses instructions.

Charles s'installa au piano et commença à jouer les premières mesures, puis s'arrêta pour se gratter la nuque.

— Mince, marmonna-t-il.

Il recommença à jouer, puis s'arrêta abruptement de nouveau et s'ébroua comme un chien sortant de l'eau.

— Tout va bien ? demanda Leah.

— Oui, répondit-il, légèrement étonné de la trouver là, comme s'il avait oublié qu'il lui avait demandé de rester. Ça me démange, c'est tout.

Il fouilla dans sa besace noire et en sortit un tube de crème que lui avait recommandé la pharmacienne. Il en frotta un peu sur sa nuque, mais ne parvint pas à descendre plus bas entre les omoplates.

— C'est pénible !

Leah demeura immobile, désireuse de l'aider, mais ne sachant quoi faire. Elle souleva légèrement la main, comme pour la tendre vers lui, puis se ravisa avec hésitation.

Charles continuait de se gratter la nuque et le dos. Il tremblait comme une feuille.

— La crème fonctionne ?

— Le soulagement est de courte durée.

Il rangea le tube et chercha de nouveau quelque chose dans son sac. Le rouleau de bonbons Lifesavers qu'il avait acheté au kiosque à journaux était introuvable.

— Zut, zut, zut.

Leah fit la grimace, navrée pour lui. Les démangeaisons devaient être insoutenables et il était resté si impassible durant la répétition interminable.

— Préférez-vous que je repasse plus tard ?

Peut-être avait-il besoin d'un moment seul. Il n'avait pas pris de pause.

— Non, non. Je suis simplement agacé parce que je ne trouve pas mes bonbons.

Charles éclata de rire, se trouvant ridicule.

— J'en ai pour la toux, dit Leah en lui tendant le sachet miniature de bonbons Halls à suçoter qu'elle gardait toujours dans son sac à main.

Charles en prit un pour en défaire la papillote et le fourrer immédiatement dans sa bouche. Depuis le premier rang, Leah entendit son estomac gargouiller.

— Professeur Hong... avez-vous mangé aujourd'hui ?

Ayant visité sa maison, elle savait qu'il ne prêtait pas attention aux détails pratiques comme l'alimentation.

Charles regarda fixement le mur du fond de la salle avec son rang de portemanteaux en métal où étaient suspendues les robes des choristes. Maintenant qu'il y pensait, il n'avait rien avalé depuis le petit déjeuner. Toute la journée, il avait été tant absorbé par son cycle de mélodies qu'il en avait oublié de se nourrir. Le cycle, une commande du Lysander Quartet de Boston, était à rendre dans deux mois et devait être joué pour la première fois au Berklee College en septembre. Il avait failli arriver en retard à la répétition du jour, car la composition avançait bien.

À son expression confuse, Leah comprit qu'il n'avait pas mangé de la journée.

— Je dînerai plus tard, dit Charles en revenant à la partition.

— Si vous voulez, je peux venir en avance dimanche matin et vous laisser manger dès maintenant. Vous devez être affamé.

Elle regretta de n'avoir rien de plus consistant que son petit sachet de bonbons bleus. Les gargouillis de son ventre se firent plus audibles.

— Vous avez dîné ? demanda Charles.

Soudain, il mourait de faim.

Leah secoua la tête. Pour le déjeuner, elle s'était contentée d'une orange. Elle mangeait peu avant les répétitions, à cause du trac. Même à présent, elle se sentait si nerveuse d'être assise devant lui qu'elle en avait oublié sa faim.

— Il faut que vous mangiez. Vous avez été malade. Vous devez grignoter quelque chose.

Elle lui parlait comme à un enfant malade, comme à un de ses frères, mais cela ne semblait pas le gêner.

— Depuis tout petit, j'oublie de me nourrir quand je suis trop concentré.

À l'époque où sa mère était encore en vie, c'était la première question qu'elle lui posait : « Moon-su *ya*, tu as mangé aujourd'hui ? » Même lorsqu'il vivait en Allemagne, elle lui demandait la même chose au téléphone. Ses frères étaient furieux de la voir lui envoyer des colis de nourriture – des algues nori, du gâteau *custera,* et du calamar séché provenant des épiceries les plus fines de Séoul. Jusqu'à sa mort, sa mère s'était inquiétée à l'idée qu'il ne mange pas assez. Le souvenir de sa mère réveilla un manque aigu.

— J'ai vraiment très faim, reconnut-il avec surprise. Y a-t-il un endroit dans le coin où je pourrais acheter un sandwich ? Je n'en aurais que pour quelques minutes, vous m'attendriez ici.

Il n'y avait aucune boutique ouverte si tard. Il fallait une voiture pour se rendre au *diner* le plus proche.

— Il y a un restaurant à cinq minutes en voiture d'ici. Je peux aller vous y chercher un sandwich...

— Allons-y ensemble, plutôt. Nous pourrons tous les deux acheter quelque chose à manger.

Charles récupéra sa besace et son pull. Leah déglutit. Impossible. Il serait préférable de lui prêter sa voiture, se dit-elle. Ils ne pouvaient pas être vus au restaurant ensemble.

— Vous avez votre permis ?

— Non. Je ne sais pas conduire.

— Ah.

— Oubliez cette idée, dit-il en la voyant si nerveuse à l'idée de partir avec lui.

Les femmes mariées coréennes n'allaient pas au restaurant avec des hommes célibataires. Il avait un instant oublié que le monde de Leah était encore coincé au XIXe siècle.

— Nous allons répéter un peu, puis je mangerai quelque chose chez moi.

Leah savait que même s'ils ne travaillaient que pendant trente minutes, il ne serait pas chez lui avant une heure et demie.

— Je vais vous conduire au restaurant, décida-t-elle en récupérant son sac à main.

— D'accord, fit-il en la suivant dehors.

L'hôtesse du *diner* leur demanda combien ils seraient, et Charles répondit deux.

— Table ou banquette ?

— Banquette, trancha Charles.

Leah s'assit sur la banquette en cuir marron d'un petit box du Astaire Diner. Elle pensait qu'ils allaient commander à emporter, mais voilà qu'ils se retrouvaient assis en tête à tête dans un restaurant. Comment allait-elle expliquer cela à Joseph ?

Charles commanda un hamburger Deluxe avec des onion rings et des frites, un grand milk-shake au chocolat, et un supplément de pickles en accompagnement. Leah prit un cheeseburger et une *ginger ale*. Nul ne prêta attention à ce couple de Coréens. Les murs orange étaient décorés de photographies de Fred Astaire et Ginger Rogers encadrées. Il y avait du monde dans le restaurant, mais Leah ne reconnut personne de la paroisse. Leurs plats arrivèrent rapidement, et Charles se mit à poser des questions à Leah entre chaque bouchée.

— Quand êtes-vous arrivée aux États-Unis ?

— En 1976. Et vous ?

— J'y suis souvent venu en voyage quand j'étais petit, mais je ne m'y suis vraiment installé qu'à mon premier mariage, en 1980.

Leah hocha la tête, ayant déjà eu vent de ses deux mariages.

— J'ai beaucoup vadrouillé. Je suis allé en pension en Angleterre et en Allemagne, et j'ai poursuivi mes études ici, évidemment.

Il se sentait bien mieux en mangeant.

— J'avais vraiment faim, constata-t-il.

Leah éclata de rire en se demandant : *Comment un homme si intelligent peut-il être si bête ?* Les hommes sont des enfants. C'était ce que les aînées de sa ville natale lui disaient quand elle était petite, et l'expérience le lui avait souvent prouvé.

— Vous deviez être très occupé pour oublier de manger.

— Je suis en pleine composition d'un cycle de mélodies.

Leah plissa le front.

— Un cycle ?

— C'est une collection de pièces vocales qui forment une séquence. Elles sont harmonisées par un thème ou une histoire commune.

Il haussa les épaules. Cela faisait une éternité qu'il n'avait pas discuté avec quelqu'un. Parfois, il se sentait inadapté en société à force de passer autant de temps seul. C'était ce qui lui manquait le plus, du mariage : avoir quelqu'un qu'il appréciait avec qui faire des choses et parler de sa journée. Le problème était qu'à la fin de chaque relation, il avait perdu l'envie de rentrer à la maison.

— Que raconte votre histoire ?

— Eh bien, elle est inspirée d'une série de poèmes de Shakespeare. *Les Sonnets.*

Leah opina du chef en essayant d'imaginer une journée passée à lire de la poésie et à la mettre en musique. À ses yeux, il aurait aussi bien pu faire de la magie ou de l'alchimie.

— Ce doit être très gratifiant, dit-elle.

Que répondre à cela ? Elle idéalisait son travail. Il lui sourit, et Leah s'embrasa.

— En tout cas, je ne sais rien faire d'autre. Je suis un bien meilleur compositeur que chanteur, et que chef de chœur.

— Oh non, vous êtes un merveilleux chef de chœur, protesta Leah avec émotion.

Charles balaya son compliment d'un revers de main. Il versa du ketchup sur son assiette, le sala, et plongea un onion ring dans la mixture avant de l'engloutir. Leah s'amusa de cette manie, car c'était ainsi que sa cadette mangeait ses beignets d'oignon, elle aussi.

— C'est pour limiter ma consommation de sel, expliqua-t-il. Je fais de l'hypertension.

— Oh, fit-elle, gênée d'être surprise en train de l'observer. Vous n'avez pourtant pas l'air en mauvaise santé.

Elle rosit à nouveau.

— Les apparences sont trompeuses.

Voyant sa confusion, il traduisit en coréen, et elle approuva. Il lui semblait plus personnel de parler dans leur langue natale, et il se souvient alors des amantes coréennes qui avaient précédé ses deux épouses occidentales qui ne parlaient pas sa langue et n'avaient pas même envisagé de l'apprendre. Il y avait tant de choses qu'on ne pouvait dire que dans sa langue maternelle et qui rendaient l'instant infiniment plus intime.

Il sourit et mordit dans son hamburger.

— Je vous rends nerveuse. Quel âge avez-vous ? demanda-t-il.

— Quarante-trois ans.

— C'est jeune.

Ils n'avaient que cinq ans d'écart.

— Je suis grand-mère. Ma cadette vient d'avoir un petit garçon.

Leah sourit timidement à cette pensée. Tina et le bébé allaient bientôt lui rendre visite.

— Incroyable.

Leah ne savait pas quoi dire. Qu'y avait-il d'incroyable dans le fait d'être grand-mère ? Elle coupa son hamburger en deux.

— Quand tombe votre anniversaire ? voulut-il savoir.

Sa deuxième épouse était férue d'astrologie. Pour le quitter, elle avait choisi un jour déterminé par son logiciel de numérologie.

— Février.

— Moi aussi. Le jour de la Saint-Valentin.

— Mais, c'est mon anniversaire ! s'exclama Leah. Le 14.

— Le nôtre, vous voulez dire. Il faudra qu'on le fête ensemble l'an prochain.

Il plaisantait, bien sûr, se dit Leah. Une telle chose serait impossible. Elle ne pouvait s'empêcher de se demander, cependant, ce qu'ils pourraient faire pour célébrer leur anniversaire commun. C'était quelque chose que de partager ce jour spécial. Elle prit une nouvelle bouchée minuscule.

— Peut-être que c'est pour cette raison que tous mes chants parlent d'amour, dit Charles en riant. Même si je dois admettre que je ne sais rien de l'amour. Ni de comment le faire perdurer.

Leah parvenait à peine à respirer.

Quand la serveuse plaqua l'addition sur la table, Charles la récupéra. Leah sortit son portefeuille.

— Rangez-moi ça. Je ne vous ai jamais remerciée comme il se doit. D'être passée me voir. J'ai cru que j'allais mourir ce jour-là, et quand vous et le docteur êtes arrivés… Je vous dois une fière chandelle. Et vous avez fait le ménage chez moi. Puis vous m'avez apporté des courses…

Il lui sourit.

— Merci. J'avais l'intention de vous offrir quelque chose à tous les deux pour vous remercier, mais je n'avais pas d'idées.

Leah secoua lentement la tête.

— Oh non, il ne faut pas. Je… c'est moi qui devrais vous remercier d'être un si bon professeur.

*Il y a une telle douceur chez cette femme*, songea-t-il. Elle avait un faible pour lui. Ce genre de choses arrivait fréquemment lorsque l'on était professeur de chant. Les étudiantes tombaient amoureuses de lui. Il avait eu des passades, lui aussi, à l'époque où il était écolier. Mais il était un homme à présent, et les possibilités étaient infinies si peu qu'on trouve la femme attirante. On pouvait la séduire et la ramener chez soi. Et si elle était hors de portée, il restait l'esprit et ses jolis fantasmes. Leah ne lui semblait pas être du genre à s'amouracher facilement. Il avait deviné à sa gêne lorsqu'ils s'étaient assis qu'elle n'avait jamais dîné seule avec un homme qui n'était pas son mari. Il aurait voulu lui dire : « Vous ne faites rien de mal. » C'était un tel gâchis qu'une femme si belle et si talentueuse mène cette vie discrète dénuée d'émotions et d'expériences. Elle était née pour être artiste, mais elle devait se contenter de quelques solos par an dans une modeste église coréenne du Queens. Sa scène était trop petite. Il était prêt à parier mille dollars qu'elle n'avait jamais couché qu'avec son mari. Et plus encore, qu'elle n'avait jamais eu d'orgasme.

Charles était un homme moderne et la vie des Coréennes, à son avis, avait un périmètre bien trop restreint. La religion n'arrangeait pas les choses. Ses propres belles-sœurs, de très gentilles femmes – nanties comparées à Leah – étaient restées d'éternelles gamines malgré leur âge. On ne pouvait pas parler d'adultes, vu comme elles occupaient leur temps et ce qu'elles étaient libres de faire. La première femme mariée avec qui il avait couché avait un immense appétit sexuel et passionnel. Au lit, elle le mordait parfois si fort qu'il en saignait. Quand Charles avait mis un terme à la relation, elle avait fait deux tentatives de suicide sans donner d'explication à son mari, qui avait failli la faire interner. Aux dernières nouvelles, elle allait mieux depuis qu'elle avait eu des enfants.

— Merci pour le dîner, dit Leah.

Elle était soulagée que le repas arrive à son terme. C'était trop d'émotion pour elle.

— Vous êtes très belle, déclara-t-il sans réfléchir.

Leah fut prise de court. Charles vit ses joues prendre de nouveau cette sublime couleur pêche qui se répandit sur son front et son cou jusqu'aux clavicules. Il se demanda si ses seins aussi rosissaient.

Quand elle mentionna la répétition, Charles lui dit de laisser tomber pour ce soir-là. Pouvait-elle venir une heure avant l'office dimanche ?

— Vous n'avez pas besoin de travailler autant que les autres, justifia-t-il.

Alors Leah le conduisit jusqu'à la station de métro dont les lampadaires verts qui encadraient l'entrée étaient encore allumés. Les rues sombres étaient désertes, et toutes les boutiques fermées.

— Je devrais vous ramener chez vous. Je ne savais pas que vous n'aviez pas de voiture.

— Ne soyez pas ridicule. Ça vous prendrait deux heures aller-retour.

Leah ne pouvait pas se permettre d'insister, car Joseph l'attendait. Elle était déjà presque en retard. Il s'était probablement endormi devant le poste de télévision.

Elle se gara devant la station de métro, sous la voie surélevée. Un camion passa, projetant une ombre sur le visage de Charles. Il ressemblait à cet acteur qui jouait le rôle du fils voyou dans un feuilleton qu'elle regardait sur KBS. Elle serra le frein. Charles posa la main sur la poignée de la portière et Leah inclina la tête pour lui dire au revoir. Il se ravisa soudain, et l'embrassa sur la bouche.

Leah sentit ses épaules se raidir et elle s'écarta brusquement. C'était son premier baiser. Sa bouche était fermée. Elle avait la bouche fermée. Elle avait senti la pression de ses lèvres contre ses dents serrées. Cela n'avait rien de romantique contrairement à ce qu'elle avait vu à la télévision. Leah et Joseph ne s'embrassaient pas. Ça ne lui semblait pas correct, pour une Coréenne respectable.

Charles prit son visage entre ses mains. Il l'embrassa à nouveau, insistant davantage.

Les bras et les mains de Leah se figèrent sous l'effet du choc. Puis, au bout de quelques minutes, elle revint à elle, comme émergeant d'un bain glacé. Elle s'écarta.

— *Uh-muh*, souffla-t-elle.

Charles lui sourit.

— Tu n'avais jamais embrassé personne, n'est-ce pas ?

C'était une question un peu mesquine, mais il ne pensait pas qu'elle s'en formaliserait.

Leah fit non de la tête.

— Attends, ne bouge pas…

Charles se pencha sur elle et l'embrassa de nouveau.

— Est-ce que tu sens ce que je ressens ? lui demanda-t-il en la regardant droit dans les yeux.

Elle sentait la force de ses lèvres. Était-ce ce qu'il voulait dire par là ? C'était mal, vraiment, mal, pensa-t-elle.

— Professeur Hong, je dois rentrer à la maison, dit-elle.

Des larmes se formèrent au coin de ses yeux.

— Ne m'appelle pas comme ça, dit-il. Appelle-moi Charles. Appelle-moi Moon-su.

Cela faisait si longtemps que personne ne l'avait appelé ainsi.

Leah entrouvrit la bouche, mais aucun son n'en sortit.

— Détends ton visage. Je ne vais pas te faire de mal.

Il l'embrassa à nouveau, et cette fois introduisit sa langue dans sa bouche. Leah toussa.

— Je… je dois… rentrer à la maison maintenant.

Elle pleurait.

— Tu es si belle.

Il écarta une mèche blanche de son visage.

— On croirait un ange, dit-il, en anglais cette fois.

Il n'y avait personne dans la rue. Il n'était même pas vingt-deux heures, mais les rues étaient désertes. La lumière jaune des lampadaires vacillait au-dessus d'eux. Charles était l'homme le plus séduisant qu'elle ait jamais rencontré. Il lui disait qu'il la trouvait belle. Si elle n'avait pas été mariée, elle l'aurait laissé l'embrasser encore. Mais le vendredi soir, Leah et son mari accomplissaient un acte qui faisait d'eux un couple. Seules les relations sexuelles au sein du mariage étaient permises par Dieu. Leah n'avait pas d'avis sur le sexe – c'était un devoir auquel elle se soumettait pour le bien-être de son mari – mais elle songea soudain que Charles avait peut-être une autre vision des choses. Ses pensées la couvrirent de honte. L'adultère pouvait être commis par la seule pensée – de ça, elle était certaine. Dans l'Ancien Testament, le roi David avait envoyé à la mort son fidèle ami Urie le Hittite lorsque la femme d'Urie, Bethsabée, était tombée enceinte de David. David, le roi berger consacré par le Seigneur, avait succombé à la luxure. Il avait fait tuer son ami pour dissimuler son péché. En cet instant, ce que Leah ressentait était une forme de désir, une sensation étrange. Le professeur la voulait, lui aussi.

Charles lui caressait les cheveux, et Leah aurait voulu que cette tendresse ne s'arrête jamais. À quand remontait la dernière fois qu'on l'avait touchée ainsi ?

Mais il fallait qu'il cesse. Leah ne savait pas comment le faire sortir de la voiture. Alors elle demanda si elle pouvait rentrer à la maison.

— Tu veux venir chez moi ? lui demanda-t-il.

— Je dois rentrer à la maison, répéta-t-elle.

Avait-il perdu la raison ?

Charles sortit de la voiture, ouvrit la portière côté conducteur, et lui prit la main. Ainsi, guidée, Leah sortit de la voiture à son tour. Voulait-il conduire à sa place ? Mais il n'avait pas le permis, se rappela-t-elle.

Il ouvrit ensuite la portière arrière et la dirigea vers la banquette.

— Installons-nous plus confortablement, dit-il.

Leah se mordit la lèvre, ignorant comment mettre un terme à cette situation. Elle avait l'impression d'être plongée dans un cauchemar terrifiant entrecoupé de réconfort et teinté de honte.

Charles l'embrassa et lui caressa le dos comme pour calmer une enfant.

— Professeur Hong… s'il vous plaît, non.

Les épaules de Leah se raidirent.

Il l'embrassa de nouveau et elle céda à la pression de sa langue.

Charles passa un bras autour de sa taille pour l'attirer vers lui avant de doucement l'allonger sur le dos et entreprendre de lui masser les seins.

Elle secoua la tête.

— S'il vous plaît, arrêtez, murmura-t-elle. Je dois rentrer à la maison, gémit-elle. S'il vous plaît.

Charles glissa ses mains sous son collant et tira sur sa culotte. Il se plaça au-dessus d'elle et se pencha.

— Leah, oh Leah. Ma belle Leah…

Leah ferma les yeux de toutes ses forces, incapable de parler. Elle pleura et sa mâchoire se mit à claquer. C'était sa faute. Elle n'aurait pas dû aller au restaurant seule avec lui. Il avait dû comprendre qu'elle le trouvait séduisant. Qu'elle était amoureuse de lui et qu'elle pensait à lui, au travail. C'était un homme qui avait fait le tour du monde et avait connu beaucoup de femmes. Il avait dû sentir ces choses et elle ne pouvait plus l'arrêter.

Quand ce fut terminé, Leah avait le visage trempé. Charles sécha ses larmes de ses mains.

— Ne pleure pas. Tu peux rentrer à la maison avec moi. Je prendrai soin de toi. Tout va bien se passer. Je me fiche de ce que penseront les autres. Tu devrais faire pareil. Tu es une artiste. Je trouverai de l'argent. Tu pourrais quitter ton mari. Nous déménagerions. Tout est possible. Je t'ai attendue toute ma vie.

En disant toutes ces choses, Charles y croyait sincèrement. Il s'imaginait parfaitement un avenir avec Leah. Il se voyait heureux, auprès d'une femme comme elle. Elle ferait une excellente épouse de compositeur. Ils pouvaient même aller tout de suite chez lui, et il la garderait dans sa grande maison. Il lui ferait l'amour comme il se doit, sur un lit. Il ne voulait plus jamais se réveiller seul.

Leah le dévisagea avec horreur. Que racontait-il ? Elle passa sa langue sur ses lèvres qui lui semblaient si sèches. Elle essuya ses larmes du revers de ses mains.

— Je dois rentrer à la maison, chuchota-t-elle.

Elle remonta sa culotte et son collant, puis agrafa son soutien-gorge. La voyant se contorsionner pour atteindre la fermeture à glissière de sa robe, Charles l'aida. Il déposa un baiser sur son front. Il était si heureux.

— Calme-toi, dit-il. Nous avons fait l'amour, ce soir. *Yobo*, quand puis-je te revoir ?

— Je... je ne sais pas, répondit-elle, incapable de réfléchir.

— Viens tôt, dimanche. Aussi tôt que possible. Tu peux m'appeler quand tu veux.

Elle était la créature la plus pure qu'il ait jamais touchée. Il l'aimait. Il comprenait qu'elle soit effrayée, mais il était certain que cet amour était réciproque.

Leah s'installa à nouveau au volant. Charles resta près de la voiture et passa la tête par la fenêtre de la portière pour l'embrasser. À l'entrée de la station de métro, il lui adressa un signe de la main.

Quand Leah arriva à la maison, Joseph était déjà couché. Elle se doucha, se savonna méticuleusement les seins et le pubis. Elle voulait oublier ce qui s'était passé. Si à cet instant quelqu'un lui avait tiré une balle, elle en aurait été soulagée. Puis elle se mit au lit et resta immobile pour réciter ses prières. Sur la banquette arrière de la voiture, alors que le professeur forçait son entrée en elle, les mots s'étaient fondus dans son esprit comme de folles supplications étouffées dans lesquelles elle demandait à Dieu de la sauver. Cela avait duré cinq minutes, peut-être moins, elle n'aurait su le dire, mais personne n'était miraculeusement apparu ni venu la secourir.

# 6

## MODELER

Les yeux fermés, Ella visualisait chaque note infusant son corps. Elle avait envie de reposer sa tête, mais craignait de s'endormir – non pas d'ennui, mais d'apaisement. Confortablement calée dans un fauteuil rouge sombre du Carnegie Hall, elle évacua de son esprit les audiences pour la garde d'Irene, les lettres de référence sur la moralité requises par l'assistante sociale nommée par le tribunal, ainsi que l'image de son avocat acerbe, qui la faisait se sentir au mieux naïve, au pire tout simplement idiote. Le petit déjeuner de son bébé cette semaine-là était composé de riz vapeur, de bâtonnets de poulet pané et de quartiers de pomme – Irene appelait la nourriture « bap-bap » et le lait « oo-yew ». Seule le soir dans son lit, Ella contemplait l'oreiller qui avait été celui de Ted. Comment avait-elle pu louper toutes ces choses à son sujet ? À quel point un homme changeait-il après le mariage ? Était-elle stupide, ou lui avait-il caché sa véritable personnalité ? Où s'était-elle plantée ?

Mais en cet instant, elle était en rendez-vous galant – plus ou moins – avec David Greene. Depuis qu'il avait rompu avec sa fiancée moins d'un mois plus tôt, ils étaient sortis au restaurant deux fois, s'étaient vus à l'école, et se parlaient presque tous les soirs. Mais les choses n'avaient pas beaucoup avancé par ailleurs. Il lui avait pris la main au dîner, et ils s'étreignaient toujours pour se dire au revoir. Il l'avait invitée plusieurs fois au cinéma où à des soirées après le travail, mais Ella préférait préparer le repas d'Irene et lui donner son bain. Elle n'aimait pas sortir en semaine. Elle n'avait jamais ramené David chez elle. Il disait qu'il comprenait. Ella avait beaucoup de mal à dire non, mais lorsqu'il était question d'Irene, cela lui venait naturellement. Sauf que ce soir-là, Radu Lupu jouait Beethoven, et David avait insisté tout l'après-midi pour qu'elle l'accompagne.

Ils étaient très bien placés et le pianiste jouait à merveille. Elle allait rarement à des concerts avec Ted, qui préférait le cinéma et les restaurants chics. Ted était très exigeant en matière de gastronomie. Il acceptait rarement de fréquenter un restaurant qui n'avait pas un score d'au moins 22 au Zagat. Delia savait-elle cuisiner ?

Durant ces six dernières années avec Ted, elle avait oublié ses propres goûts. La musique qu'elle écoutait ce soir-là était incontestablement sublime. Ce qui dérangeait Ella, c'était qu'elle avait tant prêté attention à tout ce qu'aimait Ted (les films de Kurosawa, Coltrane, le curry d'agneau servi avec des naans mais sans riz basmati, les hôtels Relais & Châteaux) et qu'elle s'était adaptée à toutes ses préférences à lui. Était-ce la raison pour laquelle il était parti ? La prenait-il pour une bonne poire écervelée ? N'était-ce pas aussi l'avis de son avocat ? Les rares fois où Casey avait accepté de répondre aux questions d'Ella sur Delia, la future deuxième épouse de son mari était apparue comme un canon, une bombe, une beauté incendiaire. Seuls des qualificatifs explosifs lui venaient en tête. Ella avait échoué à être suffisamment excitante pour garder son mari à la maison. Et elle était devenue grosse – même si elle avait fini par perdre le poids de sa grossesse jusqu'au dernier kilo, après le départ de Ted. Ella était de nouveau mince comme à la fac. Bien sûr, il lui restait les vergetures et la peau distendue de son ventre, mais à part ça, elle avait la silhouette élancée d'une jeune femme de vingt-cinq ans.

Le piano se tut et l'orchestre prit le relais pour le dernier mouvement. Ella avait suivi des cours de piano jusqu'à ses douze ans, mais avait arrêté parce qu'elle n'aimait pas son professeur, qui avait la manie de passer un bras autour d'elle et de lui faire des câlins quand elle jouait bien. Il sentait fort les clous de girofle et portait un vieux cardigan aux coudes troués. Son père l'avait laissé abandonner sans lui demander la moindre explication, et elle avait alors consacré plus de temps au tennis. Ella avait adoré le piano, comme le tennis – ce que Ted n'aimait pas tant que le golf ou le ski. À l'idée de n'avoir pas continué toutes ces activités qu'elle aimait, elle se sentit bête. Les mettre de côté ne lui avait rien apporté de bon. Son mari avait fini par la tromper, et les gens la trouvaient insipide. Ella sentit les larmes monter et les essuya avant que David ne puisse les voir. Elles seraient trop difficiles à lui expliquer.

Le concert était terminé. Le public se leva pour applaudir. Ella bondit spontanément et frappa dans ses mains aussi vivement qu'elle put. On devait beaucoup à une personne qui dispensait autant de beauté et d'émotion. Quelques spectateurs se dispersèrent vers les sorties tandis que les autres poursuivaient leur tonnerre d'applaudissements, réclamant un rappel.

Après deux morceaux supplémentaires, David l'aida à enfiler son imperméable.

— On va dîner ? proposa-t-il en espérant qu'Ella accepte puisque Irene était déjà couchée.

Ella consulta sa montre. Elle se sentait terriblement sur ses gardes.

— Où habites-tu, exactement ? demanda-t-elle.

Tout ce qu'elle savait, c'était qu'il vivait dans l'Upper West Side.

— À l'angle de la 78e rue et de West End Avenue, répondit-il avec un sourire intrigué.

— Je peux visiter ? C'est un appartement ?

Ella ajusta le col de David et passa ses mains sur ses épaules. Le geste le rassura.

— Enfin, si ça ne te dérange pas ? ajouta-t-elle.

— Non, bien sûr que non, dit-il.

Ces derniers temps, le comportement d'Ella était difficile à prédire. Au départ, elle ne voulait même pas l'accompagner au concert ce soir-là. Il avait dû insister, la persuader d'appeler la baby-sitter ; avec pour argument l'impératif de faire de la place aux belles choses dans sa vie. Et voilà qu'elle réclamait de voir sa maison…

Une fois dans la rue, Ella se demanda quelle mouche l'avait piquée. David tenta de héler un taxi, mais aucun n'était libre.

— Prenons plutôt le métro, proposa-t-elle.

Ils prirent la ligne 1 jusqu'à la 79e rue, puis marchèrent. Avec David, elle était libre de faire des suggestions sur les trajets et sur les endroits où aller. C'était libérateur, mais elle sentait le poids supplémentaire d'être en partie responsable de son bonheur à lui. Que se passerait-il s'il ne voulait pas la même chose qu'elle ? Ce n'était pas encore arrivé, mais ce n'était qu'une question de temps. Dans la vie, il était plus facile de se contenter de suivre.

En chemin vers chez lui, David évoqua les étudiants à qui il faisait cours en prison. Ils rêvaient de faire publier leurs poèmes, mais craignaient qu'on ne leur vole leurs idées. David ne se moquait pas d'eux, remarqua Ella.

— Ils ont tort d'être si méfiants, mais n'est-ce pas merveilleux, d'une certaine manière, qu'ils soient fiers de leurs créations ? dit-il. Qu'ils soient conscients d'avoir écrit quelque chose de si précieux? Qu'ils estiment leurs poèmes suffisamment bons pour être volés ?

Ella approuva. Il avait raison. Qu'avait-elle de précieux dans sa vie ? Si Ted lui enlevait Irene, il ne lui resterait plus rien.

— Est-ce que ça va ? demanda David.

— Oui.

C'était injuste vis-à-vis de lui de penser en permanence à son divorce.

— David, ce que tu fais avec ces détenus est incroyable. Tu leur redonnes foi en eux. C'est aussi ce que tu fais avec moi. Ton amitié est si importante à mes yeux...

David pressa sa main dans la sienne.

— Tu comptes beaucoup pour moi.

David habitait une maison de ville en brique orange dans un style architectural dont Ella ne connaissait pas le nom – elle était dotée d'une arche couronnant une porte en bois sombre verni évoquant dans son relief une tablette de chocolat, et son toit n'était pas plat, mais en pente. Sa belle façade était impeccablement entretenue. Quelques marches menaient à l'entrée. Quand David ouvrit la porte, Ella fut prise de court par ce qu'elle découvrit.

Le séjour était somptueux avec ses tapis anciens, ses hautes bibliothèques et son lourd mobilier familial en acajou. Les tableaux avaient tout l'air de Wyeth.

— Je te sers un verre ?

Elle refusa.

— Tu as faim ?

Il proposa de passer commande à la pizzeria en bas de la rue.

— En général, je me contente de céréales ou d'un sandwich pour le dîner, précisa-t-il.

Ella fit de nouveau non de la tête.

— Je veux voir le reste de la maison. Elle est magnifique.

— D'accord.

David était affamé. Ou du moins, il l'avait été durant le concert. À présent, il ne pensait plus qu'à une chose : son envie d'effleurer Ella. Mais il n'osait pas. Dans des circonstances normales – non pas que ça lui soit arrivé si souvent – si une femme lui avait proposé d'aller chez lui, il aurait hésité à moins d'être prêt à coucher avec elle. Mais quand Ella le lui avait demandé, il savait que ce n'était pas ce qu'elle avait en tête. Il y avait sûrement une autre raison, qu'il ignorait. À présent qu'elle était ici, il rêvait de se rapprocher d'elle, frôler sa peau.

— J'ai le disque, balbutia-t-il.

— Pardon ?

Ella jeta un coup d'œil au canapé. Elle avait eu assez d'audace pour s'inviter chez lui, mais avait l'impression qu'il lui fallait sa permission pour s'asseoir.

— De Radu Lupu. Le pianiste. De ce soir.

— D'où vient-il ?

— De Roumanie, je crois.

Ella se balança légèrement d'un pied sur l'autre. De plus en plus gênée, elle finit par s'asseoir.

— Je suis content que tu sois là. Ça ne m'était pas venu à l'idée de t'inviter à…

— Désolée, l'interrompit-elle, de plus en plus embarrassée. C'était impoli de ma part. Je crois que je voulais savoir comment tu vis. Te voir dans un contexte différent de celui qu'on connaît. Je voulais voir ta maison. Je pensais… je ne sais pas à quoi je pensais.

Ella écarquilla les yeux, puis les ferma pendant un instant.

— Oh, bon sang.

— Non, non, protesta-t-il en lui souriant.

C'était bon signe, n'est-ce pas ? Elle voulait le connaître mieux. Depuis sa confession, il avait beaucoup réfléchi à la manière dont les choses pourraient évoluer entre eux. Il hésitait à mentionner ce sujet.

— Tu ne comprends pas. Je suis tellement content que tu sois là. Tu veux l'écouter ?

— De quoi ?

— Le disque.

— Oh. Oui, d'accord. Avec plaisir.

David inséra le CD dans le lecteur, soulagé d'avoir de quoi occuper ses mains.

— Bien, maintenant, je vais te faire la suite de la visite, proposa-t-il après avoir ajusté le volume.

Ils descendirent au rez-de-chaussée, anciennement l'étage des domestiques accessible par une porte de service discrète sur la rue, en entresol. Là se trouvaient la cuisine et la salle à manger. Il y avait un accès à un petit jardin laissé à l'abandon.

Il désigna l'escalier et lui fit signe de passer devant lui. Au deuxième étage, il y avait deux grandes pièces : une chambre d'amis et une autre, sorte de salle de musique dotée d'un grand piano et d'un violoncelle. Deux lutrins se faisaient face, comme en pleine conversation. Elle s'assit sur le tabouret et posa ses mains sur les touches. Le seul morceau dont elle se souvenait était *Clair de lune* de Debussy – si difficile pour elle à l'époque qu'il avait nécessité beaucoup d'entraînement. Elle se mit à jouer, hésitant par moments, mais poursuivant malgré tout, et même dans sa maladresse elle s'émut de la beauté et de l'émotion de la mélodie. Petite, elle avait dû manquer un épisode de *The Brady Bunch* pour répéter sa leçon. Son personnage préféré de la sitcom était Jan, la cadette avec les cheveux lisses et blonds. Elle aurait voulu avoir cinq frère et sœurs, comme elle. Pourquoi son père ne s'était-il pas remarié ? Elle aurait eu une famille, une vie plus riche que celle qu'elle avait tenté par tous les moyens de créer seule pour son père.

— Quand as-tu appris ? demanda David.

— Il y a très longtemps. Je me surprends moi-même, aujourd'hui.

Ella cessa de jouer et porta la main à son front.

— Si j'avais su que je jouerais pour toi ce soir, je me serais mieux entraînée, petite.

— Tu joues très bien.

Il y avait plus d'émotion dans sa musique que dans ses mots, remarqua-t-il. Elle prenait plus de précautions en formulant ses phrases.

— Non, je ne suis vraiment pas douée. Mais j'aimais beaucoup ça. Peut-être que je devrais m'y remettre. Je pourrais suivre des cours avec Irene.

David s'assit derrière son violoncelle et joua un air qu'elle ne reconnut pas.

— Qu'est-ce que c'est ?

— Debussy, encore. La *Sonate en ré mineur.* Je n'ai joué qu'un tout petit bout du début.

Ella lui sourit.

— J'ignorais que tu en jouais.

— Je ne te l'ai jamais dit.

Il éloigna son archet des cordes dans un geste théâtral.

— Bon, il ne reste plus qu'un étage, à moins que tu ne veuilles faire le tour du grenier pour jeter un coup d'œil à mon système de ventilation. Mais après ça, je commande une immense pizza, si tu n'y vois pas d'objection. Ou alors on peut sortir manger quelque part.

Ella ne répondit pas, mais le suivit dans l'escalier.

Ils restèrent côte à côte sur le palier du troisième étage. Ella hésitait à entrer dans les pièces, et lui ne bougeait pas non plus. Il y avait trois chambres : la première était la suite parentale – spacieuse, mais presque vide à l'exception d'un lit immense et d'une unique table de chevet croulant sous les livres. La deuxième chambre avait été convertie en bureau. La troisième faisait office de chambre d'amis. Devant la fenêtre d'angle, une dizaine de *Crassulas ovata* s'épanouissaient dans des pots de différentes tailles.

— Oh ! Des arbres de jade, s'exclama-t-elle. Moi aussi, j'en ai.

— Toutes des boutures de la même plante mère, précisa-t-il fièrement.

Ella contempla les crassulas de nouveau. On apprenait tant d'une personne en visitant sa maison.

— C'est une si grande maison. Et tu en prends un si grand soin.

Sa propre demeure était immense. C'était un critère sur lequel Ted avait insisté. Pour deux employés d'une école à Manhattan touchant chacun un salaire modeste, leurs logements luxueux étaient absurdes. Sa maison avait été financée par Ted et son père, et elle en déduisait à présent que David disposait d'une fortune familiale, lui aussi, ou au moins d'investissements.

— Est-ce que... ta fiancée vivait ici ?

— Mon ex-fiancée, corrigea-t-il.

— Désolée.

— Non. Elle n'a jamais emménagé. Ça ne m'a jamais effleuré l'esprit, en bon garçon catholique.

— Oh ? Ça ne t'a jamais effleuré l'esprit ? releva Ella avec malice.

— Je suis catholique, mais pas prêtre, dit-il en s'éclaircissant la voix.

Il avait envie de l'embrasser. La bouche d'Ella évoquait un petit fruit rouge.

— Non, ce n'est pas ce que j'insinuais, protesta-t-elle faiblement.

Elle parlait de cohabitation et lui de sexe, mais ce n'était pas vraiment le sujet, si ? Ils n'avaient toujours pas quitté le palier. Ils étaient tous les deux bien trop occupés par l'idée même du sexe.

— J'ai l'herpès, avoua-t-elle brusquement.

— Pardon ?

— Ted. Il m'a transmis l'herpès en couchant avec Delia. Il m'a dit récemment qu'elle ne l'avait pas, mais lui et moi si. Et si je couche avec toi et que j'ai une poussée, alors je risque de te le transmettre aussi. J'ai lu beaucoup de choses sur le sujet depuis. Je m'en suis rendu compte quand j'étais enceinte d'Irene. Tu ne l'attraperais pas forcément, mais c'est une possibilité et... et... je ne dis pas que tu as envie de coucher avec moi. Mais quitte à être présomptueuse aujourd'hui, autant le dire maintenant parce que je n'en aurais peut-être plus jamais le cran. Oh, mon Dieu.

Ella fit volte-face et descendit l'escalier.

— Attends. Attends. Reviens.

Ella se tourna vers lui.

— Reviens, s'il te plaît. Assieds-toi avec moi.

Ella s'assit sur une marche. David la rejoignit.

— J'ai envie de coucher avec toi. J'ai même très envie de te faire l'amour.

— Herpès.

Elle répéta le mot, sans savoir ce qu'il en pensait, car elle n'osait même pas le regarder en face. Mais à s'entendre le prononcer à voix haute, de sa propre bouche, elle le trouva un peu moins horrible. Elle n'avait plus tant l'impression qu'il s'agissait de la peste, ce qui était exactement son ressenti à l'annonce du médecin. Mais après ses lectures, la naissance d'Irene en pleine santé, et maintenant David qui ne semblait pas horrifié, elle comprit que ce n'était pas la fin du monde. C'était une maladie dont elle n'allait pas mourir, et s'il ne voulait plus être avec elle, elle le comprendrait. Cela signifierait que ce n'était pas de l'amour. Car n'affrontait-on pas vents et marées, par amour ? Peut-être que personne ne voudrait jamais plus d'elle.

— C'est douloureux ? demanda-t-il.

— Plus maintenant. La première fois, c'était surtout désagréable, mais ça ne m'a jamais fait mal. Et ce n'est jamais revenu, j'oublie souvent que je l'ai.

— Alors tu n'as aucune douleur liée à l'herpès ?

— Non, c'est un virus latent dont je ne peux pas me débarrasser. J'ai juste cette impression... qu'il y a quelque chose de répugnant chez moi.

— Il ne faut pas. Je suis désolé, dit David d'un air soucieux. Tu dois savoir que ce n'est pas comme ça que je te vois. J'ai envie de coller une beigne à Ted pour t'avoir infligé ça, mais je reste tout de même content qu'il l'ait fait, en fin de compte. Je devrais le remercier, à la réflexion.

Ella s'esclaffa.

— Ella, ce n'est pas grave.

— Si.

— Non, vraiment pas. Je ferai des recherches de mon côté. Mais si je comprends bien, c'est comme un tatouage.

— Je n'ai jamais vu ça sous cet angle.

— Quoi qu'il en soit, toutes les recherches et les informations du monde ne changeront pas ce que je ressens. Comment mes sentiments pourraient-ils changer simplement à cause de ça ?

Ella le regarda sans savoir quoi dire. Il était si gentil.

— Je crois que si tu m'aimes, tu devrais m'épouser, affirma-t-il.

Prise de court, Ella confirma sans réfléchir :

— Je t'aime.

Les mots étaient sortis tout seuls, et elle ne les regrettait pas.

— Quand le divorce sera prononcé. Et à cause de l'herpès. Parce que, comme ça, si je l'attrape et que ça fait mal, tu seras légalement obligée de prendre soin de moi, expliqua David en croisant les bras.

— Tu es sérieux ?

Il hocha la tête.

— Pour le mariage, oui. Mais tu ne seras pas obligée d'être gentille avec moi si j'ai l'herpès. Je plaisantais...

— Tu penses vraiment que ce n'est pas grave ?

— C'est grave, dans le sens où c'est horrible pour toi, et que ça doit te sembler terriblement injuste. Mais n'est-ce pas le propre de toutes les maladies ? Personne ne demande à tomber malade.

Sa mère était la plus douce des femmes, pourtant son cancer n'en avait pas moins été violent.

— Chacun a son lot d'injustice et tu as eu le tien. Mais l'herpès… ça n'a aucune incidence sur nous.

Ella n'aurait jamais imaginé qu'il puisse lui dire tout ça.

— Comment ? D'où viens-tu pour être aussi incroyable ?

David la prit dans ses bras.

— Oh, quel ange ! Tu es un amour.

Sentant la raideur de son corps céder, Ella se rapprocha de son torse.

***

Ted ne s'attendait pas à recevoir la nouvelle de la mort de son père, pourtant il avait eu le temps de la voir venir. Son père avait de l'hypertension, du diabète, et avait survécu à deux AVC. Au cours des dix dernières années, il avait eu une insuffisance rénale chronique qui nécessitait une dialyse trois fois par semaine. Sa santé n'était pas assez bonne pour lui permettre de voyager et d'assister à la première remise des diplômes de Harvard, ni à la deuxième – celle d'HBS –, ni même à son mariage. Sa sœur venait de l'appeler pour lui annoncer la mort de leur père, ajoutant que leur mère disait que ce n'était pas grave s'il ne pouvait pas se déplacer pour les obsèques. Sa mère ne lui parlait plus depuis qu'elle avait découvert que Ted avait quitté Ella et le bébé. Quand Ted essayait de la joindre, elle refusait de décrocher ou de le rappeler.

— Je crois qu'il vaudrait mieux que je ne vienne pas, répondit Delia quand il lui demanda de l'y accompagner. Chéri, je veux être là pour toi. Mais tu ne lui as pas encore parlé de moi, et il vaut peut-être mieux que tu sois seul avec elle.

Assis à côté du téléphone, Ted semblait anéanti.

— Fais comme tu veux, répondit-il.

Sa dernière conversation avec sa mère remontait à l'été précédent, lorsque sa mère avait parlé à Ella, juste avant que celle-ci fasse son overdose. Le lendemain, elle lui avait téléphoné au bureau – une première – pour décréter qu'elle ne lui adresserait plus la parole tant qu'il n'aurait pas arrangé les choses avec sa femme. À l'hôpital, après le lavage gastrique d'Ella, Ted lui avait demandé de le reprendre, mais elle avait refusé. Ella voulait divorcer. Ted avait bien expliqué cela à sa mère, pourtant c'était lui qu'elle jugeait responsable. Sa mère estimait que l'on ne met pas fin à un mariage parce qu'on a reçu une meilleure proposition. « On ne quitte pas une personne comme on quitte un emploi », avait-elle conclu en lui raccrochant au nez. Il avait tenté de la rappeler plusieurs fois, mais devant son inflexibilité, il avait fini par abandonner. Son plan était d'emmener Irene voir ses parents pour le pont de la fête nationale, le 4 Juillet. Et voilà que son père mourrait avant qu'il puisse mettre son projet à exécution.

Ted saisit l'énorme coussin vert du fauteuil sur lequel il était assis et le posa contre son ventre. Il croisa les bras, serrant le coussin entre ses bras. Il ne voyait plus que le visage gris charbon de son père malade, ses yeux tristes jaunis et sa petite bouche. À sa manière, bourrue et discrète, son père l'aimait. Ted était son chouchou. À son départ en pension, son père l'avait conduit à l'aéroport et lui avait remis une petite enveloppe blanche. « Ne laisse jamais personne te dire que tu ne vaux rien parce que tu es pauvre ou fils d'immigré. Ils se trompent,

Teddy. Tu es mon fils. Mais, Teddy, ne revient jamais dans ce trou perdu. Je viendrai te rendre visite. Je ne veux jamais te voir t'installer en Alaska. » Ted sentait presque encore le contact de la main grisâtre de son père – balafrée par l'écaillage des poissons, et à laquelle il manquait l'auriculaire, amputé dans un accident à l'usine. Depuis toutes ses années, après avoir dépensé les cinq billets de vingt dollars qu'elle avait contenu, il gardait la *bong-tu* jaunissante encadrée sur son bureau, uniquement parce que son père y avait inscrit « Teddy » de sa propre main.

— Chéri, tu veux que je vienne ? demanda Delia en s'approchant.

Ted voulait surtout qu'elle lise dans ses pensées. En temps normal, il aurait trouvé quelque chose de positif à dire, pour minimiser l'épreuve. Mais il n'avait pas le cœur à ça.

Delia lui massa la nuque.

— Laisse-moi venir avec toi. J'ai très envie de rencontrer ta famille.

Elle s'occupa ensuite de la réservation d'hôtel, commanda les billets d'avion et les couronnes funéraires, et appela un taxi pour l'aéroport. Elle voulait s'assurer que Ted n'aurait pas à se préoccuper de détails aussi triviaux. Delia était bien décidée à prouver qu'elle saurait être une bonne alliée. Quand il lui avait demandé de l'épouser, il lui avait dit : « Toi et moi, nous sommes pareils », et Delia l'avait compris dans le sens où ils avaient tous les deux grandi dans la pauvreté. Mais ce n'était pas ce qu'il voulait dire. Ils se ressemblaient parce qu'ils survivraient à tout. Et elle n'avait pas l'intention de le laisser survivre seul à cette épreuve.

Le lendemain, il les conduisit à la maison de ses parents au volant d'une voiture de location. En arrivant dans la rue, il désigna au loin une maison modeste avec un revêtement en tôle beige, pas plus grande que celle dans laquelle Delia avait grandi auprès de sa mère et de ses trois frères. Plusieurs voitures étaient déjà garées devant. Ted ralentit. Delia lui trouvait un air différent, presque effrayé.

Ted lui avait raconté ses jobs d'été à la conserverie quand il rentrait de pension, et comment il avait révisé ses examens pendant ses pauses déjeuner alors que les autres pelotaient des laiderons dans le vestiaire des employés. Ils avaient tous les deux grandi sans le sou, mais Ted s'en était sorti grâce aux études. Delia avait détesté l'école. Sa dyslexie avait été diagnostiquée tard, au collège, avant ça elle s'était toujours crue stupide. Pour valider son lycée, elle avait couché avec ses professeurs. Elle avait obtenu un 98 à l'examen final de littérature sans être jamais allée en cours – elle avait toutefois laissé Mr Shert faire joujou avec ses seins et le branlait dans sa voiture derrière la quincaillerie Benjamin's le vendredi après-midi quand il lui téléphonait. De tous ceux qui fricotaient avec elle, il était le seul à trouver moralement répréhensible d'avoir un rapport sexuel pénétratif avec une étudiante, mais il n'avait pas de problème avec le reste. Son professeur de biologie en revanche n'avait aucun scrupule, y compris vis-à-vis du sexe anal, ce qui demeurait l'acte qui déplaisait le plus à Delia, étant le plus douloureux.

Elle avait obtenu des notes correctes en arts plastiques, éducation sportive, et théâtre sur la base de son seul mérite. Mais pour tous les autres cours, elle avait trouvé plus facile de valider de peu, de glisser la main d'un homme plus vieux sous son chemisier, ou de se mettre à genoux, plutôt que de disserter sur les raisons qui avaient poussé Othello à tuer la femme qu'il aimait, alors qu'elle avait déjà du mal à former des phrases avec son stylo. Son bulletin scolaire était inégal, mais elle avait tout de même terminé son lycée et poursuivi ses études pendant cinq semestres à St. John's avant de coucher avec un trader de Kearn Davis à bord d'un train de banlieue qui l'avait encouragée à postuler comme assistante. Désormais, Delia n'avait aucune envie de coucher avec un autre homme que Ted pour le restant de ses jours.

Ted gara la voiture et en fit le tour pour lui ouvrir la portière passager. Ils laissèrent leurs bagages dans le coffre de la Ford Taurus blanche.

Ce fut Mrs Kim qui ouvrit la porte.

— Tu es venu, dit-elle en coréen. C'est bien, ajouta-t-elle avec un faible sourire, mais elle ne semblait pas ravie de le voir.

Cela faisait vraiment bizarre de rentrer à la maison, pensa Ted. D'entendre le coréen de sa mère, si différent du dialecte que parlait le père d'Ella. Une dizaine de paroissiens étaient installés dans le salon modestement meublé. Des femmes tendirent le cou depuis la cuisine pour les épier, lui et Delia. Il ne vit ni son frère ni sa sœur.

Ted s'inclina en direction des Coréens assis, qui lui répondirent d'un hochement de tête avant de s'incliner à leur tour. C'était Teddy, le petit qui avait fait Harvard, gagnait des millions de dollars par an, et avait acheté à ses parents et à son frère et sa sœur leurs maisons. Il avait épousé la magnifique Coréenne de New York dont ils avaient tous vu la photo. Elle était fille de médecin et appelait sa belle-mère tous les dimanches soir, même quand son fils était trop occupé par le travail. Ils avaient un bébé qui devait avoir plus d'un an à présent. Les invités ne savaient pas quoi penser de l'Américaine qui se tenait à côté de lui.

Mrs Kim remarqua Delia, elle aussi.

— *Mahp soh sah* ! Tu l'as amenée à l'enterrement de ton père ?

Elle ne put s'empêcher de secouer la tête. La fille avait l'air de sortir d'un magazine – cheveux orange vif, yeux bleus brillants et rouge à lèvres très rouge. Elle portait un col roulé et un pantalon noirs. La fille avait une poitrine opulente et une taille fine, sans rien de la douceur délicate d'Ella. Teddy avait fichu sa vie en l'air pour être avec la première *mi-gook* sexy. Maintenant, tous ses enfants sortaient avec des Américains.

— Tu as de l'eau à la place du cerveau ?

Ted envisagea de faire demi-tour et de partir.

— Maman..., geignit-il.

— Ella nous a fait livrer ça, coupa Mrs Kim en désignant une gigantesque composition de roses blanches sur la table basse.

— Comment elle a su ?

— Je discute avec elle tous les dimanches. Elle m'appelle pour me donner des nouvelles d'Irene. Je lui ai téléphoné pour lui annoncer pour Papa.

Ted hocha la tête. Il avait du mal à concevoir qu'une ex-femme en devenir prenne cette peine.

— Je l'ai invitée, mais elle a dit que ce ne serait pas approprié parce que je ne t'en ai pas parlé avant. Mais je veux voir Ella et le bébé. Je vais aller les voir à New York en août.

Ted continua de hocher la tête. C'était pire que ce qu'il avait imaginé. Soudain, il fut pris d'une haine viscérale pour Ella. Inconsciemment, Ella était en compétition perpétuelle pour rester l'enfant préférée, et il n'y avait pas moyen de rivaliser avec elle. Son père avait voulu lui parler chaque fois qu'elle les appelait alors qu'il détestait le téléphone.

— Je n'arrive pas à croire que tu l'as amenée ici, marmonna Mrs Kim, incrédule.

Delia sourit à la mère de Ted, mobilisant tout son courage. Elle ignorait qu'Ella ne lui avait rien raconté à part que Ted était tombé amoureux d'une autre femme au travail et que leur mariage était terminé.

— Tu l'as amenée à l'enterrement de ton papa. Comment oses-tu faire une chose pareille à ton papa ?

Ted expira.

— Est-ce qu'on peut discuter en privé ? Il y a quelqu'un dans ma chambre ?

— Ta valise ? demanda Mrs Kim.

Elle ne savait pas où Delia allait dormir. Hors de question de laisser un homme marié et une célibataire partager un lit sous son toit.

— Où est ta valise ?

— Elles sont dans la voiture. On dort à l'hôtel.

La famille ne restait pas à l'hôtel. Mrs Kim lança un regard dur à son fils.

— Maman, allons parler à l'étage.

Son coréen était maladroit. Les accents ne collaient plus à sa voix d'adulte, et les mots lui échappaient. Comment disait-on « divorce » ?

— À l'hôtel ? répéta Mrs Kim.

L'hôtel était un affront.

— De quoi tu veux me parler ?

Ted se redressa. Il n'était plus d'humeur à s'excuser. Ils étaient encore plantés dans l'entrée, Delia à un mètre de lui. Il n'avait pas encore fait les présentations. Delia avait cessé de sourire et regardait fixement les photographies accrochées au mur. Il y en avait beaucoup de lui et d'Ella. Delia ne pouvait s'arracher à la contemplation d'Ella dans sa robe de mariée. Casey lui avait dit un jour lointain, avant qu'elle ne sache ce qui se tramait, que la femme de Ted avait des airs de Gong Li, l'actrice chinoise, mais Delia trouvait qu'Ella avait des traits encore plus fins.

Mrs Kim vit que Delia observait les photos de mariage. Tous ceux qui franchissaient le seuil de cette maison les regardaient et lui disaient combien Ella était belle et avait l'air gentille. Combien Ted était chanceux. C'était trop, songea Mrs Kim, de perdre son mari et de voir ses enfants divorcer. Julie était déjà divorcée, et voilà que Teddy divorçait d'une fille si gentille. Son aîné, Michael, n'était pas encore marié et rien n'indiquait qu'il le serait un jour.

Mrs Kim se dirigea vers la cuisine. À son expression désemparée lorsqu'elle entra accompagnée des deux nouveaux arrivants, les femmes de la paroisse qui rangeaient la vaisselle du thé dans la cuisine échangèrent des signes de tête et regagnèrent sans un mot le salon, les laissant seuls tous les trois.

Ted se tourna vers Delia.

— Je suis désolé. Elle n'aime pas parler en anglais, mais elle le comprend parfaitement.

— Ne t'inquiète pas pour moi, Ted, dit Delia.

Elle adressa de nouveau un sourire à Mrs Kim.

— Je te présente Delia, dit Ted en regardant sa mère. C'est ma fiancée. Nous allons nous marier dès que le divorce sera prononcé.

Delia tendit la main.

— Bonjour, Mrs Kim. Je suis sincèrement désolée pour votre mari. J'aurais préféré vous rencontrer dans d'autres circonstances.

C'était la phrase qu'elle avait répétée en boucle dans sa tête pendant tout le vol.

Mrs Kim dévisagea la jeune femme, tentant de déduire quelque chose à ses traits. Elle n'aimait pas son menton pointu, sa mâchoire légèrement prognathe. Cette fille avait un mauvais *pal-jah*, et ce destin maudit allait affecter son fils. Cette Américaine était-elle le renard qui s'était introduit dans le poulailler ? Ou la poule que Teddy avait volée ? Son fils n'était pas si innocent. Ils étaient suffisamment grands pour savoir que c'était mal d'être ensemble lorsque l'un était marié et l'autre pas.

Delia récupéra sa main superbement ignorée. Elle se força à afficher un sourire poli en reportant son attention sur les objets de la cuisine qui l'entouraient : le vieux grille-pain, le cuiseur à riz, les grands bocaux en verre tout juste lavés qui séchaient sur le rebord de l'évier. Les odeurs ici n'étaient pas désagréables – la poudre de piment, la sauce soja, l'ail. Delia ne cuisinait pas vraiment, et sa cuisine ne sentait que le pin du détergent qu'elle utilisait pour nettoyer le plan de travail.

Les femmes qui avaient quitté la cuisine en vitesse n'avaient pas terminé de ranger les restes de nourriture. Mrs Kim couvrit les cakes et les donuts qui n'avaient pas été entamés. Personne n'allait manger toutes ces sucreries, mais elles coûtaient si cher qu'elle ne pouvait pas les jeter.

Mrs Kim tournait le dos à Ted et Delia. Elle voulait que tout le monde quitte sa maison, la laisse tranquille. Toute sa vie, elle avait travaillé dur. Pendant quarante ans, elle avait mis du saumon et du maquereau en conserve à l'usine Lowry's aux côtés de son mari. Un bon mari. Elle avait élevé trois enfants et avait préparé à manger tous les soirs. Pendant dix ans, elle avait accompagné son mari en dialyse trois soirs par semaine. Le samedi, elle faisait le ménage, les courses et le repassage. Le dimanche, elle allait à l'église et préparait un plat de viande pour le dîner de sa famille, et maintenant que ses enfants étaient grands, elle nourrissait ses petits-enfants. Elle n'avait jamais réclamé le moindre dollar ni voulu faire de mal à personne. Pourtant, quelque chose avait bien dû rater quelque part. Michael, qui avait un travail stable au bureau de poste, menaçait constamment de démissionner. Son aîné était également incapable de garder une petite amie pendant plus de quelques mois. Julie, qui avait épousé son petit copain courtaud du lycée, ce Craig Muller qui la battait quand il buvait, avait fini par se débarrasser de lui, mais parvenait à peine à élever seule ses deux fils. Craig avait souvent du retard sur la pension alimentaire. Et voilà que Teddy avait trompé Ella, qui était plus qu'une fille pour elle, et qu'il la quittait pour cette Américaine plantée dans sa cuisine. Sa seule consolation était de savoir que son mari n'était plus là pour voir ce désastre. N'avait-il pas suffisamment souffert ?

— Tu as quitté Ella pour ça ? Pour cette fille ? Tu as perdu la tête, marmonna-t-elle en coréen. Qu'est-ce que tu reproches à Ella ?

— Rien. On ne s'aime plus, c'est tout.

— Non, Teddy. Je sais qu'Ella t'aime. C'est une gentille fille. Elle n'arrête pas de t'aimer parce que tu as fait quelque chose de mal. Personne n'arrête d'aimer. Je n'ai jamais rien entendu d'aussi bête.

— Non, Maman. Elle ne m'aime plus. Elle veut divorcer.

— Elle veut divorcer parce qu'elle sait que tu ne veux plus de ce mariage. Si tu voulais rester, elle trouverait un moyen d'arranger les choses.

— Eh bien, soit, je ne veux pas rester marié à elle. Contente ?

Ted serra les poings.

— Qu'est-ce que tu comptes faire, quand tu n'aimeras plus celle-là non plus ? Tu vas te débarrasser d'elle comme du poisson pourri et trouver quelqu'un d'autre ? Pourquoi tous ces gens en Amérique ne pensent-ils qu'au sexe ? Le sexe, ce n'est pas de l'amour.

Ted n'avait jamais entendu sa mère prononcer le mot « sexe ». D'ailleurs, elle l'avait dit en anglais. Il mit ses bras derrière son dos, comme lorsqu'il s'apprêtait à présenter un rapport. Il dominait largement sa mère, qui ne mesurait pas plus d'un mètre cinquante. Ted pensa à une réponse cinglante, mais la ravala. Il allait la laisser lui dire toutes ces choses, parce qu'il ne pouvait pas lui expliquer ce qu'il s'était passé avec Delia. Il n'avait jamais rien ressenti d'aussi fort pour une autre femme. Avec Delia, il se sentait à sa place, chez lui. Ella incarnait le château en Espagne qu'il avait rêvé d'acquérir. Mais il n'était jamais parvenu à se détendre en sa présence. Et il avait fini par se dégoûter de sa gentillesse et de sa douceur. Elle semblait n'avoir aucun besoin ou désir propre. À la garden party de son club à Harvard, en dernière année, un étudiant en psycho l'avait prévenu : « L'épouse que tu choisis est ton miroir personnel et social. Elle reflète la perception que tu as de toi », et il avait gardé ce principe en tête au fil des ans. Quand il avait rencontré Ella, il s'était dit qu'il devait absolument l'épouser parce qu'elle correspondait exactement à l'image qu'il voulait donner de lui. Elle était cultivée, issue de la bonne société, et incontestablement belle. Mais sa rencontre avec Delia avait changé ses attentes vis-à-vis du mariage. Delia était un reflet plus honnête, avait-il compris. Ted l'aimait d'une manière plus sincère. Et il ne voulait pas vieillir aux côtés d'une femme dont il n'était pas amoureux – avoir une vie en apparence parfaite pour cacher l'absence de sentiments romantiques dans son couple. C'était le raisonnement auquel il était parvenu quand il avait quitté sa femme. Et dernier argument : il pouvait se permettre de divorcer. Sans compter les stock-options, sa dernière prime s'élevait à trois millions de dollars. Il avait signé un contrat avec un salaire fixe plus élevé que le précédent, et une part variable plus avantageuse encore. Il semblait n'y avoir aucune limite aux sommes qu'il pouvait gagner. Tout ceci aurait été difficile à expliquer à un ami proche, en langue anglaise, mais c'était tout bonnement impossible à dire dans cette cuisine. Ici, les notions de bonheur, de romantisme, et d'amour, étaient considérées comme futiles et sacrifiables. Alors Ted resta planté là sans rien dire. Finalement, l'amour était plus important à ses yeux qu'il ne l'aurait cru. Il pouvait bien laisser sa mère crier autant qu'elle voulait.

— Et maintenant, Irene va devoir grandir sans son père.

Delia releva la tête en entendant le prénom du bébé. Elle n'avait aucune idée de ce qui se racontait en coréen, mais elle reconnaissait certains noms. Mrs Kim appelait la fille de Ted « I-lene ».

— Je vais obtenir la garde alternée d'Irene. Elle vivra avec nous la moitié du temps.

— Qu'est-ce que tu racontes ? Comment ?

— Je vais le faire, c'est tout.

— Non, Teddy.

— Où sont Michael et Julie ?

Ted regarda autour de lui pour chercher son frère et sa sœur. Ils auraient dû être là.

— Comment peux-tu faire une chose pareille ? Je ne comprends pas ce que tu es devenu.

Delia avait de la peine pour Ted. Elle aurait voulu poser une main sur son bras et lui caresser le dos. Mais sa mère aurait désapprouvé ce geste.

— Teddy, ce n'est pas gentil, dit-elle en anglais. C'est mal.

Ted serra les dents, puis souffla.

— Allez viens, chérie. On va à l'hôtel, dit-il à Delia.

— Comment peux-tu faire ça à Ella ? insista sa mère avec dégoût.

— Tu es censée être de mon côté, lui rappela Ted.

Il prit Delia par la main et sortit.

Deux cents personnes assistèrent aux obsèques. Aucun des enfants ne prononça d'éloge funèbre, mais ils s'assirent avec leur mère au premier rang. Mrs Kim était inconsolable. Le corps mou et replié, elle pleurait sur l'épaule de Michael. Julie sanglota pendant toute la durée de l'office.

« Les plus dures épreuves appartiennent au passé », disait le pasteur. D'une certaine manière, c'était réconfortant. « Johnny Kim a beaucoup souffert lors de sa dure vie de travail acharné. Son corps a fini par céder, mais son âme s'en est épurée. Le Seigneur récompense ses fidèles et humbles serviteurs, et il lui réserve une place de choix dans Son Monde. » Ted était incapable de verser la moindre larme ; c'était comme s'il n'était pas vraiment là. Il n'était pas à Anchorage ; le corps lourdement maquillé dans le cercueil n'était pas celui de son père ; et il ne savait pas s'il existait une âme ou un paradis – même si ces concepts lui plaisaient. C'était inconcevable que son père soit parti sans lui dire au revoir. Accablé par une migraine à l'arrière du crâne, il pressa ses doigts sur ses tempes. Delia lui frotta le dos.

À la fin de l'office, Michael et Ted restèrent debout au fond de l'église tandis qu'on asseyait Mrs Kim et Julie qui ne tenaient plus sur leurs jambes. Les invités se rangèrent en file pour faire leurs adieux au défunt. Michael leur parla bien plus que Ted. Delia distrayait Eric et Shaun, les fils de Julie respectivement âgés de sept et quatre ans, en gribouillant des dessins sur le dos du programme de l'office.

Les invités se rendirent ensuite à la modeste réception organisée à la maison, mais ne s'attardèrent pas. Nombre d'entre eux qui travaillaient à l'usine Lowry's répétèrent aux enfants combien leur père était un homme bon. Ils racontèrent comment Johnny Kim n'hésitait pas à dépanner comme il le pouvait quand quelqu'un n'avait plus de quoi payer son loyer ou ses courses. Ted se sentit fier d'avoir un père si généreux envers ses amis.

Toute la journée, Michael et Julie marchèrent sur des œufs en présence de Ted, comme s'ils avaient peur de lui. Ted tenta de les interroger sur leurs vies, mais Michael ne révéla presque rien et Julie se lança dans une diatribe qui ne contenait rien de nouveau ni d'intéressant. Ils savaient pour son divorce, mais ne lui posèrent aucune question. Ils promirent de l'appeler après son retour à New York pour discuter de ce qu'il conviendrait de faire au sujet de leur mère. Julie avait proposé d'emménager chez elle avec les enfants, mais Mrs Kim avait décrété qu'elle vivrait seule dans sa maison. Ted et Delia finirent par rabattre leur attention sur Shaun et Eric, des enfants gais et éveillés. Le plus jeune était plus intelligent, estima Ted, mais l'aîné était plus beau. Il s'assurerait qu'ils reçoivent tous les deux une bonne éducation. Quand tous les invités furent enfin partis, Ted décida de suivre le mouvement. Leur vol était à minuit, et ils devaient repasser par l'hôtel.

Il monta récupérer les manteaux dans l'ancienne chambre de son frère qui accueillait désormais la machine à coudre de sa mère et un lit pliant. Il partageait cette chambre avec Michael, vingt ans plus tôt. C'était alors son monde : le quartier minable, le mobilier dépareillé, les écoles arriérées et les parents analphabètes qui ne parlaient jamais. Son ancienne vie n'avait plus aucun sens pour lui. Son père avait eu raison de lui dire de ne jamais rentrer.

En descendant l'escalier avec les manteaux, il vit le sommet de la tête de sa mère alors qu'elle gravissait lentement les marches.

— Je vais partir, annonça-t-il.

— Déjà ?

— Je t'appelle quand je serai à New York. J'ai beaucoup de choses à faire. Les auditions pour la garde partagée et…

— Ne prends pas son bébé à Ella.

— C'est aussi ma fille.

— Non. Pas autant qu'à Ella. Si Ella n'a rien fait de mal, alors c'est elle qui devrait garder le bébé. Toi, tu as Delia. Tu peux avoir d'autres bébés avec elle.

— Elle ne peut pas avoir d'enfants.

— Ça ne m'étonne pas, marmonna Mrs Kim.

Même si la fille semblait encore jeune, elle lui donnait plus de trente-cinq ans.

Ted eut soudain froid et enfila son pardessus. Sa mère avait toujours été dure et moralisatrice. Il avait des souvenirs de l'avoir haïe parfois, dans son enfance. Puis il songea à Delia, qui contrairement à sa mère ne le jugeait jamais. Peut-être devait-elle cette tolérance à ses propres erreurs, et au jugement qu'elle avait dû elle-même affronter. Ella n'était pas sévère non plus. Les deux femmes qu'il avait aimées étaient bien plus tendres que sa mère. Elles ressemblaient davantage à son père.

— Tu ne peux pas enlever Irene à Ella. Tu as déjà gâché sa vie. Tu as fait d'elle une divorcée. Comment survivra-t-elle à ce déshonneur ?

— Les choses ont changé, de nos jours.

Mrs Kim s'agrippa à la rampe.

— Ton père était si fier de toi. Tu ne pouvais jamais rien faire de mal à ses yeux. Même quand il était très très malade, il disait : « Ne va pas embêter Ted, il travaille si dur. Il ne faut pas déranger un garçon qui travaille si dur. » Il racontait à tout le monde que son fils était allé à Harvard College, puis à Harvard Business School. Tu aurais pu finir sans abri à vivre sous un pont, mais tu as fait une chose pour ton père – tu es allé à Harvard. Même les riches étaient impressionnés quand il disait que son fils avait fait Harvard. Il était tellement malade qu'il n'a pas pu aller à ta remise de diplôme ni à ton mariage. Il ne voulait pas que tu saches à quel point il était malade, parce qu'il ne voulait pas t'inquiéter. Ensuite tu as eu ton bébé, et tu ne l'as même pas amenée, et à ce moment-là ton père était si triste. Mais tu sais ce qu'il disait ? « Teddy est très occupé. Ce n'est pas facile de gagner des millions de dollars par an. Il ne prend pas de vacances. Il travaille dur pour sa famille. Maintenant il doit travailler encore plus dur. Teddy doit s'occuper d'une personne en plus et l'envoyer à

Harvard elle aussi. Teddy est un homme important en Amérique. »

Mrs Kim lui jeta un regard si glacial que Ted prit peur. Il pensa qu'elle le détestait.

— Ton papa, avant de mourir, quand il était à l'hôpital, il m'a dit : « Teddy est un bon garçon. N'en veux pas à Teddy de ne pas être venu me voir. Je sais que Teddy est un bon garçon. Ce n'est pas facile en Amérique, mais il a réussi ici. Je suis fier de lui. » Voilà ce que ton papa a dit.

Ted regarda ses pieds. Il n'avait pas encore remis ses chaussures. Il était incapable de parler, et n'avait ni le courage ni l'envie de se défendre face à cette femme à la peau ridée et brunie, et aux cheveux secs et gris fer. À cet instant, il se promit d'apprendre à connaître sa fille vraiment. Il se jura de l'aimer même si elle commettait des erreurs. Quand Ella était enceinte, après le diagnostic de l'herpès, il s'était rendu à l'église presque tous les dimanches et n'avait prié que pour une chose : qu'Irene ne soit pas affectée par l'herpès qu'il avait transmis à Ella. Ted avait oublié de remercier Dieu d'avoir exaucé toutes ses prières. Au lycée, il demandait à Dieu de lui permettre d'intégrer Harvard et de devenir tellement riche que ses parents ne seraient plus jamais dans le besoin. Au moins sur ce point, il avait fait ce qu'il fallait.

— Tu ne peux pas lui enlever Irene, répéta sa mère. Tu as assez fait de mal à Ella.

— Je t'appelle quand je suis rentré à New York.

Tout le bien qu'il avait réussi à accomplir dans sa vie avait été effacé par son divorce, parce qu'il était tombé amoureux de Delia alors qu'il était encore marié à Ella. Sa mère jugeait qu'il ne valait rien. Mais elle ne comprenait pas. L'avocat lui avait expliqué que, si Ella obtenait la garde exclusive, elle aurait légalement le droit d'emmener Irene très loin sans son consentement. Et il ne laisserait à personne la possibilité de lui prendre sa fille.

— Ton père…, continua Mrs Kim en sanglotant.

Ted sur figea sur une marche, puis se tourna pour lui faire face. Mais elle n'était plus là. Mrs Kim avait disparu dans sa chambre et fermé la porte. La dernière personne à lui avoir fermé la porte au nez était Ella – le soir où elle avait appris pour l'herpès. Mais dès qu'elle l'avait rouverte et lui avait permis de rentrer, il n'avait eu qu'une envie : s'échapper. Il n'alla pas frapper à la chambre de sa mère.

Au rez-de-chaussée, il aida Delia à enfiler son manteau. Ils dirent au revoir à Michael, Julie et les garçons. Le lendemain matin, ils seraient à New York.

# 7

# COUPER LES FILS

C'ÉTAIT DU VIRGINIA TOUT CRACHÉ, de lui envoyer une lettre via FedEx. L'enveloppe cartonnée arriva sur son bureau un mercredi après-midi.

*Je ne suis plus enceinte. Mais ça va. J'ai largué Gio. Ça va quand même. Je cherche désespérément une distraction, ma très chère Casey. Ça tombe bien, c'est l'heure de la P-rade ! P-rade ! P-rade ! J'atterris vendredi soir à JFK, et on ira ensemble à la réunion des anciens, samedi, puis dimanche j'ai promis de rendre visite à Lady Eugenie à Newport. Je rêve de me sevrer enfin des vins rouges italiens et de passer à la tequila. Retrouve-moi à la maison samedi matin à sept heures tapantes. Tu m'as tellement manquée. Quatre ans, Casey ! On est si vieilles maintenant. Souviens-toi, tu m'as promis une P-rade ! Bisous bisous.*

Casey n'avait pas oublié. Lors de leur dernière année à Princeton, elle avait promis à Virginia durant une réunion d'anciens où Casey travaillait comme barmaid pour une promo d'alumni rhumateux, qu'elle accompagnerait Virginia à une P-rade, une seule, en échange de sa compagnie pour la soirée. La P-rade était une festivité annuelle incontournable de Princeton, une parade où défilaient les anciens élèves de toutes les promotions, fièrement vêtus des couleurs emblématiques de leur université. Casey n'avait aucune envie de ce bain de foule criard et de tout son apparat, mais elle avait promis.

***

Jane Craft était levée tôt et pestait sur l'accoutrement de sa fille pour la P-rade.

— Casey Han, ne trouves-tu pas que ça frôle l'indécence ? demanda Jane dès que Casey entra dans l'appartement.

Casey aperçut au loin la source de cette plainte, à travers la porte ouverte de la cuisine. Virginia portait un haut de bikini Pucci orange et noir, sous un T-shirt transparent au décolleté plongeant, avec un short noir. Elle était occupée à attacher une longue queue de tigre à son arrière-train. Virginia était dans une forme resplendissante.

— Ouiiiiiiiiiiiiiiiiiiiiiiiii ! hurla Virginia d'une voix suraiguë en voyant son amie.

Elle se précipita vers Casey en faisant claquer ses mules orange sur le parquet et la serra contre elle de toutes ses forces.

— Tu es là ! Tu es venue ! Tu tiens toujours tes promesses ! Je le savais ! J'étais sûre que tu viendrais !

Virginia se mit à sautiller sur place.

Mrs Craft ne put s'empêcher de sourire devant l'enthousiasme irrépressible de sa fille. À vingt-sept ans, elle avait gardé l'exubérance qu'elle avait déjà à cinq ans. Ni elle ni son mari, Fritzy, n'avaient la fougue de Virginia, et Jane lui était de plus en plus reconnaissante pour cette vitalité sans retenue, quand elle et son mari vieillissaient et s'enfonçaient dans une vie mortellement fade.

Casey rendit son étreinte à Virginia. Leur séparation n'avait que trop duré. Ces quatre dernières années, Casey avait refusé chacune des nombreuses invitations de Virginia à la rejoindre en Italie, pour des raisons financières, scolaires ou professionnelles, et elle le regrettait à présent. C'était si bon de revoir son amie.

Jane en appela à Casey, d'un ton vexé qui reflétait davantage sa résignation que son autorité. Elle avait toujours espéré que la colocataire coréenne de sa fantaisiste de fille exercerait une influence modératrice. Aujourd'hui, Casey semblait plus âgée que Virginia, pas tant physiquement que dans son expression. Il y avait une lassitude dans son regard et elle avait perdu du poids, ses clavicules étaient plus saillantes et ses traits amaigris lui donnaient un air plus vulnérable. Moins jolie, jugea Jane.

— Casey Han, tu dois absolument raisonner notre Virginia. Elle ne peut pas se balader sur le campus dans cet accoutrement.

Ce n'était pas la première fois que Casey se retrouvait à jouer l'arbitre.

— Mrs Craft, est-ce que je pourrais vous demander un verre d'eau, s'il vous plaît ? demanda Casey d'une voix juvénile.

— Oh, bien sûr, oui, dit Jane Craft en se précipitant à la cuisine. Tu veux quelque chose à grignoter ?

— Non, non, merci.

Casey adressa un regard réprobateur à Virginia, culpabilisant de détourner ainsi l'attention de la pauvre Mrs Craft.

— Bien joué, Han, chuchota Virginia avec un clin d'œil.

Elle termina d'attacher sa queue de tigre.

Mrs Craft servit à Casey de l'eau glacée. Quand elle eut fini de boire, son amie la prit par la main et l'attira vers la porte.

— Mama Jane, dit Virginia en embrassant sa mère sur les deux joues, on file.

Casey fit au revoir à Mrs Craft, l'air impuissant. Il était malpoli de déguerpir ainsi, mais aucune des filles n'avait envie de s'attarder.

La promo diplômée vingt-cinq ans plus tôt défilait traditionnellement en tête de file. Les anciens avaient l'air ridicule, mais heureux dans leurs chemises à carreaux orange et noir et panama. Ils formaient le groupe le plus nombreux se dirigeant vers FitzRandolph Gate, et étaient directement suivis par les promotions suivantes, de la plus ancienne à la plus récente. Une marée d'hommes âgés affluait en tête, en veste tigrée en l'honneur de l'emblématique mascotte des Tigers, l'équipe de football de Princeton, et canotiers en paille au ruban assorti. Les plus vieux faisaient joyeusement signe depuis des voiturettes de golf et des fauteuils roulants électriques. Les plus fringants brandissaient des pancartes fantaisistes portant des messages comme « DÉJÀ TOUT VU. DÉJÀ TOUT FAIT. MAIS J'AI TOUT OUBLIÉ ». Leurs épouses et enfants les accompagnaient sur le côté. Serait-elle un jour heureuse de défiler avec ses amis sur le campus ? Peut-être qu'à quatre-vingt-dix-neuf ans et en suffisamment bonne santé pour pouvoir se déplacer à un tel événement, il y avait effectivement une bonne raison de se réjouir. Casey avait déjà vingt-six ans, mais elle ne se sentait pas plus près d'atteindre le bonheur.

La vie lui semblait jonchée d'épreuves et de doutes, malgré la foule joyeuse, les vingt-deux degrés et le ciel radieux. Et puis, elle ne s'était jamais vue comme une fière représentante de son *alma mater*. Elle portait ce jour-là un chemisier et un pantalon blancs, parce qu'en dépit de tous ses efforts, elle n'avait pas réussi à se souvenir de ce qu'elle avait fait de sa *beer jacket* orange, la veste spécifique à chaque promotion qui leur était distribuée en dernière année. Virginia avait perdu la sienne, elle aussi. Son amie acclamait la parade des plus anciennes promotions, et Casey l'imita : « Hip ! Hip ! Hip ! Grr ! Grr ! Grr ! Tiger ! Tiger ! Tiger ! Allez ! Allez ! Allez ! Boom ! Boom ! Boom ! Bah ! Quatre-vingt-treize ! Quatre-vingt-treize ! Quatre-vingt-treize ! » La promotion qui fêtait ses vingt-cinq ans de diplôme laissa la place aux autres.

Les classes suivantes n'étaient composées que d'hommes blancs – les décennies se voyaient à leur front tacheté et ridé, et aux fines mèches blanches éparses sur leur crâne. On aurait dit des enfants, pensa Casey, des enfants très heureux. D'une certaine manière, elle avait un point commun avec ces hommes : cette université. Princeton lui avait permis d'étudier à leurs frais. Elle leur devait donc quelque chose, non ? Allait-elle réussir à faire quelque chose de sa vie et à son tour donner sa contribution à l'école ? N'était-ce pas la raison pour laquelle Princeton lui avait accordé une bourse ? Ils avaient dû estimer qu'un jour, elle leur rendrait la pareille. Si elle obtenait une offre d'embauche chez Kearn Davis et devenait une riche banquière d'investissement, elle pourrait leur envoyer des chèques, et financer ainsi la scolarité d'une autre gamine mal née comme elle. Mais que se passerait-il si elle n'y arrivait pas ? Ou si elle traversait la vie sans rien en faire ? Casey se mordit la lèvre. Virginia lui donna un coup de coude affectueux pour lui signifier de continuer à applaudir, puis recommença à balancer sa queue de tigre. Après le tour de la classe qui revenait pour sa cinquième réunion, vint celui de Casey et Virginia, et elles rejoignirent la promotion de 1993. Au cœur de la foule, Casey tenta de paraître plus enthousiaste.

Poe Field était un vaste terrain de sport dont le gazon usé par endroits découvrait des traînées boueuses. Un podium sous chapiteau abritait les représentants de l'université qui annonçaient l'arrivée de chaque promotion et les faits marquants de leur année. Peu à peu, la parade se dispersa calmement sur le terrain. Dans la bonne humeur, les groupes d'anciens élèves se formaient pour échanger leurs nouvelles. Des enfants jouaient dans un coin avec un ballon de volley. D'autres couraient partout sous la surveillance distraite des adultes assis dans l'herbe. Quand Casey et Tina étaient petites, elles n'avaient jamais assisté à ce genre d'événement avec leurs parents. Casey se demandait ce que ça faisait d'être issue d'une famille où tout le monde avait fait Princeton. Des anciens de l'Ivy League alpaguèrent Virginia et Casey se mit en retrait, soudain timide. Elle avait accepté d'accompagner Virginia à l'Ivy Club, parce qu'elle-même n'avait pas très envie de voir les anciens de Charter, son propre club. Casey se sentait gênée. Elle n'aurait jamais dû revenir – pas dans sa situation. Il n'y avait rien de glamour ou d'intéressant à raconter sur sa vie.

***

Au milieu de la foule de la promotion de 1991, Jay Currie présentait Keiko à tous ses amis. En voyant sa fiancée, personne ne mentionna Casey. La plupart avaient prévu de se rejoindre pour un barbecue au Terrace Club, et Keiko avait hâte d'y aller. Elle parlait à tout le monde, sans lâcher sa main. Sa fiancée était très amicale, bien plus que Casey qui savait être sociable quand il le fallait, mais qui était plus réservée qu'il ne l'aurait voulu. Casey avait horreur des dîners à son club, et au mieux tolérait ses amis les plus proches. Il était soulagé que sa fiancée soit de nature sociable. Mais il ne pouvait s'empêcher de penser à Casey aujourd'hui. Ils avaient formé un beau couple, eux aussi, et il se demandait encore pourquoi ça n'avait pas marché. Il n'avait aimé que deux femmes dans sa vie : Casey et Keiko. Deux femmes à l'opposé l'une de l'autre.

Casey dépensait des sommes astronomiques pour des vêtements, mais elle reprisait elle-même ses chaussettes, lavait ses collants à la main, et fabriquait ses propres chapeaux. Elle avait toujours eu un job alimentaire à mi-temps. Keiko jetait ses bas à la poubelle après les avoir portés une fois. Sa mère en aurait fait une attaque. Mary Ellen témoignait une politesse presque gênante à l'égard de Keiko et de ses parents.

Peut-être que ça n'avait pas d'importance. Keiko gagnait presque autant que lui, et ses parents lui payaient tous ses vêtements. Mr Uchida comptait leur acheter un appartement sur la Cinquième Avenue en guise de cadeau de mariage. Mais Jay avait été élevé avec son frère par une mère célibataire. Il se souvenait des repas où il fallait partager en trois une petite pièce de bœuf – sa mère prétendait alors qu'elle n'avait pas envie de viande. Il ne voyait pas de raison pour laquelle Keiko et lui deviendraient un jour pauvres, mais il se demandait à quoi ressemblerait leur quotidien s'ils se retrouvaient sans presque rien. Il attribuait son anxiété à ses trop nombreuses lectures de romans sur les revers de fortune qui accablaient le destin d'un homme après son mariage, et ne pouvait s'empêcher de vouloir épargner et investir autant que possible. Fort heureusement, il y avait d'autres considérations dans un couple : Jay avait aimé le sexe avec Casey, et il aimait maintenant le sexe avec Keiko. C'était un grand point positif, songea-t-il.

N'ayant aimé que ces deux femmes dans sa vie, Jay remarquait souvent ce qui manquait à Keiko, comparée à Casey. Ce n'était pas juste vis-à-vis d'elle, il le savait. Casey et Keiko partageaient tout de même des qualités :

elles étaient toutes les deux généreuses et extrêmement soucieuses de son bonheur. Comment trouver la femme qui fusionnerait toutes ces formes d'amour et ces qualités ? Et comment faire le deuil de cette femme imaginaire, pur produit de ses fantasmes ?

Puis il la vit. Casey était à trois mètres de lui, comme d'habitude en retrait par rapport à Virginia et ses copains de l'Ivy Club, l'air perdue, presque abandonnée. À l'époque, elle avait peur d'aller seule en soirée. Il se souvenait des efforts qu'elle mobilisait pour aller parler à des inconnus et faire semblant d'être sociable. Mais lorsqu'elle ne faisait pas tous ces efforts, on la percevait comme distante. Si, au cours d'une soirée, elle disparaissait à un moment, il savait qu'il la retrouverait sur le toit, à fumer une cigarette en regardant le ciel noir. Elle ne le forçait jamais à partir d'une fête ; au lieu de ça, elle attendait sur le toit qu'il soit prêt à rentrer, comme si elle savait que lui avait besoin de nouer ces liens, mais qu'il devait comprendre en retour qu'elle avait besoin d'être seule.

Elle avait l'air jolie et jeune dans son chemisier en lin et son jean blancs. Elle était plus mince que dans son souvenir, et ses cheveux un peu plus longs. Jay ne put s'empêcher de sourire en voyant ses manchettes en argent. Son cœur se serra, et il se réprimanda d'être un imbécile romantique. Keiko était une femme merveilleuse, se rappela-t-il, et bien plus compatible avec la vie dont il rêvait. Elle n'avait pas de scrupules vis-à-vis du succès ni du luxe. Et Keiko voulait bien de lui, ce qui n'avait pas été le cas de Casey. Pourtant, il devait admettre cette cruelle vérité : la fille qui lui avait brisé le cœur aurait toujours sur lui plus d'emprise qu'il ne l'aurait voulu. Casey ne semblait pas épanouie en cet instant, et Jay s'en flatta un peu, songeant qu'elle pensait sûrement à lui avec nostalgie. Il ressentit un besoin impérieux de la rejoindre et de l'embrasser. *Casey, je suis là,* dirait-il comme lorsqu'il allait la récupérer sur le toit. *Viens, on y va.* Il éprouvait tant de sentiments irrationnels à son égard. Mais il aimait Keiko, aussi. Il est possible d'aimer deux personnes à la fois. Ce n'est simplement pas pratique.

Keiko remarqua aussitôt le changement d'expression sur le visage de son fiancé à la vue de la grande Asiatique. Elle ressentit un pincement de jalousie, mais se rappela que c'était elle qu'il avait choisie, en fin de compte. Keiko croyait au coup de foudre ; leur amour, elle en était convaincue, était sincère. Elle était tombée amoureuse de lui dès l'instant où elle l'avait rencontré dans leur cours de comportement organisationnel. Deux semaines plus tard, ils avaient couché ensemble après une soirée de leur classe. Jay lui avait donné son premier orgasme.

— C'est elle ?

— Qui ça ? demanda-t-il sur un ton insouciant.

Il sourit à Keiko et l'embrassa sur les lèvres.

— Casey Han, dit Keiko d'une voix forte.

Jay était un charmeur, et occasionnel beau parleur.

Casey fit volte-face en entendant son nom. Jay Currie. À côté d'une Asiatique qui devait être Keiko Uchida. Son nom était gravé dans son esprit depuis qu'elle avait lu la lettre de Virginia. Contrairement à elle, Keiko était petite, pas plus d'un mètre soixante. Elle avait un très joli visage, de grands yeux, et un tout petit nez. Les traits de Keiko étaient plus délicats que les siens, elle avait une silhouette menue et des pieds fins. Elle portait une robe chemise noire cintrée à la taille par une ceinture Hermès.

Casey avança vers lui et Jay alla à sa rencontre.

— Salut toi, dit Casey avec un sourire en déposant un baiser sur sa joue.

— Salut Casey. Salut.

Jay avait un sourire radieux et sentit qu'il s'emballait.

— Je suis surpris de te voir ici.

— Moi aussi, s'esclaffa Casey. J'ai promis à…

Elle se tourna pour chercher Virginia, en pleine discussion animée avec un ancien du club. Elle sourit plus encore en voyant l'enthousiasme de son amie.

— C'est chouette de revoir…

Jay était heureux de la voir sourire.

— Voici… je te présente Keiko. Ma fiancée.

— Oui, on m'a dit. Félicitations à vous deux.

Casey serra fermement la main de Keiko. Elle était encore plus jolie de près. Keiko avait un cou à la pâleur délicate. Ses minuscules oreilles étaient ornées de lourdes perles grises de Tahiti.

— Virginia m'a dit que vous aviez organisé une grosse fête de fiançailles. J'avais l'intention de t'appeler, mais je ne savais pas…

— J'ai déménagé.

Il hocha la tête pour l'encourager à rester et discuter un moment. À la manière dont sa mâchoire semblait bloquée et son regard papillonnait sans se poser, il voyait bien qu'elle était nerveuse. Lui aussi l'était.

— Je bosse chez Starling Forster maintenant.

Il fouilla ses poches en quête d'une carte de visite.

— Tiens. Sinon tu peux me trouver sur Bloomberg.

— Super. D'accord…

Elle sourit et se tourna vers Keiko.

— Félicitations. Je suis ravie de faire ta connaissance.

Elle avait l'air gentille, et même si c'était difficile à digérer, une part d'elle-même était contente pour Jay. Elle voulait croire qu'il serait heureux, en fin de compte.

— Tout le monde me dit beaucoup de bien de toi, répondit Keiko.

Elle se tenait droite, sûre d'elle, les épaules en arrière.

— Pourquoi n'en profiteriez-vous pas pour papoter ? Vous devez avoir un million de choses à vous dire. Quant à moi, il faut que je file au petit coin…

Elle sourit et adressa un signe de la main à Jay et Casey. Puis elle s'éloigna à pas vifs, estimant qu'il valait mieux qu'ils parlent maintenant plutôt qu'en fin de soirée.

Jay déglutit. Cela ressemblait bien à Keiko de ne pas être jalouse – ou de n'en laisser rien paraître. C'était une faculté qui ne cessait de l'impressionner : Keiko était inébranlable, là où Casey était bien plus fragile qu'elle n'en avait l'air. Il se sentit soudain heureux de se retrouver seul avec elle au milieu de toute cette foule.

— Comment tu vas ? lui demanda Casey en premier.

Elle avait des dizaines de questions à lui poser, et espérait qu'il ne resterait pas sur la réserve. Jay avait toujours été plus émotif qu'elle – c'était une des choses qui lui plaisaient tant chez lui. Elle aurait voulu lui demander : « Es-tu heureux avec elle ? Et dans ta vie ? Est-ce que je te manque ? Est-ce que tu m'aimes encore ? Est-ce que notre amour a compté à tes yeux ? » Elle ne voulait pas le récupérer – ce n'était pas du tout le sujet. Cela faisait trois ans qu'ils avaient rompu, mais elle était encore attirée par lui.

— Tu n'as pas changé. Pas d'un cheveu.

— Toi non plus.

Il la trouvait toujours aussi sexy. Le désir n'avait jamais été un problème entre eux.

Casey inspira profondément et huma son parfum – le vétiver de son après-rasage. Une foule d'images afflua dans son esprit – parmi elles, aucune vision d'eux mariés ou vivant ensemble pour toujours. N'était-ce pas la raison pour laquelle elle avait rompu ? Sans compter qu'elle aimait Unu, maintenant, lui qui était probablement à Foxwoods en ce moment même. La semaine passée, il avait refusé un poste d'analyste pour une petite société de gestion d'actifs parce qu'il estimait mériter mieux.

Elle observa minutieusement le visage de Jay, comme pour graver dans sa mémoire ses yeux bleus tachetés, l'arête haute de son nez. Il avait été son meilleur ami. Il lui avait appris à être plus affectueuse et ouverte aux autres, à sourire aux inconnus. Il y avait eu de mauvais moments, mais elle l'avait aimé plus que Virginia et Ella, et s'était sentie plus proche de lui que de sa propre sœur. Personne d'autre ne s'était jamais lié aussi intimement à elle, et elle songea soudain que les choses étaient plus faciles avant qu'ils ne se croisent. Alors que toutes ces pensées se bousculaient dans sa tête, Jay, lui, se rappelait pourquoi il avait voulu l'épouser – le fait qu'ils étaient tous les deux des gamins qui s'étaient élevés dans la société grâce à l'école, malgré leur classe sociale, et qu'ils se comprenaient mieux que personne. Où qu'ils soient – au McDonald ou sur le yatch d'un ami à Nantucket – ils trouvaient de l'intérêt à tout, parce qu'ils apprenaient ensemble de nouvelles choses sur ce vaste monde. Pourquoi n'étaient-ils plus ensemble ? Car elle ne voyait pas leur avenir dans ses visions farfelues, se rappela-t-il douloureusement. Mais lui oui. Lui se voyait vieillir avec elle, baiser jusqu'à la toute fin.

— Mon père est mort cette année.

Pourquoi lui disait-il cela ?

— Oh. Je suis désolée. Je suis vraiment désolée de l'apprendre.

Casey aurait voulu le serrer contre elle, mais elle se contenta d'effleurer son avant-bras.

— Il était gay. Il vivait avec son cousin germain. Ils étaient amants.

— C'est donc pour ça…

— Mystère résolu.

— Oh. Je regrette que tu ne m'aies pas prévenue de sa mort.

Il l'ignora et poursuivit :

— C'est pour cette raison qu'il s'est barré et n'est jamais…

La voix de Jay s'éteignit.

Casey laissa s'attarder sa main sur son avant-bras un peu plus longtemps qu'elle n'aurait dû. Après une dernière pression, elle le lâcha.

— Ta mère… mon Dieu, comment va-t-elle ?

Casey sourit en pensant à Mary Ellen.

Jay renifla et s'essuya le nez. Il détourna le regard un instant, puis lui sourit, comme si de rien n'était.

— Elle a vendu les droits de sa biographie d'E.D. Son livre est en libraire. Elle voulait te prévenir, mais je lui ai demandé de ne pas te contacter, parce…

Casey hocha la tête.

— J'irai l'acheter.

— Parce que je ne pouvais plus le supporter – qu'elle me demande sans cesse de tes nouvelles. J'allais vraiment très mal après notre…

— C'était difficile pour moi aussi, Jay. Rien que ce moment est difficile.

Jay croisa les bras. Ce n'était pas la même chose, aurait-il voulu protester, d'être largué comme ça. C'était plus facile d'être celui qui quitte l'autre. Mais il se tut.

— Keiko a l'air d'être une fille super.

— Oui, elle l'est.

— Et elle est très belle.

— À l'intérieur aussi.

— Tu as de la chance, alors. Tout va pour le mieux.

Jay hocha la tête, incapable de répondre quoi que ce soit.

Elle lut la douleur sur ses traits.

— Est-ce que je peux dire quelque chose de vraiment très égoïste ?

— Vas-y, je t'écoute.

— Tu m'as manqué, Jay Currie. Tu as toujours été mon meilleur ami. Et je suis jalouse. Mais je crois que tu seras bien plus heureux avec elle.

— C'est égoïste de ta part de me dire ça. Et grandiose.

Il éclata de rire et contempla le ciel radieux.

— Je vais filer maintenant. J'ai promis…, dit Casey en se frottant les bras comme si elle avait froid.

— Ivy ? demanda-t-il.

— Ouaip. Terrace ?

— Ouaip.

Jay ouvrit grand les bras, et Casey le serra contre elle.

— Tu veux venir à mon mariage ?

— Non. Mais merci pour l'invitation. Tu as toujours été plus charitable que moi. Je vois que ça n'a pas changé.

Casey retourna auprès de Virginia, qui avait remarqué leur aparté. Elle serra fort Casey dans ses bras et déposa un baiser sur sa joue. Casey lui sourit. Virginia était comme ça : unique. Elle l'aimait sans l'étouffer. Plus tard, Casey lui raconterait tout, mais pour le moment, elles quittèrent Poe Field ensemble, bras dessus bras dessous comme des écolières, en direction de Prospect Avenue.

# 8

# L'ENVERS

Casey haïssait Karyn Glissam et Larry Chirtle, les collaborateurs seniors qui la bombardaient de corvées. Ces trois dernières semaines, en plus des requêtes des autres banquiers d'investissement, Karyn et Larry avaient demandé à Casey de chercher l'évolution du nombre de tracteurs répertoriés dans la région Sud de la Chine, d'élaborer un fichier tableur comparatif avec celle du nombre de tracteurs au Brésil en 1996, et de calculer les fluctuations de PIB entre le Pérou, l'Équateur et le Honduras en fonction des exportations de fruits en conserve. Elle avait compilé des données sur la production de soda en Inde, ainsi que sur celles de puits pétroliers en Alaska. Elle était devenue corvéable à merci, parce qu'elle faisait le boulot, mais contrairement aux brokers de l'*Asian sales desk*, Karyn et Larry, ne disaient jamais ni « s'il ne te plaît » ni « merci ». Ils ne lui demandaient jamais comment elle allait. Elle s'efforçait de se concentrer sur son objectif (obtenir une proposition d'embauche), et tâchait de se convaincre que les politesses n'avaient pas d'importance… sauf que c'était faux. Aux yeux de Casey, elles comptaient. Finalement, ce qu'elle ressentait à l'égard des deux banquiers n'était peut-être pas vraiment de la haine, mais du mépris.

Les vingt et un stagiaires étaient parqués dans un open space pas plus large qu'un couloir, scindé par des rangées parallèles de bureaux. Casey occupait le troisième en partant des fenêtres. Le jeudi matin où elle reçut son premier visiteur, son bureau était alors enseveli sous la documentation de recherche, les ouvrages de référence, les fascicules gouvernementaux sur les données de consommation, et les tableaux du LIBOR et des taux des fonds fédéraux. Casey avait un rapport à rendre à Karyn dans l'après-midi, et elle venait d'en terminer l'index. Elle vérifiait qu'elle avait correctement organisé les deux dernières parties quand elle entendit qu'on pianotait contre son bureau.

— Salut, toi, fit Hugh. Mon Dieu, quel scandale de voir tous ces beaux jeunes gens enfermés ainsi.

Hugh Underhill scruta la pièce et les autres stagiaires sourirent sans savoir à qui ils avaient affaire. Ils observaient avec curiosité cet homme séduisant, les bras croisés sur son large torse, une moue faussement consternée. Il semblait bien trop à l'aise pour ne pas être quelqu'un d'important. N'ayant aucune idée de qui pouvait avoir un impact sur leur avenir, les stagiaires n'avaient d'autre choix que de se tenir à carreau en permanence.

— Par un temps si magnifique, qui plus est. Ces pauvres enfants ne seraient-ils pas mieux à jouer au soleil ? Au lieu de…

Hugh récupéra une brochure sur son bureau et feuilleta les graphiques, les tournant dans un sens, puis dans l'autre. Il fit mine de vomir.

— Oh, c'est toi. Ils laissent monter les brokers au sixième ? Tu sais qu'il n'y a pas de restaurant quatre étoiles ni de bars à vins, ici ? le taquina Casey en réprimant un sourire.

Il lui adressa un regard complice et leva sa main. Elle la topa. Ils s'esclaffèrent en chœur.

— Salut, ma belle, dit-il.

Son sourire était plus éblouissant que des phares. La plupart des stagiaires le regardaient fixement, et il s'adressa à eux très courtoisement :

— Retournez à vos devoirs, mes petits.

Puis il chuchota à Casey :

— Ma chère, j'ai besoin que tu me rendes un service.

— Ah ? répondit Casey avec froideur. En quoi puis-je t'être utile ?

— Que de méfiance pour une si jeune fille ! Quoi que... plus si jeune en fin de compte.

— C'est ta manière d'obtenir un service ? J'ai du mal à croire que ça puisse fonctionner.

— Casey, il me faut une quatrième.

— Pardon ?

— Crane Partners et Kellner Money Management. Je les emmène golfer dans le Vermont pour une de mes tables rondes pour les nouvelles initiatives en rapport avec...

— Une réunion bidon ?

Casey plaqua une main sur sa bouche et ajouta :

— Oups, pardon, je voulais dire : une table ronde ?

Elle posa le coude sur son bureau et appuya son menton sur sa paume.

— Et tu te considères encore comme un travailleur ?

— Non, chérie, je suis un génie. Toi, tu es une travailleuse lambda. Moi, je ne fais pas dans la main-d'œuvre. Je dirige des tables rondes. Mes clients et moi allons parler affaires tout en golfant. Et ce serait très aimable de ta part de te joindre à moi dans l'ascension de ta carrière de femme d'affaires, ou plutôt devrais-je dire...

hum hum… *personne* d'affaires. S'il te plaît, Casey. Tu veux que je mette un genou à terre ? Il paraît que les filles aiment bien ça.

— Les garçons aussi.

Elle n'avait pas pu résister.

— Coquine, va.

Hugh sourit et posa une main légère sur son épaule. Du bout du pouce, il massa la pointe de l'os.

Casey retourna à son rapport.

— Quand ? demanda-t-elle.

— Ce week-end.

— Sérieusement ? On est jeudi.

— S'il te plaît.

— J'ai du travail. J'ai déjà pris mon samedi la semaine dernière pour la réunion des anciens.

— Je demanderai une dérogation spéciale à Charlie, dit-il à voix basse.

— Tu dois déjà lui en devoir une sacrée, chuchota-t-elle même si personne ne semblait l'écouter.

— Non, pas du tout, répondit très sérieusement Hugh.

Il gribouilla sur son bloc-notes :

*« Il t'a accordé un entretien pour me faire une fleur, mais il ne t'aurait pas donné le stage s'il ne t'avait pas jugée qualifiée pour le poste. Des vingt et un, c'est toi qui avais les meilleurs résultats. »*

*« Tu ne me l'as jamais dit. Espèce de sale cachottier. »*

Hugh éclata de rire.

— J'aime bien ce petit nom, ça change.

Karyn venait d'entrer dans l'open space et elle avait remarqué que Casey avait un visiteur. En la voyant, Casey cacha le bloc-notes sous son avant-bras.

Hugh sourit à Karyn. Il ne savait pas qui elle était – non pas que ça ait une importance. C'était une femme célibataire parmi d'autres (par réflexe, il avait regardé son annulaire gauche).

— Je te présente Hugh Underhill, dit Casey à Karyn. Et voici Karyn Glissam.

Ils se serrèrent la main.

— Karyn, quel plaisir immense de te rencontrer enfin ! Charlie ne tarit pas d'éloges sur… ton travail.

Le visage de Hugh était sérieux, mais il avait un regard pétillant, et Karyn ne put s'empêcher de remarquer combien il était beau.

— Oh, tu es un ami de Charlie ?

— Oui, un très bon ami.

Charlie et Hugh avaient grandi ensemble dans la ville très cossue de New Canaan et étaient sortis avec beaucoup de filles du même quartier. Leurs parents fréquentaient les mêmes clubs là-bas et à Manhattan. Ils jouaient ensemble au poker un mardi sur deux depuis l'université. Mais il n'avait pas besoin de justifier de tout cela auprès de cette Karyn que Charlie n'avait en réalité pas une fois mentionnée.

La collaboratrice senior en était déjà arrivée à la conclusion que Casey, la vingt et unième stagiaire à avoir été acceptée dans le programme de vingt places, avait dû recevoir un coup de pouce en interne, car Charlie Seedham, le banquier senior en charge du *summer program*, était presque poli avec Casey Han. Ça ne pouvait pas être une histoire de sexe, se disait Karyn, parce que Charlie ne se tapait que des blondes et Casey n'était pas assez jolie pour attirer son attention. Mais maintenant qu'elle rencontrait Hugh, elle comprenait mieux le lien. Restait à savoir quel était celui qui liait cet homme à Casey ? Ça ne semblait pas être d'ordre romantique. D'ailleurs, Karyn avait plutôt l'impression que c'était avec elle qu'il flirtait – surtout quand il la regardait avec ces yeux pleins de sensualité.

Karyn ignorait superbement Casey. Cette dernière se demanda si elle devait s'éclipser pour les laisser seuls. La pauvre Karyn tombait complètement dans le panneau, comme toutes les femmes naïves qui s'entichaient de Hugh. À Wall Street, les femmes avaient beau être calées en pertes et profits, quand il était question de garçons, elles ne valaient pas mieux que des collégiennes. Ce n'était pas simplement que Hugh était séduisant, grand, avec une carrure parfaite. Son attention était totale. Ce genre d'attitude rendait vite accro et créait un besoin impossible à assouvir si l'on y succombait. Casey trouvait méprisable sa manière de jouer avec les femmes, et par conséquent, elle était bien plus sèche avec lui qu'il ne le méritait. Alors que, curieusement, il avait toujours été très gentil avec elle. Hugh n'était pas une mauvaise personne – prétendre le contraire aurait été injuste. Il était juste trop charmeur, et d'une certaine manière, Casey jugeait ce comportement irresponsable.

— Casey a travaillé dans mon service, dit Hugh en anticipant la question de Karyn.

Casey approuva d'un signe de tête, peu encline à fournir de précisions.

— Ah oui ?

Karyn avait perdu sa faculté de parole. Comme toujours, elle devenait muette en présence d'un homme séduisant.

— Non... tu as l'air trop jeune..., marmonna-t-il comme s'il doutait de lui-même. Tu es sa responsable hiérarchique directe ? demanda-t-il en sentant son influence grandir.

Karyn sourit.

— Il n'y a pas vraiment d'autorité hiérarchique...

Bien sûr que si, songea Casey.

— Casey me donne un coup de main sur quelques projets.

— Celui-ci est presque terminé. Je devrais pouvoir te le rendre dans une demi-heure environ.

Casey se retient de préciser qu'elle pouvait le boucler en dix minutes si Hugh se décidait enfin à partir.

Même si elle trouvait amusant d'observer Karyn se comporter comme une écolière amourachée. La vérité, c'était qu'en temps normal, Hugh n'aurait pas accordé à Karyn un seul regard. Elle était trop sérieuse et sèche – avec ses lunettes cerclées de fer, ses boucles blond cendré, sa poitrine plate de marathonienne, et ses mocassins Ferragamo à petit nœud et talon carré de trois centimètres.

— Tu voulais me demander autre chose après le rapport ? s'enquit Casey.

— Non.

Elle n'allait pas rajouter une corvée à Casey devant Hugh.

— Mais je crois que Larry va avoir besoin de renforts ce week-end.

— Ce week-end ? releva Casey en jetant un coup d'œil à Hugh.

Karyn opina du chef avec un sourire doux.

— Ça tombe vraiment mal, intervint Hugh. Notre service a besoin de Casey ce week-end pour une table ronde dans le Vermont. Une demande spéciale de Walter Chin, mon collègue. Oh, et c'est aussi un ami de Charlie. On joue aux cartes ensemble. C'est terriblement importun de demander ce service à Casey, mais je n'avais pas réalisé que les stagiaires d'été travaillaient le week-end. J'espère que tu n'es pas obligée de travailler le week-end toi aussi, Karyn.

— Non, pas tous les week-ends, précisa Karyn avec un sourire timide. Tu as travaillé tous les week-ends ? demanda-t-elle à Casey d'un ton soucieux.

— J'ai pris mon samedi, la semaine dernière, répondit Casey en se souvenant de la P-rade – elle avait toujours la carte de visite de Jay dans son portefeuille. Et j'ai aussi eu un dimanche libre il y a… deux semaines ? ajouta-t-elle. Mais ce n'est pas grave. Je peux travailler ce week-end. Ça ne me dérange pas.

— Ah, je vais en parler à Larry, dit Karyn. Va plutôt à cette… table ronde, c'est ça ? Je ne m'étais pas rendu compte que tu travaillais autant.

— Karyn, vraiment, ça ne me dérange pas. J'aime travailler.

Hugh sourit à Casey. S'il avait pu, il lui aurait donné un coup de pied sous le bureau.

— Non, non, protesta Karyn d'une voix dégoulinante de sororité feinte. Je vais en parler à Larry.

— Tu es un ange de faire ça pour moi, dit Hugh en lui souriant sans détourner un seul instant son attention d'elle. Casey a beaucoup de chance de travailler avec toi. Merci beaucoup. J'apprécie vraiment.

Karyn lui sourit nerveusement et baissa les yeux sur ses mains dépourvues de bijoux. Elle effleura ses cheveux.

— Bon, et bien, au revoir.

Elle les laissa et, par politesse, Hugh se tourna pour la regarder quitter la pièce. Si Karyn décidait de jeter un coup d'œil par-dessus son épaule, elle verrait qu'il lui consacrait encore toute son attention. C'était une chose dont les femmes semblaient avides, alors même qu'elles professaient leur rancœur à l'idée d'être traitées comme des bouts de viande. Mais dans ce cas pourquoi cette démarche chaloupée en partant ? Elles voulaient qu'on mate leurs fesses.

« *Espèce de grand malade* », écrivit Casey sur son bloc-notes, ajoutant un smiley.

« *Grand, c'est le mot,* gribouilla-t-il. *Et toi, ma petite Casey, tu as bien besoin d'un week-end dans le Vermont. Ça va être magnifique. Et tu as déjà les meilleurs clubs de golf qui existent. Dis oui, ma Casey.* »

Casey bâilla et s'étira.

« *Je passe te chercher à dix-neuf heures vendredi soir. Les clients nous retrouvent sur place. On prend le départ à huit heures tapantes samedi.* »

« *Ton arrogance n'a pas de limites* », écrivit-elle.

*« Merci, chérie. Si je pouvais, je t'embrasserais. »*

*« Beurk. »*

Hugh lui donna une tape dans le dos et quitta le bureau.

Quand le vendredi matin arriva, Unu regarda Casey boucler son sac pour son séjour dans le Vermont. Elle était en retard.

— On s'est rencontré à une sortie golf, fit-il remarquer avec défiance.

— En effet.

— Ça fait un bail que tu n'as pas joué.

— Oui. J'espère que je ne vais pas me ridiculiser.

Elle était un peu gênée de partir sans lui. Lui non plus n'avait pas golfé depuis un moment.

— Peut-être qu'on pourrait reprendre ensemble après la fin de mon stage et avant la rentrée scolaire ? On pourrait faire un tour dans le New Jersey. Ou au moins tester un parcours à Chelsea Piers. Dis, tu sais où j'ai mis ma montre ?

Elle regarda autour d'elle dans le salon. Sa montre gisait avec ses clés, près de la porte.

Unu souleva le sac de golf et l'apporta près de la porte. Il consulta la Rolex de Casey.

— Sept heures quarante-six, annonça-t-il en lui tendant le bijou.

— Merci, chéri.

Elle vérifia qu'elle n'avait rien oublié. À l'idée de partir en week-end, elle était sur un petit nuage. Mutique, Unu semblait plus grave que d'habitude.

— Hé, ça va ? demanda-t-elle. Ne me dis pas que ces séminaires bidon te manquent. Je n'arrive pas à croire que Hugh arrive à faire passer ça pour des tables rondes d'idées. Quel escroc...

— Je me suis séparé de ma voiture et de ma montre hier.

— Quoi ?

Casey reposa ses clés.

— Ouais. Il fallait que je rembourse Karl, alors je lui ai filé la voiture et la montre.

— Ton bookmaker ? Oh non. Je ne savais pas.

— Comment aurais-tu pu deviner ? C'était hier soir.

— Je suis désolée. Est-ce que tu as besoin d'argent ? J'en ai. Tiens.

Casey ouvrit son portefeuille. Elle sortit cent vingt dollars en liquide. Ses dettes étaient sous contrôle depuis qu'elle touchait son généreux salaire de stagiaire en finances.

— Tu as besoin de plus ? demanda-t-elle. Je peux te donner tout ce que j'ai.

Unu replaça les billets au creux de sa paume.

— Non. Je n'en ai pas besoin. Je vais bien.

— Tu m'as dit que ton père t'avait offert cette montre pour ton diplôme.

— Ce n'est que matériel.

— Oui, d'accord, mais…

— Tu vas être en retard au travail, dit-il en ouvrant la porte.

— Unu ?

Casey s'attarda sur le seuil en cherchant quelque chose d'encourageant à lui dire.

— Tu vas revenir ? demanda-t-il.

— Comment ça ?

— Non, rien. Tu vas me manquer.

— Toi aussi.

Il n'était plus celui qui l'avait rendue si nerveuse au début. Elle se souvenait d'avoir appelé Ella, après leur rencontre à Miami. Il avait tout de l'homme parfait : Coréen, issu d'une bonne famille, passé par une bonne université, et si mignon. Leur premier rendez-vous à New York avait eu lieu dans un restaurant italien du côté de Hell's Kitchen. Elle était si stressée pendant le dîner qu'elle n'arrivait pas à manger ses linguine aux palourdes. Il lui avait alors dit : « Ne me dis pas que tu fais partie de ces filles qui ne mangent rien pendant un rencard. » Et elle avait relevé : « Parce que c'en est un ? » Il lui avait répondu : « Oui, c'en est un. Je fais beaucoup d'efforts pour t'impressionner. » Elle avait couché avec lui ce soir-là, parce qu'il dégageait une aura si sexy, si virile. Avec lui elle se sentait à la fois en terrain inconnu et familier. Ces derniers temps, le sexe se faisait plus rare.

— Unu. Qu'est-ce que je peux faire pour t'aider ?

— Ça va aller. Je n'aurais pas dû te l'annoncer comme ça.

— Tu veux que je reste ici ? Ce week-end ?

— Il faut que tu y ailles, Casey. C'est grâce à ce type que tu as eu ton stage.

— Je sais, mais tu n'es pas…

Elle ne pouvait pas lui dire qu'il n'était pas en état de rester seul.

— Moi ça va, Casey. Amuse-toi bien. Appelle-moi quand tu auras un moment. Je ne vais pas sortir.

— D'accord.

Elle l'embrassa et partit.

Grâce à la conduite sportive de Hugh, le trajet jusque dans le Vermont prit une demi-heure de moins que prévu. Dès qu'ils arrivèrent devant l'hôtel à Manchester Village, Casey bondit hors de la voiture. Elle était sur les nerfs à cause de tout le Coca Light qu'elle avait bu, et n'arrêtait pas de ressasser une conversation qu'elle avait eue sur l'autoroute. Walter lui avait demandé des nouvelles d'Unu, qui avait été un de ses clients.

— J'ai laissé un message à Shim-kin la semaine dernière. J'avais peut-être une piste pour un job d'analyste pour lui. Une société plutôt pas mal. Mais il n'a jamais rappelé. Il est probablement très occupé, avait-il dit en sondant son visage.

— Ah bon ? Il ne m'en a pas parlé.

Unu ne l'avait même pas mentionné. Pourquoi le lui cacherait-il ? Et pourquoi n'avait-il pas rappelé Walter alors que ce dernier avait un réseau si efficace ? Qu'est-ce qui ne tournait pas rond chez Unu ?

Quand ils récupérèrent les clés des chambres, il était presque vingt-trois heures.

— On prend un verre au bar ? proposa Hugh.

— Volontiers. Je ne dirais pas non à du vin, répondit Casey.

— Sans moi, les gars. Je vais me coucher. On se voit au petit déj. Bonne nuit, lança Walter avant de rejoindre sa chambre.

Le bar de l'hôtel était une petite salle basse de plafonds aux murs lambrissés. C'était une des pièces d'origine de cette auberge datant du XVIIIe siècle. Hugh repéra un canapé au fond du bar et commanda à boire.

— Qu'est-ce qu'Unu attend pour retrouver du travail ? demanda-t-il tout de go.

— Ça ne te regarde absolument pas, répondit-elle en souriant. Tu ne t'es jamais fait virer de ta vie ?

— Tu m'as mal compris, ma petite Casey. Unu est un type trop brillant pour ne pas retrouver de travail. C'est donc qu'il n'en cherche pas. Pourquoi ?

— Je ne sais pas, avoua Casey en haussant les épaules.

— On dirait une maman déçue par son fils. Mais tu vieillis trop bien pour être mère d'un adulte.

— Je m'étonne encore que tu sois commercial, répliqua-t-elle. En parlant de vieillir, à quand la retraite ? Je veux dire, personne dans ton secteur ne bosse comme broker après cinquante ans.

— Je n'ai pas cinquante ans. Loin de là, très chère, grogna Hugh avec une pointe d'irritation.

— Tu n'en as pas trente non plus, très cher.

Trente, c'était pile l'âge d'Unu.

— Et tu en auras cinquante avant moi, ajouta-t-elle. Onze ans avant moi.

— Certes, mais cinquante pour un homme, est-ce que ça ne correspondrait pas à vingt-six ans pour une femme ?

Il sourit et approcha son visage du sien.

— Ni toi ni moi ne rajeunissons.

— Tu m'étouffes, Hugh.

Casey recula un peu et sirota son vin blanc.

Hugh regarda le bar. Ils étaient les seuls clients.

— Je pense qu'on devrait partir, suggéra-t-il. Ensemble. Et aller quelque part.

Casey le fixa. Il avait de si jolis yeux. Et des traits magnifiques. Elle l'en enviait presque, elle qui n'avait jamais eu ce genre de beauté.

— Marron gadoue, décréta-t-elle.

— De quoi ?

— Tes yeux, ils ont la couleur de la gadoue.

— Je crois que je te plais, affirma-t-il.

— Tu crois que tu plais à tout le monde. C'est le défaut le plus repoussant chez un homme. Mais c'est vrai que je t'envie.

— Dis-m'en plus.

Il tendit le bras pour prendre son verre, curieux de savoir ce qu'elle avait en tête, mais voulant se donner un air détaché.

— C'est parce que tu es si libre. De tes mouvements, de ta parole, de ton apparence. Tu n'es pas catalogué comme hors norme ou différent. Tu es juste un mec, grand, beau, blanc, avec un réseau solide. Et tout ça de naissance. Je me demande ce que ça fait.

— Et tu m'envies pour ça ?

— Un peu, admit-elle à contrecœur. Tout le monde t'apprécie. Et quand on y pense, ils ne devraient vraiment pas. Prends Karyn, par exemple. Tu ne t'intéresses pas à elle, alors qu'elle est probablement en train d'espérer que tu l'appelles pour lui proposer un rencard. C'est ridicule, tout ce pouvoir sur les autres sans aucun mérite.

— Du pouvoir ? Quel pouvoir ? Karyn ? La nana pour qui tu travailles ? Elle est... bref. Je suis sûr qu'elle est très gentille. Je ne ressens rien à son égard.

— Exactement ! Mais dans ce cas pourquoi avoir flirté de manière si ostentatoire avec elle ? Tu l'as manipulée. Et c'est quelque chose que je déteste chez toi.

— Tu es jalouse ?

— J'hallucine, pesta Casey en secouant la tête. Est-ce que Narcisse prend une pause de temps en temps ?

— Tu sais, tu n'as pas tort, reprit Hugh d'une voix plus sérieuse. Peut-être que les gens m'apprécient plus qu'ils ne le devraient. Sauf toi, évidemment. Toi tu devrais m'apprécier parce que j'ai un sacré faible pour toi.

— Hugh, on est amis. Tu le sais, ça.

Elle n'avait pas l'intention de le blesser.

— Très bons amis, renchérit Hugh en passant sa main gauche autour de sa taille, et sa droite sur sa cuisse.

— Qu'est-ce qui te prend ?

Casey ne le repoussa pas, mais elle s'enfonça légèrement dans le canapé. Elle était terriblement curieuse de voir ce qu'il allait dire ensuite.

Il la regarda droit dans les yeux et glissa sa main droite sous sa jupe.

— Pardon ? dit-elle avec tact.

Il retira sa main.

— Unu ? demanda-t-il, prêt à parier que le petit ami était à l'origine de sa réticence.

— Je ne sais pas.

C'était vrai. Ce matin-là, il lui avait demandé « Tu vas revenir ? », et elle se rendit compte qu'elle ne lui avait pas répondu. Avait-elle fait quelque chose pour lui donner l'impression qu'elle allait le quitter ? Ce qui la perturbait, c'est qu'il ait refusé ce poste d'analyste qui lui aurait permis de garder sa montre et sa voiture. C'était insensé.

— Demande la note, dit Casey.

Hugh n'eut qu'à regarder le serveur, qui gardait leur table à l'œil, et l'homme leur apporta aussitôt un porte-additions en cuir. Hugh y inscrivit son numéro de chambre avec sa signature, et Casey se leva.

Le sexe n'avait rien de doux. Il était presque hostile. Il n'y avait pas de sentiments en jeu. Mais Casey aimait sa manière de bouger et admirait son attitude décomplexée. Elle l'excitait visiblement, et trouvait elle-même une forme de stimulation dans ce désir qu'elle suscitait. Il était difficile de déterminer qui des deux était le plus en contrôle – peut-être aucun des deux. Quand elle eut joui, elle enfila ses vêtements pour retourner dans sa chambre. Hugh ne lui demanda pas de rester, mais avant de partir, il l'embrassa langoureusement – le seul moment de tendresse de la soirée.

Le lendemain, elle golfa avec brio et les clients furent à la fois impressionnés et irrités par le jeu impeccable de la stagiaire. Même elle était surprise de son score phénoménal – vu son manque d'entraînement. Après le long dîner avec les clients, elle retourna dans sa chambre et moins de dix minutes plus tard, Hugh vint frapper à sa porte.

— C'est moi, annonça-t-il depuis le couloir.

Plus tôt ce matin-là, avant de descendre pour le petit déjeuner, elle avait lu la Bible, copié son verset du jour, et prié. Elle avait prié pour demander pardon. Quand elle entendit Hugh frapper à sa porte, elle hésita. Trente à quarante secondes – elle ne résista pas plus longtemps.

Hugh lui avait apporté une bouteille de vin, qu'elle refusa. Elle avait déjà bu plusieurs verres au dîner.

— Je n'en ai pas besoin non plus. D'ailleurs, ça vaut mieux pour nous deux si je ne bois pas davantage, dit-il en riant.

Puis il l'embrassa et lui ôta son chemisier. Ils parlèrent peu, mais testèrent de nouvelles choses. Elle était fascinée par l'étendue de ses connaissances en matière de sexe. C'était l'apprentissage le plus cruel pour elle : se rendre compte qu'il ne lui était pas difficile de sortir Unu de ses pensées pour se concentrer uniquement sur les sensations de son corps.

Après avoir joui, Casey observa le visage de Hugh. Il lui rappelait celui de Jay, non pas parce qu'ils se ressemblaient, mais parce que, comme Jay, Hugh semblait perpétuellement amusé. Ils appartenaient à ce genre d'hommes qui rient de tout et de rien – c'était positif, une manière d'aborder la vie avec humour ; mais il y avait un revers négatif : ils donnaient parfois l'impression de manquer d'humanité. Elle avait déjà vu Hugh rire d'un sans-abri ivre faisant des claquettes sur la Huitième Avenue, et elle se souvint que Jay imitait l'accent indien d'un de ses amis dans son dos.

Et voilà qu'elle faisait à Unu ce que Jay lui avait fait. Elle piétinait les sentiments d'Unu alors que le souvenir de sa propre humiliation ne s'était pas encore dissipé. N'aimait-elle pas suffisamment Unu, même en tant qu'amie, pour ne pas vouloir le blesser ? Aurait-elle pu prévoir, lorsque Hugh l'avait invitée ce week-end, qu'un dérapage était susceptible d'arriver ? Non. Pas totalement. Casey avait violé son propre code moral – bien que déjà fissuré et rafistolé – et elle n'arrivait pas à croire qu'elle était capable d'une chose pareille.

Casey reposa sa tête sur l'oreiller, le corps partiellement couvert par le drap.

— À quoi tu penses ? demanda Hugh. Ça n'a pas l'air d'aller.

— Je croyais que les hommes n'aimaient pas parler après le sexe.

— Qu'est-ce que tu connais aux hommes ?

— C'est à cause de toi qu'on est là.

Casey se redressa, puis posa les pieds par terre.

— Si tu attends encore un peu, on peut remettre ça.

Il ne pouvait pas voir son visage, mais Casey fronçait les sourcils. La façon dont il avait formulé sa proposition la faisait se sentir mal. Avant Jay, elle avait passé des nuits entières à coucher pour le plaisir et était disposée à recommencer, mais cette histoire de « remettre ça » la dérangeait, comme si ce qu'ils venaient de faire était comparable à un match de tennis. Unu ne disait jamais ce genre de choses. Unu faisait l'amour avec passion et érotisme, et malgré son refus de se remarier, elle ne doutait pas de son engagement envers elle. Elle eut soudain le sentiment de ne pas mériter Unu. Il serait bien plus heureux avec une autre. Ce n'était pas comme si Hugh était n'importe quel inconnu, elle le connaissait d'ailleurs depuis plus longtemps qu'Unu, mais elle ne savait pas s'il éprouvait le moindre sentiment à son égard. Peut-être que ça n'avait aucune importance. Elle non plus, ne l'aimait pas.

Casey se rallongea, fatiguée et démotivée par la perspective de prendre une douche avant de s'endormir.

Elle l'embrassa sur la bouche, pour tester ses propres sentiments. Qu'étaient-ils en train de faire ?

Il pressa ses lèvres contre les siennes, et elle sentit le poids de tout son corps.

— Je ne t'aime pas.

Elle voulait le blesser.

— Et je te trouve insupportable, répondit-il. Mais ça fait une éternité que j'ai envie de te baiser.

— Pourquoi ? demanda-t-elle en tentant d'avoir l'air indifférente.

Elle s'écarta de lui et releva la tête en prenant appui sur son coude.

Hugh caressa la courbe de l'os de sa hanche.

— Qui sait ?

Casey songea qu'il aurait pu inventer un milliard de réponses. Hugh était un beau parleur, après tout, un commercial institutionnel. Il aurait pu lui raconter qu'elle lui plaisait, qu'il la trouvait jolie, qu'elle avait un beau corps, un beau sourire, de beaux yeux – toutes les conneries que débitaient les hommes pour coucher. Il aurait pu lui dire tout cela avec un minimum de conviction. Mais il ne l'avait pas fait. Il ne savait pas pourquoi il avait envie de la baiser, et n'allait même pas inventer une raison. Elle était probablement interchangeable à ses yeux.

— Tu me trouves vraiment insupportable ?

Cette fois, Casey était sincère.

— Mais non, andouille. Au contraire, je t'aime beaucoup. Je ne suis pas capable de faire l'amour à une femme que je n'apprécie pas. Contrairement à toi, ma chère, que ça ne retient pas.

Casey le dévisagea, stupéfaite.

— Je ferais mieux de dormir, dit-elle pour qu'il la laisse seule.

Elle ne savait plus que penser désormais. Disait-il cela maintenant pour être gentil, ou était-ce la vérité ? Il n'avait pas tort : elle avait déjà couché avec des hommes qui ne lui plaisaient pas. Mais Hugh lui plaisait, même si elle n'avait pas du tout envie de l'admettre.

— Tu vas rester avec lui ? demanda-t-il.

Normalement, lorsque Hugh entretenait une liaison avec une femme déjà prise, il ne mentionnait jamais le mari ou l'amant, mais il sentait qu'avec Casey, ça ne marcherait pas ainsi. Elle n'était pas du genre à faire semblant de ne pas voir les choses. Au pire, elle ne le disait pas à voix haute, mais elle était tout à fait consciente de ce qui se tramait.

Casey se tourna vers lui, et il appliqua le creux de ses paumes sur ses seins. Avec ses pouces, il lui caressa les tétons.

— Arrête, Hugh.

En disant cela, elle entendit l'assonance des prénoms Unu et Hugh. Ce U long. Jay lui avait tout appris des assonances, des allitérations, et de la prosodie. C'était comme les avoir tous les trois dans son lit. Casey se leva enfin et enfila son peignoir.

— Tu veux que je reste ?

— Je suis fatiguée.

— Tu veux que je m'en aille, alors ?

— On se voit demain, Hugh.

— Entendu.

Le trajet du retour à New York parut encore plus court. Casey discuta avec Walter, pour l'essentiel. Walter perçut le changement d'ambiance dans la voiture, mais ne fit aucune remarque. Il ne croyait pas Hugh capable d'une bourde si énorme. Casey était stagiaire et coucher avec elle relèverait du harcèlement sexuel en entreprise. Quand ils s'arrêtèrent pour faire le plein dans une station essence près du parking de Hugh à Midtown, ils décidèrent d'y garer la voiture et de prendre chacun un taxi. Walter était celui qui vivait le plus loin, à Brooklyn, alors ils lui laissèrent le premier taxi hélé.

— Je te dépose, proposa Hugh quand le taxi suivant apparut.

Hugh donna les instructions au chauffeur et, moins d'une minute plus tard, commençait déjà à la peloter.

Casey ôta la main qu'il avait placée entre ses cuisses.

— Non, Hugh. On arrête les bêtises.

Hugh s'écarta et regarda la route.

— Pourquoi ? demanda-t-il de sa voix calme et professionnelle.

— Parce que j'ai l'impression d'être une personne horrible. C'est tellement hypocrite de ma part.

Elle ne pouvait pas lui dire qu'on était dimanche, qui plus est, et qu'elle était obnubilée par ce que Dieu devait penser d'elle, petite merde qu'elle était. (Dieu étant Dieu, il ne mâchait probablement pas ses mots.) Avant cela elle n'était déjà pas un ange, mais ce qu'elle venait de faire était particulièrement minable, même pour elle.

— Tu devrais le quitter.

— Quoi ?

— Tu pourrais rester chez moi, le temps de retomber sur tes pattes.

— Tu n'es pas du genre à emménager avec une femme.

— Je ne t'ai pas demandé d'emménager chez moi. Tu es mon amie. Tu peux passer quand tu veux.

Casey ferma les yeux.

— Unu est un raté. Son addiction au jeu est devenue hors de contrôle. Tu restes avec quelqu'un qui n'a pas d'avenir.

— Unu est foncièrement gentil. Je ne connais personne de plus honnête que lui.

— Oui, mais tu sais ce qu'on dit des gentils...

— La ferme. Moralement, je ne lui arriverai jamais à la cheville.

— Je ne suis pas en train de te demander de m'épouser, ni même de sortir avec moi. J'essaie juste d'être un bon ami.

— D'accord. Merci.

Le seul homme qui avait un jour voulu l'épouser était Jay, et elle avait estimé qu'il n'avait pas une volonté assez solide. Maintenant, elle-même voyait que la sienne faiblissait. Unu ne croyait pas au concept du mariage, alors cela signifiait-il qu'il voulait juste coucher avec elle sur une base régulière ? Pour être honnête, elle n'avait pas particulièrement envie de se marier pour le moment, mais n'importe quelle femme y verrait une insulte. *Merveilleux*, songea-t-elle. Elle était officiellement une mauvaise fille – de celles qu'on ne présente pas à ses parents. Elle n'aimait ni cuisiner ni faire le ménage, et elle n'était pas très douée pour gagner de l'argent. Elle était capable de se pointer au travail, de relire ses classiques, et de confectionner des chapeaux. Quant aux enfants, au mieux, ils ne la dérangeaient pas. Qu'avait-elle à apporter au sein d'un couple en tant que femme ?

— Je ne vois pas ce qui te retient. Tu disais qu'il ne veut pas t'épouser.

— Il dit qu'il ne croit pas au mariage. Et je ne veux pas me marier non plus.

Casey ne voyait pas pourquoi elle prenait la peine de nuancer, si ce n'était pour masquer sa fierté blessée.

— Je ne peux pas le quitter maintenant. Il n'a pas de boulot, pas de voiture. Il n'a même plus de montre.

— Et sa copine se tape quelqu'un d'autre, renchérit-il pour la mettre en colère.

Sa remarque eut l'effet contraire. Casey se tut, et les derniers vestiges d'émotions positives de sa journée partirent en fumée. Elle regarda la route devant elle. Il ne faisait pas encore nuit.

— Hé, allez, t'en fais pas, dit-il en voyant la tristesse sur son visage. Je suis un connard. Désolé.

— On est deux. Je suis une personne horrible.

— Oui, mais comme nous tous. Et de temps en temps, il arrive qu'on fasse quelque chose de bien.

Hugh l'embrassa langoureusement, et Casey laissa cette sensation la réchauffer.

Le taxi s'arrêta devant l'immeuble. George, le portier, s'approcha de la voiture et tapota sur le coffre. Il vit Casey se recoiffer, et il vit la main du type posée sur son sein jusqu'à ce qu'elle s'écarte doucement.

Casey sortit de la voiture sans dire au revoir.

— Je t'appelle, lança Hugh.

Elle hocha la tête. George les avait vus ensemble. Elle sentait encore son après-rasage sur sa peau.

— Salut, George, dit-elle en le regardant dans les yeux.

George se contenta de hocher la tête. Il allait feindre de n'avoir rien remarqué. Ça faisait partie du boulot. Dans son métier, il avait vu plus de femmes adultères que d'hommes. Toutes ces histoires d'hommes qui n'étaient que des chiens, pour lui, c'était des conneries quand il voyait ces femmes qui se tapaient plusieurs mecs à la fois. Si on lui demandait son avis, la copine d'Unu était une pute. Et tous ses beaux vêtements et ses grands mots avec son accent chic de Princeton ne changeaient rien à ça.

George déposa le sac de golf dans l'ascenseur et Casey appuya sur le bouton de son étage.

## 9

# LES COUTURES

JOSEPH HAN N'AVAIT JAMAIS ADRESSÉ LA PAROLE au nouveau chef de chœur. Le diacre Kim, un mécano et baryton grisonnant avait raconté à Joseph que le jeune homme travaillait dur pour gagner sa vie alors même qu'il était issu d'une famille *boojah* et qu'il aurait pu facilement vivre aux crochets de son riche père. Joseph approuvait cette attitude. Lui-même était né au sein d'une famille fortunée, mais il travaillait depuis sa jeunesse. De temps en temps, il lui arrivait de se demander ce qu'il serait devenu sans la guerre – serait-il allé à l'université comme ses frères aînés, ou resté à la maison en benjamin paresseux ? Joseph n'avait pas fait fortune en Amérique, c'était certain, et il n'avait pas accompli grand-chose de sa vie, mais il travaillait dur depuis ses seize ans. L'allure de Charles Hong lui plaisait : tout en minceur et en sobriété. Il ne portait pas de cravate ni de costume. Leah avait mentionné qu'il ne possédait même pas de voiture.

Joseph était venu à la répétition de la chorale ce dimanche pour parler à Charles Hong – de Leah, évidemment. C'était le quatrième dimanche de suite qu'elle manquait l'office. Elle allait au travail, mais se consacrait essentiellement à la couture, car elle avait perdu sa voix et ne pouvait plus parler aux clients. Elle avait attrapé un terrible rhume au début du mois, et ces derniers jours s'y était ajoutée une gastro. Cette semaine, il l'avait forcée à rester à la maison jeudi et vendredi parce qu'elle semblait trop faible et trop pâle. Elle avait perdu du poids. Si son état ne s'améliorait pas très vite, il demanderait la permission de fermer exceptionnellement le pressing pour l'emmener lui-même chez le docteur.

Cet après-midi, Tina, Chul et le bébé Timothy atterriraient à New York, et Casey et Unu devaient passer à la maison. Timothy venait enfin les voir. Depuis que Joseph s'était rendu à San Francisco pour rencontrer son petit-fils, il avait vu un peu d'espoir renaître en lui. Mais, étrangement, Leah allait de plus en plus mal. Ça ne lui ressemblait pas. En vingt-six ans de mariage, elle n'avait manqué l'office que quelques fois, à peine. Même le doyen Shim avait remarqué son absence et avait demandé de ses nouvelles.

Joseph n'allait pas à l'église autrefois, c'était la foi de Leah qui l'y avait conduit. La première épouse de Joseph n'était pas chrétienne, toutefois elle était une bonne personne, et peut-être aurait-elle pu devenir croyante. Mais on la lui avait enlevée avant qu'elle en ait eu le temps. Le pasteur disait que seuls ceux qui acceptaient Jésus et se détournaient du péché seraient sauvés. Qu'était-il advenu d'elle ? Joseph avait toujours voulu poser la question au pasteur, mais s'était chaque fois ravisé.

Joseph entra dans la salle de répétition de la chorale, et plusieurs personnes le saluèrent. Il s'inclina en retour.

Charles était assis à l'avant, derrière un petit bureau en bois – un meuble mal dégrossi récupéré sur le trottoir.

Quand Charles leva la tête, il eut du mal à en croire ses yeux. Le visage sérieux de l'homme était relativement agréable. Cela faisait presque un mois qu'il n'avait pas vu Leah – pourtant il avait du mal à détourner ses pensées d'elle. Dans sa tête, elle était devenue un ange captif. Tout ce temps, il avait tenté de trouver un moyen de la libérer sans la mettre en danger. Il aurait imaginé que son mari l'avait tuée ou enfermée, si Kyung-ah Shin ne l'avait pas informé que Leah était malade. Il lui était impossible d'interroger l'amie, à part pour lui demander si elle allait bien, et Kyung-ah ne s'était pas répandue en détails. Au milieu de ses fréquentes rêvasseries, Charles revenait parfois à lui et se rappelait qu'elle était une femme mariée depuis longtemps, quelqu'un qui ne connaissait rien du monde en dehors de son mari et de ses deux grandes filles. Mais elle l'aimait – de ça, Charles était certain. D'autres doutes avaient toutefois fait surface, c'était inévitable : était-elle le genre de femme à quitter son mari âgé, après toute une vie commune, et deviendrait-elle ensuite la femme que pourrait aimer Charles ?

Quand était-il tombé amoureux ? Était-ce lorsqu'il l'avait entendue chanter pour la première fois ? Non, pas vraiment. Y avait-il d'ailleurs un moment précis, ou était-ce une accumulation d'impressions ? C'était peut-être la fois où elle était venue chez lui avec ce médecin qui était visiblement amoureux d'elle aussi. Il n'aurait jamais rencontré Leah naturellement dans son monde. Elle était née dans une famille paysanne, n'avait aucune éducation, et travaillait comme tailleur dans un pressing à Manhattan. Mais elle était un merveilleux rossignol dans le corps d'une femme. Le fait qu'elle sache lire le solfège avait été une révélation pour lui. Sa simple existence venait remettre en question toutes ses croyances.

Que faisait Joseph Han ici ? Charles tenta de calmer ses pensées embrouillées par les questions et la peur. Si Joseph était venu le tuer, ce n'aurait été que justice. L'épouse d'un autre homme était sacrée. C'était un principe qui, bien qu'allant de soi, ne l'avait jamais arrêté auparavant. Mais de toutes ses expériences avec des femmes mariées, celles-ci avaient été heureuses d'entretenir une liaison sans quitter leur mari et ne s'étaient énervées que lorsqu'il avait voulu mettre un terme à leur histoire. C'était toujours lui qui était parti. Pour la première fois, il espérait qu'une femme quitterait son mari pour lui. Sauf qu'elle ne l'avait pas appelé. C'était ridicule. *Dieu n'existe pas,* décréta-t-il intérieurement. *Ce n'est qu'une vaste plaisanterie.*

— Doyen Han, dit Charles en se levant de sa chaise.

Il serra les mains dans son dos pour garder l'équilibre.

Joseph salua discrètement le jeune homme de la tête. Charles s'inclina bas, au niveau de la taille.

— Ma femme..., commença Joseph.

— Oui ? s'enquit Charles un peu trop abruptement. Comment va-t-elle ?

— Elle ne se sent pas très bien. Elle a une mauvaise toux. Et des maux de ventre.

— La diaconesse Shin me dit que votre femme a attrapé un rhume. Qu'elle a perdu sa voix. Est-ce grave ?

— Elle était navrée de manquer son solo le mois dernier.

— Nous avons trouvé une solution, le rassura Charles.

Kyung-ah l'avait remplacée au pied levé. Tout s'était bien passé, avait-il alors estimé. Mais ce matin-là, il n'avait pas pu se concentrer.

— Sa gorge la fait beaucoup souffrir. Elle ne peut même plus fredonner. C'est étrange de ne plus l'entendre...

Joseph se sentit ridicule de parler autant. Il ne savait pas exactement ce qui l'amenait ici. Elle ne lui avait pas demandé de le faire. Il s'était simplement dit que la chorale était la chose qui comptait le plus pour elle.

— A-t-elle consulté un médecin ?

— Elle refuse. Mais elle a réussi à aller travailler pendant les trois premières semaines, malgré la maladie. Elle n'a pas besoin de parler aux clients lorsqu'elle s'occupe de la couture.

Leah avait noué un foulard en coton autour de son cou. Pendant des heures, elle avait travaillé en silence sur sa machine à coudre.

— Cette semaine, je lui ai dit de rester à la maison quelques jours, parce qu'elle avait l'air trop fatiguée. Et il y a cette toux...

Charles hocha la tête sans savoir quoi dire. Il sentit une douleur vive dans le ventre en imaginant le silence de ses journées et grimaça inconsciemment.

— Y a-t-il quelque chose que je puisse faire ? Puis-je lui téléphoner chez vous ?

— Oh.

Le visage de Joseph s'éclaira de gratitude devant la bonté de cet homme.

— Ce serait merveilleux. Je pense qu'elle serait très honorée si vous pouviez trouver le temps de...

— Non, non, ce n'est rien, protesta Charles en balayant ses remerciements d'un revers de la main. Je serais heureux de l'appeler. A-t-elle encore assez de voix pour parler au téléphone ?

— Oui, oui. Probablement pas pour une longue discussion. Elle ne cesse de tousser. Elle n'a pas le moral, je crois.

Joseph était soulagé de se confier à quelqu'un qui s'intéressait à Leah. Le jeune professeur faisait preuve de responsabilité et de chaleur dans sa sollicitude. Il inscrivit donc leur numéro de téléphone à l'arrière d'un programme de l'église, puis tous deux s'inclinèrent pour se dire au revoir.

Alors que Joseph se dirigeait vers la sortie, Kyung-ah Shin l'appela et bondit de sa chaise. Joseph lui adressa un bref signe de tête. Elle s'approcha, trop près, et il sursauta légèrement. Les choristes les regardèrent, puis se détournèrent. Charles fit mine de ne rien voir et étudia sa partition.

— Doyen Han, doyen Han, répéta Kyung-ah à bout de souffle. Je me demandais comment allait votre femme. Depuis qu'elle m'a dit ce matin qu'elle n'était toujours pas en état d'aller à l'église, je suis très inquiète. Est-ce qu'il y a du mieux ? Elle semblait si faible. Je l'entendais à peine. Un rhume peut se transformer en pneumonie. Elle devrait passer une radio.

Elle le regarda droit dans les yeux avec audace – l'expression froide et détachée. Il ne l'aimait pas beaucoup. C'était évident. Kyung-ah avait un mari timide qui travaillait dur et restait à l'écart. C'était un bon père pour leurs enfants, mais il était si ennuyeux qu'elle oubliait souvent qu'il était dans la pièce. Le mariage était un passage obligé, estimait Kyung-ah, mais contre nature.

— Elle se repose aujourd'hui. Je crois qu'elle va aller chez le médecin la semaine prochaine.

— Elle dit que son petit-fils va venir la voir, reprit Kyung-ah en lui souriant.

Elle plaisait à la plupart des hommes, mais à lui non, ce qui la contrariait. Visiblement, Joseph préférait les femmes frigides aux cheveux blancs.

— Ça va lui remonter le moral, ajouta-t-elle.

— Oui, dit-il avec un sourire bref avant de remettre son chapeau.

Il devait passer au supermarché coréen pour récupérer des plats de fête qu'avait commandés Leah pour le déjeuner.

— Vous faites bien de rentrer pour prendre soin d'elle, conclut Kyung-ah, qui sentait qu'elle l'empêchait de partir. Je l'appellerai plus tard.

Joseph hocha la tête. Il n'avait jamais compris pourquoi son épouse parlait à ce genre de femme. Son rouge à lèvres couleur sang lui donnait l'air d'avoir mordu à pleines dents dans un rat.

***

Leah était seule dans la cuisine. Avant de partir, Joseph lui avait préparé une théière d'infusion au ginseng, et elle avait promis d'en boire un peu, mais l'odeur la dérangeait tant qu'à chaque fois qu'elle approchait le breuvage de ses lèvres, les quelques cuillerées de *bap* qu'elle avait réussi à avaler pour le petit déjeuner menaçaient de remonter. Elle était si fatiguée qu'elle tenait à peine debout. Une violente quinte de toux la força à s'asseoir. C'était comme si quelqu'un lui donnait des coups de poing dans la poitrine.

Les filles rentraient à la maison ce jour-là, et elle n'avait rien cuisiné. Joseph le lui avait interdit. Alors, pour la première fois de sa vie, elle avait commandé chez le traiteur du supermarché. Kyung-ah lui avait assuré que les plats préparés de Mrs Kong étaient parfaitement corrects et que ça ne valait pas la peine de cuisiner soi-même.

Leah quitta la cuisine pour aller s'allonger sur le canapé du salon. Quand elle était seule et oisive, ses pensées divaguaient vers le professeur. Il y avait les moments coupables où elle aurait voulu être assise avec lui dans ce *diner*, à l'écouter parler de tous les solistes qu'il avait rencontrés, des concerts auxquels il avait assisté. Il avait détaillé avec passion le cycle de mélodies qu'il composait, de son intérêt inexplicable pour l'orgue : « Widor est incroyable. Vous avez déjà dû l'entendre. Au moins le cinquième mouvement de sa Symphonie pour orgue n° 5 ? La toccata. Elle est souvent jouée aux mariages. » Exalté, il en avait fredonné quelques mesures. Leah ne connaissait rien à ce qu'il racontait, mais elle voulait tout apprendre. Il y avait tant de choses qu'elle ignorait, et le temps passé avec lui l'avait éveillée à l'idée que le monde avait autre chose à offrir, des rythmes dont elle avait maintenant besoin. Elle se souvenait de sa voix, dans la voiture, si apaisante et pressante. Elle s'était laissée ensorcelée malgré sa terreur. À un moment, durant le dîner, il avait déclaré : « Rachmaninov est un sentimental », comme s'il s'agissait d'une malédiction.

Ce devait être quelque chose, d'énoncer des jugements ainsi, d'être capable d'affirmer des sentences pareilles avec tant d'assurance. Il lui avait dit : « Votre voix est unique, je n'en ai jamais entendu de telle. Mon seul regret est que nos chemins ne se soient pas croisés quand vous étiez encore jeune. » Il n'avait pas dit cela pour être cruel, elle le savait. Il énonçait un simple constat : il était professeur et elle avait raté sa chance de faire du chant son métier. Voilà tout. Pourtant, il estimait qu'elle était une chanteuse, une vraie, et pas une choriste comme les autres d'une petite église de Woodside.

Quand elle sortait toutes ces rêvasseries de sa tête, cependant, elle se rappelait alors aussi ce qui s'était passé dans la voiture. Cet événement sur lequel elle ne pourrait jamais revenir. Elle serait une femme adultère pour toujours. Un homme avait pénétré son corps, et lorsqu'un homme et une femme s'unissaient pour ne plus former qu'un, tout devenait différent. Le sexe était le cadeau qu'offrait une femme à un seul homme – son mari. Les hommes en avaient besoin pour vivre comme ils avaient besoin d'eau. Tout le monde le savait. Elle avait été effrayée et stimulée par la découverte qu'un homme aussi mondain et sophistiqué que son professeur pouvait la désirer. « Non », elle avait dit non. Elle avait dit « s'il vous plaît », elle avait demandé à rentrer chez elle. Pourtant, elle avait dû l'aguicher puisqu'il avait continué. Et c'était une grave offense commise envers Dieu. Mais Leah ne s'était jamais crue capable de séduire un homme. Personne d'autre que Joseph ne l'avait jamais désirée, à sa connaissance. Et d'une certaine manière, cette croyance l'avait protégée. Elle n'aurait jamais dû aller au restaurant avec lui. Leah avait envie de mourir.

Le téléphone sonna et elle se leva pour décrocher.

— Bonjour, dit-elle en coréen.

Parler à voix haute après une journée de silence déclencha de nouveau sa toux.

— Tu es seule ? demanda Charles.

— *Uh-muh*, s'exclama Leah en reconnaissant sa voix.

— Je peux venir te chercher tout de suite.

Leah secoua la tête. Qu'est-ce que c'était que cette histoire ?

— Leah, est-ce que tu peux partir ? Pour emménager avec moi.

Elle toussa et toussa.

— Tu me rendrais si heureux.

— J'ai commis une erreur. C'est ma faute. S'il vous plaît, pardonnez mon offense, c'était une terrible erreur…

Leah commença à sangloter.

— Tu reviens la semaine prochaine ? Leah ?

— Je ne sais pas.

La toux avait laissé place aux larmes qui ruisselaient sur son visage. Son nez coulait aussi.

Charles souffla longuement. Il fallait qu'il retourne en salle de répétition. Il avait laissé la chorale seule, sachant que s'il n'appelait pas tout de suite, son mari serait peut-être à la maison. Il s'était enfermé dans le bureau vide de l'église. Au mur était suspendu un calendrier dont on arrachait les pages, offert par un imprimeur de bibles. Le mois de juin était une citation du *Psaume 23* en coréen. *Et moi, qui est là pour me rassurer ?* se demanda

Charles. Comment avait-il atterri dans le sous-sol d'une église imprégné d'une odeur de kimchi, à supplier une femme aux cheveux blancs de quitter son mari ?

— Pardonnez-moi, dit-elle.

Elle ne supportait pas l'idée qu'il puisse lui en vouloir.

— Peut-être était-ce une erreur, marmonna Charles.

Leah sentit son cœur faire une embardée. Il avait voulu qu'elle vienne habiter avec lui. C'était ce qu'il avait dit dans la voiture, et c'était la raison pour laquelle il l'appelait aujourd'hui. Et maintenant il disait que c'était une erreur. *Uh-muh.* Un homme comme lui changeait d'avis si vite. Ils ne pourraient jamais être ensemble – ça, elle l'avait toujours compris, et elle méritait la mort pour avoir péché en le désirant –, mais une part d'elle avait espéré vivre ce dont parlent tous les romans *soh-sul* et les feuilletons *terebi*, une forme d'amour pur et impossible qui lui arrivait enfin. Mais non, ce n'était pas comme si le cœur pouvait se raviser si vite. Était-il un *jeh bi* ? Les femmes sensées se devaient de protéger leur âme de ces hommes tombés du ciel comme l'hirondelle à queue fourchue, déclamant leurs chants merveilleux. Ces hommes entraient dans votre vie, vous dépouillaient du trésor de la foi, puis s'envolaient vers d'autres horizons, vous laissant aveuglée et vide.

Leah laissa le combiné collé contre son oreille tout en se tournant vers la porte pour surveiller le retour de son mari. Joseph s'était montré si attentif depuis qu'elle était tombée malade. Que ferait-elle si sa fille sonnait à la porte ? Les filles avaient-elles encore leurs clés ? Leah essuya ses larmes avec la manche de sa robe d'intérieur en jersey.

— Il faut que je te laisse, dit Charles.

Il se sentait bête d'avoir appelé. Pendant un mois, il s'était préparé à ce qu'elle vienne à lui. Il avait imaginé qu'elle frapperait à sa porte et demanderait à rester. Évidemment, il l'aurait laissée entrer. Il l'aurait épousée. Peut-être même l'aurait-il emmenée en Corée. Son père aurait adoré Leah.

Il n'avait pas aimé ses deux précédentes épouses. Mais à présent, cette idée lui semblait puérile, du même acabit que son rêve d'enfant que sa grand-mère ressuscite, ou de l'espoir qui avait duré des mois, quand il avait huit ans, que sa nounou qui venait d'épouser un fermier lui revienne et lui dise qu'elle ne l'avait pas abandonné, qu'elle était simplement allée dans son village natal pour lui rapporter du *yeot*, sa confiserie préférée. Charles fut pris d'un élan de nostalgie. La maison de son enfance n'existait plus, mais il voulait y retourner, y voir sa mère encore vivante et jeune, sa grand-mère qui lisait des romans dans le salon, et sa nounou adorée qui dormait au pied de son lit et lui apportait une boisson au yaourt lorsqu'il faisait ses devoirs. Il voulait revenir à un temps où il ravissait ces trois femmes en jouant du piano.

Mais la séduction amoureuse n'était qu'une illusion, et une fois l'amour consommé, les choses tendaient à partir à vau-l'eau. Les divas qu'il avait épousées n'étaient jamais contentes. C'était une malédiction cruelle que d'être marié à une femme qui refusait d'être heureuse. Il avait eu des liaisons et fui le foyer conjugal. La colère pernicieuse d'une épouse pouvait enfler progressivement jusqu'au massacre. S'extraire légalement des griffes de ces divas avait été une immense perte de temps. Mieux valait rester seul. Il n'aurait jamais d'enfants.

Leah était toujours à l'autre bout du fil.

— Je croyais que vous teniez à moi, dit-elle d'une voix douce. Que vous vouliez que je vienne vivre avec vous.

C'était au tour de Charles de se taire. Il reconnut ce ton – c'était celui d'une femme blessée. Curieusement, cela le rendait moins clément.

— Tu as une voix magnifique, Leah. La plus belle voix que j'ai jamais entendue.

Il était sincère. Il avait entendu la Callas, Price, Te Kanawa et Battle. Mais cette petite couturière aux cheveux blancs faisait de l'ombre à toutes ces divas. Si Dieu existait, songea Charles, sa répartition des talents était complètement absurde. Ou bien était-ce que Dieu gardait les plus grands pour Lui, pour Son propre plaisir ? Quelques instants plus tôt, il était sur le point de sacrifier à Leah tout ce qu'il avait.

Leah fut saisie d'une quinte de toux interminable.

— Tu devrais te reposer. Ton mari est passé ce matin…

— Il vous a parlé ?

Elle eut l'impression de recevoir une gifle lorsqu'il mentionna son mari.

— Oui, il est très inquiet à ton sujet.

*Et vous ?* se retint-elle de demander. Il ne l'aimait pas. Pas de cet amour qui dure. Il y avait de la sollicitude dans l'amour, du sacrifice. De la constance. En quatre semaines, pas une fois n'avait-il tenté de la contacter. On ne pouvait pas compter sur lui, et elle avait honte d'avoir même envisagé Charles comme quelqu'un digne d'amour.

— Je ferais mieux de vous laisser. Vous devez être très occupé. Merci pour votre appel.

Leah attendit que Charles raccroche. Elle attendait toujours que son interlocuteur coupe la communication avant de reposer le combiné. C'était ainsi. Mais alors qu'elle attendait, le déclic ne vint pas. Elle entendait toujours la respiration calme et régulière de Charles. Elle se souvint du parfum citronné de la lessive qui imprégnait ses maillots de corps, quand elle avait porté à ses narines le coton blanc au moment de plier son linge.

Leah reposa le combiné. Peut-être était-ce ainsi que les choses devaient se passer. C'était lui qui l'avait laissée partir en premier.

***

À l'approche de Van Kleeck Street, Casey se mit à tripoter le nœud qui ornait le cadeau pour le bébé – des vêtements pour Timothy de chez Baby Gap. Elle était soulagée qu'Unu ait accepté de l'accompagner. Sur la ligne N, il lui avait même lu à voix haute les passages de *Middlemarch* qu'elle avait soulignés, en imitant un accent britannique pour la faire rire. Sa gentillesse l'aidait à résister aux appels charmeurs de Hugh. Casey était tout excitée à l'idée de rencontrer le bébé de Tina, mais stressée par la perspective de rentrer à la maison pour la première fois en quatre ans. Les photos de Timothy montraient un visage en guimauve et une touffe impressionnante de cheveux noirs – Unu l'avait rebaptisé Don King. Timothy et Tina valaient bien qu'elle prenne le métro en direction du Queens.

L'immeuble était plus petit que dans son souvenir. Elle ignorait ce qu'Unu allait penser des vitres pare-balles, des affiches criardes encadrées dans le hall d'entrée et de l'odeur d'insecticide dans les couloirs. Il n'y avait évidemment pas de portier – « Tu plaisantes ? » avait-elle répondu quand il lui avait posé la question. Enfants, elle et sa sœur avaient peur de descendre la poubelle parce que l'homme qui vivait dans l'appartement adjacent à l'incinérateur avait pour habitude de laisser sa porte ouverte alors qu'il se baladait chez lui en caleçon et maillot de corps. Le type était probablement inoffensif, mais elles s'enfuyaient en courant lorsqu'il leur disait bonjour. Unu répéta que l'immeuble avait l'air très bien, et elle s'esclaffa devant sa politesse. L'immeuble était un taudis ; il n'allait pas en s'améliorant et ses parents n'en partiraient jamais.

Joseph leur ouvrit et, pour le plus grand soulagement de Casey, Unu s'adressa en coréen à ses parents pour les mettre à l'aise. Elle se sentait gênée, plantée au milieu du séjour tandis que son père servait un scotch à son petit ami. Ils s'étaient assis dans le canapé d'angle bordeaux de chez Seaman's, mais elle n'avait pas envie de les rejoindre.

— Comment vont tes parents ? demanda Joseph à Unu avec curiosité.

— Très bien, répondit Unu.

C'était sûrement vrai. Il n'avait pas reçu de mauvaises nouvelles, alors il supposait que tout roulait au Texas. Ses frères et sœurs étaient incapables de se planter. Quand il avait dit à sa mère qu'il ne travaillait pas, elle n'avait pas fait de commentaire. Son père lui avait répondu : « J'imagine que tu sais ce que tu fais. » Unu attendit que le père de Casey ait bu une gorgée pour s'emparer à son tour de son verre.

Joseph se demandait si le garçon allait un jour épouser sa fille. Unu était divorcé, et ce simple fait aurait dû l'évincer comme futur mari potentiel, mais avec Casey, il savait depuis longtemps qu'il suffisait qu'il dise quelque chose pour qu'elle agisse à l'opposé. Alors il ne dirait rien. Il posa plus de questions sur la famille du garçon.

Unu répondit patiemment aux questions de Joseph sur ses parents, ses deux frères et sa sœur. Deux avocats de Dallas et une pédiatre. Il était le seul dans la finance, et le seul à avoir quitté le Texas.

Joseph l'interrogea encore un peu, puis lui parla de sa propre famille à Wonsan. Casey ne lui avait jamais rien dit sur le sujet, à part que son père était un réfugié du Nord. Il y avait quelque chose de majestueux chez le père de Casey, une élégance dans sa manière de s'exprimer en coréen, dans son attitude toute en retenue virile qui piquait la curiosité de son interlocuteur. D'où puisait-il cet orgueil inné ? Son propre père, propriétaire d'une grande société d'assurance, était du genre à plaisanter avec tout le monde et à se plier en quatre pour mettre les autres à l'aise. Il donnait du « monsieur » à toutes les phrases et insistait pour que ses enfants témoignent d'une courtoisie exemplaire. Autant de politesses auxquelles le père de Casey semblait refuser de se plier. Il n'avait par ailleurs rien à dire à Casey, qui avait donc quitté le séjour. En voyant qu'Unu s'en sortait bien avec son père, elle s'était réfugiée à la cuisine où sa mère transvasait les mets dans des plats.

— Qu'est-ce que c'est que cette toux ? demanda Casey.

Les murs de la cuisine lui parurent plus proches, or c'était impossible. Ils n'étaient plus d'un blanc aussi éclatant qu'avant. Sa mère avait pour habitude de les lessiver méticuleusement au détergent. Mais il n'était pas raisonnable d'attendre des choses qu'elles restent les mêmes pour toujours.

— Ça va ?

Leah hocha la tête, incapable d'émettre le moindre son. Elle but une petite gorgée de tisane au ginseng, qu'elle recracha aussitôt dans l'évier. Trop amer. Un goût aigre lui remontait de l'estomac.

Casey entendit la télévision qu'on venait d'allumer dans le salon. Les hommes allaient sûrement regarder un documentaire animalier. Son père pouvait rester devant ces trucs pendant des heures. Ils ne parlaient plus.

— Est-ce qu'il est gentil avec toi ? questionna doucement Leah en coréen.

— Il est foncièrement gentil. Beaucoup plus que moi.

— C'est bien. Dans un couple, il faut que l'homme aime plus la femme que l'inverse.

C'était si prévisible de la part de sa mère de dire ça.

— Tu peux apporter le *anju* à ton père ?

Leah lui tendit un bol en bois rempli de morceaux de seiche séchée. Dans le salon, les hommes regardaient un documentaire sur les lions diffusé sur la chaîne PBS. Unu la remercia tandis que Joseph restait muet. Il poussa le bol en direction d'Unu, qui prit une poignée de poisson ; puis Joseph l'imita. Leurs deux verres de whisky étaient remplis.

— Plus de glaçons, commanda Joseph.

Casey retourna à la cuisine en chercher. Sa mère s'était assise pour disposer la nourriture dans des plats et des bols.

— Tu n'as vraiment pas l'air en forme, fit remarquer Casey.

— *Umma* va bien. Ne t'inquiète pas.

Intérieurement, Leah avait envie de mourir. Tout serait plus facile si elle était morte – sans cette douleur insupportable. Elle était condamnée, souillée à jamais. Parlait-il sérieusement lorsqu'il avait proposé de venir la chercher ? À quoi ressemblerait sa vie dans cette immense maison de Brooklyn ? Qui s'occuperait alors de son mari, qui n'était plus tout jeune, qui avait travaillé toute sa vie et pris si grand soin d'elle et de leurs filles ? Qu'en penseraient Casey et Tina ?

— Comment ça va à l'école ?

— Très bien, répondit Casey. J'ai des super notes, mais du côté de mon stage, c'est...

Elle s'interrompit avant d'employer des jurons. Les mots « l'enfer » ou « la merde » auraient suffi à faire défaillir sa mère. Cette dernière semblait si frêle. Et puis, quel intérêt d'essayer d'expliquer la pression à laquelle elle était soumise pour obtenir une offre d'embauche ? Ses parents ne comprenaient pas ces choses-là. C'était son devoir de ramener les lauriers à la maison, ou de ne pas revenir du tout. Les détails menant au succès relevaient de sa responsabilité.

— Peut-être que tu devrais aller consulter un médecin. Pour cette toux.

— *Umma* va bien.

Leah replia les sacs en kraft qui avaient servi à transporter les plats du traiteur.

— Comment va Unu ? Et son travail ?

— Il ne travaille pas en ce moment.

— Ah bon ?

— Il prend du temps pour lui. Pour décider de ce qu'il veut pour la suite.

N'était-ce pas ce qu'avait dit sa fille après le diplôme ?

— Quel âge a-t-il ?

— Il est plus vieux que moi.

Sa mère lui jeta un regard las.

— Trente ans. Il en aura trente et un ans en août.

Leah hocha la tête. Il n'était plus si jeune.

Casey lui en voulut de ce jugement silencieux. Elle n'avait jamais douté qu'Unu retrouverait un poste similaire ailleurs. Il ne lui était pas venu à l'esprit qu'il lui faudrait autant de temps pour retrouver du travail. Cela faisait quatre mois. On ne pouvait pas parler d'une éternité, mais sa manière de chercher du travail – ou plutôt de ne pas en chercher – était perturbante. Et puis, il y avait les problèmes d'argent, essentiellement dus à son addiction au jeu, et pas tant à son licenciement. Hugh faisait la distinction entre le plaisir coupable d'un nanti et un défaut de caractère, or d'après lui, le problème d'Unu était pathologique.

Ted Kim avait été transparent plus d'une fois sur la manière dont on obtient un job à Wall Street : le réseau. Il y aura toujours quelqu'un pour contacter les plus doués. Un petit génie voit tout le monde à ses pieds. Si les choses stagnent un peu, une société concurrente débarque avec une offre impossible à refuser. Une vie plus belle, plus d'argent, une plus grande part du gâteau. Était-ce vrai ? Ted était un beau parleur, mais force était de constater qu'il s'en sortait mieux que jamais après son humiliation en public. Unu n'aurait pas contredit Ted en la matière. Dans la branche d'Unu et à son niveau, on n'épluchait pas les petites annonces. Quant aux chasseurs de têtes, l'adage était le suivant : les embauchés sont à débaucher, et les chômeurs le restent. Si ce que disait Hugh sur l'addiction au jeu d'Unu était vrai, était-il le seul sur Wall Street à le penser ? Hugh en avait-il discuté avec Walter ? Quelles étaient les chances pour qu'Unu soit engagé à un poste senior ? Elle n'avait jamais songé avant à ce que l'on pensait de son petit ami dans le milieu. Après tout, ils n'étaient pas mariés – son avenir à elle n'était pas lié au sien, se rappela-t-elle. Il allait finir par trouver quelque chose. Forcément.

Le bébé était arrivé. Emmailloté dans sa petite couverture jaune et bleu, le visage serein, Timothy somnolait encore, repu. Joseph était visiblement ravi de prendre son petit-fils dans ses bras. Leah pleurait de joie, Tina serrée contre elle. Sa toux s'était un peu calmée. Leah se retenait de porter le bébé par crainte de lui transmettre son virus.

Casey était contente de voir Tina et Chul. Leur présence rendait l'appartement plus gai. Sa petite sœur semblait épuisée, mais soulagée d'être à la maison. Le voyage avait été long, admit Chul, même si le bébé avait été sage. Il avait dormi pendant presque tout le vol, et était resté calme le reste du temps.

Tina avait l'air plus mûre – c'était peut-être la prise de poids de la grossesse, les cheveux courts, les lunettes à la monture foncée qu'elle portait pour le voyage. Elle avait plaisanté sur ses seins qui avaient tant grossi : 75F en brassière d'allaitement. La dernière fois que les deux sœurs avaient été réunies, c'était pour le mariage. Son allure de jeune mariée avait complètement disparu. Le bébé était arrivé si vite, et Tina paraissait encore sous le choc d'avoir un enfant.

— J'ai un fils, s'exclama-t-elle.

— C'est complètement dingue, admit Casey avec un sourire.

Les hommes se replièrent dans le salon. Chul bavardait avec Unu ; ils étaient à l'aise ensemble. Très vite, ils burent tous les trois du whisky en grignotant du *ojinguh.* Le documentaire passait toujours à la télé, au volume minimum – un lion y déchiquetait un malheureux gnou. Depuis la cuisine, les femmes entendaient le tintement des verres et les voix masculines. Leah était moins agitée depuis l'arrivée de Tina. Pendant un instant, songea Casey, le tableau parfait était au complet : la famille d'immigrés avec ses deux filles en études supérieures, deux beaux-fils coréens de bonne famille, et un petit-fils.

À la table du dîner, Chul récita le bénédicité et Leah lui sourit. Tina n'aurait pas pu ramener un meilleur mari. Unu venait d'une famille plus distinguée, mais Chul avait un cœur sincère, et il était très amoureux de Tina.

Après le dîner, Tina et Chul déposèrent Unu et Casey à Manhattan. Ils allaient passer la nuit au Hilton de Midtown, même si Leah et Joseph auraient préféré qu'ils restent à la maison. Chul devait retrouver des collègues très tôt le lendemain matin au Roosevelt Hospital. Les hommes s'installèrent à l'avant de la voiture et se mirent à débattre des Baltimore Orioles – l'équipe de base-ball de la ville natale de Chul qui s'avérait être aussi une des préférées d'Unu.

Durant le trajet en voiture, Casey remarqua que Tina parlait peu. Elle était complètement absorbée par Timothy. Casey admira le bébé. Comment faire autrement ? Cet enfant était parfait.

— Tu as tellement de chance, dit Casey avec une pointe de mélancolie.

Elle voulait que sa sœur la remarque.

— Au fait, Tina, je suis désolée pour la *baby shower*. Les exams m'ont achevée. Et j'étais paniquée par mon prêt étudiant et les entretiens pour le stage. Les frais de scolarité sont démentiels. Tu as les mêmes, je sais.

Sauf que Tina ne semblait pas le moins du monde inquiète pour ses finances.

— Oh, ces fêtes sont ridicules. Et puis, tu nous as envoyé le berceau, Casey. Il a dû te coûter une…

— Je me suis dit que, pour le même prix, un berceau serait plus profitable que mon billet d'avion, et qu'être recalée aux exams ne rendrait service à personne. J'aurais aimé pouvoir venir.

— Incroyable. Un an de business school et te voilà déjà pragmatique ! s'esclaffa Tina.

Tina caressa l'adorable chevelure noire de son bébé. À la petite fête organisée avant la naissance du bébé par ses copines de fac, tout le monde lui avait demandé où étaient sa mère et sa sœur. Tina leur avait expliqué qu'elles avaient trop de travail pour venir. Son père avait toujours été là pour lui faire croire qu'elle était capable d'entreprendre tout ce qu'elle voudrait. Mais on ne pouvait pas compter sur sa mère et sa sœur. Elles étaient à peine capables de se gérer elles-mêmes.

Casey baissa d'un ton :

— Je voulais te rembourser. Pour que tu puisses utiliser l'argent pour tes études. Mon stage de cet été paie vraiment bien, et s'ils m'embauchent une fois que j'aurai terminé mes études, je n'aurai probablement plus jamais à m'inquiéter financièrement.

Tina secoua doucement la tête.

— C'est oublié, Casey.

— Je t'enverrai un chèque. J'aurais dû l'apporter avec moi.

Timothy s'agita et toutes les deux retinrent leur souffle. Les hommes à l'avant ne leur prêtaient pas attention non plus. Son mari n'était pas au courant pour l'avortement de Casey, ni qu'elle lui avait prêté de l'argent pour quitter la maison après son diplôme. Tout cela semblait si loin – des fragments d'enfance d'une époque révolue. Elles étaient censées être devenues des femmes à présent. Tina voulait se tourner vers l'avenir. Elle avait fait une pause dans ses études, mais elle comptait les reprendre à la rentrée 1998.

Elle sourit et désigna les poignets de sa sœur.

— C'est fou, tu portes encore tes bracelets de Wonder Woman ! Je les adore.

Casey croisa les bras en X devant sa poitrine, et elles éclatèrent de rire. Elle jeta un coup d'œil aux manchettes qu'elle arborait depuis sa première année à l'université, un des tout premiers cadeaux de Sabine. Elle en détacha une.

— Tiens, dit Casey. Prends-en une.

— Non, je ne peux pas faire ça. Elles sont faites pour aller ensemble. Et ce sont les tiennes. Wonder Woman a besoin des deux. Tu ne peux pas séparer une paire.

— Alors, prends les deux, dit Casey. Je ne t'offre jamais rien.

Elle retira le second bracelet et l'enfila au poignet de Tina.

— Elles te vont super bien.

Tina croisa les bras sur sa poitrine et gloussa.

— Non, je ne peux pas. C'est un cadeau de Sabine. Et tu les adores.

Casey effleura ses avant-bras nus.

— Elle comprendra. Je veux que tu les aies.

— Vraiment ?

Tina regarda fixement tout cet argent qui scintillait à ses poignets.

— De nous deux, c'est toi, la véritable Wonder Woman, assura Casey.

Cet aveu tendre était teinté d'une légère amertume, mais ce n'était pas grave.

Tina ne savait pas quoi répondre. C'était comme si Casey admettait sa défaite dans une relation de rivalité que Tina n'avait jamais entretenue à l'égard de son aînée. Elle avait juste désespérément voulu l'amour de Casey, son attention. Il n'y avait pas de compétition. Mais si elle refusait ce cadeau, sa sœur en serait blessée.

— Tu m'offres déjà beaucoup de choses, Casey. Le berceau, les vêtements pour Timothy…

— Je veux que tu les aies.

Casey vérifia les bords des manchettes. Ils étaient arrondis et ne feraient pas mal au bébé dans les bras de Tina.

— Merci, Casey.

Casey se sentit mieux tout à coup. Ses poignets étaient plus pâles, à la place des bracelets. Les marques de bronzage contrastaient avec les deux bandes de peau blanche au niveau de l'os frêle.

— J'espère que Timothy te ressemblera, dit Tina.

— Pourquoi souhaiter une chose si atroce à ton merveilleux bébé ?

Casey déposa un baiser sur le front de Timothy.

— Parce que tu es une personne authentique, Casey. Tu t'appartiens. C'est important, affirma Tina. Tu es unique, c'est ce qui compte le plus, je crois. Ça, et l'honnêteté.

Toute sa vie, elle avait voulu prendre ses décisions sans être influencée par les besoins, les désirs et les attentes des autres.

Casey inspira par la bouche et resta en apnée, tentant de s'imprégner de cette bonté qu'essayait de lui transmettre Tina. Mais il était impossible d'y croire complètement. Elle caressa la peau douce du pied du bébé, presque comme pour vérifier qu'il était bien réel.

Chul les déposa devant l'immeuble d'Unu. Le portier de service ce soir-là était Frank, et il les salua. George était de repos.

À l'appartement, Unu suspendit le manteau de pluie de Casey. Il ouvrit le tiroir d'une console dans l'entrée et lui tendit un CD encore enveloppé de son film transparent.

— Ce n'est pas grand-chose, dit-il.

— C'est en quel honneur ?

— Sans raison particulière.

C'était un best of de Carly Simon, avec inclus le titre *Coming Around Again.*

Elle l'embrassa, se sentant terriblement mal.

— Je me promenais dans le magasin de disques, et je me suis souvenu que tu m'avais dit que tu aimais cette chanson. Il y a un bon moment.

— Je m'en souviens.

C'était le jour où il avait gagné tout cet argent. Casey s'assit sur le fauteuil.

— Je sais que les choses ne vont pas fort en ce moment. De mon côté. Tu as été une si bonne alliée ces derniers mois. Je n'aurais pas pu m'en sortir sans toi. Les choses vont s'arranger. J'aurais dû t'offrir un bijou, ou quelque chose du genre…

Casey secoua la tête.

— Non, je préfère ça.

Unu hocha la tête. C'était avec elle qu'il voulait être, et cette certitude se renforçait avec le temps. Il allait se ressaisir. Passer les appels qui s'imposaient. Arrêter le black-jack. Il pouvait prendre un nouveau départ, pourvu qu'il y ait l'amour.

— J'ai couché avec Hugh Underhill. Dans le Vermont, lâcha Casey.

Elle couvrit aussitôt sa bouche de ses mains.

— Je suis désolée.

Il la dévisagea d'un air incrédule.

— Comment as-tu pu faire une chose pareille ? Toi ? La fille qui lit la Bible tous les jours, bordel ! Tu vas à l'église tous les dimanches. Comment peut-on être hypocrite à ce point ?

Casey baissa la tête.

— Je suis désolée. Peut-être que je ferais mieux de partir.

— Quoi ? Pour aller retrouver ce queutard de Hugh Underhill ? C'est comme ça que tu as eu ton stage ?

— Non, non ! protesta-t-elle avec force.

— Quel cliché ! La fille qui couche pour réussir. Il n'en a rien à battre de toi, tu le sais ? Des types comme lui, il y en a des milliers à Wall Street. Et ils ne valent rien, Casey. Comment as-tu pu me faire ça ?

Sentant qu'il pourrait avoir envie de la frapper, Unu recula.

— Je suis désolée, Unu. Je suis vraiment désolée. Je ne pouvais pas continuer à te le cacher.

Casey regarda ses mains. Ses bracelets lui manquaient déjà.

— Dégage. Sors d'ici. Dégage, putain ! hurla-t-il. Et embarque ton bordel avec toi. Casse-toi !

Il s'assit par terre, les épaules affaissées. Il la détestait. Il avait eu raison de ne pas se remarier. Elle était pire que sa femme. Au moins, sa femme l'avait quitté pour un amour de jeunesse. Elle n'avait pas écarté les jambes devant un broker dégueulasse pour un boulot. Quel genre de personne était capable d'une chose pareille ?

— Ce n'est pas ce que tu crois. Je peux tout t'expliquer, et ça ne voulait rien dire pour moi.

— Prends ton bordel et barre-toi.

Casey se précipita dans la chambre et fourra des tenues de boulot et des chaussures dans la valise qu'elle avait sortie pour son week-end dans le Vermont. Quand elle eut terminé, elle se planta devant la porte d'entrée avec ses affaires.

— Unu, pardonne-moi.

— Va-t'en. S'il te plaît.

Casey déposa ses clés sur la console et ferma doucement la porte.

La 72e rue était déserte. Les New-Yorkais étaient encore en week-end. Frank lui demanda si elle avait besoin d'un taxi, et elle répondit que non. Sur le trottoir, Casey leva la tête pour regarder la façade de l'immeuble. Il y avait plus de fenêtres éteintes qu'allumées.

# 10

# LES RETOUCHES

— La garde partagée n'est certainement pas une requête déraisonnable, déclara Chet Stenor.

Ted approuva l'intervention de son avocat, évitant soigneusement le regard d'Ella. Elle était placée en face de lui autour de la grande table de conférences. Ted se concentra sur la pile nette de papiers entassés devant son avocat.

— Tu ne sais même pas à quoi elle ressemble, marmonna Ella, les yeux rivés sur Ted.

Elle n'avait pas eu l'intention de le dire en cet instant ; le reproche lui avait échappé. Ronald Coverdale, assis à côté d'elle, effleura son avant-bras. Elle l'ignora.

— Ça fait des semaines que tu ne l'as pas vue. Tu ne la vois jamais. Pourquoi tu demandes la moitié du temps, Ted ? Je ne te comprends pas. Tu es toujours trop occupé, de toute façon...

Ronald Coverdale posa de nouveau la main sur son bras, puis intervint :

— Ce qu'Ella exprime est un argument tout aussi recevable. Le père de l'enfant a incontestablement un poste exigeant. Ella ne critique pas ses compétences en tant que parent, ce n'est pas du tout cela. Mais Ted pourrait ne pas être en mesure de répondre aux besoins quotidiens d'un enfant en bas âge, et dans l'intérêt d'Irene, nous devrions plutôt envisager…

— Vous savez que ce n'est pas vrai, Ronald, répliqua Chet. Attention à la pente glissante de l'argumentation sexiste. Il va sans dire qu'un père joue un rôle essentiel dans le développement de l'enfant, à égalité avec la mère, et ainsi devrait avoir un accès égal à son enfant.

L'avocat d'Ella dévisagea fixement l'avocat de la partie adverse. Chet Stenor était un connard fini. Ronald allait continuer à jouer le gentil un peu plus longtemps.

— Ted est extrêmement dévoué à sa carrière, mais il est tout aussi investi dans la vie de sa fille. Et c'est dans l'intérêt d'Irene de…

Anticipant l'interruption, Chet se tut en voyant Ronald ouvrir la bouche, mais c'est Ella qui réagit, plus rapide que son avocat.

— Mais tu ne viens jamais la voir, Ted. Depuis sa naissance, tu l'as à peine vue une dizaine de fois. La seule raison pour laquelle tu négocies en ce moment, c'est parce que tu veux toujours tout gagner. Ce n'est pas un jeu, Ted. C'est de la vie de notre fille qu'il s'agit.

— Ella, ce n'est pas juste, déclara Ted en la regardant enfin. Je veux apprendre à mieux connaître Irene. J'ai même loué un quatre pièces à cinq rues de la maison pour la voir plus souvent. Il m'a fallu un peu de temps pour prendre mes marques à mon nouveau poste chez Lally & Co., mais…

— Ne t'avise pas de me parler de justice, Ted…

Ted soupira, puis souleva la cafetière et l'inclina au-dessus de sa tasse. Elle était vide.

— Il y en a encore ?

Charles hocha la tête. Sa collègue Kimberly Heath se leva et appela la réception pour qu'on leur apporte plus de café. Puis elle tendit un mouchoir à l'épouse éplorée. Kimberly était une collaboratrice senior d'une quarantaine d'années qui avait repris des études de droit après avoir enseigné le latin dans une école privée pendant une dizaine d'années. Elle faisait office de caution empathie lors de ces rendez-vous. Chet avait horreur des mélodrames féminins. Les femmes pleuraient beaucoup trop, c'était pénible, surtout lorsqu'elles ignoraient ce qu'elles voulaient. D'expérience, Chet savait que le juge prendrait en compte la situation de garde actuelle, mais le fait que l'épouse travaille aussi à temps plein ne jouait pas en sa faveur. Il serait facile d'argumenter que l'épouse se reposait sur la nounou pour soixante heures par semaine, ce qui était probablement le cas en ajoutant le temps de transport aux horaires de bureau. Ainsi, il pourrait facilement démontrer que ni l'un ni l'autre des parents n'était disponible à temps plein pour l'enfant. Ce qui restait un mystère pour lui, c'était la raison qui poussait des gens qui n'avaient pas le temps de s'occuper de leurs gosses à en faire.

Kimberly tendit la boîte entière à l'épouse pour qu'elle se mouche. La jeune femme était splendide, à la manière d'un tableau, mais la fiancée était clairement plus sexy. C'était un trait commun à toutes les deuxièmes épouses. Le sexe était un critère non négociable pour les hommes qui pouvaient financièrement se permettre un deuxième ou un troisième mariage. Chet avait recommandé un contrat prénuptial à Ted pour le suivant, mais il avait refusé. Encore un crétin.

Ted ôta ses lunettes – il ne supportait plus ses lentilles de contact depuis quelque temps. Les trois avocats restèrent à l'affût, pour voir si le mari allait lui aussi craquer. Les larmes étaient presque systématiques dans la salle de réunion d'un cabinet spécialisé dans le droit de la famille. Mais le mari ne pleurait pas ; il se pinça l'arête du nez et se mit à cligner des yeux très rapidement.

— L'air est très sec dans cette salle, se plaignit Ted.

Ella remarqua qu'il se frottait le visage, surtout les yeux. Pleurait-il, lui aussi ? Cela faisait longtemps qu'elle ne l'avait pas vu verser une larme, et elle eut de la peine pour lui. Son père venait tout juste de mourir ; elle supposa que la procédure de divorce était éprouvante pour lui aussi, même si, physiquement, il semblait en pleine forme. Comme elle, il avait perdu du poids. La minceur avait creusé les traits de leur visage, les rendant plus matures. Mais Ted était toujours un homme extrêmement séduisant. Aujourd'hui, il avait l'air d'un riche marchand d'art avec ses lunettes en titane, son jean bleu, sa chemise d'un blanc éclatant et son blazer noir.

Ted ne cessait de cligner de l'œil droit. Il tourna la tête de droite à gauche plusieurs fois, et regarda successivement chaque personne dans la pièce. Puis il récupéra les papiers devant lui et, l'œil gauche toujours fermé, il tenta d'en déchiffrer les lettres, en vain. Son nom était inscrit au-dessus du mot DÉFENDEUR en haut de la première feuille – il le savait, car son œil gauche était encore capable de le lire, mais de l'œil droit, il ne parvenait même pas à discerner son propre nom. C'était forcément son nom, mais il ne voyait que des petites taches sombres et floues qui flottaient sur un fond blanc.

— Qu'est-ce que c'est que ce bordel ? s'exclama-t-il à voix haute.

— Qu'est-ce qui se passe ? Est-ce que ça va ?

Ella bondit de son siège et fit le tour de la table pour examiner son œil comme elle aurait ausculté l'égratignure d'un écolier à St Christopher. Ted battait furieusement des cils à présent, et son regard alla du haut au bas des murs, se posa tour à tour sur le visage de chacun, puis retourna sur les documents. Il porta une feuille juste devant son œil.

— Je ne vois plus rien. De l'œil droit, dit-il. Ella, je ne vois plus rien.

Plantée devant lui, Ella scruta son œil.

— Est-ce que c'est un cil coincé ? Je ne vois rien.

Ronald observa sa cliente penchée sur le visage de son mari. Éprouvait-elle encore des sentiments pour lui ? Quel bazar, songea-t-il. L'amour était décidément un dépotoir à déchets toxiques. Les femmes réclamaient toujours le divorce quand elles étaient blessées et en colère, et les hommes ne réagissaient jamais comme il aurait fallu. Personne n'a intérêt à bluffer en amour, pensa-t-il. Sous aucun prétexte. Si le bluff est nécessaire, c'est que ce n'est pas de l'amour. Son grand-père avait un adage qui le hantait encore : « Il y a deux questions pour lesquelles il n'existe pas de réponse : la première "Combien tu m'aimes ?" et la seconde, "Qui a vraiment le dessus ?" ». Pour l'essentiel, Ronald croyait que le mariage était fondamentalement basé sur ces deux énigmes de sphinx, et que le risque pour les deux parties était de finir dévorées pour avoir donné la mauvaise réponse.

Ella prit un mouchoir et nettoya les lunettes de Ted, puis souffla pour éliminer les poussières.

— Remets-les, ordonna-t-elle gravement.

Ted obéit.

— C'est mieux ?

— Non, je n'arrive pas à lire mon propre nom, enragea-t-il.

Ella croisa les bras, hésitant à retourner à sa place. Ted jouait-il la comédie ? Depuis quelque temps, elle se sentait immunisée contre les mauvaises surprises et la malveillance. Tout le monde n'avait pas un bon fond et sa naïveté n'avait que trop duré. Unu venait de lui apprendre que Casey l'avait trompé avec un collègue de bureau chez Kearn Davis. Comment avait-elle pu faire une chose pareille ? Après ce que Jay lui avait fait endurer ? En sachant ce que l'infidélité avait causé au mariage d'Unu, l'homme le plus adorable au monde ? Ella retourna s'asseoir.

— Est-ce que ça va ? demanda enfin Chet Stenor.

Pour maintenir une politesse apparente, il n'avait pas voulu interrompre l'intervention d'Ella.

Cette dernière leva la tête dans l'attente de la réponse de Ted. Il ne dit rien, mais sembla perdu. Elle voulait lui venir en aide.

— Tu as des gouttes avec toi ? Est-ce que je peux faire quelque chose ?

En entendant la gentillesse dans la voix d'Ella, Ted eut l'impression d'être un moins que rien. Il secoua la tête, incapable de prononcer le moindre mot. De son œil gauche, avec ses lunettes, il voyait parfaitement son visage. Il voyait la blancheur de sa peau qui contrastait avec le tissu bleu marine de sa robe. C'était une robe en laine à la coupe épurée qu'elle avait achetée au début de leur mariage. Chez Saks. La robe coûtait une fortune, mais il avait insisté parce qu'elle lui apportait tant d'assurance et d'élégance. La portait-elle aujourd'hui pour le perturber ? Non. Ce n'était pas le genre d'Ella. Mais elle lui rappelait leurs jours heureux. Elle portait aussi un collier de perles qu'il ne reconnut pas. D'où le sortait-elle ? Elle ne se serait jamais offert un bijou elle-même. Avait-elle déjà retrouvé quelqu'un ? Cette éventualité l'irrita. De l'œil droit, il pouvait au mieux discerner la silhouette d'une jolie Asiatique – les traits doux d'un visage ovale, le rose foncé de son rouge à lèvres.

Ted regarda autour de lui dans la salle de réunion, œil gauche fermé, tentant de distinguer les formes floues. Les bords des tableaux aux murs ondulaient, eux aussi.

La tête de son avocat lui apparaissait comme un miroir déformant. Personne ne parlait.

— J'ai l'impression de voir à travers un verre sale. Merde, grogna-t-il.

Chet se tourna vers lui et posa une main sur son épaule.

— Peut-être qu'on devrait arrêter là pour aujourd'hui. Vous devriez consulter un médecin.

Il inclina la tête sur le côté, se demandant ce qui se passait vraiment avec son client. En vingt-deux ans de carrière, il avait été témoin d'une crise cardiaque fatale (une femme, et parce que le divorce n'avait pas encore été prononcé, le mari avait récupéré un bon pactole grâce à son assurance – la famille de la défunte avait évidemment voulu lui coller un procès), une trentaine d'altercations physiques, et un incident impliquant une menace à l'arme à feu. Les cris et les insultes faisaient partie du métier. Mais un client qui devenait aveugle, c'était une première. D'une voix parfaitement calme, il demanda :

— Est-ce que nous pouvons appeler votre ophtalmologue pour vous, Ted ?

— Donnez-moi son nom, réagit aussitôt Kimberly en récupérant son stylo pour prendre des notes.

Ted fit la grimace et soupira bruyamment.

— Mon père, dit Ella. C'est mon père, son ophtalmo.

Kimberly et Chet opinèrent comme si ça n'avait rien d'inhabituel. Ronald sourit et détourna la tête.

— Tu veux que je l'appelle ? demanda Ella.

Elle n'avait jamais vu Ted dans un tel état de sidération. Il semblait véritablement terrifié. Elle allait l'emmener à l'hôpital tout de suite.

— Je peux aller aux urgences. Peut-être que ce serait mieux. Oui, sûrement, dit-il froidement, résigné à l'idée que le père d'Ella ne soit plus une option envisageable.

Il avait à peine échangé plus de deux mots avec le docteur Shim depuis qu'il avait quitté Ella.

Celle-ci plissa le front d'un air indigné.

— Ne dis pas de bêtises, Ted. Mon père va te prendre en consultation. Il est médecin.

Elle téléphona au bureau et expliqua qu'elle aurait du retard. Son patron fut un ange, comme toujours. Puis elle appela le cabinet, et Sharlene lui répondit que son père était bien là et qu'il serait ravi de la voir. Ella ne mentionna pas qu'elle amenait Ted. La réunion prit fin après l'appel d'Ella, et les avocats conclurent avec les politesses d'usage.

Dans le taxi, Ted continuait de tester sa vision, mais il ne voyait toujours rien de l'œil droit, à part des couleurs floues et des formes vagues. Il faisait sombre dans le taxi.

— Je suis désolé, Ella. Je fous en l'air ta journée.

— Tu fous en l'air ma vie, rétorqua-t-elle.

Ils furent tous les deux surpris par cette réponse.

— OK, dit-il en fermant les yeux. Désolé pour ça aussi.

Quand le taxi arriva devant le cabinet du père d'Ella, Ted voulut payer le chauffeur, mais il ne parvenait pas à distinguer les chiffres sur les billets sans cligner furieusement des yeux. Frustré, il tendit son portefeuille à Ella.

— Prends ce dont tu as besoin.

C'était le portefeuille en croco noir qu'elle lui avait acheté chez T. Anthony comme cadeau pour la remise des diplômes de HBS. Sur le côté gauche, il était estampillé de ses initiales à la feuille d'or. Le doré avait fini par s'estomper avec le temps.

— C'est moi qui te l'ai offert, fit-elle remarquer doucement.

— Je sais, répondit-il les yeux fermés. Je suis désolé, Ella. Je suis désolé pour tout.

Ella était incapable de prendre le portefeuille qu'il lui tendait. Elle ouvrit son propre sac et sortit son porte-monnaie.

— Tu veux le reprendre ?

Était-il censé lui rendre tous les cadeaux qu'elle lui avait donnés ?

— Comment peux-tu être aussi insensible ? souffla Ella en s'essuyant les yeux.

— Je suis désolé, Ella.

Il ouvrit l'œil gauche, gardant le droit fermé. Elle pleurait encore, et ils s'apprêtaient à aller voir son père.

— Je te l'ai donné. Je t'ai donné tout ce que tu voulais. J'ai fait tout ce que tu m'as dit. Mais tu veux quand même me prendre Irene...

Elle renifla.

— Il faut qu'on sorte de la voiture, reprit-elle, et elle paya le chauffeur en ajoutant un pourboire de trois dollars. Allez.

Elle le prit par le bras.

Douglas Shim passait en revue la liste mise à jour des internes lorsque Sharlene l'informa que sa fille et Ted étaient arrivés. Ella entra dans son bureau avec un sourire hésitant. Son maquillage avait coulé autour des yeux et son rouge à lèvres était presque entièrement parti. Ted se tenait à côté d'elle, l'œil droit fermé.

— Tout va bien ? demanda-t-il à sa fille, ignorant soigneusement Ted.

Ella hocha la tête, incapable de lui annoncer la raison de sa venue. Sa bienveillance lui donnait à nouveau envie de pleurer, alors qu'elle avait fait tant d'efforts pour se débarbouiller le visage dans l'ascenseur.

— Ella, Ella, dit-il en voyant les larmes dans ses yeux.

Il passa un bras autour de ses épaules et s'intercala entre Ted et elle. Ella tenta de se ressaisir.

— Oh, Papa, moi ça va. C'est l'œil de Ted. Il ne voit plus rien.

Douglas se tourna vers le jeune homme.

— *Ah-buh-jee*, le salua Ted par réflexe.

Il appelait le père d'Ella ainsi depuis leur mariage.

— Pardon, docteur…, rectifia-t-il.

Douglas serra les dents. Entendre le garçon l'appeler « Père », puis se corriger était une pilule difficile à avaler. Douglas avait appelé le père de feu son épouse *Ah-buh-jee*, et ce jusqu'à la mort du vieil homme.

— Qu'est-ce qui se passe avec ton œil ? Tiens, viens t'asseoir.

Ted obéit.

— Je suis désolé de vous déranger comme ça. On était chez l'avocat, on parlait, et d'un coup je ne voyais plus rien. De l'œil droit. Enfin, je vois encore, mais ça ne va pas, expliqua-t-il à toute allure.

Douglas prit Ted par le bras et le guida dans la salle d'examen voisine. Ella les suivit.

La pièce était sombre ; seul un fin rayon de lumière projetait une table optométrique sur le mur blanc. Douglas lui demanda de lire la première lettre de chaque ligne, mais Ted arrivait à peine à décrypter le E le plus gros de la première rangée. Douglas lui instilla des gouttes de dilatation.

— Aïe, s'écria Ted en refoulant des larmes de douleur.

— Ça va passer, dit Douglas.

Il avait omis de lui appliquer d'abord les gouttes anesthésiantes.

À l'aide de son ophtalmoscope, Douglas procéda à l'examen du milieu interne des yeux de Ted, puis passa à une lentille 90D pour une meilleure résolution.

— Choriorétinopathie séreuse centrale, annonça-t-il.

— Qu'est-ce que c'est que ça ? demanda Ella.

Les termes médicaux lui étaient en général familiers, mais elle n'avait jamais entendu ce diagnostic auparavant.

— Il y a un décollement dans le tissu de la rétine, et du liquide s'y est infiltré, causant une distorsion de la vision.

Ted recula brutalement la tête.

— Comment c'est possible ?

— Il n'y a pas de cause évidente de cette affection. Personne ne sait exactement pourquoi cela arrive. Je peux supposer qu'il y a eu beaucoup d'événements traumatiques ces derniers temps. Les hommes sont plus souvent touchés que les femmes. Des liens avec le stress ont été démontrés. Et peut-être une aggravation par un taux élevé de cortisol également lié au stress. Tu sais, dans ces moments où tu as l'impression de perdre le contrôle sur la situation. Les hommes de personnalité de type A sont plus exposés à la choriorétinopathie séreuse centrale.

Douglas fit la grimace, comme si cet argument ne lui plaisait pas, car il semblait trop moralisateur.

— Des récidives sont possibles, mais le décollement peut également se corriger spontanément. Je n'ai pas vu beaucoup de cas de cette affection, mais tous des hommes, tous exposés à un grand stress dans leur vie. Et qui avaient un métier sous pression – des pilotes de ligne, par exemple.

— Je ne vois pas du tout de quoi tu parles, dit Ella en riant.

Ted s'esclaffa aussi.

— Je suis ravi que vous trouviez ça drôle, dit Douglas.

Ted ferma son œil droit et laissa le gauche faire la mise au point. Son visage penchait vers celui de Douglas. Le père d'Ella, assis derrière la fente de la lampe, ne ressemblait en rien à son propre père. Sa tête était couronnée d'une tignasse souple et grise, et le bronzage perpétuel qu'il devait à la pratique du tennis et du golf lui donnait un air reposé. Les pattes d'oie autour de ses yeux ne se creusaient que légèrement lorsqu'il souriait. Il portait une veste avec une cravate et un pantalon clair. Il ne portait presque jamais sa blouse blanche au cabinet. La grande différence entre eux, c'était leurs mains. Le père d'Ella avait des mains de taille moyenne avec de longs doigts fuselés. Ses ongles, coupés courts, avaient une forme carrée et une demi-lune blanche près des cuticules. Les mains de Ted ressemblaient davantage à celles du père d'Ella qu'à celles de son propre père. Il savait depuis le début que perdre le respect du docteur Shim était une chose grave, mais il était plus facile de ne pas y penser tant qu'il n'y était pas confronté. Son propre père lui manquait douloureusement.

— Que pensez-vous que je doive faire ? demanda-t-il.

— Cela peut prendre plusieurs semaines à plusieurs mois pour se résorber complètement. Ça peut se guérir spontanément. Je l'ai déjà vu. Ça peut aussi s'aggraver. Certaines personnes en sont affectées de manière chronique. Et dans ce cas, ça devient dangereux. On peut tenter d'intervenir si ça évolue dans ce sens. Mais une opération n'aidera pas forcément. Attendons d'abord de voir comment ça évolue sans intervention. Mais c'est sérieux, Ted. Il y a un risque de perdre définitivement la vue.

— Quoi ?

— On n'en arrivera pas à ce stade, j'espère. En tout cas, je ne crois pas. Mais pour le moment, tu dois réduire les sources de stress dans ta vie.

Douglas avait toujours su que Ted avait un esprit de compétition féroce, avec une tendance très marquée au perfectionnisme. À présent, le pauvre garçon avait l'air complètement perdu.

— Aujourd'hui, tu devrais rentrer à la maison et te reposer. Tes pupilles dilatées reviendront à la normale dans quelques heures. Demain, essaie d'apprendre à te détendre. Le yoga, les techniques de relaxation. Il existe aussi des médicaments pour traiter les troubles de l'anxiété. Et peut-être devrais-tu envisager de consulter un psychothérapeute. Juste pour parler. De ce qui se passe dans ta vie en ce moment. Ça pourrait aider.

— Compris.

Ted était incapable de s'imaginer en train de raconter ses problèmes à un inconnu. Rien que de parler de la vidéo et de l'herpès à son avocat avait été un supplice. Il testa de nouveau son œil droit, espérant que sa vision revienne miraculeusement aussi vite qu'elle avait disparu. Mais tout était encore flou.

— Tu sais comment tu vas rentrer chez toi ? s'enquit Douglas.

— Je vais lui trouver un taxi, déclara Ella.

— Tu veux que je m'en charge ? demanda Douglas à sa fille.

Ella secoua la tête.

— Il faut que j'en prenne un de toute façon, pour retourner à l'école.

Douglas hocha la tête.

— Je vais bien, Papa, dit-elle en lisant l'inquiétude sur ses traits.

Une petite veine saillait sur le côté gauche de son front lorsqu'il était contrarié. Son père avait toujours été un ange avec elle, et voilà qu'elle lui causait du souci.

— Je t'appelle dès que j'arrive au bureau, lui promit-elle avec son sourire de grande fille.

— Merci beaucoup, dit Ted en serrant la main de Douglas. Je ne sais pas quoi dire. Faut-il que je donne ma carte de mutuelle à Sharlene ? Ou…

— Ne sois pas ridicule. Tâche juste de te détendre. Rentre chez toi, Ted.

Le docteur les regarda tous les deux sortir, puis s'affala sur son siège et posa son front contre son bureau, comme chaque fois qu'Ella avait un problème. Il se demanda ce que sa femme aurait fait à sa place, et espéra avoir agi en accord avec elle, qui avait toujours eu la bonne réponse.

Ella déposa Ted chez lui, en taxi. Il la remercia. Il ne s'était jamais trompé sur sa nature généreuse. Ella le traitait avec bienveillance, encore maintenant.

L'appartement était vide. Delia était au bureau, et il l'appellerait bientôt. Le concierge lui tendit son courrier lorsqu'il entra dans le hall de l'immeuble ; il le passa en revue, parvenant à peine à discerner les caractères tant ses pupilles étaient dilatées, mais il repéra une enveloppe légère, comme celles que son père utilisait. Son père aurait-il pu lui envoyer quelque chose avant sa mort ? L'écriture ressemblait davantage à celle de sa mère – difficile à déterminer, en cet instant.

Dans l'enveloppe se trouvait le chèque de mille dollars qu'il avait envoyé à ses parents le mois précédent. Depuis qu'il était diplômé de HBS, Ted envoyait tous les mois un chèque à sa famille et de gros cadeaux pour les fêtes. Il ferma son œil droit et tendit la lettre le plus loin possible devant lui pour essayer de déchiffrer l'écriture de sa mère. Elle lui rendait son chèque et lui demandait de ne plus lui envoyer d'argent. Elle n'en voulait pas. Elle n'avait pas de véritables dépenses. En bas de la page, elle avait ajouté : « *J'espère que tu es gentil avec Ella, qui a toujours été si gentille avec tes parents. Sois un bon garçon, Teddy.* » Et elle signait la lettre, comme toujours, « *Umma* ».

Le mardi qui suivit le pont du 4 Juillet, Ronald Coverdale chercha à joindre Ella à son travail. La sonnerie du téléphone résonna dans le bureau vide du directeur. Le bâtiment avait des airs de maison hantée sans les écoliers désormais en vacances. Bientôt, les employés quitteraient également les locaux pour six semaines.

Le bonjour de l'avocat était curieusement enjoué. Ella faillit ne pas reconnaître sa voix. Ted renonçait à la garde alternée. Et si elle avait de quoi racheter sa part, il la laisserait également conserver la maison. Ella obtiendrait la garde exclusive d'Irene, mais il demandait une autorisation de visite les week-ends et de garde pendant la moitié des vacances.

Elle resta muette un moment, avant de s'exclamer :

— Oh, quel soulagement ! Mais pourquoi ?

— Il n'a pas précisé. Peut-être veut-il que cette histoire se termine. D'après Chet, il a expédié la paperasse. Mon conseil : ne posez pas de questions. C'est une très bonne nouvelle, vous savez. Vous allez tous les deux pouvoir passer au chapitre suivant de votre vie.

— Oui, oui, bien sûr. C'est exactement ce que je voulais. Merci, Ronald. Merci infiniment.

Ella se sentit submergée d'émotion.

— Je ne peux pas vraiment revendiquer cette victoire.

— Moi non plus, dit-elle en mettant fin à cet appel réjouissant.

Et elle se précipita hors du bureau pour annoncer la nouvelle à David.

***

Casey entra dans l'appartement des Gottesman avec la clé que lui avait remise Sabine le soir où elle était partie de chez Unu.

Elle ôta ses escarpins pour les prendre à la main et marcha sur la pointe des pieds jusqu'à la chambre d'amis où elle avait temporairement établi ses quartiers. Quand elle ouvrit la porte de sa chambre, la lumière était allumée et Sabine dormait sur la méridienne, un livre sur Modigliani sur ses genoux.

Sabine émergea doucement.

— Te voilà, dit-elle en écartant les mèches de sa frange. Quelle heure est-il ?

Casey consulta sa montre.

— Une heure douze.

— Tu rentres du travail ?

— D'où veux-tu que je vienne ? répliqua-t-elle.

Que faisait Sabine à dormir dans sa chambre ? Si elle ne voulait pas partager le lit d'Isaac, il en restait deux autres dans l'immense appartement.

— Tout va bien ? demanda Casey.

Sabine se redressa, formant un angle droit avec ses jambes. À présent, elle était parfaitement éveillée.

— Comment ça va, au travail ?

— Comme d'habitude.

Casey refusait de se plaindre et de fournir ainsi des armes à Sabine dans la guerre qu'elle menait contre Kearn Davis.

— Il est très tard, Casey.

— Je suis désolée, Sabine. J'espère que mon séjour ne vous importune pas trop... C'est incroyablement généreux de votre part, à Isaac et toi, de me laisser dormir ici. Je vais résoudre cette histoire d'appartement. Je n'ai pas encore eu le temps de...

— Non, non, ma puce. C'était mon idée, que tu t'installes ici jusqu'à ce que les cours reprennent. Et tu peux rester aussi longtemps que tu le souhaites. C'est juste qu'on te voit à peine. Je pensais qu'on passerait plus de temps ensemble. Je ne t'ai vue qu'une fois cette semaine, et encore, pendant dix minutes à la cuisine avant que tu t'en ailles au travail. Qu'est-ce qui ne va pas chez ces gens ? C'est inhumain de vous faire travailler comme ça. Et ce concept de ne pas faire une offre d'embauche à tous ceux qui en méritent une. Ce ne sont pas des manières de gérer une entreprise. Et si tout le monde est brillant ? Alors quoi ? Ils font en sorte d'éliminer quelqu'un quand même ?

Sabine était lancée.

— Et tu manges à peine, regarde-toi. Tu as une mine affreuse.

Plus elle laissait Sabine parler, moins elle avait à répondre. Casey rangea ses escarpins dans la penderie. Elle avait envie de se changer, mais ne voulait pas se déshabiller devant Sabine. Avait-elle l'intention de quitter sa chambre à un moment ? Dans la penderie, à côté de ses propres vêtements étaient suspendus une dizaine de tailleurs que Sabine ne mettait plus et qu'elle lui avait prêtés pour le travail. Elle portait aujourd'hui une blouse sans manches appartenant à Sabine avec la jupe grise qu'elle avait achetée des années plus tôt quand elle était partie de chez ses parents. Casey avait perdu quelques kilos et elle rentrait maintenant dans les affaires de Sabine, mais ses bras étaient trop longs pour les vestes.

— Casey, qu'est-ce qui se passe, chérie ? demanda Sabine sur un ton inquiet. Est-ce que ça va ?

— Oui, oui. Je suis juste fatiguée.

— C'est ce garçon qui te manque ? L'accro au jeu ?

— Non, répondit Casey du tac au tac.

Ce n'était pas vrai, mais elle ne pouvait pas l'admettre devant Sabine. Elle pensait beaucoup à lui. Pire, elle se sentait terriblement mal pour tout ce qu'elle lui avait fait – coupable de l'avoir trompé et de le lui avoir avoué. Après une semaine de réflexion, elle en était arrivée à la conclusion que les deux actions étaient cruelles. Le matin même, elle avait décroché le téléphone sans réussir à composer son numéro. Toutes ses affaires étaient encore chez lui, mais les lui réclamer maintenant semblait trop insensible. Sabine avait vu juste : il lui manquait. Dès qu'elle trouverait un appartement, elle le contacterait, se dit-elle. D'ici septembre, sa haine à son égard se serait peut-être estompée, et de son côté elle aurait peut-être plus de courage.

Casey entra dans la salle de bains de la suite d'amis en laissant la porte entrouverte ; Sabine bouillonnait visiblement de toutes les choses qu'elle avait encore à lui dire. Elle se dévêtit pour enfiler un des deux peignoirs pour invités – de ceux que l'on convoite dans les hôtels de luxe. Son hôtesse ne semblait toujours pas décidée à quitter la chambre.

Casey entreprit de se laver le visage. Quand elle entendit la voix de Sabine, elle ferma le robinet.

— Tu l'as trompé parce que tu étais en colère contre lui.

Casey fronça les sourcils. Sabine avait de grandes théories pour tout. Casey essuya le reste de savon sur son visage à l'aide d'une serviette de toilette et s'assit sur son lit – bras croisés, dos courbé. Elle lissa le dessus-de-lit italien. Le tissu bleu matelassé était somptueux.

— Et pourquoi aurais-je été en colère contre lui ? s'enquit-elle.

— C'est évident. Il a perdu son travail et ne veut pas en chercher un, il a un sérieux problème d'addiction au jeu, et il ne veut pas t'épouser.

— Moi non plus, je ne veux pas me marier, dit Casey, incapable de réfuter le reste.

— Là n'est pas la question, et tu le sais. Il ne pensait pas à l'avenir, et tu ne le respectais pas à cause de ça.

— Génial, la chambre gratuite vient avec une leçon de morale. Merci.

Casey n'avait plus envie d'être polie, d'un coup. Il était tard, et elle voulait dormir. Elle devait se lever dans quelques heures à peine. Karyn lui avait assigné une tâche d'une ampleur monstrueuse dans l'après-midi.

— Je peux dormir maintenant ?

— Les infidèles ont toujours leurs raisons.

— OK, OK, je mords à l'hameçon, céda Casey en agitant les orteils. Dans ce cas, pourquoi Jay...

— Parce que tu refusais de le présenter à tes parents. Il était en colère contre toi parce que tu avais honte de lui.

— Je vois que tu as réponse à tout. Et que tu y as déjà réfléchi.

Casey sourit, imperturbable. Mais elle était stupéfaite par sa sagacité.

— Comment tu en sais si long sur le sujet ?

— Isaac me trompe.

— Impossible. Il te vénère.

— Je n'en doute pas. Et il n'a pas l'intention de me quitter. Il ne peut pas vivre sans moi.

— Bien, je suis contente que tu ne souffres pas en silence d'un manque d'estime de toi.

— Je n'y peux rien. Il est infidèle, c'est dans sa nature. Je l'ai senti dès que je l'ai épousé. Il pense que je ne suis pas au courant, mais je sais tout. Je ne peux pas satisfaire tous ses besoins émotionnels, et il n'arrive pas à réparer seul je ne sais quelles blessures d'enfance dont il a hérité...

Casey mit la voix de Sabine en sourdine. C'était toujours le même babillage avec elle, lorsqu'il était question de sexe ou d'amour. Pour Sabine, tout pouvait se résumer à des motifs psychologiques, comme si un cake n'était que la somme de la farine, du lait, du sucre et des œufs. Casey trouvait cette vision des choses facile, et au bout du compte, peu convaincante. Peut-être que Sabine n'avait pas tout à fait tort, mais il lui semblait qu'elle négligeait un élément principal de la recette : le feu – ou ici, en l'occurrence, la romance. Unu aurait trouvé Sabine ridicule. Mais ils ne s'étaient jamais rencontrés.

Sabine ferma son livre d'art et appuya l'arrière de son crâne contre le dossier de la méridienne.

Casey ignorait tout de l'infidélité d'Isaac. Ce devait être difficile à vivre.

— Pourquoi tu restes avec lui ? demanda-t-elle.

— Parce qu'on est très bien ensemble. Je le respecte énormément en tant qu'homme d'affaires. Il est aussi très gentil, et ce n'est pas une qualité si courante. Et puis, il me laisse tranquille. Comme ça, je peux faire mes affaires de mon côté.

— Et l'amour, alors ?

— L'amour, c'est le respect, Casey. Tu ne respectes pas Unu.

— Bien sûr que si. Il est très intelligent. Unu a une manière unique de penser. Et c'est quelque chose que j'admire bien plus que...

— Comment pourrais-tu respecter un homme qui...

— C'est toi qui n'as pas de respect pour lui. Il traverse une période difficile. Tout le monde a le droit à l'erreur. Je me fiche qu'il ne gagne pas une fortune, ce n'est pas ce qui m'intéresse.

— Bien sûr que l'argent t'intéresse. Comment tu expliques que tu travailles chez Kearn Davis, sinon ?

— J'essaie de rembourser mes dettes, Sabine. J'ai mes frais de scolarité...

— Et il faut absolument que tu gères ça toute seule ?

— Eh bien, à l'évidence non, puisque c'est toi qui m'héberges en ce moment, et je te suis redevable pour...

— Oh, arrête avec ça. On s'en fiche ! Ton orgueil devient vraiment ridicule.

— Je te remercie.

Casey avait besoin d'une cigarette. Isaac ne supportait pas l'odeur du tabac dans l'appartement, mais elle était autorisée à fumer sur la terrasse du séjour.

— Je t'aime, Casey, dit Sabine pour qu'elle la regarde.

— Moi aussi je t'aime, Sabine, répondit Casey d'une voix grognon et résignée.

— Et je te respecte, ajouta Sabine.

— *Idem.*

— Mais tu passes à côté de l'essentiel dans ta vie.

— Tu peux être un peu plus claire ?

— Arrête d'ignorer tes émotions.

— OK, j'y songerai.

— Tu es en colère contre moi, là.

Il avait fallu une décennie complète de thérapie à Sabine pour apprendre cette leçon inestimable : ce sont les émotions les plus sincères qui mènent aux plus grands succès d'une vie. Elle avait atteint des objectifs presque impossibles à réaliser en assumant ses émotions les plus pures et les plus honteuses, ainsi que toutes celles qui se jouaient sur ce spectre.

— Si, je vois bien que tu es furieuse.

— Non, c'est faux.

— Si.

— Mais non, dit Casey en prenant un air impassible. Je suis reconnaissante d'avoir une si bonne amie que toi.

— L'un n'empêche pas l'autre. La gratitude et la colère peuvent coexister.

Casey soupira.

— Sabine, je suis épuisée. Il faut que j'aille me coucher.

— D'accord.

Sabine se leva de la méridienne.

— Unu était un très mauvais choix. Un homme est censé être là pour t'aider.

— Merci. Je tâcherai de m'en souvenir.

Sabine s'approcha et posa une main sur le front de Casey.

— Casey chérie, tu ne sais pas encore qui tu es. Essaie de…

— Sabine…

Casey bouillonnait intérieurement.

— … je fais de mon mieux.

— Personne n'a jamais prétendu le contraire. Mais peut-être que tu devrais en faire un peu moins.

Sabine sourit, et ajouta :

— Bonne nuit, ma puce. Et bois ce thé détox que je t'ai acheté.

Casey hocha la tête et laissa Sabine l'embrasser sur la joue. Dès qu'elle eut fermé la porte derrière elle, Casey bondit et se précipita sur son sac à main. Elle ouvrit grand la fenêtre et alluma une cigarette. Unu devait déjà dormir, songea-t-elle. Il dormait toujours sur son flanc gauche, tourné vers le milieu du lit, le bras gauche replié contre son épaule, la main sous la joue. Quand elle rentrait tard et qu'il était déjà au lit, il ouvrait les yeux et lui murmurait de venir se coucher, parfois il continuait de ronfler doucement. Casey écrasa sa cigarette sur le rebord de la fenêtre et en alluma une autre.

# 11

## L'ASSEMBLAGE

Les manchettes en argent absolument importables étaient posées sur la commode. Tina poussa du bout du doigt les bijoux extravagants que Sabine avait offerts à sa sœur. Tina n'aurait jamais pu refuser ce cadeau, mais il ne faisait que lui rappeler à quel point sa sœur était à côté de la plaque. Ça partait d'une bonne intention, certes, mais qu'était-elle censée faire d'une paire de bracelets en argent de chez Tiffany ? Où croyait-elle qu'elle allait avec son bébé de deux mois pour avoir besoin de manchettes de Wonder Woman ? Chul et elle avaient à peine de quoi payer les courses, les couches, et louer de temps en temps un film au vidéoclub. Ils prenaient le BART pour chaque déplacement parce qu'ils n'avaient plus les moyens de garder la Toyota de Chul à San Francisco. Et puis, même si les bords n'étaient pas tranchants, le métal dur et froid dérangerait Timothy lorsque Tina l'allaitait, lui donnait son bain, ou lui changeait ses couches. Ce soir-là, à New York, juste après avoir déposé Casey et Unu devant leur immeuble de l'Upper East Side en taxi, Tina avait retiré les manchettes et les avait jetées dans le sac à langer.

Dans quarante minutes, Timothy se réveillerait de sa sieste et réclamerait de nouveau du lait. Avec un peu de chance, pour la dernière fois de la nuit. Chul révisait encore à la bibliothèque. Il suivait des cours d'été pour accélérer son cursus et être diplômé plus rapidement. Elle avait préparé une salade de thon pour le dîner, mais il venait d'appeler pour dire qu'il achèterait un burrito sur le chemin du retour. Encore une journée seule à l'appartement avec le bébé. Ses livres lui manquaient, ses cours lui manquaient. Voir des adultes lui manquait. On était vendredi soir, mais pour Tina, ça ne changeait rien.

Que faisait sa sœur en ce moment ? se demanda-t-elle. Lors de leur dernier bref appel, Casey avait balayé ses inquiétudes au sujet de la santé de leur mère. Elle était obnubilée par cette histoire d'offre d'embauche chez Kearn Davis. Tina avait envisagé de la rassurer, mais ce n'était pas chose facile avec Casey. On ne savait jamais si elle écoutait vraiment. Pour le moment, Casey vivait chez Sabine et Isaac le temps de retomber sur ses pattes. *La belle vie*, pensa Tina. *Bien joué.*

Tina composa le numéro de ses parents pour son appel du vendredi soir. Leah décrocha.

— *Yuh-bo-seh-yoh.*

— Maman, c'est moi.

— *Ti-na.* Comment va le bébé ? demanda Leah en se souvenant de la douceur de la peau de Timothy, de ses yeux noirs et ronds sous la frange de ses cils sombres.

— Il va bien. Il dort.

— Et il mange assez ?

— Je passe mon temps à l'allaiter. Parfois jusqu'à douze ou treize fois par jour.

Tina souffla sur les mèches trop longues de sa frange qui lui tombaient sur les yeux. Dans les moments où le bébé ne tétait pas, c'était Chul qui passait son temps à essayer de glisser ses mains sous son chemisier. Elle avait encore treize kilos à perdre, mais ça ne semblait pas le décourager. Ses seins enflés l'excitaient, disait-il. Revendiquée par tous, sa poitrine ne lui appartenait plus. Sa mère avait-elle ressenti ça ?

— Comment tu te sens ? demanda Tina.

— *Umma* va bien.

— Papa dit que tu as encore manqué l'église.

— *Umma* va bien. Tu as des nouvelles de Casey ?

— J'en ai eu la semaine dernière.

Pourquoi sa mère ne décrochait-elle pas son téléphone pour appeler Casey, puisque c'était tout ce qui l'intéressait ?

— Le cousin d'Ella est un gentil garçon, dit Leah.

— Ils ont rompu, lâcha Tina.

Avant que sa mère puisse poser plus de questions, elle déclara brusquement :

— Passe-moi papa, maintenant.

— Mais ils avaient l'air heureux, protesta Leah avec une fêlure dans la voix.

— Eh bien, j'imagine que ça n'a pas marché entre eux, conclut Tina.

Elle détestait ce rôle de messagère.

— Où est-ce qu'elle habite maintenant ? Je n'ai pas son numéro de téléphone.

— Elle est chez Sabine Gottesman. Le temps de trouver un appartement.

— Oh.

Leah prit une inspiration et ajouta :

— J'espérais qu'ils…

Puis elle s'interrompit. Tina ne lui en dirait pas davantage. Le gentil jeune homme était parti. Ce n'était pas qu'elle croyait que si sa fille se mariait, alors tout irait bien pour elle. Mais elle voulait une vie stable pour son enfant. Et pourquoi n'était-elle pas rentrée à la maison si elle avait besoin d'un endroit où dormir ? Peut-être que Casey avait raison d'admirer une femme comme Sabine, qui avait réussi en Amérique.

Était-ce Dieu qui la punissait ? Est-ce que Casey se détournait d'elle pour aller vers Sabine à cause de ce qui s'était passé avec le professeur ? Non, se défendit Leah. Dieu n'était pas comme ça. On ne reçoit pas toujours ce que l'on mérite. Heureusement. Job était un homme bon, ce qui ne l'a pas empêché de souffrir. Le Christ était le fils de Dieu, et il n'avait fait que souffrir. Sauf que Leah avait réellement péché. Le roi David avait perdu son bébé après avoir tué son ami et volé sa femme. Les filles de Leah ne la respectaient pas. Elles ne l'appréciaient pas.

— *Yobo*, lança Leah par-dessus le bruit de la télévision qui s'échappait du salon.

Joseph replia son journal et le déposa sur le siège de son fauteuil. Il coupa le son de la télévision et décrocha le téléphone dans le salon. Leah reposa le combiné.

Tina entendit le déclic à l'autre bout de la ligne. Sa mère avait l'air d'aller terriblement mal. Elle ne pouvait pas y faire grand-chose de si loin. Après la fin de leurs études, Chul et elle avaient l'intention de revenir sur la côte est.

— Papa, vous ne pouvez pas venir me voir, maman et toi ?

— Le pressing. Il faut qu'un de nous deux soit là. Tu le sais bien.

Tina hocha la tête. Le pressing. Ils n'étaient jamais partis en vacances en famille. Ses parents n'avaient jamais demandé de congés à Mr Kang, et le propriétaire n'en avait jamais proposé. Mais même si son père obtenait la permission de fermer le pressing pour quelques jours, Tina ne voyait pas sa mère embarquer à bord d'un avion pour la Californie.

— Pourquoi *Umma* n'est toujours pas allée chez le médecin ?

— Tu sais qu'elle n'aime pas ça. Je lui ai demandé, mais elle dit qu'elle se sent mieux. Ça ressemble à un rhume. Peut-être la grippe.

— Papa, un rhume ne devrait pas durer si longtemps.

— Si elle ne va pas à l'église dimanche, le doyen Shim viendra avec le comité. Il est docteur. Peut-être qu'il pourra lui parler.

— Il est ophtalmologue.

— D'accord, d'accord. Quand est-ce que tu nous amènes Timothy à New York ?

— On en revient, papa. C'est à vous de venir.

— D'accord, d'accord.

— Je ferais mieux d'y aller, dit-elle en guise d'au revoir.

— Prends bien soin de mon petit-fils.

— Oui, papa.

Tina aurait voulu continuer à parler à son père. Elle aurait voulu qu'il lui pose plus de questions. Pouvait-elle lui avouer qu'elle se sentait seule depuis qu'elle avait eu un bébé, et que Chul n'avait aucune idée de ce à quoi ressemblait sa vie à présent, sans études et sans amis ? Il voulait simplement du sexe régulier et des bonnes notes en cours.

— Papa...

— Hmm...

Joseph s'éclaircit la gorge, incapable de lui dire combien elle lui manquait. Il entendait bien qu'elle était fatiguée, et il était gêné de ne pas pouvoir lui payer une bonne. C'était ce qu'un homme riche aurait fait, au pays – envoyer une nounou à sa fille pour qu'elle n'ait pas à travailler si dur.

— Bonne soirée, dit-elle.

— Je sais que tu vas très bien t'en sortir, assura-t-il avant de raccrocher.

Tina reposa le téléphone puis alla voir son bébé.

Le lendemain, Leah partit travailler, revint à la maison, prépara le dîner, puis alla se coucher à vingt heures. Le dimanche matin, elle parvint à peine à sortir du lit. Son corps était devenu si lourd qu'elle avait du mal à bouger. Joseph la força à rester à la maison et se rendit seul à l'église. Cet après-midi-là, qu'elle le veuille ou non, le comité de convivialité viendrait la voir.

Douglas Shim, le doyen Kim et la diaconesse Jun sonnèrent à la porte à exactement quinze heures quinze. Quand on leur ouvrit, ils entrèrent sans se perdre en salutations, s'assirent sur le canapé, et prièrent en silence. Douglas fut le premier à terminer sa prière, le doyen Kim le deuxième, et la diaconesse Jun pria avec ferveur pendant trois longues minutes supplémentaires. Joseph les conduisit ensuite dans la chambre.

Tout le monde s'inclina et se sourit.

Leah était intimidé de les recevoir depuis son lit, en chemise de nuit et peignoir. Elle leur proposa du café. Un peu plus tôt, elle avait fait bouillir de l'eau et sorti le Nescafé soluble et le lait en poudre Coffee-Mate sur un plateau avec trois tasses propres pour que Joseph puisse leur préparer le café au cas où le comité aurait souhaité boire quelque chose. Il n'y avait pas de biscuits à la maison et elle en était confuse, mais elle n'avait pas reçu de visite depuis très longtemps. Le comité lui expliqua qu'il s'agissait de leur troisième visite de la journée, et qu'ils ne pouvaient pas boire une goutte de plus de thé ou de café. Ils lui avaient apporté douze canettes de jus d'orange et un carton d'éclairs au chocolat de chez Le Paris Bakery.

Joseph déménagea trois chaises de la cuisine dans la chambre. Les membres du comité s'assirent et prièrent pour son prompt rétablissement.

— Votre mari dit que vous avez attrapé un rhume, déclara Douglas.

Il craignait qu'elle n'ait contracté quelque chose de plus sérieux, mais ne voulait pas l'effrayer en évoquant cette possibilité. Il avait tenté de lui rendre visite plus tôt, mais Joseph l'en avait toujours découragé, prétextant que Leah n'était pas en état de recevoir. Après presque deux mois d'absence à l'église, Douglas avait insisté et senti que Joseph était même enclin à accepter un peu d'aide.

— Comment vous sentez-vous ?

— Bien mieux. J'ai eu des maux de ventre qui sont partis, mais je suis très fatiguée. Et il y a beaucoup de travail au pressing.

La diaconesse Jun hocha la tête, comprenant parfaitement. Elle-même travaillait dans un pressing qui appartenait à sa belle-mère dans l'Upper West Side. Entre ses deux petits garçons en âge d'aller à l'école et le travail, elle avait l'impression de ne jamais avoir le temps de dormir.

— Vous avez vu un médecin ? demanda Douglas.

— Je lui ai dit d'y aller, mais..., intervint Joseph.

Douglas hocha la tête et attendit que Leah ajoute quelque chose.

— Je me sens beaucoup mieux, leur assura Leah d'une voix un peu plus forte. C'était très charitable à vous de venir. Mais vraiment, je vais bien. J'espère aller à l'église dimanche prochain.

— Vous avez maigri, fit remarquer Douglas.

Leah n'était pas tout à fait honnête, mais elle ne pouvait pas supporter sa sollicitude plus longtemps.

— Je craignais que vous ayez attrapé la varicelle, poursuivit-il avec malice au souvenir de leur visite chez le chef de chœur. Mais vous m'aviez dit l'avoir déjà contractée, enfant.

— Non, rien de si grave. Je suis peut-être simplement fatiguée par mon grand âge.

Elle sourit et désigna ses cheveux d'un blanc éclatant.

— Ne dites pas de bêtise, la réprimanda le doyen Kim.

Elle ne devait pas avoir plus de quarante-cinq ans. La femme assise en pyjama dans son lit avait le visage d'une jolie fille du pays. Le comptable eut soudain de la peine pour elle. Beaucoup de femmes à l'église s'échinaient soixante à soixante-dix heures par semaine dans des petits commerces, sans salaire ni pauses. À la maison, elles s'occupaient des corvées et des enfants. Son épouse lui donnait un coup de main au bureau pendant la période des déclarations, mais la plupart du temps, elle restait à la maison avec leurs deux fils.

— Vous avez sans doute un peu trop travaillé, conclut le doyen Kim.

Joseph se mordit l'intérieur de la joue.

— Peut-être est-ce une bonne chose que vous vous reposiez le jour du Seigneur au lieu de devoir endurer tous ces sermons ennuyeux, dit Douglas avec un clin d'œil. Je suis certain que Dieu comprendrait.

Le doyen Kim et la diaconesse Jun s'esclaffèrent. Le sermon du jour sur la dîme et la nécessité de l'offrande sacrificielle leur avait semblé particulièrement long.

— Êtes-vous anémique ?

— Non. Mais c'est vrai que lorsque j'étais enceinte de Tina, le docteur a dit que je devrais manger plus de viande et d'épinards.

Il fallait qu'elle fasse une prise de sang, estima-t-il. Il connaissait un excellent spécialiste de médecine interne non loin du pressing. Peut-être pourrait-elle prendre rendez-vous pendant sa pause déjeuner ? Leah le remercia, mais lui affirma qu'elle n'en avait pas besoin. Elle se sentait déjà mieux et avait prévu d'aller à l'église la semaine suivante. Les membres du comité applaudirent cette nouvelle. La diaconesse Jun s'exclama « Amen ». Les doyens et la diaconesse se levèrent. Ils inclinèrent la tête et prièrent pour sa guérison au nom du Christ leur sauveur et rédempteur.

Après leur départ, Joseph sortit acheter de la viande marinée pour le *bulgogi* au supermarché coréen. Une fois rentré à la maison, il rinça le riz, alluma l'autocuiseur, et chauffa la poêle.

Une odeur d'ail et de grillade remplit bientôt l'appartement. Depuis la chambre, Leah sentit le gingembre et l'huile de sésame de la marinade. Elle prit une profonde inspiration et s'efforça de sortir du lit pour avancer à pas lourds, pieds nus. Dans la cuisine, elle vit le dos courbé de Joseph. Il déposait du kimchi dans un bol. La table de la cuisine était déjà mise, avec deux couverts. Il avait fait tout ça. Elle tira une chaise pour s'asseoir, et en entendant le bruit, il se tourna vers elle, fier du repas dominical qu'il avait préparé.

Soudain, l'odeur de viande se fit plus forte ; un nuage de vapeur s'éleva au-dessus de la poêle. Leah tenta de se lever pour ouvrir la fenêtre – il n'y avait pas d'aération dans la cuisine. Elle avait l'impression d'être engloutie sous l'eau, dans un manteau très lourd.

Il y eut un coup. Une douleur vive – si vive, en plein milieu de son visage – qui irradia ses joues et son front. Son nez lui faisait mal. Si mal. Des larmes jaillirent de ses yeux. Elle entendit Joseph se précipiter en chaussons vers elle. « *Yobo, yobo, yobo !* » s'écria-t-il. La viande grésillait dans la poêle, et Leah ne parvenait à penser qu'à une chose : au feu qui était encore allumé et à la viande qui allait brûler, et à tout cet argent gâché. Comment éteindre la cuisinière ? Elle avait perdu la parole. Un fin filet de sang coulait sur la table blanche. Tout s'assombrit sous la fumée.

Douglas Shim était penché au-dessus d'elle.

— Diaconesse, diaconesse…

Elle était de nouveau au lit et le col en dentelle de sa chemise de nuit était maculé de sang. Elle se souvint de la cuisine. Elle était tombée, n'est-ce pas ?

— Qu'est-ce qu'il y a ? demanda-t-elle au doyen Shim. Parler lui faisait mal.

— C'est votre mari qui m'a bipé. Je n'étais qu'à quelques rues, chez le doyen Chung, expliqua-t-il avec un sourire complice.

Le doyen Chung avait quatre-vingt-treize ans et ne pouvait pas quitter son lit. Il vivait avec son fils et sa belle-fille sans enfants dans le quartier de Maspeth. Avec lui, les visites étaient plus sociales que spirituelles. Le doyen Chung adorait bavarder plus que tout, et le comité allait toujours le voir en dernier, car il se lamentait au moment du départ.

— Vous m'avez sauvé la mise, en réalité. Il était sur le point de raconter encore l'histoire du soldat japonais aux taches de rousseur amoureux de sa sœur. Vous la connaissez.

Leah opina du chef.

Douglas parlait surtout pour jauger la lucidité de Leah. Son nez était peut-être cassé.

— Je suis désolée de vous causer autant de soucis.

Le doyen Shim regardait fixement son nez. Gênée, Leah y porta la main et grimaça de douleur.

— N'y touchez pas.

Leah croisa les mains et les posa sur son ventre.

— Peut-être que vous vouliez vraiment que je revienne parce que vous aviez envie de chanter.

Leah sourit. Depuis combien de temps personne ne l'avait taquinée ? Chul-ho *opa* l'appelait son Rossignol. Son frère décédé, le deuxième plus âgé, lui avait donné ce surnom quand elle était petite, et elle l'avait oublié jusqu'à maintenant. Rossignol. Allait-elle mourir, elle aussi ? Reverrait-elle ses deux frères morts au paradis ? À quoi ressembleraient-ils ? Et sa mère. Oh Seigneur, Seigneur… Leah voulait revoir sa mère. Dieu pouvait l'emporter dès maintenant, elle n'en serait que soulagée. Mais qui s'occuperait alors de Joseph ? Il fallait qu'elle se rétablisse pour s'occuper de lui. Planté dans un coin de la chambre, son mari restait impassible, mais elle sentait qu'il avait peur. Il avait dû paniquer, pour appeler le doyen Shim sur son bipeur.

Douglas approcha, paumes doucement levées comme pour lui demander la permission. Il toucha d'abord ses joues, puis son nez, aussi délicatement que possible. Leah se retint de tressaillir sous ses doigts. Elle avait si mal.

— Je crois qu'il est cassé, déclara Douglas. C'est peut-être juste une fêlure. Vous pouvez encore tenter une carrière à la télévision.

Leah réprima son rire pour ne pas relancer la douleur. Elle effleura de nouveau son nez. L'arête était légèrement enflée.

— Joseph cuisinait…

Elle plissa les yeux, confuse.

— Vous avez fait un malaise et vous êtes tombée tête la première sur la table. Joseph vous a portée jusqu'ici et m'a appelé. Maintenant, vous pouvez chanter.

Joseph sourit. Les plaisanteries du doyen ne lui avaient jamais plu, mais il appréciait leur capacité à alléger l'humeur des autres. Il voyait bien qu'ainsi, sa femme se détendait.

Douglas fit signe à Joseph et lui demanda quelques glaçons dans un torchon. Joseph se rendit dans la cuisine.

— Quel âge avez-vous ?

— Quarante-trois ans.

— À quand remontent vos dernières règles ?

— Je ne m'en souviens pas. Je ne les ai pas tous les mois, dit-elle, gênée.

C'était un sujet dont elle ne discutait avec personne. Elle était réglée depuis ses quatorze ans, de manière irrégulière. Parfois, elle les avait un mois sur deux et elles duraient dix jours ou plus. À part pour ses grossesses, elle n'avait jamais consulté de gynécologue. Tina ne cessait de lui dire de passer des examens, mais qui avait le temps pour ce genre de choses ? Et puis, ça coûtait si cher.

— Il y a quelques semaines, je crois.

Sa mémoire flanchait. Cela remontait à plus de deux mois.

— Alors vous n'êtes pas enceinte, dit calmement Douglas.

— Oh non, répondit Leah en écartant cette hypothèse impossible.

Joseph arriva avec un baluchon de glaçons. Douglas les retira tous du torchon, sauf trois. Il montra à Leah comment les appliquer sur son visage.

— J'ai le regret de vous informer que vous n'êtes pas père d'un troisième enfant, annonça malicieusement Douglas à Joseph.

— J'ai subi une vasectomie après la naissance de Tina. Les médecins disaient que Leah ne supporterait pas de tomber encore enceinte. Je ne voulais pas qu'elle prenne tout le temps des médicaments.

Douglas approuva vigoureusement. Qu'un homme de sa génération et de son milieu se soucie suffisamment du bien-être de sa femme pour se faire opérer était remarquable. Mais il ressentit une pointe de jalousie à l'égard de Joseph, qui avait une si belle épouse. Douglas se demanda où était passé son propre désir sexuel – comme si cette partie de lui avait été anesthésiée.

— Je veux que vous consultiez un spécialiste en médecine interne. Pour quelques examens de routine. Et vous devriez voir un ORL pour votre nez. Il ne touchera probablement à rien, et vous n'aurez peut-être même pas droit à une radio, à moins que vous ne vouliez intenter un procès à votre mari pour avoir fait la cuisine. Vous avez une mutuelle ?

Leah secoua la tête.

— On a de quoi payer. On a de l'argent pour le médecin, intervint Joseph.

Leah regarda désespérément les deux hommes, sans savoir comment s'opposer à eux.

Douglas devait partir, mais il promit de l'appeler le lendemain.

Durant la semaine qui suivit, Leah se rendit chez l'ORL, car le cabinet se trouvait à trois rues du pressing. Son nez était cassé, confirma le médecin, et il n'y avait rien à faire, conclut-il. L'interniste ne pouvait pas la prendre avant la semaine suivante, mais Leah envisageait déjà d'annuler le rendez-vous, car elle se sentait bien mieux. Elle s'efforçait de manger à horaires réguliers, préférant les bagels et le riz aux sandwichs au rosbif onéreux que lui achetait Joseph au deli du coin de la rue. Quand arriva le dimanche, elle décida d'aller à l'église. Trop de temps s'était écoulé depuis la dernière fois qu'elle avait franchi le seuil de la maison du Seigneur. Leah n'avait cessé de prier pour demander pardon. Quoi qu'elle ait fait, elle en était venue à croire qu'Il serait miséricordieux. Car Dieu était bon.

Leah entra discrètement dans la salle de répétition et s'assit à sa place. Le chef de chœur n'était pas encore là. En la voyant, les autres choristes poussèrent des exclamations enthousiastes et l'accueillirent chaleureusement. Kyung-ah hurla de joie et la serra dans ses bras.

— Je voulais te rendre visite. Mais ton ours de mari disait que tu avais besoin de sommeil, geignit Kyung-ah en caressant les cheveux de Leah. *Uh-muh,* qu'est-ce qui s'est passé ? Qu'est-ce que c'est que ça ?

Elle désigna l'ombre bleue sur l'arête du nez de Leah.

— Je me suis évanouie et je suis tombée sur la table. Il est cassé.

L'inquiétude se répandit sur les visages des choristes.

— Je vais bien. Rien de grave. Je peux encore chanter. Leah sourit pour les rassurer. Puis elle les remercia pour le ficus qu'ils lui avaient fait livrer.

Quand Charles entra, Leah sentit son ventre se nouer. Charles se dirigea vers l'avant de la salle. Il posa sa sacoche sur son bureau et ôta sa veste, s'efforçant de rester calme. Elle était là. Malgré tout, une part de lui était tentée de la prendre par la main, de sortir d'ici et de ne jamais revenir. Ils pouvaient être heureux ensemble. Après son appel, il avait attendu qu'elle change d'avis, mais non. Elle n'était même pas revenue à l'église. Elle n'avait pas téléphoné chez lui. Il jeta un coup d'œil dans sa direction. Plusieurs personnes lui parlaient encore. Elle avait un léger bleu sur le nez. Joseph l'avait-il frappée ? Peut-être était-ce la raison pour laquelle elle ne pouvait pas quitter ce vieillard. Charles fit la grimace. Il avait songé à démissionner, donner plus de cours particuliers. Son père lui enverrait volontiers plus d'argent s'il lui expliquait qu'il voulait se concentrer sur son cycle de mélodies, que la direction du chœur était une perte de temps. Après tout, la première mondiale était dans moins de deux mois. Mais il avait une nouvelle raison de rester. Pour un temps, en tout cas. Kyung-ah était venue le trouver après la répétition, la semaine passée. Et la veille, elle était venue chez lui. Il y avait quelque chose de délicieux dans la manière qu'elle avait de s'abandonner à lui. Et il y avait trop longtemps qu'il n'avait pas été vraiment avec une femme. Faire l'amour était bien mieux quand les rendez-vous étaient fréquents. Elle aussi voulait quelque chose de régulier. Étonnamment, ça ne l'intéressait pas de se prendre pour sa mère, son épouse, ou sa petite amie. Kyung-ah n'était pas intéressée par la romance. Elle était en chaleur, un peu comme une chienne, disait-elle elle-même. La veille, elle n'avait même pas voulu d'un café avec lui. Elle était partie à dix-sept heures pour boucler sa compta et fermer le magasin. Il la reverrait ce soir après la répétition, si elle parvenait à se libérer.

Charles tendit la partition de la semaine à la secrétaire de la chorale, Mrs Noh.

— Je me disais que ce dimanche, nous pourrions tenter cet arrangement de *How Great Thou Art*. Il y aura deux duos – un masculin, un féminin.

Les frères Kim furent ravis lorsque leurs noms furent appelés.

— Diaconesse Cho, vous êtes revenue parmi nous, constata Charles d'une voix plate.

Leah hocha la tête, les dents serrées.

— Comment vous sentez-vous ?

Les membres de la chorale la regardèrent avec compassion, suspendus à sa réponse.

— Je... je peux chanter, dit-elle.

— Bien. Vous et Mrs Shim prendrez le duo, annonça rapidement Charles en se tournant vers Mrs Shim, une jeune mezzo-soprano mère de deux enfants.

Kyung-ah chuchota à Leah :

— J'ai déjà eu deux solos ce mois-ci quand tu n'étais pas là.

Elle gloussa en se souvenant de Charles qui l'avait rattrapée par la taille d'un air possessif avant qu'elle ne parte de chez lui la veille. Les hommes étaient ridicules, mais avaient leur utilité.

Mrs Shim adressa un sourire timide à Leah. Elles n'avaient jamais chanté ensemble.

Charles demanda à la pianiste de jouer et la répétition commença.

Leah n'avait pas prévu qu'on lui demanderait de chanter en duo. La veille, elle avait eu du mal à dormir, perturbée par toutes les choses qu'elle pourrait dire au professeur. Comment étaient-ils censés travailler ensemble après tout ce qui s'était passé ? Elle avait prêté serment devant Dieu d'être une choriste exemplaire, de s'entraîner davantage et de rester toujours sur ses gardes à son abord. Elle avait été imprudente et stupide de succomber à ses sentiments romantiques. Cette nuit-là était un péché dont elle porterait la culpabilité à jamais. Son souvenir lui avait donné envie de mourir, mais elle s'était raisonnée et avait conclu que le suicide serait un plus grand péché encore. Il fallait qu'elle continue à vivre pour s'occuper de Joseph. Tout était si confus. Dieu attendait d'elle qu'elle respecte l'autorité, et le professeur était son supérieur. Dans son cœur pétri de honte, elle s'imaginait de nouveau seule avec lui, à parler de musique et de sa vie. Après son appel, elle avait cherché son numéro de téléphone et avait décroché le combiné plusieurs fois, lorsqu'elle était seule chez elle. Mais elle l'avait imaginé lui raccrochant au nez, de rage. Ce que Leah avait ressenti pour lui, elle ne l'avait jamais ressenti pour un autre homme, toutefois elle n'avait jamais eu l'intention de commettre un adultère. Ce que Dieu avait consacré – les liens de son mariage avec Joseph –, elle ne pouvait le défaire. Son amour pour le professeur serait son sacrifice à Dieu. *Je renoncerai à lui,* s'était-elle rassurée, *et je servirai fidèlement Dieu en ne chantant que pour Lui.*

Quand la répétition prit fin, tous les choristes s'en allèrent sauf les frères Kim, Mrs Shim, le professeur, et elle. Il l'avait à peine regardée, à part pour lui donner des instructions. Leah se demanda si tous sentiments entre eux avaient disparu. Peut-être les avait-elle seulement imaginés. Elle rassembla ses partitions, les duettistes souhaitèrent une bonne soirée au professeur, et il ne posa pas même sur elle un bref regard. Elle sentait cette pression lourde dans sa poitrine. C'était ce qu'elle méritait, ce que Dieu voulait pour elle. Elle était une femme mariée, et son mari était un homme bon.

Dans le parking, Leah adressa un signe de la main aux frères Kim, deux hommes corpulents, peu loquaces et gênés en présence des femmes, et à Mrs Shim, qui était gentille et s'inclinait à tout-va. Leah monta dans sa voiture, consciente que le professeur se trouvait encore dans l'église. Elle attacha sa ceinture et alluma le moteur. *Tu ne dois pas retourner à l'intérieur,* s'intima-t-elle. Elle conduisit lentement vers la maison, essuyant ses larmes à chaque feu rouge.

# 12

# LA DOUBLURE

— Quelle fournaise ! geignit Kyung-ah en tirant sur son col en satin blanc. Je hais ce vieux truc en polyester.

Le col amovible en triangle glissa sur la robe de chorale bleu ciel. La soprano était tout aussi agacée par la doyenne Ahn, dont la prière monocorde n'en finissait pas.

— Même Jésus n'avait pas autant de choses à dire, pesta-t-elle.

Quelques basses et ténors assis derrière Kyung-ah ricanèrent. Leah tapota la cuisse de Kyung-ah, comme pour calmer une enfant agitée. Elle aussi avait trop chaud. Ce matin-là, elle avait enfilé sa belle robe bleue – une laine fine d'été avec des manches trois-quarts – qui aurait dû convenir pour cette fin juillet, mais la doublure bleu clair qu'elle avait elle-même cousue collait à son dos moite. Malgré sa soif et son inconfort, elle s'efforça de prêter attention à la longue adresse de la doyenne Ahn à leur Père aux cieux. Un ténor chronométra douze minutes et quarante-trois secondes sur sa Rolex Perpetual en or. L'office n'en était qu'à la moitié du programme, et les choristes devaient rester assis au balcon blanc qui leur était réservé. Leurs têtes aux cheveux noirs dodelinaient juste au-dessus des murs lambrissés de l'église. La chorale n'était qu'à quelques mètres du lutrin. C'était maintenant au tour du sermon. Il ne faisait que vingt et un degrés dehors, mais dans le sanctuaire, le ressenti était de trente. La climatisation n'avait pas fonctionné de tout l'été. Naturellement, on avait beaucoup plaisanté sur cet avant-goût de l'enfer. Les frères Kim tirèrent sur leur cravate. Leur duo avec la diaconesse Cho et Mrs Shim était déjà passé. Ils rêvaient d'une bière fraîche.

Les rayons vifs du matin se déversaient par les hautes fenêtres – d'immenses rectangles de lumière cuisaient les paroissiens qui avaient la malchance d'être assis sous leurs feux. La doyenne Ahn priait maintenant pour ceux dont les noms figuraient sur les cartes d'appels à la prière déposées la semaine passée.

Kyung-ah tournicotait impatiemment ses mains pas tout à fait dissimulées par les larges manches de sa robe de chorale bleue. Mais la doyenne Ahn demeurait imperturbable alors que sa voix s'élevait dans des aigus extatiques. Les larmes coulaient à flots. Plusieurs fidèles étaient manifestement émus par sa ferveur. Seules douze femmes portaient le titre de doyennes au sein d'une congrégation qui en comptait cinq cents. Chacune d'elles prononçait une prière par an. Ce n'était pas un privilège que la doyenne Ahn prenait à la légère. Ses deux filles et son fils, qui pourtant ne venaient pas à l'église de Woodside régulièrement, étaient là en ce jour, sur demande expresse de leur mère. Kyung-ah fit les gros yeux et pinça Leah pour la taquiner. Heureusement, les deux femmes étaient coincées au milieu des trois rangées, si bien que les paroissiens ne pouvaient pas voir les singeries de Kyung-ah. Le père de Leah disait à ses frères, lorsqu'ils se moquaient de leur grand-mère très pieuse : « Vous verrez, un jour vous aussi serez vieux, et alors seul Dieu aura de l'importance. » Leah jeta un regard réprobateur à son amie – ce qui n'eut aucun effet. Kyung-ah afficha un sourire malicieux et s'éventa avec le programme.

Charles était assis avec les fidèles au premier rang, proche de l'allée centrale. Il était particulièrement séduisant ce jour-là, remarqua Kyung-ah : rasé de près, en chemise de lin blanc et pantalon foncé en coton dont la fraîcheur contrastait avec les costumes sombres et cravates bas de gamme qui l'entouraient. Kyung-ah lui adressa un regard complice. Après la répétition du soir, elle était censée le retrouver au restaurant italien de Mulberry Street, où ils avaient peu de chance de croiser une de leurs connaissances. Dans l'élaboration de leurs projets pour la soirée, il lui avait demandé de rester dormir et elle avait répondu nonchalamment « On verra ». Mais la veille, elle était allée chez Macy's et avait acheté une robe de chambre en dentelle couleur champagne à trois cents dollars. Son mari croyait qu'elle devait dormir chez sa sœur.

Enfin, la doyenne Ahn prit sa tête entre ses mains brunes et noueuses. Elle était euphorique et certaine d'avoir été entendue par Dieu. Elle récupéra sa canne en acier, posée pendant tout ce temps contre le lutrin, et descendit de l'estrade. Miss Chun, l'organiste remplaçante pour l'été, se mit alors à jouer les premières mesures de *When Morning Gilds the Skies.*

Leah se leva avec l'ensemble de la chorale, remplit ses poumons d'air et loua le Seigneur en chantant. Les deux premiers vers de l'hymne étaient sublimes. C'était la raison pour laquelle elle s'était habillée ce matin, malgré la tentation de rester au lit, alourdie par la honte de revoir le professeur et par le poids de son péché dans son cœur. Qu'était la musique, sinon un miracle ? Ce qu'elle ne pourrait jamais dire, elle pouvait le chanter, exprimer la profondeur de sa passion pour son Créateur. Leah ferma les yeux pour laisser son cœur chanter. Mais soudain, une nausée fulgurante la plia en deux. Un liquide se déversa entre ses jambes, venant tremper ses collants. Ses chevilles étaient rouge sombre, comme l'ourlet de sa robe. Une large flaque de sang s'étala au sol jusqu'à atteindre les souliers de Kyung-ah et de Miss Oh, ses voisines. Leah poussa un petit cri, puis s'effondra. Kyung-ah s'écria :

— Appelez une ambulance !

Charles se précipita hors du sanctuaire pour se ruer sur le téléphone du secrétariat.

Au Elmhurst General Hospital, les médecins et infirmiers les firent passer en priorité, par respect pour Douglas, leur confrère, qui présenta Leah comme sa sœur. Personne ne remit en question cette parenté. Joseph tenait la main moite et inerte de Leah et répondait aux questions de Douglas qui remplissait la paperasse. Il lui tendit une carte de crédit qui n'avait été utilisée que deux fois dans sa vie, et signa partout où Douglas le lui indiquait. Comment pouvait-on contacter Casey ? demanda Douglas. Joseph l'ignorait. Quand les médecins emportèrent Leah et dirigèrent Joseph vers la salle d'attente, Douglas téléphona à sa fille et lui demanda de trouver Casey. Leah venait de subir une fausse couche.

C'est Sabine qui finit par donner à Ella le numéro de Kearn Davis. Casey fut surprise d'entendre la voix de son amie, et plus stupéfaite encore par la nouvelle.

— Oh, merci beaucoup pour ton appel. Je… je ne sais pas quoi dire. Mon Dieu. Qu'est-ce que je vais faire ? marmonna Casey pour elle-même.

Elle était censée rendre un rapport de recherches dans quelques heures. Les décisions concernant les offres d'embauche seraient annoncées deux semaines plus tard. Ce n'était pas le moment de s'absenter du bureau.

— Tes parents ont besoin que tu ailles les voir à l'hôpital immédiatement, décréta sévèrement Ella, surprise que Casey ne parte pas sur-le-champ.

Casey perçut le reproche dans sa voix. Ella croyait-elle vraiment qu'elle envisageait de ne pas s'y rendre ? Que lui avait raconté Unu à son sujet ? Après avoir remercié Ella, Casey se fit conduire au Elmhurst General Hospital.

Quand elle arriva, le docteur Shim entreprit de lui exposer la situation. Il devait partir. Il était en retard pour un dîner avec un membre du conseil d'administration de son propre hôpital.

— Tu prendras bien soin de ta mère ? demanda Douglas, soulagé par la présence de Casey.

— Oui, bien sûr. Merci, docteur Shim. Merci pour tout ce que vous avez fait aujourd'hui.

Douglas sourit et la serra dans ses bras avant de la laisser avec son père. Ce dernier scrutait le sol beige de l'hôpital, incapable de la regarder dans les yeux. Elle n'était pas complètement scandalisée par l'idée que ses parents aient des rapports sexuels, mais véritablement surprise. Sa mère était tombée enceinte une troisième fois. Tina et elle auraient pu se retrouver avec une petite sœur ou un petit frère. C'était dingue.

— Comment va-t-elle ? Tu l'as vue depuis ?

— Elle est toujours là-bas, dit Joseph en désignant une direction derrière des portes battantes. Ils enlèvent le…

Il ne parvint pas à en dire davantage. Ses filles étaient-elles au courant qu'il avait subi une vasectomie après la naissance de Tina ? Comment avait-elle pu le lui cacher ? D'après le doyen Shim, parfois les femmes font des fausses couches sans même s'en rendre compte. On peut les confondre avec des menstrues abondantes. Sa femme ne lui avait jamais parlé de ses règles ni de choses de ce genre.

— Le doyen Shim dit que les vasectomies ne sont pas fiables à cent pour cent.

— De quoi tu parles ? demanda Casey.

Son père eut l'air paniqué, comme s'il lui apprenait quelque chose qu'elle n'était pas censée savoir.

— Oh, oui, bien sûr, rattrapa aussitôt Casey. J'ai lu ça quelque part. Qu'on peut tomber enceinte même avec un homme qui a subi une vasectomie.

C'était faux, mais le soulagement de son père à ces mots était palpable. Son père avait subi une vasectomie ? Casey n'en savait pas plus que la moyenne en matière de contraception. Elle-même avait dû avorter, alors qu'elle était sous pilule. Un accident peut arriver. Elle résista à l'envie de téléphoner à Tina sur-le-champ pour l'interroger sur le sujet.

Joseph s'assit et se frotta les tempes. Sa migraine empirait. Casey s'installa sur le siège voisin. Du coin de l'œil, il observa son profil. Elle avait des yeux marron foncé avec des cils courts. Elle était si proche qu'il discernait la couche de mascara noir. Ses yeux étaient petits et n'avaient pas la forme de ceux de sa femme, mais plus des siens. Elle avait hérité du nez de sa mère à lui, et elle avait ses lèvres – elle tenait de son côté de la famille. C'était quelque chose qu'il avait toujours su et qu'on lui avait fait remarquer, mais qu'il n'appréciait pas particulièrement chez elle, et il s'en voulait d'avoir toujours préféré la cadette. C'était plus fort que lui. La plus jeune était tout simplement plus facile à aimer, une enfant de nature douce et obéissante.

Casey portait quelque chose qui ressemblait à une cravate courte avec un chemisier blanc et un pantalon blanc. Elle avait une drôle d'allure. Pas laide, mais bizarre. Elle s'était toujours habillée de façon si marginale. Elle venait de son bureau, où elle travaillait souvent le week-end, avait-elle expliqué au doyen Shim. Pourquoi ne pouvait-elle pas s'habiller comme les gens normaux ? Dans sa main, elle tenait un fedora en paille orné d'un ruban orange. Un chapeau d'homme, là encore. Est-ce que sa fille était une lesbienne ? Non. Elle avait eu des petits amis. Mais après tout, il ne pouvait en être certain. Tina était *yam-jun-heh*, féminine, en comparaison, même si Casey, enfant, adorait les jupes et portait des colliers en perles. C'était Casey qui jouait avec le rouge à lèvres de leur mère. Tina était réservée, s'en sortait mieux en tout sans qu'on ait besoin de le lui rappeler, elle aidait leur mère. Casey avait causé plus de problèmes. Pas tant à l'école, mais en général, car elle voulait faire les choses à sa façon, sans l'aide de personne. Ses filles étaient si différentes l'une de l'autre. Casey avait le tempérament d'un garçon. Elle se comportait comme le fils rebelle. Avant la guerre, lui aussi était comme ça.

Joseph n'avait pas compté sur l'aide de Casey, mais elle était venue. Soudain, il lui sembla naturel de lui tapoter le dos, comme il le faisait souvent avec Tina lorsque cette dernière s'asseyait à côté de lui à table. Au début, Casey se raidit sous la caresse, puis elle se détendit. Elle se mit à pleurer, et Joseph ne comprit pas pourquoi.

Une infirmière philippine portant un pantalon blanc et une blouse à motif criard trop large pour sa frêle silhouette approcha. Elle les informa que la procédure s'était bien passée.

— Elle aura besoin de se reposer quelque temps, mais elle peut rentrer à la maison dès ce soir.

Joseph soupira, puis prit sa tête entre ses mains. Casey l'entendait remercier Dieu en coréen. Elle se tourna vers l'infirmière au sourire rassurant et au beau visage ovale.

— Infirmière… Bulosan, lut-elle sur son badge, je peux voir ma mère ?

— Oui. La première porte sur votre gauche, après les portes battantes. Vous la trouverez un peu endormie, mais c'est normal. Elle risque d'être plus émotive que d'ordinaire. C'est compréhensible, bien sûr.

L'infirmière resta pour répondre à ses questions, puis les quitta d'un pas léger et rapide.

Joseph avait fini de prier.

— Tu veux que j'appelle Tina maintenant ? demanda Casey.

— Non. Je m'en charge, répondit Joseph. Va, plutôt.

— Tu ne veux pas voir Maman ?

— Bientôt. Va. Va la voir.

Joseph se leva. Il avait envie d'une cigarette, même si cela faisait une éternité qu'il n'avait pas fumé. Il en échangerait une contre un dollar au premier fumeur qu'il trouverait devant l'hôpital. Ensuite il trouverait un téléphone au rez-de-chaussée.

Les effets de l'anesthésie s'étaient presque dissipés. La procédure n'avait pas duré longtemps. Leah se souvenait d'avoir compté en anglais à l'envers à la demande du docteur. Elle était encore allongée sur un brancard à roulettes, car son lit d'hôpital n'était pas prêt. Elle baissa les yeux sur son ventre. Où était Joseph ? On avait dû lui dire qu'elle était enceinte.

La porte s'ouvrit lentement et Casey entra dans la chambre.

— *Umma,* est-ce que ça va ?

— Comment as-tu trouvé *Umma* ?

— Ella m'a appelée au bureau.

Casey s'approcha du brancard. Une longue mèche couvrait en partie l'œil droit de sa mère. Elle écarta les cheveux sur son front. Sa mère était visiblement fatiguée, mais son état ne semblait pas inquiétant. Elle avait surtout l'air fragile.

— Mon Dieu, j'ai eu tellement peur, lâcha Casey, enfin soulagée.

— *Umma* va bien. Où est Papa ?

— Au téléphone avec Tina.

— Ah.

La vraie question, c'était comment sa mère avait-elle pu faire une fausse couche alors que son père était passé par la case vasectomie ? se demanda Casey. Elle inspira profondément et se lança :

— Est-ce que tu as eu des rapports avec quelqu'un d'autre que Papa ?

S'était-elle contentée de formuler la phrase dans sa tête ou l'avait-elle prononcée à voix haute ?

— Oui, répondit Leah.

Casey regarda le plafond. Leah ne se sentit pas mieux de faire peser le fardeau de la vérité sur sa fille.

— J'ai péché envers Dieu.

Casey secoua la tête.

— C'est lui qui t'a mise enceinte, alors.

— Je ne savais pas que j'étais...

— Comment as-tu pu ne pas t'en rendre compte ?

— Je n'ai pas mes règles tous les mois.

— Papa dit qu'il a subi une vasectomie.

— Il t'en a parlé ?

— Il pensait que j'étais déjà au courant.

— Je mérite de mourir.

Casey resta silencieuse un moment avant de parler, pour s'assurer de garder un ton le plus calme possible.

— Je me fiche de savoir qui tu te tapes. Je suis simplement un peu surprise.

Leah ferma les yeux. Son péché méritait une punition. Son mari allait la quitter. Peut-être était-il déjà parti. Tout le monde devait savoir quelle personne amorale elle était.

Casey se tourna pour vérifier que la porte était bien fermée.

— Papa pense qu'il y a une chance pour que le bébé ait été le sien. Le docteur Shim lui a dit que les vasectomies n'étaient pas fiables à cent pour cent.

— J'ai péché. Envers Dieu. Envers mon mari. Envers moi-même.

— Est-ce que tu es amoureuse de cet autre type ? Tu le vois encore ?

— Non, non. Mais j'ai péché.

— Bon, ça suffit avec cette histoire de péché. Contente-toi de me dire comment ça s'est passé. Explique-moi calmement, en détail.

Leah lui parla du professeur. De la varicelle, de la répétition de la chorale, du *diner,* et du sexe dans la voiture garée à côté de la station de métro.

— Attends, je ne te suis pas. Le chef de chœur ? Mr Jun ? fit Casey avec une grimace.

— Non, le professeur Hong, il est nouveau. Mr Jun a pris sa retraite. Le professeur est aussi coach vocal, et compositeur. Il travaille sur son propre cycle de mélodies qui sera joué en première internationale dans une très grande école de musique. Il a travaillé avec des chanteuses d'opéra du Metropolitan…

— Oui, oui, OK. Si tu le dis. Pourquoi es-tu montée à l'arrière avec lui ?

— Je ne savais pas ce qu'il voulait.

— Tu croyais quoi ? Qu'il allait te tenir la main et te chanter une berceuse ?

Leah sanglota et Casey se tut.

— C'est ma faute, c'est moi qui ai dû provoquer son désir. Je ne savais pas comment l'arrêter ensuite. Je lui ai dit non, mais il a répondu que je ne comprenais pas. Il a dit qu'il m'aimait.

— Tu lui as dit non ?

Leah opina de la tête.

— Je lui ai demandé d'arrêter. S'il vous plaît, non. Je l'ai supplié de… s'il vous plaît, non. Mais il ne pouvait pas. Un homme ne peut pas s'arrêter quand il commence. Je le savais. Tout le monde me l'a dit quand j'étais petite. J'aurais dû…

— Tu as dit non.

Casey leva les yeux au ciel, puis inspira profondément pour lui expliquer :

— Tu as dit non, mais il a quand même continué. Les hommes ne sont pas tous les mêmes. Certains savent se contrôler, et s'arrêtent. Tu ne sais rien des hommes, dit Casey doucement sans la moindre sévérité. Tu ne sais absolument rien. Tu n'as couché qu'avec un seul homme dans toute ta vie. Enfin, techniquement deux, mais on était plus proche du viol, alors disons un.

Sa mère ne semblait pas comprendre ce qu'elle voulait dire, alors elle poursuivit :

— Ce n'était pas un péché que de l'emmener dans un *diner*. Il avait faim et tu avais une voiture. Tu n'aurais jamais laissé personne avoir faim. La belle affaire. Il savait qu'il te plaisait, parce que lui n'est pas né d'hier, et il a profité de toi. C'est un connard.

Il lui avait dit qu'elle était belle. Qu'il voulait qu'elle vienne vivre avec lui. Elle avait pris du plaisir à imaginer le suivre, même si elle culpabilisait terriblement pour ça aussi.

— On ne peut pas dire que ce qui s'est passé entre toi et le chef de chœur était mutuellement consenti. Est-ce que tu voulais coucher avec lui ?

— Non. Je…, balbutia Leah. Tu dois me croire. Je voulais qu'il s'intéresse à moi. Je l'ai emmené au restaurant. J'ai vraiment passé un très bon moment pendant le dîner.

— Tu as le droit de manger avec qui tu veux. Ce n'est pas la même chose que de laisser un homme te baiser ensuite juste parce qu'il en a envie.

Leah se mit à crier :

— Je veux mourir ! Je t'en supplie, laisse-moi mourir !

— Arrête ! Arrête. Calme-toi.

Leah ouvrit grand les yeux et se tut.

— Je suis désolée que ça te soit arrivé. Vraiment. Mais tu ne vas pas mourir. Tu ne peux pas mourir.

— Le suicide est un péché, approuva Leah doucement. Je ne peux pas me donner la mort.

— Je suis ravie que tu sois de cet avis.

Leah pleurait encore.

— Écoute-moi bien. Tu ne dois rien dire à Papa. Tu ne peux pas lui raconter ce qui s'est passé. Ça ne changerait rien. Crois-moi. Ça le tuerait, et pour quoi faire ? Pour laver ta conscience ? Tu t'es entichée d'un homme. Et il t'a violée. Ce n'est pas ta faute. Je ne t'en veux pas. Vraiment. Et je n'ai pas moins d'estime pour toi.

Casey caressa les cheveux blancs de sa mère. Celle-ci avait moins d'expérience que l'adolescente américaine moyenne. Ne parlait-elle donc pas de sexe avec ses copines du *geh* ? Des hommes ? Ne se plaignaient-elles pas au moins de leurs maris ?

Après avoir couché avec une douzaine d'hommes, Casey avait développé des théories en matière de sexe ; elle avait son propre point de vue sur la question. Plusieurs choses l'intéressaient, parfois faire l'amour, parfois être une bonne amante, et parfois simplement baiser. Le sexe était souvent enveloppé d'une aura de honte et de flatterie ; et entre les deux, on pouvait trouver de la maladresse et de la beauté. Elle avait appris que son corps avait de la valeur à ses yeux propres et à ceux des autres. Avec Jay, elle s'abandonnait et lui accordait une confiance totale. Unu aussi avait mérité cette confiance, et elle avait tout gâché en couchant avec Hugh. Hugh était un plan d'un soir complètement irrationnel. Elle ne l'aimait pas, il ne l'aimait pas non plus. D'ailleurs, il était difficile d'imaginer que Hugh soit capable d'éprouver de l'amour pour quelqu'un sur une période prolongée. Le paradoxe avec l'expérience, c'est que dans son apprentissage des choses intimes, elle n'avait pu échapper à la banalisation du sexe. Casey était toujours aussi perdue. À quoi bon coucher ? Elle avait connu le sexe jouissif, le sexe décevant, les échecs et les conquêtes. Mais surtout, si elle devait à nouveau se déshabiller devant quelqu'un et accepter de recommencer, il fallait qu'elle sache pourquoi. Et qui pourrait-elle aimer ?

Sa propre mère était tombée enceinte après un rapport avec le chef de chœur. Si elle n'avait pas été violée, elle avait au minimum été forcée – Casey hésitait sur le choix des mots, car ils faisaient passer sa mère de quarante-trois ans pour une demeurée.

— Tout est ma faute, répéta Leah entre ses larmes. C'était ma faute. Je dois confesser mon péché. Me repentir.

Casey jeta à nouveau un coup d'œil en direction de la porte.

— Je t'en supplie, ne fais pas ça. Ne fais pas de mal à mon père, dit-elle en effleurant la chevelure de sa mère. Ne dis rien, fais ça pour moi.

Leah continua de sangloter. Personne n'apparut à la porte.

Tina proposa de se rendre à New York sur-le-champ, mais Joseph lui répondit que ce n'était pas nécessaire. Il expliqua qu'il s'agissait d'une fausse couche spontanée et que le curetage s'était bien passé – c'était ce qu'avait dit l'infirmière.

— *Umma* peut rentrer à la maison ce soir. C'était juste un grand choc pour nous tous. Casey est là.

— Casey est là ?

— Oui. Elle est arrivée tout à l'heure. C'est plus facile si c'est elle qui s'occupe d'*Umma* parce qu'elle est à New York. Tu dois penser à Timothy et à ton mari. Ne t'inquiète pas. Chul a besoin de toi auprès de lui pendant la période de ses examens. Tu as dit que ses notes étaient très importantes.

— Oui, mais si *Umma* est malade...

Le prix d'un nouveau billet d'avion avec un bébé pour New York serait exorbitant. Leur budget était déjà si serré...

— Tina, tu n'es pas obligée de tout faire. Je sais que tu travailles très dur à la maison. Casey peut donner un coup de main et je m'occuperai d'*Umma*, moi aussi. Je vais dire à *Umma* que tu voulais venir. Mais elle le sait déjà.

Tina acquiesça en silence. Son père disait cela pour qu'elle ne culpabilise pas de ne pas pouvoir rentrer.

— Je l'appellerai quand vous serez rentrés à la maison, alors.

— OK, OK. Prends soin de toi aussi, Tina. Il ne faut pas que tu tombes malade. Ta famille compte sur toi.

En approchant de la chambre de Leah, Joseph remarqua le groupe de femmes attroupé devant la porte fermée. Il lui fallut une minute pour comprendre que ce groupe était composé des doyennes et diaconesses du comité de paroisse, et des femmes de la chorale. Le professeur n'était pas là.

À la vue du doyen Han, elles feuilletèrent leur livre de cantiques jusqu'à la page de *Our God, Our Help in Ages Past* puis s'inclinèrent.

— *Waaah*, s'exclama-t-il, ébahi par la foule rassemblée. Il y avait au moins vingt-cinq femmes.

— Est-ce qu'elle va bien ? demanda Mrs Noh, la secrétaire de la chorale.

— Oui. C'était une fausse couche. Elle va pouvoir rentrer à la maison ce soir.

Les femmes firent claquer leur langue sur leur palais. Les fausses couches étaient porteuses d'un terrible chagrin, nombre d'entre elles en avaient déjà fait l'expérience.

— Nous ne voulions pas frapper à la porte, pour ne pas risquer de la réveiller.

— Vous attendez là depuis tout ce temps ?

— Depuis quelques minutes seulement. Peut-être que vous pourriez toquer pour nous ? suggéra une choriste.

Joseph acquiesça et frappa à la porte. La voix de Casey répondit :

— Entrez !

Il ouvrit la porte et à cet instant précis, la chorale se mit à chanter. Les visiteurs des autres chambres passèrent une tête dans le couloir pour écouter, et les médecins et infirmiers s'immobilisèrent pendant un instant. L'infirmière Bulosan, qui leur avait parlé plus tôt, s'arrêta pour chanter et elle se signa.

Quand la musique résonna dans le couloir, Leah se mit également à chanter. L'église était venue à elle. On était dimanche soir et les choristes auraient dû se trouver auprès de leurs familles. Comment ces femmes avaient-elles pu abandonner maris et enfants alors qu'il y avait le dîner à préparer, la maison à ranger, tout ça pour venir chanter pour elle, une pécheresse ?

Casey aida sa mère à se redresser un peu. Leah chantait à travers les larmes : « *Under the shadow of Thy throne, Thy saints have dwelt secure; sufficient is Thine arm alone, and our defense is sure.* »

Leah tourna la tête et vit son mari près de la porte. Son inquiétude était manifeste. Il lui sourit et elle tendit la main dans sa direction.

## 13

# DONNER

LE SAMEDI MATIN, Unu prit le train de banlieue pour rejoindre New Haven, puis un bus à destination de Foxwoods avec cent dollars à miser. Suivant le conseil de son bookmaker, il n'avait pris aucune carte avec lui, car la tentation de vider ses comptes ou de retirer du liquide à crédit serait trop grande. Quand le soir tomba, il fit le chemin inverse avec exactement cent trente-deux dollars dans sa pince à billets. Le coût du transport et le sandwich acheté chez Subway effaçaient nettement ses trente-deux pour cent de gains. Six heures de trajet, cinq heures de jeu, avec un gain net de zéro dollar, pour arriver enfin sur le palier de son appartement.

La clé ne rentrait plus dans la serrure. Il n'y avait que deux clés sur l'anneau en fer du porte-clés en plastique jaune de Lucky Bastard Lounge de l'autoroute I-95 : celle de son appartement et celle de sa boîte aux lettres.

C'était maintenant son bookmaker qui avait la clé de sa Volvo. À ses pieds, à côté d'une pile de journaux, un ruban de scotch épais en biais fixait une épaisse enveloppe sur la moquette brune du couloir. Elle provenait de l'administration municipale de New York. Son nom y était imprimé au carbone, un peu flou. À l'intérieur, il reconnut les photocopies des avis d'expulsion qu'il recevait depuis plusieurs semaines. Unu abandonna l'enveloppe par terre avec ses clés.

George Ortiz était en train d'attacher des piles de magazines avec de la ficelle au sous-sol quand Unu le rejoignit.

— Les huissiers sont passés. Hernando a changé la serrure, l'informa George. Est-ce que ça va ?

Unu hocha la tête, l'air plus perdu qu'en colère.

— Je ne savais pas où tu étais. Je ne savais pas comment te joindre.

Le partenaire de billard de George, seul résident de l'immeuble à lui avoir proposé de prendre un verre, avait beaucoup vieilli en un an – des pattes d'oie fines s'étalaient autour de ses yeux sombres et une mèche grise était apparue en plein milieu de sa raie à droite. En général, les Asiatiques faisaient dix ans de moins que les Blancs, mais Unu paraissait dix ans de plus que son âge. George s'inquiétait beaucoup pour lui ces derniers temps. Unu ne lui avait jamais dit pourquoi il n'avait pas de boulot, pourquoi cette Casey était partie sans ses affaires et sans jamais revenir les chercher, ni pourquoi il n'avait pas payé son loyer depuis trois mois au point que le cabinet de gestion de biens avait fini par le foutre à la porte. C'était le gardien qui lui avait raconté ça juste avant de changer la serrure.

George aimait l'attitude réservée d'Unu. Dans son quartier de Spanish Harlem, le Coréen aurait été du genre discret, mais qu'on aime bien, un frère.

— Tu as un avocat, ou quelqu'un ?

Unu fit non de la tête. Il passa sa main droite dans ses cheveux qui n'avaient pas vu un coiffeur depuis trop longtemps.

— Tu as un endroit où crécher ?

À nouveau, Unu ne répondit pas. Parce qu'il n'en savait rien.

George se sentit terriblement mal pour lui. Ce type avait pourtant fait de grandes études. Et puis, les Coréens n'étaient-ils pas censés être riches comparés aux siens venus de Puerto Rico ? C'était eux qui possédaient ces énormes bodegas et qui embauchaient des Mexicains et des Guatémaltèques pour peler les patates de leurs buffets de crudités et casser les cartons qu'ils recevaient en masse dans leurs sous-sols puants. Chez les Coréens, les femmes possédaient toutes des ongleries et portaient des bagues avec des diamants de la taille d'un œil. Il ne se souvenait pas de qui s'occupait des pressings avant que les Coréens débarquent et reprennent le marché. C'était arrivé si vite. Ils avaient tout pris d'assaut. Les Puerto Ricains s'en sortaient, mais ils n'étaient pas non plus comme les Cubains, qui eux se débrouillaient encore mieux que les Coréens. C'était quoi, son problème ? Unu était un type vraiment sympa. Mais il n'avait pas un seul ami qui puisse l'héberger pour une nuit ? Si un jour Kathleen décidait de le mettre à la porte, lui-même avait une demi-douzaine de potes à appeler, ou même sa sœur. Quoi qu'il en soit, son *hermano* ne parlait pas. Comme s'il venait de se faire tabasser, sans verser une seule goutte de sang.

— Bon… hésita George.

« *No le hagas a otros lo que no quieres que te hagan a ti.* » C'était ce que son *abuela* Liliana lui avait appris quand il était petit. Il revoyait sa grand-mère en train d'émincer des oignons pour son *asopao* – les larmes qui voilaient ses petits yeux marron enfoncés derrière une paire de lunettes à double foyer maintenues par une chaîne torsadée, ses joues hâlées tombantes depuis toujours, la petite bouche qui trahissait toutes ses émotions. Quand elle parlait de quelque chose de sérieux, elle tripotait le rosaire béni par le Pape qu'elle gardait dans la poche de son tablier jaune, comme si elle essayait de retenir Dieu entre ses mains. Si un jour George se retrouvait sans nulle part où aller, il espérait qu'Unu ne lui fermerait pas la porte au nez.

— Tu peux venir chez moi. Ça ne dérangera pas Kathleen.

Unu tenta d'esquisser un sourire.

— Je vais lui passer un coup de fil. Tout de suite. Pour avoir la permission, c'est elle la cheffe à la maison, pouffa George.

— Non, George, ce n'est pas nécessaire. Ça va aller. Je vais... je vais appeler quelqu'un. Je ne suis pas à la rue.

Unu essaya de sourire avec assurance. Mais il n'avait personne à appeler. Surtout à une heure pareille. Il se voyait mal téléphoner à son bookmaker ou à des potes de sa fraternité à l'université qui l'auraient sûrement accueilli. Comment leur expliquer sa situation ? S'il appelait ses parents, son père en mourrait. Sa mère prendrait le premier vol depuis le Texas pour venir le chercher, elle le forcerait probablement à rentrer à Dallas. Divorcé, sans emploi, endetté, et jeté à la rue par les huissiers.

Le doute qui traversait son visage n'échappa pas à George.

— Tu sais quoi, mon gars, il est tard pour téléphoner chez les gens. Kathleen comprendra. Je n'ai pas besoin de la prévenir. De toute façon, elle dort sûrement. Tu peux même partir tôt demain matin si ça te gêne de la croiser.

Il savait qu'Unu faisait mine d'avoir des endroits où aller et de l'argent dans son portefeuille. *On me la fait pas à moi,* songea-t-il. Cette proposition était tentante pour Unu, mais quelque chose le retenait. Il n'avait jamais rencontré Kathleen Leary Ortiz et ne voulait pas que cette institutrice de Far Rockaway que George vénérait ait une mauvaise estime de lui. Quand George parlait de sa femme si intelligente, Unu regrettait de ne pas avoir sa propre Kathleen qui le tirerait de ce mauvais pas.

George déplia une chaise en fer maculée de taches de peinture. Unu s'assit.

— Merci.

Des effluves d'adoucissant leur parvenaient depuis la laverie de l'immeuble, masquant l'odeur des sacs-poubelle. George continuait de ficeler les tas de magazines, gardant un œil sur son ami.

Dans le sous-sol vivement éclairé par une rangée d'ampoules blanches, il faisait clair et frais. Unu avait traversé des climats très variables en une journée : la chaleur écrasante du matin d'août, la climatisation du train et du bus, la lumière artificielle dans le casino où ni le temps ni les saisons ne passaient, l'air lourd de la ville le soir et à présent, le silence et la fraîcheur du sous-sol. Unu frissonna dans son polo noir et son pantalon en coton.

Tout ce qu'il possédait était enfermé dans son appartement : le dressing rempli de costumes qui l'avaient suivi toute sa vie d'adulte – ceux, confectionnés sur mesure par des tailleurs d'Itaewon à l'époque de son mariage, plusieurs soigneusement sélectionnés par Casey au milieu des collections passées et soldées de chez Century 21, quelques-uns de chez Brooks Brothers que sa mère lui avait offert quand il avait décroché son premier poste à New York. Sa taille n'avait pas changé en dix ans. Il tenta de faire l'inventaire de ses affaires, mais se souvenait à peine de ce qu'il possédait. Tous les meubles étaient loués avec l'appartement. Il ne porterait plus jamais ces costumes. Il ne se voyait pas retrouver un job dans la finance, nouer une cravate, convaincre un gestionnaire de portefeuille de la valeur de son investissement, tout ça pour une prime à six chiffres dont il se contrefichait.

Et puis il y avait cette pile de linge propre. Il avait fait une grande lessive de blanc, deux jours plus tôt. En les sortant du sèche-linge, il avait largué le tas immaculé sur ce canapé qui ne lui appartenait pas. Il avait eu l'intention de plier le linge depuis, mais s'en était abstenu, car la vue de cette montagne blanche le rassurait – une histoire de propreté, sûrement, ou peut-être parce qu'il avait enfin accompli quelque chose de sa journée, et qu'il avait là la preuve de ses efforts – alors il avait tout laissé en tas. En s'habillant le matin, il y avait repêché ses boxers blancs et ses T-shirts en coton qui avaient à peine rétréci. Jamais plus il ne reverrait le fruit de cette lessive. Étrangement, Unu en ressentait la perte vive. Pourquoi était-il capable de se souvenir de la marque Fruit of the Loom de ses boxers achetés chez Kmart, ou qu'il y avait dans ce tas quatre serviettes de bain blanches, six gants de toilette et une parure de draps de chez Macy's ? L'envie le saisit d'enfouir son nez dans le parfum de lessive Tide d'une serviette éponge encore tiède au sortir du sèche-linge. Renoncer à sa Rolex et à sa voiture ne l'avait pas tant perturbé – beaucoup moins qu'il ne l'aurait cru. Unu n'avait jamais voulu de cette montre de luxe comme cadeau de fin d'études. C'était une idée de son père – un objet digne d'un diplômé de Dartmouth travaillant à Wall Street. Plein de bonnes intentions, son père avait seulement voulu lui donner un emblème de réussite et d'appartenance comme talisman protecteur. Mais la montre n'avait pas eu l'effet escompté.

— *¿Oye, tienes hambre?* Mec, je crève la dalle, moi.

George avait fini de rassembler les magazines et avait décalé les bouteilles en verre.

Unu se leva et aida George à transporter les paquets de magazines contre le mur. George ne l'empêcha pas de lui prêter main-forte. Kathleen laissait toujours les invités timides lui donner un coup de main en cuisine. Elle leur demandait de rincer la salade ou de couper les tomates sur le ton qu'elle employait avec ses petits écoliers ; il faut les occuper pour qu'ils se sentent utiles, disait-elle. Les deux hommes terminèrent de déplacer les paquets en quelques minutes.

— J'ai des *meatloaf sandwichs* dans ma glacière. Je ne sais pas pourquoi elle se plaint de ça, dit-il en tapotant l'arrondit de sa bedaine au-dessus de sa ceinture de travail marron, si c'est pour ensuite me préparer trois sandwichs à grignoter au beau milieu de la nuit. C'est pas logique, pas vrai ? Ah, les femmes.

Il leva la tête pour voir si Unu souriait. Non. Son *hermano* était au plus bas, et il y avait de quoi.

— Allez, tu devrais manger un bout avec moi. Histoire de me tenir compagnie. Alors quoi, Monsieur « j'ai fait des grandes études » est trop bien pour traîner avec le portier ? le taquina-t-il.

— C'est le portier qui est trop bien pour traîner avec un clochard comme moi.

George lui adressa un regard tendre et de son poing lui donna un coup léger sur l'épaule.

— Mec, là tout de suite, c'est la merde. Mais ça va aller. Tu vas trouver une solution. J'en suis sûr.

Unu hocha la tête poliment.

— Alors, tu veux un sandwich ?

— Non, George. Mais merci, vraiment. Je… merci.

Unu déglutit et ajouta :

— C'est vraiment très gentil de ta part.

George plongea la main dans sa poche arrière. Il avait au moins deux cents en billets de vingt et de cinquante, et une épaisse liasse de billets d'un dollar dans sa poche avant grâce aux pourboires que lui avaient donnés aujourd'hui les résidents du numéro 178 de la 72e rue.

— T'as du liquide ?

— Je suis plein aux as.

Une centaine de dollars ne suffirait pas à payer une chambre dans un motel moisi de Manhattan.

— Sûr ? insista George.

— Ouais.

— Qu'est-ce qui s'est passé, mec ? Je veux pas mettre mon nez là où ça ne me regarde pas. Je respecte ta vie privée et tout, mais…

— C'est compliqué, George.

Pourtant ça ne l'était pas tant que ça, si ? Il avait joué, il avait perdu. Les pertes au jeu en avaient entraîné d'autres.

— C'est à cause de cette fille ?

George trouvait qu'Unu s'en sortait bien, avant de rencontrer cette nana. Au début, elle avait l'air correcte, et lui avait l'air heureux, mais ensuite George l'avait vue dans ce taxi avec ce Blanc. Une femme pouvait détruire un homme en le trompant. Quelques années plus tôt, un gars tranquille du quartier s'était immolé en apprenant que sa copine avait couché avec son meilleur ami.

— La grande snob, là. Casey je sais plus quoi.

— Y a rien à dire de plus, George. Y a rien à dire.

Unu replia la chaise en fer et la rangea où George l'avait prise. Il se tourna vers son ami et leva la main. Les deux hommes se serrèrent la main avec émotion. Sans le lâcher, George tapota le bras droit d'Unu.

— Tu décolles ?

Unu hocha la tête.

— Tu es un mec bien, George. Il faut que je passe quelques coups de fil.

Unu s'en alla sans se retourner. Par chance l'ascenseur l'attendait, si bien qu'il n'eut pas à passer une minute de plus dans le sous-sol. L'évocation de Casey l'avait chamboulé. Il était presque minuit.

C'est David Greene qui lui ouvrit, pieds nus, en chemise blanche élégante et jean.

— Salut, ça fait plaisir de te voir, dit David.

— Je suis vraiment désolé de vous déranger comme ça…, s'excusa Unu.

Il n'y avait aucun signe de sa cousine dans le séjour.

— Ella a dit que je pouvais passer…

— Elle arrive tout de suite. Elle a mis quelque chose au four juste après ton coup de fil.

Les bras ballants d'Unu trahissaient sa gêne. D'un doigt, il tapotait nerveusement sa cuisse comme sur un clavier. David avait déjà vu ce tic chez ses élèves en prison. Il regrettait presque de ne pas avoir de cigarette à proposer à cet homme qui ne savait pas quoi faire de ses grandes mains.

— Entre, viens. Je m'apprêtais à partir.

— J'ai gâché votre soirée.

— Pas du tout. On venait de terminer de dîner et on était parfaitement réveillés. On parlait du mariage…

Unu hocha la tête.

— Ah oui, c'est vrai. Félicitations, je suis vraiment content pour vous.

— Merci, répondit David en songeant que cet homme semblait avoir le cœur brisé en mille morceaux.

Ella émergea de la cuisine, portant un plateau en bois avec une théière, des mugs à rayures bleues, et une assiette de muffins au maïs qu'elle venait de décongeler. Elle posa le tout sur la table basse puis s'assit à côté de son cousin.

— Unu, dit-elle en le prenant dans ses bras et en le sondant d'un air inquiet. Je suis contente de te voir. Tellement contente. Tu sais, je trouve qu'on ne passe pas assez de temps ensemble. Comment ça se fait ? Ça fait quoi, un mois depuis la dernière fois ? J'aurais dû t'appeler… Oh, qu'est-ce qu'il y a ?

Les lèvres d'Unu tremblaient. Même petite, Ella avait déjà cette bonté en elle. Enfants, ils jouaient ensemble pendant les vacances en famille, et elle lui préparait des goûters ou des compresses froides quand il se faisait mal. Malgré leurs cinq ans de différence, elle s'était toujours comportée comme l'aînée. Il ne voulait surtout pas lui apparaître sous un mauvais jour, pourtant Ella acceptait les autres tels qu'ils étaient. Elle ne rejetait jamais personne.

Ella se rapprocha pour lui caresser le dos, puis les cheveux, le laissant s'abandonner à son angoisse en silence. David resta assis sur son fauteuil, sans savoir s'il devait rester ou partir. Sa fiancée était adorable, dans sa manière de réconforter son cousin. Elle avait un cœur si grand. Hypnotisé, David ne parvenait pas à détourner le regard. À présent, Unu sanglotait si violemment qu'il avait du mal à respirer. Ses mains, en revanche, avaient cessé de s'agiter. David se pencha vers l'avant ; il ne dit rien et attendit qu'Ella lui indique ce qu'il devait faire.

— Mon cœur, je ne sais pas ce qui s'est passé, mais je t'assure que ça te semblera moins grave demain. Tout semble toujours pire le soir. Il faut que tu te reposes.

Ella parlait en connaissance de cause. Les épreuves horribles prenaient un jour nouveau au réveil. C'était ce que lui avait dit l'assistance sociale à l'hôpital, lorsqu'elle avait avalé trop de cachets de codéine : que chaque jour la douleur évoluait un peu et qu'on apprenait à la gérer un tout petit peu mieux.

— Je te le promets, Unu. Il n'y a rien que tu ne sois pas de taille à affronter.

— Je me suis fait expulser de mon appartement aujourd'hui. J'ai tout perdu.

Ella tenta de contenir sa surprise. David hocha la tête gravement.

— Dans ce cas, tu vas dormir ici et tu me raconteras tout ça demain matin. Je vais monter préparer ta chambre.

Tout en gardant un bras autour de ses épaules, elle s'écarta légèrement pour voir son visage. Il avait l'air épuisé.

— Tu veux aller te coucher ? proposa-t-elle.

Unu fit non de la tête. Il était incapable de s'endormir dans cet état, sans s'être expliqué. Alors il leur parla de son addiction au jeu. Il débita tout d'une traite, comme s'il risquait de se dégonfler s'il s'arrêtait trop longtemps pour respirer. Les choses s'étaient améliorées quand il avait rencontré Casey, mais avaient empiré quand il avait été licencié. Après le départ de Casey, tout était parti à vau-l'eau.

La bouche d'Ella restait légèrement entrouverte. Un jour, Casey avait dit qu'Unu allait à Foxwoods de temps en temps. Mais elle ne l'avait pas présenté comme un problème, car ce n'était pas du genre de Casey de critiquer les autres. Pendant toutes les années où Ella avait été mariée à Ted, son amie n'avait jamais rien dit de négatif à son sujet, alors que Ted était odieux avec elle. Comment avait-elle réussi à vivre avec l'addiction d'Unu, elle que les questions d'argent angoissaient ? Bien sûr, cela ne justifiait pas qu'elle couche avec son ancien collègue, mais Ella ne pouvait désormais plus penser que son cousin était irréprochable. Leur rupture avait dû être plus compliquée qu'il ne le lui avait raconté. Elle aurait dû s'en douter. Son propre divorce était au mieux déroutant. Aujourd'hui encore, elle avait du mal à comprendre ce qui s'était passé entre Ted et elle. À quel moment s'était-elle trompée ? Et lui ?

Unu avait cessé de pleurer. Son visage était plus calme et son regard vidé de la terreur qui l'animait quand il avait franchi le seuil de la maison.

— Est-ce que Casey…

Ella s'interrompit. Tout ce qu'elle savait de leur rupture, c'était que Casey avait couché avec Hugh Underhill. Naturellement, Ella s'était rangée de son côté. Et Casey ne l'avait pas appelée après son déménagement, si bien qu'Ella ne lui avait parlé qu'une seule fois depuis – pour la prévenir de l'état de santé de sa mère – et cet appel s'était mal passé.

— Je veux dire, comment a-t-elle…

Unu resta silencieux un instant avant de parler. Que cherchait à savoir Ella ?

— Je l'ai foutue dehors parce qu'elle s'est tapé Hugh. Peut-être qu'elle se l'est tapé parce qu'elle m'en voulait. Ou parce qu'elle trouvait que j'étais minable. Peut-être juste qu'elle avait envie de se le taper. Ou alors parce que je ne voulais pas l'épouser. Comment veux-tu que je sache ? dit Unu avec un rire amer.

Soudain, il se sentit ridicule. Jusqu'ici, il avait fait tout ce qu'il pouvait pour s'empêcher de penser à elle. Elle l'avait trompé alors qu'elle était parfaitement au courant du traumatisme infligé par son ex-femme. Lui avait cru qu'ils s'aimaient. Est-ce qu'il s'était trompé au sujet de Casey ? Toutes ces prévisions de marché qu'il avait élaborées – investir dans la croissance, et sur le long terme… Unu croyait en ce qu'il faisait, c'était un vrai investisseur, fidèle à ses valeurs. Wall Street tournait avec une politique de récolte à l'aveugle : ramasser tout le blé disponible immédiatement, sans penser aux moissons futures. En fin de compte, il s'était dit qu'il s'en branlait – quel était l'intérêt d'accumuler ou de construire quoi que ce soit ? Mais au fond, quelque chose en lui s'accrochait à sa vision désuète de l'amour. Il avait aimé Casey. Il avait voulu que leur histoire fonctionne. Et tout ce temps, il avait espéré qu'elle partage ses valeurs. Avait-elle eu des sentiments pour Hugh Underhill ? Non, c'était peu probable, songea-t-il. Mais ils n'avaient jamais discuté de ce qui s'était passé. Pas vraiment. Il l'avait forcée à partir, car la voir était trop douloureux.

Unu soupira puis posa sur Ella un regard confus et triste.

— On pensera à Casey plus tard, pardon, dit Ella lentement. Pour l'instant, on va te mettre au lit.

Elle jeta un coup d'œil à David, qui intervint :

— Il existe des solutions pour l'addiction au jeu.

Certains des détenus à qui il avait enseigné l'écriture avaient intégré des groupes de parole en sortant de prison. David savait qui appeler pour se renseigner.

— J'ai une liste des points de rencontre des Joueurs Anonymes. Mais elle est restée dans mon appartement, ajouta Unu avec un rire triste. J'imagine qu'elle appartient au proprio maintenant. Comme tout le reste.

Il secoua la tête, incrédule. Il avait tout perdu, comprit-il. Tout.

— Est-ce qu'il y a un moyen de racheter tes affaires ? demanda sa cousine.

Unu resta muet. Il n'avait pas de quoi payer les loyers dus, les pénalités de retard, les frais d'avocat... tout ce qui était énuméré dans les documents de mise en demeure. Et surtout, il n'avait pas l'énergie de les réclamer.

— À combien s'élève la dette totale ? s'enquit David en se surprenant lui-même à parler franchement d'argent.

— Non. Je ne veux pas que quelqu'un me tire d'affaire. J'ai tout perdu. C'est ma faute.

Ella était certaine qu'Unu ne changerait pas d'avis.

— Je t'emmènerai dans un groupe de parole demain, décida-t-elle.

David hocha la tête avec un air encourageant.

— Je ne veux pas finir comme ça, Ella, dit Unu. Je ne veux pas être un raté.

Ella grimaça, croyant entendre les mots de Ted.

— Il n'y a pas de ratés ou de vainqueurs, Unu. Toutes ces histoires d'échec et de succès, ce ne sont...

Elle tordit un peu la bouche avant de conclure :

— Ce ne sont que des conneries.

Unu s'esclaffa. C'était la première fois qu'il entendait Ella dire un gros mot.

Elle prit ses mains entre les siennes.

— Est-ce que tu permets que je prie avec toi ? Qu'on essaie au moins ?

Elle n'avait jamais fait cela non plus.

— Viens, David, dit-elle.

Il s'approcha et tous trois se tinrent la main. Ella tenta de réfléchir à quoi dire. Elle n'avait pas particulièrement envie de parler, mais elle avait peur pour Unu, et ne savait pas quoi faire d'autre pour l'aider.

Elle inspira et ferma les yeux.

— Mon Dieu… Fais qu'Unu parvienne à ressentir ton amour. Ne le laisse jamais partir. Amen.

Il ouvrit les yeux et sourit à sa cousine. En voyant David déposer un baiser sur la joue d'Ella, Unu fut submergé de honte.

— Je suis désolé, Ella. De t'imposer tout ça, dit Unu d'une voix étranglée.

— Oh, Unu. Ne comprends-tu donc pas ? Il n'y a rien que tu puisses faire qui changerait l'estime que…

Elle resserra sa prise sur sa main.

— On va trouver une solution, affirma David. Tu n'es pas seul. Tes amis sont là pour toi.

— Oui, renchérit Ella.

Elle serra sa main une dernière fois entre les siennes avant de gravir rapidement les marches pour préparer la chambre d'amis.

***

Casey téléphona au secrétariat de l'église depuis son bureau chez Kearn Davis. Elle se présenta comme la fille de Leah Han et prétendit vouloir demander des conseils au chef de chœur au sujet de cassettes de chants choraux pour sa mère. Une surprise pour lui remonter le moral.

— Comme vous le savez, ma mère aime tant les cantiques…

Évidemment, Mrs Kong, la secrétaire de l'église, savait que la diaconesse Cho se remettait d'une fausse couche. Les fidèles avaient prié pour elle durant l'office du mercredi soir. Sa fille était si gentille de vouloir lui offrir un cadeau.

— Et si vous pouviez me transmettre son adresse, pour que je puisse lui envoyer une carte de remerciement pour son aide.

Mrs Kong prit le temps d'épeler l'adresse du chef de chœur à Brooklyn et de lire à haute voix son numéro de téléphone personnel, deux fois.

— Je suis sûre que le professeur sera heureux d'avoir des nouvelles de votre mère.

— Oui, je le crois aussi, dit Casey avant de remercier Mrs Kong.

La secrétaire de l'église souhaita un pieux rétablissement à sa mère.

# 14

# COURONNER

LES PHOTOCOPIEURS S'ÉTEIGNAIENT AUTOMATIQUEMENT le soir, si bien que Casey dut en rallumer un pour réaliser deux copies de sa note de service pour Karyn et Larry. Sachant qu'il faudrait plusieurs minutes pour ramener la machine à la vie, elle avait apporté le journal. Il était deux heures du matin et elle était encore au bureau, à attendre que la photocopieuse veuille bien coopérer. Si elle n'avait pas été si fatiguée, elle aurait trouvé drôle que chez Kearn Davis, les machines aient droit à un repos nocturne que les stagiaires n'avaient pas. Casey menait une vie privilégiée ou absurde, selon le point de vue, mais un fait demeurait : c'était sa dernière semaine au sein du *summer program* de finance. Les offres d'embauche devaient tomber ce vendredi. En attendant, Casey faisait tout ce que Karyn et Larry lui demandaient.

Deux de ses collègues avaient déjà brillamment terminé les mots croisés, alors Casey passa à la page cinéma pour consulter les dernières sorties. En plein milieu de la colonne de droite dans les pages culture était imprimé un encadré noir des éditions Icarus Publishers : « En mémoire de Joseph McReed, véritable amoureux des livres. 1913-1997. Il nous manque déjà. »

Le voyant vert de la machine clignota et elle se mit à ronronner avec constance. Casey plaça sa note de service de quarante pages dans le bac supérieur et appuya sur « copy ». Elle s'assit sur la chaise la plus proche et fondit en larmes.

À huit heures du matin, Casey apparut douchée et vêtue d'un tailleur noir. Sabine et Isaac étaient levés depuis longtemps et ils buvaient leurs smoothies d'herbe de blé dans la cuisine en marbre. Des tranches de melon, du yaourt et des toasts avaient été disposés sur l'îlot central.

— Prends quelque chose à manger, proposa Isaac.

— Et du truc vert aussi, renchérit Sabine en levant son verre avec une grimace. Miam.

— Bonjour, dit Casey en refusant d'un geste poli.

Elle se servit une tasse de café noir. Si seulement elle était autorisée à fumer chez Sabine, sa vie serait bien plus belle. Il fallait vraiment qu'elle déménage avant que les cours ne reprennent.

Sabine parcourait la une du *Times*. Elle posa les lunettes qu'elle ne chaussait que pour lire.

— Comment vas-tu ? Tu as une mine affreuse. À quelle heure es-tu rentrée hier soir ?

— Trois heures. Encore une soirée de folie au bureau. Ah ah ah.

Casey avait la nausée à cause du manque de sommeil. Après avoir déposé les notes de service sur les fauteuils de Larry et Karyn, elle avait encore travaillé pendant vingt minutes avant d'appeler enfin un service de chauffeur privé pour la ramener à la maison.

— Mon pauvre bébé, murmura Sabine.

Il était inutile de lui conseiller de démissionner à ce stade.

— Ils ne te paient pas assez pour travailler autant, déclara Isaac.

— Joseph McReed est mort, annonça Casey.

Elle appuya sa hanche contre l'îlot central et sirota une gorgée de café.

— Le vieux monsieur de la librairie ? demanda Sabine en fronçant les sourcils devant l'expression mélancolique de Casey.

— Qui ça ? fit Isaac, occupé à tailler de l'herbe de blé pour préparer un jus à Casey.

— Ce vendeur de livres anciens avec qui Casey prenait le bus sur la 72e rue, expliqua Sabine avant de se tourner vers Casey. Oh, comme c'est triste. Tu l'aimais beaucoup. Et il t'avait offert ce chapeau vintage incroyable de chez Lock & Co. Tu sais, j'ai appelé leur boutique à Londres après que tu m'as montré ce chapeau. Mais ça ne les intéressait pas d'être représentés par notre magasin. J'avais cette idée incroyable pour nos vitrines avec leurs articles. Un thème Ascot !

Sabine déploya ses mains comme une assistante de magicien. Sa manucure rose scintilla à la lumière.

— J'ai téléphoné à Jolien, notre étalagiste, et il pensait que…

— Je n'ai pas vu Joseph depuis que je suis partie de chez Unu. Parce que maintenant je prends le bus sur la Cinquième Avenue. Et je ne suis pas allée prendre de ses nouvelles, car j'étais trop occupée et…

Son ventre gargouilla. Elle but une autre gorgée de café.

Isaac s'approcha et la prit dans ses bras. Sabine rejoignit leur étreinte.

— La cérémonie commémorative a lieu dans une heure. À la New York Society Library.

— Tu peux y être à temps ? demanda Isaac. Ces fumiers vont te laisser y aller ? Enfin, après tout, on s'en fiche de ce qu'ils pensent. Vas-y sans solliciter leur avis.

— En parlant de ces fumiers, je dois appeler le Fumier en Chef, dit Casey.

— Fais-toi plaisir, répliqua Sabine avec un frisson avant de retourner à son journal.

Isaac tendit à Casey un verre d'extrait d'herbe de blé.

— Pour te donner du courage.

Elle le but d'une traite, puis grignota un coin de toast. Après une profonde inspiration, elle décrocha le téléphone de la cuisine. Isaac se pinça le nez et éventa l'air, comme si une puanteur flottait. Sabine éclata de rire.

— Larry Chirtle à l'appareil.

Casey fit signe à Isaac et Sabine de se taire.

— Bonjour, Larry, c'est Casey Han.

— Salut Casey, répondit Larry d'une voix claire. J'ai bien reçu ta note de service. Tu as eu le temps de chercher les chiffres pour Drane... ?

— Je devrais les avoir dans l'après-midi.

— Pas ce matin ?

— Je dois me rendre à une cérémonie funéraire.

— Quelqu'un est mort ?

— Oui. Un ami.

— Ça tombe mal.

— C'était un très bon ami, justifia-t-elle en percevant sa désapprobation.

— Tu penses que tu auras le temps de boucler ce projet pour cet après-midi ? Je ne veux pas te mettre la pression, mais si tu ne peux pas, je le refile à quelqu'un d'autre.

— Ce ne sera pas nécessaire, Larry. J'ai dit que je m'en occupais. Mais je dois aller à la cérémonie.

— Oui, oui. Bien sûr.

— Merci.

— OK.

Il raccrocha.

Isaac décroisa les bras.

— Quelle entreprise abominable ! Ce ne sont pas des façons de parler à un autre être humain. Il va faire un très mauvais banquier.

— Quoi qu'il en soit, c'est lui mon chef pour le moment.

Charlie Seedham, le véritable patron, avait du charme, mais le réservait pour les personnes d'importance et ne le gaspillait pas avec les stagiaires. Même Larry pouvait se montrer parfaitement aimable avec ceux qui ne travaillaient pas pour lui.

— Tu devrais aller à cette commémoration. Les gens bien avec un cœur sincère ne courent pas les rues. Des Larry, en revanche, tu en croiseras partout, dit Isaac.

Casey termina son café et enfila ses chaussures.

La salle des membres de la plus vieille bibliothèque de New York était presque pleine. Casey s'assit au dernier rang. Elle ne reconnut personne. Les éloges funèbres furent brefs, mais nombreux. Les orateurs étaient présentés par John Griswold, frère cadet d'Hazel et proche ami de Joseph. Casey apprit que Joseph souffrait depuis des années de sclérose artérielle, et qu'une crise cardiaque l'avait emporté. Il était alors en week-end chez John et sa femme dans leur maison de Lakeville. En ne le voyant pas descendre pour le dîner, Lucy était allée frapper à sa porte. Elle avait découvert son corps inerte sur le canapé, une biographie d'Auden sur les genoux. L'homme qui avait écrit la biographie en question, un ami, était présent à la commémoration, et il plaisanta sur l'ennui que devait dégager sa prose pour qu'elle plonge Joseph dans un sommeil éternel.

Casey apprit d'autres choses au sujet de Joseph McReed. C'était un navigateur ; il possédait une collection enviable de livres de Trollope ; et il avait joué du hautbois pendant soixante ans. Il souffrait d'alcoolisme, une maladie qu'il gardait sous contrôle grâce à l'abstinence. Hazel et lui adoraient danser. Une grande femme âgée à la chevelure rousse se moqua de ses piètres qualités de libraire, car Joseph avait horreur de se séparer de ses merveilleux ouvrages. Des rires complices résonnèrent dans la salle suivant cette boutade. C'était Hazel qui avait un don pour les affaires. Ses amis évoquèrent l'énergie qui avait quitté Joseph après la mort de cette dernière.

Il y eut des histoires drôles de soirées de lancement de livres virant à la fiesta dansante, de celles où les hommes savent mener et les femmes s'habiller. Des écrivains étaient venus de tout New York pour louer la mémoire de Joseph et Hazel. Parmi les meilleurs orateurs, il y avait deux poètes. Le premier récita du Auden et du Dylan Thomas. Le second avait composé un limerick et fondit en larmes après sa lecture. La dernière cérémonie funéraire à laquelle elle avait assisté était celle en hommage à Willyum Butler, son professeur à Princeton. Casey ignorait le rapport de Joseph à la religion. Personne ne mentionna Dieu.

Quand la cérémonie prit fin, John Griswold invita tout le monde chez lui à Turtle Bay pour un buffet froid. Son épouse se planta au fond de la salle et distribua des cartons imprimés avec les directions pour se rendre dans leur maison de Turtle Bay. Casey allait devoir louper la réception. Il était déjà onze heures. Les fumiers allaient lui faire la peau.

Alors qu'elle se dirigeait vers la sortie, Lucy Griswold l'alpaga.

— Vous devez être Casey.

Casey regarda autour d'elle. Il n'y avait pas d'erreur possible. Elle était la seule personne issue d'une minorité dans cette assemblée.

— Oui. Je suis Casey. Bonjour.

— Lucy Griswold, annonça la femme en faisant signe à son mari de les rejoindre. Elle est là.

John fendit la foule pour les retrouver.

— Joseph nous a parlé de vous. Je suis contente que vous soyez là, parce qu'il nous aurait été très difficile de vous retrouver. On a songé à attendre un samedi matin à l'arrêt de bus de la 72e rue pour honorer ses dernières volontés, mais, bref...

Casey les dévisagea, perplexe.

— Je ne comprends pas.

— Joseph nous a précisé plusieurs fois qu'il voulait vous léguer les chapeaux d'Hazel, expliqua John avec un sourire. Ma sœur en possédait plus d'une centaine.

Lucy hocha gravement la tête.

— J'espère que votre appartement est grand.

Casey tenta de contenir son émotion. Son maquillage avait probablement déjà coulé partout. Avant cette discussion, elle était déjà en quête de toilettes pour se débarbouiller avant d'aller travailler.

— Je n'arrive pas à croire qu'il vous ait parlé de moi.

— Oh, il était intarissable ! Il adorait vous voir à l'arrêt de bus. Il nous disait combien Hazel aurait aimé faire votre connaissance. Vous lui avez acheté *Jane Eyre.* Je n'arrive pas à croire qu'il ait accepté de vendre ce livre.

Casey récupéra une serviette en papier qui traînait au fond de son sac à main pour s'essuyer le visage.

— Oui. Je ne le connaissais pas depuis longtemps. Mais il a toujours été si gentil avec moi. Il me donnait des conseils de lecture et se moquait de moi car je relis sans cesse les mêmes romans.

— Je m'attendais à vous voir avec un chapeau, fit remarquer Lucy. Il nous disait que vous en portiez toujours un.

— Je travaille dans une banque en ce moment, et...

— Oh ? releva John. Laquelle ?

— Kearn Davis. Je suis stagiaire au sein de leur programme de banque d'investissement.

— Ça vous plaît ?

Casey hocha la tête.

Remarquant la neutralité de son expression, John commenta :

— Ah, le monde n'a pas besoin de plus de banquiers d'investissement.

— Oh, John, protesta Lucy en lui donnant un coup de coude. Quel tact.

— Ils ne sont pas si affreux, dit Casey sans conviction.

— Ils sont parfaitement abominables, vous voulez dire. J'en étais un moi-même avant de prendre ma retraite. Comme mon père avant moi. Et celui de Lucy.

— Vous venez avec nous à la maison ? proposa celle-ci. Nous avons préparé des sandwichs au poulet et du café glacé. Il y a aussi du gâteau au chocolat. Tout ce que Joseph aimait.

— J'aurais adoré, mais je dois retourner travailler. Les offres d'embauche tombent cette semaine. Je n'étais même pas censée venir...

Elle ne savait pas pourquoi elle leur racontait tout ça.

— ... mais je suis tombée sur l'annonce de la cérémonie de commémoration dans le *Times* ce matin et je voulais lui dire adieu...

Casey s'interrompit. Lucy lui tapota le dos.

— Voilà notre carte. Appelez-nous quand vous voudrez récupérer les chapeaux. Ils sont au grenier dans la maison de Joseph à Litchfield. On peut se permettre de les garder encore un peu. Appelez-nous, surtout. Et donnez-nous votre numéro, aussi.

Casey inscrivit le numéro de Sabine sur un carton et le tendit à Lucy.

— Joseph dit que vous êtes née pour devenir une créatrice de mode.

John approuva les paroles de Lucy.

— Drôle d'idée, commenta Casey.

— D'après lui, vous confectionnez de magnifiques chapeaux et portez les plus belles robes jamais vues, continua Lucy.

Casey baissa les yeux sur son tailleur noir – emprunté à Sabine – ses fausses sandales Chanel, et son cabas en toile au logo de Kearn Davis. Sa tenue lui faisait l'effet d'un déguisement.

— C'était gentil de sa part de dire ça, répondit Casey.

— Charmeur jusqu'au bout. C'est fou ce qu'il me manque, dit Lucy avec un sourire.

Elle regarda attentivement la jeune femme. Des cernes foncés transparaissaient sous son maquillage. Les larmes avaient fait gonfler ses petits yeux.

— Surtout, appelez-nous, Casey. Pour les chapeaux, mais aussi pour passer nous voir. Quand vous voulez.

— Merci beaucoup, dit-elle en abandonnant les Griswold à leurs invités.

Dehors, le temps était radieux en cette journée d'août et Casey n'avait pas envie de retourner travailler. Elle aurait adoré se promener dans Central Park pour évacuer sa tristesse. Au lieu de ça, elle héla un taxi. Après avoir donné l'adresse au chauffeur, elle contempla le parc qui s'étalait à sa droite alors que la voiture descendait la Cinquième Avenue.

Sur son bureau, il y avait déjà trois messages de Karyn et deux de Larry. Les autres stagiaires semblaient tout aussi épuisés qu'elle, et elle eut pitié d'eux tous. Cinq parmi les vingt et un resteraient sur la touche. La rumeur disait qu'il y aurait peut-être moins de seize offres d'embauche. Casey posa ses affaires et reprit aussitôt le projet de Larry. Puis elle consacra trente minutes à mettre en ordre ses comptes personnels. C'était une sensation satisfaisante que d'avoir assez d'argent pour payer ses factures. Celle de ses frais de scolarité était en haut de la pile, mais elle allait devoir attendre que l'argent de son prêt étudiant arrive. En comptant les dépenses courantes, elle avait emprunté près de cinquante mille dollars pour sa seconde année d'école de commerce.

À vingt et une heures, plus de la moitié des stagiaires étaient encore à leur poste. Casey avait bouclé le projet de Larry et il lui restait une journée pour terminer celui de Karyn. Elle n'avait pas encore dîné, mais la perspective d'un autre repas gras à emporter ou d'une énième pizza la répugnait. Les litres de café et de Coca Light dont elle s'abreuvait en permanence la rendaient anxieuse et sur les nerfs ; le sommeil lui venait difficilement. Toute la journée, elle avait repoussé la perspective de demander à Unu l'autorisation de passer chercher une partie de ses affaires. Si Unu confiait sa clé au portier, elle pourrait au moins récupérer ses vêtements, sa première édition de *Jane Eyre*, le chapeau d'Hazel. Pour le reste, elle aviserait une fois qu'elle aurait trouvé son propre appartement – la prochaine tâche sur sa liste. Bien sûr, elle comprendrait s'il ne voulait pas la voir.

Casey décrocha son téléphone. Après trois sonneries, un message automatique s'enclencha. La ligne avait été coupée. Pas de nouveau numéro à contacter. Elle reposa le combiné et se rendit dans la salle de conférences vide où elle se réfugiait parfois le soir pour travailler. Personne ne remarqua qu'elle avait quitté l'open space.

Enfin au calme et seule, elle s'assit au bout de la grande table de réunion. Unu était parti. Et elle n'avait aucun droit de savoir où il se trouvait maintenant. Elle ne se voyait pas appeler Ella, qui saurait certainement comment le contacter. Les gens comme Ella avaient un accès direct à tout le monde ; personne ne leur faisait jamais la tête et elle avait le bon sens de ne pas couper les ponts. Mais la dernière fois qu'elles s'étaient parlé, Casey avait perçu le jugement dans sa voix. Ella avait dû entendre parler de Hugh, et Casey avait eu l'impression qu'Ella doutait même qu'elle prendrait la peine d'aller au chevet de sa mère à l'hôpital. Toute opinion favorable qu'Ella avait pu avoir d'elle était sûrement anéantie.

Elle pianota sur la surface vernie de la table de réunion. Sur la crédence qui bordait le mur étaient disposés un plateau avec des verres et une carafe en inox d'eau glacée, ainsi que des blocs-notes neufs et deux téléphones compatibles avec la visioconférence. La porte fermée, elle se sentait en sécurité et retrouvait un peu d'intimité. À quelques mètres, plus d'une dizaine de stagiaires s'échinaient dans l'espoir de dégager les plus faibles de la meute. Au moins cinq d'entre eux, si ce n'est plus, allaient devoir entrer en deuxième année d'école de commerce sans perspective d'embauche pour la suite. Ces étudiants avec qui Casey avait travaillé ces huit dernières semaines étaient parfaitement charmants, intelligents et intéressants. Tous dotés d'un potentiel de séduction uniforme. Ils avaient aussi pour objectif de l'écraser, alors elle le leur rendait – ça n'avait rien de personnel.

Casey se servit un verre d'eau puis composa le numéro de Hugh.

— Je me demandais qui pouvait bien m'appeler depuis les bureaux de New York, dit-il en décryptant l'indicateur téléphonique qui s'affichait sur le petit boîtier près de lui. Salut, ma petite Casey. J'avais presque fini par perdre espoir. Presque.

— Quoi de neuf ? demanda-t-elle.

— Passe chez moi pour prendre un verre.

Il ne s'attendait pas à ce qu'elle accepte, mais qui ne tente rien n'a rien.

— J'arrive dans quinze minutes.

Il lui proposa un verre, mais elle refusa. Elle fit le tour de son immense appartement immaculé, s'attardant sur le moindre détail. Elle se sentait sur le qui-vive. Le mobilier italien moderne, les photographies d'art en noir et blanc de clippers aux voiles gonflées, la grande cheminée sur le mur ouest. Elle avait imaginé plus d'objets, plus de livres, ou de vieux tapis. Une ambiance plus masculine de club privé à l'anglaise. Ou au moins de la vaisselle sale dans l'évier. Mais rien ne dépassait, nulle part. Quand elle fit un commentaire sur la propreté de l'appartement, il se contenta de répondre :

— J'ai quelqu'un qui vient pour s'occuper de ces choses.

— Comme c'est pratique.

— Tu as l'air… maussade, commenta-t-il.

— Ma parole, quel fin observateur tu fais. Un ami est mort. Je suis allée à la cérémonie en son hommage aujourd'hui.

— Oh, chaton, je suis désolé. Viens par là, dit-il en la prenant dans ses bras.

Casey se figea, les bras raides de part et d'autre de son corps, mais il ne la lâcha pas pour autant.

Hugh était heureux de la voir. Elle était jeune, légèrement névrosée – juste assez pour l'exciter. Un peu craintive d'être ici. Mais il n'allait pas lui faire de mal – ce n'était pas son genre.

— Je peux m'asseoir ?

— Oui, oui, fais comme chez toi, dit-il en riant du ton sévère de Casey. J'ai l'impression que je vais avoir droit à un savon.

— Comment tu vas ?

— Très bien et toi ?

Hugh s'assit à côté d'elle. Il allait jouer le jeu.

Il portait une chemise bleue dont les manches étaient retroussées aux coudes, avec un pantalon clair et des mocassins sans chaussettes. Son parfum sentait divinement bon – des notes d'agrumes avec une profondeur mystérieuse.

Hugh la regarda droit dans les yeux. Quand il lui enleva sa veste, elle ne protesta pas. Il embrassa sa clavicule en déboutonnant son chemisier blanc. Ils ne dirent pas un mot de plus et répétèrent des mouvements qu'ils connaissaient déjà. Son expérience en la matière était un soulagement pour Casey, et le sexe avec lui était captivant. Mais ce n'était pas de l'amour. Au mieux, il y avait entre eux de l'affection ; du réconfort – un remède temporaire à la solitude. Elle ne pouvait rien attendre de Hugh. Une femme ne pouvait finir que blessée en espérant davantage de lui. Il n'était pas à la hauteur, ce n'était pas sa faute. Ses émotions manquaient cruellement d'endurance. C'était ce que leurs années d'amitié lui avaient enseigné. Après leurs ébats, la tristesse revint. Ils ne parlèrent pas beaucoup ensuite, mais Hugh lui apporta un verre d'eau glacée. Il était mignon. On ne pouvait pas lui en vouloir.

Il lui proposa de rester dormir, mais elle travaillait le lendemain matin. On était seulement mardi.

— Les offres d'embauche tombent vendredi, lui rappela-t-elle.

L'inquiétude avait fini par revenir.

— Il se pourrait que je détienne des informations que tu n'as pas, annonça Hugh malicieusement.

— Quoi ?

— Tu es dans le top cinq. Ça ne tient plus qu'à toi.

— Comment tu le sais ?

— J'ai posé la question à Charlie la semaine dernière, pendant la soirée poker.

Casey hocha la tête sans véritablement en croire ses oreilles.

— Pourquoi tu ne me l'as pas dit plus tôt ?

— Je me disais que je pouvais monnayer cette information contre du sexe. Et la preuve : tadaa !

Casey lui gifla le bras. Le bruit de la claque la surprit. Une marque rose apparut sur sa peau.

— Hé oh, c'est pas gentil, ça, protesta-t-il en se frottant le bras. Je n'arrive pas à croire que tu m'aies frappé.

— Je n'ai pas couché avec toi ce soir pour obtenir un poste, connard.

— Je plaisantais ! On est un peu susceptible aujourd'hui, mademoiselle Han. Je n'aurais jamais pu t'obtenir un poste permanent malgré tes nombreux talents au lit. Il n'y a pas de doute là-dessus, tu ne dois ta réussite qu'à ton obstination et à ton travail. Bravo. Mais ne me frappe plus.

Casey se leva pour récupérer son soutien-gorge au pied du lit et l'enfila.

— Reviens, j'aime les femmes en colère.

Casey retourna s'allonger à côté de lui. Elle n'aurait pas dû le frapper. Sa propre violence lui faisait honte. Il la pénétra aussitôt de ses doigts et elle se tourna vers lui, excitée par ses caresses. Il tira sur le bonnet de son soutien-gorge pour poser la bouche sur son sein. Elle jouit vite, beaucoup plus vite qu'elle ne l'aurait cru possible. Puis Hugh plaça une main sur sa tête et la dirigea vers ses hanches.

— Tu peux t'occuper de moi ? demanda-t-il doucement.

La pression de sa paume sur sa tête l'avait fait tiquer. Elle tenta d'être efficace, tout en pensant à autre chose. Quand il eut joui, elle s'essuya la bouche avec un coin de drap. Il était presque vingt-trois heures.

Quand elle sortit de la douche, Hugh avait remis sa chemise et son pantalon, et il regardait le *Late Show* de David Letterman.

— Je pensais que tu te serais endormi, dit-elle.

— De la glace. Tu veux de la glace ?

— Carrément, répondit-elle avec le sourire.

De la glace, c'était parfait.

— Je vais sortir en acheter. Quel parfum ?

— Rhum-raisin.

— Validé.

— Tu veux que je t'accompagne ?

— Non, reste ici.

— Il faut que je rentre…

Son état d'esprit n'était plus le même d'un coup, depuis qu'il lui avait parlé du top cinq. Est-ce que ça pouvait être vrai ? Pourquoi Hugh lui mentirait-il ? C'était un coureur de jupons, mais il ne lui avait jamais menti auparavant. Elle allait pouvoir travailler chez Kearn Davis après son diplôme. Ne plus jamais s'inquiéter d'avoir assez d'argent. Quelques années suffiraient à rembourser ses prêts étudiants, et ensuite elle pourrait acheter un appartement, aider ses parents.

Hugh promit de revenir quinze minutes plus tard, max.

Casey était toujours enveloppée dans sa serviette de bain. Sa veste de tailleur était froissée sur le canapé, comme son chemisier. Elle se dirigea vers la penderie de Hugh, d'où elle sortit une chemise blanche. Elle avait cherché la plus vieille, une dont le col aurait perdu de sa tenue ou dont les poignets seraient effilochés, mais elles étaient toutes en excellent état. Elle l'enfila. Il avait tant de chemises. Sa penderie était immense, remplie de vêtements luxueux, et au-dessus de la tringle, une étagère profonde était dédiée aux pulls en cachemire. Près des pulls elle découvrit trois rangées discrètes de cassettes parfaitement alignées et elle éclata de rire.

— Oh, Hugh, dit-elle à voix haute.

Elle sortit la première rangée à deux mains et étala son butin sur le lit pour en lire les titres. Les boîtiers semblaient presque innocents, on y voyait des étudiantes blondes et des hommes baraqués avec une coupe mulet. Plus dans l'esprit érotique de *Playboy* que pornographique de *Hustler*. Elle fouilla dans les deux autres rangées. Parmi la bonne vingtaine de cassettes, une montrait une femme asiatique en couverture. Le film avait pour titre *Pearl Necklace*. Casey fit la grimace. Les deux hommes blancs sur le boîtier n'étaient pas attirants et l'actrice paraissait bien trop âgée pour faire ce genre de choses.

La télévision et le magnétoscope étaient installés juste en face du lit. Casey inséra la cassette dans le lecteur. Que dirait Hugh s'il la trouvait en train de regarder ses pornos ? Il serait plié de rire.

En moins de deux minutes, le scénario devint clairement sexuel : la femme asiatique, encore moins belle à l'écran que sur la photographie retouchée du boîtier, entre dans un bureau. Elle porte un tailleur-jupe rouge. Elle a de longs cheveux noirs avec une frange, un rouge à lèvres carmin, des escarpins à talon aiguille en cuir verni noir. Évidemment, elle a un collier de perles de la taille de boules de gomme autour du cou. Ladite Pearl est la secrétaire que se partagent quatre hommes dans un cabinet comptable. Deux des hommes rentrent chez eux après une longue journée de travail. Elle reste plus tard à la demande des deux autres, Craig et Kip. Sans s'embarrasser de dialogue, elle enlève son tailleur rouge et se retrouve en bustier noir qui révèle le bombé d'une impressionnante paire de seins siliconés, une taille de guêpe, et des petites jambes minces sanglées par des jarretières et des bas résille noirs. Elle prend appui d'une main contre le mur, laissant assez d'espace aux hommes pour la prendre en sandwich. Le premier la pénètre par le vagin, l'autre par l'arrière. Elle gémit et crie en continu.

Casey rougit de honte. La nausée lui retournait l'estomac.

Pearl simule une série d'orgasmes, puis Craig, celui qui la prenait par l'avant lui demande très poliment « Tu peux t'occuper de moi ? » et Pearl se met à genoux pour réaliser avidement une fellation. La cravate de Craig tangue au rythme de la succion.

Casey arrêta la vidéo. Il restait au moins une demi-heure de film, mais elle ne voyait pas l'intérêt de continuer.

Moins d'une heure plus tôt, Hugh lui avait dit « Tu peux t'occuper de moi ? ». Ces mots, exactement. Était-il conscient qu'il tirait sa réplique de ce film ? Casey ne s'était jamais vraiment forgé d'avis sur la pornographie avant cela ; elle n'y avait jamais été véritablement confrontée. Jay trouvait ça vulgaire et antiromantique. Unu ne possédait rien de pornographique dans son appartement. Quelques garçons du Charter Club en regardaient le samedi soir et les filles qui voulaient se donner un air cool se joignaient à eux, mais ça n'avait jamais intéressé Casey. L'image de la femme d'un certain âge coincée entre deux hommes laids était gravée au fer rouge dans son esprit. Qu'est-ce que Hugh pouvait bien trouver de sexy à ça ? Était-il possible qu'il l'ait visionné suffisamment de fois pour en mémoriser inconsciemment les répliques ? Était-ce quelque chose qu'il disait à toutes ses partenaires ? Ou n'y avait-il qu'avec elle qu'il se le permettait ? Elle rembobina la cassette et la rangea sur l'étagère avec les autres.

Casey reposa la chemise sur son cintre. Elle remit ses propres vêtements. Fallait-il laisser un mot ? se demanda-t-elle. Était-ce ainsi qu'il la voyait ? Saurait-elle un jour ce qu'il pensait vraiment d'elle ? N'était-elle qu'un fantasme ? Était-ce d'ailleurs la raison pour laquelle il lui avait dit une fois qu'il voulait coucher avec elle depuis longtemps ? La fille du porno ne lui ressemblait absolument pas, mais Casey possédait un tailleur rouge qui lui avait déjà valu un compliment de Hugh. Certes, il complimentait souvent ses tenues. C'était ainsi qu'il parlait aux femmes. Saisie d'un haut-le-cœur, Casey se précipita à la salle de bains pour vomir. Après coup, elle se frotta les dents avec du dentifrice étalé sur son doigt, puis se gargarisa plusieurs fois.

Dans le couloir, elle croisa Hugh qui sortait de l'ascenseur.

— Coucou, j'ai trouvé de la glace. Et ils avaient aussi des Mallomars.

— Il faut que j'y aille.

— Où ça ?

— Toute cette histoire était une erreur monumentale.

— Mais de quoi tu parles ? C'était génial. Où tu vas ? Reviens. J'ai pris un pot *Rum Raisin* et un autre *Vanilla Swiss Almond*. Ne sois pas ridicule, ma petite Casey.

— J'ai regardé *Pearl Necklace*. Le truc dans ton placard. Je pensais que ce serait drôle de regarder ça avec toi. Désolée. Je n'aurais pas dû. Ce n'étaient pas mes affaires. Au départ, je voulais juste une chemise à enfiler. Tu m'as dit la même chose que… la même chose que ce que ce type dit dans le film. « Tu peux t'occuper de moi ? »

— Mais de quoi tu parles ? demanda-t-il avec un air incrédule.

— Je ne veux pas en discuter.

— Je regarde du porno, et alors ? Je ne t'ai jamais comparée à cette fille. Elles se ressemblent toutes. Je m'en sers pour me branler, je ne m'intéresse pas à l'histoire, expliqua Hugh avec des grands yeux. Pourquoi on a cette conversation dans le couloir ? Viens à l'intérieur.

Elle secoua la tête lentement, les jambes pétrifiées.

— Je suis désolée. Oublie. Tu n'es pas un sale type, Hugh. C'est moi qui n'aurais pas dû appeler. Maintenant je ne pourrai jamais oublier cette… image. Tu vois ce que je veux dire ? Je ne ferai qu'y penser à chaque fois que je serai avec toi.

Casey ne s'était jamais sentie si viscéralement révoltée. Pourtant ce n'était pas la faute de Hugh. Il avait tous les droits de regarder du porno, mais elle ne pouvait pas imaginer le laisser poser ses mains sur elle sans penser à cette femme avec son collier en fausses perles et ses gémissements surjoués.

— Casey… Casey, allez. Ne sois pas ridicule. On peut en discuter.

Il déverrouilla sa porte. De sa main libre, il l'invita à entrer, le front plissé d'inquiétude.

— Casey…

— Je sais que tu n'es pas comme ça, ce n'est pas ce que je suis en train de dire.

Casey ferma les yeux pour tenter d'oublier ce qu'elle avait vu, mais c'était impossible. L'image n'en était que plus vive. Certains hommes avaient des fétiches, elle en avait conscience, mais elle n'aurait jamais soupçonné que les siens seraient si sales.

— Casey. Ce n'est pas comme ça que je te vois. Tu es mon amie. Tu dois bien le savoir.

Pourtant, le scepticisme de Casey était évident.

— On est amis, Hugh. Je le sais. Je suis désolée pour ce soir.

— OK, dit-il.

Casey appuyait maintenant sur le bouton d'appel de l'ascenseur.

— Moi aussi, je suis désolé.

— Il faut que j'y aille. Au revoir.

La porte de l'ascenseur s'ouvrit et elle s'engouffra dans la cabine.

Devant l'immeuble de Hugh de nombreux taxis attendaient, mais Casey décida de marcher jusqu'à l'appartement des Gottesman, à pas vifs dans l'air moite.

# 15

# ESQUISSER

CHARLES HONG IGNORAIT QUI ELLE ÉTAIT. S'il avait consenti à ouvrir la porte à cette heure matinale, c'était uniquement parce qu'il avait vu depuis sa fenêtre que la jeune femme était coréenne.

— Je suis Casey, annonça-t-elle en se demandant s'il allait la laisser entrer. Je peux ?

Elle jeta un coup d'œil dans le séjour. La maison était gigantesque.

— Je suis navré, je n'ai pas l'impression de vous avoir déjà rencontrée.

Charles commençait à s'agacer. Était-elle une ancienne étudiante de Juilliard ?

— D'ailleurs ce n'est vraiment pas un bon moment, ajouta-t-il. Peut-être pourriez-vous repasser demain ? Je suis chez moi le samedi.

Il consulta sa montre. 7 h 10.

— Je suis la fille de Leah Han. Vous vous souvenez de la diaconesse Cho ? Une de vos choristes. J'ai conscience qu'il est très tôt, mais je dois aller travailler, et c'était le seul moment où...

— Ah, fit Charles en ouvrant plus largement la porte. Elle va bien ?

Casey entra dans le salon. Elle ne s'assit pas, mais se planta près du piano à queue face à la fenêtre qui donnait sur la rue. Sur la surface poussiéreuse de l'instrument était posé un tas épais de partitions rédigées à la main.

— Ma mère m'a dit que vous étiez compositeur. En plus de chef de chœur.

— Oui, c'est exact.

— Ça, c'est de vous ? demanda Casey avec un sourire presque séducteur en effleurant les feuilles sur le piano.

Charles sourit à la jeune femme. Elle était séduisante, mais ne ressemblait en rien à Leah. Sa silhouette élancée le désarçonnait.

— C'est un cycle de mélodies. La première internationale a lieu dans...

— Où es-tu ? roucoula Kyung-ah en descendant l'escalier. Professeur...

C'était l'amie de sa mère, l'*ahjumma* Kyung-ah. Elle portait une jupe noire moulante, un soutien-gorge en dentelle rose et pas de collants. Le vernis rose foncé de ses orteils contrastait avec sa peau blanche, comme poudrée. Casey ne s'était jamais rendu compte de son charme. En déshabillé, l'*ahjumma* Kyung-ah était d'une beauté ravageuse. Le chef de chœur serra les dents, comme pour empêcher le moindre mot de franchir ses lèvres. Contrairement à elle, lui était habillé de la tête aux pieds : jean, chemise blanche et chaussettes bleu marine.

— Vous la sautez, elle aussi ? demanda Casey avec des grands yeux écarquillés et une moue scandalisée.

Kyung-ah toussota et fit demi-tour. Elle n'avait jamais soupçonné qu'il puisse avoir une liaison avec la fille de Leah. La gamine devait avoir vingt-six ou vingt-sept ans. Bien sûr, il lui avait effleuré l'esprit qu'un homme comme lui devait avoir des petites copines, mais ils n'en avaient jamais parlé. Après tout, elle-même avait un mari et des enfants. Ce matin-là, en prenant sa douche, elle s'était penchée et avait examiné les petits capitons apparus à l'arrière de ses cuisses dans le miroir de sa penderie. Elle appréhendait de le voir au matin, même si c'était le meilleur moment pour s'éclipser (personne ne remarquait son absence, car sa sœur pouvait ouvrir la boutique à sa place), essentiellement parce qu'elle redoutait la lumière peu flatteuse du jour. Mais leurs parties de jambes en l'air étaient si enivrantes qu'elle avait fini par se dire que ce n'était pas dramatique si elle avait des pattes d'oie et un tout petit peu de gras.

Casey regarda l'amie de sa mère cacher sa poitrine de son bras gauche et se figer en haut des marches.

— *Ahjumma,* lança-t-elle d'un ton presque enjoué. Où allez-vous ?

— *Uh-muh…*

Kyung-ah était incapable de bouger. Cette gamine avait le pouvoir de lui gâcher sa vie. L'amusement n'avait pas quitté ses traits, mais son ton se fit beaucoup plus grave.

— C'est aussi bien que vous soyez au courant. Il s'est tapé ma mère. Il l'a probablement violée, d'ailleurs, et ensuite il s'est directement rabattu sur vous. Qui sait qui d'autre il a sauté dans cette chorale ?

— Quoi ? s'exclama Kyung-ah.

Elle avait mal compris.

— C'était ton bébé ?

Le sang de la fausse couche de Leah avait imbibé ses chaussures. Kyung-ah avait dû les jeter.

— Vous savez, c'est ce que je soupçonne aussi. Ma mère semble le penser. Sauf qu'elle croit qu'elle mérite de mourir parce que ce fils de pute a abusé d'elle.

— Je n'ai pas… je n'ai rien fait de la sorte.

Casey lui jeta un regard noir. La bouche du chef de chœur frémit légèrement. Il avait peur. Quoi qu'il arrive, elle soutiendrait son regard. C'était ce que son père lui avait appris – ne jamais détourner les yeux –, l'intensité de la menace était plus insupportable que la douleur promise.

— Est-ce qu'elle dit que je l'ai violée ?

— Non, pire. Elle pense que c'est sa faute. Mais vous savez quoi ? Elle m'a tout raconté dans les moindres détails, espèce de salopard. Vous l'avez entendue vous dire non ? Est-ce que vous avez entendu le mot « non » prononcé dans cette putain de voiture ?

Elle avait envie de le secouer.

— Est-ce que vous l'avez entendue dire non ?

Le souvenir de Charles était limpide : Leah avait hésité ; elle avait dit « non, s'il vous plaît ». C'était le terme qu'elle n'avait cessé d'employer – « s'il vous plaît ». Mais elle lui avait rendu ses baisers. Et quand il l'avait pénétrée, elle était prête à l'accueillir. Ils avaient partagé un moment de passion magnifique. Jamais il ne le qualifierait de viol. Ils avaient fait l'amour ; ils avaient ressenti de la passion l'un envers l'autre.

— Est-ce qu'elle a dit non ?

Charles hocha brièvement la tête. Ce n'était pas la première fois qu'il couchait avec une femme mariée. Les artistes ont leur propre vision de la morale – ils ont plus d'exigences que le reste du monde. Si l'un des maris lui avait demandé s'il baisait sa femme, Charles n'aurait pas nié. Sauf que personne ne lui avait jamais rien demandé. Leah avait hésité et l'avait timidement repoussé, mais elle était venue de son plein gré à l'arrière de la voiture – il ne l'avait pas contrainte, et il avait accepté son corps docile comme un sacrifice, un cadeau exprimant l'amour qu'elle avait pour lui, et qu'il lui avait rendu avec son désir sincère. Si elle avait quitté son mari, jamais Charles ne l'aurait abandonnée. Avait-il profité de Leah ? Il n'avait jamais vu les choses sous cet angle. Après tout, il l'avait aimée. Il tenait encore à elle. C'était par respect qu'il gardait ses distances.

— Elle a dit non, mais vous avez quand même continué. J'hallucine, vous n'êtes vraiment qu'une raclure. Elle est persuadée de mériter la mort à cause de vous.

Casey s'interrompit pour reprendre son souffle, puis poursuivit :

— Voilà ce qui va se passer : vous allez démissionner de la chorale. Faites ce que vous voulez ailleurs, mais vous n'avez pas intérêt à remettre les pieds dans cette église. Hors de question de lui gâcher sa chorale. Et ne l'approchez plus jamais. Vous ne voulez pas découvrir ce dont je suis capable.

Les bras de Casey s'étaient raidis de part et d'autre de son corps. S'il avait fait ne serait-ce qu'un pas dans sa direction, elle l'aurait frappé.

Kyung-ah observait Casey en silence depuis le haut des marches. Quel âge avait la gamine à l'époque où elle avait rencontré Leah ? Huit, neuf ans ? L'aînée des deux sœurs avait toujours été si grande et si plate, avec des grands pieds. Comme Olive de *Popeye.*

Casey se tourna vers elle, le menton relevé.

— J'espère que vous savez dans quoi vous mettez les pieds.

Charles n'essaya pas de se défendre. Au fond de lui, il connaissait la véritable histoire, mais il allait démissionner. C'était ce qu'il avait envie de faire, de toute façon.

Kyung-ah s'enfonça lentement à l'étage, les articulations raidies. Charles se précipita dans l'escalier. Il voulait tout lui expliquer. Elle ne pouvait pas le quitter maintenant.

Casey les regarda disparaître derrière la porte fermée de la chambre. Elle contempla la partition devant elle. Une seule et même feuille interminable en accordéon.

Il y en avait plusieurs ainsi pliées dans l'épaisse pile. Entre ses mains, le tout lui donnait la sensation de tenir un livre sans couverture. Casey récupéra toutes les pages et les fourra dans son cabas. Elle ferma la porte en sortant et se rendit au bureau.

En ce matin où devaient tomber les offres d'embauche, Casey fut la dernière à arriver à la banque. À partir de dix heures, chaque stagiaire du *summer program* devait être convoqué pour un entretien particulier avec Charlie Seedham et les collaborateurs seniors qui seraient disponibles à ce moment. Quand vint le tour de Casey, elle entra dans la salle de réunion sans ciller. Soit Hugh avait raison, soit il avait tort ; quoi qu'il en soit, elle ne pouvait plus rien y faire.

— Alors, comment s'est passé ton *summer*, Casey ? demanda Charlie avec un sourire aimable.

— Génial, répondit-elle avec un rire.

Karyn et Larry lui sourirent, eux aussi.

— Foutaises, dit Charlie avec un plus grand sourire encore. Tu t'es fait totalement exploiter.

— C'est pas faux, confirma-t-elle avec un clin d'œil en direction de Karyn et Larry.

Qu'ils aillent se faire foutre, songea-t-elle avant d'ajouter :

— Mais j'en ai beaucoup appris sur la banque.

— Ça, c'est la bonne attitude, la félicita Charlie.

— Elle a une capacité de travail incroyable, vanta Karyn. Et elle apprend très vite.

À l'entendre, Karyn aurait pu parler d'un mulet obéissant ou d'un ordinateur performant.

— Nous aimerions beaucoup que tu nous rejoignes après ton diplôme d'école, annonça Charlie. La qualité de ton travail était bluffante. Tout le monde est d'accord là-dessus.

— Oh.

— Félicitations, insista Charlie.

Elle ne laissait pas paraître beaucoup d'émotion à l'annonce de la grande nouvelle.

— Merci, répondit-elle avant de se redresser sur son siège.

— Et quand tu reviendras – enfin, si c'est ce que tu décides…

Charlie fit une pause, s'attendant à être interrompu.

— Tu travailleras essentiellement avec Karyn et Larry. Ainsi qu'avec quelques autres collaborateurs et de temps en temps avec moi, si tu es affectée à mon équipe. Karyn va certainement être promue cet hiver, Larry aussi.

— Oh, quelle bonne nouvelle ! Félicitations à vous deux, leur dit Casey.

Charlie jeta un coup d'œil à ses notes.

— Bien. Les bonnes nouvelles sont toujours plus rapides à annoncer. On te voit au déjeuner ?

— Merci infiniment. À vous tous.

Elle s'assura de croiser le regard de chacun d'entre eux.

— Alors, c'est un oui ? demanda Charlie par pure formalité.

— Oh, je suis censée vous donner ma réponse dès maintenant ?

— Non, dit Charlie avec un sourire. Il n'y a pas d'obligation.

— Pour quand voulez-vous une réponse ?

Karyn et Larry échangèrent un regard incrédule. Elle était sérieuse ?

— Une semaine ? Qu'est-ce que tu en dis ?

Charlie admirait presque son détachement. Cette fille, entrée par la petite porte, allait obtenir une semaine de réflexion.

— Je vous ferai savoir ma réponse bien plus tôt. Merci encore pour le stage. J'ai beaucoup appris, et c'est très important à mes yeux. Merci.

Casey lissa sa jupe et se leva.

Charlie lui adressa un dernier sourire avant de lui demander de leur envoyer la personne suivante qui attendait dans le couloir que se joue son destin.Une fois la porte fermée derrière elle, elle se trouva démunie. Elle se força à retourner à son bureau. Hugh avait dit vrai, malgré tout. Elle était un peu soulagée, mais encore anxieuse. Dans un élan morbide, elle aurait presque voulu la preuve qu'il lui avait menti. En même temps, une part d'elle avait craint que Hugh ne demande à Charlie de lui retirer son offre. Pourtant, elle ne voyait pas Hugh faire une chose pareille.

Dans l'open space, les visages radieux étaient plus nombreux que les expressions dévastées. C'était obscène, comme manière de procéder. Pourquoi l'échec ne pouvait-il pas être gardé privé ? Au moins deux des stagiaires recalés avaient travaillé à côté d'elle presque tous les week-ends. L'un d'eux avait un bébé. Qu'allait-il faire ? Elle était incapable de regarder dans leur direction. Se seraient-ils inquiétés à son sujet si elle avait été flanquée à la porte ? C'était une déception, certes, mais pas un drame, après tout. Aucun d'eux n'allait mourir de faim, aurait rétorqué son père, réfugié de guerre. Les Américains étaient pourris gâtés et les États-Unis un pays riche. Oui, il fallait travailler, mais au moins, ici, on vous donnait de quoi survivre, même sans mérite, disait-il. Un échec au cours d'une carrière n'était rien comparé à une séparation définitive de sa famille par le 38e parallèle. Casey jeta un coup d'œil à Scott, le jeune papa qui essayait de faire bonne figure – de se montrer fair-play. Son père avait tort, songea Casey. C'était ça, la souffrance. Ça craignait vraiment de ne pas obtenir ce qu'on voulait. Personne n'avait envie d'échouer en public et les tragédies pouvaient revêtir des formes diverses et variées.

Sous son bureau, Casey tira son cabas avec le paquet de partitions. Le gros tas de feuilles sous le bras, elle quitta la pièce. L'énorme déchiqueteuse ronronnait paisiblement près de la rangée de photocopieurs. En deux minutes, l'affaire fut pliée. Puis elle téléphona à sa mère pour prendre de ses nouvelles. Ses parents allaient bien.

***

Lucy Griswold emmena Casey à Litchfield dans sa Saab bleue. Elle s'était dit heureuse d'avoir de la compagnie pour trier les affaires de Joseph quand Casey avait appelé le vendredi après-midi. Le trajet durait deux heures à peine, et Casey se chargea de la conversation en lui posant des questions.

La belle-sœur de Joseph McReed était une jolie femme, svelte, la soixantaine passée, qui avait un avis intelligent sur presque tous les sujets. Sa voix portait une forme d'autorité ; elle ne tolérait pas l'idiotie. Elle lisait deux livres par semaine – essentiellement des biographies et des documents historiques. Membre du très sélect Cosmopolitan Club – où l'élite des femmes de l'Upper East Side se consacrait en cercle très réduit à la philanthropie et à leur amour de la culture –, mère d'un chercheur en biologie marine vivant en Californie, elle était également maître de conférences au musée de la Frick Collection. « Vous n'avez jamais vu les Fragonard ? » avait-elle relevé avec une déception manifeste comme si Casey était née amputée d'un doigt. Ses intentions étaient toujours bienveillantes, pourtant. C'était évident. Une fille de la Manhattan School of Music venait lui donner des cours de violoncelle tous les mardis.

Il n'y avait que trois numéros dans la rue. Encadrée par les deux autres, la maison de Joseph comportait un étage, une façade en bardeaux, et un magnifique porche à la terrasse couleur crème. Les volets étaient peints dans un bleu outremer, de la teinte exacte des lunettes de Joseph et du cadran de sa montre. John avait envisagé de la vendre au printemps, mais n'en avait pas eu le cœur. Sans compter que le marché n'était pas particulièrement favorable. Une femme de ménage passait encore régulièrement ; les plantes avaient été arrosées. Lucy récupéra les factures et prospectus sur le secrétaire de l'entrée. Malgré la mort, le courrier arrivait toujours. Les chapeaux étaient stockés dans la chambre au premier étage, au grenier, ainsi que dans la chambre d'amis au rez-de-chaussée.

— Allez donc voir, suggéra Lucy. Ils sont à vous. Je n'ai jamais vraiment compris leur intérêt, à vrai dire. J'ai l'air ridicule avec un chapeau, ajouta-t-elle.

— J'en doute fortement, répondit Casey.

Lilly Daché, la célèbre modiste, avait écrit que toutes les femmes étaient plus élégantes avec un chapeau. Il suffisait de trouver le bon. Daché pensait que de merveilleuses choses attendaient les femmes qui portent un couvre-chef – un baiser, une amitié nouvelle, ou au minimum la prévention des taches de rousseur. Casey portait ce jour-là un chapeau de paille à larges bords avec un T-shirt blanc, un pantalon clair et des tennis.

— Tenez, essayez le mien. Non, encore mieux, je vais vous en choisir un parmi ceux d'Hazel.

Il était si étrange de prononcer son prénom.

— Oh non, protesta Lucy. Croyez-moi, il y a bien deux choses dont je suis sûre en matière de mode : j'ai l'air ridicule avec un chapeau, et si je m'avise de porter du vert, ma peau prend des tons de lézard.

— Ne dites pas de bêtises. Ce n'est pas du tout ce que je vois, décréta Casey, catégorique.

Il fallait parfois un long moment pour convaincre une femme de sa beauté. Parfois, il fallait répéter le même discours rassurant jusqu'à l'épuisement. Mais Casey n'était pas d'humeur. La fatigue de son stage s'était accumulée tout l'été comme des intérêts composés et lui était retombée dessus ce matin-là. Pourtant, elle s'était empressée de quitter l'appartement pour ne pas y céder.

Lucy continua d'ouvrir les placards et de les fermer comme si elle cherchait quelque chose de précis. Il y avait des photographies d'Hazel partout. Sur chaque cliché, même les plus récents, en couleur, elle portait un chapeau. Elle mesurait peut-être un mètre soixante, de corpulence moyenne. L'air amical, mais pas particulièrement belle. Ses tenues simples aux lignes épurées et tranchées avec style évoquaient la silhouette New Look de chez Dior. Lorsqu'elle apparaissait avec Joseph, celui-ci, d'une tête de plus, enserrait d'un bras sa taille minuscule. Elle avait des yeux d'un vert tirant sur le bleu. Vers la fin, sa chevelure était blanche et vaporeuse.

— Elle était si drôle, raconta Lucy. Surtout en matière de blagues grivoises. Et si loyale. Il n'y avait pas plus loyale qu'Hazel. Elle détestait cuisiner, mais faisait de la pâtisserie le dimanche. Joseph adorait déguster une bonne part de gâteau avec son café.

Devant le lourd buffet en acajou, Lucy déboutonna les poignets de son chemisier et les retroussa.

Casey saisit un cadre en marqueterie qui montrait le couple devant la librairie. Ils étaient presque des inconnus pour elle, qui n'avait jamais rencontré Hazel. Mais dans cette maison, si tôt après la mort de Joseph, elle avait l'impression de trouver une famille.

Lucy prit une profonde inspiration, comme pour se préparer à la tâche qui l'attendait. John était parti en mer pour la journée, et c'était tant mieux. Il se serait contenté de sortir les affaires des placards et penderies sans savoir quoi en faire.

— Casey, la chambre d'amis est au fond, dit-elle d'un ton enjoué en sortant un service à thé en argent et ivoire du buffet. Après la salle de bains et l'armoire à linge, précisa-t-elle devant l'air confus de Casey.

Casey se dirigea à l'arrière de la maison, où elle découvrit une immense chambre d'amis à côté de la buanderie. Cinquante ou soixante boîtes à chapeau y étaient entassées comme des tours – un paysage de cartons tapissés de papier à rayures, de tissus à motifs floraux, ou de courts cylindres en cuir. Il était inenvisageable de transporter une telle cargaison chez Sabine. Casey ouvrit la boîte la plus proche, puis la suivante, et se rendit bientôt compte que chacune contenait deux chapeaux, ou plus. Tous étaient sublimes, mais totalement démodés, ce qui les rendaient importables, et invendables.

Elle essaya un bibi gris perle orné de plumes dont la courbe taquinait son visage et se fixait à la chevelure par deux peignes en écaille et un élastique. Il était fait pour être porté avec un chignon, légèrement incliné sur un œil. Avec un tailleur anthracite, ou peut-être rose. Puis un chapeau de cérémonie décoré d'un nid d'oiseau et ses trois œufs bleus sur une fine branche. L'extravagance du modèle émerveilla Casey. Tout le monde ne pouvait pas assumer une coiffe pareille. Étonnamment, le chapeau se maintenant parfaitement en équilibre grâce à un seul lien élastique sur la nuque. Elle inspecta son reflet dans le miroir près de la porte. Comment ne pas sourire ? Elle se précipita dans le couloir pour aller montrer sa trouvaille à Lucy.

— C'était pour une garden party à Wilton, se souvint aussitôt Lucy. Hazel s'était tant amusée à composer celui-ci. Ce sont de vrais œufs de merle, naturellement bleus.

Lucy lui raconta qu'à l'époque Hazel avait encore les cheveux châtains et portait un tailleur sauge tout droit sorti de *La Mélodie du bonheur.* Hazel était merveilleuse.

— Une minute, dit Casey.

Elle fila dans la chambre et en rapporta un petit bibi brun décoré d'une volute saumon.

— Essayez-le.

Lucy fit la grimace.

— Non, non. On croirait entendre Hazel. Elle me poussait toujours à faire des choses ridicules.

— S'il vous plaît.

Les jolis yeux de Lucy affichèrent son scepticisme sous son front impassible. Néanmoins, Casey sentit son acquiescement silencieux.

— Bien, bien.

Elle coinça avec dextérité l'élastique du chapeau à l'arrière de la tête de Lucy, et déploya la volute près de son front.

— Vous êtes ravissante.

Casey sourit devant son allure stupéfiante.

Lucy secoua la tête, protestant d'avance et se préparant à se débarrasser immédiatement du couvre-chef. Mais elle était curieuse.

— Allez voir, suggéra Casey en désignant le grand miroir de style Chippendale qui meublait l'entrée.

Lucy resta plantée devant le buffet. Casey la prit par les mains pour la mener jusqu'au miroir.

— Venez.

Par réflexe, Lucy grimaça devant son reflet. Elle se sentait mal à l'aise et ridicule.

— Je ne ressemble à rien, avec ces trucs.

Quand Hazel portait un chapeau, sa nuque se redressait comme un brin de blé.

— Ne dites pas de bêtises. Regardez-vous. Tout va bien. Vous avez le droit de vous regarder, dit Casey d'une voix douce.

Elle était un peu perplexe devant la réticence de cette femme à s'admirer. Après tout, la fausse modestie est le dernier raffinement de la vanité.

Casey observa longuement Lucy qui se cachait la bouche d'une main hésitante.

— Vous avez l'allure d'une femme de lettres.

Lucy jeta un coup d'œil à la glace et pouffa. Le sourire adoucit la ligne droite de sa mâchoire. Elle leva les mains pour ôter le bibi, mais Casey l'en empêcha.

— Gardez-le encore cinq minutes. S'il vous plaît.

Casey se dirigea vers le grenier, gravissant les marches deux à deux. Elle avait hâte d'en découvrir davantage.

Quand Lucy entendit la porte du grenier grincer, elle retourna discrètement devant le miroir de l'entrée. Il lui renvoyait une image si différente. Le chapeau venait cacher le blond cendré de la coupe au bol qu'elle arborait depuis les années soixante-dix. Une femme de lettres. Lucy sourit timidement à son reflet et ne retira le chapeau que bien plus tard, lorsque Casey redescendit.

Jusqu'au soir, Casey ouvrit chaque boîte des trois pièces, au point d'en avoir les mains et les cheveux couverts de poussière. Puis elle se laissa reconduire en voiture à Manhattan, un gibus en soie sur les genoux.

Le dimanche matin, Casey cousit le ruban d'un chapeau d'été en fin tressage de paille à larges bords, moulé pour elle par les professionnels de chez Manny's Millinery. Elle avait trouvé le ruban vintage vert et blanc chez Tinsel Trading. Voilà un an qu'elle gribouillait les noms de ses chapeaux sur leurs boîtes marron – inspirés de ses héroïnes littéraires préférées : Charlotte, Becky, Valerie, Lily, Edith, Jane, Anna. Celui-ci, en revanche, portait le nom d'Hazel. Quand elle eut noué le dernier point, elle n'eut personne à qui le montrer. Sabine et Isaac rendaient visite à des amis sur Fishers Island, et le grand appartement semblait bien vide sans le claquement des talons hauts de Sabine sur le parquet laqué noir. La gouvernante et le cuisinier étaient en vacances pour la semaine.

Casey porta son nouveau chapeau à l'église. Le pasteur aussi était en vacances et son remplaçant parla avec éloquence, mais sans provoquer d'émoi parmi l'assemblée. Après le sermon, elle tenta de prier pour une fois, mais ne parvint pas à apaiser suffisamment son esprit pour songer à une prière à formuler, autre que merci – mais peut-être était-ce suffisant. Quand elle ouvrit les yeux, elle vit que les fidèles étaient plongés dans leur prière, et elle se demanda comment ils parvenaient à atteindre une telle concentration. Croyaient-ils vraiment que Dieu les entendait ? Ou était-ce simplement de l'espoir ?

À la fin de l'office, elle redescendit seule l'allée centrale au milieu de la foule. Casey sentit qu'on lui effleurait l'avant-bras.

— Salut, dit Ella.

— Oh, salut.

À côté d'Ella se tenait un homme blanc aux cheveux châtain ondulés et aux yeux bleu foncé. Il était grand, portait une chemise blanche et un pantalon en seersucker. Ella était vêtue d'une simple robe d'été bleu lavande que Casey n'avait jamais vue. Elle était ravissante.

— Casey, je te présente David. David Greene. Mon fiancé.

Il avait un regard gentil. David était un homme séduisant. Quelque chose dans son attitude donnait envie d'obtenir son approbation.

— Je vois très bien qui tu es, dit Casey, légèrement amusée. Tu travailles avec Ella.

Elle lui serra la main.

Ella se tourna vers David et lui expliqua :

— Sans Casey, je ne t'aurais jamais rappelé. Pour récupérer mon poste. C'est même elle qui a sélectionné ma tenue ce jour-là.

Elle rit de son attitude à l'époque, de sa nervosité, de la bienveillance de David. Puis elle ouvrit grand les bras pour serrer son amie contre elle.

— Tu m'as manqué.

Casey ne sut pas quoi répondre, mais elle lui rendit son étreinte. Elle sentait les fines omoplates d'Ella sous ses paumes.

— Comment vont tes parents ?

— Bien. Je suis allée les voir la semaine dernière au pressing. Et je leur ai parlé vendredi. Mon père envisage d'acheter un autre immeuble. Le doyen Kong lui en a trouvé un petit. Je ne sais pas si tu te souviens, le premier a pris feu. Le coût de celui-ci est bien plus modeste, et...

Elle s'interrompit subitement. David hochait la tête d'un air encourageant, mais Casey se souvint de la règle essentielle aux yeux de gens du milieu de David : on ne parle pas d'argent. On pouvait éventuellement y faire allusion en transparence en évoquant un lieu de villégiature ou des loisirs, mais jamais en termes de dollars sonnants et trébuchants. Elle avait tiré cette leçon de Princeton.

— Bref, ils vont tous les deux très bien.

— Et ta mère ?

— Elle va bien. Elle est même allée à l'église aujourd'hui.

— Ça ferait plaisir à Irene de te voir.

— Oh, comment va-t-elle ? demanda Casey. Je lui ai fait des chapeaux. Un bob en coton blanc, et un en lin orange. Mais c'est déjà presque la fin de l'été...

— C'est adorable de ta part, s'émerveilla Ella. Tu es libre pour le déjeuner ? Tu peux passer à la maison ? Je voulais justement t'appeler au sujet du mariage. Alors, tu viens ? J'ai préparé une frittata hier soir, et on a cette brioche délicieuse de chez... Casey, s'il te plaît.

La mélodie de clôture de l'orgue les enveloppa. Ella prit Casey par le bras et la mena hors de l'église.

Quand elle la vit, Irene se précipita dans les bras de Casey. La table était mise pour quatre, décorée d'un centre de table de roses blanches. Ella disposa un cinquième couvert tandis que David prépara pour Casey un très bon Bloody Mary.

— Qui d'autre est attendu ? demanda Casey.

— Il faut que je t'avoue quelque chose. Je ne te l'ai pas dit plus tôt, parce que je craignais que tu refuses mon invitation.

Casey s'esclaffa.

— Ella Shim qui recourt au subterfuge ? Je suis impressionnée. Le divorce t'a fait du bien.

Le verre de Casey était déjà à moitié vide. Elle croqua un bout de céleri. Irene fit la grimace quand elle lui en proposa.

— Unu est là.

— Quoi ?

— Enfin, pas là tout de suite. Mais il habite temporairement chez moi. Il a rencontré quelques soucis. David l'a aidé à trouver un poste à St Christopher's, et il commence le mois prochain. Il va enseigner les statistiques et l'arithmétique.

— Il vit ici ? Il va bien ?

— Oui. Il va bien mieux, maintenant. Il va très bien, d'ailleurs. Mais l'addiction au jeu, Casey… Tu ne m'avais jamais dit à quel point c'était grave.

— Ce n'étaient pas tes affaires, rétorqua Casey.

— Non, Casey. Je ne veux pas dire que tu aurais dû m'en parler. Je comprends que tu respectais son intimité. Vraiment. Tu avais raison de ne rien me dire. Ça ne me regardait pas.

Casey remua son cocktail avec le bâtonnet de céleri. Qu'allait-il dire en la voyant ?

— Où est-il, en ce moment ?

— À un groupe de parole des Joueurs Anonymes. Il devrait rentrer d'une minute à l'autre. Je ne voulais pas que tu sois surprise.

— Pourquoi tu me racontes tout ça ? Ça ne me regarde plus.

Casey avait proposé de l'accompagner à ces réunions, mais il n'y était jamais allé. Comment Ella avait-elle réussi à lui faire arrêter le casino et accepter un boulot ?

— Peut-être vaudrait-il mieux que je m'en aille.

— Ça me ferait plaisir que tu restes, intervint David. J'ai tant entendu parler de toi – en bien. J'aimerais en savoir plus sur tes chapeaux. Est-ce que tu as fabriqué celui que tu as aujourd'hui ?

— Oui.

— Il est magnifique. Ella portait celui que tu as confectionné pour elle à l'anniversaire de ma mère. Il lui allait à ravir.

— Oh. C'est gentil.

— Tout le monde m'a dit que je devrais en mettre plus souvent, renchérit Ella.

Irene tendit les bras, et Casey posa son verre pour soulever l'enfant, qu'elle embrassa sur les deux joues avant de la reposer.

Puis elle palpa la poche de sa veste.

— Je peux ? demanda-t-elle avant de se souvenir des allergies de son amie. Non, oublie. Je vais sortir une minute.

Elle ne voulait pas fumer devant Irene, de toute façon.

Dans la petite cour, Casey alluma sa cigarette et tira une bouffée. Des roses blanches grimpaient sur le treillis vert du mur. Elles étaient un peu fanées, mais leur parfum restait divin. Les jouets d'Irene étaient éparpillés un peu partout et Casey s'assit sur un tabouret en céramique chinois. Elle partirait après sa cigarette. Ella ne pouvait pas s'attendre à ce qu'elle reste. Quel intérêt ?

Derrière elle, la porte en verre coulissa.

— Wonder Woman, où sont tes bracelets ?

Casey lui sourit. Une mèche grise avait poussé au-dessus du front d'Unu. Il avait bonne mine, plus reposé qu'avant. Lui aussi souriait.

— J'avais prévu de partir après cette cigarette.

— Je suis horrible au point de te faire fuir ?

Elle secoua la tête, et expliqua :

— Je suis désolée d'être venue ici. Je ne savais pas. Je n'avais pas l'intention de…

— Rassieds-toi, je t'en prie. C'est Ella qui m'envoie pour te convaincre de rester déjeuner. Tu lui manques terriblement.

— Ça ne t'ennuie pas ?

— Toi si ?

— On est ridicules.

— Oui. Comment s'est passé ton stage ?

— J'ai la promesse d'embauche.

— Tu vas accepter ?

— Pourquoi tu me poses cette question ?

Il était le seul à le lui avoir demandé, avec Charlie Seedham.

— Parce que tu détestes travailler là-bas.

— Je ne déteste pas.

— OK, tu n'aimes pas.

— Certes.

— En un sens, c'est tragique d'exceller à une chose que l'on déteste, fit-il remarquer.

— Tu penses que tu vas aimer l'enseignement ?

Elle avait envie de le contredire.

— Je ne sais pas. Mais je vais essayer, répondit Unu.

— J'entends.

Casey hésita un moment avant d'ajouter :

— Je voulais te demander, pour mes affaires…

— J'ai été expulsé. Tes affaires ont été saisies.

Il répétait cette phrase dans sa tête depuis un bon moment, ne sachant pas quand il aurait l'occasion de la réciter.

— Le propriétaire les a probablement revendues. Je suis désolé. Je te rembourserai.

C'était la première étape des JA – demander pardon, ou quelque chose du genre.

— Tout ? dit Casey en portant une main à sa bouche.

— Tout.

— Je ne sais pas quoi dire, balbutia-t-elle.

— Si tu peux faire une liste de ce que tu avais et me dire à combien s'élève le montant…

— Non, trancha-t-elle en fermant les yeux. Disons qu'on est quittes.

— Non, Casey. On ne l'est pas.

Elle cligna brusquement des yeux, blessée.

— Je suis désolée pour ce que je t'ai fait. Je le regrette sincèrement.

— Et je suis désolé de ne pas avoir…

Casey secoua la tête. Elle ne voulait pas de ses excuses.

— Hé, tu m'as manqué.

Casey hocha la tête, incapable de le regarder. Elle joignit ses deux mains.

— Je crois que je ne vais pas accepter l'offre.

— Tant mieux.

— Et je crois que je ne vais pas retourner en business school.

Les mots lui avaient échappé. Elle n'avait jamais pu lui cacher quoi que ce soit, même ce dont elle-même n'était pas consciente. Unu l'avait vue se comporter comme une idiote, et pourtant depuis tout ce temps, jamais il ne l'avait jugée. Puis elle l'avait blessé. Alors que son respect avait tant compté pour elle. Sa présence. Son amitié.

— Je ne crois pas en être capable, Unu.

— Encore mieux, dit-il en posant sa large main sur les siennes.

Elle retira ses mains doucement. Il y avait un pot en plastique de grosses craies sur la table miniature d'Irene. Avec les craies jaunes et vertes, Casey dessina une rangée de tulipes sur la terrasse en ardoise. Les têtes des fleurs ressemblaient à des œufs à la coque géants.

— La vie d'adulte est plus compliquée que je le croyais, dit-il.

— Sans blague.

Ils pouffèrent.

— Pourquoi tu ne fabriquerais pas des chapeaux ?

Elle faillit éclater de rire.

— Il n'y a pas d'argent à gagner dans ce domaine.

— Depuis quand es-tu motivée par l'argent ?

Elle se retint de le traiter de gosse de riche.

— Tu n'as vraiment pas l'intention de finir ton école de commerce ?

Le mot « finir » était cent fois plus violent, comme si elle laissait les choses en plan. Elle reposa la craie et s'épousseta les mains, puis se rassit.

— Je ne m'y vois pas.

Elle tenta de s'imaginer en modiste ; cette perspective en revanche n'était pas inenvisageable.

— Et les emprunts…

— Ce serait absurde de s'endetter davantage si tu n'as pas besoin du diplôme.

— Absurde, à l'image de ce qu'est devenue ma vie.

Unu s'approcha et l'embrassa. Il fut aussi le premier à se détacher.

— Casey, il ne te manque rien.

— Je vis dans une chambre d'amis, et toutes mes possessions tiennent dans une seule valise. Pareil pour toi.

Unu ne se démonta pas.

— C'est temporaire et je n'en ai pas honte. J'en ai aidé d'autres.

— Oui. Tu m'as aidée.

— Casey, je n'ai pas envie de voir la rancœur te dévorer.

Il posa ses mains sous ses poignets et les tint délicatement.

— Ils sont si nus, sans tes bracelets.

Casey contempla la peau claire de ses avant-bras, les veines bleutées qui serpentaient sous sa peau.

Depuis la cuisine, Irene tapa sur la porte vitrée, même si sa maman lui avait interdit de déranger Tonton Unu et Tata Casey. Ils se tournèrent vers elle et lui firent signe. Irene tapa encore, ravie.

Unu récupéra une craie violette. Il se courba pour dessiner de hautes herbes, encadrant ses fleurs.

Casey tomba doucement à genoux et entreprit d'en colorier les pétales, puis Unu la rejoignit par terre pour esquisser un arbre.

# REMERCIEMENTS

J'aimerais remercier mon agent génial, Bill Clegg, pour sa sagesse et sa bienveillance. J'ai la chance de profiter de sa vision perspicace et de ses conseils fiables. Merci à Suzanne Gluck pour sa confiance et sa passion, ainsi qu'à Matt Hudson, Matt Lewis, Alicia Gordon, Cathryn Summerhayes, Caroline Michel, Shana Kelly, Tracy Fisher, et Raffaella De Angelis pour les efforts infatigables qu'ils ont déployés pour moi. Je suis immensément redevable à mon incomparable éditrice Amy Einhorn, dont l'intelligence et l'investissement rayonnent à travers ce livre. Merci à Jamie Raab et à la merveilleuse Emily Griffin, qui ont patiemment répondu à mes nombreuses questions. Je voudrais rendre hommage à l'œuvre géniale de Tanisha Christie et Anne Twomey. Merci également à Chris Barba, Emi Battaglia, Judy DeBerry, Kim Dower, Linda Duggins, Randy Hickernell, Mindy Im, John Leary, Kelly Leonard, Jill Lichtenstadter, Tom McIntyre, Tareth Mitch, Martha Otis, Bruce Paonessa, Miriam Parker, Les Pockell, Jennifer Romanello, Judy Rosenblatt, Roger Saginario, Renee Supriano, William Tierney, Karen Torres, et Sona Vogel.

Un grand nombre d'individus à l'immense patience et gentillesse ont accepté d'être interviewés pour cette œuvre de fiction – ce n'est pas rien – et ont pris le temps de m'expliquer les points les plus complexes. Merci à Linda Ashton, Ana Bolivar, James Calver, Ben Cosgrove, Lacy Crawford, Christopher Duffy, Alexa du Pont, Stuart Ellman, Chris Gaito, Shin-hee Han, Alex Hungate, Brian Kelly, Lisa Kevorkian, Alex Kinmont, Hali Lee, Jin Lee, Dr. John Mastrobattista, Christopher Mansfield, Anthony Perna, Dr. Mary Rivera-Casamento, Catherine Salisbury, et Ginee Seo.

Je remercie de leur amitié Lynn Ahrens, Jonathan Angles, Harold Augenbraum, Shawn Behlen, Susan Berger Ellman, Ayesha Bulchandani-Mathrani, Kitty Burke, Lauren Cerand, Alison and Peter Davies, Steven Fetherhuff, Sam George, Susan Guerrero, Sarah Glazer et Fred Khedouri, Wendi Kaufman, Henry Kellerman, Robin Kelly, Wendy Lamb, Diane Middlebrook, Nancy Miller, Tony et Sue O'Connor, David et Michael Ouimette, Kyongsoo Paik, Jennifer Peck, Lois Perelson-Gross, Peter Petre, Sharon Pomerantz, Iris San Guiliano, Angella Son, Sally Steenland, Lauren Kunkler Tang, Jeannette Watson Sanger, Kamy Wicoff, et Donna et Neil Wilcox.

Je souhaiterais remercier Speer Morgan et Evelyn Somers de *The Missouri Review*, Carol Edgarian et Tom Jenks du *Narrative Magazine*, Quang Bao de l'Asian American Writers Workshop, et la New York Foundation for the Arts pour leur soutien inestimable.

Je suis redevable à Elizabeth Cuthrell pour son intelligence, ses encouragements et sa bonté. Robin Marantz Hening m'a tant appris au sujet de l'excellence littéraire et de la communauté artistique à travers son œuvre et sa vie. Elizabeth et Robin m'ont donné un livre quand je n'en avais pas. Bob Ouimette m'a apporté du réconfort dans l'écriture de ce roman, et ne cesse de m'enseigner chaque jour davantage le sens du mot amitié. Merci à Rosey Grandison, dont l'amour et le travail m'ont permis d'écrire. C'est Dionne Bennett qui a vu pour la première fois ce livre, et dont l'amour et l'avis me sont indispensables depuis l'enfance. Dionne, tu m'as laissé croire que c'était possible. Merci à ma famille pour son amour, son sacrifice, et sa loyauté.

Et enfin, Christopher et Sam, mes chéris : vous êtes mes rayons de soleil.

# La communauté Charleston a aimé !

*Chez Charleston, nous sommes convaincus que loin d'être une aventure solitaire, la lecture est une invitation au partage. Nous échangeons constamment avec nos lecteurs et lectrices, et nous sommes fiers de la belle communauté d'amoureux des livres que nous formons tous ensemble. Chaque année, nous choisissons au sein de cette communauté vingt lectrices et lecteurs qui nous accompagnent tout au long de l'année, et découvrent nos romans en avant-première. Voici leur avis !*

« Min Jin Lee nous dépeint avec réalisme et précision le quotidien d'une jeune femme rêvant d'un avenir luxueux. Un roman exceptionnel. »

@viedelivres

« Entre mauvais choix, manipulations, désillusions et remises en question, l'histoire de Casey vous embarquera au sein d'un conflit entre deux mondes que tout oppose. »

@_leslecturesdemanon_

« Min Jin Lee donne voix à une multitude de personnages. Un roman riche, complexe et important. »

@synoptia_

« Une fresque familiale contemplative qu'il vous sera difficile de lâcher. »

@the_pumpkin_library

« J'ai vraiment été touchée par cette histoire de rêve américain. Min Jin Lee pointe les défauts d'une société américaine pétrie d'ambition et de réussite. »

@aufil.despages

« J'ai adoré découvrir cette histoire intergénérationnelle. Casey est un personnage complexe, imparfait, mais aussi indépendant et fort. »

@monprochainlivre

« Un roman qui captive par la profondeur de ses personnages, qui interroge et questionne sur le système américain. »

@emmalectures

Cet ouvrage a été imprimé en utilisant des papiers composés de fibres naturelles, renouvelables, recyclables et fabriquées à partir de bois issus de forêts qui adoptent un système d'aménagement durable.
En outre, les fournisseurs de papier s'inscrivent dans une démarche de certification environnementale reconnue.

Achevé d'imprimer en janvier 2023
par CPI Bussière
À Saint-Amand-Montrond (18)
Dépôt légal : février 2023
N° d'impression : 2069677
*Imprimé en France*